SCIENCE FICTION

Herausgegeben
von Wolfgang Jeschke

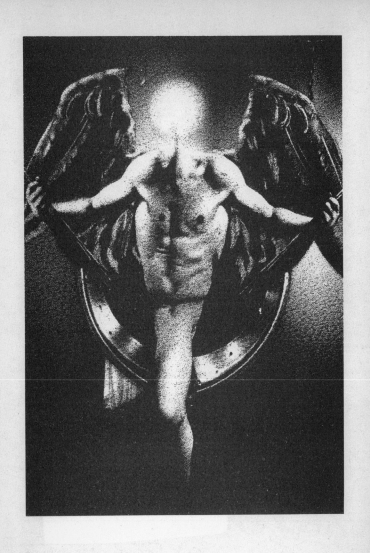

JOHN SHIRLEY

Hitzefühler

Erzählungen

Mit einer Einleitung von William Gibson

Zusammengestellt und mit einem Vorwort
herausgegeben von Stephen P. Brown

Illustriert von Harry O. Morris

Deutsche Erstausgabe

Aus dem Amerikanischen
übersetzt von Norbert Stöbe

WILHELM HEYNE VERLAG
MÜNCHEN

HEYNE SCIENCE FICTION & FANTASY
Band 06/4825

Titel der amerikanischen Originalausgabe
HEATSEAKER
Deutsche Übersetzung von Norbert Stöbe
Das Umschlagbild ist unter Verwendung einer
Collage von Jan Heinecke gestaltet
Die Innenillustrationen schuf Harry O. Morris

Redaktion: Wolfgang Jeschke
Copyright © 1988 by John Shirley
(Ersterscheinungsdaten siehe am Ende des Bandes)
Copyright © 1988 der Innenillustrationen by Harry O. Morris
Copyright © 1988 des Vorworts by William Gibson
Copyright © 1989 der Produktion by Scream/Press
Copyright © 1991 der deutschen Übersetzung
by Wilhelm Heyne Verlag, München
Printed in Germany 1991
Umschlaggestaltung: Atelier Ingrid Schütz, München
Satz: Schaber, Wels
Druck und Bindung: Elsnerdruck, Berlin

ISBN 3-453-05012-6

INHALT

INHALT

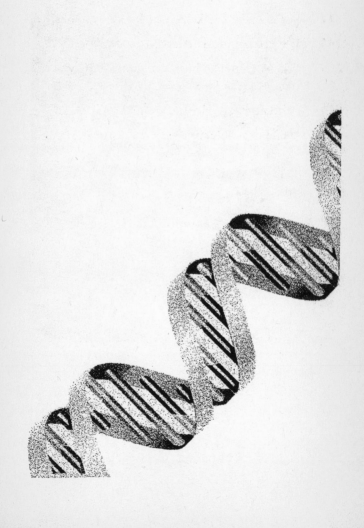

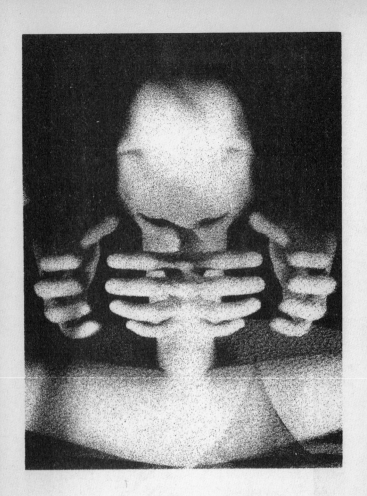

Vorwort

von Stephen P. Brown

Es war im Spätherbst 1970. Ich war nach einem vierjährigen Aufenthalt in Kalifornien gerade eben nach Portland, Oregon zurückgekehrt. Ich war einsam und gelangweilt und kannte niemanden in der Stadt. Ich bekam ein lokales Untergrundblatt in die Hände und entdeckte eine Kleinanzeige: »Treffen der Vereinigung der Fremden jeden Mittwochabend, Café ›9th Street Exit‹.« Ich war ein Fremder, es klang interessant, also ging ich am nächsten Mittwoch rüber, um mich dort umzusehen.

Das ›9th Street Exit‹ war ein kleines Kaffeehaus im Kellergeschoß einer liberalen (und sehr toleranten) Kirche. Ich wanderte den Korridor entlang und streckte meinen Kopf durch die Tür. Der Raum war hell erleuchtet und leer, abgesehen von einem mageren blonden Typ so um die achtzehn, der gerade die Theke schrubbte.

»Ist das hier, wo sich die Vereinigung der Fremden trifft?« fragte ich.

Der Typ sah mit einem wahnsinnigen, elektrischen Grinsen auf: »Das bin ich!«

Das war meine erste Begegnung mit John Shirley und der Anfang einer langen, turbulenten und absolut unglaublichen Freundschaft. Ich könnte jetzt hier mit Stories weitermachen, mit den Salem-Parties; TERRA; der langen Fahrt nach Seattle wegen Clarion; der Reihe der riesigen verfallenen Häuser, die wir uns in Portland mit einer absonderlichen Zusammenstellung von Leuten teilten; GUTZ: *Das Magazin des Ekelhaften;* der Dada-Nacht im ›Exit‹; dem Wasserturm; ich muß aufhören, ich würde sonst dieses Buch füllen. Fragt mich einmal danach. Aber vor allem waren da die Geschichten. Der nicht abreißende Strom von Geschichten, der aus ihm hervorquoll.

Typischerweise sah Johns Schlafzimmer aus wie die Hölle eines Ordnungsfanatikers. Kleidungsstücke, schmutzige Wäsche, Bücher, Schallplatten, Nahrungsmittel, kleine Krabbeltierchen und benutzte Papiertaschentücher bedeckten zufällig durchmischt den Fußboden in einer dicken Schicht — gleichmäßig über den Boden verteilt. Aber in einer Ecke stand ein Tisch mit einer Schreibmaschine und einem exakt ausgerichteten, ordentlichen Manuskriptstapel daneben. Egal wie chaotisch es zuging (und es ging ziemlich chaotisch zu), dieser wachsende Papierstapel war immer da.

So gut ich ihn auch kannte und noch kenne, habe ich doch nie aufgehört, mich über die herrlich verrückten Ideen zu wundern, die er aus dem Ärmel schüttelte — bis heute. Sein Roman *Ein herrliches Chaos* von 1980 ist reinster John Shirley, und dieses Buch hat mich nach achtzehn Jahren noch überrascht.

John Shirley ist eins der hervorragendsten Talente, die ich jemals kennengelernt habe. Seine Literatur widersetzt sich der Beschreibung. In den ersten Jahren hatte nur Ted White den Mut, sie in »Amazing« und »Fantastic« zu veröffentlichen. Die Zeit war noch nicht reif. Nun, die Zeit hat ihn inzwischen eingeholt, und seine Literatur ist (auf eine seltsame Weise) in Mode gekommen, und er hat seine Geschichten so gut wie überallhin verkauft.

Vielleicht kennt ihr seine Romane, aber dann seid ihr immer noch nicht auf seine Stories vorbereitet. Die hier vorliegende Zusammenstellung umfaßt anderthalb Jahrzehnte, und zwischen den Buchdeckeln brodelt es. Das Buch platzt aus dem Bund vor Geschichten, die merkwürdiger sind, als man sich je hätte träumen können.

STEPHEN BROWN
Portland, Oregon
April 1988

Einleitung ☐ ☐

von William Gibson

DIE LEGENDE BESAGT, daß John F. Seitz, Billy Wilders Kameramann, während der Dreharbeiten zu *Sunset Boulevard* fragte, wie er das Begräbnis von Norma Desmonds Schimpansen filmen solle. »Oh, nimm einfach die Einstellung, die du immer bei toten Affen nimmst, Johnny«, antwortete Wilder.

Seit man mich gebeten hat, eine Einleitung zu diesem Buch zu schreiben, kann ich nachempfinden, wie sich Mr. Seitz gefühlt hat. Es ist nicht gerade viel, was an John Shirleys Stories normal zu nennen wäre.

Willkommen in Shirleyland.

Bevor es also plötzlich und ernstlich unheimlich wird — das heißt, bevor ihr in den psychischen Ölschlick von Shirleys Imagination eintaucht —, will ich eine Einstellung versuchen ...

Zum Zeitpunkt, wo ich dies hier schreibe, ist Mr. Shirley fünfunddreißig und ähnelt abwechselnd dem Schauspieler William Hurt und einer Karikatur von William Hurt, wie sie Dr. Seuss[*] gezeichnet haben könnte. Als wir uns vor fast einem Jahrzehnt kennenlernten, trug er für seine Auftritte in Portlands Punk-Clubs, wo er mit einem wirklich wilden Haufen, genannt *Sado-Nation*, spielte, einen Patronengürtel um den Hals.

Tagsüber schrieb er Science Fiction.

Transmaniacon (gewidmet Blue Oyster Cult, Patti Smith, Leslie Fiedler und Aleister Crowley) wurde 1979 veröffentlicht und bald gefolgt von *Dracula in Love* und *Three Ring Psychus*. Shirley hatte den größten Teil von *Transmaniacon* 1974 geschrieben, als er neunzehn war.

---

[*] Bekannter amerikanischer Kinderbuchautor. — *Anm. d. Übers.*

»Als ich es bei den Verlagen rumreichte, hörte ich öfters das Wort ›geschmacklos‹«, erzählte er mir kürzlich. Das Buch stellt einen für Shirley typischen Protagonisten vor, einen Mann, dessen Tätigkeit als ›Berufsnervensäge‹ angegeben wird.

Dracula in Love ist eine liebevoll verwickelte Fußnote zu Bram Stoker, während *Three Ring Pyschus* von Levitation und anarchistischer Ekstase handelt. (Das aus der gleichen Periode stammende Manuskript eines unvollendeten Romans, *The Exploded Heart*, wurde kürzlich wieder aufgefunden und wird möglicherweise noch fertiggestellt werden.)

City Come A-Walkin' mit seinem unverhohlenen Bekenntnis zum Punk und seiner düster-ekstatischen Darstellung eines Stadt-Organismus mit Muskeln aus Asphalt und Stahl, erschien 1980. Nachdem er *The Brigade* in Portland beendet hatte, verzog sich Shirley nach New York, genauer gesagt: ins Literaturviertel, bevor es schick dort wurde, wo er den Horrorroman *Cellars* schrieb. *The Brigade*, vorgeblich ein Mainstream-Thriller über den Terror einer Bürgerwehr in einer Kleinstadt in Oregon, nimmt *Cellars* mit der rüden Erbarmungslosigkeit seiner Schlußfolgerungen bereits vorweg.

Heute erinnert einen der erbarmungslose, auf die Spitze getriebene Horror-Barock von *Cellars* an Clive Barker. Er liest sich wie Lovecraft unter PCP*. 1982 war das ziemlich einzigartig.

Nachdem er New York für einen Arbeitsaufenthalt in Paris verlassen hatte, schuf Shirley die *Traveler*-Serie für den Dell-Verlag, schrieb unter dem Pseudonym D. B. Drumm die Traveler-Romane Band 1 bis 5 und nahm sein Album *Obsessions* auf. (›Seams‹, ein auf *Obsessions* enthaltenes gesprochenes Wort, ist eine meiner Lieb-

---

* Phenylcyclidin, ein Tier-Tranquilizer, der als Rauschmittel geraucht wird, auch bekannt als Angel Dust. — *Anm. d. Übers.*

lingsgeschichten von Shirley.) Dort verschaffte er sich auch den nötigen europäischen Hintergrund für die *Eclipse*-Trilogie, *A Song Called Youth*, die seine surreale Intensität mit einem neuen Realismus verbindet, die Vision einer weltumspannenden Herrschaft von Neofaschisten in der nahen Zukunft.

In der Zwischenzeit zog er wieder um, diesmal nach Los Angeles.

1988 werden gleich *drei* neue Shirley-Romane veröffentlicht: *A Splendid Chaos*, *In Darkness Waiting*, und *Eclipse Penumbra*.

Es wird manchmal behauptet, die Kurzgeschichte sei die der Science Fiction angemessenste Form, wie man ebensogut behaupten kann, der *Findling* sei die optimale Erscheinungsform von Felsen. In Shirleys Fall könnte man sagen, daß es ihm anfänglich bei kürzeren Texten leichter fiel, eine gewisse apokalyptische Intensität durchzuhalten — den für Shirley charakteristischen *Drive*. Die unvergeßliche Story ›Tahiti zum Quadrat‹ (*Tahiti in Terms of Squares*, 1978) ist mit ihren nichtlinearen Anspielungen auf eine neue (oder vielleicht übergeordnete) Ordnung des Lebens der reinste Trip. ›Die fast leeren Räume‹ *(The Almost Empty Rooms)* von 1977 endet mit der Vision der Stunde Null nach einem Atomschlag, die sich vollkommen unterscheidet von allem, was ihr je gelesen habt. In ›Unter dem Generator‹ *(Under the Generator)* aus dem Jahre 1976 kehrt eine energiehungrige Menschheit die Entropie um, um sich die Energie des Todes selbst nutzbar zu machen ...

Mit *City Come A-Walkin'* bekamen Shirleys Romane die Hochspannung seiner Kurzgeschichten. Aber die Kurzgeschichten brachten es immer noch — und zwar voll. Ich denke an ›Der Knoten‹ *(Triggering)* und ›Der Schuß‹ *(The Gunshot)*, die einer zweiten Periode angehören; New York-Stories. Vielleicht stammt die humorvolle Geschichte ›Quill Tripstickler entkommt einer Braut‹ *(Quill Tripstickler Eludes an Bride)* aus dieser Periode und reflektiert eine gänzlich unerwartete Vorliebe für die Prosa P. G. Wodehouses.

›Was Cindy sah‹ *(What Cindy Saw)* und ›Die Erscheinung‹ *(The Unfolding,* mit Bruce Sterling) scheinen mir gleichermaßen Stories einer Übergangsperiode zu sein; sie bewegen sich auf ein neues Gleichgewicht von Idee und Intention zu, die in der *Eclipse*-Trilogie wie in ›Wie es sich anfühlt, einen Menschen zu töten‹ *(What It's Like to Kill a Man),* ›Wölfe des Plateaus‹ *(Wolfes of the Plateau)* und ›Sechs Arten Dunkelheit‹ *(Six Kinds of Darkness)* zu Tage tretende Reife.

Okay, das hört sich alles ganz nett an, etwa so, wie man's mir auf der Universität beigebracht hat. Und ich stehe dazu. Aber ich muß ebenfalls zugeben, daß mir Shirleys Prosa, auf irgendeine seltsame Art und Weise, immer wie *Musik* vorgekommen ist. Ich glaube nicht, daß sich die größte Stärke von Johns Literatur am besten mit dem Vokabular der Literaturkritik beschreiben läßt. Manchmal, wenn ich Shirley lese, kann ich *die Gitarren hören,* so als nagte an den Rändern des Textes eine monströse, subliminale Klangwoge. Das ist eine Wirkung, welche die Literatur *über* den Rock meines Wissens erst noch erreichen muß; ich glaube, Shirley schafft es, weil seine Stories, auf irgendeine ursprüngliche Weise, Rock *sind.* Sie steigen aus dem gleichen dunklen See des Rhythmus und des Adrenalinrausches auf, und *das,* was immer es ist, ist das, was sie zu etwas so Besonderem macht.

Wie ihr gleich herausfinden werdet.

Aber es gibt nichts *Besonderes,* ich meine, nichts wirklich Besonderes, ohne daß es eigenartig ist. Aber das ist schon in Ordnung: genießt es.

Etwas ausgesprochen *Eigenartiges.*

WILLIAM GIBSON

Vancouver, B. C.
März 1988

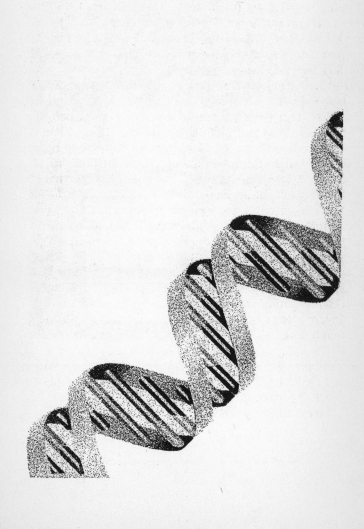

Für meine Frau
Kathleen Woods-Shirley
… in Liebe

Was Cindy sah

DIE LEUTE IN DER KLINIK waren sehr nett. Natürlich lebten sie ›oben‹, und Leute, die oben lebten, verhielten sich häufig freundlich und uniform, wie die kleinen magnetisch bewegten Spielzeugfiguren in einem elektrischen Footballspiel. Sie wirkten sehr ernsthaft, und sie hatten eine Reihe von schrulligen Eigenschaften, die sie noch realistischer machten. Die Art und Weise, wie sich Doktor Gainsborough andauernd etwas aus dem Augenwinkel klaubte, zum Beispiel. Und die Art und Weise, wie Schwester Rebeck immer ihre schorfige rote Nase rieb und über Allergien klagte.

Doktor Gainsborough räumte mit allen Anzeichen von Ernsthaftigkeit ein, ja, das Leben sei voller Geheimnisse, und Cindy könne letzten Endes durchaus recht haben mit den Dingen, die sich, wie sie es nannte, ›unten‹ befanden. Doktor Gainsborough konnte sich nicht sicher sein, daß sie sich irrte — aber, Cindy, sagten sie, wir haben unsere Zweifel, ernsthafte Zweifel, und wir möchten, daß du über unsere Zweifel und unsere Argumente nachdenkst und unserem Standpunkt eine Chance gibst. Doktor Gainsborough hatte gewußt, daß Cindy auf seinen Vorschlag, seine Vorstellungen höflicherweise zu überdenken, eingehen würde. Cindy war schließlich ein fair gesonnener Mensch.

Sie weigerte sich bloß einfach, darauf zu reagieren, wenn Leute ihr sagten, sie sei verrückt und sehe Dinge, die gar nicht da waren.

Ja, Cindy, sagte Doktor Gainsborough, du könntest recht haben. Aber wir haben immer noch starke Zweifel, und deshalb ist es wohl am besten, die Behandlung fortzuführen. In Ordnung?

Einverstanden, Doktor Gainsborough.

Also hatten sie ihr das Stelasin gegeben und ihr beigebracht, wie man Schmuck herstellte. Und sie hörte auf, über das Unten zu reden, eine Zeitlang jedenfalls. Sie wurde der Liebling der ganzen Klinik. Doktor Gainsborough brachte sie persönlich nach Hause, nach »nur drei Monaten dieses Mal, und ohne Schockbehandlung«. Er setzte sie vor dem Haus ihrer Eltern ab, und sie griff durch das Wagenfenster hinein, um ihm die Hand zu schütteln. Sie lächelte sogar. Er lächelte zurück und bekam Lachfältchen um seine blauen Augen, und sie richtete sich auf, zog ihre Hand zurück und trat auf den Bordstein. Er wurde über die Straße fortgerissen; fortgerissen von dem Wagen, den er fuhr. Sie blieb mit dem Haus zurück. Sie wußte, daß sie sich zum Haus umdrehte. Sie wußte, daß sie darauf zu ging. Sie wußte, daß sie die Treppe hinaufstieg. Aber die ganze Zeit über spürte sie das Ziehen. Der Zug des Unten war so sanft, daß man denken konnte: *Ich weiß, ich drehe mich um und gehe und steige,* während es in Wirklichkeit gar nicht so war. Man wurde durch all diese Bewegungen hindurchgeführt, deshalb war man es gar nicht, der das alles tat.

Aber am besten dachte man, man täte es.

Sie hatte es geübt, dieses sich durch den Hinderniskurs der freien Assoziationen Hindurchmanövrieren. Sie tat es jetzt wieder, und sie schaffte es, die Empfindung des Gezogenwerdens zu unterdrücken.

Sie fühlte sich gut. Sie fühlte sich gut, weil sie nichts fühlte. Nicht sonderlich viel. Nur ... nur Normales. Das Haus sah wie ein Haus aus, die Bäume sahen wie Bäume aus. Bilderbuchhäuser, Bilderbuchbäume. Das Haus machte höchstens einen ungewöhnlich ruhigen Eindruck. Niemand zu Hause? Und wo war Doobie? Der Hund war diesmal nicht vor dem Haus angeleint. Sie hatte sich vor dem Dobermann immer gefürchtet. Sie war erleichtert darüber, daß er weg war. Vielleicht mit der Familie zusammen weggegangen.

Sie öffnete die Tür — komisch, daß sie weg waren und die Tür offen gelassen hatten. Es paßte nicht zu Dad. Dad war paranoid. Er gab es sogar selbst zu. »Ich rauche ein Wahnsinnskraut«, sagte er. Er und Mom rauchten Pot und hörten sich alte Jimi Hendrix-Platten an und vögelten, wenn sie glaubten, Cindy sei eingeschlafen, lustlos auf dem Sofa.

»Hallo? Dad? Mom?« rief Cindy jetzt. Keine Antwort.

Gut. Sie hatte Lust, allein im Haus zu sein. Eine Platte zu spielen, fernzusehen. Nichts, womit man fertig werden mußte. Keine Zufallsfaktoren, jedenfalls kaum welche. Und keiner, der nicht harmlos gewesen wäre. Fernsehen war wie in ein Kaleidoskop zu blicken: es veränderte sich andauernd und produzierte seine Bewegungen auf seine verworrene Art, aber niemals geschah dabei etwas wirklich Unerwartetes. Oder fast nie. Einmal hatte Cindy es angeschaltet und sich einen japanischen Horrorfilm angesehen. Und der japanische Horrorfilm hatte viel zu sehr einer Karikatur des Unten geähnelt. Als hätten sie sich über sie lustig machen wollen, indem sie ihr zeigten, was sie wußten. Was sie von dem wußten, was sie wußte.

Jetzt, sagte sie sich. Denk ans *Jetzt!* Sie wandte sich von der Diele zu dem Türbogen, der zum Wohnzimmer führte.

*   *   *

Im Wohnzimmer war etwas, das stark einem Sofa ähnlich sah. Wenn es sich im Erholungsraum der Klinik befunden hätte, wäre sie ziemlich sicher gewesen, daß es ein Sofa war. Hier jedoch hockte es fett und blau-grau verstaubt im Dämmerlicht des Wohnzimmers, die verschnörkelten Armlehnen ein wenig allzu verschlungen; es räkelte sich drohend genau im Mittelpunkt des Zimmers. Seine Maserung hatte etwas Unnatürliches. Es war auf eine Art gekörnt, die ihr noch nie aufgefallen war. Wie einer dieser ekligen, unförmigen Quallenhaufen an der Küste, ein hautiges Ding, dessen Klebrigkeit es mit einem Überzug aus Sand versehen hatte.

Eher noch befremdlicher war die eindeutig vertraute Form des Sofa-Dings. Aber es hatte etwas Aufgedunsenes, Angeschwollenes. Als wäre es aufgebläht vom Essen.

Das ist also ihr Geheimnis, dachte sie. Ihr Sofa ist es. Normalerweise fällt mir nichts Ungewöhnliches daran auf — weil ich es normalerweise nicht erwische, gleich nachdem es gegessen hat.

Sie fragte sich, wen es gegessen hatte. Eine ihrer Schwestern? Im Haus war es ruhig. Vielleicht hatte es die ganze Familie gegessen. Aber dann hätte ihre Mutter nicht gesagt, daß sie bei ihrer Ankunft nicht zu Hause wären: jetzt fiel es ihr wieder ein. Eine der Krankenschwestern hatte es Doktor Gainsborough gesagt. Manchmal machte das Stelasin Cindy vergeßlich.

Sie waren zum Mittagessen aus. Sie wollten wahrscheinlich ein letztes Mal auswärts essen, bevor Cindy zurückkam. Es war peinlich, mit Cindy ins Restaurant zu gehen. Cindy hatte eine Art an sich, an den Dingen herumzukritteln. »Immerzu machst du alles mies, Cindy«, sagte Dad. »Du solltest lockerer werden. Du gehst mir auf den Keks, wenn du diese Scheiße abspulst.« Cindy würde erst die Serviererin heruntermachen und dann vielleicht die Tische, das Tischtuch, die Falten im Tischtuch. »Es ist die Symmetrie des Karomusters auf dem Tisch, die die Täuschung beweist«, würde sie ernsthaft sagen wie ein Fernsehkommentator, der über Terrorismus sprach. »Diese andauernde Häufung symmetrischer Muster ist ein Versuch, uns in einem Gefühl der Harmonie mit unserer Umwelt zu wiegen, die gar nicht vorhanden ist.«

»Ich weiß, daß du frühreif bist, Cindy«, würde ihr Dad sagen und sich Baguette-Krümel aus dem Bart wischen oder vielleicht an einem seiner Ohrringe ziehen, »aber du gehst mir echt auf den Keks.«

»Es könnte sein«, sagte Cindy laut zu dem Sofa, »daß du eine meiner Schwestern gegessen hast. Das ist mir ziemlich egal. Aber ich muß dir gleich eindringlich versichern, daß du mich nicht essen wirst.«

Dennoch wollte sie mehr über das Sofa-Ding herausbekommen. Vorsichtig.

Sie ging in die Küche, nahm einen Büchsenöffner und eine Taschenlampe und kehrte ins Wohnzimmer zurück.

Sie schwenkte das Licht über das Ding, das auf dem polierten Parkettboden saß.

* * *

Die Beine des Sofa-Dings, das sah sie jetzt, waren eindeutig mit dem Boden verschmolzen: sie schienen aus ihm herauszuwachsen. Cindy nickte und fühlte sich bestätigt. Was sie sah, war eine Art von Blüte. Sie mußte weit unter der Erde Wurzeln haben.

Das Sofa-Ding zuckte selbstbewußt im Strahl ihrer Taschenlampe.

Mit der Taschenlampe in der linken Hand — sie hätte die Deckenbeleuchtung einschalten können, aber sie wußte, daß sie die Taschenlampe für die Höhlen unten brauchen würde — näherte sie sich dem ausgestreckten, blaugrauen Ding, wobei sie darauf achtete, daß sie ihm nicht *zu* nahe kam. In ihrer rechten Hand hatte sie den Büchsenöffner.

Die ganze Zeit über schien sie einen Besserwisser zu hören, der sagte: *Das geht dich nichts an. Du solltest raufgehen und fernsehen und dich mit gefahrlosen Gedanken von einem Moment zum nächsten bewegen, die Hindernisse umschiffen und die gefährlichen Assoziationsballungen abwenden, indem du vorgibst, nicht zu wissen, was du weißt.*

Doch es war schon zu spät. Ihr Stelasin war fast abgebaut, und das Sofa hatte sie in eine falsche Richtung geschubst, und jetzt befand sie sich auf der Nebenstraße eines fremden Vororts, und den Weg zurück zu der vertrauten Hauptstraße wußte sie nicht. Und es waren keine Polizisten da, bei denen sie sich hätte erkundigen können, keine Psychobullen wie Doktor Gainsborough.

Also kroch Cindy auf das Sofa-Ding zu. Sie war zu dem Schluß gekommen, daß das Sofa ihr nur dann weh tun konnte, wenn sie sich darauf setzte. Wenn man darauf saß, würde es sich um einen zusammenrollen, einen in sich einschließen. Wie eine Venus-Fliegenfalle.

Sie kniete vor seinen Beinen hin. Ihre Absicht spürend, bockte es ein wenig, und aus seinen Kissen quoll Staub. Es zog sich zusammen, die Kissen hoben sich. Es machte ein gräßliches Geräusch.

Sie begann an seinen Beinen zu arbeiten, dort, wo sie in den Fußboden übergingen. Achtunddreißig Minuten lang arbeitete sie eifrig mit ihrem Büchsenöffner.

Das Sofa-Ding gab eine Reihe gedehnter, mitleiderregender Laute von sich. Ihr Arm schmerzte, aber der Büchsenöffner war überraschend scharf. Bald hatte sie die Höhle unter dem Sofa teilweise freigelegt; man konnte sie unterhalb der lose herabhängenden Umhüllung erkennen. Cindy holte tief Luft und riß das lose Stück hoch, um die Öffnung zu erweitern. Innendrin war es dunkel. Ein Geruch nach Moschus; nach Moschus und ein wenig nach Metall, wie Schmiermittel für einen Motor. Und ein kleiner Beigeruch von Verwesung.

Schwer arbeitend rollte sie die Haut des Fußbodens rund um das Sofa zurück. Die Natur war erfinderisch; bis jetzt hatte die Haut wie ein Parkettboden aus Hartholz ausgesehen. Sie war hart gewesen, massiv und auf die richtige Art gemustert. Eine wunderbare Verstellung. Die Haut *war* hart — aber nicht so hart, wie sie aussah. Man konnte sie abpellen wie Baumrinde, wenn man nur Geduld hatte und nichts auf schmerzende Finger gab. Cindy gab nichts darauf.

Das Wehklagen des Sofa-Dings steigerte sich zu einem Crescendo, so laut und schrill, daß Cindy zurückweichen und die Ohren mit den Händen bedecken mußte.

Und dann faltete sich das Sofa in sich zusammen. Auch sein sirenenhaftes Geheul faltete sich zusammen und wurde gedämpft wie ein Schrei, der einer Hand zu entfliehen suchte, die den Mund eines kleinen Kindes verschloß.

Das Sofa glich einer sich schließenden Seeanemone; es schrumpfte zusammen, verschwand, wurde von der dunklen Wunde in der Mitte des Wohnzimmerbodens eingesaugt. Im Haus war es wieder still.

Cindy leuchtete mit der Taschenlampe in die Wunde hinein. Sie war feucht, schleimig, rot, gelb gesprenkelt. Das Blut des Hauses sprudelte nicht, es blutete in Tropfen, wie Schweiß. Das dicke, glasige Unterfleisch erzitterte und zog sich zurück, als sie es mit ihrem Büchsenöffner piekste.

Sie steckte den Büchsenöffner in ihren Stiefel und kniete sich neben die Wunde hin, um besser sehen zu können. Sie leuchtete mit der Taschenlampe in die Tiefe, in das Geheimnis, in das Unten hinein ...

Das Haus hatte angeblich keinen Keller. Trotzdem war unter dem Wohnzimmerboden ein Raum. Er hatte ungefähr die gleiche Größe wie das Wohnzimmer. Seine Wände waren ein wenig konkav und glitschig-feucht, jedoch nicht organisch. Die Feuchtigkeit war eine Art von Maschinenschmiere. In der Mitte des Raums war eine Säule, die Stütze des Wesens, das sich als ihr Haus ausgegeben hatte. Die Säule, überlegte sie, war eigentlich mehr ein Stiel; ein dicker Stiel, der aus Seilen bestand, die sich umeinander wanden wie die Adern eines Stromkabels. Das Sofa mußte in sein natürliches Versteck hineingezogen worden sein und sich jetzt zusammengepreßt im Innern des Stiels befinden.

Sie fragte sich, warum das Haus bis heute noch nicht zugeschlagen hatte ... Warum hatte es sie nicht alle zur Strecke gebracht, während sie geschlafen hatten? Aber die Leute dort unten, die Programmierer, hatten es wahrscheinlich nicht als gieriges, unwählerisches Raubtier erschaffen. Es war zur Vernichtung *ausgewählter* Menschen da — das mußte die Erklärung für das Verschwinden ihrer Hausgäste sein, erkannte sie. Mom hatte in den letzten beiden Jahren vier solcher Leute mit nach Hause gebracht, jeden von ihnen auf dem Sofa untergebracht, und als es Morgen wurde, war keiner mehr da. Jetzt wußte Cindy, daß sie das Haus gar nicht verlassen hatten. Sie waren ein Teil von ihm geworden. Wahrscheinlich war Doobie das gleiche passiert — Mom wollte ihn für gewöhnlich nicht im Haus schlafen lassen und hatte ihn nie auf das Sofa gelassen. Aber ihre Schwester Belinda ließ Doobie manchmal herein, wenn Mom sich hingelegt hatte; der Hund mußte es sich für ein Nickerchen auf dem Sofa bequem gemacht haben, die genetisch programmierte Essensstunde war gekommen, und es hatte mit Doobie das gemacht, was eine Seeanemone mit einer Elritze macht. Ihn eingeschlossen, gelähmt und dann verdaut.

Cindy war es egal. Sie hatte Doobie immer schon gehaßt.

Sie lag flach auf dem Bauch und spähte durch den Riß in der Haut des Hauses. Der Unterboden lag etwa vier Meter unter ihr. Sie überlegte, ob sie sich in die Unterwelt hinabfallenlassen und sie erkunden sollte. Cindy schüttelte den Kopf. Besser Hilfe holen. Ihnen zeigen, was sie entdeckt hatte.

Ein merkwürdiges Gefühl im Magen ließ sie aufblikken.

* * *

Der Türbogen zum Wohnzimmer war verschwunden. Er hatte sich verschlossen. Die Fenster waren verschwunden. Eine Art von Narbengewebe war über sie gewachsen. Sie hatte das Wesen aufgeweckt, indem sie in es hineingeschnitten hatte. Deshalb hatte es sie gefangen.

Cindy erzeugte in ihrer Kehle ein kleines, hohes *Huh!*

Sie stand auf und ging zur nächsten Wand, preßte ihre Hände flach dagegen. Es hätte sich wie harter Putz anfühlen sollen, aber es gab unter ihren Fingern nach, nahm ihren Handabdruck an wie nasser Lehm. Es weichte auf. Das Haus würde um sie herum quellen, über ihr zusammenfließen wie ein Hügel aus Schlamm bei einem Erdrutsch, und es würde sie verschlingen und die Säfte aus ihr herauspressen und sie trinken.

Sie drehte sich zu dem Loch um, das sie in den Boden gemacht hatte. Seine Ränder rollten sich auf wie Papier, das sich in Asche verwandelte. Aber es war ebenfalls dabei, sich zu schließen. Sie packte fest die Taschenlampe, kniete sich hin, wand sich durch die Öffnung und fiel auf den Boden der Öffnung hinunter. Der Aufprall versetzte ihren Fußballen einen Schlag.

Cindy richtete sich heftig atmend auf und blickte umher.

Zu beiden Seiten der Kammer öffneten sich Tunnel, die sich so weit erstreckten, wie sie sehen konnte. Sie betrat den Tunnel zu ihrer Rechten. Die Decke war nur knapp einen Meter hoch; sie war gebogen und weich. Cindy ging langsam weiter, indem sie mit einer Hand nach dem Weg tastete, den Strahl der Taschenlampe auf den Boden gerichtet. Die Dunkelheit war voller Andeutungen, und Cindy fühlte ihren Mut schwinden. Sie hatte das Gefühl, ihre Schläfen wären in einem Schraubstock eingespannt und in ihrer Zunge befände sich eine Art schmieriger Elektrizität. Sie versuchte, sich das Licht der Taschenlampe als den Laserstrahl einer Waffe vorzustellen, schnurgerade und blendend stark, das Dunkel hinwegbrennend — aber das Licht war schwach und verschlang nur einen kleinen Ausschnitt der Dunkelheit. Allmählich paßten sich ihre Augen jedoch an, und die Dunkelheit war nicht mehr so dicht und bedrohlich lastend, und der Strahl der Taschenlampe war nicht länger wichtig. In Abständen zeigte sich in dem leuchtenden Rechteck etwas, das wie durchsichtige

Angelschnüre aussah, die sich vom Boden zur Decke erstreckten. Die Plastikdrähte tauchten in Bündeln zu acht oder neun auf und hatten unterschiedliche Abstände zueinander. Manchmal blieb kaum genug Platz, um sich zwischen ihnen hindurchzuquetschen. Dann drehte und wandte sie sich und schlängelte sich hindurch. Wenn sie einen der Drähte streifte, geriet er in Schwingung wie eine Gitarrensaite, jedoch mit einem Unterton in seinem Summen, der wie der Ruf eines Wüsteninsekts war. Irgendwie fühlte sie, daß die Drähte etwas mit dem Geschehen in der Oberwelt zu tun hatten. *Mit Sicherheit wurden sie nicht von den Stadtwerken installiert,* sagte sie sich.

Sie gelangte an eine Stelle, wo die Wand transparent war, zu einem durchsichtigen Fleck von der zweifachen Größe ihrer Hand. Er war ein wenig wolkig, doch Cindy konnte durch ihn hindurch in eine andere Kammer sehen; zwei Männer saßen dort an einem Metalltisch. Sie spielten Karten, die kleinen weißen Rechtecke in ihren Händen waren mit Irrgärten und Mandalas gekennzeichnet anstatt mit den üblichen Königen und Damen und Buben und Piks. Beide Männer waren über ihre Hände gebeugt, in tiefer Konzentration. Einer saß mit dem Rücken zu ihr. Er war der kleinere Mann; er hatte graues Haar. Der andere hatte ein rundes Gesicht: er war untersetzt, ein wenig übergewichtig, sein brauner Bart weißgesträhnt. Der größere Mann trug ein zerknittertes Jackett und Hosen von aktuellem Schnitt; der andere Mann trug einen fadenscheinigen Anzug, der schon seit vielen Jahrzehnten aus der Mode war. Der Raum sah aus wie eine Gefängniszelle. Es gab darin zwei Pritschen, eine Toilette, Tabletts mit halbverzehrter Nahrung, unter dem Tisch lagen leere Bierdosen. »Sie bieten, Mister Fort«, sagte der Bärtige mit amüsierter Förmlichkeit. »Recht haben Sie, Mister Dick«, sagte der andere leichthin. Er knallte eine Karte mit dem Bild nach oben auf den Tisch und sagte: »M. C. Escher gegen

Maze den Azteken.« Der andere Mann seufzte. »Ah, Sie haben wieder geblockt. Sie gewinnen. Das ist nicht fair: Sie hatten Jahre zum Üben, als sie gegen Bierce gespielt haben ... Verdammt, wenn sie uns wenigstens rauchen ließen ...«

Cindy schlug auf das Glas und rief, aber sie konnte sie nicht auf sich aufmerksam machen. Oder vielleicht taten sie auch nur so. Sie hob die Schultern und ging weiter.

Zehn Schritte weiter glitzerte etwas an der linken Seite, reflektierte den Strahl der Taschenlampe. Es war ein langer, vertikaler, rechteckiger Spiegel, der bündig in die Wand eingelassen war. Der Spiegel verzerrte Cindys Spiegelbild und ließ sie grotesk verlängert erscheinen. Sie griff danach und berührte versehentlich einen der Drähte; der transparente Draht klimperte, und ihr Bild im Spiegel schimmerte auf. Sie schlug den Draht erneut an, stärker diesmal, um zu sehen, was er mit dem Bild im Spiegel anfangen würde. Ihr Spiegelbild erzitterte und verschwand, und an seiner Stelle trat ein flimmerndes Bild der Oberwelt. Eine nüchterne Straßenszene, Kinder auf dem Heimweg von der Schule, Autos, die hinter einem langsamfahrenden VW Golf hupten, der von einer älteren Dame gesteuert wurde ...

Aus einem Gefühl heraus, das zum Impuls wurde, schlug Cindy wiederholt die Tunneldrähte an, so hart sie konnte.

Der Spiegel — eigentlich eine Art Fernsehbildschirm — zeigte, wie der Verkehr außer Kontrolle geriet, wie der VW Golf mit großer Geschwindigkeit zurückstieß und in die anderen Wagen krachte, wie die Kinder die Kontrolle über ihre Gliedmaßen verloren und wahllos aufeinander einzuschlagen begannen.

Cindy kicherte.

Sie holte den Büchsenöffner aus ihrem Stiefel und zerrte damit an den Drähten, während sie die ganze Zeit über den ›Spiegel‹ beobachtete. Die Drähte rissen

mit einem protestierenden Knallen. Und in der Oberwelt: Kinder explodierten, Autos schlangen sich umeinander, plötzlich weich und formbar geworden, schlangen sich um Telefonzellen ... eine riesige unsichtbare
Woge schwemmte über die Straße und wusch die Gebäude hinweg ...

Cindy lächelte und setzte ihren Weg durch den Tunnel fort, indem sie aufs Geratewohl an den Drähten
zupfte.

* * *

Alle paar hundert Meter kam sie an eine Tunnelkreu-
zung; drei, die sich nach rechts und drei, die sich nach
links öffneten, während ihrer weiter geradeaus führte.
Manchmal änderte Cindy an diesen unterirdischen Stra-
ßenkreuzungen die Richtung, wobei sie ihrem Gefühl
folgte und sich verschwommen der Tatsache bewußt
war, daß sie ein bestimmtes Ziel hatte.

Schließlich mündete der Tunnel in einen kreisförmi-
gen Raum, in dessen Mitte sich ein weiterer dicker, rot-
gelber Stengel befand; ein gerippter, mannsdicker Stengel, der beim Wachsen mit der Decke verschmolzen war.
Doch hier wimmelten die Wände von etwas, das wie
übergroße Blattläuse aussah. Wie mechanische Blattläuse, jede so groß wie ihre Hand und von der Farbe einer
metallischblauen Rasierklinge. Sie klammerten sich in
Gruppen zu zwanzig oder dreißig an die Wände, nur eine Handbreit von der nächsten Gruppe entfernt; die
Blattläuse krochen methodisch auf kleinen dünnen metallenen Beinen, so dünn und zahlreich wie die Borsten
einer Haarbürste; auf der Wand zur Rechten wimmelten
sie zwischen Reihen von Bildschirmen. Sie schaltete ihre Taschenlampe aus; es kam genug Licht von den Fern-
sehmonitoren. Vor den Monitoren, die mehr oder minder den gleichen Abstand voneinander hatten, standen
eine Reihe von entfernt menschenähnlichen gelben Gestalten, die Overalls aus Zeitungspapier trugen. Beim

näheren Hinsehen erkannte Cindy, daß die Zeitungen in einer Art unergründlicher Geheimschrift bedruckt waren, ziemlich unleserlich. Und die Fotos zeigten nur halb erkennbare Silhouetten.

Zum ersten Mal regte sich in ihr wirkliches Unbehagen, und Bruchstücke, Fetzen von Angst, unregelmäßigen Hagelkörnern gleich, durchklapperten das frostige Herz ihrer Empfindungen.

Angst deshalb: die Männer vor den Bildschirmen hatten überhaupt keine Münder, keine Nasen, keine Ohren. Alle hatten nur riesige zwinkernde, wassergraue Augen. Und auch deshalb Angst: mit Cindys Eintreten begannen die Blattläuse, wenn es wirklich welche waren, sich fieberhaft — aber irgendwie zielbewußt — in Mandalamustern über die Wände zu bewegen und raschelten durch einen Überzug dicker, zottiger Wimpern: die Wimpern, erkannte sie jetzt, bedeckten vollständig die Wände. Sie hatten die Farbe eines schlimm erkälteten Schlunds.

Die mundlosen Männer benutzten dreifingrige Hände, um Knöpfe auf den Monitoreinfassungen zu bedienen. Ab und zu reichte einer von ihnen hinauf und streifte eine Blattlaus; die Berührung hatte etwas an sich, was das Wesen elektrisierte, so daß es aufgebracht die Wand hinaufhuschte, wobei es die Wimpern zerteilte und die durch die kollektive Bewegung der anderen Blattläuse hervorgerufenen symmetrischen Muster veränderte.

Die Fernsehbilder waren schwarzweiß. Der Boden war aus Alabaster, mit eingelegten silbernen Drähten; die Drähte waren geheimnisvoll angeordnet und sprühten bei der Berührung der Metallschuhe der Fastmenschen Funken.

Cindy hatte sich entschlossen, sie Fastmenschen zu nennen.

Ihre Augen paßten sich an das trübe Licht an, und sie sah, daß im Kreuz eines jeden Fastmenschen ein Nabel saß. Der lange, sich verjüngende schwarze Nabel hing schlaff herab, dann hob er sich, um sich mit der Basis des dicken rotgelben Stengels in der Mitte der Kammer zu verbinden, ähnlich wie sich das Band eines Ersten-Mai-Feiernden um einen Maibaum legt. Cindy vermutete, daß die Nabel Münder und Nasen für die Fastmenschen entbehrlich machten.

Cindy fürchtete sich, aber das ließ sie immer zur Offensive übergehen. *Übernimm die Kontrolle*, sagte sie sich.

Nur um zu sehen, was passieren würde, ging sie im Raum umher, schnitt mit ihrem Büchsenöffner die Nabelschnüre durch und trennte die Fastmenschen von dem Stengel.

Die Fastmenschen unterbrachen ihre Beschäftigung; sie drehten sich um und sahen sie an.

Cindy fragte sich, was sie empfanden. Waren sie entsetzt oder überrascht oder empört oder verletzt? Sie konnte es nicht sagen.

Einer nach dem andern griff sich an die spindeldürre Kehle und fiel um. Sie krümmten sich und zuckten und ließen das Drähtemuster auf dem Boden blaue Funken sprühen, und Cindy vermutete, daß sie dabei waren zu ersticken.

Diesmal empfand sie ein wenig Bedauern. Sie sagte es sogar. »Oh, tut mir leid.«

Nach einigen Minuten hörten sie auf, sich zu bewegen. Ihre großen Augen schlossen sich. Heftig atmend trat Cindy über die Leichen und ging zu einem der Fernsehschirme. Sie achtete darauf, nicht auf die silbernen Drähte im Boden zu treten; sie war sicher, sie würde einen tödlichen Stromschlag bekommen, wenn sie es täte.

*   *   *

Die Bildschirme gaben das Leben der Oberwelt wieder. Sich verästelnde Kohle-und-Kreide-Videobilder von

Häusern und Motels und Verkehr und Hunden. Müllab-ladeplätzen. Umspringenden Ampeln. Farmen. Seebä-dern. Kanadischen Wanderern. Einem Teenagerjungen mit strähnigem blonden Haar und einer schmalen Brust, der zittrig eine Spritze aus einem rostigen Löffel zu füllen versuchte. Jazzmusikern. Masturbierenden Kindern. Masturbierenden Männern und Frauen. Ma-sturbierenden Affen. Sie schaute eine Weile auf einen Monitor, der ein in einem Hotelzimmer kopulierendes Paar zeigte. Sie waren beide mittleren Alters und ziem-lich käsig. Der Mann hatte schütteres Haar, und sein Bauch wabbelte im Rhythmus seines Stoßens; die Frisur der Frau war so scharf umrissen und dauerhaft wie ein Hut. Wie ein glockenförmiger Hut.

Impulsiv griff Cindy nach vorn und spielte an dem unbeschrifteten schwarzen Plastikknopf des Monitors. Das Bild flimmerte, veränderte sich: der Kopf der Frau verzerrte sich, verlor seine Form, manifestierte sich neu — er war zum Kopf eines Schimpansen geworden. Der Mann kreischte und löste sich aus ihr und wich zurück. Die Frau begann sich zu zerkratzen.

Cindy zog einen Flunsch und legte den Kopf schräg.

Sie griff hoch und stieß mehrere der metallischen Blattläuse mit ihrem Büchsenöffner an. Sie stoben, ver-ängstigt durch die ungewohnte Berührung, auseinander und ließen die anderen um so heftiger aufschrecken, bis die Tausende von Blattläusen, die sich an die runde Dek-ke klammerten, sich inmitten der Wimpern in wim-melnder Hysterie neu sammelten und ihr symmetri-sches Muster zerstört war.

Cindy blickte auf die Fernsehbildschirme. Jetzt zeig-ten sie nur noch Massenszenen. Zuschauer bei Football-spielen mit verwirrten und gequälten Gesichtern, als ob sie alle blind und taub geworden wären; sie stolperten mit fuchtelnden Armen ineinander oder strauchelten, taumelten die Tribünen hinunter und warfen dabei an-dere Leute um — während Cindy jedoch weiter zusah, begannen sich die Menschen geschlossen zum Spielfeld hinunterzubewegen. Sie strömten auf das Feld, besetzten es und begannen sich nach dem Diktat einer spontan neugebildeten psychischen Vorstellung zu formieren: Leute mit weißen oder gelben Hemden bewegten sich zueinander, Leute mit dunklen Hemden sammelten sich, bis das aus der Vogelperspektive aufgenommene Bild erkennen ließ, daß die Menge mit ihrem frisch gebildeten Farbmuster Worte buchstabierte. Sie lauteten:

ZEITGEIST

und dann

LIEBE MAL TOD GLEICH AKTION

und dann

REBELLION DER SPITZENMUSTER

Cindy wandte sich ab. Sie näherte sich dem Stengel in der Mitte des Raums. Den Büchsenöffner zwischen den Zähnen, begann sie daran hochzuklettern. Er war glitschig, aber sie war fest entschlossen und erreichte bald die Decke. Mit schmerzenden Armen und Beinen hing sie dort und begann mit einer Hand eine Öffnung zu schneiden.

Die Haut zerteilte sich von unten leichter. Zehn Minuten schmerzhafter Plackerei, und der Schlitz war breit genug, um hindurchzuklettern. Cindy ließ den Büchsenöffner fallen und schlängelte sich nach oben, durch die Wunde in der Decke.

Sie durchbrach eine zweite Schicht, indem sie mit den Zähnen daran nagte, und tauchte durch die Haut eines weiteren Pseudofußbodens auf.

Sie befand sich unter etwas, das wie ein gewöhnlicher vierbeiniger Holztisch aussah. Um sie herum waren vier leere Holzstühle und ein weißes, bodenlanges Tischtuch.

Sie stemmte sich aus dem feuchten, zitternden Schlitz und auf den Boden. Nach Luft schnappend preßte sie sich neben das Tischtuch, das sie bis jetzt von dem, was draußen war, abgeschirmt hatte, und kroch in die Oberwelt hinaus, wieder einmal im Oben angelangt.

* * *

Sie befand sich in einem Restaurant. Mom und Dad und Belinda und Barbara saßen am nächsten Tisch.

Sie starrten sie mit offenem Mund an. »Womit, zum Teufel, hast du dich da bekleckert, Cindy?« fragte ihr Vater. Die Mädchen sahen aus, als ob ihnen übel wäre.

Cindy war mit der Feuchtigkeit, der Klebrigkeit, dem blutähnlichen Lebenssaft des unterirdischen Dings bedeckt.

Immer noch schwer atmend und mit hämmerndem Kopf griff Cindy nach unten, schob das Tischtuch beiseite und offenbarte die zerrissene, triefende Wunde, aus der sie herausgekrochen war. Dieses Mal sah sie auch ihre Familie.

Ihr Vater erhob sich ziemlich abrupt vom Tisch, so daß er ihn beinahe umstieß und sich sein Weinglas in das Kleid seiner Frau ergoß. Er wandte sich ab und stolperte, in der Tasche nach seinem Pot-Beutel suchend, in Richtung Ausgang. Ihre Schwestern hielten sich die Augen zu. Sie schluchzten. Ihre Mutter starrte sie an. Moms Gesicht veränderte sich; die Augen wurden größer, die Lippen verschwanden, ihre Haut wurde staubig-grau. So war das also. Ihre Mutter war diejenige, die sie in ihre Familie eingeschleust hatten. »Sie sind nicht unter jedem Haus«, erklärte Cindy ihren Schwestern. »Man kann sie nicht überall finden. Ihr könntet unter *eurem* Haus graben und sie nicht finden — ihr müßt wissen, *wie* ihr zu gucken habt. Nicht *wo* zu gucken. Sie täuschen uns mit falschen Symmetrien.«

Ihre Schwestern folgten ihrem Vater nach draußen.

Cindy wandte sich ab. »Dann leckt mich eben im Arsch«, sagte sie. Sie fühlte die Unterweltaugen ihrer

Mutter im Rücken, als sie sich wieder hinkniete und unter den Tisch zurückkroch. Mit den Füßen voran glitt sie durch die Wunde und fiel in den Raum darunter. Sie suchte auf den Monitoren und entdeckte einen Bildschirm, der ihren Dad und ihre Schwester dabei zeigte, wie sie gerade in den Wagen kletterten. Sie drehte an den Knöpfen und lachte, als sie sah, daß der Wagen wie ein Heliumballon mit durchtrennter Schnur in den Himmel stieg und sich dabei überschlug, wobei Belinda herausgeschleudert wurde und herabfiel und ihr Vater schrie, während der Wagen zerschmolz und zu einem riesigen Tropfen Quecksilber wurde, der in der Luft hing und dann in tausend glitzernde Tröpfchen zersprang, die herunterfielen und die Parkbucht mit silbrigem Gift übersprühten.

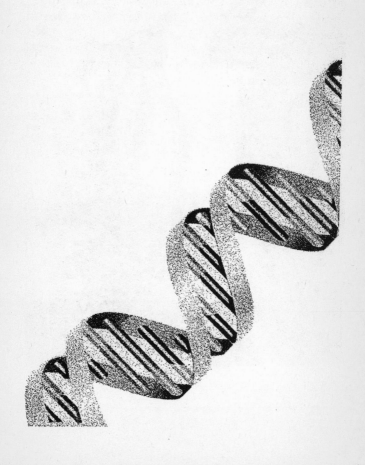

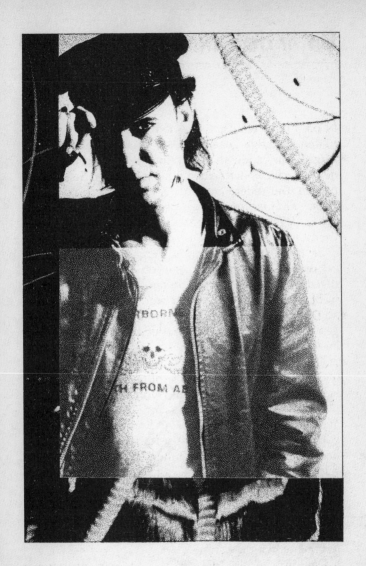

Unter dem Generator

IN DIE AUGEN DER FRAU BLICKEND, die ihm in der gutge-
füllten Cafeteria gegenübersaß, wurde er heftig an die
Augen einer anderen Frau erinnert. Vielleicht waren in
den Gesichtern der beiden Frauen geheime Spiegel verborgen. Die andere Frau, Alice, hatte gesagt: *Ich halte es
einfach nicht mehr bei dir aus, wenn du darauf bestehst, diesen verdammten Job zu behalten. Tut mir leid, Ronnie, ich
kann einfach nicht.*

Er überlegte, weiter in die Augen der zweiten Frau
blickend, daß er für Alice den Job hätte aufgeben können. Aber er hatte es nicht getan. Vielleicht hatte er sie
nicht wirklich gewollt. Und er war von Alice problemlos
zu Donna gewechselt. Er war entschlossen, Donna wegen seiner Arbeit bei den Generatoren nicht ebenfalls
zu verlieren.

»Ich war mal Schauspieler«, sagte Denton. Den Kaffee in seinem Becher schwenkend, rutschte er unbehaglich auf seinem Cafeteriastuhl und fragte sich, ob das
Plastik des Bechers sich langsam in den Kaffee hinein
auflösen würde... Seit er im Krankenhaus arbeitete
und jeden Morgen und Mittag Kaffee aus den gleichen
Bechern trank, hatte er Visionen, in denen das Plastik
sein Mageninneres langsam mit weißem Krokant überzog.

»Was ist aus der Schauspielerei geworden, und wie
weit hast du's gebracht?« fragte Donna Farber, wobei
sie, wie es ihre Art war, so viel Fragen in einem Satz un-
terbrachte, wie sie konnte.

Denton runzelte die Stirn, und sein weitoffener
Mund zog einen kunstvollen Schnörkel über sein breites, blasses Gesicht. Seine Mimik war immer ein wenig

übertrieben, als hätte er sich noch nicht an die Rolle des Ronald Denton gewöhnt.

»Ich habe off-Broadway gearbeitet, und ich hatte eine gute Rolle in einem von mir selbst verfaßten Stück. Ein Schauspieler kann die Rolle immer besser spielen, wenn er sie geschrieben hat. Das Stück hieß *All Men Are Created Sequels**. Tigner hat es produziert.«

»Nie davon gehört.«

»Es wurde natürlich abgesetzt, nachdem ich ausgestiegen war.«

»Natürlich.« Ihre blauen Augen mit den Silberflecken lachten.

»Ich hatte jedenfalls das Gefühl, daß die Schauspielerei viel zuviel von meiner Identität auffraß. Irgendwie. Eigentlich weiß ich nicht so recht, warum ich aufgehört hab. Vielleicht war es im Grunde auch Versagensangst.«

Seine unerwartete Offenheit veranlaßte sie, ihm in die Augen zu blicken. Er dachte an Alice und fragte sich, wie er herausfinden könnte, welche Gefühle Donna eigentlich seinem Job entgegenbrachte, wenn sie überhaupt etwas fühlte.

Aber das Thema kam schon allein durch seine schwarze Uniform auf den Tisch. »Warum hast du die Schauspielerei aufgegeben, um bei den Generatoren zu arbeiten?«

»Ich weiß nicht. Es war etwas frei, und die Arbeitszeit lag günstig. Vier Stunden täglich, zweiundzwanzig Dollar die Stunde.«

»Yeah ... aber es muß deprimierend sein, dort zu arbeiten. Ich meine, du hast die Schauspielerei wahrscheinlich immer noch nicht aufgeben können. Du mußt

---

* Anspielung auf den brühmten Satz der amerik. Erklärung der Menschenrechte: *All men are created equal* (alle Menschen sind gleich, haben die gleichen Rechte); *Alle Menschen sind geborene Fortsetzungen,* Wortspiel mit *equal* und *sequel* (Folge, Fortsetzung). — *Anm. d. Übers.*

vor Leuten, die bald sterben werden so tun, als ob alles in Ordnung wäre.« Es lag kein Vorwurf in ihrer Stimme. Ihr Kopf neigte sich voller Mitgefühl.

Denton nickte nur, als erkenne er eine traurige Tapferkeit darin, daß er der Sündenbock war. »Jemand muß es schließlich tun«, sagte er. Im Grunde war er in Hochstimmung. Seit einer Woche versuchte er, Donna für sich zu interessieren. Er blickte sie freimütig an, bewunderte ihre schlanken Hände, die sie um die Kaffeetasse gelegt hatte, ihre ein wenig gespitzten Lippen, mit denen sie zum Abkühlen auf den Kaffee blies, das feste flachsfarbene Haar, das sie hinter den Ohren ausgeschnitten hatte.

»Ich verstehe nicht ganz«, sagte sie, in ihrem Kaffee nach einer Erleuchtung suchend, »warum man dafür nicht ehemalige Krankenschwestern nimmt, oder andere Leute, die an den Tod gewöhnt sind.«

»Einmal braucht man gewisse Elektronikkenntnisse, um die Generatoren zu überwachen. Deshalb bekam ich den Job. Ich habe Elektronik studiert, bevor ich Schauspieler wurde.«

»Das ist ein komischer Gegensatz. Elektronik und Schauspielerei.«

»Jedenfalls sind es nicht einmal erfahrene Krankenschwestern gewohnt, dazusitzen und Menschen vier Stunden an einem Stück beim Sterben *zuzusehen*. Sie lassen sie im allgemeinen allein, außer wenn sie sie versorgen ...«

»Aber ich dachte, du hättest gesagt, alles was du tun müßtest, wäre dazusitzen und alle Augenblicke die Anzeigen zu überprüfen. Du meinst, du mußt dabei zusehen?«

»Nun ... man kommt nicht dran vorbei. Man sitzt dem Patienten unmittelbar gegenüber. Da man nun mal da ist, sieht man auch hin. Ich bin mir irgendwie ihrer Gegenwart bewußt, weil ich dafür sorgen muß, daß sie nicht so schnell sterben, denn sonst könnte es passieren, daß das Gerät nicht mehr mit dem Abschöpfen mitkommt.«

Sie schwieg und sah sich in der belebten Kantine um, als suchte sie bei den umherhastenden Krankenhausangestellten mit den hölzernen Gesichtern Unterstützung. Eine Zeitlang schien sie auf das Geschirrgeklapper und den dumpfen Gesprächslärm zu lauschen.

Denton fürchtete, er habe sie verletzt und bei ihr den Eindruck erweckt, er sei eine Art Aasgeier. Er hoffte, daß sie sich nicht nach jemand anderem umsah, mit dem sie sich unterhalten konnte ...

»Hier gefällt es mir nicht«, sagte sie.

»Dann laß uns rausgehen«, sagte Denton eine Spur zu ungeduldig.

Sie legten ihre Tabletts auf das Förderband und gingen zum Lift, fuhren zum Erdgeschoß des riesigen Krankenhauses hinunter und traten in die pastellfarbene geschwungene Lobby hinaus. Sie gingen zwischen künstlichen Topfpalmen und wartenden Menschen dahin, gekünstelten Gesichtern, hinter denen sich Sorgen verbargen. Sie traten durch die Drehtüren ins Freie und tauschten den Desinfektionsgeruch gegen das Junisonnenlicht und den warmen Hauch der Aerobile.

»Aerobile sind so leise«, sagte sie. »Der ganze Verkehrslärm hat mir immer Angst gemacht, als ich klein war.« Sie unterhielten sich ruhig über Autos und die Stadt und ihre Jobs, bis sie zu einem Park gelangten.

Unter einem Baum sitzend und gedankenlos am Gras zupfend, schwiegen sie eine Weile und ließen den Park auf sich wirken.

Bis Donna von sich aus zu sprechen begann: »Meine Eltern sind vor fünf Jahren gestorben und ...« Dann brach sie ab und sah an ihm vorbei. Sie schüttelte den Kopf.

»Wolltest du etwas anderes sagen?«

Wieder schüttelte sie den Kopf, zu rasch. Er wollte sie fragen, ob man Generatoren über ihren Eltern angebracht hatte, bevor sie gestorben waren, doch dann sagte er sich, daß diese Frage ein schlechtes Licht auf ihn werfen könnte.

Sie saßen im Park und beobachteten auf den Plasphaltwegen vorbeikommende Radfahrer und Kinder. Nach einer Weile rollte ein Eisverkäufer einen schmierigen weißen Karren vorbei, und Denton stand auf, um zwei Eis zu kaufen. Er war gerade auf dem Rückweg vom Verkäufer, etwa zehn Meter von der Stelle entfernt, wo Donna unter dem Baum wartete, als jemand eine Hand auf seinen rechten Arm legte.

»Kann ich mit Ihnen sprechen?« Beinahe ein Flüstern. »Nur für eine Minute?« Es war ein Junge, sechzehn vielleicht, aber fast zehn Zentimeter größer als Denton. Der Junge öffnete und schloß nachdenklich den Mund, voller Ungeduld, seine Fragen loszuwerden. Er trug einen Jeansoverall. Seine Hände waren tief in den Seitentaschen versenkt, wie festgebunden. Denton nickte mit einem schnellen Blick auf das Eis, besorgt, es könnte in seinen Händen schmelzen. Wahrscheinlich warb der Junge für eine der Satanssekten.

»Sie sind ein Generator-Mann, stimmt's? Ein Kompensator.«

Wieder nickte Denton stumm.

»Mein Vater ist unter dem Generator; er stirbt. Und er ist noch nicht wirklich alt. Er wird noch … gebraucht.« Er machte eine Pause, um ruhiger zu werden. »Können Sie … vielleicht könnten Sie ihm helfen, die Maschine für eine Weile abschalten?« Es war offensichtlich, daß es ungewohnt für den Jungen war, um einen Gefallen zu bitten. Er haßte es, Denton um irgend etwas zu bitten.

Denton wünschte, er wäre nicht in seiner Uniform aus dem Krankenhaus herausgegangen.

»Ich kann für Ihren Vater überhaupt nichts tun. Ich bin kein Arzt. Und im Krankenhaus sind im Moment Dutzende von Generatoren in Betrieb. Ich habe Ihren Vater wahrscheinlich noch nie gesehen. Außerdem stimmt es gar nicht, daß die Generatoren den Patienten ihre Kräfte rauben. Das ist Altweibertratsch. Ihr Vater hätte überhaupt nichts davon, wenn ich ihn abschalten würde. Tut mir leid ...« Er ging weiter in Richtung Donna.

»Wie heißen Sie?« fragte der Junge von hinten mit einer Stimme, aus der aller Respekt verschwunden war. Denton konnte den Blick des Jungen in seinem Rücken fühlen. Er wandte sich halb um, verärgert.

»Denton«, antwortete er und wünschte augenblicklich, er hätte einen falschen Namen genannt. Er ließ den Jungen stehen und ging zu Donna zurück. Er spürte schon eine Spur geschmolzenes Eis auf der Hand.

»Was wollte dieser Junge?« fragte Donna, an ihrem Eis leckend.

»Nichts. Den Weg zu ... zur Sporthalle. Er meinte, er wollte den Titelkampf der Satans/Jesus-Freaks sehen.«

»Tatsächlich? Er sah nicht so aus, als wäre er bewaffnet.« Sie zuckte die Achseln.

Der Junge beobachtete sie.

Etwas von dem Eis war auf Dentons Bein getropft. Donna wischte den roten Flecken auf seiner schwarzen Uniform mit einem weißen Taschentuch ab.

* * *

Er wollte jetzt nicht an die Arbeit denken. Er hatte sich mit ihr für den Abend zu einem Besuch im Media Stew verabredet. Die erste Beziehung seit Alice.

Aber vielleicht wäre es besser, mit den Gedanken bei der Arbeit zu bleiben. Wenn er zuviel an sie dachte, würde er nervös und gekünstelt sein, wenn er mit ihr zusammen war. Vielleicht sogar alles verderben. Er stellte den Gürtel um seine einteilige tiefschwarze Uniform enger und ging ruhig zum Büro des Aufsehers hinüber. Der Vorgesetzte der Kompensatoren war klein, ungeduldig und ein zwanghafter Nörgler. Mr. Buxter lächelte, als sich Denton über den Arbeitsbogen beugte, der mit JUNIWOCHEN 19 BIS 26, 1996 überschrieben war.

»Warum so eilig, Denton? Ihr jungen Leute habt es immer eilig. Sie werden noch früh genug eingeteilt. Vielleicht *zu* früh für Ihren Geschmack. Ich habe Sie noch nicht in die Liste eingetragen.«

»Lassen Sie mich bei Mr. Hurzbaus Generator, Sir, wenn es Ihnen nichts ausmacht. Ich komme mit Hurzbau gut aus.«

»Was soll denn dieser Mist, ›ich komme gut aus‹? Wir legen die Vorschrift weitherzig aus, die das Fraternisieren mit Patienten unter dem Generator verbietet ... aber *Vertraulichkeit* ist streng verboten. Sie werden überschnappen, wenn Sie ...«

Da er nicht wieder in eine von Buxters Lektionen verwickelt werden wollte, kapitulierte Denton sofort. »Es tut mir leid, Sir. Ich wollte damit nicht sagen daß wir einander gut kennen würden. Was ich meinte, war, Hurzbau setzt mir nicht sonderlich zu oder geht mir mit den üblichen Vertraulichkeiten auf die Nerven. Könnte ich jetzt meine Zuweisung haben? Ich möchte nicht, daß sich der unbeobachtete Generator überlädt.«

»Selbstverständlich kümmert sich andauernd jemand um den Generator. Er kann sich nicht überladen. Sie sollten sich in Geduld üben. Besonders bei *Ihrem* Job.« Buxter hob seine breiten Schultern und legte eine dicke Hand auf seinen Bauch. Er sah auf die Liste, gähnte, strich sich den buschigen schwarzen Schnurrbart und begann seine Pfeife zu füllen.

Denton, der immer noch vor ihm stand, bewegte sich unbehaglich. Er wollte seine Schicht hinter sich bringen.

Buxter entzündete seine Pfeife und blies grauen Rauch auf Denton.

»Heute Durghemmer«, sagte Buxter.

Denton runzelte die Stirn. Durghemmer, die Klette.

»Durghemmer ...« Denton sprach den Namen in die

Luft, auf daß er ihm nie wieder über die Lippen käme.
»Nein. Also wirklich, Buxter, ich ...«

»Noch so ein Schwächling. Nie finde ich einen, der bereit wäre, Durghemmers Generator zu übernehmen, aber ich will verdammt sein, wenn ich's am Ende selbst tue. Deshalb, Denton ...«

»Ich kann nicht. Wirklich nicht. Ich habe heute abend eine Verabredung. Da kommt es auf psychologisches Fingerspitzengefühl an. Durghemmer würde alles kaputtmachen.« Denton blickte seinem Vorgesetzten mit dem ganzen Pathos seiner Schauspielkunst in die Augen. Buxter starrte auf seine Hände, dann zündete er wieder seine Pfeife an.

»Okay. Dieses eine Mal lasse ich's Ihnen durchgehen«, sagte er. »Nehmen Sie Hurzbau. Aber reden Sie nicht mit ihm, wenn es nicht unbedingt sein muß. Ich sollte es nicht tun, aber ich werde Durghemmers Generator für heute nacht auf Automatik stellen. Es ist gefährlich, aber was soll's? Allerdings — jeder muß früher oder später rotieren, Ron.«

»Natürlich«, sagte Denton erleichtert. »Später.« Er nahm seine Stempelkarte vom Regal an Buxters Bürowand.

* * *

Denton las pedantisch genau die Anzeigen ab, wobei er daran dachte, daß dieser Generator mindestens dreißigtausend Menschen mit Energie versorgte. Die Amplitude vergrößerte sich. Armer Hurzbau. Aber solche Gedanken, sagte er sich, waren genau die Sorge, die er nicht wollte. *Viel Glück*, Hurzbau!

Denton justierte die Haube über dem Bett. Die Haube des Generators war eine transparente Glocke, die Hurzbaus Bett umschloß. Sie bestand aus nichtleitendem Fiberglas und war von Drähten geädert, die in einem Kabelstrang an seiner Spitze zusammenliefen und sich wie eine dicke, gebündelte Kletterpflanze durch metallene Führungen in eine Öffnung in dem zylindrischen Kristall an der flachen Oberseite des Generators wanden.

Am rechteckigen Transformator lag an der dem Bett zugewandten Seite ein wabenförmiges Muster metallener Sechsecke offen. Auf der anderen Seite saß Denton in seiner schwarzen Uniform und in seiner beherrschten Haltung in einem Drehstuhl und regelte den Anstieg und Abfall der vom Generator absorbierten Energie, so daß ein stetiger, kalkulierbarer Strom zu den elektrischen Transmittern floß. Wenn die Gewerkschaften nicht gewesen wären, hätten das alles die Computer erledigt.

Als er die Anzeigen überprüft hatte, versuchte Denton sich eine Weile zu entspannen. Er blickte zerstreut im Zimmer umher. Der Raum war klein, ganz in Weiß gehalten, und es gab nur die paar Bilder, die Hurzbaus Angehörige aufgehängt hatten, um ihn aufzumuntern. Die Bilder zeigten ländliche Szenen aus Gegenden, die inzwischen größtenteils mit Plasphalt versiegelt waren.

Denton wunderte sich, warum sich überhaupt jemand die Mühe mit den Bildern gemacht hatte. Hurzbau konnte sie durch die Plastikhaube nur verschwommen sehen. Nichts, was nicht zum Generator gehörte, wurde unter der Haube geduldet. Nicht einmal Bettwäsche. Hurbaus nackter, krebszerfressener Körper wurde durch selbstregulierende Höhensonnen gewärmt.

Die Hälfte von Hurzbaus Gesicht hatte der Krebs weggefressen. Früher hatte er Übergewicht gehabt. Er hatte in vier Monaten von 100 Kilo auf 59 abgenommen. Die rechte Gesichtshälfte war zu einer dünnen Hautschicht eingefallen, die am Schädelknochen haftete; sein rechtes Auge war verschwunden, die Höhle mit Baumwolle ausgestopft. Er konnte nur mit Mühe sprechen. Sein rechter Arm war ausgetrocknet und nicht mehr zu benutzen, obwohl sein linker noch so stark war, daß er sich auf seinen Ellbogen aufstützen konnte.

»Kompensator...«, krächzte er, kaum hörbar durch das Plastik. Denton schaltete die Sprechanlage ein.

»Was kann ich für Sie tun, Sir?« fragte er ein wenig schroff. »Möchten Sie, daß ich die Krankenschwester rufe? Ich persönlich kann Ihnen keine medizinische Hilfe geben ...«

»Nein. Keine Krankenschwester. Denton? Ihr Name?«

»Ja. Ronald Denton. Ich sagte es Ihnen gestern, glaube ich. Wie geht ...?« Er hatte es beinahe vergessen, aber es fiel ihm rechtzeitig wieder ein. Er *wußte*, wie es Hurzbau ging; er hatte andauernde Schmerzen und noch sechs Wochen zu leben — höchstens. »Möchten Sie etwas Metrazin einnehmen? Das kann ich holen.«

»Nein. Wissen Sie was, Denton?« Seine Stimme war das Gekrächze eines Raben.

»Hören Sie, mir wurde gesagt, ich würde mit den Patienten zu sehr fraternisieren. Das ist eigentlich nicht mein Job. Wir haben einen fähigen Psychiater und einen Priester und ...«

»Wer sagt denn, daß Sie kein Priester sind, Denton? Die anderen Kompensatoren reden überhaupt nicht mit mir. Sie sind der einzige, der ein verdammtes Wort zu mir sagt ...« Hurzbau schluckte, und seine ausgetrockneten Gesichtszüge verzerrten sich, so daß sich seine linke Gesichtshälfte für einen Moment der entstellten rechten Hälfte anpaßte. »Wissen Sie, Denton, ich hätte mich gegen Krebs impfen lassen können, aber ich dachte, ich würde es nie brauchen. *Ich* nicht.« Er produzierte einige schmirgelpapierartige Geräusche, die ein Lachen sein mochten. »Und es ist eine sichere Angelegenheit, wenn man sich gegen Krebs impfen läßt, *kann* man keinen Krebs bekommen, und ich habe mir das durch die Lappen gehen lassen. Zum Kuckuck damit!«

Denton empfand dem sterbenden Mann gegenüber plötzliche Kälte. Er wich innerlich zurück, als wäre Hurzbau eine deformierte Sirene, die ihn unter die Haube locken wollte. In einer Beziehung stimmte es: Hurzbau wollte Mitgefühl. Und Mitgefühl hätte bedeutet, daß sich Denton in Hurzbaus Lage hätte versetzen müssen. Er mußte damit Schluß machen, selbst wenn es auf Hurzbaus Kosten ging.

Doch ein Blick in die Augen des alten Mannes hielt ihn davon ab: ein rotes Licht vom ausbrennenden, erlöschenden Docht der Nervenenden Hurzbaus.

»Denton, sagen Sie mir eins ...« Eine beinahe sichtbare Schmerzwelle jagte durch Hurzbaus geschrumpften Körper; die pergamentdünne Gesichtshaut verzerrte sich, als wollte sie reißen. »Denton, ich will Bescheid wissen. Die Generatoren, machen sie mich schwächer? Ich weiß, daß sie ... Energie aufnehmen ... von meinem Sterben ... Stimmt es, daß sie ... sich von mir ernähren? Lassen sie mich sterben, damit ...«

»*Nein!*« Denton war von seiner eigenen Heftigkeit überrascht. »Nein, Sie sehen es genau verkehrt herum. Er nimmt Energie auf wegen Ihres Sterbens, aber sie kommt nicht direkt von *Ihnen*.«

»Könnten Sie ...«, begann Hurzbau, aber er fiel aufs Bett zurück, unfähig, sich länger aufzustützen. Denton erhob sich impulsiv von seinem Überwachungsstuhl und trat ans Bettende. Er blickte in die sich auflösenden Augen des Mannes hinab und schloß nach der fast sichtbar schwelenden Glut des Schmerzes auf den Fortschritt der Histolyse. Hurzbaus Mund arbeitete schweigend, heftig. Schließlich, an einer intravenösen Kanüle zerrend, die an seinem linken Arm befestigt war, brachte er heraus: »Denton ... könnten Sie den Generator reparieren, wenn er ausfallen würde?«

»Nein. Ich weiß nicht genau, wie er funktioniert. Ich kompensiere nur die metrischen Oszillationen ...«

»A-ha. Wie können Sie dann behaupten, daß er mir nicht das Leben aussaugt, wenn Sie nicht genau wissen, wie er funktioniert? Sie wissen, was man Ihnen *erzählt*. Aber woher wissen Sie, daß es die Wahrheit ist.«

Hurzbau begann zu würgen und spuckte gelbe Flüssigkeit. Ein Flüssigkeitsdetektor an der Seite des Bettes veranlaßte einen Plastikarm dazu, sich von der Platte mit Automatikgeräten links von Hurzbaus Kopf zu erheben. Der Arm wischte das Kissen und Hurzbaus Lippen mit einem Schwamm ab. Die Augen des Sterbenden flackerten schwach auf, und er schlug mit seinem heilen Arm nach dem mechanischen Wischlappen.

»Verdammt, verdammt«, murmelte er, »ich bin doch keine Billardkugel.« Der Plastikarm floh zurück zu seiner Arretierung.

Denton wandte sich ab, die schwache persönliche Beziehung, die sich zwischen ihnen zu entwickeln begann, bewußt unterbrechend. Aber durch seine gestärkte schwarze Uniform hindurch beschlichen ihn Zweifel. *Nein.* Das Prinzip, nach dem die Generatoren funktionierten, wurde in der High School gelehrt, und in berufsbildenden Schulen wurde über die inneren Bestandteile der Maschinen unterrichtet. Die Oberen hätten gar keine Möglichkeit, irgend etwas von irgendwem zu verbergen ... Es gab kein Geheimnis. Dennoch konnte er nachempfinden, wie sich Hurzbau fühlte. Selbst aus seiner Perspektive, ständig ans Bett gefesselt, konnte Hurzbau die beiden roten LED-Anzeigen erkennen, nebeneinanderstehend, wie zwei Augen, die sich über ihn lustig machten und deren Werte erkennbar stiegen, wann immer er schwächer wurde. Ganz schön unmenschlich.

Er wurde schwächer, und die Maschine wurde stärker.

»Vielleicht ist es etwas, womit sie unter der Decke halten, Denton«, äußerte Hurzbau plötzlich. Er verkrampfte sich anschließend und erhob sich, sämtliche Muskeln angespannt, beinahe in eine sitzende Position, so daß seine Haut glasig gedehnt wurde und sich seine vertrocknete Gestalt mit roten Flecken überzog. Zwischen zusammengebissenen Zähnen drang Hurzbaus Flüstern hervor, ein bißchen metallisch klingend durch die Sprechanlage: »Wie kommt es, daß in diesem kleinen Körper soviel Platz für Schmerzen ist? Sie reichen aus, um ein Lagerhaus damit vollzupacken. Wie passen sie alle rein?« Denton stellte die Sprechanlage ab.

Er klingelte nach der Krankenschwester. Der alte Mann fiel zurück, entspannte sich. Ohne es zu wollen, blickte Denton auf die Nadel des Generators. Sie schlug aus. Er hörte, wie die Haube summte. Er eilte zur Steuerkonsole, um den Anstieg entropischer Energie zu kompensieren. Wenn die Maschine eine große Energiemenge auf einmal aufnahm, reagierte sie mit einem hochfrequenten oszillierenden Ton, der stark einem schrillen Gelächter ähnelte.

Der Generator gluckste, der alte Mann wurde schwächer, die LED-Anzeigen stiegen an. Hurzbaus Körper begann zu zucken, und mit jedem unkontrollierten Spasmus zog sich Dentons Magen vor Abscheu zusammen. Er hatte geglaubt, er wäre an das Einsetzen des Todes gewöhnt.

*　*　*

Denton verstärkte seinen Griff um Donnas weiche Schulter. Sie schlief, oder tat so als ob. Donnas langer, jungenhafter Körper war in seiner Erinnerung wie ein graziöser Wasserstrahl, der gegen seinen Körper schlug. Sie hatte selbst auf die leichtesten Berührungen reagiert. Visionen von Donna wechselten sich mit Erinnerungen an Hurzbau ab. Er setzte sich ruckartig auf, um sich eine Zigarette anzuzünden und zwischen sich und seiner Erinnerung an den sterbenden Mann eine Nebelwand aufzurichten.

Er blickte auf Donna hinunter, sah, daß sie ihn aus einen Spaltweit offenen Augen beobachtete. Sie lächelte hastig und sah weg.

»Wie spät ist es?« fragte sie mit müder Stimme.

»Es ist eins.«

»Worum ging es eigentlich in deinem Stück?«

»Willst du es lesen? Ich habe eine Kopie.«

»Nein.« Und sie fügte hinzu: »Es *interessiert* mich, aber in letzter Zeit lese ich nicht mehr so gern. Durch die Lehrbücher habe ich die Lust dazu verloren. Ich mag eher Live-Theater. Warum spielst du es mir nicht vor?«

Er hob eine Hand melodramatisch über den Kopf und zitierte mit einem überspannten Gesichtsausdruck, der sie lachen machte:

»Wir sind gekommen, Cäsar zu beerdigen, nicht ihn zu preisen ...«

»Ach so. Das ist aus deinem Stück?«

»Nun, es ist aus einem, das ich vor ein paar hundert Jahren geschrieben habe.«

»RUHE DA DRÜBEN, ICH WILL SCHLAFEN! IHR HABT MIT EUREM GEGRUNZE BEIM FICKEN SCHON GENUG LÄRM GEMACHT, UM DAS GANZE HAUS BIS DEZEMBER WACHZUHALTEN!« Der Typ im Apartment nebenan.

»Die Wände sind dünn«, flüsterte Denton entschuldigend. Aber Donna weinte. Sie hatte sich aufgesetzt, einen halben Kopf größer als Denton, und wippte vor und zurück. Er berührte ihren Arm, aber sie stieß ihn weg und stand auf.

»Hör zu«, sagte Denton verzweifelt, »es tut mir leid wegen dem Idioten nebenan. Laß uns irgendwo hingehen ...«

»Nein, ist schon okay. Ich fahre nach Hause. Es hat mir Spaß gemacht und alles, du bist ein guter Liebhaber, nur ...«

»Was, *nur?*«

Sie hatte ihre Unterwäsche bereits an und schlüpfte in die Schuhe. Er fragte sich, was er ihr getan hatte. Er hielt sie besser zurück, bevor sie angezogen war oder sich zum Gehen verpflichtet fühlte, sobald sie einmal so weit gekommen war.

»Was hast du?« fragte er. »Was habe ich falsch gemacht?«

»Nichts. Ich weiß bloß nicht, warum ich eigentlich hierher gekommen bin. Ich brauche keinen, der mir sagt, daß ich ein menschliches Wesen bin. Es ist jedenfalls nicht gut, sich an jemanden zu binden.« Sie war auf dem Weg zur Tür.

»JETZT GEBT ENDLICH RUHE DA DRÜBEN!« rief der Mann von nebenan.

»FAHR ZUR HÖLLE!« brüllte Denton zurück. Er zog eine seiner Uniformen an. Sie ging durch die Tür hinaus und ließ ihn mit dem leisen Grollen der nächtlichen Stadt allein. »Verdammt!« sagte Denton laut und fummelte an den Knöpfen.

Plötzlich erwachten die Apartments auf drei Seiten gleichzeitig zum Leben und vereinigten sich, um den ruhigen Abend in feinen Staub zu zermahlen.

»SCHLUSS JETZT, ALLE MITEINANDER!«

»ICH BRENNE DIESES LOCH NOCH NIEDER, WENN IHR ...«

»ICH RUF GLEICH DIE BULLEN!«

Donna trat in dem Moment in den Aufzug, als Denton die Tür seines Apartments hinter sich schloß. Er rannte zur Treppe und hastete drei Stockwerke hinunter, wobei seine Schritte in dem verlassenen Betontreppenhaus wie das Gelächter des Generators widerhallten.

Er rannte auf die leere Straße hinaus. Die Nacht war warm und feucht. Er machte Donna auf halber Höhe des Blocks zur Linken aus. Er lief ihr nach und kam sich albern dabei vor, aber er rief: »Heh, warte! So einfach ist es nicht!«

Sie kam an einem schwarzen Gebäudedurchgang vorbei, bog um die Ecke. Er eilte zur Mündung des Durchgangs, sah sie um die Ecke verschwinden ...

... etwas schlug ihm die Beine weg. Er warf die Arme hoch, fühlte die Betonkante des Bordsteins gegen einen

Ellbogen krachen, seinen Arm auskugeln; seine Wange schlug auf den Gulli: Schmerz wie blanke Stromdrähte, knallende Viehpeitschen. Eine Hand drehte ihn grob auf den Rücken, und er blickte in das verzerrte Gesicht eines Halbwüchsigen, häßlich vor Haß. Jemand anders riß Denton auf die Beine. Sein rechtes Auge begann anzuschwellen und schmerzte, so daß er blinzelte, aber er sah, daß es insgesamt vier Rowdies waren, alle mit durchsichtigen Plastikjacken über den bloßen, muskulösen, dunkelbehaarten Oberkörpern. Im scharfen Gegensatz dazu waren ihre Gesichter und Schädel kahlrasiert. Ihre Augen brannten vor Amphetaminen. Die Droge gab ihren Bewegungen etwas Spastisches, ähnlich wie bei Kindern, die vor erwarteten Schlägen zurückzucken.

Zwei von ihnen hielten Dentons Arme von hinten fest. Ein dritter mit einem Messer trat dicht an ihn heran. Alle vier waren merkwürdig still, beinah andächtig. Er war paralysiert, betäubt von etwas, das nicht hätte wahr sein dürfen. Er sah einen Film, dachte er verzweifelt. Jeden Moment mußte ein Werbespot kommen. Aber einer der Jungen zog mit einem heftigen Ruck, der grellen Schmerz durch das anwachsende Dunkel in seinem Schädel sandte, am Haar seinen Kopf zurück. Die Dunkelheit gerann zu abgrundtiefer Angst. Er war willenlos. Er erinnerte sich an Donna. Hatte sie ihn mit Absicht hierher gebracht, damit er auf diese Männer traf? Hatte sie ihn in eine Falle gelockt? Was würden sie mit dem Messer tun?

Einer der Jungen bewegte ruckartig seine Finger, um Dentons Hemd aufzuknöpfen. Er teilte den Kragen der schwarzen Uniform langsam, beinahe förmlich, als entkleidete er eine Geliebte. Die Nacht war warm, aber er empfand die Luft in seinem offenen Hemd als kalt wie eine Messerklinge. Wenn er um Hilfe riefe, würden sie ihn womöglich auf der Stelle umbringen. Die Straßenbeleuchtung über ihm tat seinen Augen weh; seine Arme wurden hinter ihm festgehalten. Er versuchte seine

Position zu verändern und erhielt einen Kniestoß ins Kreuz. Er blickte sich nach Donna um, als das Messer sein Unterhemd aufschnitt (ein sehr scharfes Messer, stellte er fest; der Stoff zerteilte sich leicht, als öffnete man einen Reißverschluß). Dann fühlte er das Messer auf seinem Nabel, einen Schmerz wie ein aufflackernder winziger intensiver Lichtpunkt und hervorsickerndes warmes Blut. Er schloß die Augen und biß sich gegen das Brennen nahe seinem Nabel auf die Lippen. Der Schmerz ließ sie ihn wieder öffnen.

Der Junge mit dem Messer schloß die Augen, als koste er den Vorgeschmack einer tiefen Befriedigung.

Die Andeutung einer Bewegung ...

Dann schrie der Junge mit dem Messer, sein Kopf schnappte zurück, sein Mund klaffte, sein Rücken krümmte sich; er versteifte sich, rief: »Verdammt! Wer ...?«

Er fiel, und Donna sprang leichtfüßig beiseite und wandte sich einem anderen zu. Denton fühlte den Griff um seinen Nacken verschwinden, als der Junge hinter ihm seinen Kameraden zu Hilfe eilte. Donnas gestiefelter Fuß schoß vor, die Ferse voran, gerade hoch und nach vorne, erwischte den dritten hart an der Kehle. Sie war groß, und ihre langen Beine halfen ihr, als die anderen beiden sich ihr mit ihren Messern zu nähern versuchten. Die ersten beiden waren am Boden; der Junge, der Denton mit dem Messer bedroht hatte, lag mit offenen Augen da, starr nach oben blickend, ohne zu zwinkern. Er lag vollkommen ruhig. Der andere war auf seinen Händen und Knien, hustete Blut auf seinen Kumpel, eine Hand auf seiner zerschmetterten Luftröhre, sein Blick starr und fasziniert, als koste er zum erstenmal wirklichen Schmerz und entdecke darin eine neue Welt.

Einen anderen mit einem Schlag der Stiefelspitze in die Leistengegend stoppend, wirbelte Donna herum, machte, ohne etwas von ihrem Schwung zu vergeuden, einen Ausfall auf dem Fuß und übertrug den Schwung auf ihren Arm, der ihm das Messer aus der Hand schlug. Das Messer klirrte auf den Beton, rollte vor den Jungen mit der eingedrückten Kehle.

Denton sog in mächtigen Portionen Luft ein, immer noch unfähig, sich zu bewegen: er war überzeugt, er würde lediglich gegen einen Bildschirm rennen, wenn er einzugreifen versuchte. Aber waffenlos drehte sich der letzte Rowdy um und floh in die Gasse hinein.

Der andere Junge preßte sich immer noch eine Hand in die Leistengegend, wippte auf seinem Hintern vor und zurück, stöhnend, kalkweiß im Gesicht. Donna betrachtete ihn einen Moment lang, dann sagte sie mit leiser, ruhiger Stimme:

»Ich glaube, ich sollte wiedergutzumachen versuchen, was ich angerichtet habe. Ich habe ein paar Erste-Hilfe-Sachen in meiner Tasche. Wenn ich sie finden kann ...« Kniend sah sie mit einer merkwürdigen Ruhe zu der Stelle zwischen seinen Beinen, wo sie ihn getreten hatte.

Denton holte tief Luft und erwachte aus seiner Starre, ein Schauspieler zwischen zwei Akten.

Er legte eine Hand auf Donnas Schulter, fühlte sie sich unter seinem Griff versteifen. Er steckte die Hand in seine Tasche und fragte: »Wo bist du hin, als sie über mich hergefallen sind?«

»Ich hab' mich in einem Eingang versteckt. Ich dachte, sie wären hinter mir her. Als ich sah, daß sie dich umstellten, ging ich zur anderen Seite des Durchgangs, ging hindurch und tauchte in ihrem Rücken auf.«

Sie wandte sich von ihm ab und dem Jungen zu. »Warum?« fragte sie.

Zwischen knirschenden Zähnen hindurch antwortete der Junge: »Hurzbau ...«

Als er den Namen erwähnte, wurde Denton klar, wo er den Anführer der Gang bereits einmal gesehen hatte: im Park, der Junge, der sich nach seinem Vater unter dem Generator erkundigt hatte. Er trat zu dem anderen Rowdy und fragte scharf: »Hurzbau *was?*«

»Hurzbaus Vater liegt im Krankenhaus. Unter dem Generator. Er wollte, daß wir's tun. Er ist unser Anführer. Er meinte, Sie wären ein Vampir und würden seinen Vater umbringen. Er hat Sie beobachtet, Sie verfolgt ...«

Donna schrie kurz auf, der Schrei wurde ein Stöhnen, während Denton ihren Körper auf dem Betongehweg aufschlagen hörte, noch bevor er sich herumgedreht hatte. Der schwarze Knauf eines Messers zitterte in ihrer Seite, von hinten von dem Jungen gestoßen, der jetzt stand, schwankend, im Begriff zu fallen, Blut hustend. Denton erkannte Hurzbaus Sohn, und er wunderte sich: *Warum sie und nicht ich?*

Der Junge brach zusammen, erschlaffte, Blut glitt zwischen seine Haut und die transparente Jacke, das Plastik ließ das Blut orange erscheinen und künstlich.

Denton fühlte vor Mitgefühl einen Schmerz in seiner eigenen Seite, als er schluchzend zu Donna rannte. Sie atmete noch, war aber bewußtlos. Das Messer steckte bis zum Heft in ihr. Er wagte nicht, es herauszuziehen, damit sie nicht zu viel Blut verlöre.

»Hier. Ruf einen Krankenwagen!« Der Junge, der gesprochen hatte, stand aufrecht, eine Hand noch immer auf den Schritt gelegt, so etwas wie Bedauern im Gesicht. Er reichte Denton ein billiges Taschentelefon. Denton tippte in rasendem Tempo die Notrufnummer ein.

Eine leise, metallisch klingende Stimme antwortete, und er gab die Adresse durch. Als er damit fertig war, blickte er die Straße auf und ab und fragte sich, warum sie nach all dem Lärm so verlassen war. An diesem Häuserblock gab es drei helle Straßenlampen. Denton, Donna und das übriggebliebene Mitglied der Gang waren in der Lichtinsel unter den bewohnten Hochhausapartments zu beiden Seiten der Straße scharf hervorgehoben und deutlich sichtbar.

Die Ereignisse der letzten Minuten holten Denton ein, als er warmes Blut über die Hand rinnen fühlte, die auf Donnas bewegungslosem Bein lag. Er sah zu dem Jungen hoch, der mit leerem Gesicht über ihm stand.

»Das werdet ihr alle noch bereuen«, sagte Denton in einem, wie er hoffte, stählernen, kompromißlosen Ton.

Der Junge zuckte nur die Achseln.

* * *

Er konnte jetzt nicht zur Arbeit gehen und einem Mann unter der Generatorhaube beim Sterben zusehen, wo er wußte, daß Donna unter einer ebensolchen Haube starb. Er erwog, seinen Job aufzugeben. Irgendwie hatte er das Gefühl, daß es ein Selbstbetrug wäre, wenn er den Job aufgäbe. Es vermittelte ihm einen seltsamen Frieden, wenn er in voller Gesundheit dasaß und den Patienten wie eine Ameise, die unter einem Vergrößerungsglas verbrannte, unter der Glashaube dahinsiechen sah. Und sich sagte: *Mir geht es noch gut, bei mir ist es noch nicht soweit.*

Er entschloß sich, nicht an seinen Arbeitsplatz zu gehen. Er sah immer noch Donnas Namen auf dem Arbeitsplan vor sich. Sie hatten erwartet, daß er sich um ihren Generator kümmerte. Nein. Nein. Er konnte sie nicht besuchen, nicht einmal in seiner Freizeit. Sie lag im Koma. Er mußte an etwas anderes denken. Er hatte die ganze Nacht über nicht geschlafen, und seine Augen brannten vor Erschöpfung. Er würde rausgehen und sich etwas zu essen besorgen, und wenn Buxter sich dazu entschloß, ihn zu feuern, wäre ihm die Entscheidung, den Job aufzugeben, abgenommen.

Er durchquerte die Eingangshalle des Krankenhauses und trat in gleißenden Sonnenschein hinaus, den die weißen Gebäude der Anlage reflektierten. Er hatte Angst. Ganz einfach Angst. Aber er war ein Schauspieler, deshalb merkte man ihm nichts an.

Nicht einmal Alice. Alice stand auf der Krankenhaustreppe und verteilte Flugblätter. Sie sah ihn sofort, zuerst die schwarze Uniform, die sie haßte, und dann ihren Ex-Liebhaber.

Denton hoffte, ihr ausweichen zu können, aber bevor er sich abwenden konnte, kam sie auf ihn zugerannt, drückte ihm ein Flugblatt in die Hand und umarmte ihn. Er wich verlegen zurück. Das Gleißen schien sich zu intensivieren, ein über der Ameise schwebendes Vergrößerungsglas. Alice lachte.

»Immer noch hier beschäftigt? Ich glaube, du mußt deinen Job wirklich gern haben, Ronnie.«

Sein Mund bewegte sich, aber es wollten keine Sätze herauskommen. Er schüttelte den Kopf, und schließlich brachte er heraus: »Ich würd' gern mit dir drüber reden. Äh — deine Meinung dazu hören. Aber meine Schicht fängt gleich an.« Er drehte sich um und eilte zurück in die Krankenhauskühle, ihr selbstgefälliges Lächeln spürte er an seinem Nacken kleben.

Plötzlich war es wichtig für ihn, zur Arbeit zu kommen. Er hatte nichts wiedergutzumachen.

Im Aufzug, als er allein war, sah er sich das zerknitterte Flugblatt an. Er las:

»... wenn es unausweichlich ist, daß ein Mensch sterben muß, dann laßt es ihn mit Würde tun. Der Tod ist seit langem Teil des Bruttosozialprodukts, zumal seit der Intervention der Vereinigten Staaten im arabisch-israelischen Konflikt. Aber eine Kugel im Herzen tötet rasch; der Tod unter dem Generator kommt langsam. Die weitverbreitete Meinung, Entropiegeneratoren beschleunigten das Eintreten des Todes, hat sich als Irrtum erwiesen, doch was tragen sie dazu bei, den Tod zu erleichtern oder aufzuhalten? Die Gegenwart eines Generators ist für den Sterbenden psychologisch schädlich, er bringt sie ja auch dazu, den Kampf ums Überleben früher aufzugeben, als sie es normalerweise täten ...«

Er dachte an Hurzbaus Worte: *Wie können Sie dann behaupten, daß er mir nicht das Leben aussaugt, wenn Sie nicht genau wissen, wie er funktioniert?*

* * *

»Mr. Buxter? Kann ich Sie sprechen?«

Kaum aufsehend, fragte Buxter: »Wie? Was machen Sie denn hier? Sie sollten vor zwanzig Minuten in Viersechsundfünfzig sein.«

»Ich möchte, daß Sie mir das Prinzip des Entropiegenerators erklären. Ich glaube, ich bin dazu verpflichtet, es zu kennen.«

»O Mann«, fauchte Buxter, »ist das alles? Schlagen Sie in der Bedienungsanleitung nach.«

»Das habe ich getan. Es war alles im Fachjargon. Und man hat uns knapp und nicht allzu klar informiert, als ich für den Job angelernt wurde. Es hat mir nie was ausgemacht, ob ich's verstehe, bis jetzt. Aber eine ... Bekannte von mir liegt unter ...«

»Unter dem Generator, stimmt's? Und *jetzt* wollen Sie es wissen. Okay, Denton. Ich erklär's Ihnen. Einmal. Und für die Zeit, die ich zum Erklären brauche, und die Zeit, die Sie nicht am Arbeitsplatz waren, wird Ihnen der Lohn gekürzt.«

Denton zuckte die Achseln, setzte sich Buxter gegenüber. Er fühlte sich wie ein kleiner Junge kurz vor der Beichte.

Buxter seufzte und begann, wobei er, während er sprach, mit einem Kugelschreiber spielte: »Das Wort ›Entropie‹ bedeutet, wörtlich übersetzt, ›Hinwendung zur Energie‹. Von unserem beschränkten Standpunkt aus definieren wir die Entropie für gewöhnlich als den in einer Substanz enthaltenen Grad von Unordnung. Die Entropie nimmt stetig zu, und die verfügbare Energie nimmt ab. So scheint es. Aus unserer Perspektive, wenn wir den Ordnungsgrad eines anderen Organismus' abnehmen sehen, scheint es so, als sei der Anstieg der Entropie gleichbedeutend mit einem Energieabfall. Es hat den Anschein, daß etwas von uns weggeht.« Er machte eine Pause, um seine Gedanken zu ordnen, und begann auf einem Blatt Schmierpapier herumzukritzeln.

Denton trommelte verwirrt mit den Fingern. »Wirklich? Ja, und? Wenn Menschen sterben, verlieren sie Energie ...«

»Nein, in der für uns relevanten Hinsicht verlieren sie sie nicht, UND HALTEN SIE DEN MUND UND HÖREN SIE ZU!, weil ich es Ihnen nicht zweimal erkläre. Das ist schon das zweite Mal in diesem Monat, daß ich das durchkauen muß ... Also, wenn man alt wird, läßt das Augenlicht nach, so daß es den Anschein hat, man sähe immer weniger. Die Gegenstände dieser Welt verschwimmen, verblassen. Eigentlich sieht man aber mehr als man sehen konnte, bevor die Sehkraft zu schwinden begann. Wenn sich die Sehkraft trübt, nimmt die Entropiesicht zu. In der anderen Dimension sehen Gegenstände eben so aus, verwischt, gräulich, weil sie eine Form besitzen, die eher dadurch definiert ist, wo sie *nicht* sind, als dadurch, wo sie *tatsächlich* sind.«

»*Welche* Dimension?«

Denton kannte sich nicht mehr aus.

»Die Dimension, die sich parallel zum Anwachsen der Entropie manifestiert. Früher glaubten wir, die Entropie mache Schöpfung und Form rückgängig, aber in ihrem umfassenden Sinn verstanden, verschafft die Entropie eine so andersgeartete Natur, daß diese gar nicht zu existieren scheint. Sie erschafft sie auf eine Weise, die wir im Grunde nicht begreifen, die wir aber gelernt haben, uns nutzbar zu machen.« Er räusperte sich, durch seine gelehrsame Abschweifung in Verlegenheit gebracht. »Wie auch immer, das Universum wechselt andauernd seine Dimensionen. Von der entropischen Gestalt zu unserer Art von Ordnung und wieder zurück.

Wenn man alt wird und weniger zu fühlen, zu hören und zu sehen meint, nimmt man in Wirklichkeit das Vordringen dieses anderen Universums wahr.«

Fünf Atemzüge lang schwiegen sie. Der alte Mann trommelte mit seinem Kugelschreiber auf den Tisch.

Denton fragte sich, ob seine Jugend daran schuld war, daß er nichts begriff. Er war noch nicht hinfällig genug.

»Was ich sagen will«, fuhr Buxter erschöpft fort, »ist, daß die Entropie ein Fortschreiten darstellt, anstatt eines Rückschritts. Wenn jemand an Ihnen vorübergeht, scheint es so, als bewege er sich zurück, relativ betrachtet, denn er geht dorthin, wo Sie bereits waren, auf das zu, was hinter Ihnen liegt. Aber aus seiner Sicht bewegt er sich *vor*wärts. Es gibt im kosmischen Maßstab zwei Arten von bekannter Energie: elektrisch-nukleare Energie, die Form erzeugt, und die negative Energie der Antiform. Nichts ist wirklich verloren, wenn man stirbt. Es findet lediglich ein Austausch statt.«

»Sie meinen, wie bei der Verdrängung von Wasser? *Dort* hinzugehen, zwingt etwas von dort nach *hier* zurück?«

»Mehr oder weniger. Die Generatoren verwandeln die Energie des Todes in nutzbaren elektrischen Strom.«

»Aber wenn man von einem Sterbenden Energie abzieht, stirbt er dann nicht schneller?«

»HÖREN SIE MIR DOCH UM HIMMELS WILLEN ZU!« Buxter war entschlossen, sich verständlich zu machen. »*Nein.* Er nimmt einem Sterbenden nichts weg. Er akkumuliert Energie, die im Verlauf des Sterbens abgestrahlt wird. Die negative Energie wird in die unbelebte Umgebung hinein freigesetzt, ob der Generator nun da ist oder nicht. Die Haube kommt mit dem Patienten selbst nicht in Kontakt ... sie reagiert nur auf den Nebeneffekt seiner biologischen Auflösung.« Er holte tief Luft. »Die Grundidee ist, daß Entropie keinen Mangel an etwas bedeutet, keine Subtraktion, sondern eine Addition. Wir haben gelernt, sie einzufangen, weil uns die

Energiekrise zwang, uns mit der zeitweiligen — und rein psychologischen — Unbequemlichkeit abzufinden, die Haube direkt über dem Sterbenden zu plazieren. Wenn ich mit dem Sterben an der Reihe bin, werde ich verdammt stolz sein, etwas beizusteuern. Auf diese Weise wird nichts von meinem Leben umsonst gewesen sein, nicht einmal an seinem Ende. Ein Individuum bewirkt die Abstrahlung einer erheblichen Menge negativer Energie, wenn es stirbt, wissen Sie. Wir nutzen das in der Praxis nun schon seit fünf Jahren, und es gibt immer noch eine ganze Menge, was wir daran nicht verstehen.«

»Warum Menschen benutzen? Warum nicht Pflanzen?«

»Weil verschiedene Organismen negative Energien unterschiedlicher Struktur ausstrahlen. Wir verstehen es noch nicht, sie alle aufzufangen. Im Moment schaffen wir es bei Rindern und bei Menschen. An Pflanzen wird gearbeitet.«

»Ich weiß nicht, ich ... äh ...« Denton geriet ins Stottern, weil er wußte, daß Buxter über seinen Einwand in Wut geraten würde. »Aber könnte ein Generator nicht die Moral eines sterbenden Menschen schädigen? Ihn glauben machen, es sei zu spät, so daß er vorzeitig aufgibt? Ich meine, die Anfälligkeit für eine Krankheit ist doch teilweise psychologisch bedingt, und wenn man unter Druck steht, weil man unter der Haube liegt ...« Er brach ab und schluckte, als er Buxters Gesichtsausdruck sah.

Heiße Asche sprühte aus Buxters wippender Pfeife, während er sprach. »Denton, das ist nichts als ein Haufen auf Vermutungen basierendes Gewäsch. Und es ist pure Dummheit, sich angesichts der schlimmsten Energiekrise, die die Welt je erlebt hat, darüber den Mund zu verreißen. Wir werden das Energieproblem vielleicht für alle Zeit gelöst haben, wenn wir lernen, negative Energie von absterbenden Pflanzen und Kleintieren und derlei abzuziehen. Aber Leute wie Sie müssen ausgerechnet diese Hoffnung miesmachen. Und eins sage ich Ihnen, Denton, ich werde mir ernstlich darüber Gedanken machen, ob ich Sie nicht gehenlassen soll, und wenn Sie nicht wollen, daß ich auf der Stelle meine Entscheidung treffe, dann machen Sie gefälligst, daß Sie augenblicklich zu ...«

»Ich kann die zugeteilte Schicht nicht übernehmen, Sir. Ich kenne das Mädchen unter dieser Haube.«

»Also gut, dann bleibt noch Durghemmer. Übernehmen Sie ihn, oder für Sie ist hier Schluß!«

Denton fühlte sich erschöpft. Er nickte stumm und verließ das Büro.

Durghemmer konnte warten. Denton rief die Krankenhausauskunft an und erfuhr, daß Donna immer noch ohne Bewußtsein war.

* * *

Denton ging seinen engsten Freund besuchen. Er nahm den Bus zum Glennway Park. Donald Armor war in einer Beziehung ein Krüppel und vollkommen mobil in einer anderen. Sechs Jahre lang war er Rennprofi gewesen und hatte mehrere nationale Titel gewonnen. In der Schlußrunde des Indianapolis-500-Rennens von 1995 und auf dem zweiten Platz war Armors Wagen ins Schleudern geraten, vom nachfolgenden Wagen abgeprallt und in die Haupttribüne gerast, wobei fünf Zuschauer getötet und vier verstümmelt wurden. Als 1996 benzinbetriebene Wagen verboten und elektrische vorgeschrieben wurden, machten die Verantwortlichen für Armor eine Ausnahme. Ihm wurde gestattet, sein eigenes Auto zu fahren, das einzige Straßenfahrzeug mit vier Rädern, weil er etwas anderes nicht steuern konnte. Ein Teil der Feuerschutzwand des Rennwagens hatte sich durch die Wucht des Aufpralls losgerissen, tief in Armors Seite gebohrt, ihn unterwegs kastriert und sein

Rückgrat gebrochen. Die Ärzte konnten den Splitter nicht entfernen, ohne ihn zu töten.

Armor war ein reicher Mann, und er hatte ein Auto um sich herumgebaut, das seinen Erfordernissen angepaßt war. Es war ein kleiner Sportwagen, aber mit dem Cockpit, dem Feuerschutz, dem Steuerrad und Armaturenbrett des originalen Indianapolis-Renners. Er war inzwischen ein permanenter Teil des Wagens, lebte Tag und Nacht darin, unfähig oder nicht willens, ihn zu verlassen. Bis zu seinem Tod. Er schied durch einen Darmbeutel aus, aß in Drive-ins.

Denton setzte sich auf den Sitz neben Armor und versuchte, wie immer, nicht das dreißig Zentimeter lange abgerissene Blechstück anzusehen, das der rechten Seite des Fahrers entragte und ihn über ein Kugelgelenk mit dem Armaturenbrett verband. Das Kugelgelenk gab ihm eine beschränkte Bewegungsfreiheit innerhalb des Wagens.

Armor hatte eine gewisse Gewalt über seine vernarbten und verdrehten Beine, genug jedenfalls, um den Wagen mit einer Geschwindigkeit und Eleganz den Boulevard hinunterzujagen, die Denton jedesmal wieder in Staunen versetzten. Armor fuhr flüssig und ohne Fehlstarts, immer zwanzig Meilen über der Geschwindigkeitsbegrenzung, da er genau wußte, daß kein Polizist ihm jemals ein Strafmandat geben würde. Sie kannten ihn alle. Armor war berühmt, und er starb ... Er hatte weniger als ein Jahr noch zu leben, aber über einem sich bewegenden Wagen konnte man keinen Generator installieren. Er hatte sich entschieden, auf jeden Komfort zu verzichten; kein Radio, kein Tapedeck oder Saftspender. Er trank nicht und konnte keinen Geschlechtsverkehr ausüben.

»Was ist dir heut' über die Leber gelaufen, Ron?« fragte Armor mit einer Stimme wie das entfernte Rumpeln eines Lasters. Er war dunkel und grobknochig, und seine buschigen schwarzen Augenbrauen sprossen einsam auf einem vernarbten kahlen Schädel. Seine harten grauen Augen waren ständig im Raum zwischen den weißen Straßenmarkierungen gefangen. »Irgendwas macht dir zu schaffen«, sagte er.

Seit Armors Unfall waren sie Freunde. Armor kannte Denton fast ebensogut wie die Straße. Denton erzählte ihm von Donna und dem Generator.

Armor hörte kommentarlos zu. Seine Augen ließen die Straße nicht aus dem Blick — das taten sie kaum jemals — und sein Gesicht blieb, abgesehen von kleinen Veränderungen, wenn die Straße größere Aufmerksamkeit erforderte, ausdruckslos.

»Und ich kann mich nicht dazu entschließen, den Job aufzugeben«, schloß Denton. »Donna befindet sich immer noch im Koma, weshalb ich nicht mit ihr sprechen kann. Ich habe beinahe das Gefühl, gegen sie zu arbeiten, wenn ich dort weitermache. Ich weiß, es ist irrational ...«

»Was gefällt dir so gut daran, daß du nicht kündigen kannst?«

»Das ist es nicht. Ich ... nun, einen anderen Job findet man nicht so leicht.«

»Ich weiß, wo du einen neuen Job bekommen kannst.«

Er brachte den Wagen zum Stehen. Sie parkten vor der TREMMER UND FLEISHER SCHLACHTEREI/ WEITERVERARBEITUNG. Unter dem älteren Schild stand in frischgemalten schwarzen Buchstaben: GENE-RATOREN-ANLAGE.

»Mein Bruder Harold arbeitet hier«, sagte Armor. Er hatte den Motor nicht abgestellt. Das tat er selten. »Er kennt dich. Er kann dir hier einen Job besorgen. Geh rauf zum Personalbüro! Dort ist er beschäftigt. Dieser Job wird dir besser gefallen als der andere, denke ich.« Er wandte seine unnachgiebigen Augen von der Motorhaube ab und sah Denton mit einem Fünfhundert-PS-Blick an.

»Okay.« Denton zuckte die Achseln. »Wie du meinst. Ich kann jetzt sowieso nicht mehr zur Arbeit zurückgehen.« Er öffnete die Wagentür und stieg aus, wobei er seinen Rücken sich nach dem Schalensitz schmerzhaft entkrampfen fühlte. Er blickte durch die offene Tür. Armor beobachtete ihn noch immer.

»Ich warte hier«, sagte Armor abschließend.

* * *

Das helle Licht tat Dentons Augen weh, als er Harold Armor, Donalds Bruder, in ein stallähnliches Aluminiumgebäude folgte, das mit SCHLACHTHAUS-GENERATOR ANLAGE I überschrieben war.

Im Innern durchbrachen die langen Seufzer des sterbenden Viehs das Zischen der Klimaanlage. Es gab zwei lange Reihen von Boxen, und jedes darniederliegende Rind war von einer Generatorhaube eingeschlossen. Die Spitze jeder Haube lief in ein dickes glasiges Kabel aus, das sich mit anderen aus benachbarten Boxen an der Decke zu einem Netzwerk silberner Drähte verband, einem spinnwebartigen Baldachin.

»Also bei diesen Rindern hier — nun, 'n paar sind altgewordene Kühe — da gibt's einen Generator für alle, und einen Kompensator für jeweils drei Tiere«, gab Harold stolz bekannt. »Und 'n paar davon halten wir jetzt schon sechs bis acht Monate genau im richtigen Stadium des Verfalls, weißt du. Und gerade das ist die Schwierigkeit. 'ne Menge sterben uns jedenfalls weg. Viele gehn an Altersschwäche ein. Die meisten lassen wir zu Tode bluten.«

»Ihr laßt sie verbluten?« Denton konnte sein Erschrecken nicht verbergen. Als er Dentons Reaktion sah, versteifte sich Harold.

»Genau das tun wir. Wie sonst könnten wir sie auf dem richtigen Verfallsniveau stabilisieren und sie doch so lange am Leben erhalten, daß sie genug produzieren?

Klar, ich weiß, was du gleich fragen wirst. Macht doch jeder, wenn er zum ersten Mal hier ist. Die Regierung hat dem Tierschutzverein wegen der Energiekrise den Mund gestopft. Und natürlich gehört es hier zu deinem Job als Kompensator, daß du lernst, ihr Bluten und ihre Fütterung so zu regeln, daß sie mit der richtigen Geschwindigkeit sterben. Das macht ein bißchen mehr Arbeit hier als im Krankenhaus, wo sie von selbst für einen sterben. Dafür wird mehr bezahlt als im Krankenhaus. Alles was du dir merken mußt, ist, daß du sie entweder mehr bluten lassen oder weniger füttern mußt, wenn sie hinter dir herschnüffeln und sich zu sehr erholen. Manchmal geben wir ihnen auch etwas Gift, wenn sie hierher kommen, um sie auf die richtige Bahn zu bringen.«

Denton stand vor einer der Zellen und beobachtete einen ausgewachsenen Bullen mit Fünfundzwanzig-Zentimeter-Hörnern, dessen massiger Burstkorb sich unregelmäßig hob und senkte, dessen Augen sich öffneten und schlossen und öffneten und schlossen ...

»Der hier zum Beispiel«, dröhnte Harold, »ist erst seit einer Woche hier und hat sich noch nicht richtig dran gewöhnt. Die meisten legen sich einfach hin und vergessen nach ein paar Wochen oder so, daß sie noch am Leben sind. Guck mal, man kann die Kerben an der Box erkennen, wo er hingetreten hat, und er blutet am Huf — das müssen wir flicken, woll'n ja nicht, daß er sich 'ne Infektion holt. Mit sowas sterben sie zu schnell. Sonst dauert's nicht mehr lang, und seine nackte Haut kommt raus und das Fell geht ihm aus, weißt du.«

Das gefangene Tier sah mit stumpfen, angstmüden Augen zu Denton auf. Es lag auf der Seite, und sein Kopf hing schlaff aus der Boxenöffnung heraus. Drei dicke Plastikschläuche waren mit festsitzenden Stahlbändern an seinem gesenkten Nacken befestigt. Der Bulle schien sich im Übergang von instinktiver Rebellion zur Kapitulation zu befinden. Er zuckte und hob seinen Kopf ein paar Zentimeter an, als versuchte er sich daran zu erinnern, wie das Aufstehen funktionierte.

* * *

Aus der Besprechung der *New York Times* von Ronald Dentons einzigem Theaterstück, *All Men Are Created Sequels:*

»Das Stück begann schon vor dem zweiten Akt zu verwesen, wie es ein Kadaver tun würde. Zum Ende des zweiten Aktes war die Bühne ein Miasma aus faulendem Fleisch, das sich vor parasitären Belanglosigkeiten krümmte. Mr. Denton hätte freundlicherweise eine Generatorhaube über das Publikum stülpen sollen, um der Veranstaltung, in deren Verlauf das Publikum vor Langeweile starb, wenigstens etwas von Wert abzugewinnen.«

* * *

»Komm mal her, Kleiner!«

Denton wollte nicht zur anderen Seite des Generators herumgehen. Er wollte Durghemmer nicht ansehen.

»Herkommen, sag' ich!«

Denton seufzte und stand auf. »Ja?«

Durghemmers Gesicht war runzlig, sah aber gesund aus. Seine Augen waren helle Knöpfe, die tief in den Senken über seinen Wangen lagen. Er hatte einen winzigen runden Mund, dünnes graues Haar und ein äußerst kleines Kinn. Seine Wangen bebten, wenn er lachte. Er deutete mit einem Wurstfinger auf Denton. »Bedrückt dich was, Kleiner?«

»Sollten Sie nicht eigentlich schlafen, Mr. Durghemmer? Es ist nach neun.«

»Solltest *du* nicht schlafen, Kleiner? Schlafen?« Er lachte schrill, das Geräusch von Kuhglocken drang durch die Plastikglocke der Haube. Er setzte sich auf, fiel zurück.

Emanuel Durghemmer war vor drei Jahren ins Krankenhaus gekommen, an tödlicher Leukämie erkrankt. Die Krankheit war zu weit fortgeschritten gewesen, um ihm zu helfen; man hatte erwartet, daß er innerhalb einer Woche sterben würde. Unverzüglich wurde ein Generator über ihm plaziert. Er fiel in ein monatelanges Koma. Als er erwachte, machte die Nadel einen Sprung. Der Anzeige zufolge war er dadurch, daß er das Bewußtsein wiedererlangt hatte, dem Tod einen erheblichen Schritt näher gekommen. Und der Krankenhauslegende zufolge hatte er sich gleich nach dem Erwachen aus dem Koma aufgesetzt und *gelacht*. Der Generator hatte wiederum einen Abfall an Lebenskraft und einen entsprechenden Gewinn an entropischer Energie registriert. Seit drei Jahren sah es Woche für Woche so aus, als befände sich Durghemmer am Rande des Todes. Immer unter Schmerzen, lieferte er mehr negative Energie als jede andere Person im Krankenhaus. Und er hatte die ätzenden Angewohnheiten eines Bettlägerigen entwickelt.

Durghemmers Jovialität zermürbte Denton. Aber Dentons Schicht dauerte noch zwei Stunden. Er entschloß sich, das Beste daraus zu machen, herauszufinden, soviel er konnte.

Irgendwie ließ Durghemmers Verhalten Donnas nahenden Tod absurd erscheinen.

»Du wunderst dich, nicht wahr?« fragte Durghemmer. »Du wunderst dich, wie ich am Leben bleibe.«

»Nein. Ist mir scheißegal.«

»Ist es nicht. Es interessiert dich aus dem einfachsten aller Gründe. Du weißt, daß du eines Tages sterben wirst, und du fragst dich, wie lange du es unter dem Generator aushalten wirst und wie es sein wird, die Anzeige rauf und runter gehen zu sehen. Oder vielleicht — wenn's nicht um dich geht, dann um jemand anders? Stirbt jemand, der dir nahesteht, Kleiner?«

Nicht überraschend, daß Durghemmer Bescheid wußte. Der alte Parasit war seit drei Jahren im Krankenhaus, was den Rekord unter dem Generator um zweieinhalb Jahre übertraf. Er konnte den Tod über weite Entfernung riechen.

»Stimmt, aber was soll's?« sagte Denton impulsiv. »Sie haben also recht. Es ist eine Freundin.«

»Hat sie Krebs an der Muschi?« Hohles Gelächter hallte in der Haube wider. Auf dem Gesicht des Alten mischten sich Lachfältchen ununterscheidbar mit Sorgenfalten.

Denton hätte das Haubenplastik am liebsten zerschlagen, um dem übelriechenden Mund des alten Politikers eins mit der Faust zu verpassen. Statt dessen sagte er beherrscht: »Nein. Sie wurde niedergestochen. Ich muß sie besuchen. Ich habe gehört, sie ist heute nachmittag für eine Weile zu sich gekommen. Vielleicht kann ich ...« Er zuckte die Achseln. »Ich erkläre ihr alles.«

»Schreib sie ab, Kleiner. Niemand außer mir hat je rausgefunden, wie man es benutzt. Hab's in meiner Zeit als Major gelernt ...« Er lachte schallend, hustete Schleim.

»Was haben Sie mit Burt gemacht?«

»Der Junge, der gekündigt hat? Der hatte keine Ausdauer, war drei Wochen ausschließlich bei meinem Generator eingesetzt.« Er schloß die Augen. Mit leiser, angespannter Stimme: »Weißt du, manchmal macht der Schmerz die Dinge für einen deutlicher. Auf eine Art weckt er einen auf und läßt einen besser sehen. Ist dir schon mal aufgefallen, wie jedes Geräusch und jedes Licht unerträglich laut oder hell wird, wenn du Bauchschmerzen hast? Alles läßt einen sich kranker fühlen, weil man es so gut, so deutlich wahrnimmt. Manchmal werden Leute, die mit ihrem Leben nichts Besonderes angefangen haben, gute Maler, wenn sie krank werden, weil der Schmerz ihnen für die Dinge *den Blick öffnet*. Und manchmal ...« Er entfernte sich für eine ganze Minute, Leere im Blick. Dann sprach er in verschwörerischem Ton weiter, mehr mit sich selbst flüsternd als zu Denton: »Manchmal sehe ich im Schmerz Dinge. Nützliche Dinge. Blicke in eine andere Welt. Ich dringe ein kleines Stück weit ein, dann kehre ich hierher zurück und stehe wieder auf festem Boden. Und ich sehe diese unsichtbaren Drähte, die jeden Menschen mit den anderen verbinden, wie miteinander verknäulte Marionettenfäden.«

Denton hatte das Interesse am Geschwätz des alten Mannes verloren. Er konnte Donnas Augen vor Schmerz glühen sehen, wie die roten LED-Anzeigen des Generators.

Durghemmers Generator erwachte summend zum Leben, als er einen Strom negativer Energie zu absorbieren begann. Durghemmer wurde müde. Die Maschine begann in sich hineinzulachen. Durghemmer lag ruhig da, ein schwaches Lächeln verlor sich im Faltenlabyrinth seines Gesichts.

»Durghemmer«, sagte Denton, neben ihm stehend. »Ich muß eine Frau besuchen. Ich muß nachsehen, ob mit ihr alles in Ordnung ist. Und hören Sie, würden Sie davon Abstand nehmen, eine Krankenschwester zu rufen, wenn ich rausgehe, es sei denn, es handelt sich um einen absoluten Notfall? Ich *muß* einfach zu ...«

»Okay, Kleiner. Aber du kannst deine Freundin abschreiben. Sie hat nicht lange genug gelebt, um gelernt zu haben, wie ...« Er hatte gesprochen, ohne sich die Mühe zu machen, die Augen zu öffnen.

* * *

Denton war mit Donna allein; er hatte den eingeteilten Kompensator bestochen. Er spähte nervös durch die Haube zu ihr hinein; er hatte Angst, sie könnte bereits tot sein. Ihre elfenhaften, bewußtlosen Gesichtszüge schimmerten in dem abgedunkelten Raum im Takt des Aufblitzens der Generatorleuchten auf. Denton überprüfte die Regler, überprüfte sie erneut, entdeckte einen Kompensationsfaktor, den er beim ersten Mal übersehen hatte. Er justierte die Energieaufnahme der Haube. Sie nahm ab. Die Anzeigen stiegen.

Er schaltete die Sprechanlage ein, ging zur anderen Seite des Bettes herum. »Donna? Kannst du mich hören?« Er blickte auf die Anzeige. Sie machte einen Sprung. Sie kam wieder zu Bewußtsein, aber das Aufwachen kostete sie Kraft. Vielleicht würde es sie schwächen, wenn er mit ihr sprach, sie vielleicht sterben lassen, dachte er unvermittelt. Etwas, das er vorher hätte bedenken sollen. Sein Herz war eine Faust, die gegen seine Rippen schlug.

Ihre Augen öffneten sich, silberblaues Platin, vor Verzweiflung matt gewordenes Metall.

Er begann hastig zu sprechen: »Es tut mir leid wegen allem, Donna. Ich weiß nicht, wieso du in meine Probleme hineingezogen wurdest ...«

Sie sah ihn einen Moment lang verständnislos an, dann klärte sich im Wiedererkennen ihr Blick.

»Ich sollte dich jetzt in Ruhe lassen«, fügte er hinzu, »aber ich mußte mit dir sprechen.«

Ihm wurde klar, daß er in Wirklichkeit keine Ahnung hatte, was er sagen wollte.

»Verschwinde von hier, Ron ... du bist wegen dir gekommen, nicht wegen mir.« Ihre Stimme war so dünn wie Eis im Herbst. Und als hätte man ihn mit Eiswasser aufgeweckt, überfiel Denton die Erkenntnis: Es stimmte.

»Du bist gekommen, um dich zu entschuldigen. Was heißt das denn schon? Vielleicht solltest du dich bei Hurzbaus Sohn entschuldigen. Ich habe gehört, daß er gestorben ist. Ich moralisiere nicht. Wir haben ihn gemeinsam umgebracht.« Ihre Lider flatterten.

»Donna?« Sie gab auf. Ihre Stimme entfernte sich. Ihre Aufmerksamkeit fesseln, sie dazu bringen, sich zurückzukämpfen. Er drückte den Summer für die Krankenschwester und rief: »*Donna!*« Seine Stimme dehnte sich, vibrierend vor Hysterie.

Sie öffnete einen Spaltweit die Augen und murmelte: »Sie haben dich einem psychologischen Test unterzogen, nicht wahr? Sie haben dich getestet, und dann wußten sie, daß du für den Job geeignet bist.«

Dann eilte die Krankenschwester herein, und Denton drückte den grünen Knopf, der die Haube anhob.

Beim Hinausgehen sah er, daß die LED-Anzeigen immer noch stiegen. Der Generator kicherte gierig.

* * *

Er schlurfte unter großer Anstrengung durch die Gänge, jetzt spürte er, daß er zwei Tage nicht geschlafen hatte. Seine Arme und Beine schienen weicher zu werden, als lösten sich seine Knochen allmählich auf. Er gelangte zu dem Fenster mit Ausblick auf den Parkplatz. Wie vermutet, erwartete ihn Armor dort unten, ohne Pause Runde um Runde drehend, den Parkplatz in einer Warteschleife umkreisend.

Denton verließ das Fenster. Er konnte Armor jetzt nicht gegenübertreten. Er wanderte ziellos durch die aseptischen Gänge. Er stellte sich vor, daß negative Energie wie ein dunkler Halo von ihm ausstrahlte. Der Schatten verdunkelte sich, während er immer tiefer in seiner Erschöpfung versank. Seine Kehle zog sich zusammen, bis er kaum noch atmen konnte. Ihm hatte sich die Form des Blutrinnsals an Donnas Kinn eingeprägt, das letzte, was ihm aufgefallen war, bevor die Krankenschwester ihn zum Gehen aufgefordert hatte. Es war von ihrer Nase auf ihre Wange heruntergelaufen und hatte sich gegabelt, ein dunkler Blitzstrahl. Er stellte sich die feinen roten Verzweigungen in der Atmosphäre um ihn herum vor, als wäre die Luft ein Gewirr ätherischer Adern. Die roten Linien verbanden die gespenstischen vorüberhastenden Sanitäter und Krankenschwestern miteinander wie die Drähte, die nach Durghemmers Beschreibung die Köpfe aller Stadtbewohner verbanden. Denton ging langsam, durch geschmolzenes Wachs watend, zu Durghemmers Zimmer.

»Ich will es *wissen*, Durghemmer«, sagte er zu dem alten Mann, als er den sterilen Raum betrat. »Ich weiß, daß Sie die negative Energie aus der Haube für sich selbst abzweigen. Ich will wissen, *wie*.«

Der alte Mann grinste zahnlos. Sein Zahnfleisch war gerissen und ausgetrocknet und machte seinen Mund zu den bröckelnden Zinnen einer verfallenen Stadt. Er setzte sich auf, und wieder stieg die Anzeige.

Denton lehnte erschöpft auf dem Generator, fest dazu entschlossen, mit dem Tod ins reine zu kommen.

»Ich dachte mir, daß Sie es würden wissen wollen, Denton.« Durghemmer lachte, in seiner Kehle tanzten staubige Motten. »Ich brauche Sie nur anzusehen, um zu wissen, daß das Mädchen gestorben ist.«

Denton nickte. Die Bewegung hätte von einer Vogelscheuche stammen können, die im Luftzug schwankte.

»Klar, Mann, ich werd's Ihnen zeigen, wie ich in diesem Loch hier gedeihe. Ich werd' Ihnen zeigen, wie ich mich unter dieser Haube über Wasser halte wie ein Fasan unter Glas. Ich zeig's Ihnen genau, wirklich. Sie brauchen mich jetzt nur zu beobachten.«

»Sie beobachten? Sie meinen, ich kann *sehen*, wie Sie es anstellen?«

»Klar. Beobachten Sie jetzt einfach.«

Der dunkle Raum schien in Fasern von Undurchsichtigkeit zu erstarren. Der Generator summte glücklich vor sich hin. Denton beugte sich vor, die Hände auf der Steuerkonsole, die müden Augen verzweifelt auf Durghemmer fixiert.

Der verfallende Politiker legte sich zurück und faltete die Hände über der Brust. Dann begann er in sich hineinzulachen.

Denton war vollkommen verblüfft. Soweit er erkennen konnte, tat der alte Mann überhaupt nichts ...

... außer zu lachen.

Schlafwandler

*... die Umgebung, die sich der Mensch schafft, wird zum
Medium, durch das er seine Rolle in ihr definiert.*

— Marshall McLuhan

»Ein Königreich für'n Dollar«, sagte Ace.

»Der Mensch muß leben, der Mensch muß essen, der
Mensch braucht Schuhe, um über die Straße zu laufen«,
sagte Bernie.

»Neuer Tag, neuer Dollar«, sagte Jules.

»Haste fünf, kriegste zehn, und haste zehn, kriegste
zwanzig«, warf Ace ein.

»Bettler können nicht wählerisch sein«, sagte Bernie.

»Wenn dich die Wölfe vor der Tür die Zeche zahlen
lassen, oder so in der Art«, murmelte Ace, dem es allmählich langweilig wurde. Sie hatten das Spiel begonnen, als Jules ihnen gesagt hatte, daß er sich an die
Schlafwandler-Agentur vermieten würde.

Sie schwiegen wieder und hörten Mick Jagger zu, der
erklärte, daß er es mochte, auch wenn es bloß Rock 'n'
Roll war. Das Stück ging zu Ende, ein neues fing an, ein
Liebeslied im Stil eines Trauerlieds, und dabei mußte
Jules an Zimm denken und an das Geld, das er brauchte, bevor er sie wiedersehen konnte. »Geld soll man weder leihen noch verleihen«, brummte er. *Also, was das
Leihen betrifft, hab' ich's überzogen, dachte er. Ich wünschte,
ich schuldete ihr gar nichts. Kein Geld. Oder sonstwas.*

In diesem Moment stolzierte Barb mit ihren Utensilien herein, ihr Grinsen leuchtete in dem Nachmittagslicht, das durch das einzige unzerbrochene Fenster fiel,
wie eine Nadel. Es war unsauberes Met, deshalb mußte es gekocht werden. Als er sie das Met aufkochen

sah, tanzte Bernie im Kreis um sie herum, klatschte in die Hände und knurrte. Bernie hatte geschlitzte braune Augen und gekräuseltes schwarzes Haar, das nach sechs wäschelosen Wochen von seinem eigenen Gewicht plattgedrückt war. Er war neunzehn gewesen und jüdisch, bevor er angefangen hatte, Amphetamine zu drücken. Er war nicht mehr jüdisch, er war nicht mehr jung; er war ein Speedfreak.

Jules beobachtete mit einem leichten Lächeln und trommelte zur Musik mit den Fingern gegen das Sperrholz, das über das Seitenfenster genagelt war. An einem vergangenen ausgelassenen Sommerabend hatte Ace alle Fensterscheiben bis auf eine zerbrochen, und jetzt starrte das alte stuckverzierte Haus wie ein einäugiger Mann auf das übrige East Hollywood. Jules fühlte sich ausgeschlossen bei Gelegenheiten wie dieser, denn er hatte die Drogen aufgegeben. Ein bißchen Peyote hie und da, vielleicht dann und wann ein paar Pilze; so gut wie clean, jedenfalls beinahe.

Ace war ein halber Chicano*, oder war es gewesen, bevor er sich mit Methedrin eingelassen hatte. Die Pockennarben auf seinen ausgemergelten Wangen schienen zu glühen wie winzige Fumarolen, während er beobachtete, wie Barb, seine alte Lady, mit klinischer Distanz die Spritze vorbereitete. Seine Augen waren schwarz; stechend und pointiert schwarz.

Ace ging auf sein Zimmer und kam mit einer Büchse Feuerzeugflüssigkeit zurück. Im Kreis um Barnie herumspringend, spritzte er die Flüssigkeit auf den Boden. Bernie tanzte. »He, HEH!« brummte Bernie, als der Gitarrenspieler auf der Platte mit einem mitreißenden Solo begann. Ace schnippte ein Streichholz auf den Ring Feuerzeugflüssigkeit, und hauchdünne Flammen zuckten empor, umschlossen Bernie wie Rampenlichter, kitzelten ihn an den Knöcheln. Lachend tanzte er sie tot.

---

* Amerikaner mexikanischer Abstammung. — *Anm. d. Übers.*

Sie erstarben rasch und mit ein wenig Rauch, wie unterernährte Säuglinge.

»Wu-huu!« rief Jules obligatorisch, dabei in die Hände klatschend. Er spürte es kaum.

Barb, ihre schwarze Haut glänzend von Schweiß, beugte sich zur Kerze hinüber, so daß ihre tintigen Augen das vom Löffel blinkende Licht reflektierten.

Jules war nicht in eine funktionelle Komponente des Großen Sinnesverstärkers, wie Bernie es nannte, umgeschmolzen worden, der Speed-Maschine, wie Barb dazu sagte, weil er die Übereinkunft nicht eingegangen war. Er fuhr sich mit schlanken Fingern durch sein langes, glattes braunes Haar und zog einen Flunsch. Er rieb sich die Augen, bemerkte einen schwarzen Fleck auf seiner Hand. Sein Make-up war verschmiert. Da konnte er drauf scheißen. *Yeah,* er fühlte sich wirklich ausgeschlossen, wenn seine Zimmergenossen fixten. Er hatte es selbst ausprobiert, einmal, aber er hatte den Kontrakt gebrochen. Er liebte eine Frau, die sich nur flüchtig für ihn interessierte; er spielte Baß, hatte aber keine Gruppe; er hatte mit Drogen gespielt ... aber er hatte sich nicht darauf eingelassen; und er hielt es nicht mehr aus, mit seinem Arsch hausieren zu gehen — er war ein Rädchen ohne Getriebe.

Er ließ sich gegen die Wand zurücksinken, sackte zu Boden, streckte die Beine aus und überlegte, daß der Maschinen- und Petroleumgeruch der verbrannten Feuerzeugflüssigkeit das richtige Parfüm für Zimm wäre. Er fuhr mit dem Daumen an der abgewetzten Innenseite seiner hautengen Jeans entlang und starrte auf die abgenutzten durchlöcherten Kappen seiner schwarzen Stiefel hinab.

Die Platte war zu Ende. Jules beobachtete, wie Bernie und Barb fixten, Gummibänder um ihren Bizeps geschnallt, perlenden Schweiß auf der Stirn. Sie brachten die Nadeln exakt im gleichen Moment im Schwarzen unter.

Ace war noch mit dem Auffüllen seiner Spritze beschäftigt und kaute auf der Unterlippe, den Kopf nach vorne geneigt, die Augen auf die klare Flüssigkeit fixiert. Er zog dieses Mal mehr auf, und beim letzten Mal hatte er mehr gebraucht als das Mal zuvor. Jules blickte schärfer auf die Adern auf Aces Schädel, die sich durch die fahle Haut herauspreßten, und wußte, wußte, daß sich Ace mit Sicherheit eine Überdosis verpassen würde. Sich aus dem Staub machen würde. Jules sackte innerlich zusammen — *er* konnte nichts dagegen tun.

Zum Teufel damit — er will's nun mal so!

Jules wählte eine neue Schallplatte aus, grinste, weil er Bernies Reaktion auf diesen speziellen Song kannte, und legte sie auf:

Velvet Underground — ›*White Light, White Heat*‹.

»Du Wichser, stell das AB!« fauchte Bernie, zitternd vom ersten Anstrom des Flash. Seine Pupillen schrumpften wie Kaffee, der im Abfluß verschwand.

Barb lachte, als Bernie kreischte: »Stell das ab, bevor ich die Scheißanlage kaputttrete!«

Kichernd und Überraschung vortäuschend legte Jules etwas auf, das Bernie akzeptieren konnte, weil es absurd war: ein verkratztes Exemplar von Judy Garlands ›*Somewhere Over the Rainbow*‹. »Schon besser«, sagte Bernie und sank in einen bereits zusammengesunkenen Veloursessel. Er zitterte wie ein nasser Hund und atmete rasch, die Zunge schnellte zwischen seinen Zähnen hervor. Im Auge des Flash-Orkans war Bernies straff angespanntes Gesicht so weiß angelaufen, daß es an den verchromten Kühlergriff eines anstürmenden Cadillac erinnerte. Jules sah Bernie gerne so, genau wie er seinen Vater gerne bei der Arbeit beobachtet hatte — beide mit etwas beschäftigt, das ihr Lebensinhalt war. Bernie hatte als Speedfreak Karriere gemacht. »Du hast diesen Speedfreak-Song absichtlich aufgelegt, Jules, du Arsch. Du *weißt* doch, daß ich Musik nicht ausstehen kann, wenn sie paßt. Ich *hasse* Dinge, die passen und offensichtlich sind, so wie Leute, die aus einem Betty-Boop-Film kommen und alle am Kichern sind und *Ooh-poopeedoo* schreien, und du WEISST, du WEISST, du weißt doch, daß ich diese Jules-die-strenge-Mutter-Scheiße nicht ausstehn kann. Ah, du WEISST, daß das bei mir reinhaut wie ein läufiger Sherman-Panzer ...«

Und Bernie fiel in seinen Speedfreak-Rap, den alle zu gut kannten, um ihm zuzuhören, und den er die nächsten zweieinhalb Stunden über aus seinem Organismus herausbekommen mußte.

»Dieser Judy-Garland-Song paßt«, erklärte Jules. »Sie stand ebenfalls auf Speed.«

»'tig«, sagte Ace mit klappernden Zähnen, sein Kopf sprang wie ein heftig gedribbelter Basketball auf und ab; er hatte nur ein leichtes Nicken beabsichtigt gehabt.

Barb und Ace gingen in den Nebenraum, um zärtlich zu werden. Das Speed hatte seine Schuldigkeit getan — Ace hatte ihn seit Monaten nicht mehr hochbekommen können, aber er besorgte es ihr mit den Fingern, und das war in Ordnung, weil sie Sex nur als Vorwand dafür mochte, sich umarmen und streicheln zu lassen.

Natürlich lenkte das Jules Gedanken auf Zimm. Darauf, wie dringend er ihr etwas Geld bringen mußte. Damit sie ihm wieder Respekt entgegenbrachte.

So etwas wie eine emanzipierte Frau, dachte er. Sie tut so, als stünde sie über allem, aber sie lebt fürs Geld ... Vielleicht würde er in den Club gehen und zusehen, wie sie ihre Schau abzog, und sie auslachen, laut, um zu sehen, wie emanzipiert sie sich fühlte neben einem TV-verblödeten Herrn mittleren Alters, der ihre Erniedrigung im Dienste der Großen Maschine mitansah.

Ich hab' sie durchschaut, dachte Jules. Sie spielt die Feministin, aber sie fährt darauf ab, nackt vor diesen abgefuckten Typen zu tanzen, ein krankhafter Rückfall in ihre Fixierung auf den Vater ... *Vielleicht käme ich bei ihr an, wenn ich ihren alten Herrn kidnappen und ihn ihr in Ket-*

ten bringen und vor ihr auf dem Boden kriechen lassen würde. Vielleicht würde ihr das reichen.

Quatsch. Das würde ihr mit Sicherheit nicht reichen.

Selbst dann noch würde sie das Geld haben wollen.

Aber morgen mußte er Zimm sehen. Er brauchte sie. Soviel stand jedenfalls fest. Er konnte nicht mehr länger warten. Er mußte an zweihundert Dollar kommen, um ihr das Geld zurückzuzahlen, das er ihr schuldete. Zweihundert Dollar und vielleicht noch ein paar Extramäuse für eine Anzahlung auf einen Wagen, damit sie aufhörte, ihn einen Blindgänger zu nennen. Und er konnte dieses Geld über Nacht nur auf zwei Arten bekommen. Er konnte stehlen. Oder er konnte zur Schlafwandler-Agentur gehen.

»Is ja nix, was du nich schon getan hättst«, sagte Bernie plötzlich, als ob er Jules Gedanken gelesen hätte. Vielleicht hatte er es getan. Speed verschaffte ihm Zugang zu unzugänglichen Kanälen. »Du solltest die Szene eigentlich kennen. Ich würd's als eine Stufe nach oben betrachten. Ich meine, du erinnerst dich hinterher nicht daran. Von zwölf verlorenen Stunden abgesehen, ist es wie Geld für nichts. Fürs Schlafen. Wenn se dich ficken woll'n, müssen sie Kondome benutzen. Ich kenn' *keinen*, der dabei jemals verletzt würde«, sagte er wie ein Versicherungsvertreter, mit trommelnden Fingern, sich über die Lippen leckend, mit den Füßen stampfend und die Schultern zuckend — alles gleichzeitig. Bernie wollte, daß Jules den Job annahm, weil er wußte, daß Jules einen Teil seiner Einnahmen für die Dope-Kasse spenden würde. »Niemand wird verletzt, nicht sehr. Ein paar Schrammen. Ein paar Leute sind durchgedreht. Aber ein Risiko ist bei jeder Beschäftigung dabei. Genauso schlimm wie als Penner einen Bullen zu treffen, manchmal, un man is genauso allein wenn man'n Einbrecher is wie als Priester oder als Mama oder'n Papa oder als Embryo oder als sterbender alter Mann alles hat seine Vor- und Nachteile und die Verpflichtung seine Schulden zu bezahlen du mußt dafür bezahlen wenn du den Blues singen willst und für alles, aber *überall* gibt's 'nen Schlitz wo du deinen Vierteldollar reinstekken kannst ...«

Jules blendete Bernies Rap aus. Aber er dachte: *Man muß seine Schulden bezahlen, wenn ...*

Also stand er auf und machte sich daran, seine Schulden zu bezahlen.

Er ließ Bernie im Gespräch mit den Wänden des schäbigen Stuckhauses mit den Brettern vor den Fenstern zurück, und bald wurde es von der Gegend verpackt, die er durchquerte, wurde hinter ihm vom unteren Hollywood-Distrikt verschluckt und verpackt wie ein Geschenk. Häuser aus Gips, Häuser aus Pinienholz, einstöckig, immer nur eine Geschichte auf einmal, dachte er. Palmen nickten zustimmend in der schwachen Brise, eine violette Dämmerung senkte sich über die schmutzige Skyline, und der würzige Duft der Lemonen veredelte den Gestank aus den Auspuffs der Autos.

Er fühlte, wie ihm der Wind das Haar zerzauste, fühlte es sehr weit entfernt, wie ein Junkie einen Kuß fühlt.

Er dachte an Zimm, wie sie stundenlang vor dem Theater gestanden hatte, in der Kälte. Von vier Uhr früh bis zehn Uhr nachts, nur um dreißig Sekunden für eine Zehnminutenrolle in einem unbedeutenden Stück vorsprechen zu können. Sie hatte die Rolle nicht bekommen, aber sie hatte ihre Schulden bezahlt.

Er stellte sie sich dort vor, wie sie in dem metallischen frühen Morgenlicht gestanden hatte, die vollen Lippen geschürzt, mit blitzenden blauen Augen, die von Bitterkeit gezeichnet waren, die hohen Backenknochen hervorstehend mit der Entschlossenheit ihrer zusammengebissenen Zähne, ihr platinfarbenes Haar von der Windeskälte gekraust ... und er wünschte, er könnte zu ihr gehen und dann seine Arme um sie legen und sagen: du brauchst nicht so hart und unbarmherzig zu sein, es gibt da ein gemütliches Plätzchen, wo wir hingehen können, wo du eine Schauspielerin sein kannst und ich meinen Baß spielen kann, und wir werden genug Publikum für uns beide sein.

Aber sie würde nur bitter auflachen, wenn er das zu ihr sagte, und ihn einen Trottel nennen.

Vor langer Zeit hatte sie sich auf die harte Masche festgelegt, und es war zu spät, sie zu ändern, genauso wie es für Ace zu spät war. »Oooooh, es ist schon ein Scheiß, wenn du siehst, dein Herz ist aus Eis ...«, sang Jules vor sich hin, während der Bus heranrumpelte.

Er blickte zu der Tafel an der Stirn des Busses hoch, vergewisserte sich über den Bestimmungsort — yeah, Hollywood und Vine — und stieg ein.

Er warf sieben Vierteldollarstücke in den Schlitz, so wie ein Snob etwas einem Bettler gibt. Er ignorierte die hölzernen Gesichter der Fahrgäste, so wie ein Eichhörnchen nie genau die Bäume seines eigenen Waldes anschaut, und fand einen freien Platz.

* * *

In der Eingangshalle der Schlafwandler-Agentur las er noch einmal das Flugblatt durch und wünschte, er hätte den Nerv, um einen weiteren Blick auf den Vertrag zu bitten, den er unterschrieben und kaum gelesen hatte. Er bemerkte, daß der Schweiß von seinen Fingern die Buchstaben des Flugblatts verschmierte, und das erinnerte ihn an sein Make-up. Er ging in die Toilette — Kabinen aus nachgemachtem schwarzen Marmor, mit Holzimitat verkleidete Wände, Toilettensitze aus imitiertem Perlmutt —, wo er sich zittrig entleerte und dann das Make-up von seinen Augen abwusch.

Er gelangte in den Vorraum, setzte sich, und das hochgewachsene Mädchen mit dem blauen Afroschopf und dem Lächeln, das wie das Lächeln eines Balsamierers über einer Leiche war, rief leise seinen Namen auf. Er war der einzige im Warteraum.

Er folgte ihr und machte tiefe Atemzüge, um sich zu beruhigen. Sie traten durch eine sehr saubere, sehr weiße Tür und kamen in einen Raum mit schlachtschiffgrauen Wänden, leer bis auf einen gepolsterten Untersuchungstisch.

Das Mädchen wandte sich ihm zu und wiederholte, ohne sich selbst dabei zuzuhören, Worte, die sie schon oft wiederholt hatte: »Ziehen Sie Ihre Kleidung aus und legen Sie sich auf den Rücken, entspannen Sie sich, schließen Sie die Augen, atmen Sie tief und träumen Sie davon, wie Sie Ihr Geld ausgeben werden. Sie werden überhaupt nichts spüren.« Jules war sicher, daß sie den Spruch wortwörtlich im Schlaf aufsagen konnte. Sie ließ ihn allein.

Mit zitternden Fingern, sich in dem leeren, grauen Raum nervös umblickend, legte er seine Kleidung ab, faltete sie ordentlich und legte sie in eine gelbe Plastikbox am Fuß des Tisches, auf der in schwarzen Schablonenbuchstaben stand: IHRE KLEIDUNG.

Die Liege war mit einer dünnen Lage sauberen weißen Papiers bedeckt. Er streckte sich und legte sich hin, wobei er auf das unter seinem Gewicht knisternde Papier lauschte. Er hörte das Schlafgas durch den Ventilator zischen. Es roch wie Lemonen und Auspuffgas und Moschus. Er schloß die Augen, atmete tief ein und dachte: *Nichts, was du nicht schon einmal getan hättest. Nur daß du diesmal nichts davon spürst, und die Bezahlung ist besser. Und bei einer gewöhnlichen Nummer wärst du dir nicht einmal sicher, ob der Typ nicht vorhätte, dich hinterher zusammenzuschlagen. So aber hast du die schriftliche Garantie der Agentur, daß du weder verletzt noch infiziert wirst. Und zweihundert Dollar, wenn du morgen aufwachst. Eine sichere Sache ...*

Er sagte sich diese Dinge vor, eine leise Litanei, und er dachte, daß es funktionierte, weil er sich bald schon entspannte und vor sich hinsummte. Aber einen Moment, bevor er wegsackte, begriff er, daß es nur das Gas war.

* * *

Es war im Nu vorbei. Einfach so. Er erwachte, sah die junge Frau mit dem Beerdigungslächeln, die sich über ihn beugte. Er blickte an sich hinunter, entdeckte überrascht, daß er bekleidet war. Er lächelte, für einen Moment verlegen, aber dann gewann die distanzierte Gewandtheit, die er in neunzehn Jahren perfektioniert hatte (seine Mutter behauptete, daß er sich im Alter von zwei Jahren cool und distanziert zu verhalten begann) die Oberhand.

Er zuckte die Achseln.

»Wie fühlen Sie sich?« fragte sie desinteressiert.

»Gut«, sagte er, obwohl das Gas bei ihm eine dumpfe Übelkeit zurückgelassen hatte, als steckte ihm eine Seekrankheit im Gedärm. Er setzte sich auf, und das Gefühl ging sogleich vorbei.

»Wenn Sie vollständig wach sind, können Sie zum Schalter nach vorne kommen, wegen der Bezahlung«, sagte sie und ging durch die Tür hinaus.

Bei der Erwähnung von Geld richtete er sich kerzengerade auf und streckte sich. *Also gut. Das war eine Kleinigkeit.* Er untersuchte seinen Körper. Ein schwacher Schmerz zwischen den Beinen. Vielleicht eine Schramme an seinem linken Oberschenkel. Besser als das Anschaffen auf dem Santa Monica Boulevard. Wer auch immer mit ihm gespielt hatte, er hatte sich vorgesehen.

Erschauernd versuchte er sich zu erinnern — und es fiel ihm nichts ein. Trotzdem waren seine Augen offen gewesen, sein Ohren hatten gehört, Teile seines Gehirns hatten die Anweisungen befolgt, die jemand gegeben hatte. Aber er konnte sich an überhaupt nichts erinnern. Er glättete seinen Kragen, straffte sein Halstuch,

betrachtete wehmütig seine abgebröckelten silbern be-
malten Fingernägel und ging sein Geld holen. Die Sekretärin reichte ihm einen Umschlag. Er ging augenblicklich hinaus, aber draußen hielt er an und riß den
Umschlag auf. Genau zweihundert in bar, wie versprochen.

Es war acht Uhr morgens, und der Verkehr schaukelte sich allmählich auf. Er grinste die grollende kupfer-
farbene Sonne an, den smogglänzenden Himmel, und
machte sich auf den Weg zu Zimms Apartment.

* * *

Als er ankam, war sie in der Wanne. Er klopfte und rief:
»Zimm!«

»Jules?« In ihrem »Komm herein!« lag kein Willkommen.

Er drängte sich durch die mit abblätternder grüner
Farbe gestrichene Badezimmertür und brachte es fertig,
sie nicht anzustarren, als er auf einem wackligen unge-
strichenen Holzstuhl neben der Wanne Platz nahm. Es
war eine altmodische Badewanne; ihre Füße waren ver-
rostete Adlerklauen, die Weltkugeln umklammerten. Sie
spielte lustlos mit einem matschigen Stück Seife. Das
Schaumbad bildete unter ihren Brüsten und um die
hochgestellten Knie herum ein Spitzendeckchen. Die
Enden ihres Haars baumelten ins Wasser, unter der Pla-
tinfarbe waren die nachwachsenden schwarzen Haar-
wurzeln zu sehen. Sie hatte noch silbernen Lippenstift
aufgetragen und trug falsche Wimpern und chromgelb
gefärbte Kontaktlinsen; ihr Kopf hing ein wenig nach
links, als wäre sein Gewicht zu viel für ihren Nacken.

»Wieder auf Trip?« fragte er und versuchte unbeteiligt
zu klingen.

»Geht dich nichts an.«

Das beantwortete die Frage.

»Du kannst dir hiermit noch ein paar kaufen ...« Er

zog die Geldscheine aus der Hemdtasche und legte sie auf die Seifenablage. »Genau zweihundert.«

Nachdem sie das Geld gezählt hatte, sagte sie: »Haben Sie vielen Dank, mein Herr.« Wobei sie vorgab, mit den Wimpern zu klimpern.

Seine Augen wanderten. Ihre Brüste hüpften im Wasser auf und ab wie die glänzenden Rücken von Quallen. Ihr Schamhaar — er runzelte die Stirn. »Mein Gott! Du hast ja noch deine Unterwäsche an.«

Sie kicherte und gab zu: »Ich bin stoned.«

Sie steckte das Geld in die Tasche ihrer weißen Hose, die zerknittert neben der Wanne lag. »Willste reinkommen?« erkundigte sie sich höflich. »Das Wasser is noch warm.«

Innerhalb von Sekunden hatte er sich entkleidet und glitt in das Wasser; die erste einer Reihe feuchter Durchdringungen.

Ihre Küsse waren leidenschaftlicher als letztes Mal, als er ihr noch Geld geschuldet hatte.

* * *

Ace war als einziger zu Hause, als Jules um zwei Uhr nachmittags dort ankam.

Er lag auf dem Rücken auf dem Boden, inmitten von Tonbändern und Platten, die wie Herbstlaub ausgestreut waren, den Kopf zwischen Kopfhörern eingeklemmt, die Augen geschlossen, mit den Zehen zur Musik fahrige Achten in die Luft malend. Jules runzelte die Stirn angesichts der nackten Wände, der eingefallenen, gesplitterten Möbel, die meisten davon Korbmöbel, die sie auf Müllhaufen zusammengeklaubt hatten. Sie könnten sich ein paar ordentliche Möbel anschaffen, wenn er noch etwas Geld verdienen würde ...

... da war er sich auf einmal sicher, daß er die Schlafwandler wieder aufsuchen würde. Aber es war nicht wegen der Möbel. Es war nur wegen Zimm und der

Veränderung in ihrer Stimme, die eingetreten war, nachdem sie das Geld gesehen hatte. Sie hatte nicht danach gefragt, wo er es her hatte.

Ace öffnete die Augen, blinzelte zu ihm hoch. Er nahm die Kopfhörer ab, aus denen das Gebrüll von Thrash-Musik sickerte. »Wir müssen ein paar neue Saiten aufziehen«, sagte Jules in der Hoffnung, Ace von der Platte abzulenken, die sonst kommen mußte. »Das neueste Zeug, das wir haben, ist vier Jahre alt.«

»Yeah«, stimmte Ace zu, seine Stecknadelpupillen flackerten, viel sahen sie nicht. »Yeah, wir müssen auf dem laufenden bleiben, leben schließlich in 'ner Welt der Zukunft.« Er lachte. »Du weißt schon: magnetische Raketenautos und telepathische Übertragung.«

»Ich hab mal von meinem Onkel die *Popular Science*-Magazine von 1938 gelesen, mit einem speziellen Artikel über ›Die wunderbare Welt der Zukunft‹. Und wir leben da drin, weißt du warum, die Zeit, von der er handelt, ist 1990! Sie sagen, 1990 haben wir Telepathie-Fernsprechzellen, und die Leute fahren mit düsenangetriebenen Rollschuhen zur Arbeit.«

Jules lachte.

Aber dann fragte Ace, was er unausweichlich fragen mußte: »He, kannst du mir was von dem Baren abgeben, was du beim Schlafwandeln abgestaubt hast? Du mußt was übrighaben von zweihundert Dollar, und meine Connection nimmt keine ...«

»Hab alles Zimm gegeben, Mann. Hatte bei ihr Schulden. Ich geh heute abend wieder hin. Ich geb dir morgen 'n paar Dollar, wozu eigentlich, du zahlst ja doch nie was zurück. Aber ich geb dir'n paar ...«

Ace war zufrieden. »Heh, is besser als anschaffen auf der Straße, oder? Du wirkst irgendwie okay — verglichen mit sonst, wo du völlig hinüber bist und elend aussiehst und dich beklagst, daß du nur dreißig Eier hast und was für ein totaler Beschiß es war ...«

»Halt den Mund, Ace!«

»Du spürst nichts danach, oder?« fuhr Ace hartnäckig fort.

Sich plötzlich seltsam fühlend, ein Prickeln am ganzen Körper, sagte Jules: »Nein, überhaupt nichts.« Er wollte nicht darüber sprechen. Er bemerkte, daß er die Handflächen an seinen Hemdärmeln rieb, wieder und wieder. Er vergrub die Hände unter seinem Gesäß. Aber jetzt war er ernstlich verärgert, als er die Müllberge in den Zimmerecken sah. »Hier wär mal 'ne allgemeine Säuberung angebracht«, sagte er.

»Sie setzen dich einfach unter Gas, wie Gary gesagt hat, und das ist alles? Und dann vermieten sie deinen Körper an irgendwelche Leute, und er marschiert wie ein Zombie herum und macht, was ihm gesagt wird, und du spürst nichts davon? Dir tut nicht einmal das Arschloch weh?«

Jules durchbohrte ihn mit einem Blick. Ace zuckte umständlich die Achseln und setzte die Kopfhörer wieder auf, legte sich zurück.

Jules stand auf, ging auf sein Zimmer und warf sich auf die Luftmatratze, so daß sich deren Kammern um ihn blähten. Er drehte sich auf den Rücken und überlegte, ob er sich antörnen sollte. Nein.

Es war da. In ihm drinnen, irgendwo. Wofür auch immer sie ihn benutzt hatten, es war irgendwo in seinem Hinterkopf gespeichert, eingesperrt durch ihre elektrischen Repressoren, aber intakt, dort drinnen, trotz alledem. In einer Zelle seines Gehirns, genauso sicher wie Charles Manson in seiner Zelle im Todestrakt. In einer kleinen Kammer irgendwo in seinem Gehirn wiederholte sich endlos, was sie ihn hatten tun lassen. Und vielleicht würde Methedrin die Tür aufsperren. Nein. Fang nicht wieder damit an, besonders jetzt nicht. Er beschloß, das Geld, wenn er das nächste Mal schlafwandeln würde, auf eine Bank zu bringen und die Hälfte davon auf einem neuen Konto anzulegen, damit Ace und Bernie ihm jedenfalls nicht so viel abschwatzen konnten. Er würde sagen, er hätte es Zimm gegeben. Seit zehn Jahren waren sie seine besten Freunde. Er konnte nicht nein zu ihnen sagen. Er hatte das selbst einmal durchgemacht. Er fixierte seine Augen auf das grelle und leere Herz der nackten Glühbirne, die an der Decke weißes Licht verstrahlte. Er starrte darauf, bis ihn der Schmerz beide Augen schließen ließ.

Bilder tauchten herauf. Es war kein richtiges Träumen. Und auch kein Tagträumen. Es waren keine Halluzinationen. Es war ein Neudurchleben. Er konnte sie so deutlich sehen, dort unter seinen Augenlidern, fast wie im Kino. Dennoch war keins von ihnen vertraut. Ein dunkler Raum, ein Feuer an einem Ende in einem riesigen Kamin aus Graustein, das Lichtzungen über die mit Kapuzen bekleidete Versammlung warf. Leute in schwarzen Roben, die Gesichter im Schatten. Auf einem Tisch aus poliertem Mahagoni machte er verschwommen eine auf dem Rücken liegende gewaltige Muschelschale aus, offen und leer bis auf eine riesengroße blaue Perle, die ihr eigenes Schwarzlicht auszusenden schien. Vom reichgemusterten Teppich, mit roten und schwarzen Fratzengesichtern verwoben, blickte ihn ein silberner, einem Kindersarg ähnlicher Kasten an. »Ist das der junge Mann von der Agentur?« ertönte eine schrille Stimme von rechts. Er konnte sich nicht bewegen, er konnte seinen Kopf nicht drehen, um nachzusehen, wer gesprochen hatte.

»Ja«, antwortete eine andere Stimme, geschäftsmäßig. Eine der Kapuzen-Gestalten trat vor, stieß den milchigen Deckel des Kastens zurück und sagte: »Komm näher.« Undeutlich fühlte Jules sich vorwärtsgehen. »Halt. Bleib stehen, wo du bist, schau in den Kasten.« Jules blickte hinein.

Es dauerte eine Weile, bis sich seine Augen angepaßt hatten. Er sah das schillernde Leuchten von Facettenaugen. »Beuge dich darüber und mach weit den Mund auf«, befahl die vermummte Gestalt. Jules beugte sich gegen den Kasten vor, sah näher hin, öffnete seinen Mund, den Kopf nahe der Kante des Kastens, sah genauer hin . . .

Er setzte sich auf, schlug um sich, um die an ihm haftende Luftmatratze loszuwerden, und hörte das Echo seines eigenen Schreis. Naß von Schweiß strampelte er sich vom Bett frei und kroch über den Holzrahmen, über den Boden. Er legte sich mit dem Gesicht nach unten hin, heftig atmend, ausgelaugt. Dann kam er langsam auf die Füße, ging zum Kühlschrank, holte den Wodka und trank, was davon übrig war, fast die halbe Flasche.

Das schien zu helfen.

* * *

Am nächsten Abend zupfte er an seinem Bass und spielte einfache, aggressive Riffs, um sich Mut zu machen, die Schlafwandler wieder aufzusuchen.

Im Zimmer nebenan stritten Ace und Bernie laut miteinander:

»Komm schon, Ace. Was haste denn?«

»Ich hab einfach keine Lust, diese Sachen zu machen, wenn Barb irgendwo rumhängt.«

»Sie is nich da.«

»Mann, in einer halben Stunde *ist* sie da.«

»Also so lange dauert's nicht. Zwanzig Minuten. Ich geh schon auf dem Zahnfleisch, Ace. Ich bin am Boden . . .«

»Okay — okay, also dann hol's mir.«

Jules hörte Bernie folgsam durch den Korridor zu seinem Zimmer laufen, um die Handschellen und den Gummiknüppel zu holen.

Minuten später bat Bernie atemlos: »Jetzt sag die Sachen.«

»Du blöder, schleimiger PUNK!« kreischte Ace, und als Kontrapunkt ertönte das satte Geräusch des Knüppels auf Bernies Hintern und, wie eine liturgische Antwort, Bernies dankbares Stöhnen.

Angewidert drehte Jules die Lautstärke hoch und spielte laut und brutal über Verzerrer, bis es vorbei war und Ace erschöpft und mit einem bedröhnten Gesichtsausdruck herauskam. Ace blickte aus dem einzigen intakten Fenster. Er ließ die Vorhänge zurückfallen und wandte sich ab. »Von Barb nichts zu sehen«, sagte Jules, ohne aufzublicken.

»Spiel das weiter, Mann! Hör nicht auf! Hört sich gut an.«

Jules tauchte seine Finger in die Eingeweide des Baß und malträtierte seine stählernen Nervenenden und ließ ihn aufstöhnen für Ace. Wieder in Fahrt kommend, ging Ace vor und zurück und schlug sich dabei auf die Hüften, ein Kolonnenführer, der zu schnell für die Musik paradierte, mit den Schultern zuckte und den Kopf hin und her warf.

Als Barb kam, dudelten sie sich zusammen einen an, und Jules spielte für sie, während der Flash in ihnen raste, und dachte, daß Ace nicht besonders zufrieden aussah und daß er die Dosis beim nächsten Mal wahrscheinlich verdoppeln würde, und das wär's dann. Unfreiwillig grinsend, bewegte sich Ace zur Musik wie eine zielende Kobra. Jules blickte zu ihm hinüber und konnte den Vertrag, den Ace mit dem Speed eingegangen war, im lautlosen Arbeiten seines Mundes besiegelt und beschlossen sehen. Er wußte, daß Ace in diesem Moment eingeklinkt war, daß er eins war mit den über die Freeways sausenden Autos und den über die Avenues rumpelnden Bussen und dem Strom, der durch die Leitungen winselte; daß er im Einklang war mit den Rhythmen und Kolben und Preßlufthammern. So lautete der Kontrakt: *Nimm meinen Körper und laß mich einswerden mit den Maschinen der Welt.*

Ace wußte, was er tat. Um zu leben, mußte man handeln. Man mußte sich mit einem der großen Stellvertreter der Maschinen einlassen. Mit Speed oder Heroin oder einsamen alten Geldverdienern auf Raubzug oder

Waffen oder Verlegern oder Musikmanagern. Man mußte irgendwo einsteigen und sich verändern, sich verstümmeln, damit man dazu paßte, wie die Amazonen, die eine Brust für die Bogensehne entfernten.

Indem er versuchte, nicht in diesen Begriffen von der Schlafwandler-Agentur zu denken, fragte sich Jules, ob er sich einer Band anschließen sollte. Wenn es sich ergab.

Er drehte die Lautstärke voll auf.

* * *

Dieses Mal hielt sich das Mädchen mit dem Afroschopf und dem gefrorenen Lächeln nicht mit Erklärungen auf. Sie öffnete ihm einfach die Tür, und er ging hinein und legte sich hin.

Das Gas strömte ein. Er hörte das schwache Zischen.

Allmählich hinwegdämmernd, dachte er über Zimm nach und fragte sich, ob er sich je die Mühe gemacht hatte, das Kleingedruckte im Schlafwandlervertrag zu lesen, ob er ihren Namen dort entdeckt hatte, als Teil der Bezahlung.

Leihen Sie uns Ihren Körper, wir bezahlen Sie mit der Wertschätzung Ihrer Geliebten.

Er versuchte angestrengt, nicht darüber nachzudenken, was sie mit ihm tun würden. Dieses Mal.

Das Gas begann zu wirken. Probeweise versuchte er sich aufzurichten. Er konnte keinen Muskel bewegen. Einen Moment lang empfand er Panik, als sich eine große blauschwarze Fliege auf seiner rechten Wange niederließ und auf sein Auge zukroch. Er versuchte sich zu bewegen oder sie abzuschütteln, schaffte es aber nur noch, zu blinzeln. Sie kam näher, wuchs zu einem riesigen schwarzen Schatten auf. Sein einziger Ausweg war, die Augen zu schließen.

Und das Gas überwältigte ihn.

* * *

Er zahlte die Hälfte des Geldes auf einem neuen Konto ein und nahm siebenundfünfzig Dollar mit nach Hause zu Ace und Bernie und reichte sie ihnen ganz einfach, um ihnen die Mühe zu ersparen, darum bitten zu müssen.

Jetzt ging er den Sunset Boulevard hinunter zu dem Wohnhaus, in dem Zimm lebte. Es war sechs, der Himmel wie schmelzendes Kerzenwachs, eine Tangerinen-Lemone am Horizont. Die aromatische Juniluft glitt ihm beim Gehen samtig durch die Finger.

Es dunkelte rasch. Er lächelte. Gott sei Dank wird es abends um diese Zeit dunkel, dafür sei Gott gedankt. Das ist gut so, und es wird dunkel.

Sich plötzlich einsam fühlend, ging Jules über die Straße, auf Zimms Apartment zu. Er befand sich jetzt im Bezirk des Schwulenstrichs, und da waren andere, die langsam die Straße entlangschlenderten, wie Blüten im Wind. Er nickte denen zu, die er kannte, und schüttelte den Kopf, als sich ihm ein Kunde näherte. Er steckte sich eine neue Zigarette an, obwohl sich seine Kehle wund anfühlte.

Aber er fühlte sich wieder ausgeschlossen und hatte das Gefühl zu fallen. Es rief die Vision des Kastens und der Perle und der Kapuzen wieder wach.

Und das war etwas, das er wirklich gerne vergessen hätte.

Seine Kleidung klebte an ihm. Er schwitzte stark. Die Nerven. Zwischen seinen Zähnen sprühten Funken, und die Luft war so mit Spannung aufgeladen, daß die Masten der Straßenlaternen sich reckten, um dagegen ihre aufrechte Form zu bewahren, und die Häuser hockten mit angespannten verborgenen Muskeln da. Wovor hatten sie Angst?

Nein. Er wollte sich nicht erinnern. Auf diese Weise wollte er nicht herausfinden, was die Schlafwandler-Agentur mit ihm tat, während er willenlos war. Doch er mußte die vollständigen Vertragsbedingungen wissen,

im Detail. Sonst würde er die Anspannung der Unge-
wißheit niemals los.

Ein langer staubiger, marineblauer Cadillac mit Luft-
turbine bremste neben ihm und hupte. Ohne nachzudenken, aus einem Reflex heraus handelnd, akzeptierte
Jules die Fahrt. Er kletterte in den Wagen, dankbar für
dessen Air-condition-Kühle. Neben ihm: ein untersetzter Mann mit gummiartiger, rosiger Haut, einer breiten
vorspringenden Nase und den flehenden, winzigen
braunen Augen eines Collies. Der Mann lenkte den Wagen wieder in den schwachen Verkehr zurück. »Komm
und setz dich zu mir«, befahl er.

Jules schreckte auf. *Mein Gott, ich hätte es wissen müssen.* »Damit hab ich's nicht mehr, Mann«, sagte er. »Ich
arbeite nicht mehr so. Hab's nicht nötig.« Er vermutete,
daß der Mann einer seiner alten Kunden war, aus der
Zeit, als er angeschafft hatte. »Ich werd' hier aussstei-
gen.«

Der Freier lächelte, und in dem Glauben, Jules zöge
eine Schau ab, griff er ihm mit einer feisten Hand zwischen die Beine.

Jules schlug dem Mann mit der Rückseite seiner
Hand über die schwammige rechte Backe.

Mehr überrascht als verletzt, warf ihm der Fremde einen Blick zu. »Letzte Nacht hat'ste nichts dagegen. Ich
schätze, sie lassen dir keine Erinnerung davon ... aber,
mein Junge, letzte Nacht hast du *gespurt.*« War das ein
Grinsen? Oder eine Grimasse?

Der Mann grapschte wieder nach ihm, und Jules warf
krampfhaft das Steuer herum. Der Wagen schwenkte
scharf nach links, begann seitwärts zu rutschen. Jules
stützte sich ab. Ein kleiner importierter Sedan traf den
rechten vorderen Kotflügel, der in den entgegenkom-
menden Verkehr ragte. Der Fahrer des Cadillacs wurde
nach vorne geschleudert, und er prallte mit der Stirn
heftig aufs Lenkrad; er sackte zusammen.

Jules war nur durchgeschüttelt worden. Als der Wagen aufgehört hatte zu rutschen, sprang er hinaus und rannte, dem Verkehr ausweichend, zum Bordstein und den Gehsteig hinunter. Er blickte sich nur einmal um. Der Importwagen war fast ein Totalschaden, hatte sich demütig vor dem überlegenen, glitzernden Block des Cadillac zusammengefaltet. Der dicke Mann war am Leben, er stolperte aus dem Auto, stützte sich auf die eingedrückte Motorhaube des Importwagens, seine Gesichtszüge waren mit Blut gezeichnet, das aus einer Kopfwunde strömte.

Jules wandte sich ab und rannte um die Ecke.

Als er bei Zimm ankam, war er froh, daß sie nicht zu Hause war. Er würde sich übergeben müssen, und er wollte es allein hinter sich bringen. Die Sicht begann ihm zu verschwimmen, als er hineinging und auf die Toilette rannte. Er übergab sich, betätigte die Spülung, sah zu, wie der scheckige Brei ins Herz der Stadt hinuntergespült wurde. Er ließ ein Bad einlaufen und stieg hinein, ehe die Wanne voll war. Er wusch sich gründlich, wobei er überall auf seinen Gliedmaßen zahllose graue Flecken entdeckte. Heftig reibend schrubbte er sie ab, aber nach wenigen Sekunden erschienen sie wieder. Sie sahen wie Schimmel aus.

Er leerte die Wanne, reinigte sie vollständig mit Ammoniak und Ajax, spülte sie aus und füllte sie erneut. Leerte die Wanne, füllte sie wieder, rubbelte ...

Endlich sah er die Schimmelflecken nicht mehr.

Doch als er sich mit einem Handtuch trockengerieben hatte, entdeckte er im Spiegel etwas Dunkelrotes an der Innenseite seiner rechten Gesäßbacke. Ein Handabdruck. Nicht der Handabdruck des Mannes im blauen Cadillac. Größer, und mit langen Fingern, die in scharfen Nägeln geendet haben mußten.

Er ging nicht weg.

* * *

Er bekam die Nasenfilter von Ace, der vor einem Jahr für kurze Zeit in einer Farbenfabrik gearbeitet hatte. Es waren fingerhutähnliche Drahtnetze, die ein Jahr halten sollten, und Ace hatte sie nur eine Woche lang benutzt. Jules hoffte, daß sie niemand sehen konnte, und er hatte sie tief in seine Nasenlöcher gepreßt.

Er legte sich auf der Liege zurück. Er hörte das Lispeln des Gases, das durch das Gitter kam, aber er konnte es nicht riechen. Gut.

Er war hellwach, als der weißgekleidete Mann zehn Minuten später in den Raum kam. »Steh auf«, sagte der Mann zu ihm.

Jules stand auf, mit langsamen Bewegungen, anmutig, und versuchte, nicht zu denken. Er hatte gehört, wie ein Freund von Ace, der einen Angestellten der Agentur kannte, beschrieben hatte, wie sich die Leute in Trance bewegten, wie sie auf Befehle reagierten. Langsam, aber nicht ruckartig. *Du mußt wach aussehen, aber richte deinen Blick auf nichts Bestimmtes, beweg dich nicht, eh' man es dir sagt.*

»Folge mir!« Er folgte dem Mann durch die Hintertür und in einen Umkleideraum. Der Unbekannte war hochgewachsen und muskulös, mit blondem, zottelig geschnittenem Haar. Er trug einen weißen Anzug mit einem schwarzen Binder, auf einem Abzeichen auf seiner einen Schulter stand lediglich: SWA.

»Zieh dich an!« sagte der Angestellte und ließ ihn allein. Jules ging zu einem der Ständer und wählte ein schwarzes Gewand. Er runzelte die Stirn, unterdrückte es aber sofort. Es war niemand sonst in dem Raum, aber vielleicht beobachteten sie ihn. Von irgendwo aus.

Das Gewand mit seinem weichen Stoff und der schwarzen Kapuze war die gleiche Art Gewand, das er in seiner Vision gesehen hatte. Der Vision von der Fliege.

Wahrscheinlich waren die Visionen nicht wahrheitsgetreu, überlegte er, als er sich das Gewand über den

Kopf zog. Die Bilder waren wohl eher Symbole, Traum-interpretationen, mit ein paar lebensechten Komponenten, so wie das Gewand.

Es hatte keinen Zweck, sich etwas vorzumachen. Er bekam allmählich Angst.

Beinahe fuhr er herum, als er hinter sich die Tür schlagen hörte, aber er fing sich wieder. »Folge mir!« psalmodierte der gelangweilt klingende Angestellte.

Jules drehte sich langsam um und folgte ihm durch die Hintertür, drei Treppenstufen aus Beton hinunter und in die Nacht von Los Angeles hinaus. Sie gelangten zu einem Lieferwagen, ganz weiß bis auf das rote Agentur-Symbol mit dem Motto: IHR VERGNÜGEN IST UNS VERPFLICHTUNG.

Der Angestellte öffnete ihm die Hecktür. Jules wartete auf den Befehl.

»Steig ein, setz dich!«

Jules gehorchte.

Wie ein dressierter Hund, dachte Jules. Er spricht zu mir, als wäre ich ein dressierter Hund.

Der Angestellte ließ den Wagen an und fuhr die Straße entlang.

Jules saß auf einer metallenen Sitzbank, starrte eine Metallwand an und lauschte auf das Quietschen und Stampfen der metallenen Maschinerie um ihn herum. Er saß aufrecht, die Hände im Schoß gefaltet, starrte geradeaus und stemmte sich gegen die Zentrifugalkraft, wenn der Lieferwagen um eine Ecke bog.

Der Wagen bog in eine Auffahrt ab und bremste in einer engen Gasse.

Jules wurde befohlen auszusteigen und durch die Hintertür eines alten zinngedeckten Lagerhauses zu gehen.

Man hieß ihn sich auf die unterste von fünf hölzernen, zu einer Bühne führenden Stufen stellen, hinter zwei andere Gestalten. Die Vorhänge waren zugezogen, der Raum dahinter lag im Halbdunkel. Jules konnte das

Gemurmel des unsichtbaren Publikums hören. Vor ihm standen zwei weitere Personen mit Kapuzen, eine hinter der anderen, wartend: unbewegt, das Kreuz durchgedrückt.

Er hörte, durch den Vorhang ein wenig gedämpft, eine Stimme, die sich über Mikrofon an das Publikum wandte. »Bitte denken Sie daran, Ihre Wünsche innerhalb der vertraglich festgelegten Grenzen zu halten. Nur denen von Ihnen, die über rote Karten verfügen, wird der persönliche Gebrauch dieser Körper gestattet werden, wenn die Veranstaltung vorüber ist. Die Besitzer roter Karten, die sich für bestimmte Körper interessieren, sollten sich wegen der Termine und Nutzungsgebühren an unseren Angestellten wenden.«

Dann rollten die Vorhänge zurück, aber vom Bühnenrand aus war das Publikum immer noch unsichtbar. Ein Angestellter näherte sich von hinten und flüsterte mit der ersten verhüllten Person. »Geh auf die Bühne, zieh dich aus, wende das Gesicht dem Publikum zu!«

Die Gestalt gehorchte, und indem er sich ein wenig zur Seite beugte, konnte Jules erkennen, daß es eine junge Frau war. Mit platinblondem Haar. Er sah genauer hin. Nein, es war nicht Zimm. Zehn Sekunden lang war er sicher gewesen, daß sie es war. Ihm fiel auf, daß er nicht sonderlich erleichtert war. Es hätte ihn nicht überrascht oder entsetzt, wenn es Zimm gewesen wäre.

Die Frau war kleiner, plumper als Zimm, mit vollen Brüsten und Ringen, die an ihren Fingern glitzerten. Ihr Profil zeigte nichts als Kurven und Rundungen.

»Erste Aufforderung«, sagte der Angestellte zu dem verborgenen Publikum.

»Tanz wie ein Affe«, hörte Jules jemanden rufen. Die Frau sprang mit gebeugten Knien unbeholfen auf und nieder, bis die Stimme hinzufügte: »Wie ein *heißer* Affe.« Mit viehisch verzerrtem Gesicht nahm die Frau eine obszöne Haltung ein.

Ein Angestellter schickte die zweite Gestalt in Trance

auf die Bühne. Er warf sein Gewand einfach ab, und selbst von hinten konnte Jules erkennen, daß es Bernie war.

Bernie brauchte einen Druck und konnte nicht auf Jules warten.

»Sich paarende Affen«, erscholl das Kommando. Bernie veranstaltete einen pseudoäffischen Tanz um die Frau, dann packte er sie am Hintern. Sie beugte sich nach vorn. Sie simulierten eine Kopulation, mit verzerrten Gesichtern, und die Menge röhrte vor Begeisterung.

Jules hörte hinter sich den Angestellten. »Dieser langhaarige Typ da oben hat Einstiche an den Armen. Eine ganze Menge.«

»Gottverdammich«, sagte der andere Mann. »Sie soll'n sie doch untersuchen, eh sie unterschreiben. Scheiße, das könnte unangenehm werden.«

»Wie das?« fragte der erste Angestellte.

»Diese Scheißfixer — was sie auch im Blut haben, es reagiert mit dem Schlafgas, weißte — sie können zu sich kommen. Ist ganz egal, welchen Mist sie drücken.«

Bernie wandte Jules das Gesicht zu, drei Meter von ihm entfernt. Als er Bernie in die Augen blickte, erkannte Jules, daß es bereits passiert war. Bernie hatte die Wirkung des Gases überwunden. Sein Blick wanderte, er wirkte verängstigt. Seine Lippen zuckten. Aber er tat, was man von ihm verlangte, und Jules las die Litanei in seinen Augen: *Laß mich einswerden mit den Maschinen der Welt.* Es funktionierte. Es paßte. Niemand bemerkte, daß er aus der Trance herausgefallen war. Und vielleicht war er das ja auch gar nicht.

Jules hätte beinahe genickt. Das war sein Zuhause.

»Wo kommt dieser Typ hin?«

»Laß mal gucken, wie spät ist es? Oh — bring ihn jetzt einfach zu Mr. Carmody rauf. Er hätte zuerst auf die Bühne gehen sollen, glaube ich.«

»Folg mir!« flüsterte der blonde Angestellte Jules zu. Jules drehte sich um und folgte ihm und ließ Bernie zurück, so wie er ihn zu Hause schon viele Male zuvor zuckend auf dem Boden zurückgelassen hatte.

Jules wurde zu einer Tür eskortiert, durch einen Verbindungsgang in ein anderes Gebäude. Er fuhr mit einem Aufzug nach oben, schritt durch einen mit Teppich ausgelegten Korridor. Der mausgraue Teppich unter seinen bloßen Füßen fühlte sich schwammig an. Der Angestellte brachte ihn in ein Bad, ließ ihn sich duschen, abtrocknen, dann ließ er ihn auf der Kante eines runden weißen Bettes im Schlafzimmer eines im viktorianischen Stil möblierten Appartements sitzend zurück; Spitzenvorhänge, altertümliche dunkel gewordene Ölgemälde, merkwürdige, kunstvoll geschnitzte Möbel. Staub. Jules blieb ruhig sitzen, starrte vor sich hin, fühlte, wie sich ein heißer Draht fester zusammenzog, in seinem Innern zusammenzog. Er brauchte fast zwei Minuten, bis er das Gefühl erkannte: Wut.

Es war lange her, daß er über jemand anderen als sich selbst wütend gewesen war. Und er brachte es stets fertig, sich ohne äußeres Zutun selbst zu verletzen. Aber jetzt — diese Wut zu fühlen war wie ein Flash, der durch seine Unbeweglichkeit noch weiter angeheizt wurde. Als zöge sich in ihm eine Feder auf.

Und wenn man ihn zu einem Ort bringen würde, wo es eine riesige schwarze Perle gab und einen weißen Kasten mit etwas überdimensional Scheußlichem darin, etwas mit durchscheinenden Flügeln und Facettenaugen — dann würde er tun, was er konnte, um jemanden zu töten.

Aus dem Augenwinkel sah er eine Tür aufgehen. Ein verwelkter kleiner Mann kam herein, beinah vollständig kahl, und schlurfte auf ihn zu.

Altersflecken sprenkelten den unförmigen Schädel des Mannes und seine zitternden Hände, und er bewegte sich mit Hilfe eines Stocks aus Fiberglas fort. Er trug einen roten Frotteebademantel und rote Seidenslipper. Seine Augen lagen tief in ihren Höhlen, wäßrig-graublau. Er hatte keine Zähne. Er war ein sehr alter Mann. Er betrachtete Jules, sah spitzbübisch an ihm auf und lächelte versonnen, wobei er sein verschrumpeltes Zahnfleisch sehen ließ. Er war gebeugt, reichte Jules kaum bis zum Oberarm. Ich könnte ihn mit einer Hand erwürgen, dachte Jules. Sein Zorn wuchs. Er soll mich nur anfassen. Ich stopf' ihm den Hals für Bernie und Ace und mich und Connie und Barb und für das Kind, das Zimm einmal gewesen sein muß.

Der alte Mann, Carmody, kicherte und krächzte: »Komm schon, komm schon, alter Freund!« Er wandte sich um, und Jules folgte ihm in das nächste Zimmer.

Es war das Kinder- und Spielzimmer eines Kinds aus wohlhabenden Verhältnissen. Ein gewaltiges Zimmer, mit grellbunten Farben bemalt, mit einer elektrischen Eisenbahn am anderen Ende, einem zweisitzigen Miniaturkarussell in größerer Nähe, einem Sandkasten und einer großen Holzkiste für Spielsachen, anderthalb Meter weiter zur Seite.

Vor sich hin summend ging der alte Mann zu der Spielzeugkiste. Auf die Vorderseite der Kiste war ein schreiend orangefarbener Orang-Utan gemalt.

Carmody wühlte in den Spielsachen, bis er einen kleinen hölzernen Besen und eine zerraufte rote Perücke gefunden hatte. »Ich bin die Mommy und du der Daddy, und du kannst die Wiese mähen.« Er nickte wieder und wieder. Seine Hände zitterten vor Aufregung, ihre graue Haut war so lose und wächsern, daß sie wie Gummihandschuhe aussah.

Als er noch einmal in die Kiste hineingriff, entdeckte er einen kleinen Plastikrasenmäher und reichte ihn Jules.

Das Spielzeug verwundert anstarrend, nahm Jules es entgegen. Er hatte den letzten Anschein von Trance inzwischen abgeschüttelt. Carmody bemerkte es entweder nicht, oder es machte ihm nichts aus. Er hatte sich die rote Perücke schief aufgesetzt und fegte emsig den

Boden einer imaginären Küche. Indem er in einer unnatürlich hohen Tonlage vor sich hinbrummelte.

Jules fühlte sich angeschmiert. Seine Wut versickerte, der wundervolle transparente Flash lange unterdrückter Feindseligkeit starb dahin wie der Flash von Met. Während das Einverstandensein wiederkehrte.

Nein, sagte er sich. *Fall nicht darauf herein. Das ist das gleiche, als ob du dich sexuell unterwerfen würdest. Du befolgst immer noch Anweisungen, er benutzt dich noch, du bist nichts weiter als ein Spielzeug.* Jules ließ den Plastikrasenmäher fallen und wandte sich ab. Er ging zum Lichtschalter. Er würde das Licht löschen und den Mann erwürgen. Er legte einen Finger auf den Schalter.

Als ihm auf die Schulter getippt wurde, drehte er sich um. Der alte Mann lächelte, hielt ihm die scharlachrote Perücke hin. »Du hast keine Lust, der Daddy zu sein? Du kannst die Mommy sein, wenn du magst.«

Und wieder, einen Moment lang, fühlte Jules sich verspottet.

Dann, für Bernie und Ace und Barb, aber nicht für Zimm, ging er zum Rasenmäher zurück, hob ihn auf und begann ihn munter vor und zurück zu bewegen. »Nein, du kannst die Mommy sein«, sagte er zu dem alten Mann.

JETZT: WERDE ICH DIR ETWAS ERZÄHLEN ...

Fang schon an. Mutter hat's bezahlt, nicht ich, also erzähl schon!

... und du hörst besser genau zu. Zuerst erzähle ich es dir, dann wirst du anfangen, es zu sehen, wie es vor dir erscheint. So läuft das hier.

Okay. Ich höre.

Zuhören ist nicht genug. Wenn du *sehen* willst, mußt du mir deine ungeteilte Aufmerksamkeit schenken. Konzentration.

Also gut! Ich bin ganz Ohr.

Gut. Es geht um Tahiti. Ich biete eine filmische Exegese von beliebig ausgewählten Aspekten jenes Kontinuums an.

Welchen Kontinuums?

Dieses ... dort *drüben.*

Oh, okay. Ich bin einverstanden.

Ehe ich beginne, lies dir die relevanten Punkte der Einführungsbroschüre durch. Ich möchte vollkommen sicher sein, daß du genau weißt, worauf du dich einläßt, wenn du hierher kommst. Weil das Dazwischen nämlich nützlich für uns ist.

Das Dazwischen? Ich brauche die Broschüre nicht zu lesen. Ich hab' sie sowieso weggeworfen. Äh ... was wir hier tun, das ist ...

Sie weggeworfen? Die Broschüre weggeworfen? Nachdem die Agentur komplizierte Karmas investiert hat, um diese Broschüren programmieren zu lassen! Ich glaube kaum, daß das ...

Ich hab's sowieso im Kopf. Mehr oder weniger. Darin steht, diese Feldreise würde mich befähigen, ›in der antidualen Perspektive durch Externalisierung der Parität Objektivität zu erlangen‹ ... was eine derjenigen Haltungen ist, die sich anzueignen Mutter für notwendig hält. Ich persönlich verstehe nicht, warum Mutter so antisubjektivistisch ist. Jedenfalls stand darin, ich würde an diesen unermeßlichen klammen, perlweißen Ort mit den beiden unbestimmt geschwungenen Wänden kommen, um ... könnte ich etwas aus deiner Blase zu trinken bekommen? Ich habe keine mitgebracht.

Red weiter, red weiter! Warum wurdest du hierher gebracht?

Oh. Damit ich durch graphische Anschauung etwas lerne. Eine Lektion über die Technik der Besamung von Realitätszonen. Das wurde in der Broschüre behauptet. Sowas in der Art. Ich persönlich glaube, daß Mutter annimmt, das Ganze würde mich zu einer reaktionären objektivistischen Philosophie bekehren oder irgend so einem Unsinn ... Ich bin *trocken* nach all dem Gelaber, kann ich etwas aus deiner Blase zu trinken bekommen? Ah, danke ...

›Irgend so einem Unsinn!‹ Du kindischer Dummkopf, du! Es ist weit davon entfernt, Unsinn zu sein. Diese Übung wird dazu beitragen helfen, daß du dich beim Wechsel der Ebenen nicht verirrst. Im Dazwischen können wir objektiv beobachten, auf welche Weise die Realitätszonen von archetypischen Scheitelpunkten ausstrahlen, nach denen alles andere in jener Sphäre wellenlängenspezifischen Einflusses gestaltet ist. Verstanden?

Klar, natürlich. Hab's kapiert.

Heh — trink nicht alles. Du hättest dafür deine eigene Blase haben können ... Na. Laß mich ... hier ist es ... das ist die *Lektion A für das Tahiti-Kontinuum.* Schau mal — genau dort drüben. Komm ein paar Schritte hier rüber. Jetzt sieh dorthin, wo ich hinzeige. Siehst du ihn? *Dort.*

Er blickte auf die Uhr, die um sein linkes Handgelenk gebunden war. Das Gesicht der Uhr sagte geräuschlos: ›Es ist Zeit.‹ Die Uhr hatte keine Hände oder ein Zifferblatt, nichts außer zwei bleichen gummiartigen Lippen, die mitten im Gesicht saßen, und er las von diesen Lippen ab, wie es ein Tauber getan haben würde, obwohl er nicht taub war. Er hätte ebensogut taub sein können, denn er war allein an diesem Ort des Schweigens, und soviel er wußte, gab es auch niemanden außerhalb des Reichs des Schweigens, und falls doch, würde bestimmt niemand die unaussprechlichen Verteidigungsanlagen des Schweigens durchbrechen können. Und er begriff die Sprache nicht, nur in den Kategorien des Quadrats ... man hätte meinen können, der Raum, in dem er sich befand, mäße rund fünfzehn Meter im Quadrat und einen Meter vom Boden bis zur Decke. Keine Möbel. Er brauchte keine Möbel, und obgleich er einen menschlichen Körper besaß, schlief er weder, noch ruhte oder aß oder verdaute er oder schied er aus (außer in den immateriellen Kategorien der Quadrate). Das pochende Gewebe, die antizipatorische Feuchtigkeit seines menschlichen Fleischs war bereit und wartete darauf, zu schwitzen/essen/speien/auszuscheiden/sich zu erregen, doch keine dieser Funktionen war dem Zeitrahmen zugehörig, in dem der Körper gegenwärtig konditioniert war. Es war absichtsvoll verschlüsselt im Flackern zwischen zwei Herzschlägen, zwischen zwei Atemzügen. Aber wenn er sich umherbewegte und er den fälschlichen Eindruck hatte, es geschähe aus eigener Kraft ... das ist alles, was du über *ihn* wissen mußt, welche Art von Individuum er darstellt, es sei denn, du wolltest wissen, wie er aussah.

Ja, würde ich gerne wissen.

Oh. Wirklich? Das ist aber lästig von dir. Aber gut. Er hatte den Körper eines durchschnittlichen Mannes, für die Mitte des zwanzigsten Jahrhunderts, Tahiti-Kontinuum. Er war Engländer, kaukasischer Typ, war ein Meter zweiundachtzig groß und wog achtzig Kilo, hatte schütteres und besonders weiches braunes Haar, wasserblaue Augen. Aber auf die nach seinem Vorbild gestalteten biologischen Brechungen würde er merkwürdig gewirkt haben, denn sein Gesicht und sein Kopf waren die eines drei Wochen alten Säuglings, eines Homo-sapiens-Babys, weich und vorläufig, vage wie ein Baby, obwohl das Volumen seines Kopfes seiner Körpergröße entsprach.

Keine Augenbrauen?

Keine. Wenn ihm seine Uhr sagte, daß es Zeit war, was sie periodisch tat ...

Ich kann ihn sehen! Dort drüben vor der geschwungenen Wand, bei all diesen bunten Sachen, in ...

Natürlich, du Idiot. Warum sollte ich ihn dir denn sonst schildern? Verbale Beschreibung ist das Merkmal dieses Automaten. Wie du sehen kannst, ist er und war er ... Ich werde meine Erzählung auf das Imperfekt beschränken, denn das Imperfekt *hier* bewirkt die Gegenwart *dort*, und das stellt den angemessenen Mechanismus dieser lokalen ...

Oder vielleicht bist du einfach nur nostalgisch und sentimental.

Sei still und hör zu! Jetzt: Er war von der Uhr an die Notwendigkeit erinnert worden, die Quadrate zu betasten. Du kannst die Quadrate an den Wänden sehen, dort.

Quadrate in verschiedenen Farben, ja. Pastellfarbtönen.

Ja. Jedes Quadrat von dreißig Zentimetern Seitenlänge und fünfzehn Zentimeter vom nächsten entfernt, gleichmäßig über die Wände verteilt. An der Decke und auf dem Boden keine ...

Das sehe ich selber.

Sei still, es ist unnötig, mir das zu sagen. Wo waren wir stehengeblieben? Oh: Er ging zu den Wänden hin und preßte seine Handfläche gegen das helle braune

Quadrat. Als sich die Innenfläche seiner weichen, schwielenlosen Hand, seiner rechten Hand, auf die Fläche preßte, haftet sie, sich klebrig vermischend, sanft daran fest.

Heh! Du erzählst das in der Gegenwart! Du hast gesagt: ›*haftet* sanft daran ...‹

Ah, danke. Ausgesprochen nett von dir, mich darauf aufmerksam zu machen. Ausgesprochen nett. Natürlich wäre es mir auch selbst rechtzeitig aufgefallen.

Natürlich. Aber ... warum kannst du nicht in der Gegenwart erzählen?

Es ist gefährlich.

Gefährlich? — O *wirklich!*

Lach, wenn dir danach ist. Es *ist* gefährlich.

Was passiert, wenn du diese Szene im Präsens erzählst?

Ich glaube, ich kann dir das auf eine sehr bedachtsam kontrollierte Weise demonstrieren. *Beobachte:*

Er lächelt, erfreut vom Ansturm der physikalischen Daten, liefert sich ihm aus wie ein todgeweihter Junkie dem Flash, er seufzt und drückt seinen Arm weiter hinein, bis zum Handgelenk, zum Unterarm, zum Ellbogen, bis der Arm sich in dem Zeug auflöst, in der Wand verschwindet und seine Schulter ebenso hineinzusinken beginnt, sein Kopf zäh und nachgiebig wird, während er in das Quadrat hineingesogen wird ...

Heh! Das läßt du besser aus. Er ist dabei zu verschwinden, sein Kopf *verschwindet* einfach.

Je länger ich damit weitermache, desto schwerer läßt es sich wieder rückgängig machen. Jetzt ist das Bild, wie du sehen kannst, eingefroren, er befindet sich zur Hälfte im Quadrat, seine jähe Zerstörung ist aufgehalten worden, weil ich mit dem Erzählen ganz aufgehört habe. Aber wenn ich fortführe, würde die Trägheit der Präsenserzählung, die dazu tendiert, ihre eigene Zukunft hervorzubringen, weil ihre Begründung im *Jetzt* einen Hohlraum im *Sein* hervorruft, der aufgefüllt werden muß, weil die Zeit dem Weg des geringsten Widerstands folgt, so wie alles andere auch ...

Also — kannst du ihn dort wieder herausbekommen?

Ich kann es noch; die Trägheit ist noch nicht bis zu dem Grad wirksam geworden, daß ich keine Kontrolle mehr darüber hätte. *Hör zu:* Als er erkannte, daß er zu weit gegangen war, zog er seinen Arm aus dem braunen Quadrat, langsam, wobei er die Datenperlen sorgfältig ab und zu ihrem Ursprung zurückfließen ließ, während sein Kopf und sein Körper ihr normales Aussehen wiedererlangten ... Er trat zurück, streckte sich, seufzte und begann wieder von vorn, diesmal zurückhaltender, was die Übertragungsrate betraf. Als sich die Innenfläche seiner weichen, schwielenlosen rechten Hand auf die Oberfläche preßte, haftete sie, sich klebrig vermischend, sanft daran fest. Jetzt nimmt er den Tee geschmacklich wahr, riecht sein verdampftes Aroma, ist sich seiner ursprünglichen Beschaffenheit auf seinen Lippen bewußt.

Heh, erzählst du nicht schon wieder in ...

Unterbrich mich nicht mehr, du lenkst mich ab. Ich muß mich konzentrieren. Beobachte ihn weiter; wie willst du sonst etwas lernen? *Paß auf:*

Das Getränk ist silbrig, es ist erdfarben, es ist purpurfarben, es ist mutwillig dampfend. Er verweilt nicht bei diesen künstlichen Empfindungen. Er macht weiter. Seine Hand senkt sich langsam in das braune Quadrat, die Ausläufer der Tee-Daten machen seine Hand empfänglich, um die Knöchel herum und am Handrücken, kriechen über sein Handgelenk. Wenn er will, kann er seinen ganzen Arm bis zur Schulter in das braune Quadrat hineindrücken, das sich dann weiten würde, um den Rest seines Körpers in sich aufzunehmen, während die anderen Quadrate zum Ausgleich schrumpfen würden. Aber er sinkt nur bis zur Schulter hinein ... *Verstanden?*

Vollkommen. Ja, klar.

Und so wird ihm ein ordnungsgemäßes Eintauchen in die ganze Matrix zwischen den Ursprüngen erlaubt, den empirischen und den Schlußfolgerungen zahlreicher Stränge der *Thea sinensis*. Tee. Er ist sich jetzt des Tees in jeder Zelle und Pore bewußt, und sein Rücken hat sich versteift, seine Augen sind nach oben gerollt, während er die Trance auskostet. Er ist sich (in flimmernden Wellen, die seine Finger und Arme durchlaufen, durch ungestörte, doch oszillierende Kanäle bis ins Rückgrat hinunter) der Ätiologie der ältesten Form der als eine Spielart von *Thea sinensis* identifizierbaren Pflanze bewußt, ihres Geschmacks im Vergleich zu dem neuesten Geschmack in der Vielfalt der Teehybriden, ihres genetischen Aufbaus, wie es dazu kam, daß sie sich durch Fremdbestäubung in eine andere Form von Tee verwandelte, und wieder in eine andere, wie dieser Tee entdeckt und von einem Stamm nackter Wilder abwechselnd gekostet wurde, wie diese Wilden vom Tee verändert wurden, dem Teehandel mit anderen Stämmen und den Gegenständen, die sie dafür einhandelten, der Auswirkungen des Tees auf den anderen Stamm, des kulturellen Echos des Tees, der verschiedenen einander ähnlichen Teehybriden und der verwandten Arten, die planvoll oder zufällig von diesen Stämmen und den Zivilisationen ihrer Nachkommen hervorgebracht wurden, und ihrer Stellung darin, alle Bücher, die über Tee geschrieben wurden, einschließlich jener mit Rezepten und wissenschaftlichen Abhandlungen über die zahlreichen ergänzenden Zusätze, der Namen und der Lebensgeschichten aller Teehersteller, Plantagenbesitzer, Kenner; des kulturellen Einflusses des Tees auf jede der Gesellschaften, in denen er verbreitet wird, der Farben, Gerüche und der Beschaffenheit der Blätter und Blüten und ihrer Stellung in den botanischen Systemen, der mikroskopisch erkennbaren Schutzwand eines Querschnitts von Teepflanzenzellen, der Pflanzen durch die Filter der vierten und fünften Dimension betrachtet, der Rituale und Traditionen, die sich aus den unterschiedlichen historischen Ursprüngen des Tees entwickelt haben, der Namen und Lebensgeschichte des ersten Menschen, der Tee je benutzt hat und des letzten, der es je tun wird ...

All das und noch mehr?

Genau. Aber die Informationen, somatisch kalibrierte Daten, klingen nicht nach in den Gehirnzellen unseres Babyface; sie entzünden die Lampe, und dann verpufft die Flamme, kaum daß sie angezündet wurde. Wenn Babyface seinen Arm schließlich aus dem Quadrat hervorzieht, erinnert er sich an nichts mehr, was er soeben erfahren und durchmessen hat. Sein Arm ist sauber, wenn er herausgezogen ist. Die braune Substanz (die physische Verdinglichung von Daten) haftet nicht an seiner Haut, und ihre Informationen scheuen davor zurück, sich im Gedächtnis begraben zu lassen. Und die Oberfläche des Quadrats schließt sich, als wäre sie nie gestört worden ...

Heh, du bist von der Vergangenheit in ...

Unterbrich mich nicht! Beobachte ihn! Jetzt, wo er mit dem Tee fertig ist, wird es Zeit für einen Strandspaziergang. Er geht zu ...

Also, hör mal, hättest du nicht übergehen sollen von ...

Sei still! Er geht zum nächsten Quadrat in der Reihe, zu dem linken, das Pastelltöne von Sonnenuntergangsrot und Tropenhimmelblau und Sandstrandweiß und Bambusgelb und Palmbraun hat, alle Schichten leicht miteinander vermischt. Er legt seine Handfläche auf dieses polychrome Quadrat und läßt sie nur bis zum Handgelenk einsinken. Er ist sich nicht mehr der Tatsache bewußt, daß sein Arm in das Quadrat eindringt, jetzt, da er mit der sensorisch-eidetischen Organ-Musik der Daten vollkommen im Einklang ist; die diesen Strand von Tahiti um ›1910 A.D.‹ relativ zu dieser Konfluenz umgibt und durchdringt. Er gerät in Verzückung über die Atomstruktur des Sandes und die Zerlegung der Wellenlängen der Photonen, die im Meeresgischt gebrochen werden und mit den verschiedenen Gedichten, die über die Tropen (in alphabetischer Reihenfolge gelesen), und mit denen, die bis zum 1. Januar 1910 über Tahiti geschrieben wurden, kontrastieren.

Ah, so wie beim Tee, aber noch mehr davon?

Genau.

Ich verstehe. Aber du benutzt immer noch eine andere ...

Still! Jetzt sieht er auf die Uhr an seinem linken Handgelenk — er tut dies mit jenem Teil seiner Reflexe, die für diese Handlung speziell reserviert sind — und sieht: ›Zeit fürs Mittagessen‹. Also beginnt er seinen Arm zurückzuziehen und verlagert, während er das tut, seine Aufmerksamkeit, indem er sich darauf vorbereitet, das Strandquadrat zu verlassen, damit er zu dem Eßquadrat weitergehen kann, welches das Sandwich an sich ist, ein Schinken-und-Ei-Sandwich aus uraltem importierten Roggen und der ganze Hintergrund und die Empfindungsschichten, die sich aus diesem Wahrnehmungsknoten unendlich ins Winzige wie ins Makroskopische hinein entfalten. Er zieht seinen Arm heraus ...

Heh! Ich versuche dir *klarzumachen*, daß du ins Präsens gefallen bist!

Was? Ich ... Oh, verdammt, jetzt hab ich's vermasselt. Das wird zu einem Spannungsmuster und zum Reißen der Membran führen, es sei denn, ich kann den Kontakt halten, die verbalen Verdinglichungen übernehmen, ergreifen, sie bis zum Imperfekt verlangsamen. Wieder die Kontrolle übernehmen. Als versuchte man, durchgegangene Pferde einzuspannen, zu diesem Zeitpunkt. Warum, zum Monitor, hast du mir das nicht gesagt, bevor ich ...?

Tut mir leid. Ich hab's versucht.

Laß gut sein. Ich muß mich konzentrieren, oder es gerät aus den Fugen und macht sich selbständig. Ah, sein

Arm taucht — tauchte? — aus dem Quadrat und bekommt einen Krampf, seine Finger verfangen sich am Rand des Quadrats, am Innenrand der pastellfarbenen Schattierungen. Er zerrt, ein Anflug von Enttäuschung kommt in sein ansonsten leidenschaftsloses Gesicht, und die Wand erzittert unter dem Zug. Er kann seine Finger nicht von der Innenkante des Wandrahmens lösen, und voller Zorn reißt er heftig daran. Diesmal ertönt ein knisterndes Geräusch ...

Mir ist innerlich kalt. Ich mag dieses Gefühl in meinem Innern nicht. Ein Frösteln. Unangenehm, schneidend. Etwas in mir lockert sich. Ich ...

Still! Ich verliere an Boden, verdammt! Ah, ein knisterndes Geräusch, und ein Teil der scheinbar unzerbrechlichen Wand löst sich unter seinen Fingern, bröckelte ab, (Oh, verdammter Mist!) und der flüssige Seinsgrund des Quadrats ergießt sich durch die Lücke und spritzt Babyface über die Füße. Er taumelt, er will weglaufen, wird aber überwältigt und verschwindet aus der Sicht, als ein Teil des Quadrats, das grünlich gelb gewesen war, hervorzüngelt und sich ausbreitet wie ein Feuer in einer Streichholzfabrik und den Raum nach und nach mit emporschießenden Bambussprößlingen und sich entfaltenden Blättern füllt. Gleich darauf beginnen das Braun und das Blau und das Weiß auf magische Weise emporwachsende Palmen und Schwaden von Himmelsgas zu bilden, un der Raum ist plötzlich bis zum Rand mit wechselnden Arabesken von Sand und Wasser und Laubwerk gefüllt und überschreitet den Sprengpunkt gerade in dem Augenblick, als Babyface zusammengepreßt und annihiliert, in Spermatröpfchen verwandelt wird, welche die Erde der sich hektisch ausbreitenden Paradiesinsel düngen, die wie ein sich selbst aufblasendes Gummifloß wächst und ... *o verdammt!* Ich hol es nicht mehr ein, die Zügel sind mir entglitten ...

Was ist denn los? Ich kann nichts mehr sehen! Alles ist

ein Brodeln verflüssigter Blätter und ein Sandsturm, und da war ein Schwertfisch! Die Wand reißt auf, die weißen Wände ... Heh! Es kommt *hierher.*

Es versucht einen Durchbruch, ergießt sich ins Dazwischen, es wird sich jetzt selbst kompensieren müssen, eine Ebene erzeugen, um den Tropengürtel darin zu verankern. — Oh, verdammt! — Halt die Luft an! Ich versuche einen ...

* * *

»Harold! Guck dir mal die beiden am Strand da hinten an. Im Schatten unter diesen Palmen.«

Er zuckte die Achseln. »Nur zwei Strandläufer, mein Schatz, ich glaube nicht, daß sie irgendwelchen Ärger machen werden. Sehen ein bißchen benommen aus, findest du nicht?«

»*Benommen* ist wohl nicht das richtige Wort. Harold, sie sind *nackt!*«

»Äh ... ja, wirklich. Dann sind sie also ... Also sowas! Komm, Liebling, wir gehen besser wieder zurück! Wir werden uns beim Empfangschef im *Captain Bligh* beschweren. Er meinte, man hätte das Gesindel vom Strand entfernt. Irgend so eine Art von Hedonisten, so wie sie aussehen. Und auch noch Weiße! Ach, hör doch *bitte* zu weinen auf, Emily.«

»Ich kann nichts dafür. Sie sehen *verrückt* aus. Wir gehen besser schneller. Und ich erwarte von dir, daß du dich beim Konsulat beschwerst.«

»Natürlich. Aber ich bin sicher, daß sie ... ziemlich harmlos sind. Das Licht war um sie herum ... äh ... irgendwie diffus. Und ich könnte schwören, daß keiner von beiden eine Nase hatte ...«

Sie schirmte ihre Augen mit der Hand gegen das Gleißen der tropischen Sonne ab und blickte verängstigt über die Schulter zurück.

Sie kreischte.

»Sie kommen uns *nach*.«

(Eilige Schritte, schweres Atmen, Flüche von dem britischen Gentleman, als er stolpert. Seine Frau hält tapfer an, um ihm aufzuhelfen.)

Entschuldigen Sie, sagte der eine der beiden seltsamen, bleichen Männer, als er sie eingeholt hatte, *könnten Sie uns vielleicht den Weg zurück ins Dazwischen zeigen? Wir haben keine Ahnung, wie wir von hier zurückkommen können. Offen gesagt, wir haben uns ziemlich verlaufen. Das tut mir alles schrecklich leid. Die Welt. Hab etwas verschüttet. Tut mir leid. Ich bereite Ihnen schreckliche Ungelegenheiten, ich weiß.*

Er sagte es in einer Sprache, die jedermann an jedem Ort des Universums augenblicklich verstanden haben würde.

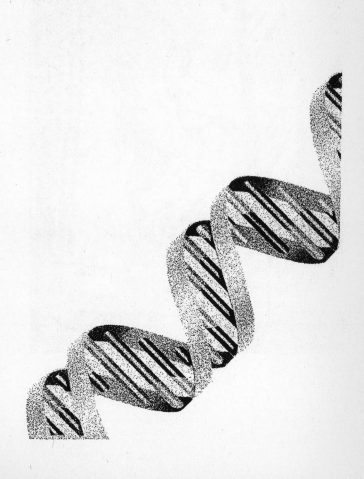

Stumme Grillen

DAS DURCH QUECKSILBERWOLKEN fallende milchige Mondlicht durchdringt den dichten Wald mit verschwommenen Strahlen. Das schwache Licht leckt an den Ästen der Bäume und verfängt sich im Gewirr entblößter Zweige. Die Laubbäume stehen in Gruppen, in die sich ab und zu eine lange Pinie drängt. Die Wurzeln erstikken unter abgefallenen Blättern. Kahle Zweige werden zu atmosphärischen Kapillaren abstrahiert. In den tintigen Schatten unter einer kurzen, kegelförmigen Tanne kriecht ein Mann mit einem Gewehr in der rechten Hand. Er bewegte sich langsam weiter, wobei er versucht, so wenig Geräusche wie nur möglich zu verursachen, und kriecht weiter in den Krater hinein, den eine entwurzelte Pinie zurückgelassen hat. Die riesige sterbende Pinie liegt auf der Seite, kleinere Bäume liegen zerschmettert unter ihrem Stamm; ihre Wurzeln ragen über den Kopf des Mannes auf. Er hockt sich in die flache Grube, seinen gestiefelten Fuß fest in die Erde gedrückt, der Gewehrlauf fängt Licht und färbt es blau. Das einzige Geräusch ist das *Chirr* eines davonhuschenden Waschbären und der monotone Gesang der Grillen.

Die Grillen verstummen abrupt.

Der Mann ist auf der Hut.

Etwas bewegt sich unsichtbar durch den Wald. Er strafft sich, hebt die Sechsunddreißiger, stützt den Kolben an die rechte Schulter, sein Finger krümmt sich vor dem Abzug. Er greift nach der Sicherung. *Ist es einer von ihnen?*

Die Gestalt kommt zum Vorschein.

Es ist ein Mann, ein einzelner Mann. Der Mann mit dem Gewehr, Buckley, Direktor des Deepwood Museums für moderne Kunst, steht auf und winkt. Der Fremde, dessen Gesicht nur teilweise sichtbar ist, nickt und kommt näher. Er steht schweigend wenige Meter von Buckley entfernt, betrachtet das lange Gewehr an der Seite des Direktors. Der Mann trägt Arbeitshosen und ein weißes, langärmliges Hemd. Die Nacht verbirgt das meiste von seinen Gesichtszügen.

»Sind Sie Buckley?« fragt er mit langsamer, öliger Stimme.

»Ja.«

»Ich bin ... Cranshaw. Ich bin vom New Yorker Kunstverein. Ich habe nach Ihnen gesucht. Ich glaube Ihnen Ihre Geschichte ... mehr oder weniger. Ich möchte es aber aus Ihrem eigenen Mund hören. Ich habe eine ähnliche ... Erfahrung gemacht. Ich kam zu Ihnen, um mit Ihnen in Ihrem Arbeitszimmer zu sprechen, und Ihre Dienstbotin — sie war ziemlich durcheinander — sagte mir, Sie wären hier hinaus gerannt, nachdem Sie die Bilder verbrannt hätten. Eine merkwürdige Geschichte, Buckley, Mirós und Mattas und Picassos im Wert von achthunderttausend Dollar zu verbrennen ...«

»Wie viele Arten von geschlechtlicher Fortpflanzung gibt es?« fragt Buckley, und seine Stimme hat für ihn in der saugenden Dunkelheit einen fremden Klang.

»Nun ... es gibt die direkte Zellteilung und die Fremdbestäubung, und beim Menschen gibt es den guten alten ...«

»Beim Menschen gibt es etwas *anderes*«, unterbricht Buckley in einer hastigen, silbenverschluckenden Sprechweise. »Eine neue Art von Mutation. Haben Sie davon gehört, daß ein Künstler nicht ein ›neues‹ Bild schaffe, sondern es lediglich aus einer anderen Dimension der Wirklichkeit schöpfe, in der diese Abstraktion ein physikalisches Gesetz darstellt? Vielleicht. Wenn der abstrakte oder surrealistische Künstler sich lang genug der Bilder jener Welt bedient, dieser anderen Ebene, dann werden die jener Welt innewohnenden Wesen sich vielleicht für uns zu interessieren anfangen und sich überlegen, hierherzukommen. Vielleicht werden sie uns als ein Medium benutzen und sich selbst durch eine Art von malerischer Besamung übertragen. Ich muß immer wieder an die Worte des Dadaisten Jean Arp denken: *Die Kunst ist wie eine Frucht, die aus dem Menschen wächst — wie das Kind aus der Mutter* ... Eines Tages, Cranshaw, nimmt ein Kind die Stelle seiner Eltern ein.«

»Kann schon sein. Kommen Sie in Ihr Studierzimmer zurück, und wir reden darüber.«

»Nein. Haben Sie nicht von all den Künstlern gelesen, die verschwunden sind? Nun, ich war gerade bei Matta, als ich *sah*, wie etwas mit ihm geschah. Ich kann nicht beschreiben ...«

»Das ist alles interessant, aber ziemlich xenophob«, unterbricht der Fremde. »Meine Erfahrungen gleichen Ihren nicht so sehr, wie ich gedacht habe. Es ist heutzutage, weiß Gott, nicht so einfach, Museumsdirektor zu sein. Diese rotznasigen jungen Maler. Aber kommen Sie zurück und nehmen Sie einen Drink mit mir, Buckley. Wir kriegen dort schon raus, was los ist. Haben Sie keine Angst.« Er streckt eine Hand nach Buckleys Schulter aus.

Buckley weicht zurück, sein Griff um den Gewehrlauf wird fester. Wenn dieser Mann vom Kunstverein ist, warum ist er dann wie ein Bauer vom Lande gekleidet? Cranshaw berührt Buckleys Schulter. Seine Zweifel werden bekräftigt. Er spürt es jetzt, das warme Prickeln, den Ansturm zum Leben erwachter Abstraktion. Er weicht wieder zurück, hebt das Gewehr. »Sie haben mich angelogen«, flüstert er der Nacht wie gleichermaßen Cranshaw zu.

Im Augenwinkel nimmt er am anderen Ende des umgestürzten Baums eine Bewegung wahr. Ein reiner, sich bewegender Anachronismus, der aus der Areole der aufgerichteten Wurzeln hervorkam. Es war die abstrakte Figur von Marcel Duchamps *Nackte, eine Treppe herun-*

tersteigend, die zu selbständigem Leben erweckt worden war. Eine Studie ineinander übergehender Bewegungen, die Transformation einiger weniger Augenblicke in Kubismus. Die Gestalt, wahrheitsgetreu wiedergegeben und leuchtend vor dem Vorhang des Waldes, ähnelt einem wie die Extrapolation eines siamesischen Zwillings in sich selbst verschlungenen Roboter, der eine halluzinatorische Schleppe wie einen mechanischen Umhang hinter sich herzieht. Sie könnte aus kupferfarbenen Blechbüchsen bestehen, und ihr Rumpf (die futuristische Extrapolation einer Rotation um den Mittelpunkt) ist, wie die Kiemen eines Hais, aus Streifen zusammengesetzt. Sich auf Buckley zubewegend, erscheint sie als ein Durcheinander spastischer Geometrie, als ein fleischverschlingendes, praktisches Küchengerät. Die Gestalt ist ein Vektor für das Bizarre, der ein Kielwasser aus abstrahierten Bäumen und sich zu einer Vision siamesischer Drillingsbauchtänzer verzerrendes Gebüsch nach sich zieht; primitive und perfekte, zylindrisch-glatte Baumstämme im Stil Rousseaus, Äste, die zu Stacheln in einem Nadelkissen werden. Aber die Stimme des Vektors ist menschlich.

»Ich konnte nicht mehr länger warten. Ich mußte kommen. Wurde er vorbereitet?«

»Nein«, antwortet der Unbekannte, der sich Cranshaw nennt, »noch nicht.«

»Buckley«, tönte die Stimme aus dem goldenen spinnenhaften Strudel, »kommen Sie her!«

Buckley zieht eine schmale Taschenlampe hervor und leuchtet damit in Cranshaws Gesicht. Er schnappt nach Luft. Eine modiglianihafte Vereinfachung ist dieses Gesicht, mit munchartigen Höhlen um die Augen. Der Mann besteht, während er äußerlich richtig proportioniert ist, aus starren Flächen, unbeweglichen Augen, dem gleichen immerwährenden Lächeln, fünf Zentimeter links neben der Nase. Eins seiner Augen ist erheblich größer als das andere. Seine Arme sind aus

rechteckigen Flächen mit Neunzig-Grad-Winkeln geformt.

»Ist schon in Ordnung«, sagt das Cranshaw-Ding
jetzt mit undeutlicher Stimme. »Keine Angst.« Es greift
mit einer quadratischen Hand nach Buckleys angeleg-
tem Gewehr, berührt im gleichen Moment, als der Direktor den Abzug berührt, den Lauf mit einer sanften
Liebkosung.

Das Gewehr geht nicht los. Es herrscht tiefe Stille. An
Stelle einer Explosion entsteht ein schwaches puffendes
Geräusch. Eine runde Kugel federt wie eine Seifenblase
von Cranshaws Brust und steigt zwischen den emporra-
genden Bäumen in die Höhe. Verzweifelt befühlt Buckley den Lauf des Gewehrs. Er gibt unter seinen Fingern
nach wie eine erschöpfte Erektion, zäh und biegsam. Er
bricht ein Stück des Laufs ab und steckt es sich in den
Mund. Lakritz. Das Gewehr verwandelt sich in eine
schlangenartige Abstraktion. Er wirft es weg, aber das
kribbelnde Gefühl wandert bereits seinen Arm hoch. Er
blickt zu den beiden abstrahierten Dingern hin, die ge-
duldig dabeistehen, sieht, wie sie schwanken und sich
netzartig mustern, wie ein instabiles Fernsehbild. Er
blickt an seinem Körper hinunter und sieht, daß aus seinen Beinen Wurzeln schlagen, die sich rasch im Humus
unter seinen neugebildeten Füßen vergraben.

Ich lebe in Elizabeth

Sie lässt mich die Kontrolle übernehmen. Die Kontrolle zu übernehmen ist ein Gefühl, als wache man gewissermaßen auf. Ich habe nicht geschlafen, in geistiger Hinsicht; physisch jedoch war ich in dem Winkel unseres Gehirns, in das sich meine Empfindungen zurückziehen, während ich schlafe.

Einen Moment lang ist die Verbindung gestört, während ich fühle, wie ich von ihr wegschwebe, und ich empfinde eine fast unerträgliche Erleichterung. Und dann gleitet sie beiseite, und ich koppele mich an ihre motorische Steuerung, schnappe in ihre Sinne ein, übernehme das Kommando über ihre Koordination ... In einem verwirrenden Ansturm beginne ich ihre physischen Empfindungen wahrzunehmen: auf einmal ist es Abend, und sie ist erschöpft; ich bemerke einen Schmerz, *zwei* Schmerzzentren: eins in ihrem rechten Bein, das an mangelnder Blutzufuhr zu leiden beginnt, weil wir zu lange in ein und derselben Haltung gesessen haben. Und einen Schmerz in Höhe der Taille. Krämpfe. Ihre Periode. Etwas, an das ich mich nur schwer gewöhne, denn ich bin ein Mann. Es gibt so verdammt viel, an das ich mich gewöhnen muß. Und nichts davon ist einfach.

Sie hat mich die paar Sätze schreiben lassen, die Sie soeben gelesen haben. Wir haben beschlossen, einen Bericht zu verfassen über das, was geschehen ist, damit uns jemand hilft.

Wir haben Probleme ... bei der Abstimmung ...

* * *

125

Als ich Elizabeth zum erstenmal sah, wußte ich, daß sie mein Leben verändern würde.

Es war an einem kühlen Sonntagnachmittag im Juni, vor ungefähr zehn Monaten, vor einem Kino im East Village. Wolken hüllten die Straße in Dämmerlicht und glitten dann auseinander — und plötzlich war sie überströmt von Sonnenlicht. Sie stand vor einem Kinoplakat und betrachtete es. *Mein Gott*, war sie schön. Sie sah älter als siebzehn aus, zunächst jedenfalls. Ich hielt sie für zwanzig, oder einundzwanzig. Zum Teil kommt das von den Kleidern, die sie trägt. Gekauft in einer Boutique in New York City. Wie aus dem Magazin *The Face*. Eine Spur snobistisch vielleicht, wie einige ihrer Sprachmanierismen. Aber sie haut einen um. Langes, dichtes schwarzes Haar, fast bis zur Hüfte. Volle Hüften, lange Beine. Etwas Romanisches im Gesicht; ihre Mutter ist Italienerin.

Wir waren gerade aus dem Kino gekommen — ich hatte sie schon drinnen bemerkt, etwa fünf Reihen vor mir, ganz allein, entrückt, eine solitäre Erscheinung im künstlichen Dämmerlicht.

Jetzt stand sie da und betrachtete das Kinoplakat. Sie blickte zu mir herüber, und ich bekam einen flüchtigen Eindruck ihrer Augen — so braun, daß sie beinahe schwarz waren, betont durch Netzwimpern. Ihre Lippen waren voll, ihre Unterlippe wie ein Kissen aus Seide.

Sie war eine göttliche Anomalie, ein Engel in einer Leprakolonie, denn wir standen an der Ecke einer der dreckigsten Straßen von New York, kurz hinter der Bowery. Die kryptischen Spray-Graffitis schienen auf der verfügbaren Oberfläche zu wuchern; die Gehsteige und die Wände zeigten das gleiche schmutzige Grau, die Straßen waren mit Kronkorken und Getränkedosen übersät, die Tausende von Autos in den aufgeweichten Asphalt gedrückt hatten, auf jeder freien Stelle türmten sich zerbrochene Flaschen, Hamburgerverpackungen,

Wettscheine und Gegenstände, die durch Wetter und Alter unidentifizierbar geworden waren. Vor diesem Hintergrund: Elizabeth, hell beleuchtet.

Ich hatte mir allein Fellinis *Amarcord* angesehen. Das schien mir die angemessene Gesprächseröffnung zu sein. »Ist schon komisch, wie nostalgisch Fellini einen machen kann, wegen eines Orts, an dem man noch nie war ...«

Sie nickte. »Ich weiß, was du meinst. Meine Mutter ist immerhin Italienerin, und da habe ich vielleicht so etwas wie eine ererbte Erinnerung an den Ort. Und die Metaphorik ist natürlich unglaublich gut herausgearbeitet ...«

Ich erkannte, daß sie ein Teenager war. Es lag im Klang ihrer Stimme, ihrer Aussprache. Sie versuchte, mich mit ihrer Reife zu beeindrucken. Die meisten halbwüchsigen Mädchen benutzen keine Worte wie *ererbte Erinnerung* oder *Metaphorik*.

Vergiß es, sagte ich mir. *Zieh Leine! Du bist einunddreißig, mein Freund. Sei kein Narr.*

Ich blickte in ihre Augen. Ein Schock des Wiedererkennens. Und für einen Moment war ich benommen. Ich hatte das Gefühl, ich stünde nahe einer Wand, mit dem Rücken zu ihr, und sähe — mich selbst. Wie ich sie so schamlos beäugte, wie sie mich sehen mußte.

Und dann war es vorbei. Ich kam wieder zu mir, zwinkerte und trat einen Schritt zurück. *Was, zum Teufel, war* das? dachte ich. Ich dachte nicht länger darüber nach, als sie mich anlächelte. Von diesem Moment an *wußte* ich. Auf irgendeiner Ebene wußte ich Bescheid.

Wir schwatzten. Wir tauschten unsere Namen aus. Ich sagte ihr, daß meine Freunde mich ›Blue‹ nannten, und sie gestand mir, daß sie aus Elizabeth, New Jersey war, und daß sie Elizabeth hieße. Ich widerstand der Versuchung, darüber zu scherzen. Ich war gerade nach Manhattan umgezogen; sie war erst einen Tag hier.

Ich wußte andere Dinge von ihr. Dinge, die sie mir

nicht gesagt hatte. Ich wußte, wie ihr Schlafzimmer aussah, und was ihr letzter Freund zu ihr gesagt hatte, kurz bevor sie mit ihm Schluß gemacht hatte, und welche Musik sie mochte und wie ihre Eltern waren. Es kam mir nicht in den Sinn, mich zu fragen, wie es kam, daß ich diese Dinge wußte. Ich war besoffen von ihr, und ich mochte das Gefühl. Ich hatte nicht vor, Fragen zu stellen.

Ich wußte ebenfalls, daß sie erst siebzehn war. Es war mir egal.

Ich sah auf ihre Lippen. Ich schwöre bei Gott, daß ich genau wußte, wie es sich anfühlen würde, sie zu küssen. Und ich wußte, daß ich es irgendwann tun würde.

Wir waren an einem unangenehmen Punkt angelangt. Sie mußte Aufwiedersehn sagen und gehen, oder aber leichtfertig erscheinen. Ich mußte eine Alternative anbieten.

Wir warteten beide ein paar Augenblicke lang, während ich mir etwas auszudenken versuchte.

Sie lächelte und machte einen etwas enttäuschten Eindruck, als sie sagte: »Nun, ich glaube, ich muß jetzt wohl ...«

»Eine Tasse Kaffee mit mir trinken?« Ich versuchte lässig zu wirken. Ich sagte mir, daß es kein besonders toller Einfall war, sie zu fragen: *Willste 'ne Tasse Kaffee mit mir trinken.* Und außerdem konnte sie sehen, daß ich über dreißig war. Sie hätte verrückt sein müssen, um mit mir mitzugehen, und ich mußte verrückt sein, sie einzuladen. Es gab Regeln.

Doch sie sagte: »Um die Ecke gibt es ein ganz nettes kleines Café ...«

* * *

Es dauerte einen Monat — einen Monat, mit Verabredungen in diskreter Entfernung von ihrer Schule, mit Nächten voller Zweifel und Geschmuse im Central Park.

Einen Monat, bis ich endlich den Mut aufbrachte, ihre Eltern kennenzulernen.

Elizabeth hatte mir nicht gesagt, wie alt sie waren.

Ich hatte sie am Telefon gesprochen, einmal. Ihr Vater sagte: »Das ist also der geheimnisvolle Junge!« Ihre Mutter sagte: »Also, *kommen* Sie doch am Sonntag zum Mittagessen, Blue, wir würden wirklich gerne den Jungen kennenlernen, der unser kleines Mädchen so mit Beschlag belegt.« *Unser kleines Mädchen.* »Sie sagt, Sie seien eine Art von Journalist. Bei einer College-Zeitschrift?«

Ich zuckte zusammen. »Nein, ich schreibe für die *Daily News,* meistens für die Sonntagsbeilage.«

»Oh? Ein Volontär?«

Meine Nerven ließen mich im Stich. »So etwas Ähnliches.«

In dieser Woche, in Erwartung des Sonntags, des Tages, nach dem wir erwarteten, daß ihre Eltern ihr verbieten würden, mich zu treffen, schliefen wir zum erstenmal miteinander. *Miteinander,* möchte ich betonen: sie war keine Jungfrau mehr. Genaugenommen brachte sie mir mehr bei, als ich ihr.

Aber ich fühle ihre Einwände gegen die Wendung, die diese Geschichte nimmt.

Sie meint, ich könne Ihnen von den Drogen erzählen. Ich bin nicht dafür, natürlich nicht. Aber an diesem Abend, als ich versuchte, mit ihr in meinem schäbigen Atelier-Apartment zu schlafen, kam ich mir wie ein Kinderschänder vor. Ein übles Gefühl. Machte mich nervös. Und die Nervosität machte mich impotent. Und dann holte sie die kleine schwarze Filmpatrone aus ihrer durchsichtigen Plastikhandtasche. Die Patrone enthielt jedenfalls keinen Film. »Demerol oder Koks?« fragte sie.

Ich hatte nichts davon je probiert, und dieses siebzehn Jahre alte Mädchen bot mir beides gleichzeitig an.

Ich sah das Briefchen und das halbe Dutzend dreiekkiger Tabletten an und schüttelte den Kopf. Aber ich sagte: »Das Demerol.«

Ich schluckte zwei. Zwanzig Minuten später erkannte ich, daß es Eis in mir gab, von dem ich nichts gewußt hatte, bis es zu schmelzen begann ... Ich verwandelte mich in warmes Wasser und floß in Elizabeths Arme. Was verkrampft gewesen war, entspannte sich, und was schlaff gewesen war, wurde steif. Ich fühlte, wie ich mich an ihr bewegte, und sie war seidiger als Seide, und ich entdeckte mit Erstaunen, wie verdammt *stark* die Muskeln ihrer Schenkel waren. Alles klappte; wir leuchteten beide. Ich war der Strahl einer Taschenlampe und schwenkte über Schnee, brachte ihn zum Glitzern. Da war das merkwürdige Gefühl, ich könnte meine eigene Berührung fühlen, so wie *sie* sie fühlte — in einer Art von Empathie, als somatisches Echo. Als sendete ich einen Sonarimpuls in sie hinein: das Signal flog zu ihr, und sie nahm es auf und veränderte es und schickte es zu mir zurück, damit ich ihre Erfahrung mit ihr teilen konnte.

Ich kommunizierte mit ihr und erreichte einen Gipfel ekstatischen Austauschs.

Und dann existierte die Welt nicht mehr.

Ich trieb durch den Weltraum. Ich war ein glühender Diskus, der durch sein eigenes Spiegelbild flog. Irgendwo war wortloser Gesang.

Ich fand mich in einem Bett wieder, zusammen mit einem ziemlich hageren Mann von einunddreißig Jahren. Ein gutaussehender Typ, wirklich, mit strahlend blauen Augen. Aber ich bin nun mal nicht schwul, ich war entsetzt über die Situation — bis ich erkannte, wer er war: *Ich.*

Mit Elizabeths Händen berührte ich mich — ich meine, ich berührte Elizabeths Körper mit Elizabeths Händen.

Und fühlte mich unbeschreiblich merkwürdig.

Elizabeth bewohnte den Körper, den ich verlassen

hatte. Ich berührte dieses maskuline Gesicht — wie rauh sich meine Haut anfühlte, von außen!

Elizabeth lächelte mich an, mit meinen Lippen.

Da war ein amorphes Ziehen, und ein negatives Schimmern. Durch den Spiegel hindurch, zum zweitenmal. Ich befand mich wieder in mir selbst, oder wie in der rumpelnden Kutsche aus Fleisch, in der mein eigentliches Selbst umherfährt. Elizabeth kehrte in ihren eigenen Körper zurück. Wir hatten den Rückweg gefunden, indem wir einer ektoplasmatischen Nabelschnur folgten.

Meine Augen öffneten sich weit und richteten sich auf ihre. Das gegenseitige Verstehen, die wechselseitige Erfahrung ließen den Raum zwischen uns knistern. Liebliche Funken stoben, als ich sie berührte.

Wissen Sie, wie isoliert die meisten Menschen den größten Teil der Zeit über sind? Menschen, die seit Jahren zusammenleben, kennen von der Persönlichkeit des anderen ein paar äußere Schichten. In ihrem Innern nagt die Einsamkeit.

Einige von uns verfügen über die Gabe, die Barriere zwischen Menschen zu durchdringen. Ich weiß nicht genau, woran das liegt. Aber das ist wahr. Keine Halluzination.

Und wir verfügen über andere Talente.

Wir verbrachten eine glückliche Woche, in der wir uns heimlich trafen. Ich half ihr bei den Hausaufgaben. Ich glaube nicht, daß sie Hilfe brauchte, aber sie wußte, daß es mir gut tat, den ›gebildeten Mann‹ zu spielen. Dafür ...

Nein, nein, bei der Trigonometrie brauchte ich wirklich Unterstützung, Blue. Aber du hast es nur noch schlimmer gemacht.

Tut mir leid. Sie hat für einen Moment die Kontrolle übernommen. Ein großer kleiner Spaßvogel. Wo war ich stehengeblieben? Oh: Ich half ihr bei den Schularbeiten, und sie kritisierte dafür meinen neuesten Artikel über die Wohnungskrise — sie meinte, er wäre oberflächlich,

ich würde die Grundbesitzer verleumden, ohne deren Belange zu berücksichtigen. Ich behauptete, sie irre sich. Wir schliefen miteinander.

Es kam nicht immer zum Austausch, wenn wir uns liebten. Es passierte in weniger als der Hälfte der Fälle. Das war eine Entlastung, denn es war eine erschreckende Erfahrung, bis ich mich daran gewöhnte.

Sogar noch erschreckender war es, als sich unsere *beiden* Ichs *einen* Körper für länger als den Bruchteil einer Sekunde teilten. Zehn oder fünfzehn Sekunden lang bewohnten wir meinen Körper ... während ihrer weiterlebte, wenn auch irgendwie leer.

Das Zusammensein war ganz und gar nicht erfreulich. Wir mußten, als zwei Bewußtseine im gleichen Körper, lernen, uns zu verständigen, ohne uns gegenseitig mit einem Gewitter zufälliger geistiger Eindrücke in Schrecken zu versetzen. Die ersten paar Male des Zusammenseins endeten in Verwirrung, unsere Nerven waren überfordert, wund. Inzwischen haben wir den inwendigen Tanz gelernt, den gemeinsamen Kreislauf um getrennte mentale Mittelpunkte, und das macht das Miteinander erst möglich.

Am Sonntagnachmittag ging ich zu Elizabeths Haus, um ihre Eltern kennenzulernen. Ich trug einen Anzug, und vielleicht war das psychologisch unklug. Es war Juli; viel zu heiß für einen Anzug. Ich stand auf der Treppe, schwitzend, vor Nervosität spürte ich einen Knoten im Hals, während ich darauf wartete, daß jemand die Tür öffnete. Ich erinnere mich daran, daß ich Fusseln vom Anzug pickte — es war ein dunkler Anzug, für den Sommer vollkommen ungeeignet. Ich *fühlte*, daß Elizabeth die Tür öffnen kam. Die Tür ging auf, und ich mußte mich beherrschen. Sie trug einen Wickelrock und ein Bikinioberteil. »*Hi*«, sagte sie, über die Schulter zurückblickend. »Hast du daran gedacht, den ...«

In diesem Moment kam ihr Vater an die Tür und unterbrach sie. Aber ich wußte, was sie gemeint hatte. Sie hatte mich gebeten, ihr etwas Stoff zu besorgen. Sie hatte nach der Schule einen Teilzeitjob in einer Buchhandlung, und die Hälfte ihres Lohns ging für Kokain drauf. Sie hatte mir das Geld gegeben, und ich hatte zwei Gramm für sie gekauft; bei ihren Freunden abgeholt, pflichtbewußt wie ein Ehemann, der auf dem Nachhauseweg anhielt, um einen Laib Brot zu kaufen. Ich weigerte mich immer noch, das Zeug zu nehmen, sogar eine zweite Dosis Demerol, und sie machte sich über mich lustig.

»Das ist also der geheimnisvolle Junge«, sagte ihr Vater, zum zweitenmal.

Ich lächelte und streckte meine Hand aus. Doch er ignorierte sie. Das Lächeln war aus seinem Gesicht gewichen, als er den ersten Blick auf mich geworfen hatte. »Wie alt, sagten Sie, wären Sie, mein Freund?« fragte er ziemlich abrupt.

Ich war verärgert, und ich setzte auf Ehrlichkeit. »Ich bin einunddreißig«, sagte ich.

Elizabeth schloß die Augen und schluckte erkennbar.

Mrs. Calder kam zur Tür. Sie waren die Art Eheleute, die einander im Laufe der Jahre ähnlich geworden waren. Beide waren sonnengebräunt, ein wenig rundlich, die Gesichter gleich ausgerichtet. Mr. Calder fragte mich, gegen den Türrahmen gelehnt: »Sie glauben doch wohl nicht, daß Sie damit hier durchkommen, Freundchen? Für wie blöde halten Sie uns eigentlich?«

Elizabeth fluchte und ging ins Haus. »Ich bin kein Gauner oder Widerling«, sagte ich. »Ich bin zwar keineswegs wohlhabend, aber ich habe einen guten Job, und wenn Ihre Tochter alt genug dazu ist, würde ich sie gern heiraten. Sobald sie achtzehn wird. Früher war es keineswegs ungewöhnlich, daß ein Mädchen von *vierzehn* ...«

»Ich muß Sie bitten, zu gehen.«

Ich verlor die Geduld. »Wissen Sie was, Sie sind ein Heuchler. Wenn ich ein wirklich reicher Mann wäre, jemand wie Donald Trump, und *vierzig* — Sie würden mir die Hand schütteln und mich fragen, welcher Partyservice für die Hochzeit besser wäre. Mein Alter wäre Ihnen scheißegal. Sie und Ihre Frau sind zwei engstirnige Heuchler, die *Liebe* nicht mal dann erkennen würden, wenn sie davon in den Hintern gebissen würden ...« Also schön, ich war ein Dummkopf. Aber ich war mir sicher, daß ich Elizabeth nie wieder zu sehen bekommen würde.

Elizabeths Vater versetzte mir einen heftigen Stoß gegen die Brust, der mich rückwärtstaumeln ließ. Das nahm ich ihm übel. Ich kehrte zur Treppe zurück, griff an ihm vorbei nach einem Wandbord gleich hinter der Tür, schnappte nach einer Vase voll Wasser und verwelkter Krokusse und leerte sie über seinem Kopf aus. Spuckend schlug er mir die Vase aus der Hand und versuchte mir einen Haken zu verpassen. Ich versuchte ihm einen Haken zu verpassen. Ohne überhaupt zu treffen. Kein guter Anfang für eine Bekanntschaft. Seine Frau geriet in Panik und rannte ins Freie, laut nach der Polizei rufend.

Mein Glück: der Typ auf der anderen Straßenseite war ein Bulle außer Dienst. Er war ein rotgesichtiger, nach Sonnenöl riechender Typ und kam in Sandalen und Bermudashorts herübergetrottet und drehte mir die Arme nach hinten, bevor ich auch nur Gelegenheit gehabt hatte, mich zu rechtfertigen. Er war ein großer Mann. Ich war nicht so groß. Er sagte Elizabeths Vater, er solle meine Taschen durchsuchen.

Und dann fiel mir das Kokain ein.

Die nächsten sieben Monate verbrachte ich im Gefängnis.

Besitz von Kokain, tätlicher Angriff, und die Gesetze waren gerade verschärft worden — gutes Timing. Würde mir zwei Jahre in diesem Rattenloch aus Beton eingebracht haben, wenn die Agremerol-Experimente nicht gewesen wären.

Sie sehen es bestimmt schon vor sich. Sie stellen sich übervolle Zellen vor — Zellen voller Männer, deren Leben zwischen Wutausbrüchen aus nichts als Warten besteht. Sie malen sich die gemeinschaftlichen Vergewaltigungen in den Duschen aus, die Männer, die ihr Revier abstecken, und andere Männer einteilen in Verbündete und Sklaven und Feinde; Sie sehen die korrupten, gleichgültigen Wärter, die geschmuggelten Drogen und, allgegenwärtig, den regungslosen Schrecken: das endlose, pistolenfarbene, klaustrophobische Eingezwängtsein.

Nun, Sie irren sich. Es ist anders.

Es ist anders, weil es schlimmer ist. Es ist mindestens fünfmal schlimmer, als Sie es sich vorstellen. Nehmen Sie alles Häßliche, was Ihnen zum Gefängnis einfällt, multiplizieren Sie es mit *fünf,* und Sie haben die richtige Vorstellung davon. Und zwar deshalb, weil es dort fünfmal voller ist, als es eigentlich sein sollte.

Elizabeth bewahrte mich vor dem Verrücktwerden.

Nach ihrem ersten Besuch im Gefängnis beschlossen wir, uns erst dann wiederzusehen, wenn ich entlassen würde. Zumindest nicht durch den Maschendraht des Besuchsraums. Er war eine Qual. Wir hatten etwas Besseres. Sie nannte mir eine Zeit, eine ganz bestimmte Zeit. Dann würde sie in ihrem Schlafzimmer sein, allein, zur verabredeten Stunde.

Ein Uhr nachts ... jeden Mittwoch und Sonntag. Dann öffnete ich die Augen und starrte in die Dunkelheit. Ich stellte mir Elizabeth auf ihrem Bett liegend vor. Ich vergegenwärtigte mir ihr Schlafzimmer, ihre rotbeschirmte Lampe, den Baum draußen vor dem Fenster, der in der Brise sanft gegen die Scheibe schlug. Der Baum war irgendwie ein Schlüssel und trug dazu bei, daß die Elemente des Besuchs an Ort und Stelle rückten ... Ich hatte ihr Zimmer einmal gesehen, vor meinem Zusammenstoß mit ihren Eltern, als ich Elizabeth heimlich besucht hatte, während die Calders ausgegangen waren, und ich konzentrierte mich auf das Bild, und die Dunkelheit über meiner Schlafkoje zerriß, verschmolz zu zwei intensiven Scheiben aus Onyx: die Pupillen von Elizabeths Augen. Die Vision Elizabeths, in frappierender hypnotischer Klarheit, begann immer mit den Augen und vervollständigte sich von dort aus; mit ihren Brauen, der Nase, den Lippen, ihrem ovalen Gesicht, ihrem schwarzglänzenden Haarschopf, ihren weißen, oliv-golden getönten Schultern ...

Den einen Augenblick befand ich mich auf der schäbigen Pritsche im staatlichen Knast, Sekunden später lag ich auf Elizabeths duftendem Bett, unter einem einzigen schwachblauen Laken, eine rote Lampe neben mir an der Wand, die den Schatten einen rosigen Schimmer gab.

Elizabeth war da, bei mir.

Einmal hatte ich als kleiner Junge das Bett mit meiner Cousine geteilt, die auf Besuch war. Lollie und ich waren beide fünf, und unsere Eltern glaubten, wir wären zu jung, um sich wegen uns Sorgen zu machen. Unser Haus war klein, es gab wenig Betten — sie dachten, es sei ungefährlich. Wir verbrachten eine wunderbare Zeit. Ich nahm eine Taschenlampe unter die Decke, als alle andern im Haus eingeschlafen waren, und fasziniert erforschten wir einander. Die Decke über uns, die vor Körperwärme dampfende Atmosphäre, parfümiert mit unseren Körperdüften — all das gab mir das Gefühl, sie und ich befänden uns gemeinsam in einer anderen Welt, wo jeder am Körper des anderen teilhatte. Eine Welt unschuldigen Gefühlsaustausches.

Genauso fühlte ich mich damals, wenn ich mit Elizabeth zusammen war. Nur daß wir, anstatt zusammen unter einer Decke zu stecken, uns unter einer gemeinsamen Haut zusammenkuschelten. Wir konnten einander nicht wirklich *sehen* — es war eine Art von blindem geistigen Betasten mit geisterhaften physischen Empfindungen ... Dennoch waren wir zwei gesonderte Wesen.

Wir verschmolzen niemals vollständig, und wir werden es auch nie. Ich habe mich nie vollkommen mit ihr identifiziert, selbst jetzt tue ich es nicht. Es war, als umarme man eine Frau *von innen*. Und wenn ich ihren Körper steuere, ist es wie ein besonders intimes Tanzen. Ich habe das Gefühl meiner Männlichkeit nie verloren. Ich fühle mich nicht als Frau; ich fühle mich einer Frau nur außerordentlich nahe.

Wenn wir beide einen Körper bewohnten, besaß zu einem bestimmten Zeitpunkt entweder sie oder ich die Kontrolle über die Bewegungen des Körpers. Wenn sie das Kommando über den Körper hat, bin ich anwesend, passiv, aber mir dessen, was vorgeht, bewußt, und nehme ihre physischen Empfindungen als eine Art Widerhall wahr. Ich höre nicht alle ihre Gedanken, es sei denn, sie will es so. Wir sind voneinander abgesondert, aber miteinander verflochten, zwei Dschinns in einer einzigen wundervollen, reichverzierten Flasche.

Und wenn wir uns lieben ... Ich könnte Ihnen von geheimen Winkeln in ihr erzählen, dem Gesang der Zellen in ihrem Innern, den elektrischen Schauern, die ich durch ihr Nervensystem schicke. Und dann tauschen wir die Muskelkontrolle aus, in rascher Folge, so daß wir ...

Das erzählst du ihnen besser nicht.

Tut mir leid, mein Schatz. Ich kann mich für dieses Thema eben einfach begeistern. Und ... ich habe so selten die Gelegenheit, mit jemand anderem als mit dir zu sprechen ...

Ich hänge dir *zum Hals heraus*. Ich wußte es! Du ...

Nein, nein. Fangen wir nicht schon wieder damit an, Elizabeth. Später. Jedenfalls hatte ich im Gefängnis eine Menge Zeit zum Nachdenken. Zunächst fiel mir das Denken schwer, weil die Zellen so überbelegt sind, so laut, und in meiner waren neunzehn Männer. Die um Zigaretten spielten, um Spritzen, um Feuerzeuge, um Schokoriegel, um geschärfte Blechstücke, um Geld, alles

Dinge, die sie eigentlich nicht besitzen sollten, die sie sich aber immer verschafften. Aber man lernte, das alles auszublenden, sich im Labyrinth des Geistes zu verlieren, Runde und Runde im Eichhörnchenkäfig des Schädels zu drehen. Damit man nicht durchdrehte ... Aus all diesen Überlegungen, zusammen mit einem zerfledderten Wissenschaftsmagazin aus der Gefängnisbibliothek, entstand eine Theorie. Angenommen, daß wir alle zwei Körper haben, einen sichtbaren Körper, zellulär-organisch, und einen anderen, der ein plasmatischer Schwarm subatomarer Wellen-Partikel ist, wobei das Bewußtsein dem fleischlichen Körper innewohnt, diesen wechselseitig durchdringt, jedoch auch außerhalb davon überleben kann, wenn die Voraussetzungen dafür vorhanden sind. Ich stellte mir ihn als den plasmatischen Körper vor. Mein Plasmakörper konnte meinen materiellen Körper verlassen und sich, durch irgendein Medium jenseits meiner Vorstellungskraft, auf Elizabeth übertragen. Zwei Plasmakörper konnten sich gleichzeitig in dem einen Materiekörper aufhalten, während der verlassene Körper in einer Art Stasis, einem selbsterzeugten Winterschlaf wartete. Bei mir und Elizabeth funktionierte es so gut, weil wir verliebt waren, weil wir uns gegenseitig akzeptierten. Aber angenommen, jemand wurde von einem unwillkommenen Plasmakörper überfallen? War das schon einmal vorgekommen? Ich könnte eine Menge Geschichten über Fälle von Besessenheit erzählen.

Und da es möglich war, meinen eigenen Plasmakörper willentlich zu manipulieren, konnte es nicht auch möglich sein, ihn gegen jemand anderen einzusetzen? Im Gefängnis grübelt man ständig über Möglichkeiten der Selbstverteidigung nach.

Ich dachte darüber nach, besonders seit Tarnower in die Zelle gekommen war. Es waren nur drei Weiße in der Zelle. Tarnower war einer von ihnen.

Tarnower hatte ein absolut durchschnittliches Gesicht

gehabt — als Junge. Doch er war einer jener Männer, die einen einzigen Gesichtsausdruck so lange zur Schau getragen hatten, daß er sich in Physiognomie verwandelt hatte; sein Gesicht war nichts als weinerlicher Groll. Sogar im Schlaf lag das gleiche verzerrte Hohnlächeln auf seinen Lippen. Sein Kopf war angenähert erdnußförmig, und er hatte einen Tonnenbauch, schlaffe Glieder und ruckte andauernd, um zu sehen, ob über ihn gelacht wurde, wenn hinter ihm Gelächter erscholl. Er saß wegen Dealens mit PCP.

Tarnower gefiel es nicht, daß Brinker mich protegierte. Ich hatte ein Jahr Jura studiert, und Brinker pries mich als seinen ›Privatrechtsanwalt‹. Brinker war der Stubenchef, und er hatte mich vor Vergewaltigung, Ermordung und Erpressung bewahrt. Tarnower genoß keinen Schutz, und er war ständig damit beschäftigt, die schweren Jungs gegen mich aufzuwiegeln, indem er andeutete, ich sei ein Spion der Gefängnisleitung. Er wollte sich Brinkers Dankbarkeit erwerben, indem er ihm klarmachte, daß er, Tarnower, sie vor meinem Verrat gerettet hatte. Und er haßte mich noch mehr, nachdem die Gesundheitsbehörde vorbeigekommen war und sich im Gegenzug für vorzeitige Strafaussetzung nach Freiwilligen erkundigt hatte.

Freiwillige für ›Experimente zur Therapie von Drogenmißbrauch‹. Mehrere hundert von uns bewarben sich, Tarnower eingeschlossen. Ich wurde angenommen, und mir wurde gesagt, daß ich am folgenden Morgen ins Forschungszentrum gebracht werden würde. Tarnower schäumte vor Wut. Er war sicher, daß man ihn wegen mir übergangen hatte. Weil er gesehen hätte, wie ich ›dem Wärter etwas zugesteckt‹ habe, behauptete er. Er schaffte es, noch einen anderen Blödmann davon zu überzeugen. Und ich wußte, daß sie vorhatten, mich umzubringen. Sie hatten auf der Freiwilligenliste weit oben gestanden. Wenn ich tot war, bestand gute Aussicht, daß einer von ihnen drankäme. Eine Tunte, die ein

Auge auf mich geworfen hatte, erzählte mir das alles. »Du wirst hinfallen und dir beim Duschen den Kopf anhaun, Süßer«, informierte mich die Tunte freundlich. »So soll's aussehen. Ab jetzt nimmst du deinen Arsch besser in acht.«

»Beim Duschen geb ich immer auf meinen Arsch acht.«

»Da sind wir schon zwei, Süßer.«

Also war die Ermordung für den nächsten Morgen angesetzt.

Ich wartete eine ganze Weile, nachdem das Licht ausgegangen war. Die meisten Männer schliefen. Tarnower saß auf seiner Pritsche, mit dem Rücken zu mir, und sprach leise mit einem Hispano namens Altino. Ein massiger Mann mit dicken Händen, die Oberlippe voller Schweißperlen; er schüttelte sich vor lautlosem Lachen, als Tarnower etwas sagte.

Ich tat mehr, als sie bloß zu beobachten. Ich konzentrierte mich. Ich griff nach ihnen. Lenkte etwas von meinem Plasmakörper um, ließ es sich ausbreiten von meinen ausgestreckten Händen. Es war, als würde ich mit unsichtbaren Verlängerungen meiner Hände nach ihnen greifen; ich stellte mir diese Plasmahände breit und flach und durchscheinend vor, gelatinös, als zwei Membranen, eine auf jeder Seite der beiden Männer mir gegenüber ...

Ich brachte die Plasmahände zusammen, klatschte sie gegen ihre Köpfe. Doch die Hände berührten sie nicht im physischen Sinne. Sie durchdrangen wie Netze im Wasser die Haut und den Schädel, kamen mit den Plasmafeldern der beiden Ganoven in Kontakt, komprimierten sie und drückten sie zusammen ...

Die Männer brüllten, schlugen vor Verwirrung um sich, als ihre Sinne zu verschmelzen schienen. Altino stürzte sich auf Tarnower, Tarnower auf Altino.

Sie waren Verschwörer gewesen, keine Freunde. Sie waren erschreckte, kleinkarierte Typen.

Sie verkrallten sich ineinander, wildes Geschrei brach in der Zelle los, und irgendwo erklangen Alarmglocken, als die Wärter den Tumult hörten.

Am nächsten Tag, in der Cafeteria, wurde die Story so weitererzählt: »Yeah, Tarnower war's. Hat'n Rappel gekriegt — Schaum vorm Mund. Dieser Kumpel von ihm, Altino — völlig hinüber. Starrt die ganze Zeit über nur vor sich hin. Wer weiß, was für 'ne Schweinerei da passiert ist.«

Und zur gegebenen Zeit, nach einem ereignislosen Duschen, wurde ich in die Obhut des lieben Doktor Schusser überstellt.

Ich wurde begnadigt, aber ich mußte mich einer vierwöchigen experimentellen Therapie unterziehen, und ich mußte mich währenddessen im Wohntrakt des Forschungszentrums der Gesundheitsbehörde von Jersey aufhalten. Mir wurde gestattet, Elizabeth drei Stunden am Tag zu sehen; wir trafen uns in einem billigen Motel. Wir schmiedeten Pläne. Sie würde ihre Eltern an ihrem achtzehnten Geburtstag verlassen, und wir würden zusammenleben, während sie das College in Manhattan besuchte. Wir hatten eine Menge hübscher Pläne.

Aber alles hing von Schusser und Morgan ab. Ich hatte gleich von Beginn unserer ersten Besprechung an ein flaues Gefühl. Ich saß auf einer Couch gegenüber von zwei schwarzen Vinylsesseln; Morgan links, Schusser rechts. Ich dachte an Pat und Patachon. Aber es stellte sich heraus, daß sie eher wie Kasperle und Gretel waren. Morgan stand auf Braun. Glaubte, er kleide sich geschmackvoll und salopp mit seinen ganzen Brauntönen. Er hatte einen unförmigen roten Bart und sandfarbenes Haar; er war in den Vierzigern, wirkte immer ein wenig erschöpft. Besonders wenn er mit Schusser sprach.

Schusser: späte dreißig, dickbäuchig, trug typischerweise graue Freizeithosen und einen blauen Rollkragenpullover — selbst an heißen Tagen. Schuppen bedeckten seine Schultern. Sich lichtendes, unordentliches Haar.

Gekünstelte Freundlichkeit in den kleinen braunen Augen. Zwischen uns stand ein polierter Kaffeetisch aus Holz mit einem gelben Keramikblumentopf in Form eines Schuhs darauf, aus dem ein langer Kringel Grünzeug wuchs.

Ich hörte distanziert zu, als sie meine schriftliche Bewerbung besprachen; ich gab einsilbige Antworten, als sie mich über meinen Hintergrund befragten. Und erfand eine eindrucksvolle Geschichte, eine quälende Geschichte von Drogenmißbrauch, als sie mich fragten, wie es zu meinem ›momentanen Drogenproblem‹ gekommen sei. Ich mußte als schwerer User erscheinen, um begnadigt zu werden. Ich log brillant.

»... um zusammenzufassen«, dröhnte Morgan, »das Experiment macht sich die Traumphasen therapeutisch zunutze. Der Schlüssel ist ein Medikament, das wir D-17 nennen und das Ihnen kurz vor dem Einschlafen verabreicht wird. Es ist ein Hypnotikum, von dem wir glauben, daß es Sie während der Traumphasen ungewöhnlich empfänglich für subliminale Suggestion machen wird ...«

Und mich durchlief ein langer, kühler Schauder. Ich hatte einmal einen Artikel über Traumforschung geschrieben. Es war einfach zu wenig darüber bekannt, um diese Art von Hineinpfuschen zu rechtfertigen. Aber ich wollte mein Ehrenwort nicht brechen und immer auf der Flucht sein. Also unterschrieb ich die Papiere. Unmengen von Papieren.

In unserem Laboratoriumsschlafsaal waren noch vier weitere. Die Experimente begannen sofort. In dieser Nacht. Und in den ersten paar Nächten fiel mir nichts Besonderes auf. Mir war gesagt worden, daß, während wir schliefen, so ein Weißkittel flüstern würde: »Drogen machen dich krank. Von Kokain wird dir übel. Heroin ist nichts für dich. Von Marihuana bekommst du Kopfschmerzen. Es macht dir sicher keinen Spaß, wenn du ...«

Am nächsten Tag wurden wir von Schusser und Morgan getestet, wobei sie uns kleine Dosen bestimmter Substanzen gaben, so daß sie nach den erhofften Aversionsreaktionen Ausschau halten konnten. Es funktionierte nicht; die Drogen gaben uns weiterhin ein gutes Gefühl. Morgan machte Schussers ›Suggestionstext‹ dafür verantwortlich; Schusser schob es auf Morgans Dosierung. Mehr als einmal hörte ich sie in Schussers Büro miteinander streiten. Ich begriff allmählich, daß sie ungern zusammenarbeiteten; irgendeine Politik der Gesundheitsbehörde zwang sie dazu.

Sie haßten einander.

Mir und den anderen drei Versuchspersonen, die Schwarze waren, war es untersagt, über das Experiment zu diskutieren. Doch als die Tage vergingen, bestätigte ihr gequälter Gesichtsausdruck meinen Verdacht. Sie reagierten auf D-17 ähnlich wie ich. Mit Alpträumen.

›Alpträume‹ trifft es nicht. Eine Untertreibung. Alles Traumatische, was mir je zugestoßen war, wurde heraufgeholt und wieder abgespult, wieder und wieder, vergrößert und übersteigert. Ich sah meine Mutter erneut an Krebs sterben, aber realistischer, als es im wirklichen Leben gewesen war. Ich träumte, daß ich heimkam und sie in meinem Bett entdeckte, sterbend, dahinsiechend. Dann rannte ich ins Bad — und sie lag in der Badewanne. Sterbend. Dahinsiechend.

Ich fühlte die Alpträume tiefer und handgreiflicher als jemals etwas zuvor. Ich träumte, daß ich wieder im Gefängnis wäre. Daß Altino und Tarnower mich würgten, meinen Kopf in die Toilette steckten. Und Schlimmeres.

Ich wachte schreiend auf und fühlte mich den ganzen Tag über, als lebte ich in der Hölle.

Manchmal überlagerten Nachbilder der Träume meine Wachrealität. Dann sah ich, wie Tarnower den Leichnam meiner Mutter liebkoste, auf der Wiese gegenüber der Parkbank, wo ich mit Elizabeth etwas Ruhe zu finden versucht hatte. Und die subliminalen Suggestionen wirkten nach drei Wochen immer noch nicht.

Zu Beginn der vierten Woche überredete Schusser Morgan dazu, die Dosis zu verdreifachen. Ich hatte den Eindruck, daß Morgan fürchtete, sie könnten Ärger bekommen — sie gingen über das legale Limit hinaus.

Ich hatte eine komplett neue Serie von Alpträumen. Ein spezieller kehrte Nacht für Nacht wieder. In der dritten Nacht wachte ich vorzeitig auf, laut schreiend. Ich war in einem Zimmer für mich — unsere Schreie hatten es notwendig gemacht, uns zu isolieren. Ich war wach, aber der Alptraum ging immer noch weiter; ich halluzinierte, mein Alptraum überlagerte die reale Welt des Laboratoriumsschlafzimmers.

Ich sah mich darin stehen — ich sah mich als von mir abgetrenntes Wesen. Nur daß der Mann, der über mir stand — sein Atem ging klebrig rasselnd —, sich verändert hatte. Das Gesicht war kaum wiederzuerkennen. Es war kaum vorhanden. Mein Gesicht war deformiert, zu einer blutigen Grimasse zerquetscht. Und darunter lag mein Bauch offen, meine Eingeweide hingen heraus … Es schlurfte auf mich zu und beugte sich herunter, um mir seine lange, graue Leichenzunge in die Kehle zu rammen. Um mich zu ersticken. Ich sah es so deutlich wie am hellen Tag. Ich riß mir die EEG-Drähte vom Kopf ab und rannte zum Fenster. Ich war wach — aber nicht vollständig. Ich zögerte am Fenster. Ich wandte mich um. Das Ding war da, hinter mir, durchscheinend, doch abstoßend wie ein Tumor; es haßte mich; es war rasend vor Wut. Ich stürzte mich in einer Panik, wegzukommen, aus dem Fenster. Irgendwo anders hin. Eine krachende, kristalline Explosion und vier verschiedene Arten von Schmerz. Von irgendwoher Rufe. Das Bewußtsein kam und ging mit dem gleichen Schwanken wie das Heulen sich nähernder Sirenen.

Das Laboratoriumsschlafzimmer lag im sechsten Stock. Unter dem Fenster war ein schmiedeeisernes Gitter mit harten schwarzen Speeren an der Spitze. Einer der Speere schlitzte mir die Leber auf. Ein anderer brach mir das Rückgrat. Ein dritter riß mir das Gesicht vom Schädel ab.

Es gab nicht viel, was man noch hätte reparieren können.

Eins meiner Augen war noch übrig. Mit dem Auge sah ich mich selbst. Ich sah, was von meinem Gesicht übriggeblieben war, im Außenrückspiegel des Krankenwagens, als mich die Sanitäter von den Speeren zogen.

Das Gesicht, das ich sah, war das Gesicht des Dings aus meinem Alptraum. Jetzt war ich es und würde es immer sein, wenn ich weiterleben würde. Mein neues Selbstbild.

Meine Seele oder, wenn Ihnen das besser gefällt, mein Plasmakörper, verließ mich dann für immer und floh, den psychischen Kanälen folgend, zu einem anderen Unterschlupf. Meine Erinnerungen, meine Persönlichkeit begleiteten ihn. Ich fand eine dauerhafte neue Heimat im Körper von Elizabeth Calder.

Nach ein paar Tagen gegenseitigen Tröstens und Wiederaufrichtens hatten wir uns soweit beruhigt, daß wir wieder nüchterner Überlegung fähig waren, und sie fragte mich: »Was sollen wir ihnen antun?«

* * *

In jener Nacht hatte Elizabeth die Kontrolle. Ich war in ihrem Innern mit dabei und beobachtete, wie sie die Tür zu Schussers Büro öffnete. Da waren Schusser und Morgan und stritten sich. Schoben sich gegenseitig die Schuld an meinem Tod und der offiziellen Untersuchung zu. Ohne auch nur ein Wort des Bedauerns über das zu äußern, was sie mir angetan hatten. Sie saßen nahe beieinander, über ihre Berichte gebeugt, schwitzend. Elizabeth hob die Arme, öffnete die Hände. Wir griffen nach ihnen, gemeinsam.

Zehn Minuten später entdeckte uns die Wache. Wir saßen in einem der schwarzen Vinylsessel und beobachteten Schusser. Er lag auf dem Boden und kaute sich ein Loch in seinen rechten Bizeps. Sein Gesicht war von seinem eigenen Blut verschmiert. Morgan, oder Morgans Körper, saß aufrecht auf der Couch, auf die Papiere in seiner Hand hinunterstarrend. Ab und zu blinzelnd. Ohne etwas zu sehen. Leer.

Morgan war nicht mehr da. Er war mit Schusser zusammen, auf sehr intime Weise. Er war *in* ihm. Sich sträubend, ihn psychisch anschreiend, auf ewig gefangen.

Und ich bin für immer in Elizabeth. Es ist eine Art von Paradies, wirklich. Aber ich wünschte, Sie würden mit ihr reden, sie davon überzeugen, mich ab und zu einmal herauszulassen. Ich könnte einen anderen Unterschlupf finden. Es ist aber nicht so, daß ich sie nicht liebte.

Aber sie will mich *immer* in ihrer Nähe haben. Sie läßt mich niemals los. Sie wissen ja, der physische Körper eines Mannes mag vielleicht stärker sein als der einer Frau. Aber was den Plasmakörper angeht ...

Elizabeth ist viel stärker als ich.

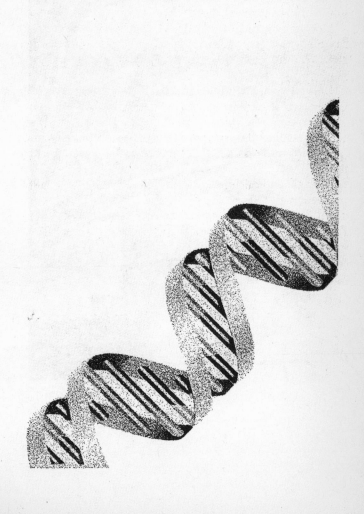

Die fast leeren Räume

Wie Bilder in einem Traum,
so sollte man alle Dinge betrachten.

— Vajracchedika Sutra

ERSTER BEWEIS, TEIL EINS

Luftalarm

Es kam um 8 Uhr 36 morgens im Fernsehen, wenn niemand Katastrophen erwartet.

Luftschutzalarm: Auflistung der örtlichen Atomschutzbunker/Alphabetische Reihenfolge (Alphabetische Auflistung der Bunker im Bezirk. Bildschirmflakkern, eine weit entfernte Sirene. Leerer Bildschirm.)

Meine Frau stieß einen stummen Schrei aus: Kein Laut kam aus ihrem geöffneten Mund. Sie rannte die Kinder holen. Charles und Anna hatten sich eben auf den Weg zur Schule gemacht.

Es war ein angenehmer Morgen, wenn man vom Alarm einmal absah, und der Himmel war wolkenlos und frisch. Ich fühlte keine Besorgnis, als ich die Bekanntmachung im Fernsehen sah. Ich hatte sie erwartet; sie kam genau zur rechten Zeit.

Ich war soeben aufgestanden und fuhr in meinem elektrischen Rollstuhl zwischen der Küche und dem Arbeitszimmer hin und her, blickte erst aus dem einen, dann aus dem anderen Fenster, ein wenig erstaunt darüber, daß die Nachbarn alle aus ihren Häusern heraus- und wieder hineinrannten.

Die Kinder hatten gelacht, als sie das absurde Geschehen durch das Fenster beobachtet hatten. Die Nachbarn warfen sich in Autos oder trippelten wie in einem Staubbeutel gefangene Motten über ihre Vorgartenrasen, scharten sich jammernd um Haufen von Möbelstücken, Kleidung und Haushaltsgeräten, stritten sich darüber, was sie mitnehmen sollten. Ich blickte über ihre Köpfe hinweg; es war frisch und kühl, der Himmel wölbte sich wolkenlos und türkis.

Maximales Mitnahmegewicht für Strahlenschutzräume: 250 Kilo an Besitztümern oder Verwandten pro registriertem Zweipersonenhaushalt, lauteten die nüchternen Worte auf dem Bildschirm. Die Mitteilung wurde wieder und wieder durchgegeben. Die Leute in der Fernsehstation hatten sie auf automatische Wiederholung gestellt und waren zu ihren jeweiligen Familien heimgefahren. Niemand war im Fernsehen zurückgeblieben, aber die Geräte dort sagten uns immer noch, daß wir uns verkriechen sollten.

Luftschutzalarm/Zivilverteidigungszentrale 56648

Ich fuhr nach draußen, um nachzusehen, wo meine Frau und die Kinder geblieben waren (doch ich wußte es schon). Ich hatte nicht die Absicht, sie in einen Schutzraum zu bringen (obwohl ich Bescheid gewußt hatte). Es würde nichts nützen, nicht im mindesten. Als ich auf die Rampe an der Vordertreppe rollte, hörte ich ein Grollen, klammerte mich an den Felgen des Rollstuhls fest. Der Boden bebte.

Ich blickte in die Höhe: Meine sechs Jahre alte Tochter und mein acht Jahre alter Junge befanden sich in der Luft, weit über mir. Meine Frau war nirgendwo zu sehen. Eine gewaltige Windbö hatte die Kinder wie Rocky-und-Bullwinkle-Spielzeugfiguren aus Plastik hochgehoben. Sie wurden zu Kreuzen, die sich scharf vom Himmel abhoben. X-Chromosomen auf einer Schultafel, meine Kinder. Dort oben flogen sie: in der Schwebe. Ich wartete mit ausgestreckten Armen, instinktiv hoffend, sie beim Fallen auffangen zu können. Aber sie fielen nicht mehr.

Im Osten ein helles Licht.

Ich beschattete meine Augen. Licht, durchdringend

und plötzlich wie ein Wehenschmerz. Aber es blendete nicht. Es war durchdringend; der Atomblitz war ein enthüllendes Licht, und weder schmolzen meine Augen, noch verbrannte mir das Gesicht. Ich erinnerte mich daran, welcher Tag es war — ich hatte den hinfällig werdenden Kalender bis zu diesem Moment aus meinen Gedanken verdrängt. Ich hatte das Kommende durch Selbsthypnose aufzuhalten versucht. Es war der 10. Februar 1997.

Ich hatte all das erwartet.

Der Atompilz ragte schwarzbauchig in die Höhe, an den Rändern weiß wie Narben. Weißglühend tobender Wind schnitt uns das Fleisch in spiraligen Streifen vom Leib, jedoch — und welch überraschende Gnade, welch frohe Überraschung — anmutig, sanft, schmerzlos. Ich war beinahe enttäuscht. Es tat nicht weh, nicht einen Augenblick lang. Es geschah so liebevoll, wie eine Mutter ihr Kind fürs Bad entkleidet. Unsere Haut flog nicht in abgerissenen Stücken und Fetzen weg, sondern in zusammenhängenden Spiralen, ein lockeres Minarett über unseren Köpfen, das uns wie Spielzeuge umwirbelte (Garn, das sich von einer Spindel spulte), schneller, schneller, bis mein Gerippe in einen einzigen langen Knochen verschmolz, von der Zentrifugalkraft modelliert. Es geschah alles ziemlich schmerzlos. Und das Bewußtsein schwand mir weder, noch trübte es sich, sondern flatterte in meinen geschmolzenen Überresten umher wie ein Singvogel in einem Käfig. Wir wurden nicht weg- und hochgeblasen wie die Nachbarskinder (die dreizehn und jünger waren). Meine Nachbarn und ich wurden, jeder an seinem besonderen Platz, eingewurzelt, über dem Rasen schwimmend, dessen Gras jetzt Asche war. Wir hallten von den Explosionen wider, die harmonisch detonierten, sich gegenseitig angenehm ergänzend, mit ihrer Gewalt den Boden säuberlich aufwerfend, so wie ein Taschendieb kunstfertig eine Brieftasche an sich reißt.

Da war kein Schmerz oder Unbehagen, auch wenn

unsere Körper nur noch vage Erinnerung waren. Diese Operation mußte völlig schmerzlos ablaufen. Sie wurde von Profis durchgeführt.

ZWEITER BEWEIS, TEIL EINS

Hypothese: Ereignisse sind Tiere. Ereignisse sind lebendige Wesen, deren vollständige Anatomie und körperliche Ausdehnung für uns unsichtbar sind, weil wir funktionierende Zellen sind, die unwissentlich, doch effektiv unseren Körperbau bilden.

Schlußfolgerung: Wenn ein Ereignis anhand des charakteristischen Stoffwechsels und der induktiv-exkretiven Erfordernisse des Ereigniskörpers vorhergesagt und bestätigt werden könnte, dann wäre es vielleicht möglich, den Verlauf vorausgesehener Ereignisse dadurch abzuändern, daß man sich mit dem Nervensystem des Ereigniswesens beschäftigt, um seinem Verhalten eine andere Richtung zu geben. Indem man es durcheinanderbringt, vielleicht.

Ich war im Begriff, bei einer bestimmten traurigen Katastrophe im allerdings kleinen Maßstab einzugreifen, die ich für den Nachmittag des 11. August 1996 vorausgesagt hatte.

Dies war als ein Test gedacht.

Wenn ich dieses kleine Unglück, einen jungen Mann namens Simon Chelsez betreffend, aufhalten konnte, dann könnte ich dieses Modell für die Manipulation von Ereignissen benutzen, um den Dritten Weltkrieg abzuwenden.

Denn ich wußte: Am Morgen des 10. Februar 1997 würde der Dritte Weltkrieg ausbrechen.

Wenn das Experiment mit Simon Chelsez erfolgreich verlief, dann würde ich mir einen Weg durch die sich gegenseitig beeinflussenden Cluster von Ereignisorganismen suchen, die emsig damit beschäftigt waren, das

Fundament zu der Struktur zu legen, die sie SPASS nannten und die wir als das Ende der Welt kannten und die schließlich, im Verlauf der Krise, den Dritten Weltkrieg hervorbringen würde.

Der Ursprung dieser komplizierten und weitgehend lächerlichen Serie von Bemühungen war desillusionierend simpel:

Ich wollte nicht sterben.

ZWEITER BEWEIS, TEIL ZWEI

Astral an Gestalt, subtilen Wahrnehmungen folgend, dirigierte ich mich an dem feuchten Gespinst des Ereignisnervensystems entlang zu der Wohnung eines jungen Mannes und seiner Mutter, die gegenüber der Grundschule lebten. Ich suchte mir den Weg von einer verdrängten Erinnerung einer Lehrerin an den Tod eines Kindes (durch geistige Rekonstruktion) bis zu dessen vollständiger Vergegenwärtigung des Unfalls; eine Lehrerin hatte mitangesehen, wie an der Straßenecke, wo Simon Chelsez und seine Mutter lebten, ein Kind ums Leben gekommen war; Simon hatte von seinem Schlafzimmer aus gesehen, wie der Laster das kleine Mädchen erfaßt hatte, und es hatte ihn nicht berührt. Das kleine Mädchen war vom rechten Vorderrad des Lasters in zwei Teile geteilt worden. Das Blut des Kindes ließ einen Rorschach-Tintenkleks auf dem weißen Beton zurück, wobei ihn die Form des roten Flecks an einen Ritter erinnerte, der einen Drachen tötete.

Ich kannte die Lehrerin, ich hatte ihr Schwingungs-Identitätsmuster *abgespeichert*. Sie war durch ihre wechselseitig verknüpften Erinnerungen an den Unfall ständig mit Simon verbunden, auch wenn sie ihn nie persönlich kennengelernt hatte; sie waren beide funktionierende Erinnerungszellen in der Mnemobank des Ereignistieres, in dem sie lebten.

Und ich teilte mir unsichtbar einen Raum mit Simon Chelsez.

Simon blickte auf einen Holographie-Computer und versuchte, sich zu entscheiden, welches Programm er abspielen sollte. Er war sich meiner Gegenwart nicht im mindesten bewußt, da ich nur in astraler Form bei ihm war. Ich verbarg mich zwischen Programmierschaltungen. Indem ich ihn durch das sich verästelnde Auge des Ereigniswesens beobachtete, nahm ich seine Oberflächengedanken deutlich im Spiel und Flackern von polychromatischem Licht wahr, das den Gipfel des wellenförmigen Schlauchs von Ereignis-Zusammenstellungen umgrenzte, die sein Kielwasser bildeten.

* * *

In allen seinen holographischen Filmen spielte derselbe Held mit: Captain Horatio Alphonso. Die Holos wurden durch in die Decke eingelassene Linsen in die Mitte eines großen, fast leeren Raums projiziert. Das weiße Zimmer maß fünfzehn mal fünfzehn Meter und war leer bis auf ein Bett, das exakt in seiner Mitte stand. Der neunzehnjährige Simon Chelsez, der gegenwärtige Besitzer des Holo-Programmierers, war ein kleiner, untersetzter und muskulöser Chicano. So wie Captain Alphonso kannte Simon alle Alphonso-Holos auswendig. Er drückte auf dem Programmwähler herum, bis er *Hochmut und Fall* eingestellt hatte. Der Laser-Projektor an der Decke summte, und verstummte, als das Abbild des heroischen Alphonso in der Mitte des Zimmers erschien, am Fuß des Bettes. Hätte man den Raum betreten, ohne zu wissen, daß Simon eine teure Holoanlage besaß, hätte man geglaubt, Captain Alphonso sei wirklich *anwesend*. Er war dreidimensional, so daß man um ihn herumgehen, ihn von hinten betrachten konnte, ohne daß sich die Schärfe oder die Proportionen seines Körpers dabei veränderten. Trat man von hinten an Captain Alphonso heran, sah man die Holo-Wiedergabe seines Rückens; ging man um ihn herum nach vorn, dann sah man, daß seine Seiten perfekt in seine Brust übergingen, ohne eine Naht.

Simon zappelte nervös herum, während Alphonso wartete, stoisch unbewegt in seiner eleganten schwarzen Toga mit dem silbernen Befreierpfeil auf der rechten Schulter, die Arme ausgebreitet, als biete er die geisterhaften Worte dar, die aus seinem offenen Mund hervorgeschwebt kamen:

HOCHMUT UND FALL
EINE HYPERREALISTISCHE PRODUKTION
MIT ESTEBAN MANTABLU ALS CAPTAIN ALPHONSO
PETULA ANKENY ALS LIDIA
PAUL CHELSEZ ALS VORGAS

COPYRIGHT © 1995 3-D LTD.

Simon besaß eine komplette Sammlung der Alphonso-Serie. Er hatte sie geerbt, weil sein jüngst verstorbener Vater die Rolle des Vorgas gespielt hatte, den Schurkischen Erzfeind von Alphonso, in allen neununddreißig Episoden.

Simon und Alphonso waren sich körperlich erstaunlich ähnlich.

Und als der statuenhafte Held verschwand, erschien Lidia, auf einem seidenen Luftkissenbett in einem mit Lichtstreifen wie mit nebeldurchsetzten Spinnweben verhangenen Raum ruhend. Lidia schlief friedlich. Alphonso kam vom Balkon herein und stellte sich neben sie, tief in die leeren Augen seiner schlummernden Geliebten blickend. Wie es der Reichenmode jener Zeit entsprach, schlief sie mit offenen Augen, deren Netzhäute in künstlicher Schutzflüssigkeit gebadet wurden, die aus winzigen, am Kopf befestigten Düsen sprühte. Ihre Augen glühten im Regenbogenlicht des *DreamTone* an der Decke.

Sie hatte das *DreamTone* auf *Rot: flammend* gestellt, um ihre Träume mit Szenen der Leidenschaft zu beleben. Ihre leidenschaftlichen Träume sollten mit dem Erscheinen Captain Alphonsos, der Personifizierung alles Galanten und Charmanten, Wirklichkeit werden. Strahlen zinnoberroten Lichts spielten über ihre reizenden Gesichtszüge, färbten ihre leer starrenden blauen Augen rot wie kleine Glutöfen.

Simon, der jenseits der Grenze der Holoszene gewartet hatte, watete plötzlich durch das projizierte Bild, ohne es dabei zu stören, und schlüpfte in Alphonso hinein.

Er verschmolz mit allen Handlungen Alphonsos, tat die Schritte des Archetypus mit, den Bruchteil einer Sekunde hinter der Choreographie des Hologramms zurückhinkend, wobei er dessen Umrisse ein wenig verwischen ließ. Seine Glieder und sein Kopf waren eins mit Alphonso, seine Gesichtszüge veränderten sich im Gleichtakt mit dem stereotyp blasierten Gesichtsausdruck des Helden.

Simon hatte das Holo so vollständig verinnerlicht, daß sich sein Voyeurspielen in einen selbsthypnotischen Reflex verwandelt hatte. Er kannte alle gesprochenen Worte, formte sie mit perfekter Betonung und exaktem Timing. Er konnte es alles ohne einen einzigen Fehler herunterspielen. Zum hundertsten Mal.

Er schlief sogar mit der Frau, wenn Alphonso es tat. Und er tat es oft. Solange er an dem holographischen Geschehen teilnahm, glaubte Simon, Captain Alphonso zu sein, der Guerillaheld der Silbernen Befreier. Die visuelle Illusion war vollständig genug, daß er den Rest seiner Empfindungen mit seiner Vorstellungskraft auffüllen konnte. Deshalb hatte er Orgasmen, wenn Alphonso welche hatte. Was bei Alphonso häufig der Fall war.

Simon war es nicht schwergefallen, die Bänder der Alphonso-Serie auswendig zu lernen. Es war alles sehr ursprünglich und elementar, und jedes Alphonso-Holo dauerte nur zwanzig Minuten. Jedesmal liebte Alphonso Lidia oder begann damit, dann kam Vorgas dazu und störte ihn mit seinem Versuch, Lidia zu kidnappen, und Alphonso besiegte Vorgas und verbrachte den Rest des Holos damit, sich mit Lidia zu vergnügen.

Simon/Alphonso trat auf das wacklige Bett und stellte sich breitbeinig über Lidia, wie der Koloß von Rhodos. Dann kniete er anmutig neben ihr nieder, und sie erwachte: streckte sich behaglich, stellte das *DreamTone* mit einer grazilen Bewegung ihrer juwelengeschmückten Hand ab, drückte ihre Augen zu und öffnete sie dann mit einem euphorischen Kichern.

Vor Behagen schnurrend griff Lidia nach Alphonso/Simon.

Simon konnte Lidias schlanken Körper in seinen Armen spüren. Beinahe. Deutlich genug. Es war ein wirkliches Bett vorhanden, auf welches das Holo projiziert wurde und das Alphonso über seinem zärtlichen Trugbild unterstützte. Doch um sich davor zu bewahren, durch die körperlose Gestalt der nackten Lidia hindurchzufallen, als er über sie kletterte, war er gezwungen, sich ein wenig aus dem Einklang mit Alphonso herauszubegeben. Ihre Konturen flackerten, verfärbten sich.

Alphonso warf seine Toga und den Slip beiseite und brachte Lidia in den Genuß seiner Zuneigung ... Nach wenigen Minuten ihrer spinnenhaften Umarmung kroch Vorgas ins Bild, wie er es immer in diesen delikaten Momenten tat. Vorgas war Simon ebenfalls sehr ähnlich, obwohl dünner und wesentlich älter, weil er von dem Mann gespielt wurde, der dieses Apartment gemietet und den Holo-Projektor gekauft hatte, kurz bevor er 1991 gestorben war. Er war in ein weißes Leichentuch gehüllt, das stark mit seinem langen schwarzen Haarschopf und den dunklen, eingesunkenen Gesichtszügen kontrastierte. Er glitt auf allen vieren auf das Bett zu und streckte einen schlaksigen, geäderten Arm aus, an dessen Ende sich ein Lähmschocker befand, pfeilförmig und silbern.

Er richtete den Schocker auf Alphonso, der Lidia mit seinem nackten, aber prachtvollen Körper beschirmte ...

... an dieser Stelle der Holohandlung sollte Alphonso seinen handlichen Paralysestrahlen-Reflektor hervorzaubern, der im Kombigürtel in Reichweite lag ...

Ich konzentrierte mich auf das schmale Band elektrischer Ladungen, die sich durch Simons Sehnerv bewegten. Ich veränderte, was er sah. Ich konzentrierte mich auf das schmale Band elektrischer Ladungen, die sich durch seinen Hörnerv bewegten. Ich veränderte, was er hörte.

An Stelle der üblichen Wiederholung von Vorgas' Niederlage kreischte Alphonso, warf sich von Simon weg und stürzte nieder, paralysiert. Simon erhob sich unsicher, von seinem Stellvertreter-Ich abgetrennt, und beobachtete mit zunehmendem Entsetzen, wie Vorgas sich über Alphonsos nackte Brust beugte und einen Nadeldolch tief in seine Kehle senkte. Alphonso spuckte Blut und kreischte wie ein Schwein beim Abstechen.

Simon bedeckte seine Augen und wimmerte.

Er taumelte zu der Wandkonsole und schaltete das Holo ab. Das Holobild des kopulierenden Paars verblaßte wie das fleckige Nachbild eines hellen Lichts. Das Zimmer schmerzte vor Fast-Leere.

Simons Gesicht war ruhig, beinahe leer. Es hätte Überraschung oder Wut zeigen sollen.

Ich begann mir Sorgen zu machen. Die neurale Vorliebe des Ereignisorganismus war unklar. Ich stieg in die Höhe, schaukelte auf und ab, prallte ab und wurde umgepumpt in ...

Er öffnete eine Tür, ging einen Korridor entlang zum Schlafzimmer seiner Mutter, näherte sich ihr lautlos. Sie lag unter einer Höhensonne und hörte Radio über Ohrstöpsel. Er brachte das Radio zum Verstummen.

»Simon?« sagte seine Mutter, die Augen weit geöffnet, von Schutzflüssigkeit bedeckt, wie es Lidia gewesen war. »Simon, Lieber, warum kommst du nicht später noch mal wieder? Mutter war gerade am Einschlafen. Aber wenn du schon mal da bist, stell doch bitte die Höhensonne ab und das *DreamTone* an, tust du das?«

Simon griff hoch und stellte die Höhensonne absichtlich heller. »Scheinwerfer!« rief er theatralisch aus, »Kameras!«

»Hey, stell das gefälligst ab, ja?« Sie nahm ihre Augenfilter ab und blinzelte ihn an. Ihr Haar, das sich scharf um ihr verwässertes Vollmondgesicht krümmte, hatte den übertriebenen Glanz einer synthetischen Implantation aus himmelblauen Plastik.

Simons Gesichtszüge waren naiv, die Augen weit offen. »Du hast wieder das Holo laufen lassen, stimmt's?« warf ihm seine Mutter vor. »Mir wär's lieber, Simon, du tätest das nicht. Wirklich. Du kennst den Grund. Doktor Hardy hat dich gewarnt. Am besten, du denkst nicht mehr an Paul.« Ihre faden Gesichtszüge mittleren Alters überzogen sich mit blaugrauen Linien. Behutsam versuchte sie ihr Gesicht zu entspannen; es hieß, daß heftige Mimik die Faltenbildung begünstigte.

»Lidia …«, murmelte Simon, indem er seine Arme um seine plumpe Mutter schlang, die Lidia nur im Hinblick auf den fehlenden Gesichtsausdruck ähnelte. Er küßte die Brüste, die aus ihrem Bademantel quollen.

Seine Mutter war tief schockiert. Sie gestattete es ihrer Stirn, sich zu runzeln. »Hör auf damit!« Sie ohrfeigte ihn.

Er stand auf, und sein Ausdruck von Naivität verwandelte sich in Schlauheit. »Dann bist du also Vorgas, mit einer neuen Masche! Du hast doch wohl nicht geglaubt, daß du mit deiner Verkleidung als Lidia lange durchkommen würdest!« Er brüllte, begleitet von einer melodramatischen Gebärde seiner Hand.

Seine Mutter biß sich auf die Unterlippe, sprang aus dem Bett und warf sich zur Tür.

Simon packte sie mit seinem rechten Arm unter der Kehle und riß mit der linken Hand das Kabel der Höhensonne aus dem Sockel und schlang es um ihren

Hals. Sein Gesicht verzerrte sich zu einem Zähnefletschen, genau in dem Augenblick, als seine Hände das Kabel strafften. Seine Mutter gurgelte kurz, sackte zusammen, dann wurde sie schlaff, eine unförmige Last. Er ließ sie auf das Bett fallen. Dann richtete er sich auf, um auf den Vorspann der nächsten Episode zu warten.

Aus den geöffneten Lippen seiner Mutter quoll ein heftiger Blutstrom und besudelte das Kissen mit einem Rorschach-Tintenklecks. Für Simon hatte der Tintenklecks eine Ähnlichkeit mit dem von dem kleinen Mädchen, das von einem Laster überfahren worden war.

Ich konnte das Zusehen nicht länger ertragen. Ein Fehlschlag. Und jetzt schwemmten mich kathartische Strömungen der Reinigungsorgane des Ereignisorganismus hinweg. Ich ließ mich von einer Unterströmung verschlucken, die zu meinem Körper zurückführte, der in katatonischer Starre auf meiner Bürocouch wartete ...

Manganblaues Licht ergoß sich trübe durch die Lamellen der Jalousie und ließ das spärliche Mobiliar in meinem Büro in das chromgrüne Grau von Gegenständen unter Wasser verschwimmen.

Ich setzte mich auf, ein taubes Gefühl in den Gliedern, und mein Blick klärte sich ein wenig. Ich stellte mich allmählich wieder auf meine physische Hülle ein. Ich konzentrierte mich, hob den Blutdruck an, beschleunigte den Atem, unterdrückte die Benommenheit. Zunächst war das Bewegen der Arme ein indirekter Vorgang, wie die Bedienung eines Greifers, mit dem man ein Spielzeug in einem Spielautomaten aufzunehmen versuchte. Einen schwindelerregenden Augenblick lang steckte ich in meinem Körper wie Simon in dem Körper Alphonsos. Doch ich setzte mich fest darin, wobei ich mich mir als Arme, Beine, Rumpf und Kopf vorstellte und die Erektion duldete, die mich bei meinem Wiedererwachen belästigte.

Eine Weile litt ich Höllenqualen. Ich hatte Alpträume von der Ermordung von Simons Mutter. Einige Tage lang aß ich nicht. Ich litt und faßte einen Entschluß.

Ich würde es noch einmal versuchen.

Ich hatte mir einen weiteren Unfall ausgedacht, eine junge Frau betreffend, eine virtuose Musikerin, Phylla Bertran. Ich hatte ihre Solovorstellungen besucht und mir die Aufzeichnungen ihrer eigenen Kompositionen eingeprägt. Ich hatte ihr Schwingungs-Identitätsmuster *abgespeichert*.

Und so bahnte ich mir einen Weg durch die Nervenkanäle des Ereignistieres und gelangte hinein: Ein großer und leerer Raum, leer bis auf vier straffe, dicke, metallisch schwarze Drähte, die von der Mitte der konkaven Decke bis zur unterlegten Spannvorrichtung reichten, die am schwarzen Plastikboden magnetisch fest verankert war. Die Wände waren so geformt, daß sie den Klang jeder Saite stark verstärkt zurückwarfen, wenn diese angeschlagen wurde. Der ganze Raum war der Klangkörper eines riesigen akustischen Kontrabasses, groß genug, um den Musiker in seinem Innern aufzunehmen.

Phylla war rothaarig, mit geistesabwesenden blauen Augen und dünnen, ungeduldigen Lippen. Sie trug einen hautengen Gymnastikanzug und ging mit schnellen und trippelnden Schritten zu den aufrechten Saiten. Die Tür schloß sich hinter ihr automatisch und lautlos.

... Abgesehen von mir, war sie allein. Und ich war nur als Geist anwesend, sie durch die optische Membran des Ereigniswesens beobachtend. Auf meine Chance wartend, die Schlußfolgerung meiner Hypothese ein letztes Mal zu überprüfen ...

Sie drückte den verchromten Knopf in ihrem Armband und gab die Räder der in die Decke eingelassenen Saitenbefestigung frei. Indem sie diese mit der Fernsteuerung in ihrem silbernen Armband dirigierte, konnte sie die Saiten von einer Stelle im Zimmer zur anderen bewegen. Der Raum verengte sich am entfernteren Ende, und indem Phylla die Saiten dorthin brachte, wurden sie durch den beengten Raum höher gestimmt. Wenn sich die senkrecht stehenden Saiten zum größeren Raumende bewegten, wurde ihr Klang tiefer.

Mit ihren Fingern wie rennende Kinder herumklimpernd, spielte sie das sie umgebende Instrument und tanzte leicht vor und zurück, einen Arm um die beweglichen Saiten geschlungen, als wären sie ihr Tanzpartner. Sie spielte geschickt, jede Note so tief und prononciert wie eine Kirchenglocke, aber mit der ungeheuren Schnelligkeit von Artilleriefeuer. Eine Weile jagte sie durch das Baßsolo des Stückes von Bartók, das sie in der New Yorker Philharmonie spielte. Doch sie konnte die Komposition nicht ohne eine Reverenz an Bartók beenden, außerdem machte sie das Improvisieren, ausgeschmückt mit ihren eigenen Kompositionen, glücklich. Ihre hüpfenden Brüste und kurze Schwünge ihres Haars markierten den Rhythmus intimer Schwingungen, während sie im Bauch des riesigen Basses Pirouetten vollführte und tanzte.

... für mich wurde die Musik durch die Membran des Ereigniswesens gefiltert und trat als Phantom ihres eigentlichen Klangs in Erscheinung. Doch ihre Echos, der Widerhall einer einsamen Frau, ließen meinen vom Geist vorübergehend verlassenen, wartenden, in meinem Büro träumenden Körper erschauern. Ich wartete und hielt Ausschau nach der Hochwassermarke dieser intimen Schwingungen ...

Phylla war eine begnadete Künstlerin von weltweitem Ansehen. Doch ein Teil von ihr wurde durch den überflüssigen Wunsch, den Gipfel musikalischer Vollendung zu erreichen, betäubt. Niemals ganz mit sich zufrieden, auch wenn die Kritiker vergeblich versicherten, daß ihre Interpretationen formal vollkommen seien, wollte sie den ganzen Becher leeren, bis zur Neige. Zu diesem Zweck hatte sie den Baß-Raum in ein Musikinstrument verwandelt, das sie mit dem Ausdruck ihrer eigenen Persönlichkeit umhüllen sollte. Seit einem Monat übte sie hier, arbeitete sich weiter vor, immer weiter, nicht weit genug: noch nicht.

Inzwischen war sie scharlachrot und schwitzte; dennoch huschten ihre Finger flink über die Saiten. Jeder Finger tauchte tief zwischen die Saiten, wie ein Chirurg auf der Suche nach einem bestimmten Nerv innerhalb eines Einschnitts.

Nach zweiunddreißig Minuten hatte Phylla nahezu genug. Aber noch nicht ganz.

... und ich wußte, daß sie die Grenzen des Raums überschreiten würde, wenn ich sie ohne Unterbrechung weitermachen ließe, und daß es nicht genug sein würde. Und daß das, womit ich ihr zuvorzukommen hoffte, unausweichlich geschehen würde. Der Moment für den zweiten Test rückte näher. Wenn ich jetzt eine mentale Sonde in ihre Wahrnehmung einführen und die Wahrnehmungskapazität für ihre eigenen Kompositionen verändern, verstärken, erweitern konnte. Befriedigung, vielleicht ...

Sie stöhnte. *Ich griff nach ihr ...* Sie schrie auf wie ein erschöpfter Hirsch, den man über seine Kräfte hinaus gejagt hatte.

Sie setzte sich schwerfällig auf den Boden. Der verklingende Nachhall der Saiten summte traurig, wie ein sich entfernendes Flugzeug.

Die vier Saiten rollten in ihrer Metallfassung mit lautloser Endgültigkeit in die Mitte des Raums.

Phylla blieb seufzend zurück.

... Ich fühlte, wie das Quecksilber aus der Spitze des Thermometers platzte ...

Phylla stand unsicher auf und verließ, vorsichtig Fuß vor Fuß setzend, das Zimmer.

... Der Test war positiv. Es könnte möglich sein ...

Phylla kehrte mit einer Trittleiter zurück, die sie unter die vier Saiten stellte.

... den Dritten Weltkrieg abzuwenden ...

Sie kletterte die Leiter hoch und befestigte einen silbrigweißen Strick an der Metallfassung an der Decke. Sie legte sich das andere Ende in einer Schlinge um den Hals. Sie drückte auf der Fernsteuerung den Schalter für *Automatische Steuerung*.

Die Saitenbefestigung rollte auf das schmale Ende des Raumes zu, wobei sie Phylla von der Trittleiter herunterriß. Sie baumelte an dem dünnen Strick, ohne auch nur einmal zu zucken, ließ sich mitschleppen, wohin auch immer die Saiten sprangen, hierhin und dorthin in der widerhallenden Kammer. Während sie schwang, ein Pendel, ihr lebloses Gesicht aufgedunsen und purpurn gesprenkelt, knallte sie gegen die Saiten, die ein dissonantes Scheppern von sich gaben.

Sie wurde im Raum umhergezerrt, in ihrer Schlinge kreiselnd, und ihr Körper stieß gegen die Saiten, die eine Melodie spielten, die ebenso bar jeder vorhersagbaren Struktur war wie der Tod.

... *Ich war unfähig dazu gewesen, die vorhergesagte metabolische Reaktion des Ereignisorganismus zu verändern: Selbstmord, wie ich es vorausgesehen hatte ... OK, niemand ist vollkommen. Es war nicht meine Schuld. Nicht ausschließlich. Die Schlußfolgerung aus meiner Hypothese war bloß zweimal widerlegt worden ...*

ERSTER BEWEIS, TEIL ZWEI

Sie sehen also, daß ich nicht im mindesten überrascht war, als im Fernsehen LUFTSCHUTZALARM bekanntgegeben wurde.

Ich hatte getan, was ich in der Nacht zuvor getan hatte; ich hatte die Konsequenzen gesehen; ich hatte das Wort *Scheitern* neu definiert; ich hatte mich mit Medikamenten vollgestopft und mich hypnotisiert, um zu vergessen, damit meine Familie während der letzten sechs Stunden die Illusion von Selbstbestimmung haben konnte. Ich hatte getan, was ich getan hatte.

Ich hatte die Konsequenzen gesehen. Ich kannte mich wie eine Note in einer Symphonie, an deren Komposition keine menschliche Hand beteiligt gewesen war.

Und das Fernsehen gab bekannt: LUFTSCHUTZ-ALARM.

Ich hatte damit aufgehört, jedermann von dem bevorstehenden Armageddon überzeugen zu wollen. Das FBI hatte nur gelacht. Es hätte ihnen sowieso nichts genützt, wenn sie Bescheid gewußt hätten. Ich nehme an, ich machte mir Illusionen über eine Welt, die mit dem würdevollen Glanz fatalistischer Einsicht erlosch.

Aber eine Zeitlang hielt ich noch Ausschau nach Rissen und Schwachpunkten in der Haut des mich umhüllenden Ereigniswesens, durch die ich hindurchschlüpfen könnte, um außerhalb zu stehen und es unvoreingenommen zu betrachten. Ein unsinniges Vorhaben. Das wäre so, als löste sich meine Lunge aus dem Brustkasten, um mich von außen zu betrachten.

Ich gab die Suche nach einem Ausweg auf. Ich war eine Woche lang betrunken. Ich starrte blöde den Kalender an. Ich experimentierte mit Heroin. Ich verwarf all das und wechselte zu Jesus über, für ein Wochenende. Als die Glaubensheilung bei der Wiederbelebung meiner Beine versagte, gab ich das ebenfalls auf. Ich entfernte alle Kalender aus dem Haus. Als mich meine Frau nach dem Grund dafür fragte, sagte ich ihr, sie solle den Mund halten.

Als belangloses Hobby studierte ich die sozialen Verhaltensweisen der Ereigniswesen. Manchmal kamen sie zu dem Äquivalent einer Komiteesitzung zusammen. So etwas äußert sich in vernichtenden Erdbeben oder in Kriegen oder einem Goldrausch. Manchmal kommt es untereinander zu Streitigkeiten. Diese nehmen (von unserem beschränkten Gesichtspunkt aus betrachtet) den Charakter von geselligen Zusammenkünften an, wie Olympische Spiele oder die UN-Vollversammlung oder Silvester auf dem Times Square.

Etwa einmal alle fünfhunderttausend Jahre feiern die Ereignisse.

Ein weltweites Volksfest. Sie versammeln sich, um Spaß zu haben und sich miteinander zu vergnügen, und von unserem Standpunkt aus nimmt dies den Charakter des Dritten Weltkriegs an. Ihr neuestes Volksfest war, nach unterer Zeitrechnung, für den 10. Februar 1997 angesetzt.

Sieh mal an! sagte ich, als der den Feuersturm einleitende Wirbelwind unsere Kinder eine halbe Meile hoch in den Himmel hob. Mein Junge, Charles, hatte davon geplappert, wie er sich als Flugzeugpilot bewähren würde. Ich wollte, daß er den Doktortitel der Philosophie erwarb.

Ein Schlund aus zuckender Energie. Das atomare Feuer nahm unsere Stadt säuberlich auseinander, mit sterilen, gummibehandschuhten Händen. Wie ein Kind, das behutsam Plastikziegelsteine aus seiner Spielzeugburg entfernte, jetzt wo das Spiel vorüber war. Sämtliche Baumblätter waren so säuberlich wie Dollarnoten im Schatzamt gestapelt. Alles an seinem Platz. Japanische Ikebana, das das ganze Land umfaßte. Die Explosionen waren metallische Noten, und die Nation war ein Xylophon, und die Städte klangen wider, als die stählernen Sprengköpfe einschlugen.

Ein Feuerwerk, den Beginn der Festivitäten kündend.

ZWEITER BEWEIS, TEIL VIER

Also schön, vielleicht hatte mein Versuch, den Tod von Phylla und Simon zu verhindern, diesen erst herbeigeführt. Aber es konnte nicht meine Schuld sein. Es gibt keine Zufälle.

Etwas nagte an mir. Es waren noch drei Tage bis zum zehnten Februar. Ich versuchte, einen Entschluß zu fassen, was zu tun sei.

Ob, oder ob nicht.

Etwas klapperte in einer hinteren Schublade meines Gedächtnisses wie ein loser Gegenstand im Kofferraum eines Wagens, und im Weiterfahren, auf das Rumpeln des Objekts lauschend, während ich um die Ecken lenke, versuche ich es anhand der gedämpften Geräusche, die es macht, zu identifizieren. Allmählich begriff ich, was es war, und ich fragte mich, ob ich der Gelackmeierte war.

Nämlich weil es so etwas wie einen Zufall *einfach nicht gibt*. Und das ist verdammt schade.

Ich saß im Arbeitszimmer und schürte das Feuer im Permaplastkamin, heißer und heißer, obwohl es hier drinnen bereits von der Zentralheizung warm war. Ich saß in einem Plüschsessel und schwitzte und ließ das Mittagessen aus, aber die Antwort schwitzte sich nicht von selbst aus mir heraus.

Endlich legte ich mich neben meiner Frau ins Bett. Vom Bett aus blickte ich auf meinen Rollstuhl. Elaine, meine Frau, versuchte mich zu umarmen. Ich schüttelte sie ab.

»Was ist los?«

Ich beschloß, einmal zu ihr ehrlich zu sein. Vielleicht brächte die sprichwörtliche weibliche Intuition eine Erleuchtung hervor. Dieses eine Mal. »Es geht um die Sache mit dem Ereigniswesen ...«

Sie gab ein leises Geräusch der Langeweile von sich.

»Ach, hör doch auf damit, ja?« Sie steckte den Kopf unter das Kissen. »Es macht mich krank, andauernd diesen Quatsch zu hören«, erklang ihre gedämpfte Stimme. Nicht gedämpft genug. »Du hast einen Narren aus dir gemacht, als diese FBI-Agenten zu uns gekommen sind. Du hast den Mund schon immer zu voll genommen. Wie in diesem lächerlichen Kurs über transfinite Geometrie, in dem ich dich kennengelernt habe. Damals war ich beeindruckt. Aber was ist mit unseren Kindern? Willst du ihnen deine Theorie erklären? Kannst du ihnen philosophisch darlegen, warum du sie vernachlässigst?«

»Ich vernachlässige sie *nicht*. Ich hab ihnen gestern diese Rocky-und-Bullwinkle-Spielzeugfiguren gekauft, oder etwa nicht?«

»Wirklich toll. Weißt du, was dein Sohn neuerdings macht? Er sammelt Bänder von *Bernie Backsterr the American Dreamer*, und er kennt jede verdammte Einzelheit über diesen Trottel Backsterr auswendig und macht ihn nach. Er macht sich *Notizen* darüber, wie Backsterrs Zimmer im Holo-Film aussieht und baut sein eigenes verdammtes Zimmer so um, damit es genauso aussieht. Er zieht sich wie dieser Schwachsinnige an, trägt das Haar auf die gleiche Art ...«

Ich konnte einen Schauder nicht unterdrücken. Es erinnerte zu sehr an Simon. Ich begann mich zu fragen, ob Charles seiner Mutter gegenüber eine versteckte Antipathie hegte. Andrea, obwohl erst sechs, wollte schon Musikerin werden. Elaine wollte Kontrabaß spielen ...

Elaines Make-up war auf dem malvenfarbenen Kissen verschmiert. Sie legte immer ihr Make-up auf, kurz bevor sie zu Bett ging. Lidschatten, Lippenstift, Flitter. Wenn sie am nächsten Morgen aufwachte, wusch sie es sofort ab. Es war eine Idiosynkrasie, genau wie ihre Abneigung gegenüber Chinesen. Sie weigerte sich, in die Nähe eines chinesischen Restaurants zu gehen; sie ließ keinen Chinesen ins Haus und sah sie sich nicht im Fernsehen an. Es war ein merkwürdiges Vorurteil für eine gebildete Frau mit einem Professorentitel für englische Literatur. Ich glaubte immer, sie lege das Make-up für mich auf. Aber ich nehme an, sie trug es für denjenigen, der sie im Schlaf so leidenschaftlich stöhnen ließ, wer es auch sein mochte. Wenn sie im Schlaf sprach, dann murmelte sie einsilbige Worte, die stark nach Chinesisch klangen.

Ich drehte ihr den Rücken zu und versuchte zu schlafen.

* * *

Zum Frühstück mußte ich ein Omelett hinunterwürgen. Ich schob die fettigen Überbleibsel des Frühstücks mit der Gabel lustlos über den Teller.

Meine Tochter, Andrea, saß oder vielmehr schaukelte wild mir gegenüber. Charles war zur Schule gegangen. Andrea war sechs, blond, gesund und blühend. Sie gehörte zu den Kindern, die nach außen explodieren, die sich gleichzeitig mehreren Dingen zuwenden. Sie formte ihr ungegessenes Frühstück mit dem Messer zu winzigen Schlössern. Wenn sie etwas nicht mochte, fand sie immer irgendeine Verwendung dafür. Nichts wurde bei ihr verschwendet. Und so ein Kind, dachte ich, sollte nicht an radioaktive Vergiftung verschwendet werden.

Ich blickte auf das schwindelerregende Stammeln ihrer Lippen, als sie einen Werbespruch aus dem Fernsehen sang; ich ging noch einmal meine Berechnungen durch; neunundachtzig Prozent Wahrscheinlichkeit dafür, daß meine Verwicklung in den metabolischen Verdauungszyklus den Krieg hervorrufen würde.

Blieben elf Prozent übrig.

Ich bin mir nicht sicher, ob der Mann, den ich beeinflußte, der Verteidigungsminister war. Ich wußte anhand der schmeichelnden Beleuchtung, geädert und gekerbt von den Spuren von Meteoriten, daß dies der Mann war, der in Kürze eine Entscheidung hinsichtlich eines bestimmten Konflikts mit Rotchina treffen würde. Er war der Mann an der Spitze, der eine, von dessen Auslegung des Problems alles abhing. Er war der lebende Wendepunkt. Er rief vom Schreibtisch seines gemütlichen, mit simuliertem roten Samt ausgekleideten Büros aus jemanden an, der der Präsident gewesen sein konnte. Der Anrufer war ein kleiner Mann mit einem verkniffenen Gesicht, einem grauen Schnurrbart und einem verrutschten schwarzen Toupet. In der rechten Hand hielt er den Ledergriff eines Aktenkoffers, unauffällig bis auf die Handschellen, die ihn an sein Handgelenk ketteten. Sie ratterten einen Code herunter, den ich nicht verstehen konnte. Ich begriff nur einen sehr geringen Teil seiner Gedanken: sein Output war schwach. Ich konnte erkennen, daß er an sein Magengeschwür dachte und daran, ob er seine Mutter anrufen sollte. Er legte den Hörer auf und stellte den Aktenkoffer auf eine leere Ablage.

Er schloß mit einem befriedigten Murmeln die Handschellen auf.

Er öffnete den Aktenkoffer. Darin befand sich ein Stapel Papiere, Angaben über den Aufbau der Nuklearbasen in bestimmten, zu Rotchina gehörenden strategischen Gebieten. Ich überflog die Papiere, wählte aus, was ich verändern wollte ...

Ich sah etwas aus dem Augenwinkel meines Ereignistiers: Phylla und Simons Mutter. Sie waren anwesend, hier bei mir, obwohl ich die Listen an der gegenüberliegenden Wand durch ihre materielosen Gestalten hindurch sehen konnte. Sie schwankten, blieben jedoch da, ausdruckslos, aber als versuchten sie, etwas zu sagen.

Ich sah wieder auf den kleinen Mann, der mich nicht sehen konnte, dessen Blick über die Zahlenkolonnen glitt ...

... *Ich veränderte, was er sah ...*

ERSTER BEWEIS, TEIL DREI

Die atomare Umwandlung erfaßte die ganze Welt.

Die Bomben fielen nur auf ausgewählte Städte, aber diese waren bloß Fackeln, die das Umfeld für die Arbeitsmannschaften der Ereignistiere beleuchteten. Atomschutzbunker waren vollkommen nutzlos. Die Finger der Atomspaltung rupften die Bunker säuberlich aus dem Boden und nahmen sie auseinander, legten alles ordentlich auf dem Picknicktisch aus. Jede einzelne Person wurde einen Fuß über dem nackten, glattgebügelten Erdboden aufgehängt — nicht hochgehoben, es war mehr, als

hingen sie von unsichtbaren Haken —, wo wir in gleich-
mäßigen Abständen verteilt wurden.

Die Hälfte von uns, meine Hälfte, wurde ziemlich
schmerzlos vom Fleisch befreit. Und symmetrisch angeordnet. Wie von einer Mutter, die beim Auspacken ihres
Weihnachtsgeschenks darauf bedacht war, das Einwik-
kelpapier fürs nächste Jahr zu bewahren, wurden unsere Kleidungsstücke, Häute, Muskeln, Gewebe, Knor-
pel und anderen Orange alle säuberlich aufgenommen
und nacheinander an der Seite aufgestapelt. Leere Häute, abgelegten Regenmänteln ähnlich, wurden auf einem Stapel gefaltet; die Organe wurden ordentlich in
durchsichtigen Behältern verstaut.

Wir konnten nicht genau erkennen, wer dafür verantwortlich war. Auf der anderen Seite war alles, was wir
sahen, verantwortlich.

Unsere Körper waren verschwunden, unsere Ichs (jeg-
licher Initiative beraubt) blieben als Mikrofilme auf langen weißen Stäben reiner geronnener Wahrnehmung übrig, Stäbe, die unter jedem daherkommenden Stimulus
erzitterten, wie Stimmgabeln des Augenlichts, des Ge-
ruchsinns oder des Gehörs.

Die übrigen Menschen waren noch gelähmt, würden
es immer sein — in ihre eigenen Körper eingeschlossen,
tot, aber sehend, Leichen mit Empfindungen. Im Dritten Weltkrieg wurde jedoch niemand umgebracht.

Wir alle: über dem Boden eingefroren wie empor-
schnellende Balletttänzer mitten im Sprung. Keine Schatten verdunkelten den erstarrten, ascheverkrusteten Boden.

Von überallher Licht.

Keine Sonne. Keine Häuser. Kein Horizont. Kein Geräusch.

Wir konnten nicht weiter sehen als — ahhh, es schienen fünf Meilen zu sein, doch dann wieder, durch das Auge des Ereignisses gesehen, fünftausend. Grauer Dunst
stellte geschmackvoll den unteren Rand der weiten trans-

parenten Halbkugel dar, welche die Dritte-Weltkriegs-
version des Himmels war. Im Innern unserer Halbkugel
waren aus den demontierten Häusern gefällige Arran-
gements von Zylindern und Würfeln und Pyramiden entstanden und Parks von roher, prosaisch hölzerner Beschaffenheit oder aus rostfleckigem Metall, die mathe-
matische Strenge der Geometrie kompensierten.

Sämtliche Kinder der Stadt schwebten in der Luft,
hüpften durcheinander in einer fernen Pavane am Himmel über uns. Eine Wolke aus Babies.

Diejenigen, die noch Fleisch am Körper hatten, begannen um die Kalziumstäbchen zu rotieren, wie ich
auch. Ich schwankte ein wenig, wie ein Antennenfüh-
ler. Ein ultrahohes Summen singt: Freude Freude Freude
Freude Freude Freude Freude.

Wir Stäbe bildeten eine Achse ähnlich einem kreis-
förmigen, von Fleisch umgebenen Lattenzaun; wie Mai-
bäume, umgeben von tanzenden Jungfrauen. Ein Karussell einer gewichtslosen, bloßen Masse Mensch, die
das nukleare Ringelreihen darstellten, wir die Nabe, sie
die elektronischen Holzpferde.

In diesem losgelösten Zeit-Raum gab es kein Geräusch.
Und keinen Wind. Überall war das farblose Licht. Das
Licht, das niemals wärmt.

ERSTER BEWEIS, LETZTER TEIL, IM PRÄSENS

Dieser Ort ist voller Bewegung, obwohl er fast leer ist.
Ich weiß nicht, wie lange wir so kreisen werden oder
ob die Zeitmaße überhaupt anwendbar sind, oder was
das Ereignistier mit uns anschließend vorhat. Ich stelle
mich mir dabei vor, einem Eiskremauto hinterherzuja-
gen. Ich bin ein kleines Kind. Ich werde von den klin-
genden Glöckchen des Eiskremautos angelockt. Ich bin
sechs Blocks weit gelaufen, um das Moby-Dick-weiße
umherfahrende *Gutelaune*-Eiskremauto einzuholen, aber

es fährt mir davon, und meine Lungen schmerzen, und ich habe weiche Knie. Ich presse ein Vierteldollarstück in meiner Faust so fest, daß es mir an der Handfläche weh tut. Ich kann das Eis fast schmecken, und seine Farben vermischen sich, und es zerschmilzt in die sonnengebleichte Farbe meines Haars und die tropische Schweißfeuchte hinter meinen Ohren. Ich höre das Klingeln und jage weiter dem Auto nach: in meinem Innern, meinem Gedächtnis. Aber außerhalb von mir wirbelt der innere Kreis der Stäbe und der widerhallenden Knochen schneller und schneller und gegen den Uhrzeigersinn schneller in dem größeren Kreis paralysierter Leute, die gerade nach oben starren, die Arme an die Seite gelegt und über sich ihre schwebenden Kinder. Es gibt keine Schatten mehr, denn das Licht ist überall.

Ich kann dem organischen Ereignisstrang nicht in die Zukunft folgen, nicht mehr. Ich bin auf ewig in der ZEIT fixiert, die Funktion dieses Ereignisorgans mit meinem Kalziumfingernagel auf den gegenwärtigen Augenblick heftend. Die ZEIT, das Kontinuum der Bewegung, umkreist mich fröhlich, fährt Karussell.

Ich habe den Eindruck, daß ZEIT eine Wesenheit ist. Sie ist ein ranghoher Offizieller, der an all dem teilnimmt, der Weltausstellung der Ereignisse. Die ZEIT bewertet den Dritten Weltkrieg, befestigt blaue Bänder an den Exponaten. Ich bin erfreut: Detroit gehört zu den Gewinnern!

An einer Seite sehe ich eine riesige rechteckige, gläserne Konstruktion vorbeirasen, die einem überdimensionalen Aquarium ähnelt. In diesem Behälter befinden sich, pflichtbewußt konserviert, sich immer aufs neue wiederholend, die Ereignisse, die den Dritten Weltkrieg herbeigeführt haben. Ich kann mich selbst dort drüben sehen. Ich kann mein Zusammenprallen mit den Leben von Phylla und Simon sehen. Im Vorübersausen erhasche ich einen Blick auf Simons Mord und Phyllas Selbstmord. Ich kann mich selbst gespensterhaft über beiden schweben sehen. Ich sehe mir dabei zu, wie ich die fatale Entscheidung treffe, den Dritten Weltkrieg abzuwenden zu versuchen. Ich sehe, wie mich die Gehirnprojektionen von Phylla und Simons Mutter verwirren, meine Urteilskraft absichtlich trüben. Ich sehe mich die falschen Zahlenkolonnen verändern, den kleinen Mann in dem gemütlichen Büro unabwendbar darin beeinflussen, daß er zu dem Schluß kommt, es sei am besten, China anzugreifen, bevor es uns angreift.

Ich sehe aus den USA Raketen hervorschießen, die den Vergeltungsraketen auf ihrem Flug von China herüber ein freundliches Hallo zuwinken. Und Rußland schließt sich dem Spaß an. Ich versuche zu erkennen, warum Phylla und Simons Mutter mich das alles tun ließen, und ich erhasche einen flüchtigen Blick auf mich selbst, auf eine meiner verschütteten Persönlichkeiten, wie ich mich im Schlaf abquäle, durch meinen mit magischen Kräften ausgestatteten Rollstuhl-Talisman die Bilder von Simons Mom und Phylla heraufbeschwöre, um mich in diesem entscheidenden Moment zu verwirren: ich selbst brachte mich vorsätzlich durcheinander. Und ich lache in mich hinein (ohne Mund), als ich sehe (ohne Augen), daß die Schritte, die ich unternahm, um den bevorstehenden Tod von Simons alter Dame und von Phylla, der begnadeten Künstlerin, abzuwenden, und schließlich die Anstrengung, den Dritten Weltkrieg zu vermeiden, allesamt vorherbestimmte Instinktreaktionen auf die Signale des Ereignistieres waren, von dem ich eine Zelle bin; die gleiche Art von unerbittlichen Krämpfen, die zur Zerstörung der Kultur führten, die wir heute Lemuria nennen, und der unzähliger anderer Kulturen, von denen die Ereignistiere die Menschheit glauben ließen, sie habe sie zuvor persönlich erbaut. Wenn ein Mensch bei einem Verkehrsunfall getötet wird (Freude Freude Freude), nun dann erscheint das als reinster Zufall; doch dieser Mensch (als Kind spielte ich gerne mit Murmeln) hatte, vielleicht sogar aufgrund seiner genetischen Veranlagung, es geradezu darauf angelegt, sich selbst zu verstümmeln. Ich habe den Autounfall, der mich zum Krüppel machte, willentlich herbeigeführt. Der Kapitän der Hindenburg hat absichtlich auf den Turm zugesteuert; Dewey* wollte Truman unterliegen (ich mochte Glücksspiele, besonders als Mittel zur *Flucht*; Schach überhaupt nicht, aber immer Würfelspiele), und Simon Chelsezs Mutter verwandte ihr ganzes Leben zur Vorbereitung darauf, von ihrem Sohn erwürgt zu werden.

Unbewußt hatte ich den unbedingten Vorsatz, den Dritten Weltkrieg zu entfachen.

Aber warum auch nicht? Warum, zum Teufel, nicht? Jetzt, wo ich mich darüber beklage, stellt es sich als eine fröhliche Angelegenheit heraus, ein Mordsspaß. Ich kann den Beginn dieses wunderbaren Ereignisfestivals sehen, und ich kann mir nicht vorstellen (Freude Freude Freude), welcher abwegige lusttötende Impuls mich besessen hatte, daß ich es zu verhindern suchte. Es ist eine großartige, wunderbare Show. Sie stellen es in dem riesigen Aquarium dort drüben zur Schau — *dort* —, für die ZEIT oder einen der anderen anwesenden Würdenträger, sollte jemand zufällig vorbeikommen.

Hey! Allen Spaß mal beiseite, ich fühle mich schamlos aufgekratzt! Es passiert alles hier und jetzt: und ich halte es fest.

Ich glaube, ich bin auf meine Bestimmung gestoßen, meine Rolle als Teil dieses fröhlichen, ausgelassenen Fests: ich bin ein Aufnahmegerät.

Und ebenfalls ein breit lächelnder Zeremonienmeister.

Fahnen aus Strahlung fallen golden vom Himmel, wie Konfetti und Fernschreiberpapier. Ich bin der Schmuck

---

* Thomas Edmund Dewey, 1902—1971, unterlag als republikanischer Präsidentschaftskandidat 1948 dem Demokraten Truman. — *Anm. d. Übers.*

an einem Paradefloß. Ich spiele Theater, ein Clown in der Mitte dreier Ringe.

Von hier aus betrachtet, ist (Freude Freude Freude) nichts Schlechtes am Dritten Weltkrieg. Armageddon hat nichts Trauriges.

Alles spielt sich, im Moment gerade symmetrisch, in der Gegenwart ab. Wie das Klingeln bei einem Einbrecheralarm. Die Gegenwart ist außergewöhnlich dicht und spannt jede Faser des prächtigen Gewebes, das den blasenförmigen Himmel bildet, beinahe bis zum Zerreißen an.

Gut und schön. Die Spannung ist der halbe Spaß.

Der Schuß

Sie tappte barfuss in sein Arbeitszimmer, näherte sich ihm lautlos von hinten. Er wußte, daß sie da war, obwohl er nicht von seinem Video-Editor aufsah. Huysman beugte sich über seine Arbeitsplatte, als wollte er sagen: *Laß mich in Ruhe!*

Sie legte ihm eine Hand auf die rechte Schulter, ließ die Finger leicht dort liegen — und er reagierte, als hätte ihm jemand einen Betonbrocken auf den Rücken fallen lassen.

Er wirbelte auf seinem Drehstuhl herum, am ganzen Körper zitternd. »*Laß* das, wenn ich beim Arbeiten bin!«

Sie wich zurück. Er stotterte: »Ich bin — Gott, ich versuch grad ...« Seine Stimme verlor sich. Er starrte, das Gesicht leer bis auf die Andeutung von Entsetzen in den Augenwinkeln. Er starrte in eine mittlere Entfernung. Er sah sie an ... nein, er blickte durch sie *hindurch*.

Sie war eine große Frau, aber das Näherrücken des Alters zeigte sich in ihrer krummen Haltung. Ihre rechte Hand war erhoben und zitterte. Sie hoffte, daß er sie fragen würde, warum sie wieder die Tabletten nahm. Ihr Arzt hatte ihr befohlen, die Tranquilizer abzusetzen. Sie hoffte, er würde sich wegen der Tabletten aufregen. Sie anschreien. Mit ihr schimpfen. Sie einmal zur Kenntnis nehmen. Er verfolgte nur, wie die Tränen über die Ringe unter ihren großen braunen Augen herunterströmten, um an der vom Facelifting zurückgebliebenen Naht entlang zur Unterseite ihres Kinns zu laufen. »Du täuschst diesen ganzen Mist bloß vor, um von mir wegzukommen«, brach es aus ihr heraus. »Nichts als eine neue Ausrede ... du hast seit drei Tagen nicht mehr mit mir gesprochen, außer ›Muß mich auf die Socken machen, Schätzchen ... hab die Herbstsaison im Nacken hängen, Puppe.‹ Du engstirniger Hurensohn ...«

Huysman war vom Stuhl geglitten und kniete mit weitoffenen Augen, wortlos murmelnd, den Blick auf etwas Unsichtbares geheftet, die Hände vor dem Bauch verschränkt, sich umklammernd wie ein verwundeter Mann, der seine Eingeweide an Ort und Stelle zu halten versuchte.

Sie sah über seinen Kopf hinweg auf den Editor. Es lief einer dieser TV-Spielfilme. »Sieht wie das Ende des Films aus, Reggie«, sagte sie. »Dem spritzenden Blut, den Leichen nach zu urteilen ... Ah, richtig, da steht ja der triumphierende Oberkriminelle über den Millionen toter Bullen, die er vernichtet hat. Gütiger Gott, kein Wunder, daß dieses Zeug aus dem Äther verbannt wurde — sollte über Kabel ebenfalls verboten werden.« Sie dachte nicht wirklich so. Sie versuchte, ihn auf die Palme zu bringen. Er schien sie nicht zu hören. Sie fuhr fort: »Da, jetzt zieht der triumphierende Oberkriminelle mit den Mädchen ab ... Ende. Eine Reggie Huysman Produktion.«

Er zwinkerte und blickte zu ihr hoch, jetzt schien er sie zu sehen. »Sandy ... der ...«

»Ja?«

»Der Schuß ...«

*   *   *

Die erhabene schwarze Schrift an der Tür verkündete: IMAGINACTION PRODUCTIONS — R. G. HUYSMAN, PRÄSIDENT.

Straker studierte das Schild an der Tür. Es war ein wenig prätentiös, fast abweisend — als ob Huysman sagen wollte: *ImaginAction ist ein seriöses Unternehmen.*

Vielleicht ließ die Kritik Huysman nicht so kalt, wie er vorgab.

Straker öffnete die Tür und betrat das Büro. Eine zierliche brünette Sekretärin saß hinter einem durchscheinenden Schreibtisch und tippte auf dem Keyboard eines Textverarbeitungsgeräts. Als sie lächelte, pausierten ihre Finger wie ein kleines, einen Befehl erwartendes Tier. »Mr. Straker?«

»Hm, ja.« Er lächelte nur so stark, wie es nötig war.

»Mr. Huysman erwartet Sie bereits. Bitte treten Sie gleich ein.«

»Danke.« Er bewegte sich zur Tür hinter ihr, dann zögerte er. Er war ihr nahe genug, um ihr Erdbeerparfüm zu riechen, als sie sich umdrehte. »Mr. Straker?«

»Ja?«

»Ihre Organisation ... das ist doch die Gesellschaft für intim-investigative Therapien?«

»Ja.«

»Äh, was *ist* das? Intim-investigative ... äh ... Therapie, meine ich?«

»Psychologische Detektivarbeit. Wir dringen in das Leben der Leute ein, um herauszufinden, was sie bedrückt. Unsere Theorie besagt, daß man sich auf das Leben eines Menschen einlassen muß, um echtes Verständnis zu entwickeln, um ihm wirklich zu helfen. Sie machen einen mehr als bloß neugierigen Eindruck. Brauchen Sie Hilfe bei ...«

»Nein, Nein!« Sie blickte zu Huysmans Privatbüro. »Ich mache mir Sorgen wegen Reg ... wegen Mr. Huysman.« Sie lächelte einfältig. »Ich glaube, ich hege eine Art von mütterlichem Interesse für seine Gefühle. Es ging ihm nicht gut in letzter Zeit. Ich hoffe nur, Sie können ihm helfen. Er hat schon alles mögliche versucht.«

»Was ist Ihnen aufgefallen, das ...?«

In diesem Moment öffnete sich die Mattglastür zum hinteren Büro. Straker erkannte Huysman sofort. Er war ein hochgewachsener Mann, einen Kopf größer als Straker. Seine Gewichtheberfigur fing an, um die Hüften herum schwammig zu werden, und um den Hals herum begann die Haut zu erschlaffen. Sein Gesicht war gerötet — bis vor kurzem hatte er den größten Teil seiner Freizeit draußen verbracht, beim Klettern, Surfen und beim Gewichtheben in seinem ausgedehnten, parkähnlichen Garten. Er trug Armeesachen, ein khakifarbenes Hemd und Kampfstiefel. Seine blauen Augen blitzten auf, als sie auf Straker hinuntersahen.

Straker — klein und schmal und dunkel, mit einem leicht slawischen Gesicht — war Huysmans körperliches Gegenteil. Und es gab noch einen anderen Gegensatz: Huysman hatte vor irgend etwas Angst; seine Unsicherheit schimmerte durch seinen gutmütig-derben Gesichtsausdruck und seine bullige Figur hindurch, während er schweigend, irgendwie herausfordernd, seinen Besucher musterte. Was Straker anging, so machte er einen gelassenen, zuversichtlichen und lockeren Eindruck.

Huysman machte eine schroffe Geste mit der Hand, und Straker folgte ihm in das hintere Büro.

Vor einem polarisierten Bildfenster stand ein Mahagonischreibtisch mit einer polierten Ledereinlage; an seinen Seiten standen große Sessel. Es gab ein paar Bücher, einige Photos von Huysman zusammen mit verschiedenen Videostars und einen Kamin, der nie benutzt worden war. Es war ein Büro, um Leute darin zu empfangen; es war zu makellos für richtiges Arbeiten. Ein kleines Videogerät war neben einem niedrigen Ledersofa aufgestellt worden; Straker hatte darum gebeten.

Straker nahm schweigend auf dem Sofa Platz. Huysman setzte sich steif auf die Ecke seines Schreibtischs, Straker gegenüber, aber ohne ihn anzusehen.

Straker holte eine handtellergroße Videokassette aus der Innentasche seines dreiteiligen Anzugs. Der Anzug war im Stil der dreißiger Jahre, mit braunen und schwarzen Nadelstreifen — etwas, das Fred Astaire bei einer Verabredung mit Ginger Rogers getragen haben könnte.

Straker schob das Band in das Videogerät und beobachtete, wie sich der kleine rechteckige Bildschirm aufstellte. Er überflog die erste Seite einer Aktennotiz über

Reginald Granger Huysman; seine Körperhaltung war entspannt, freundlich, ohne übertrieben nachlässig zu wirken. »Im Moment leiden Sie, wenn ich richtig informiert bin, an Halluzinationen, nicht wahr?« sagte er.

Huysman runzelte die Stirn, bewegte ruckhaft die Hände, als wehrte er eine Unterstellung ab. »Wohl kaum. Keine Halluzinationen. Halluzinationen sind etwas völlig anderes. So verschieden davon wie ein Schnappschuß verglichen mit einem Fernsehbild. Das hier ... Ich hab mit Drogen rumgespielt, und ich hab meinen Teil an Halluzinationen abbekommen. Das ist eine vollkommen neue Erfahrung für mich ... Äh, Sie *sind* doch Straker?«

»Das bin ich.« Straker lächelte beinahe demütig.

»Nun, diese ... Ich nenne sie für mich Visionen. Oder ... sie sind anders als alles andere. Einzigartig.«

»Jeder hält sich gerne für einzigartig.«

»Also, okay, vielleicht ist es nicht einzigartig — weil es wie ein Traum ist. Es ist hypnagogisch, glaube ich. Oder eidetisch. Bilder. Ich sehe sie am deutlichsten mit geschlossenen Augen. Es ist wie ein Wachtraum. Aber kompakter als eine Halluzination. Es ist ...« — er lächelte beinahe — »es ist filmisch.«

»Und es ist etwas, das sie unbedingt loswerden wollen?«

Huysman zögerte. Wahrscheinlich, überlegte Huysman, mochte er seine Angst nicht zugeben, die er davor empfand — oder vor etwas anderem. »Offenbar ja«, sagte er schließlich abwehrend.

»Können Sie es hervorrufen, wann immer Sie möchten?«

»Nicht unbedingt. Aber es läßt sich vorhersagen. Es kommt, wenn ich an bestimmte Dinge denke. Manchmal kommt es von selbst. Ich wünschte, es würde *nachts* kommen. Aber das tut es nicht. Nur wenn ich wach bin, bis jetzt.«

»Dann denken Sie also an bestimmte Dinge, und das löst es aus?«

»Nicht ganz so ... ah ... automatisch. — Ich ... ah ... für gewöhnlich ist es eine Folge von ... nun ...«

»Sagen Sie es mir, bitte. Gehen Sie die Serie der Assoziationen durch, die diese ... ah ... Vision auslösen. Wenn die Vision auftritt, beschreiben Sie sie mir.«

Huysman begann zu erzählen. Während er das tat, machte Straker sich über das Keyboard des Videogeräts Notizen; die Kopie würde zu Huysmans Bericht hinzugefügt werden.

»Fast unwillkürlich fange ich an, mich an die Frauen in meinem Leben zu erinnern. Zum Beispiel an Jenny Quinlan — das war vor zwanzig Jahren in Las Vegas. Ich führte damals bei einer Reihe von Varieté-Shows für die NBC Regie. Sie war eine Tänzerin in der Show. Ich war dreiundzwanzig. Der Goldjunge vom Fernsehen. Das Wunderkind. Alle wollten mich engagieren.« Huysmans Stimme klang bitter. Er schien sein Mißtrauen gegenüber Straker vergessen zu haben, er schloß die Augen und fuhr fort. »Zunächst waren Jenny und ich vollkommen ineinander vernarrt. Sie war mir heftig verfallen, aber ich bekam sie innerhalb eines Monats satt. Ich ließ sie weiter vom Heiraten reden, dann ließ ich sie fallen — brach nach Europa auf und sagte, ich würde von mir hörenlassen, was ich nie tat. Sie schrieb mir zwölf Briefe. Ich beantwortete keinen einzigen. Verletzte sie tief. Das Jahr darauf war da eine Drehbuchautorin, Lola Cassavetes. Ich verführte sie. Wir amüsierten uns. Ich ließ sie fallen. Da waren noch zwei weitere. Als ich schließlich begriff, stieß mich das Muster darin ab, deshalb heiratete ich Sandy. Wir sind immer noch verheiratet. Schon elf Jahre lang. Und ich tat es, um mir etwas zu beweisen, nicht weil ich sie liebte. Nicht weil ... Scheiße ...«

Nicht weil ... Scheiße ... erschien auf dem kleinen Bildschirm und wurde auf die Kassette überspielt.

Huysman redete weiter. »Sandy saugt Liebe auf wie ein Schwamm. Sie braucht Zuneigung, sie braucht jemanden, der die Rolle des Ehemanns vorwärts und rückwärts spielt. Ich spielte sie acht Jahre lang. Und dann hielt ich es nicht mehr länger aus ... Ich fühle mich erstickt, eingezwängt, aber ich kann mich nicht von ihr scheiden lassen. Die Firma läuft auf ihren Namen, und sie würde sich niemals dazu einverstanden erklären, sie auf mich zu übertragen. Sie würde Alimente aus mir herauspressen; mich irgendwie ruinieren. Verdammt, durch die Heirat mit ihr bin ich in die Produktion der Kabel-Dramen reingerutscht — ihrem Vater gehört die größte Kabelgesellschaft der Vereinigten Staaten.

Deshalb denke ich also über Jenny und Lola und Elaine und Gemini und Sandra nach, und dann kommt es über mich. Hören Sie, sind Sie jemals über eine Brücke gegangen und haben Sie, ohne jeden Grund, den Zwang verspürt, hinunterzuspringen? Oder über das Balkongeländer eines hohen Gebäudes geschaut und den Impuls bekommen, sich einfach hinabzustürzen? Ich meine nicht den Drang, sich aus einer Depression heraus umzubringen. Wovon ich spreche, das passiert auch den glücklichsten Menschen. Es ist ein flüchtiger Zwang. Ein momentaner Impuls. Vielleicht sehen sich die Leute deshalb Horrorfilme an. Man ... *schwelgt* irgendwie in einem Angriff auf einen selbst, aus keinem anderen Grund als aus reiner verdammter Perversion. Nun, dieser Wachtraum von mir sieht so aus ...

Ich führe irgendwo Regie, als die Welt um mich herum plötzlich verschwindet. Statt dessen befinde ich mich in einem kleinen Zimmer — der Raum ist verschwommen, trotzdem fühle ich feste Wände — und Metallträger an der Decke. Es liegt eine Art von Spannung in der Luft, als bliese mir jemand mit einer Hundepfeife ins Ohr. Ich gehe an einer der Wände entlang, wobei ich ihr das Profil zuwende, und eine Art Schatten legt sich über mich. Ich fahre herum, mit dem Rücken zur Wand, und alles passiert in Zeitlupe ... wie in einem meiner Kabel-Dramen, wenn wir die Dinge verlangsamen, unnatürlich verlangsamen, um die Handlung zu betonen, die

Reinheit der Gewalt zu verstärken. Wenn ich mich nach der Ursache des Schattens umwende, sehe ich eine Pistole, die jemand in der Hand hält. Ich kann nicht erkennen, wer es ist, denn aus der Pistole kommt ein Blitz. Es ist eine große Pistole, eine .357 Magnum. Da ist ein Dröhnen ... aber in dem Augenblick, da ich das Krachen der losgehenden Pistole höre, pralle ich bereits von der Wand ab, und mein Bauch platzt auf von der Wucht des Einschusses. Die Gewalt des Schusses schleudert mich gegen die Wand, und ich pralle davon ab. An mir hinunterblickend, sehe ich meinen Körper in der Mitte nach außen explodieren — ein Sprühregen von Blut und Eingeweiden. Diese Magnums, die schneiden einen mit einem Schuß praktisch in zwei Hälften. Ich empfinde noch keinen Schmerz, und ich beginne nach vorne zu fallen, die Hände auf meinen Bauch gepreßt, als die Pistole — *Flash!* — wieder losgeht. Der Schütze steht nur zwei Meter von mir entfernt — *Flash!* — dreimal, *Wumm, Wumm, Wumm!* Ich werde drei weitere Male gegen die Wand geschleudert. Ich kann die Betonsplitter von der Wand hinter mir fühlen, die davonfliegen, als die Kugeln durch mich hindurchgehen und in sie einschlagen. Und jetzt kommt das, was mir Angst macht, Straker ...«

Huysman machte eine Pause, um Straker einen Blick zuzuwerfen; er schien enttäuscht, daß diese Geschichte wenig sichtbare Wirkung erzielt hatte. Er fuhr fort. »Was mir unter die Haut geht, wenn ich hinterher drüber nachdenke, ist folgendes: *Es geht mir einer ab*, wenn die Kugeln durch mich hindurchfliegen.

Und wissen Sie noch was, Straker — bei diesem ganzen verfluchten Traum, wenn's denn einer ist, wird Regie geführt. Filmisch, nach Fernsehmanier. Ich sehe die Angelegenheit aus verschiedenen Blickwinkeln: mit Nahaufnahmen, Umkehrungen, Zooms, Schnitten; alles hübsch bearbeitet, um ein umfassendes Bild des Vorgangs zu geben — nur der Revolverheld bleibt ausgespart. Tolliver fuhr voll darauf ab. Er meinte ...«

»Tolliver?« unterbrach Straker. »Wer ist Tolliver?«

»Ein Psychoanalytiker. Er versuchte mir zu helfen. Hat nichts gebracht. Er versuchte es zuerst mit der Homosexuellen-Masche. Sie wissen schon, die Sublimierung des Wunsches, penetriert zu werden. Dann hob er darauf ab, daß ich bei den blutigsten Fernsehfilmen auf dem Markt Regie führte. Er meinte, die Tatsache, daß ich die Action-Szenen selbst schriebe, wäre der Auslöser für die ganze Geschichte. Behauptet, ich würde mich schuldig fühlen, weil die sogenannte Gewalt im Fernsehen zu der Jugendkriminalität beitrüge, bla, bla, bla. Aber, he, ich sage doch schon seit Jahren, daß ich der Öffentlichkeit nur das gebe, wonach sie verlangt, und ich habe aus den Gewaltstreifen eine große Kunstform gemacht. Ich bestehe immer noch darauf, daß dies die Wahrheit ist. Ich *glaube* es.«

Straker sagte höflicherweise nichts.

»Tolliver«, redete Huysman weiter, »ist ein Haufen Scheiße. Was meinen *Sie*?«

Straker zuckte die Achseln. »Ich bin mir noch nicht sicher. Ich muß mehr Zeit mit Ihnen verbringen. Vielleicht, wenn ich Sie zu Hause beobachte ...«

»Zu Hause?«

»Haben Sie denn nicht unser Einführungsmaterial gelesen? So arbeiten wir nun mal. Ich ziehe bei Ihnen ein. Das ist der einzige Weg, um zum Kern der Sache vorzudringen. Nach einer Weile werden Sie mich gar nicht mehr bemerken. Sie haben für die Behandlung bereits bezahlt, Mr. Huysman. Sie ist kostspielig, und wir erstatten kein Geld zurück.« Straker lächelte entschuldigend.

»Das gefällt mir nicht. Mit Sandra ist es schon schlimm genug ... aber, nun gut ... okay. Diese Geschichte beeinträchtigt meine Arbeit. Das muß aufhören. Es schleicht sich sogar in meine Filme ein ...«

Huysman war sichtlich mitgenommen. Er ging zu einem Wandschrank, öffnete ihn und drückte einen Schalter. Aus einem Schlitz in der Wand erschien ein tadelloser Whisky in einem verschweißten Plastikglas. Während er daran nippte, mit dem Rücken zu Straker, sagte Huysman: »Nehmen Sie Ihre Kassette heraus und drücken Sie den roten Knopf. Er ist vorprogrammiert.«

Straker erkannte den Film wieder; er hatte seiner Tochter am Vorabend verboten, ihn sich anzusehen. Er hieß *Die Cop-Jäger* ... Drei schwarze Sedans, die einem Polizeiwagen folgen. Die Sedans verfolgen ihn in einer Zehnminutenjagd durch eine Gegend voller Lagerhäuser und bis in die Vorstadt. An einer verlassenen Baustelle schneiden sie ihm den Weg ab. Der Streifenwagen kippt um. Der Polizist steigt aus, zerschrammt, aber sonst unversehrt, und rennt weg. Die sechs Männer in den Sedans steigen aus ihren Wagen und nehmen zu Fuß die Verfolgung auf. Sie stellen den Cop in einer halbfertigen, dachlosen Garage. Sie arbeiten sich zu ihm vor, er versucht wegzulaufen, sie stoßen ihn zurück, er stürzt, sie lachen, er kommt auf die Füße, greift nach seiner Pistole ... jemand schießt ihm aus etwa zwei Meter Entfernung mit einer .357 Magnum in den Magen. Die Details sind schauderhaft, in leuchtenden Farben ... vom Einschlag der großkalibrigen Kugel explodierende Eingeweide, hervorspritzendes Blut, der Cop prallt von der Wand ab, beginnt nach vorne zu fallen, drei weitere Schüsse werfen ihn zurück, jeder Einschuß in makellosen, kompletten Details. Straker mußte wegschauen. Aber erst, als er die Parallelen gesehen hatte.

Huysman stand neben Straker und beobachtete teilnahmslos die choreographierte Schlachterei auf dem Bildschirm. »Leute, die es nicht besser wissen, behaupten, daß sich meine Filme alle mehr oder minder glichen. Aber keine zwei Schußwechsel sind gleich. Und wenn wir zeigen, wie irgendwelche Köpfe von einem Vorschlaghammer eingeschlagen werden, dann tun wir *das* genauso unverwechselbar. Keine zwei Szenen gleichen sich ganz, auch wenn es eine Menge Ähnlichkeiten gibt. Und ich kann Ihnen sagen, daß *dies* hier fast exakt wie in meinem Traum ist — wenn es ein Traum ist —, aber daß es gedreht wurde, nachdem die Visionen bei mir anfingen.«

»Wie lange schon sehen Sie diese Szene in Ihrem Kopf?«

»Oh ... seit etwa drei Monaten. Sie ist in letzter Zeit intensiver geworden. Schlimmer und schlimmer. Heute ist es schon viermal passiert. Einmal zu Hause, einmal in der Cafeteria des Studios, zweimal im Büro ...«

»Wenn es wieder passiert, während ich bei Ihnen bin, versuchen Sie es mir zu sagen. Versuchen Sie es zu beschreiben, während es passiert.«

»Sie werden's merken, wenn es passiert. Ich werde in die Luft starren, als hätte mich ein Geist in den Arsch gekniffen. Verstörter Blick, weggetreten. Aber ich kann dabei nicht sprechen — he, ich muß ins Studio los.«

»Ich komme mit.«

Huysman blickte finster, dann seufzte er und sagte: »Yeah, okay ... aber gehen Sie mir aus dem Weg.«

»Das ist meine Arbeitsweise«, sagte Straker ruhig.

*   *   *

»Tempo, Tempo, Tempo!« brüllte Huysman. »Richtet sie auf! Ich will, daß das Hinterteil dieser Harley zum gottverdammten Mond zeigt!«

Genügend weit abseits stehend verfolgte Straker, wie Huysmans stämmige Assistenten ein riesiges Motorrad in die Windschutzscheibe eines Sattelschleppers rammten, mit dem sie, Augenblicke zuvor, gegen die Basis einer Felswand gekracht waren. Der Staub war noch dabei, sich abzusetzen, und ein paar handgranatengroße Steine fielen von der Felswand herunter, prallten von der Motorhaube des Lasters ab, wobei sie die Crew der Kameramänner, Toningenieure und Beleuchter knapp verfehlten. Die Spätnachmittagssonne, im schlammdicken Los

Angeles-Smog aufgebläht wie ein vom Hungerödem geschwollener Bauch, warf ein blutiges Licht auf die Auslegerkräne, Hebeplattformen und das Kameragerät, das sich über dem Laster drängte.

»Macht 'ne Nahaufnahme von der Hand auf der Haube von dem Laster! Stellt die Neigung ein — warte, das guck ich mir mal an.« Huysman stieß den verwirrten Kameramann beiseite und kletterte auf die metallene Hebebühne, um durch das Okular auf die künstliche Hand zu schauen, die, am Handgelenk abgetrennt, in einer Blutlache auf der Motorhaube lag. »Bringt 'n bißchen mehr zerbrochenes Glas um die Hand an — he, haust du wohl ab, Henry, du wirfst 'n verdammten Schatten auf die *Hand*! Und du — häh? Also gut, was willst du, Kerl?«

Ein Botenjunge vom Studio stand nervös an der Seite und blinzelte zu Huysman hoch. »Es ist Mr. Drummond, Mr. Huysman. Er schafft es nicht mehr zur Nachmittagsaufnahme.« Die Mitwirkenden und die Crew verstummten, beobachteten erwartungsvoll Huysman, darauf wartend, daß er vor Wut überkochen würde. Drummond war der Star, aber er hatte diese Woche drei Drehtage gefehlt. Wegen Drummond lagen sie hinter dem Drehplan zurück.

»Also Drummond *kommt* heute nicht ...«, sagte Huysman leise, drohend.

Straker beobachtete Huysman — etwas anderes erwartend als einen Wutausbruch. Er wartete darauf, daß Huysman ›wegtreten‹ würde; das war ein Augenblick großer Anspannung für Huysman. Wenn die Vision ein Zusammenbruch unter Streß war, wie Straker vermutete, dann sollte sie jetzt auftreten.

Sie tat es nicht. Statt dessen rief Huysman: »Is in Ordnung, noch einmal machen wir das noch mit, und dann suchen wir uns einen Ersatz und fangen von vorne neu zu drehen an, und seinen Vertrag kann er *fressen*! Bringt das Double her!« Der Lärm und das geschäftige Treiben setzten wieder ein.

Straker beobachtete Huysman und revidierte seine Theorie.

Zwei Stunden später, während einer Drehpause, saßen Huysman und Straker zusammen an einem Tisch in der Cafeteria. Huysman trank Kaffee. Straker Mineralwasser. Straker beobachtete Huysman, ohne daß es danach aussah. Entspannt, andeutungsweise lächelnd, doch niemals herablassend, nahm Straker Huysman seine Befangenheit.

Huysman starrte düster in die teerige Tiefe seiner Tasse und sagte: »Ich weiß nicht, Straker, wenn sie mich ein paar Tage die Woche alleinlassen würde, ich glaube, dann könnte ich es aushalten, etwas Zeit mit ihr zu verbringen.« Er schluckte, hob die Schultern.

»Wieviel Zeit«, fragte Straker beiläufig, »verbringen Sie gewöhnlich mit Ihrer Sekretärin?«

Huysman sah zu ihm auf. »Mit Darla? Wie sind Sie denn da drauf gekommen?«

»Ich habe es heute morgen in Ihrem Gesicht gelesen.«

Huysman nickte abwesend. »Sicher, okay, aber behalten Sie's für sich, in Ordnung?«

Straker lächelte, als wollte er sagen: *Wie können Sie daran zweifeln?*

»Darla weiß, wie sie mich zu nehmen hat, Straker. Sie bittet mich nicht um mehr Zeit. Sie geht nicht mit andern Leuten aus, nur um mich in die Schranken zu verweisen. Wenn sie sich herumtreibt, dann sorgt sie dafür, daß ich nichts davon erfahre, und das kommt nah genug an Treue heran. Sie ist 'n gutes Mädchen. Sie benutzt ihren Einfluß auf mich nicht dazu, um sich Rollen zu verschaffen. Sie will keine Rollen. Allein schon dafür tät ich sie lieben.«

»*Lieben* Sie sie denn?«

Huysman runzelte die Stirn. »Nun ...«

Ein Schatten fiel über den Tisch. Straker blickte auf und sah Sandra Huysman — er erkannte sie von den

Fotos in Huysmans Akte wieder — direkt hinter ihrem Mann stehen.

»Gerade dabei, ihm von Darla zu erzählen, Reggie?« Sie versuchte, ihrer Stimme einen eisigen Klang zu geben, aber sie strömte über von heißen Strömungen der Verletztheit.

Huysman saß erstarrt, auf seine Tasse starrend, das Gesicht leer.

»Was dagegen, wenn ich Platz nehme, Medizinmann?« fragte sie, dabei Straker anblickend.

»Bitte sehr«, erwiderte Straker tonlos.

»Klar weiß ich über sie Bescheid«, murmelte Sandra, Rauch in Huysmans gesenktes Gesicht pustend. »Nicht viel dahinter. Genau wie bei dir, Reggie.« Sie richtete die Revers ihres dunklen Anzugs. Zuviel Make-up gab ihrem Gesicht etwas Clownhaftes; ihr blonder Haarschopf stand in einem nicht überzeugenden Winkel hoch.

»Hör auf damit, mich gegen dich aufbringen zu wollen, Sandra«, sagte Huysman erschöpft.

Sandras gleichgültige Fassade zerbröckelte. Ihre Augen füllten sich mit Tränen.

Huysman sah sie an. Dann durch sie hindurch. Sein Mund öffnete, seine Augen weiteten sich. Er fiel nach hinten von seinem Stuhl und begann sich auf dem Boden zu winden, die Hände um den Bauch verkrampft, und er wimmerte.

Gesichter wandten sich ihm zu, aber niemand stand auf, um ihm zu helfen. Huysmans ›Anfälle‹ hatten sich im Studio herumgesprochen.

Sandra stand über ihm und schrie: »Das funktioniert bei mir nicht, du Bastard! Hör auf, dich wie ein kleines Kind zu benehmen! Du ...« Ihre Stimme löste sich in Schluchzen auf, und sie schleuderte seine Kaffeetasse auf ihn. Die dunkle Flüssigkeit ergoß sich über seinen Bauch wie Blut aus einer Wunde.

* * *

Huysman stand an einem Ort, an dem es dunkel war, bis auf ein scharfes helles Licht in der Mitte der mit Metallträgern versehenen Decke. Er lehnte gegen eine Betonwand. Er schloß die Augen. *Mach, daß es vorbei geht*, flehte er. Die Augen geschlossen, die Augen offen — es machte keinen Unterschied.

Er wandte sich der Gestalt zu, die sich vor dem Lichtschein der Glühbirne abhob. Er blickte hinunter und sah die Pistole in der weichen weißen Hand ... eine große vernickelte .357 Magnum.

* * *

Sandra beugte sich über Huysman und flüsterte ihm ins Ohr, während sich eine Menschenmenge um sie versammelte und darüber diskutierte, was zu tun sei. »Sollen wir einen Krankenwagen rufen?« sagte jemand. »Vielleicht ist es diesmal sein Herz ...«

»Nein, ich bin Arzt«, log Straker. »Ich kümmere mich um ihn.« Er kniete sich hin, um mitzuhören, was Sandra sagte. »*Ich* weiß, wer das ist, der dich im Traum erschießt, Reggie«, murmelte sie. »Ich bin's. Und ich werde dich töten.«

* * *

Die Hand mit der Pistole rückte dieses Mal deutlicher ins Bild.

Er konnte einen Trauring an einem Finger unter dem Sicherungshebel erkennen, einen Ring, den er vor elf Jahren gekauft und bezahlt hatte.

»Sandy ...«, flüsterte er. »Der Schu ...«

Er wurde gegen die Betonwand geschmettert, nach vorne geworfen, wieder zurückgeschleudert von einer weiteren Kugel, und noch einer, und noch einer ... Sein ganzes Wesen wurde von der Körpermitte her nach außen katapultiert, brach aus ihm heraus, verspritzte ...

und dieses Mal fühlte er den Schmerz kommen, fühlte ihn heranrasen wie einen D-Zug ...

* * *

»Ich sehe es jetzt anders, Straker«, sagte Huysman schwerfällig, während er sich im Bett aufzusetzen versuchte. »Es ist eine Vorahnung — genau das ist es.«

»Das bezweifle ich, Huysman. Ich gestehe aber, daß ich ebenfalls ein wenig beunruhigt bin. Ich glaube, Ihre Frau würde Sie gerne glauben machen, daß es eine Vorahnung ist. Sie kennt jetzt Ihre schwache Stelle.«

Huysman rieb sich die Stirn. »Hab gottverdammtes Kopfweh. Holen Sie ... holen Sie mir ... äh ... Beta-Endorphin. Steht im Medizinschrank. Den Flur entlang, dann rechts.«

Straker erhob sich und nickte. »Okay. Aber hören Sie — vielleicht sollten wir Sie trotzdem in ein Krankenhaus bringen. Ich bin mir nicht sicher, ob Ihr Arzt Ihnen einen Gefallen damit getan hat, Sie hierher zu bringen. Er hat recht — es ist ein Nervenzusammenbruch, kein Herzinfarkt oder sowas. Aber ich würde sagen, Sie sollten zur Überwachung in ein Krankenhaus gehen — und ich meine damit keine Nervenheilanstalt.«

»*Warum*, zum Teufel?«

»Weil ich fürchte, mein Freund, daß Sie sich etwas antun könnten. Der Zeitpunkt und der Ablauf Ihrer Visionen hat es mir klargemacht. Sehen Sie, Sie leiden an einem akuten Schuldkomplex den Frauen gegenüber, die Sie verletzt haben. Allen gegenüber. Und was noch schlimmer ist, Sie machen Ihre Frau unglücklich, indem Sie sie ignorieren, selbst jetzt noch. Sie ist immer noch auf Sie fixiert, egal was sie auch sagt. Sie spüren das. Sie spüren, daß Sie sie verletzt haben. Sie bestrafen sich mit dieser intensiven Vision Ihrer eigenen Ermordung. Mehr noch, Ihr Schuldgefühl gegenüber Ihren Geliebten ist mit einem weiteren gärenden Komplex wegen der Fernsehgewalt verknüpft. Niemand kann so oft angegriffen werden, wie Sie es wurden, und davon völlig unberührt bleiben. Die beiden Komplexe verstärkten sich einfach gegenseitig. Sie haben Ihren eigenen Wach-Alptraum inszeniert. Wir können Sie davon abbringen, indem wir sie allmählich mit Ihren Schuldgefühlen konfrontieren — Huysman, hören Sie mir eigentlich zu?« Zum ersten Mal war Strakers Verhalten nachdrücklich, kommandierend.

Huysman zuckte zusammen. Er saß in der Unterwäsche, die Bettdecke zurückgeworfen, den Kopf in den Händen, mit bebenden Schultern. »Ich weiß nicht«, sagte er matt. »Ich kann im Moment nicht nachdenken. Mein Kopf tut mir zu sehr weh. Hab keine Ahnung, wovon Sie reden, Straker. Sie wird mich umbringen. Es ist eine Vorahnung ...«

»Huysman, hören Sie mir zu! Zahlreiche physische Krankheiten werden durch eine Art von psychischem Drang zur Selbstzerstörung hervorgerufen. Eine zelluläre Verzweiflung. Zumal Krebs tritt eher bei emotional gestörten Menschen als bei sonst jemandem auf. Und es gibt eine Krankheit, die Zynophobie genannt wird, die bis zu einem gewissen Ausmaß die *Symptome* von Tollwut hervorbringt und durch die *Angst* hervorgerufen wird, an Tollwut zu erkranken. Das Opfer erkrankt ernstlich, stirbt manchmal sogar durch die pathologische Furcht vor Tollwut, obwohl es überhaupt keine hat. Der Körper reagiert nun mal derart stark auf das Bewußtsein. Hypnotiseure können ihre Versuchspersonen anhalten und aus einer kleinen Schnittwunde bluten lassen, wenn sie in Trance ...«

»Um Himmels *willen*, holen Sie mir die Schmerztabletten!«

»In Ordnung. Aber Sie müssen aufhören zu glauben, diese Vorstellung von Ihrer Ermordung sei real, oder aber Sie werden — vielleicht durch einen Tumor, vielleicht durch einen Herzinfarkt — eine sich selbsterfüllende Prophezeiung ausleben und davon krank werden.«

Straker verließ das Schlafzimmer, eilte den Flur entlang zum Bad, wühlte im Medizinschränkchen. Warum beeile ich mich so? dachte er. Warum hab' ich so große Angst, Huysman allein zu lassen? Er fand die Flasche mit dem Aufdruck BETA-ENDORPHIN und hastete zum Schlafzimmer zurück. Es war leer.

Die Bettdecke war zurückgeschlagen, das Laken noch warm. Das Fläschchen immer noch umklammernd, ging Straker auf den Flur zurück und rief unsicher: »Huysman?«

Er hörte ein Geräusch aus der Richtung der Garage.

Sie war leer bis auf eine rostige Hantel, eine Benzinkanne, eine Werkbank mit einigen Bohrmaschinen, auf denen sich Staub abgesetzt hatte — und Mr. und Mrs. Huysman.

»So ist's recht«, sagte Sandra gerade, »stell dich an die Wand, du Arschloch. Jetzt dreh mir das Gesicht zu ...«

Zitternd, weiß, die Kinnlade schlaff herunterhängend, gehorchte ihr Huysman.

Sie trug den gleichen dunklen Anzug. In der rechten Hand hielt sie einen großen vernickelten .357 Magnum-Revolver.

Das einzige Licht stammte von einer hellen, weißen Glühbirne in der Mitte der Garage, genau hinter ihrem Kopf.

Sie hob den Revolver. »Jetzt wirst du die Kugeln gleich *fühlen*, Reggie«, sagte sie fast liebevoll.

Straker begann auf sie zuzulaufen, öffnete den Mund, um Huysman etwas zuzuschreien.

Sie drückte den Abzug. Huysman kreischte. Sie drückte den Abzug noch drei weitere Male, und er brach in einer Woge von Blut zusammen.

Das Blut aus seinem aufgeplatzten Bauch ergoß sich auf Mrs. Huysmans Hose. Sie stand da, mit dem Revolver in der schlaffen rechten Hand, neben ihrer Hüfte hängend, und blickte starr auf ihn hinunter, während ein rätselhaftes Lächeln um ihre Lippen spielte.

Straker nahm ihr die Waffe aus der Hand. Er zitterte ebenfalls. *So durcheinander, daß ich die Schüsse nicht gehört habe?* Er sah Huysman an.

Huysman war ziemlich tot, auf dem staubigen Boden ausgestreckt, den Kopf gegen die Betonwand gelehnt. Seine Augen standen offen, auf den Punkt fixiert, wo sich der Revolver befunden hatte, als sie den Abzug gedrückt hatte. Sein Bauch war aufgerissen. Von innen her.

Straker klappte das Magazin heraus. Nichts ... keine Patronen, keine Hülsen.

Leer.

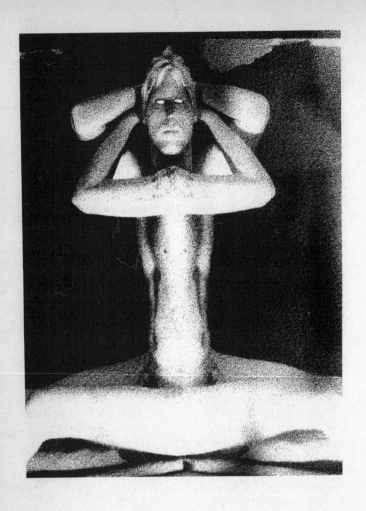

Gleichgewicht

ER KENNT MICH NICHT, aber ich kenne ihn. Er hat mich nie gesehen, aber ich weiß, daß er seit sechs Monaten impotent ist, sich nicht rasieren kann, ohne gleichzeitig die Fernsehnachrichten zu hören, und sich während der nachmittäglichen Kaffeepause Bourbon in den Kaffee schüttet. Und daß er stolz auf sich ist, weil er mit dem Bourbon bis zum Nachmittag wartet.

Seine Frau kennt mich nicht, hat mich nie gesehen, doch ich weiß, daß sie ihren Ehemann als etwas ansieht, »womit man sich abfinden muß, wie mit seiner Periode«; ich weiß, daß sie ihre Kinder blindlings liebt, sie jedoch ebenso blind durch jede falsche Wendung ihres Lebens zerrt. Ich kenne die Namen und Adressen aller ihrer Verwandten und was sie mit der Fotografie ihres Bruders Charly macht, wenn sie sich im Bad einschließt. Sie weiß nichts über meine Familie (womit ich nicht sagen will, daß ich eine habe), aber ich kenne die Geburtstage und Hobbys und Spielgefährten ihrer Kinder. Die Familie des Marvin Ezra Hobbes. In Nebenrollen: Lana Louise Hobbes als seine Frau und erstmals Bobby Hobbes und Robin Hobbes als ihre beiden Söhne. Spielt die Titelmusik.

Ich kenne Robin Hobbes, und er kennt mich. Robin und ich waren zusammen in Guatemala stationiert. Wir waren angeblich wegen einer ›Übung‹ dort, aber wir halfen bei der Ausbildung der Contras. Es war vor ein paar Jahren. Die CIA hätte es nicht besonders gern, wenn ich über die Details sprechen würde.

Ich bin nicht die Art Mensch, über die man nach Hause schreibt. Aber Robin hat mir eine Menge erzählt und mir sogar einen Brief anvertraut. Ich sollte ihn seiner Familie persönlich übergeben (nein, ich hatte niemals eine Familie ... wirklich ... ich hatte wirklich keine ...), für den Fall, daß ihm etwas ›zustoßen‹ sollte. Robin sagte immer, daß er sich nicht beklagen würde, wenn es sich am Ende nur ›ausgleichen‹ würde. Wenn ein Sandinist Robins Schwanz wegschießt, dann beklagt sich Robin so lange nicht, wie ein Sandinist *seinen* Schwanz wegge-schossen bekommt. Muß nicht einmal der gleiche San-dinist sein. Aber der Krieg war nicht egalitär. Es blieb mir überlassen, das Gleichgewicht für Robin wiederher-zustellen.

Robin wollte sich nicht freiwillig melden. Seine Eltern kamen auf die Idee.

Es hatte seit drei Tagen geregnet, als er mir davon erzählte. Der Regen war wie ein anderer Ort, ein voll-kommen anderer Kontinent, der sich gegenüber dem zu behaupten versuchte, auf dem wir uns befanden. Wir mußten uns einen dritten Ort innerhalb des ersten und des sich mit diesem überlagernden schaffen, mußten uns Blechfolien und Gummidrähte besorgen und sie über dem Zelt befestigen, denn das Zeltmaterial hielt nach ein paar Tagen den Regen nicht mehr ab. Es dampfte dort drinnen. Meine Finger waren von der Feuchtigkeit geschwollen, und ich mußte den kleinen Platinring mit dem Gleichheitszeichen (=) darauf abnehmen. Robin hatte einen ganzen Tag lang nichts gesagt, aber dann fing er einfach zu reden an, seine Stimme kam aus dem Dröhnen des Regens hervor, fast der gleiche Ton, beinah so, als würde sie durch ihn hervorgerufen. »Sie sind dabei, mit der Einberufung anzufangen, in allem Ernst‹, sagte mein Dad. ›Du bist grad im richtigen Alter. Sie ho-len dich bestimmt. Was du machen kannst, ist, meld dich jetzt. Dann kannst du dir deine eigene Fahrkarte aus-stellen. Besprich's mit dem Rekrutierungsoffizier.‹ Mein Dad wollte mich aus dem Haus haben. Er wollte sich ein neues Auto kaufen, und er konnte es sich nicht leisten, weil er uns alle unterstützen mußte, und ich war nur ein weiterer Zusatzposten. Genau das belebte meinen Dad, gab ihm das Gefühl, daß das Leben ein Ziel hatte und wert zu leben war: ein neues Auto, alle paar Jahre. Geben Sie ihr altes in Zahlung. Machen Sie total neue Schulden ... Meine Mom hatte ebenfalls Angst, ich könnte eingezogen werden. Ich hatte einen Onkel bei den Marines, spielte sich gern als große Nummer auf mit seinem angeblichen Insiderwissen; er schrieb uns, das Verteidigungsministerium bereite sich auf einen Krieg vor, es plane eine Invasion in Nicaragua und würde zunächst ein paar Übungen in der Gegend abhalten ... Deshalb dachten wir, der Krieg stünde wirklich bevor. Glaubten, wir hätten Insiderinformationen. Meine Mom wollte, daß ich mich freiwillig meldete, um mein Leben zu retten, sagte sie. Damit ich mir aussuchen konnte, an einen harmloseren Ort zu gehen, zum Beispiel nach Europa. Aber die Wahrheit ist, sie war immer schon heiß auf Soldaten. Mein Onkel Charly hing häufig in seinem großen Dienstanzug bei uns rum. Sah aus wie ein Zuchthengst. Sie war die einzige Frau, die ich jemals gekannt habe, die Kriegsfilme mochte. Bei den Actionszenen paßte sie nicht auf; blutrünstig war sie jedenfalls nicht. Sie sah es gern, wenn sie mit ihren Streifen und ihren Tressen wie aus dem Ei gepellt herumliefen und marschierten, die Gewehre geschultert ... Und so bekam sie richtig glänzende Augen, als Dad vorschlug, ich sollte mich für die Army melden, und sie verteidigte mich nicht, als er anfing, mir Schuldgefühle einzureden, weil ich keinen Job bekam, und zwei Wochen später war ich angeworben, und die Schweine logen mich an über den Einsatzort, und Scheiße, jetzt bin ich hier, genau hier. Und es regnet. Es regnet, o Mann!«

»Yeah«, sagte ich. »Wär nett, wenn's nicht regnen tät. Aber dann bekämen wir zuviel Sonne ab oder so. Muß sich irgendwie ausgleichen.«

»Du gehst mir auf den Geist mit deinem Ausgleich-Gerede. Ich will, daß es zu regnen aufhört.«

Und das tat es. Am nächsten Tag. Gleichzeitig begannen die Sandinisten das Camp mit Granaten zu beschießen. Als hätten die Granaten oben auf den Wolken gewartet, und als sie die Wolken beiseite zogen, ging die Falltür auf, die Granaten fielen gleich bündelweise hindurch ...

* * *

Gleich nachdem Robin etwas ›zugestoßen‹ war, verbrannte ich den Brief, den er mir gegeben hatte. Dann wurde ich zur Verwaltungseinheit der Vierten Armee versetzt. Ich bin der tiefen und intuitiven Überzeugung, daß die Versetzung kein Zufall war. Sie brachte mich in eine ideale Position, die Wiederherstellung des Gleichgewichts einzuleiten, und war demnach auf das Wirken der Schlichter zurückzuführen. Denn bei der Vierten Verwaltungseinheit war ich für die Weiterleitung von Nachrichten an die Familie der Verwundeten und Getöteten verantwortlich. Ich stieß auf Robin Hobbes Bericht und vernichtete ihn sofort. Seine Eltern wußten so lange nichts, bis ich meinen kleinen Spaß durchzog. Ich mag Späße. Späße sind immer wahr, selbst dann, wenn sie dreckige Lügen sind.

Ich frisierte die Papiere so, daß Robin Hobbes, zwanzig Jahre alt, in ein bestimmtes Sanatorium geschickt würde, wo ein Freund von mir Medizintechniker war und zwei Tage die Woche die Neuaufnahmen bearbeitete. Die restliche Zeit über ist er das, was man einen *Wärter* nennt. Ein Psytech. Mein Freund am Sanatorium liebt die Wahrheit. Er liebt es, sie zu sehen, sie zu riechen, besonders wenn sie ihn würgen läßt. Den Job am Sanatorium mit den achtzehnjährigen Autisten, die sich die Köpfe blutig schlagen, wenn man sie nicht anbindet, und mit den älteren Männern, die gewickelt und geschaukelt werden müssen wie Babys, und mit den Kindern, deren Gesichter in Schutzmasken stecken, um sie daran zu hindern, die Tapeten zu essen und sich die Lippen und Nasen abzureißen — diesen Job nahm er an, weil es ihm dort *gefällt*. Er nahm ihn an, weil er Späße mag.

Und er kümmerte sich für mich gut um Robin Hobbes, bis die Zeit gekommen war. Ich bin gezwungen, hier eine Nebenbemerkung zu machen und meinem anonymen Freund meinen wohlverdienten und ernsthaften Dank auszusprechen, für seine enorme Geduld, mit der er Robin Hobbes zweimal täglich mit dem Löffel fütterte, jede Nacht seine Bettpfanne wechselte und die ganzen sechs Monate seines Aufenthalts hindurch einmal wöchentlich badete. Er mußte dies persönlich tun, da sich Robin dort illegal aufhielt, und er mußte in dem alten Seitenflügel versteckt werden, der nicht mehr benutzt wird.

In der Zwischenzeit beobachtete ich die Familie Hobbes.

Sie haben einen dieser neuen anatomisch geformten Wagen. Die sind gerade in. Marvin Robin hat seinen neuen Wagen bekommen. Die schlanke, fleischfarbene Karosserie aus Fiberglas ist so geformt, daß ihren Flanken die Gestalt einer nackten, flach auf dem Bauch liegenden Frau aufgeprägt ist, welche die Arme mit der ins Wasser eintauchenden Bewegung eines Cannon-Strandmädchens nach vorn geworfen hat. Die Türen befinden sich in ihren Rippen, der Kofferraum öffnet sich von ihrem Hinterteil. Natürlich ist sie auf lächerliche Weise disproportioniert. Das ganze Ding ist wüster Kitsch. Es brachte Mrs. Hobbes richtig in Verlegenheit. Und Hobbes hat sich deswegen erheblich verschuldet, weil er mit seinem ersten körperförmigen Wagen einen Totalschaden gebaut hat. Rammte seinen Sissy Spacek-Buick in einen Joe Namath-Pickup. Joes und Sissys Arme, die sich dabei verheddert hatten, als ihre Vorderstoßstangen ineinander krachten, waren liebevoll verschlungen.

Hobbes nahm den Verlust hin und kaufte sich eine Miss America. Mrs. Hobbes Verlegenheit ist ihm gleichgültig. Die besonders verurteilende Art und Weise, mit der sie das Wort ›geschmacklos‹ gebraucht, ebenso.

Mr. Hobbes macht selten von sich aus einen Spaß. Einen privaten Spaß. Aber ich wußte Bescheid. Mr. Hobbes hatte keine Ahnung davon, daß ich zusah, als er den Damenrasierer seiner Frau versteckte. Er wußte, daß sie ihn an diesem Abend brauchen würde, weil sie zu einer Party eingeladen waren, und vor einer Party rasierte sie sich immer die Beine. Mrs. Hobbes sang ein kurzes, unmelodisches Liedchen, während sie systematisch nach dem Rasierer suchte, sich vorbeugte, um in die Schubladen und Schränke des Hauses zu schauen, ebenso wie *hinter* die Schubladen und Schränke, und in alle geheimen Ecken und Winkel zu spähen, von denen man leicht vergißt, daß es sie in einem Haus überhaupt gibt; ihre Suche war so gründlich, daß sie mir schließlich als Ausdruck von Besessenheit erschien. Ich empfand dabei eine Art von Wärme: ich weiß das zu schätzen ... Gründlichkeit.

Einmal pro Woche machte er das mit ihr. Vorübergehend versteckte er ihren Vergrößerungsspiegel, ihr Kosmetiktäschen. Dann gab er vor, es zu finden. »Wo es jeder Idiot sehen kann.«

Bobby Hobbes, Robins jüngerer Bruder, wußte nichts davon, daß sein Vater sein geheimes Versteck der *Streamline*-Kondome mit Rallyestreifen kannte. Vater Hobbes hielt sich für besonders clever, weil er davon wußte. Aber er wußte nichts von mir.

Marvin Hobbes versteckte also die Kondome seines Sohnes und gab aus den Nebenhöhlen Knackgeräusche unterdrückten Gelächters von sich, während der Junge mit roten Ohren fieberhaft suchte und zum zweiten Mal seinen Schrank und die Schubladen überprüfte.

Hobbes schlenderte unschuldig herein und fragte: »He, du machst dich besser auf die Socken, wenn du die Verabredung einhalten willst, oder? Wonach suchste denn überhaupt? Kann ich dir helfen?«

»Oh ... äh ... nein danke, Dad. Nur ein paar ... Socken. Hab sie verlegt.«

Während die Monate verstrichen und sich Hobbes Niedergeschlagenheit wegen seiner Impotenz verschlimmerte, wurden seine Anfälle handgreiflicher Scherze häufiger, bis sie ihm keinen Spaß mehr machten, er die Streiche aber weiter vollführte, wie er es mit irgendeiner zur Gewohnheit gewordenen Hausarbeit getan hätte. Den Müll raustragen, den Rasen schneiden, Lanas Rasierer verstecken, den Hund füttern.

Ich beobachtete, wie Hobbes, getrieben von einer undeutlichen Verzweiflung, sich seinen Lieben anzuvertrauen versuchte. Er saß mit ihnen in symmetrischer Anordnung (relativ zu ihm) im piekfeinen Wohnzimmer; seine Frau dreißig Grad zu seiner Linken, sein jüngster Sohn dreißig Grad zu seiner Rechten. Dann erzählte er ein persönliches Kindheitserlebnis als eine Art von Parabel, welche seine Hoffnungen und Träume beschrieb, die er für seine kleine Familie hegte.

»Als ich ein kleiner Junge war, gruben wir uns immer Gänge durch das Gestrüpp. Die wilden Brombeersträucher rund um unsere Farm waren sehr dicht. Es dauerte Stunden, bis man sich mit den Gartenscheren einen Meter weit vorgekämpft hatte. Aber nach wochenlanger geduldiger Arbeit hatten wir ein System von primitiven Tunneln durch den halben Acker voller Brombeersträucher geschnippelt. Auf diese Weise lernten wir, wie man die Welt als Ganzes meistert. Wir krochen in aller Behaglichkeit durch die grünen Tunnel, wobei wir wußten, daß uns die Dornen in Fetzen reißen würden, wenn wir uns aufrichteten.«

Er machte eine Pause und saugte mehrere Male lautstark an seiner Pfeife. Sie war vor zehn Minuten ausgegangen. Er starrte zum Kamin hinüber, der nicht brannte.

Schließlich fragte er seine Frau: »Verstehst du?« Es klang beinahe winselnd.

Sie schüttelte bedauernd den Kopf. Verärgert, mit vibrierender Kinnlade, glitt Hobbes auf den Boden, wobei er murmelte, er habe seinen Tabaksbeutel verloren, und suchte nach ihm unter dem Kaffeetischchen, unter dem Sofa. Sein Sohn lächelte nicht, nicht einmal ganz kurz. Sein Sohn hatte den Tabaksbeutel versteckt. Hobbes krabbelte hektisch über den Teppich und suchte in heller Aufregung nach dem Beutel, wie ein Pudel auf der Suche nach seinem Rohlederknochen. Leise knurrend. Leise vor sich hinknurrend.

Spekulationen darüber, wie ich diese intimen Details aus Hobbes' Familienleben in Erfahrung bringen konnte, werden sich als so fruchtlos erweisen, wie Marvins Versuch, sich seinen Angehörigen gegenüber auszusprechen.

Ich habe meine Methoden. Ich habe meine Techniken von anderen Schlichtern gelernt.

Wahrscheinlich gehören die Schlichter zu einem verschwiegenen weltweiten Netzwerk freier Agenten, die darauf eingeschworen sind, Zustände zwischenmenschlichen Gleichgewichts herzustellen. Kein Schlichter hat je einen anderen wissentlich getroffen; es ist ihnen unmöglich, sich zu treffen, und sei es zufällig, da sie die gleiche Ladung tragen und sich deshalb gegenseitig abstoßen. Ich bin mir nicht ganz sicher, wie mir die unsichtbaren Schlichter ihre Technik zur Wiederherstellung der Gleichgewichtszustände eigentlich beigebracht haben. Um genau zu sein, ich *bin* mir darüber im klaren, wie sie es angestellt haben — ich kann es bloß nicht ausdrücken.

Ich verfüge über keinen konkreten Beweis, daß es die Schlichter gibt. Schlichter leisten für die Gesellschaft den gleichen Dienst wie Vakuumröhren für Radios und Verstärker. Und die Tatsache, daß Vakuumröhren existieren, ist Beweis genug dafür, daß jemand, irgendwo, über das Wissen verfügt, das zur Herstellung einer Röhre benötigt wird. Die Notwendigkeit selbst ist der Beweis.

Jetzt stellen Sie sich das vor: Stellen Sie sich mich mit einer hohen Stirn, gekrönt von weißem Haar und einem viereckigen schwarzen Doktorhut vor, von dem eine Quaste baumelt. Stellen Sie sich mich mit einem herabhängenden weißen Schnurrbart und klugen blauen Augen vor. Tatsächlich ähnle ich in dieser Vorstellung stark Albert Einstein. Ich trage einen schwarzen Graduiertentalar, und in meiner rechten Hand halte ich einen langen hölzernen Zeigestock.

Ich habe keine hohe Stirn. Ich habe überhaupt kein Haar. Keinen Schnurrbart. Nicht einmal Augenbrauen. Ich habe keine blauen Augen. (Wahrscheinlich hatte Einstein auch keine.) Ich sehe nicht im mindesten wie Einstein aus. Ich besitze keinen Graduiertentalar, und ich habe nie einen Collegekurs abgeschlossen.

Aber stellen Sie sich mich so vor. Ich deute mit meinem offiziellen Zeigestock auf eine Projektionsleinwand. Auf der Leinwand ist das Bild eines jungen Mannes zu sehen, der sich kahlrasiert hat und eine ramponierte Armeeuniform mit einem halb abgerissenen Abzeichen der Verwaltungseinheit auf der rechten Schulter trägt. Der junge Mann wendet der Schmalfilmkamera den Rücken zu. Er spielt ein Video-Tennisspiel. Dies war eins der ersten Videospiele. Jeder Spieler hat einen Knopf, mit dem er einen vertikalen weißen Strich steuert, der den ›Tennisschläger‹ darstellt, jeweils einer auf jeder Seite des Fernsehschirms. Die beiden weißen Striche schlagen auf einem hellgrauen Feld einen weißen Fleck hin und her, den ›Tennisball‹. Mit einer ruckartigen Bewegung des Steuerknopfes, der den Strich/Tennisschläger hoch und runterschnellen läßt, schlägt man den Fleck am anderen elektronischen Racket vorbei und macht einen Punkt. Da und dort gegen die Leinwand stoßend, zeige ich an, daß das Spiel für zwei Personen gedacht ist. Ich nicke weise mit dem Kopf. Aber dieser junge Mann bedient die linke und die rechte Steuerung mit beiden Händen gleichzeitig. (Wenn man genau auf seine Hände schaut, dann sieht man, daß der Zeigefinger der linken Hand fehlt. Der Zeigefinger seiner rechten Hand fehlt ebenfalls.) Als Linkshänder neigte die linke Hand zu Anfang des Spiels dazu, zu gewinnen. Doch er stellt ein perfektes Gleichgewicht zwischen den interaktiven Polen seiner Extremitäten her. Das Spiel ist so konstruiert, daß es ohne Unterbrechung läuft, bis eine der beiden Seiten fünfzehn Punkte erreicht hat. Er trainierte seine Geschicklichkeit, bis er stundenlang gegen sich spielen konnte, einen weißen Flecken mit euphorischer Monotonie durch Rucke aus dem Handgelenk hin- und herbefördernd, während keine von beiden Händen einen Punkt gewann.

Er gewinnt niemals, er verliert niemals, er erreicht vollkommenes Gleichgewicht.

Der Film endet, der Professor blinzelt, der junge Mann war zu keinem Zeitpunkt der Kamera zugewandt.

* * *

Mein Streich war darauf angelegt, ein Gleichgewicht für Robin und seine Familie herzustellen. Ist das Karma? Sind die Schlichter Agenten des Karmas? Nein. So etwas wie Karma gibt es nicht: deshalb sind die Schlichter notwendig. Um die Gleichgültigkeit Gottes zu bemänteln. Wir versuchen es. Aber bei der Herstellung des Gleichgewichts — etwas viel Subtileres als Rache — schaffen wir unausweichlich ein neues Ungleichgewicht, da sich Gerechtigkeit nicht genau quantifizieren läßt. Und das neue Ungleichgewicht bringt eine kontradiktorische Umkehrung hervor, und so dauert der Perfekte und Gedankenlose Tanz des Gleichgewichts fort. Denn wenn es eine Aussage gibt, muß auch irgendwo ihr Widerspruch existieren.

Folglich präsentiere ich den Hobbes meinen Fingerzeig verschlüsselt in einer Umkehrung der gegenwärtigen Situation.

In der Terminologie der Schlichter symbolisiert eine Schlange eine Krake. Die Krake hat acht Beine, die Schlange besitzt keine. Die Krake ist die Anrede, die Schlange ist die Erwiderung; der Tausendfüßler ist die Anrede, der Wurm ist die Antwort.

Und so wählte ich das folgende Dokument, ein authentisches Sendschreiben eines bestimmten zwanghaften Kults, das ich mir unerlaubterweise beschaffte, und schickte es den Hobbes als meinen mit aller Fairness dargebotenen Fingerzeig; die invertierte Vorankündigung:

Mein lieber, lieber Tonto,
Du erinnerst dich, denke ich, an den Perfekten und Heiligen Bund, den ich selbst geschlossen habe, in meiner Eigenschaft als Hoherpriester — die Ehe von R. und D., Mann und Frau in den blinden Augen des ORDEN, sie wurden dazu verpflichtet, einen Weg der Hingabe und Verehrung zu beschreiben, in Übereinstimmung mit ihren Besonderheiten und Neigungen. Ich erteilte ihnen den Rat, gemeinsam die Kunst der Sensuellen Kommunion mit dem Anismus zu praktizieren, und dies taten sie und blieben weiterhin unbefriedigt. Nachdem sie sich bei den somatischen Explorationen, welche die Grundlage des ORDEN sind, ausgezeichnet hatten, wurde es ihnen freigestellt, ihren eigenen Neigungen zu folgen. Dergestalt befreit, entschieden sie sich für den fünften Grad der Wachheit, die Macht der Selbstumwandlung. Sie suchten einen Chirurgen auf, der ihre Körper, für einen unschätzbaren Preis, zu einem verschmolz. So wurden sie zu Siamesischen Zwillingen; die Frau mit seiner rechten Seite verbunden. Sie waren an der Hüfte durch eine untrennbare Brücke aus Fleisch zusammengefügt. Diese Transplantation machte den Geschlechtsverkehr, von äußeren Liebkosungen abgesehen, so gut wie un-

möglich. Das Hindernis, wie wir im ORDEN sagen, ist das Objekt. Aber R. war nicht zufrieden. Normaler ehelicher Beziehungen beraubt, trat R.'s latente Homosexualität offen zu Tage. Er nahm sich männliche Liebhaber, und seine Frau war gezwungen, neben den kopulierenden Männern zu liegen, war gezwungen, alles mitanzusehen, und ihr wurde gesagt, sie solle ruhig sein, außer wenn sie auf Latexkondomen bestand. In dieser Phase erfüllte sie dies zunächst mit Abscheu; aber sie bemerkte, daß sie durch die Fleischbrücke, die sie miteinander verband, die Empfindungen ihres Mannes empfing, anfänglich sehr schwach und dann stärker. Auf diese Weise wurde sie aus zweiter Hand befriedigt, und es kam die Zeit, da sie sich nicht länger sträubte, wenn er sie zu einer homosexuellen Begegnung mitnahm. R.'s Liebhaber akzeptierten ihre Gegenwart, als wäre sie der fleischgewordene Geist der frustrierten weiblichen Person, die der Ursprung ihres inneren Antriebs war. Doch als ihre neue Zufriedenheit hergestellt war, reduzierte sich das Hindernis. Es wurde notwendig, einige neue Hindernisse einzuführen. Zwangsläufig wurde eine weitere Frau zu dem Siamesischen Pärchen hinzugefügt und zwar, um einen Drilling daraus zu machen, auf R.'s rechter Seite. Über einen Zeitraum von mehreren Monaten kamen weitere dazu, nachdem die entsprechenden Bluttest durchgeführt worden waren. Gegenwärtig sind sie mit sechs anderen Personen in einem Ring erlesener siamesischer Multiplizität verbunden. Das Verbindungsstück beschreibt einen Kreis, so daß die erste mit der achten und auf beiden Seiten mit jemand anderem verbunden ist. Es sind vier Männer und vier Frauen, ein buchstäblicher Hochzeitsring. (Ist das eine romantische Geschichte, Tonto?) So wie sie in einem unlösbaren Ring zusammengefügt sind, unternehmen sie große Anstrengungen, um praktische und psychologische Nachteile zu überwinden. Zum Beispiel mußten sie zwei Tage lang üben, bis sie in der Lage waren, kollektiv an Bord von

D.'s Lear Jet zu gehen. Vier, üblicherweise die Frauen, werden in den Armen der anderen getragen; sie betreten das Flugzeug seitlich und machen auf die Stufen aufmerksam. Diese erzwungene Teamarbeit verleiht den meisten alltäglichen Verrichtungen eine neue Perspektive. Der Gang zur Toilette wird zu einer yogahaften Übung, welche die allergrößte Konzentration erfordert. Damit auch nur ein Mann pinkeln kann, müssen die mit ihm Verbundenen einen genau bemessenen Druck aufbauen … Sie wurden chirurgisch so angeordnet, daß jeder Mann mit der Frau ihm gegenüber oder wechselweise mit dem Mann diagonal von ihm kopulieren kann. Homosexuelle Beziehungen sind auf den Beischlaf jeweils eines Paares beschränkt, da sich die Angehörigen des jeweils gleichen Geschlechts diagonal zueinander befinden. Heterosex wird von der Zelle simultan praktiziert. Die Chirurgen haben die Nervenenden durch die Verbindungen weitergeführt, so daß die erogenen Empfindungen des einen von allen geteilt werden. Ich hatte das Privileg, bei einer dieser vollendet durchgeführten akrobatischen Orgien zugegen zu sein. Ich gab einer geheimen Sehnsucht nach, stellte mich nackt in die Mitte des Kreises und machte die Erfahrung einer fleischfarbenen Kolbenbewegung in jeder Kompaßrichtung. Doch das ist unter meiner WÜRDE; nur ein göttlicher Begatter des Hohenpriesters, der Perfekte und Unbeschälte *Silver* darf ihn fleischlich erkennen … Als Achtergruppe kopulierend, erinnern sie an eine rosafarbene Seeanemone, die eine sich schlängelnde Elritze umfangen hält. Oder vielleicht an die verschränkten Finger von Ringern. Oder an einen in einem einzigen Absatz geschriebenen Brief, eine zusammenhängende Einheit … Aber angenommen, zwischen den verknüpften Praktizierenden kommt es zu einem Kampf? Angenommen, einer von ihnen sollte sterben oder krank werden? Wenn sich einer eine Krankheit zuzieht, erkranken schließlich alle daran. Und wenn einer sterben sollte, würden sie den

Leichnam so lange mit sich mitschleppen müssen, wohin sie auch gingen, bis er verwest wäre — die Operation ist unwiderruflich. Aber das ist alles Teil des Göttlichen Plans.

Dein dich liebender
Lone Ranger*

Mrs. Hobbes entdeckte den Brief im Briefkasten und öffnete ihn. Sie las ihn sichtlich beunruhigt durch und brachte ihn ihrem Mann, der im Garten mit den Vorbereitungen zum Grillen von Schweinerippchen beschäftigt war. Er trug eine Schürze mit den aufgedruckten Worten VERGESSEN SIE NICHT, DEN CHEF ZU KÜSSEN. Das Wort VERGESSEN war von einem rostroten Soßenspritzer fast ausgelöscht.

Hobbes las stirnrunzelnd den Brief. »Das gibt's doch wohl nicht«, sagte er. »Diese Scheißpost wird auch immer verrückter. Gottverdammte Pornographie.« Er zündete den Brief an und benutzte ihn, um die Holzkohle zu entzünden.

Dies sehend, lächelte ich erleichtert und sagte leise: »Klick!« Brief für Brief, Ausgleich für die Vernichtung des Briefes, den Robin Hobbes mir in Guatemala gegeben hatte. Wenn Mr. und Mrs. Hobbes die Folgerungen dieses invertierten Fingerzeigs erkannt hätten, wäre ich gezwungen gewesen, Robin aus dem Sanatorium zu entlassen, in die Obhut der Armee.

Als der Tag für meinen Streich gekommen war, ließ ich meinen Freund Robin zu dem Hotelzimmer bringen, das bequemerweise zwei Blocks vom Wohnhaus der Hobbes entfernt lag.

Es wäre eine harmlose Geste, meinen Freund zu be-

---

* Aus Fernsehfilmen und Comics bekannter amerikanischer Westernheld, der sich im Schutz seiner Zorro-Maske zusammen mit seinem Indianerhelfer Tonto und seinem Pferd Silver stets als Beschützer der Bedrängten bewährt. — *Anm. d. Übers.*

schreiben, solange ich nicht seinen Namen preisgebe. Kein tatsächlicher Schlichter, bloß einer im Geiste, ist mein Medizintechniker-Freund untersetzt und breitschultrig. Seine Beine wirken zu dünn für seinen Körper. Das Haar auf seinem kleinen Kopf ist kurzgeschoren, und eine große weiße Narbe, die vom Scheitel bis zur Nasenwurzel verläuft, teilt seinen Schädel. Der Hieb stammt von einem seiner Patienten und wurde ihm in einem unachtsamen Moment versetzt. Mein Freund trägt eine dicke metallgefaßte Brille, die mit einem Gummiband an den Ohren befestigt ist.

Unter Hobbes lautstarken Protesten bereitete ich ihn auf den Streich vor. Um ihn zum Schweigen zu bringen, dachte ich daran, seine Zunge herauszuschneiden. Doch das hätte einen Ausgleich durch irgendeinen das Gleichgewicht wiederherstellenden Vorgang erforderlich gemacht, zu dessen richtiger Vorbereitung mir die Zeit fehlte. Deshalb begnügte ich mich mit Klebeband über seinem Mund. Und natürlich mit diesem anderen Ding, durch ein Loch im Klebeband gesteckt.

Mr. Hobbes war zu Hause, in der Zufahrt stand sein Miss America-Wagen. Die Vorderseite des Wagens war von einem kleineren Unfall in der vorangegangenen Nacht eingedrückt, und ihre Arme waren gewellt, unnatürlich nach innen gebogen, eine silberfarbige Hand vollständig in ihren offenen und zerschmetterten Mund geschoben.

Ein Kichern unterdrückend — ich gebe es offen zu, wir waren wie zwei Zwölfjährige —, brachten mein Freund und ich Robin auf die Veranda und drückten den Klingelknopf. Wir stürzten zum nächstgelegenen Versteck, einer Stechpalme, die in der schwachen Sommerbrise nickte.

Es war kurz nach Sonnenuntergang, halb neun, und Mr. Hobbes war soeben von einem langen Dienstag im Büro zurückgekehrt. Er war schweigsam und mißmutig und bemitleidete seine mißbrauchte Miss America. Zwei

Minuten nach unserem Klingeln öffnete Marvin Hobbes die Vordertür, die Zeitung in der Hand. Mein Freund mußte sich auf die Lippen beißen, um nicht laut aufzulachen. Was mich betraf, so war mir der Humor für den Augenblick vergangen. Es war ein feierlicher Augenblick, von würdevoller und tiefer Resonanz.

Mrs. Hobbes spähte über Marvins Schulter, den elektrischen Rasierapparat in der rechten Hand; Bobby, hinter ihr, starrte über ihren Scheitel hinweg. Gleichzeitig schrie die ganze Familie auf, wobei ihre perfekte zeitliche Abstimmung bewies, das sie alles in allem doch wahre Verwandte waren.

Sie entdeckten Robbie so, wie wir ihn auf der Treppe zurückgelassen hatten, in Babydecken gehüllt, mit Huggies-Wegwerfwindeln gewickelt, einem Schnuller durch das Klebeband über seinem Mund gesteckt, bis zum Hals in Gingham-Stoff steckend (wenn auch einer seiner reizenden Stümpfe daraus hervorsah). Und mit einer Trinkflasche aus Plastik ausgerüstet. Seine Arm- und Beinfetzen waren kurz nach der Mörserattacke auf Puerto Barrios amputiert worden. An seiner Brust war eine Nachricht befestigt. (Ich hatte sie selbst verfaßt, in der ungelenken Handschrift, von der ich meinte, daß sie der Stimmung einer verzweifelten Mutter entsprach.) Die Nachricht lautete:

BITTE KÜMMERN SIE SICH UM MEIN BABY

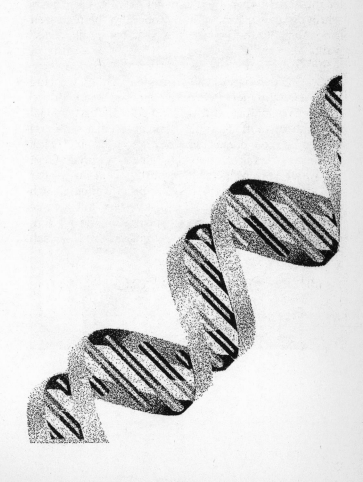

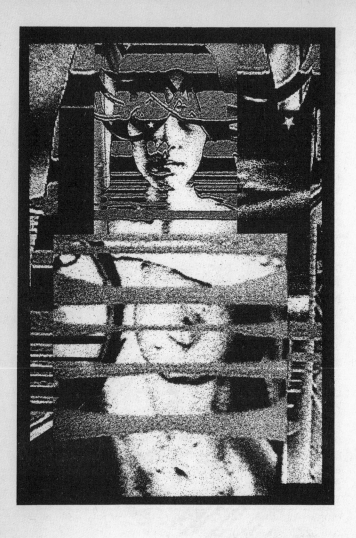

Lästige Schmetterlingspuppen, unsre Gedanken

□ □

4. JULI, 2006

Von meinem Geschichtslehrer wurde mir gesagt, da ich ein Amerikaner sei, sollte der heutige Tag für mich eine besondere Bedeutung haben. Ich sollte patriotische Gefühle empfinden, Dankbarkeit gegenüber meinem Land. Oder wenigstens sollte ich mich schuldig fühlen, weil ich nicht so empfinde. Aber keins dieser Gefühle ist bei mir vorhanden, da ich über die Bedeutung des vierten Juli bis heute nicht Bescheid wußte. Die Person, die ich jetzt bin, wußte nicht Bescheid, obgleich die alte Jo Ann Culpepper es wohl getan hatte. Marsha, ein fröhliches und energisches Mädchen, von der mir gesagt wurde, daß sie meine beste Freundin war, meinte, daß ich früher als kleines Mädchen ziemlich patriotisch gewesen sei und es auch als Frau sein sollte, besonders nach dem starken Wiederaufleben des Nationalismus.

Ein Präsident und drei seiner Kabinettsmitglieder waren durch eine Bombe umgekommen, und das löste kurz nach dem Juli 1996 eine andere Art von Aufstand aus. Ich reime mir zusammen, daß die meisten Dissidenten in den Vereinigten Staaten liquidiert wurden. Zumindest sagt mir das Mr. Zelenke, mein Geschichtslehrer, obwohl einige der Dinge, die er mir erzählt, so abscheulich sind, daß ich mich häufig frage, ob er sie nicht erfindet.

Marsha zufolge wußte ich all diese geschichtlichen Sachen, bevor ich vor zwei Jahren diesen Teil meines Gedächtnisses verlor, doch wenn ich sie jetzt höre, klingen sie nicht besonders vertraut.

Dr. Fosdick sagte, mein Gedächtnis sei im September 2004 durch das zusammengebrochen, was er ein »den Zugriff auf die Mnemobanken verhinderndes chemisches Ungleichgewicht aufgrund eines Drüsenschadens, mit Anzeichen von Bewußtseinsstörungen« nannte. Ich glaube, das war der Grund. Er sagte, daß ich mein altes Gedächtnis unmöglich wiedererlangen könne, deshalb würden sie versuchen, mir mit Nachhilfestunden einen Hintergrund zu vermitteln.

Dieses Tagebuch soll eine Gedächtnisübung sein. Ich bin immer noch schrecklich geistesabwesend, selbst in kleinen Dingen. Ich vergaß, den Hahn abzudrehen, und Wasser überflutete das Haus; ich vergaß, meine Fische zu füttern, und sie gingen ein.

Dr. Fosdick sagte, daß wir mein Kurzzeitgedächtnis wieder reparieren könnten, daß ich mich aber für die kurze Zeit, die mir zum Leben womöglich noch bleibt, damit abfinden müßte.

Ich erinnere mich an meine Mutter, teilweise. Sie war hochgewachsen, dunkelhaarig, wie ich. Von ihr habe ich größtenteils mein Aussehen. Sogar die schwarzen Augen mit den blauen Ringen darunter. Bei meiner Mutter sah das gut aus, aber nicht bei mir. Sie war eine hektische, nervöse Person, glaube ich. Immerzu beschäftigt, leicht aufzuregen. Ich bin nicht so, wirklich nicht. Ich bin ziemlich langsam in meinen Reaktionen und eine langweilige Gesprächspartnerin. Die Leute verlieren leicht das Interesse an mir.

Aber es ist nicht so, als ob ich nichts zu sagen hätte. Ich habe sogar daran gedacht, eine Organisation ins Leben zu rufen, um Leuten mit einem gestörten Gedächtnis, wie meinem, zu helfen.

An meinen Vater habe ich nicht viele Erinnerungen. Irgendwie bezweifle ich, daß ich ihn mochte.

Ich wünschte, ich wüßte mehr über meine Mama. Ich muß zugeben, ich bin einsam. Man sollte nicht *zugeben* müssen, daß man einsam ist; es ähnelt zu sehr der Unterschrift unter ein Geständnis. Aber ich fühle mich schuldig, weil ich einsam bin, als hätte ich in sozialer Hinsicht versagt. Dr. Fosdick sagte, laß dir Zeit.

Sie sagen, ich wäre ein Einzelkind gewesen. Ich hatte einmal eine Menge Freundinnen und einen Freund. Ich frage mich, was aus meinem Freund geworden ist? Niemand scheint es zu wissen. Ein paar meiner Freunde kommen mich ab und zu besuchen. Nein, das ist nicht wahr. Dr. Fosdick sagte, dieses Journal sollte in höchstem Maße aufrichtig sein. Tatsächlich besucht mich keiner von ihnen, wegen dem, was meinen Eltern während der Liquidierung der Vigilanten zugestoßen ist. Eine Menge Leute möchten wegen meines antinationalistischen Hintergrunds nichts mit mir zu tun haben. Ich wünschte, ich würde mich an meinen ›antinationalistischen Hintergrund‹ erinnern.

8. Juli, 2006
Dr. Fosdick nahm mich vor ein paar Tagen zu den von der Regierung veranstalteten Unabhängigkeitsfeiern mit. Freibier oder Popcorn und Hot Dogs. Ich hätte nicht gedacht, daß er mich bitten würde, mit ihm irgendwohin zu gehen. Ich glaubte, sein Interesse an mir wäre rein medizinisch. Aber er *hat* riesig viel Zeit mit mir verbracht.

Wir saßen beieinander, die Ellbogen auf Minnesota gestützt. Jeder der fünfzig Tische bei dem Fest war wie einer der Staaten geformt, und am Höhepunkt des Abends schieben sie sie alle zusammen, um die Stärke des Nationalismus zu symbolisieren. Alle Tische zusammen ergeben dann den Umriß der Vereinigten Staaten, mit Senfflecken und zerdrückten Pappbechern darauf. Wir tranken Coca Cola, das Nationalgetränk (in Staatsbesitz), aus Flaschen, die wie Raketen geformt waren, und aßen Hot Dogs. Das war das einzige, was auf der Speisekarte stand. Es gab eine Menge lärmender Leute, die Toasts ausbrachten und überall um uns herum die Hymne sangen (sehen Sie, Dr. Fosdick? Ich benutze Worte aus meinen Vokabelübungen, wenn ich erzähle. Wie Sie es wollten! Lärmend!), aber sie hatten angespannte Gesichter, so als paßte die Feier nicht zu ihnen. Wir waren eine kleine Insel der Ruhe inmitten der Feststimmung. Das Fest fand auf dem Dach des Ford Defense Buildings statt, in der freien Luft unter der Blase des Smogschutzes, durch den ich den halben Mond kaum ausmachen konnte. Die Kellner sahen lächerlich aus in ihren roten Anzügen, wie sie die Kommunisten tragen, und Dr. Fosdick erklärte mir, daß es etwas symbolisieren sollte, weil sie uns bedienten. Ich dachte eher, es symbolisierte die Blödheit der Organisatoren des Festes, aber das konnte ich ja nicht sagen.

Ich saß still da und fragte mich, ob Dr. Fosdick je Verbindungen zu den Vigilanten gehabt hatte. Ich bin sicher, daß er keine hatte, denn er nahm mich auf, nachdem sie meine Eltern getötet hatten, und kein Nationalist würde der Tochter von Unreinen Zuflucht gewähren.

Dr. Fosdick sagte dann etwas Seltsames zu mir: »Manchmal ist es ein beträchtlicher Vorzug, keine Erinnerung zu haben. Auf diese Weise bedauert man nichts. Hin und wieder beneide ich Sie, Jo Ann.« Das war das erste Mal, daß er mich Jo Ann nannte. Sonst hieß es immer Miss Culpepper. Ich wußte nicht, was ich sagen sollte, deshalb lächelte ich.

Als ich Dr. Fosdick zum ersten Mal traf, war ich irgendwie enttäuscht. Ich hatte geglaubt, er würde eine imposante germanische Gestalt mit dicken Brillengläsern und einem Akzent und einem weißen Laborkittel sein. So stellte ich mir einen Wissenschaftler vor. Aber als ich ihm vor sieben Monaten vorgestellt wurde, lernte ich einen kleinen Mann mit struppigem schwarzen, wie bei einem Cowboy mit Fett zurückgekämmtem Haar und ohne Brillengläser vor den strahlend blauen Augen kennen. Dr. Fosdicks Gesicht ist rostfarben. Er trägt Jeans und ein kariertes Hemd, selbst bei der Arbeit, nie rührt er einen weißen Kittel an, und er hört Countrymusik. Wir mußten das Fest früh verlassen, als mich ein paar Vigs erkannten. Deshalb bekamen wir das Feuerwerk und das Auspeitschen nicht zu sehen.

10. Juli, 2006

Heute mußte ich etwas Unangenehmes tun. Es geht mir im Kopf herum wie ein Hund, der an einer Stelle angekettet ist und so weit die Kette reicht im Dreck im Kreis herumtrottet.

Sie ließen mich noch einmal das Ereignis durchleben, bei dem ich das Gedächtnis verlor. Ich wollte das nicht tun. Ich wünschte, der ganze Vorfall wäre ausgelöscht, aber aus irgendeinem Grund ist nur alles, was vorher lag, verschwunden. Sie sind sich nicht sicher, ob es der Vorfall oder der Schlag war, den ich auf den Kopf bekam, bei dem ich es verlor. Vielleicht beides.

Mein Gedächtnis reicht zwei Jahre zurück. Es beginnt bei dem Vorfall, und davor ist alles auf ein paar Bruchstücke verschwunden: den High School-Abschluß, zwei Jahre vom College (Marsha sagt, daß ich nach den Bücherverbrennungen meinen Wunsch, Lehrerin zu werden, aufgab), die Aufnahme in das Frauen-Infanteriecorps und meine Wiederherstellung im Krankenhaus nach der Aufnahme, irgendeine Art von Gerichtsverfahren (obwohl ich mich nicht erinnern kann, wessen ich überführt worden war), einige Kindheitsbilder von meiner Mutter, die vergnügt im Garten arbeitete, meine Tante auf ihrem Sterbelager, einen Hund, der mich in den Knöchel biß, eine Verabredung mit einem Jungen, der auf Analverkehr bestand an Stelle des üblichen … und dann der Vorfall.

Die Krankenschwestern in der Klinik sind sehr teilnahmsvoll, wenn ich ihnen erzähle, was passiert ist. Sie geben *Tzz*-Geräusche von sich wegen der Männer, die meine Eltern töteten, aber keine von ihnen sagt unmittelbar etwas gegen die Vigs. Ich bin ihnen deswegen nicht böse.

Meine Erinnerungen an die Ausbildung vor dem Ereignis beschränken sich auf ein bißchen Geographie, die Fähigkeit zu schreiben (das Lesen mußte ich neu lernen), etwas Mathematik und Grammatik.

Und dann der Vorfall. Die Erinnerung an die Männer, die in unsere Wohnung kamen, und was sie meiner Mutter und meinem Vater mit ihren Messern antaten. Das Blut, die Schreie, die neugierigen Nachbarn, die durch die offene Tür schauten. Ich kann nicht begreifen, warum es nicht ausgelöscht wurde. Die Erinnerungen an meine Eltern, die mich ihre Mörder hätten hassen lassen können, sind verschwunden.

Ich mußte es heute schon einmal durchmachen, deshalb möchte ich lieber nicht weiter darauf eingehen.

30. Juli, 2006
Ich habe so lange nicht mehr in dieses Tagebuch geschrieben, weil ich so viele wunderbare Dinge erlebt habe, daß ich einfach nicht wußte, wie ich es ausdrücken sollte.

Nun, das ist vielleicht eine Übertreibung. Damit ich mich besser fühle. Weil es auch ein paar Dinge gibt, die mich beunruhigt haben.

Ich habe nicht geglaubt, daß sich jemand sonderlich für mich interessieren würde, weil ich ziemlich oberflächlich bin und diese Angewohnheit habe, mich schlechtzumachen. Aber Dr. Fosdick meinte, wenn Leute auf mich herabblickten, dann deshalb, weil ich selbst auf mich heruntersähe. Und *einen* gibt es, der sich für mich interessiert. Dr. Fosdick. Ich glaube, es ist okay, über all dies hier zu sprechen, obwohl ich ein komisches Gefühl habe, wenn ich über Dr. Fosdick spreche, weil ich weiß, daß er das hier lesen wird. Ich soll aufrichtig sein, damit er sieht, welche Fortschritte ich gemacht habe und so.

Dr. Fosdick hat gestern in meinem Apartment mit mir

geschlafen. Ich glaube, er hatte es schon eine Weile vor, weil er darauf bestand, daß ich Verhütungspillen nahm, obwohl ich sicher war, daß nie jemand mit mir würde schlafen wollen. Er muß sich von Anfang an für mich interessiert haben, um es vor so langer Zeit schon vorbereitet zu haben.

Er kam unangemeldet in mein Apartment und brachte das bei sozialen Anlässen übliche Dope mit; die von der Regierung ausgegebene Marihuanasorte. Ich kann mich wirklich an keinen meiner Liebhaber erinnern, deshalb kann ich Dr. Fosdick mit niemandem vergleichen. (Es ist komisch, aber er hat mich nie gebeten, ihn beim Vornamen zu nennen, und ich weiß nicht einmal, wie er mit Vornamen heißt. Ich mußte ihn mit Dr. Fosdick anreden, während er mich fickte.) Er war nett, und es machte ihm nichts aus, daß ich meine Periode hatte. Er war wie diese echt schnellen Kolben, die man im Eagle Car-Werbespot im TV sieht.

Aber etwas anderes ist passiert. Nachdem wir miteinander geschlafen hatten, gab er mir mit einer Spritze aus einem Plastikfutteral aus seiner Manteltasche eine Injektion in den rechten Arm (er tut noch weh). Er meinte, es wäre ein Serum, das mir die Erinnerung zurückbringen könnte.

Ich fragte ihn, warum er es mir nicht in der Klinik geben könnte, und er antwortete, es sei noch ein wenig experimentell, und daß er es noch nicht offiziell habe genehmigen lassen. Die Gesundheitsbehörde würde ihn es erst dann anwenden lassen, wenn es zu spät wäre. Es mußte innerhalb eines bestimmten Zeitraums nach dem ursprünglichen Gedächtnisverlust injiziert werden, sagte er mir, oder es wirkte nicht. Er hielt mir die Hand und sagte mit großem Ernst, daß die Gesundheitsbehörde sich nicht so um meine Heilung sorgte wie er.

Das einzige, was mich wirklich beunruhigte war, daß er es mir in den Arm injiziert hatte, ohne mich vorher zu fragen oder mir auch nur etwas zu sagen. Ich wandte mich einen Moment von ihm ab, und das nächste was ich weiß, ist, daß mir eine Nadel in den Arm stach.

Er erklärte, er habe gewollt, daß es eine Überraschung wäre.

4. August, 2006

Heute sind zwei Dinge passiert, die mir etwas bedeuten sollten, glaube ich, obwohl sie mir sehr weit weg erscheinen.

Ich ging mit Dr. Fosdick durch die unteren Gänge des Einkaufszentrums und hielt Ausschau nach den ›neuen‹ Kleidern im Revolutionslook aus den Schaufenstern. Es war Freitag, deshalb war der Wandelgang voller Menschen, die zu der Ausstellung über die US-Geschichte im Auditorium unterwegs waren, das in der gleichen Richtung lag. In der Menge entdeckte ich einen der Männer, die meine Mutter und meinen Vater erstochen haben. Es war ein hochgewachsener Mann, der sein Haar zum Stern ausrasiert hatte, und seine Augen waren sehr rot vom Dope. Er war in Begleitung eines anderen Mannes, den ich nicht erkannte. Der erste Mann zeigte auf mich und lachte, wobei er einen Schritt auf mich zu machte. Dr. Fosdick bedeutete mir, stehenzubleiben, wo ich war. Er ging energisch zu dem Mann mit dem Stern auf dem kantigen Schädel hinüber und sagte etwas zu ihm, das ich nicht hören konnte. Der Mann lachte wieder, nickte jedoch und ging davon.

Ich fühlte mich sehr losgelöst von der ganzen Szene, aber da war so ein Gefühl von *Déjà-vu*.

Die zweite Sache, die passierte, war die Schlagzeile auf der Titelseite der *Daily Loyality:* VEREINIGTE STAATEN ZIEHEN SICH AUS UNO ZURÜCK. Mr. Zelenke und ich diskutierten über dieses Ereignis in meiner Unterrichtsstunde, als ich von dem Einkaufszentrum zurückkam. Er meinte, der Rückzug sei ein weiterer Schritt in Richtung des Ziels der ›Bereinigung der Finanzen‹, welches sich die Regierung Hearth gesetzt hat.

Mr. Zelenke ist ein spindeldürrer, freundlicher Mann mit einer großen Nase und Augen, die sich so traurig nach unten schrägen, daß ich immer das Gefühl habe, ich müßte mit ihm einverstanden sein, was er auch sagt, bloß damit er nicht zu weinen anfängt. Er scheint immer kurz davor, in Tränen auszubrechen.

Aber diesmal sträubte sich etwas in mir, als er ›Bereinigung‹ sagte.

»Könnte es denn nicht sein«, widersprach ich in einem schärferen Ton als gewöhnlich, »daß sie sich aus der UNO zurückziehen, weil sie Angst haben?«

Mr. Zelenke war bestürzt und hätte wahrscheinlich angefangen zu weinen, wenn ich nicht alles zurückgenommen hätte.

6. August, 2006

Mehrere furchtbar überraschende Dinge sind heute passiert.

Ich saß mit Dr. Fosdick in seinem Büro. Er hatte mir einen Arm um die Schulter gelegt und las mir ein Gedicht aus dem Buch *Blumen des Bösen* von Charles Baudelaire vor.

»Das war das Lieblingsbuch meiner Frau«, sagte er beiläufig, während er mit seiner grobschlächtigen rechten Hand durch die vergilbten Seiten blätterte. Ich lehnte mich an ihn und tat so, als betrachtete ich das Buch. Ich hab' nicht viel für mich, wirklich. Sehr wenig Erinnerungen. Meine Persönlichkeit kommt mir wie eine Art Vogelscheuche vor, nichts als Lumpen, über ein paar Besenstiele gehängt. Weil Menschen aus Erinnerungen bestehen. Und mich an Dr. Fosdick zu lehnen, gibt mir irgendwie das Gefühl, seine Erinnerungen seien auch meine.

»Sind Sie von Ihrer Frau geschieden?« fragte ich. Ich fragte größtenteils aus einer Verpflichtung heraus, weil ich wirklich nicht wollte, daß er an sie dachte.

»Nein. Sie ist seit zwei Jahren tot. Bei einem Erdrutsch

ums Leben gekommen. Es war einer dieser dummen, unerwarteten Unfälle. Wir waren auf einer Wanderung ...«
Seine Stimme wurde heiser.

Meine Eltern waren seit zwei Jahren tot. Unsere Tragödien hatten sich zum gleichen Zeitpunkt ereignet.

»Ich verstehe«, sagte ich, mit einem schlechten Gefühl, weil ich all das aufgewühlt hatte. »Sie müssen nicht darüber sprechen.«

Er holte tief Luft. »Jedenfalls waren das ihre Lieblingsgedichte.« Er begann laut vorzulesen. Ich mochte die Gedichte nicht besonders, aber vielleicht verstand ich sie auch nicht richtig. Und ich wurde durch die wunde Stelle an meinem Arm abgelenkt, wo mir Dr. Fosdick diesen Nachmittag eine Injektion gegeben hatte.

Aber zwei Strophen klangen beinahe vertraut, und sie gehen mir nicht aus dem Kopf. Sie sind aus dem Gedicht ›Das Duftglas‹:

... in Schränken, wie sie oft in öden Häusern stehen
Und grauer Zeiten Staub und bittren Ruch verwehen
Erstaunt bisweilen uns ein Glas, das wieder träumt
Aus dem lebendig neu erwachte Seele schäumt.

Gedanken, leichenhaft verpuppte Falter, schliefen
Dort tausendfach und sanft in schwerer Dämmer Tiefen!
Nun reckten neuen Flug den Fittich sie empor
Getränkt mit Blau, bestreut mit Gold, in Rosenflor.

Eine Frau stand in dem Büro bei uns! Es gab keinen Weg, wie sie hereingekommen sein konnte; die Tür war abgeschlossen. Die Frau war wunderschön und von weißem Nebel bedeckt, der die Umrisse ihres nackten Körpers noch verhüllte, und blondes Haar floß über ihre weißen Schultern hinab.

Ich schnappte nach Luft, und Dr. Fosdick fragte beinahe ungeduldig: »Was hast du? Hat dich das Gedicht aufgeregt?«

Ich zeigte auf die Frau. Er blickte in diese Richtung,

direkt durch sie hindurch, dann blickte er wieder mich an und zuckte die Achseln.

»Sehen Sie sie nicht?« flüsterte ich.

Die Frau kam auf uns zu. Und jetzt konnte ich erkennen, daß sie Dr. Fosdick anblickte, mit Haß in ihren schmalen grünen Augen.

Dann verschwand sie. Einfach so.

Dr. Fosdick sagte, es wäre eine Halluzination, wie sie für die Wiederkehr der Erinnerung symptomatisch sei. Er sagte, sie wäre wahrscheinlich irgendeine wichtige Person aus meiner Vergangenheit gewesen, die ich noch nicht erkannt hätte.

Aber sie hatte überhaupt nichts Vertrautes an sich. Sie sah skandinavisch aus, um die dreißig. Wo würde ich so eine Person getroffen und sie nackt gesehen haben?

Ich war den ganzen Tag über verängstigt, denn ich wußte, daß sie irgendwo in der Nähe war.

20. August, 2006

Dr. Fosdick bat mich letzten Freitag, ihm das Tagebuch zu zeigen. Ich sagte ihm, ich hätte es vernichtet, weil es Dinge enthalten hätte, die mich in Verlegenheit brächten. Er schien seinen Ärger zu unterdrücken, beharrte aber darauf, daß es für meine Fortschritte sehr wichtig wäre, daß er über meine verborgenen Gefühle Bescheid wüßte. Ich entschuldigte mich und sagte, ich würde ein neues Tagebuch beginnen.

Natürlich habe ich es nicht wirklich zerstört, sondern versteckt. Ich weiß nicht genau, warum. Oder vielleicht weiß ich es doch. Ich denke nicht gerne darüber nach, aber ich habe kein Vertrauen mehr zu Dr. Fosdick. Ich wollte ihm vertrauen. Ich wollte mich in ihn verlieben. Aber ich kann nicht. Vielleicht weil er sagt, er liebe mich, und ich nicht glauben kann, daß mich irgend jemand lieben könnte.

Aber in letzter Zeit sind ein paar Dinge geschehen.

Die Frau ist viele Male wiedergekehrt. Ich sah sie in

den Zimmerecken sitzen, den Blick auf mich gerichtet, als sähe sie mich in einem Spiegel. Ich erzählte Dr. Fosdick nichts davon.

Ich hatte ein paar seltsame Erinnerungen. Ich scheine mich daran zu erinnern, wie ich als kleines Mädchen auf der Milchfarm meiner Eltern lebte. Vielleicht ist es eine durch das chemische Ungleichgewicht, das ich haben soll, hervorgerufene Verzerrung, wenn ich mich an meine Mutter als groß und dünn erinnere, denn die Frau, die mir auf der Milchfarm als meine Mutter erschien, hatte rotes Haar und Sommersprossen und einen großen blonden Mann.

Ich erinnere mich, eine Medizinische Hochschule besucht zu haben, obwohl mir Marsha nichts davon erzählt hat. Die Gesichter um mich herum in der Hochschule sind verschwommen und nicht identifizierbar. Eine Empfindung von Fremdheit begleitet diese Erinnerungen, so daß ich mich wie eine Schauspielerin fühle, die ihren Text auswendig gelernt hat, nur um sich im falschen Stück wiederzufinden.

Ich habe eine besonders lebendige Erinnerung daran, allein in einem Park spazierenzugehen. Es ist ein Frühlingstag; die Heizkörper unter den Büschen verstärken die schwache Wärme, die von dem Sonnenlicht ausgeht, das durch den Smogschutz fällt. Ich befinde mich an einem abgelegenen Ort, obwohl der Weg von Liebespärchen deutlich ausgetreten ist. Ringsum ist üppiges Gras, mit kleinen Feuerwerkszungen roter und gelber Blumen darin. Die Hintergrunddetails des Traums sind klar, aber die menschlichen Momente sind undeutlich, wie eine Kameraeinstellung, die abwechselnd scharf und verschwommen wird.

Ich betrachte einen Blauhäher, der seinerseits vom Ast einer Weide ein paar Meter vor meinem Gesicht auf mich heruntersieht. Der Vogel legt den Kopf schief, als lauschte er auf meine Gedanken und wollte sich nichts davon entgehen lassen. Wir sehen uns gegenseitig eine Minute lang an, und dann schreit er heiser und flattert mir ins Gesicht. Ich reiße die Hände hoch, um meine Augen zu schützen, doch der Vogel fliegt über meine Schulter, und ich höre hinter mir jemanden aufschreien. Dort sind zwei Männer, einer mit den Händen vor dem Gesicht. »Warum hat er mich angegriffen?« stöhnt er. »Verdammtes Biest. Mach ihn tot!«

»Zu spät. Er ist weg«, sagt der andere Mann mit einer beinahe vertrauten Stimme. »Du bist bestimmt seinem Nest zu nah gekommen. Blauhäher sind nun mal so temperamentvoll.«

Der erste Mann läßt seine Hand sinken, und wo ihn der Vogel gekratzt hat, röten sich auf seiner Wange drei lange Schrammen. »Na, die Frau is noch da, die is nich weggeflogen.« Er macht einen Schritt in meine Richtung.

Aber der andere Mann legt ihm eine Hand auf den Arm und hält ihn zurück. Ich kann das Gesicht des zweiten Mannes nicht erkennen; es ist, als trüge er eine Maske aus Nebel.

»Nein, laß sie in Ruhe. Unsere Informationen waren falsch. Sie studiert mit mir. Sie gehört nicht zu ihnen, sie ist 'ne Nationalistin.«

Ich nicke hastig und bemerke die *Captain-America*-Bänder um den Bizeps beider Männer. Nationalistische Vigilanten.

Ich habe das Gefühl, ich müßte den Mann kennen, der sich für mich eingesetzt hat, aber sein Gesicht bleibt verschwunden. Er legt eine grobe Hand auf meinen Arm, lächelnd ...

Die Erinnerung bricht hier ab. Es ist, als versuchte sich die Larve irgendeines seltsamen Lebewesen freizustrampeln. Aber ich weiß, daß ich nie eine Nationalistin war. Mein Vater war ein liberaler Dissident. Deshalb haben die Vigs meine Eltern umgebracht.

Hat der Fremde mit dem verschwundenen Gesicht wegen mir gelogen?

Irgendwo steckt eine Lüge, die sehr wichtig ist.

Ich habe Angst. Ich fürchte mich vor mir selbst, weil ich einen grundlosen Haß auf Dr. Fosdick entwickelt habe. Ich denke mir Entschuldigungen aus, um den therapeutischen Sitzungen mit ihm auszuweichen, und ich habe alle unsere Verabredungen platzen lassen.

Und wenn ich in meinem Tagebuch lese, dann klingt es teilweise — besonders im letzten Teil —, als wäre es von jemand anderem geschrieben. »Die Larve irgendeines seltsamen Lebewesens ...« Habe ich das geschrieben? Ich weiß nicht, was ich damit gemeint habe. Und die Handschrift im Tagebuchkapitel vom 20. August ist kleiner als gewöhnlich, fast unleserlich. Vielleicht hatte ich es einfach zu eilig.

Aber heute morgen ging ich zum Friseur. Man fragte mich, ob ich einen Termin hätte, und ich sagte: »Ja, natürlich. Zur gleichen Zeit, wie ich seit vier Jahren jede Woche in diesen Friseurladen komme.« Und dann fing ich mich und wunderte mich, warum ich das gesagt hatte. Ich war noch nie bei diesem Friseur gewesen. Ich frisiere mich für gewöhnlich selbst. Und sie sagten, sie hätten keinen Termin für mich. Die Sekretärin musterte mich mit einem merkwürdigen Blick und sah mir beim Hinausgehen hinterher.

Ich hatte einen Termin ausgemacht; ich erinnere mich genau daran. Ich erinnere mich daran, daß ich mit dem Kugelschreiber mit der Katze spielte, während ich den Friseur anrief. Aber ich habe keine Katze.

Und ich bin schlafgewandelt. Letzte Nacht wachte ich in der Küche auf. Ich traue mich nicht, jemandem von all dem zu erzählen. Sie würden mich bestimmt in eine Anstalt stecken.

Also sitze ich in meinem tristen Apartment und versuche, nicht darüber nachzudenken. Ich versuche zu lesen, aber ich bin zu nervös, um mich zu konzentrieren.

Mein Apartment hat zwei Zimmer — das Bad und den kombinierten Schlaf- und Wohnraum mit Kochnische.

Er wird aus der Versicherung meiner Eltern bezahlt. Es gibt keinen Wandschmuck. Ich habe die Bilder abgenommen, die mir Dr. Fosdick gegeben hat.

Ich rutsche unbehaglich auf meinem Holzstuhl herum, während ich dies schreibe, denn meine Kleider quälen mich. Sie sind alle zu klein, obwohl ich gar nicht zugenommen habe. Die Farben und die Stoffe meiner Kleider gefallen mir nicht mehr. Zu trist. Plump. Ich habe keine Ahnung, warum ich sie mir ausgesucht habe.

Im Zimmer fehlt etwas, so als gehörte außer mir noch etwas anderes Lebendiges hinein. Etwas Kleines, damit Bewegung und Schwung in meine vier Wände kommt. Ein Haustier. Ein kleiner Hund? Eine Katze! Ich wollte bisher nie eine, aber ich habe einen leeren Fleck in mir, wie eine kleine Schublade, die in meiner Brust aufgegangen ist und in die sich ein Miniaturleben einpassen sollte, um mein eigenes zu ergänzen ...

Wenn ich lese, dann immer nur Gedichte. Früher mochte ich Lyrik nicht, aber seit kurzem lese ich Baudelaire. Ich fange an, die Adern des Todes zu sehen, von denen er spricht, Adern, die durch die Wände jedes Ortes laufen, an den man sich gewöhnt hat. Der alte Mann, der über mir wohnt, ist Teil einer Verschwörung, die mich davon überzeugen soll, daß das Alter unvermeidlich ist und ich anfange, der Zeit Zugeständnisse zu machen.

Ich sehe die Frau nicht mehr, aber ich fühle ihre Gegenwart. Und ich nehme flüchtig ein kleines Tier wahr, das ich nicht identifizieren kann und das am Boden herumläuft, hinter den Stühlen seine Nase hervorstreckt oder sich unter den Kissen versteckt, genau am Rand meines Gesichtskreises herumflitzt. Ich vermute, daß es mein verschwundenes Haustier ist. Es ist wie mit dem Panther in Rilkes Gedicht, der so lange hinter Gittern vegetierte, daß seine Existenz vollkommen subjektiv geworden war; er könnte ebensogut tot sein.

Wenn ich dieses Tagebuch wieder durchlese, wächst meine Besorgnis immer mehr. Weil ich sicher bin, daß Jo

Ann Culpepper niemals Rilke las. Und sie hätte nie davon gesprochen ›der Zeit Zugeständnisse‹ zu machen und all das. Und die Handschrift ist fast nur ein Gekritzel.

Mir fällt es immer leichter, mich beinahe formell auf Jo Ann Culpepper zu beziehen, so als spräche ich von einer verstorbenen Verwandten … Von einer Person, deren Erinnerungen ich betrachten kann wie ein eingesperrtes Tier.

4. SEPTEMBER, 2006
Heute besuchte mich Marsha, gerade als ich die beiden Katzen fütterte, die ich mir aus dem Tierheim geholt habe.

Marsha ist ein irisches Dickerchen, schwungvoll und so optimistisch, daß es mich pessimistisch macht. Ich weiß nicht, warum ich ihr gegenüber auf einmal nachtragend bin. Ich glaube, wir waren einmal gute Freundinnen. Es ist grausam von mir. Aber ich empfand ihr gegenüber eine Antipathie, von dem Moment an, wo sie ins Zimmer kam.

»Hallo, hallo! Ohhh, es ist ja so lange *her*, Jo Ann, *ehrlich*. Ich habe mir wirklich *Sorgen* um dich gemacht. Und Dr. Fosdick auch. Er bat mich, dich …«

Ich starrte auf die Grübchen auf ihren runden Wangen. »Hat Dr. Fosdick dich gebeten, hierher zu kommen?«

»Was ist los?« Ihre Saccharinstimme stockte, und sie legte eine Hand auf ihr teigiges Gesicht, so als rückte sie einen Gesichtszug zurecht, der sich verschoben hatte. Ich sah sie nur an und versuchte, mich zu erinnern.

Aber ich empfand keine Freundschaft für sie. Sie war braun und hamsterartig, ein Nagetier in meinem Zimmer, ein Eindringling, eine Fremde, die gekommen war, um mir etwas zu verkaufen.

»Ich möchte nichts«, sagte ich. Ich hatte mit einer Hand eine Vase aufgehoben, ohne es zu bemerken. Als sie die Vase ansah, unterdrückte ich den Wunsch, sie ihr über den Schädel zu schlagen und stellte sie auf den Tisch zurück. Meine zitternden Finger gaben sie leicht wackelnd frei.

»Was? Jo Ann ...«

»Ich brauche weder dich noch Dr. Fosdick.«

»*Jo Ann!*« Sie war verletzt.

»Tut mir leid«, sagte ich und sah die blonde Frau in der Ecke stehen, die jadegrünen Augen starr vor Abscheu. Diesmal sah ich sie nur vor meinem geistigen Auge, doch so lebendig, daß ich dachte, sie würde Marsha jeden Augenblick ohrfeigen. Marsha lächelte beruhigt, als ich sagte: »Also ... wie geht es dir?«

Wir plauderten eine Weile unbehaglich miteinander, bis aus der Befremdung Verlegenheit wurde. Dann ging sie, wobei sie murmelte, ich solle bald wiederkommen, die Klinik anrufen, sie machten sich Sorgen.

Ich hoffe, ich sehe sie nie wieder. Wenn sie mir noch einmal mit diesem Es-ist-ja-so-lange-her-Quatsch kommt, werfe ich sie meinen Katzen zum Fraß vor.

5. SEPTEMBER, 2006

Ich hatte Angst, er könnte kommen und mir die Tür einschlagen, wenn ich es nicht täte, deshalb ging ich heute Dr. Fosdick besuchen. Ich zwang mich dazu.

»Dem Himmel sei Dank«, sagte er nervös, durch seinen unprofessionellen Ausbruch in Verlegenheit gebracht. »Ich hab mir ja solche Sorgen um dich gemacht. Warum hast du nicht aufgemacht, als ich geklopft habe?« Sein Mund arbeitete, als versuchte er zu verhindern, daß etwas herausschlüpfte, und seine Lippen waren die sich teilenden Häute einer Schmetterlingspuppe.

»Ich ... hab wohl geschlafen, Doktor.«

Er blickte mir in die Augen und hob eine Braue. »Wirklich?«

Wie kann er es wagen, *meine* Aufrichtigkeit zu bezweifeln! dachte ich wütend. Unterdrück es. Er könnte dich einweisen lassen.

Ich zuckte die Achseln. »Mir ging's nicht gut. Ich schlafe zu tief.«

»Was? Nicht gut? Hier, setz dich!« Ich setzte mich auf das Konturschaumsofa in seinem Büro und spielte mit den Blättern einer Topfpflanze, zerfetzte sie der Reihe nach zwischen meinen lächerlich dünnen Fingern.

»In gewisser Hinsicht habe ich Fortschritte gemacht. Ich drücke mich neuerdings ... deutlicher aus. Die Worte fallen mir leichter ein als früher. Mir sind wieder einige Bücher eingefallen, die ich früher gelesen haben muß ...« Dann spürte ich, daß ich ihm Dinge erzählte, die er nicht zu wissen brauchte.

»Du wirkst *wirklich* selbstsicherer ... Aber woran hast du dich denn erinnert?« Er legte einen Arm um mich. Ich stieß ihn weg. Er runzelte die Stirn, öffnete aber nur die Schreibtischschublade, um das kleine Tonbandgerät für die Sitzung herauszuholen. In diesem kurzen Moment sah ich in der offenen Schublade eine gerahmte Fotografie einer Frau von meinem Äußeren. Sie saß im Morgenmantel auf einer Wiese, umgeben von drei großen Katzen. Eine der Katzen war tiefschwarz und thronte auf ihrer weichen Schulter, in ihr üppiges blondes Haar geschmiegt. Die Katze schien mich anzusehen, bis Dr. Fosdick die Schublade über ihren goldenen Augen schloß.

Die Frau auf dem Foto war Dr. Fosdicks Frau gewesen. Ich erinnerte mich; sie erinnerte sich.

»Wenn du in deine Wohnung zurückkommst, wartet dort eine Überraschung auf dich«, sagte Dr. Fosdick gerade. »Ich hab sie dir geschickt ...« Aber ich unterbrach ihn mit der kräftigsten Ohrfeige, zu der ich fähig war, und ließ einen roten Abdruck auf seinem Cowboy-Kiefer zurück. Ich wandte mich ab und rannte aus dem Büro, wobei ich eine überraschte Sekretärin in einem Wirbel loser Blätter zu Boden warf. Draußen hielt gerade ein Bus. Ich stieg ein, und als ich mich umdrehte, sah ich Dr. Fosdick unbeachtet einen Block entfernt hinter dem Bus herlaufen. Sein kleiner werdendes Gesicht war das Gesicht des Mannes aus meiner Erinnerung — die Vigilanten im Park, der Medizinstudent, Dr. Lawrence Fosdick, mein Mann. Älter, aber zweifellos war er es.

Jo Ann Culpepper hatte ihn vor dem Verlust ihres Gedächtnisses nicht gekannt.

Aber ich erinnere mich an eine Nacht in einer Strandhütte an der Küste von Maine. Seine Hände vermaßen die Topographie meiner Brüste; Brüste, die voller waren als die Jo Anns, Hüften, die breiter waren als ihre.

Ich erinnere mich an unsere stille Heirat, die anstrengende Privatarbeit im Laboratorium nach unseren regulären Arbeitsstunden in der Klinik.

Und an Lawrence' Warnungen. Er sagte mir, mit den Vigilanten wäre nicht zu spaßen. Aber ich haßte die Nationalisten. Sie kontrollierten Lawrence, und durch ihn machten sie auch aus mir eine Marionette. Da Lawrence der für unseren Bezirk zuständige Koordinator der Vigilanten war, wurde von ihm eine vorbildliche Lebensführung erwartet: Sie machten aus unserem Privatleben eine lächerliche Karikatur.

Er warnte mich erneut. Aber ich verhöhnte die Nationalisten auf unseren Parties, bei denen ein Viertel unserer Gäste Vigilanten waren.

Ich glaube, ich wußte, daß sie uns töten würden. Aber: *Daß einst der Tod, wie neue Sonne kreisend, entfalten wird, was blüht in ihrem Hirn!* Baudelaire.

Ich wollte uns beide umbringen, doch nur einer von uns beiden starb.

Er stand am Berghang hinter mir, und ich glaubte zu wissen, was er tun würde.

Ich versuchte nicht, ihn daran zu hindern, weil ich glaubte, er würde uns beide über die Kante ziehen. Doch er stieß nur mich hinab. Ich fiel, sah ihn zurücktreten, kleiner werden vor dem Himmel, und ich fühlte, wie die Riesenhand mich mit ihren Fingern aus Granit zermalmte. Der Erdrutsch begrub mich lebendig unter spitzen Steinen. Ein Durchbohrtwerden an einer Million Stellen.

Ich lag im Schock, mein ungeschütztes Gesicht zu einem roten Schwamm zerfetzt, der Schmerz aufsog. Ich sah ihn den Pfad am Abhang heruntereilen, über Beifußbüsche springen und sich um die gequälten, struppigen, kegelförmigen Kiefern herumwinden, eine belebte Wurzel. Er stand über mich gebeugt, und sein Gesicht zuckte in einer Schmierenparodie meiner Agonie. In meiner Erinnerung leuchtet der Moment des Todes wie die Juwelenaugen eines räuberischen Blauhähers.

Ich erinnerte mich an alles, während ich ihn kleiner werden sah, nachdem der Bus ihn stehengelassen hatte, als fiele ich erneut den Steilhang hinunter. Ich eilte zu meiner Wohnung zurück, schaffte es, vor ihm dort zu sein.

Da stand seine ›Überraschung‹. Ein fetter, buttergelber Kanarienvogel in einem reichverzierten Käfig, daran mit Band befestigt eine Nachricht. Der Vogel flatterte in seiner Gefängniszelle wie eine Erinnerung, die vergessen werden will. Er erinnerte mich an Marsha. Deshalb ließ ich, während ich meine Sachen packte, die Käfigtür offen, mit den Katzen davor.

Als ich alles hatte, was ich brauchte — ich würde mit leichtem Gepäck reisen, die meisten von Jo Anns Kleidern zurücklassen und später neue Sachen kaufen —, waren die Katzen fertig. Ich streifte vereinzelte Federn von ihren Schnurrbarthaaren ab und nahm sie in einer Einkaufstasche mit, hob den Koffer auf und nahm ein Taxi zu einem Hotel. Auf dem Weg zum Hotel kamen wir durch eine Gegend, wo Lawrence und ich früher gelebt hatten. Wir hatten zu der Zeit, als wir den Erinnerungscode entschlüsselten, in dieser Gegend gewohnt, gegenüber dem Schulhof der Grundschule.

Durch Experimente mit Ratten entdeckten Lawrence und ich, daß das Geräusch einer elektrischen Klingel chemisch in einer achtgliedrigen Kette aus sechs Aminosäuren gespeichert war. Wenn man die Chemikalien aus dem Gehirn isolierte und anderen Ratten injizierte, die nicht an das Geräusch gewöhnt waren, reagierten die untrainierten Tiere, als wären sie an die Klingel gewöhnt worden. Mein Mann extrapolierte es einfach auf die Menschen ...

Kombinationen von zwanzig Aminosäuren bringen Peptide hervor, die mit bestimmten Erinnerungen programmiert sind, abhängig von der gewählten Sequenz der Aminosäuren. Larry fand heraus, welche Kombinationen von Aminosäuren welchen allgemeinen Erinnerungen von Ratten entsprechen. Es würde nicht schwierig — bloß mühsam — sein, den Vorgang auf das menschliche Erinnerungssystem zu übertragen.

Er sagte mir nie, was er mit den Ergebnissen hatte anfangen wollen. Vielleicht würde die Regierung es bei der Ausbildung von Soldaten einsetzen, indem sie die synthetisierten Erinnerungen eines ausgebildeten Kampfpiloten in das Gehirn eines Soldaten in der Grundausbildung injizierten. Oder vielleicht die Informationen von Gefangenen extrahieren und sie Freiwilligen spritzen. Wenn es nach mir ginge, würden sie es niemals einsetzen. Ich hatte mich aus Bequemlichkeit mit den Vigs abgefunden, aber sie hatten den Bogen überspannt. Ich hätte wissen müssen, wem Lawrence' Loyalität gelten würde, der und seine Scheiß-Cowboy-Musik.

Am Tag nach dem endgültigen Erfolgsnachweis wurde er zu einer Vig-Versammlung bestellt. Sie stimmten darüber ab, ob sie einen gewissen Professor Culpepper liquidieren sollten. Es wurde dafür gestimmt. Larry unterzeichnete in seiner Eigenschaft als Regionalkoordinator den Todesbefehl. Doch er bat darum, das einzige Kind des Professors, ein Mädchen, zu verschonen und der Klinik zu übergeben. Er hatte eine Verwendung für sie. Niemand hatte Einwände. Es machte nichts, wenn das Mädchen versuchen sollte, den Autoritäten zu sagen, wer ihre Eltern umgebracht hatte. Die Todesschwadronen werden von ›offizieller Seite‹ mißbilligt, aber tatsächlich von der nationalen Regierung Hearth protegiert. Sie kommen niemals vor Gericht.

Das Mädchen war ganze siebzehn, ein Alter, in dem die Gedächtniskoordination noch im Reifen begriffen ist. Doch es ging besser aus, als er gehofft hatte. Sie hatte durch den Schock, die Ermordung ihrer Eltern mitanzusehen, die Erinnerung verloren. Es würde zu keinen Komplikationen hinsichtlich ihrer früheren Erinnerungsmuster kommen, wenn er ihr neue Peptidkombinationen verabreichte. Aber zunächst mußte er sie sich verschaffen. Einen Tag darauf bekam er ein Ultimatum der Vigs. Seine Frau müsse wegen ihrer Schlechtigkeit getötet werden, oder er ...

Er erzählte mir von dem Ultimatum und sagte, wir würden uns in unserem Häuschen auf dem Ozark Plateau verstecken, bis die Gefahr vorüber wäre.

Dann tötete er mich, um seine Haut und seine Position zu retten.

Nein. Er tötete *sie.* Doch er trug sie zu der Hütte, wo er seine Ausrüstung versteckt hatte, und extrahierte ihre Gedächtnispeptide. Und er injizierte mir eine große Menge von Sandras Gedächtnispeptiden.

Ich hatte Glück. Er rettete ebenfalls die Erinnerungen meines Vaters. Er besitzt sie immer noch, tiefgefroren. Er hätte sogar versuchen können, *diese* auf mich zu übertragen, und ich hätte mich inzwischen umgebracht, wenn er es getan hätte. Er hat mir zuviel von Sandra injiziert, weil ich mich an mehr erinnere, als er wollte.

Ich bin groß, schlank, einmetersechsundsiebzig groß, wiege fünfundfünfzig Kilo. Aber jemand, der zweiundsiebzig Kilo wog und der zwölf Zentimeter kürzer war als ich, versucht sich in meinen Körper einzupassen. Es ist nicht genug Platz darin. Ich empfinde eine überwältigende Übelkeit, als hätte ich mich bis zum Punkt des Sichübergebens überfressen. Ich fühle mich, wie sich 1996 das ganze Land gefühlt haben muß. Usurpiert. Vom Innersten abgeschnitten.

Der Ehemann der Kette kalter chemischer Erinnerungen befahl den Vigs, meinen Vater zu töten, dann tötete er seine Frau. Dann machte er ihre Erinnerungen zu meinen. Warum? Weil er sie zurückhaben wollte? Er muß vor Reue fast verrückt geworden sein.

Vor Reue verrückt? Was für ein Quatsch! Jo Ann ist ein Idiot, wenn sie das glaubt. Er hat mich wiedererweckt, weil er ein totaler Versager ist.

Aber Jo Ann verdient alles, was sie bekommen hat. Mir wird schlecht, wenn ich den ersten Teil ihres Tagebuchs lese. Es ist voller fatalistischer und naiver Kommentare wie ›Ich habe sogar daran gedacht, eine Organisation ins Leben zu rufen, um Leuten mit einem gestörten Gedächtnis wie meinem zu helfen ...‹ und ›Er war nett, und es machte ihm nichts aus, daß ich meine Periode hatte.‹ Ihre großäugige Unschuld stößt mich ab. Sie ließ sich von ihm beherrschen. ›Ich lehnte mich an ihn und ...‹ Ich glaube, er konnte meine Ermordung vor sich selber rechtfertigen, weil ich mich niemals von ihm hätte beherrschen lassen. Dieser naive kleine Dummkopf vertraute ihm von Anfang an und ließ sich von ihm dominieren, bis er sie mit mir abspritzte, Stück für Stück ihrer kümmerlichen Persönlichkeit auslöschte.

Lawrence und ich sprachen oft darüber, was unsere Entdeckungen möglicherweise bedeuteten. Offenbar ist Persönlichkeit nichts anderes als die Fortdauer der Erinnerung. Beweggründe sind nur chemische Stoffe. Wenn es so etwas wie Seelen gibt, dann sind sich alle Seelen gleich, unterschieden lediglich durch das willkürliche Beiwerk der Erinnerungen.

Heute abend steckt mir eine Übelkeit in den Knochen. Vielleicht funktioniert der Filter nicht, und es dringt Kohlenmonoxid ein.

Die Nacht hebt sich in düsteren Schichten. Zuerst die Dämmerung, dann bricht der Lärm der Autonarren los, ihre getunten Hupen schreien wie Esel oder grunzen wie Bullen; Reifen quietschen, Motoren knirschen mit ihren Kolbenzähnen. Dann eine Schicht meiner Erschöp-

fung. Meine Katzen sind mir aus der Einkaufstasche ent-
wischt, als ich vor der Hoteltür aus dem Taxi stieg. Den
ganzen Tag über trieb ich mich im Park herum und suchte nach ihnen. Kein Glück. Die letzten Tage über hab' ich
nicht viel geschlafen, und unter den Schichten meiner
Angst ist eine schwächer werdende dunkle Ausstrah-
lung.

Wenn ich die Katzen finde, bringe ich sie dafür um,
daß sie mich verlassen haben. Ich werde ihre Überreste
an einen Adler im Zoo verfüttern, wenn niemand zu-
sieht.

Mein Verstand ähnelt einem Rotationsbild, ein Wirbel
von Farbklecksen.

10. SEPTEMBER, 2006
Es gibt mir ein besseres Gefühl, dieses Tagebuch zu führen. Für Jo Ann war es eine Erleichterung. Doch für mich
ist es ein Bekenntnis.

Ich ging in die Klinik, als ich wußte, daß Lawrence dort
allein wäre. Ich wußte nicht genau, was ich tun würde.

Er saß allein an seinem Schreibtisch. Er tat nicht so,
als wäre er erfreut. Sein Blick war ernst und seine Stimme fest. »Ich möchte, daß du verstehst, Sandra ...«

»Wenn es nur um mich ginge, könnte ich vielleicht
weggehen und alles vergessen. Ich kann die naive kleine
Schlampe, die du verführt hast, nicht ausstehen, aber
die Art, wie du ihre Eltern umgebracht und sie dann für
deine Experimente benutzt und mich dann getötet hast,
alles innerhalb weniger Tage ...«

»Nein. Sie wären selbst dann getötet worden, wenn
ich den Todesbefehl nicht unterschrieben hätte. Die Entscheidung war fast einmütig. Das ist schließlich ein de-
mokratisches Land.« Er lächelte bitter.

»Und wie hast du gestimmt?«

Er wandte mir den Rücken zu, öffnete einen Schrank,
zog eine Injektionspistole hervor.

Ich zerschmetterte eine Chloroformflasche an seinem

Kopf und sprang mit einem Taschentuch vor dem Mund zurück. Er fiel zwischen die Glasscherben.

Als er bewußtlos war, zog ich ihn zum nächsten Tisch und begann mit der Arbeit. Die bei Jo Ann angewandte Methode wirkte permanent, da sie schrittweise durchgeführt wurde. In unseren ersten Experimenten versuchten wir, einem bewußtlosen Mann Erinnerungen zu injizieren, dessen Gedächtnis unbeschädigt war. Mit größter Präzision durchgeführt, funktionierte diese Technik eine Zeitlang. Und machte dann aus der Versuchsperson für den Rest ihres Lebens einen plappernden Idioten. Wir suchten nach etwas Dauerhafterem und Wirtschaftlicherem. Aber für meine Zwecke würde es reichen. Ich ging zum Kühlschrank und suchte die Gedächtnislösung von Professor Culpepper heraus.

Zwei Stunden später erwachte Professor Culpepper, der vorübergehend in Lawrence untergebracht war, und setzte sich, die Schläfen reibend auf. Ich hatte mein Gesicht unter einer chirurgischen Gesichtsmaske verborgen.

Culpepper warf den Kopf zurück, blickte überrascht, musterte flüchtig den Raum mit einem verwirrten Blick.

»Wo sind wir? Jo Ann? Sadie?« Krächzte er.

»Immer mit der Ruhe«, sagte ich.

Er sprang auf die Füße und nahm eine feindselige geduckte Haltung an, die Hände vorgestreckt, in höchstem Maße alarmiert. Als er mich entdeckte — keiner aus der Gruppe der Vigilantenkiller, an die er sich erinnerte —, entspannte er sich ein wenig, blieb jedoch auf der Hut. »Professor Culpepper. Ihre Frau und Ihre kleine Tochter sind tot. Ermordet worden. Sie haben mitangesehen, wie Ihre Frau niedergestochen wurde, erinnern Sie sich?«

»Ja.« Seine Augen waren um die Pupillen herum vollkommen weiß. Er knirschte mit den Zähnen, seine Hände ballten sich abwechselnd und entspannten sich. »Wo sind wir? Die Vigs!« Lawrence hatte eine hübsche Dosis von Culpeppers letzten Emotionen extrahiert. Größtenteils Haß.

Ich reichte ihm den Automatikrevolver, den ich in Lawrence' Schreibtisch gefunden hatte. »Die Vigs werden in fünfundzwanzig Minuten an dieser Adresse eine Versammlung abhalten. Fünf Blocks von hier.« Ich gab ihm den Notizzettel. Er steckte ihn mit zitternden Händen in die Tasche und rannte aus dem Labor, auf die Straße hinaus.

Es blieben ihm anderthalb Stunden als Culpepper. Er würde es schaffen. Er würde wahrscheinlich fünf oder sechs von ihnen erwischen, bevor sie ihn erledigten.

Was mich betrifft ...

Ich sage *mich*, nicht *uns*. Es ist nur noch einer übrig. Oh, wenn ich in den Spiegel blicke, sehe ich Jo Anns ausgewaschenes, neurotisches Gesicht. Meine Hände sind ihre häßlichen Klauen. Ich hasse Lawrence dafür, daß er mich in diesen Körper gesteckt hat. Er hatte keine Achtung vor mir. Er hätte jemand Eleganteren finden können. Aber diese ungeschlachtete Hülle hat einen fauligen Gestank an sich, den ich nicht ganz abwaschen kann. Doch ich bin in dieser plumpen Parodie einer Frau gefangen, vollkommen. Ich habe es satt, gegen die Stäbe dieses Käfigs zu hämmern. Ich bin in meinem Hotelzimmer. Von den Katzen nichts zu sehen. So müde, daß ich kaum denken kann. Die Seiten verschwimmen.

Vielleicht wurde Jo Ann, die plebejische Hure Jo Ann, gar nicht von Lawrence hereingelegt. Vielleicht haben sie zusammengearbeitet. Das Miststück hätte alles für ihn getan. Deshalb hat sie mich in dieser unreinen Zelle eingesperrt. Gehirnzellen haben Gitterstäbe.

Wenn sie dem Käfig zu nahe kommt, kann ich durch die Stäbe hindurchgreifen und sie bei ihrer mageren Kehle packen und durchschütteln. Sie ist eine Idiotin. Sie erwartet von mir, daß ich glaube, dies sei mein eigener Körper. Ich werde sie töten. Ich werde das Rasiermesser besorgen und ihr damit die Kehle aufschlitzen. Und ausbrechen. Ich werde gewissermaßen meine eigene Säuberung durchführen.

Ich weiß nicht genau, wo ich anschließend hingehen werde. Untertauchen, denke ich. Vielleicht werde ich ›Dr. Fosdicks‹ Notizen an die Männer in den roten Lumpen verkaufen.

Ich breche jetzt auf. Das Rasiermesser besorgen. Aber ich habe das quälende Gefühl, daß ich irgend etwas vergessen habe.

Quill Tripstickler entkommt einer Braut

»ABER ICH WILL KEINEN Expeditionsbegleiter, Dad«, protestierte Quill Tripstickler. Er sprach zu dem Videobild seines Vaters, das überlichtschnell von der Erde übertragen wurde.

»Oh, wir wollen ihn nicht Expeditionsbegleiter nennen, mein Sohn«, sagte sein Vater mit seiner üblichen lauten Überschwenglichkeit. »Darum brauchst du dir keine Sorgen zu machen. Er ist ein *Butler*.«

»Aber warum brauche ich einen Butler? Und was *ist* ein Butler«

»Ein Butler«, sagte das ziemlich bedrohlich wirkende Bild seines Vaters — Quill hätte es sich wirklich ein bißchen weniger imposant gewünscht —, »ist eine ... äh ... Hilfskraft eines Gentlemans.«

»Was heißt hier Gentleman? Ich möchte nicht wegen meiner Etikette berüchtigt sein; das T-Agitieren ist ein hartes Geschäft. Etikette ist nicht immer ...«

»Nein, nein. Ein Butler ist ein Diener.«

»Ein Cyberservo? Ich *will* keinen Cyberservo, Dad! Sie sagen einem andauernd, was man zu tun hat und schauen einem über die Schulter und schnattern mißbilligend. Ich arbeite schon mit einer Maschine zusammen, und das reicht. Mein Bordcomputer ...«

»Eigentlich, mein Junge«, unterbrach sein Vater mit einer Spur von Ungeduld, »*ist* dieser Butler dein Bordcomputer. Das heißt, er ist eine ferngesteuerte Drohne deines Computers. Dein Schiff wird im Hafen bleiben, aber der Computer schickt seine Erweiterung mit dir hinaus. Bei der letzten Mission bist du fast getötet oder verändert worden oder es wäre dir sonst etwas Unwürdiges passiert. Diesmal will ich, daß du Begleitung hast, um die Patzer zu minimieren. Und das ist *alles*, was es zu diesem Thema zu sagen gibt.« Das Bild seines Vaters strotzte vor Autorität. Außerdem strotzte es von den gegenwärtig modernen beweglichen Drähten, die aus Kopfimplantaten entsprangen. Sein Vater trug als Konservativer seine Borsten im altmodischen Besenschnitt eines Clowns, die eingesetzte Platte in gedämpftem Violett gehalten; beide Augen waren von der gleichen Farbe, spießig grau, eine weitere Bekundung seines Glaubens an gentlemanhaftes Understatement; er trug seine eigene Nase, nur einmal unterteilt. Das runde Gesicht seines Vaters strahlte wortwörtlich in den allgemein anerkannten *Farben der Entschlossenheit*, besonders in den sich zusammenziehenden und expandierenden roten und gelben Spiralen auf den Wangen ... Quill zwinkerte und zwang sich dazu, den Blick vom hypnotischen Gesicht seines Vaters abzuwenden.

»Ganz wie du meinst, Vater.«

»Der Butler wird aus Sicherheitsgründen außerdem mit bestimmten Phrasen programmiert, die wegen ihrer Antiquiertheit nur du allein kennen wirst. Wenn du einen ablaufenden Vorgang beenden lassen willst, dann sagst du: ›Was für ein garstiges Ansinnen! Dieser Schweinehund!‹ Wenn du ihn eine bejahende Handlung ausführen lassen willst, zum Beispiel wenn du die Eingeborenen beschwichtigen willst, ohne sie wissen zu lassen, was du vorhast, dann sagst du: ›Donnerwetter! Hut ab!‹ Wenn du willst, daß er dich aus einer Situation befreit und einen allgemeinen Rückzug einleitet, dann rufst du: ›Eigenartig! Ein starkes Stück, fürwahr!‹ Diese Schlüsselsätze sind nur für Notfälle. Normalerweise wird er sich ziemlich unabhängig verhalten ... übrigens, wie steht es mit deiner äußeren Erscheinung? Willst du auf deine zweite Mission gehen und wie ein Betbruder aussehen?« Vater Tripstickler spielte auf Quills Vorliebe für ein unverändertes Äußeres an. Er lief so herum, wie er von Natur aus aussah, was auf den Kolonien des Erdsystems für ziemlich primitiv und rückständig gehalten wurde. Hinzu kam, daß sein Aussehen nicht unbedingt dem maskulinen Prototyp entsprach, der die einzige modische Stärke unveränderter Männer war. Quill war schlaksig, schmal um die Schultern und hatte ziemlich lange Arme; alle seine Versuche, seinen Tonnenbauch zu verkleinern, schlugen fehl; seine eng beieinander stehenden braunen Augen und die lange Nase wurde ein wenig durch seine vollen und sinnlichen Lippen aufgewogen; er trug sein eigenes Haar, ein Ausdruck wirklich schlechten Geschmacks, und er trug es in der Form einer kurzgeschnittenen braunen Kappe. Sein Hals war lang, und sein Adamsapfel hüpfte wie ein Tischtennisball auf einem Wasserstrahl. »Willst du dir nicht wenigstens«, drang sein Vater gereizt weiter in ihn, »die Brust weiten und den Bauch verkleinern lassen? Dauert nicht länger als eine Stunde. Und vielleicht eine Halsverkürzung ...«

»Nein, *danke*, Vater.« In diesen Dingen war er immer schon ein Dickkopf gewesen. Es war verboten, sich vor dem Alter von zehn Jahren verändern zu lassen. Und in seiner frühen Jugend hatte er eine Abwehrhaltung wegen seines Aussehens entwickelt und bis zu einem solchen Grad vervollkommnet, daß er schließlich die unumstößliche Überzeugung seiner eigenen persönlichen Schönheit gewonnen hatte. Seine Nase, so glaubte er, war das Riechorgan eines ehrgeizigen, vorwärtsstürmenden Mannes; sein Wanst war der Bauch eines Genießers; seine schmalen Schultern und seine Schlaksigkeit interpretierte er als Kompaktheit und Lockerheit; sein Hals war ›schwanenhaft‹. Zudem besaß er weitere beneidenswerte Eigenschaften; insbesondere ein körperliches Merkmal, auf das hier näher einzugehen der Anstand verbietet, fand den ungeteilten Beifall junger Damen.

»Du nimmst das Außenshuttle von der Station aus —
äh … ist dein Bein seit dem letzten Einsatz wieder nach-
gewachsen?«

»Ja, Vater.«

»Sehr gut. Dann wirst du also das Außenshuttle bis
zum Transitionspunkt nehmen und zu deinem Schiff
tunneln, in dem dich der Butler erwartet. Deine Naviga-
tionseinheit ist bereits auf den Zielort eingestellt. Du
wirst nach Sil fliegen und die Yee heiraten, unverzüglich.«

»Was?«

»Du hast mich verstanden. Das wird unumgänglich
sein, um die Xenophobie der Einheimischen zu besänftigen. Die Silaner sind berüchtigt für ihr Mißtrauen gegenüber Außenweltlern. Deshalb erachtet es die Gesellschaft für nötig, einen Agenten zu entsenden. Die Heirat wird bloß einen Zyklus lang dauern, nicht länger. Eine reine Formsache. Die Einzelheiten liegen nicht vor …
Und jetzt möchte ich dir eine Weisheit übermitteln …«

Quill stöhnte unwillkürlich.

Vater Tripsticklers Glorienschein aus beweglichen,
gefühlsempfänglichen Drähten bewegte sich unruhig,
zitternd vor Zorn.

Quill seufzte. Er murmelte das Familienmantra und
sagte: »Also gut. Ich bin auf hypnotischem Empfang,
Vater. Sprich sie.«

Vater Tripstickler räusperte sich und rezitierte: »Ein
Tripstickler schmiedet sein eigenes Glück/denn er hat
Mumm, wenn er denkt, und Schneid, wenn er lenkt.«

Zusammenzuckend sagte Quill: »Ich hab's aufgenommen, Vater.«

Als das Videobild seines Vaters verschwand, überlegte Quill: *Die Yee heiraten, um die Silaner zu beschwichtigen?
Der Weg eines Galaktischen Touristenagenten des fünften Grades war steinig, das war einmal sicher.*

* * *

»Es ist eindeutig paradiesisch!« rief Quill aus, als er aus dem Schleuse-Boden-Lift trat. »Ein ganz schöner Kontrast zu dem letzten Sprung, den ich machen mußte.«

»Ich fürchte, junger Herr«, sagte der Butler (die maskuline, wenn auch künstliche Stimme ließ Quill das männliche Fürwort verwenden, wenn er an ihn dachte), als er auf seinen messingfarbenen Rädern neben Quill auf die Rampe rollte, »daß die verschiedenen Sprichworte, die uns an den trügerischen Charakter der Erscheinungen erinnern, sich auf Sil bestätigen werden.«

»Mein Vater hat dich zweifellos dazu programmiert, so mürrisch zu sein wie er, Butler, aber auf mich macht der Ort einen tadellosen Eindruck.«

»Vielleicht sollten Sie mich Fives nennen, junger Herr, da ich das fünfte Modell des Prototyps bin.«

Quill musterte den Robot mit Mißfallen. »Hör auf, mich ›junger Herr‹ zu nennen.«

»Jawohl, Sir.« Der Robot (der bei flüchtiger Betrachtung von den Rädern aufwärts beinahe menschlich aussah) neigte seinen Bowler-gekrönten Kopf — der den Hals antreibende Motor *surrte* ein wenig — und vollführte mit seiner weißbehandschuhten Hand eine Begrüßungsgeste. Sein fast ausdrucksloses fleischfarbenes Plastiflexgesicht hob fragend eine makellose Augenbraue; seine glasigen braunen Augen glitzerten; seine ständig gespitzten Lippen teilten sich geringfügig, als er fragte: »Gedenken Sie, hier auf eine Delegation zu warten, oder sollen wir zu dem Abstiegsschacht gehen?«

»Abstiegsschacht? Abstieg? *Hinunter?* Sie leben unterirdisch?«

»Das ist in der Tat der Fall, Sir.«

»Wie bescheuert! Mit all der schönen Landschaft hier! Und wo wir schon mal dabei sind, warum bist du so verdammt zurückhaltend gewesen, die Daten über diesen Ort auszuspucken?«

»Um es ganz offen zu sagen, Sir, ich hatte Anweisung, die herausragenden Details erst dann preiszugeben, wenn wir sicher gelandet sind.«

»Was? Ist es denn so schlimm? Weißt du, sie schicken uns vom fünften Grad nur deshalb los, um die zukünftigen Mekkas für die Touristenschnüffler zu erschließen, weil wir entbehrlich sind und sie wissen, daß diese primitiven Gegenden ...«

»Zweifellos, Sir — vielleicht sollten wir uns zur Rutsche begeben.« Fives ging durch einen wohlriechenden Niederwald himmelblauer spitzblättriger Bäume voran, die unter einem smaragdgrünen Himmel unruhig zitterten; die fedrigen Gräser wellten sich bei Berührung weg. Ein Fluß, den Quill für Wasser hielt, der sich bei genauerem Hinsehen jedoch als Austrittskanal eines kristallinen Gels erwies, zog sich durch den Wald dahin, bis er zwischen den flachen, gelbgepolsterten Hügeln verschwand ... »Eine wundervolle Luft mit ausgewogenem Sauerstoffgehalt«, murmelte Quill. »Warum glauben sie, sie müßten ... Ah! Das muß der Eingang sein.« Sich ziemlich schroff aus der weichen Grasnarbe erhebend, stand eine mannshohe Pyramide an der ihnen zugewandten Seite offen, so als würden sie erwartet. Der Robot rollte ohne zu zögern hinein. Quill folgte ihm mit wenig Eifer. Die Tür glitt hinter ihnen zu; die Kabine sank zehn Sekunden lang hinab, dann öffnete sie sich auf einen breiten luftigen Korridor mit Felswänden.

Während der Abfahrt hatte Quill mit dem Gedanken gespielt, daß ihn jemand absichtlich falsch über die Einwohner von Sil informiert hatte. Ihm war gesagt worden, daß sie nicht nur ziemlich menschenähnlich wären (doch wenn er darüber nachdachte, hatte die Formulierung des Computers gelautet: ›ziemlich menschenähnlich, *im großen und ganzen*‹), sondern auch direkte Nachkommen einer Erdkolonie. Während der Zeit von neun Generationen jedoch, die seit der Besiedlung durch die ersten Kolonisten verstrichen war, hatte sich die Gemeinschaft isoliert. Die Silaner duldeten normalerweise keine Außenstehenden, und seit drei der neun Generationen hatte kein Terraner mehr seinen Fuß auf oder unter die Oberfläche von Sil gesetzt ... Aber da sie die Außenluft offenbar unerträglich fanden, dachte Quill, waren sie vielleicht überhaupt nicht menschenähnlich. Vielleicht ...

Als die Tür aufging, erkannte er zu seiner Erleichterung, daß er sich geirrt hatte. Sie waren nicht nur menschenähnlich, sie lebten in einer Gesellschaft, welche die kosmetische Chirurgie verabscheute, nahm Quill beifällig zur Kenntnis. Die drei Männer, die ihn mit einem breiten Lächeln auf den Gesichtern erwarteten, waren untersetzt und bleich, und das Haar fiel glatt und dunkel auf ihre Schultern hinab; sie trugen graue Anzüge aus ziemlich grobem Stoff, aus Sackleinen, genau gesagt, und keine Schuhe, obwohl der felsige Boden sehr uneben und an manchen Stellen scharfkantig war. Alle drei Männer sahen einander sehr ähnlich mit ihren Boxernasen und den großen schwarzen Augen, dem hohen Haaransatz und den spitzen Zähnen — aber einem Eingeborenen wären zweifellos mehr Unterscheidungsmerkmale aufgefallen.

Da er vor der Landung eine Hypnoschulung der Sil-Sprache mitgemacht hatte, verstand Quill den kleineren der drei Männer, als er sagte: »Möge der Weg Sie stärken.«

»Ihnen fruchtbare Kraft«, erwiderte Quill, der sich fragte, was der Ursprung der Phrase sein mochte. »Ich bin Quill Tripstickler, Galaktischer Touristenagent und nichtoffizieller Diplomat des Erdsystems.«

»Ich bin der Chromosomenregent«, antwortete der Mann mit einer leisen, nasalen Stimme würdevoll. »Meine Begleiter sind meine Assistenten B. und A. Sie dürfen mich Ihre Beharrlichkeit nennen.«

»Ah! Ein bezaubernder Titel, dessen bin ich sicher.«

»Als unser hochgeehrter Gast sind Ihnen natürlich die allerprächtigsten Quartiere zugeteilt worden«, sagte Seine Beharrlichkeit. »Wenn Sie die Freundlichkeit hätten, uns zu folgen ...« Doch als er im Begriff war, sich in den Korridor zu wenden, glitt sein Blick zum erstenmal über den Robot. Er schien entsetzt. »Was ist das für ein — Gerät?«

Quill räusperte sich. »Dieser lächerliche Apparat ist, fürchte ich, ein integrierter Bestandteil meiner Aktivitäten. Er ist mein Diener, Fives.«

Fives verneigte sich leicht.

Ihre Beharrlichkeit trat erschreckt einen Schritt zurück. »Normalerweise gestatten wir keinen unabhängig operierenden ungeborenen Wesen den Zutritt zur Stadt. Aber«, fuhr er achselzuckend, Fives mit unverhohlenem Abscheu musternd, fort, »da Q. T. der Bräutigam der Yee ist, können ein, zwei Zugeständnisse gemacht werden.«

Nun war es Quill, der erschrak, als Fives mit einem matten Lächeln bemerkte: »Unglücklicherweise sind meine Mechanismen von weniger vornehmer Art als Eure fleischlichen Organe, Eure Beharrlichkeit. Ich kann nur hoffen, daß sich die Zeit einem wie mir, der ohne die Wohltat des makellosen chromosomalen Erbguts Ihrer Beharrlichkeit entstand, als gnädig erweisen wird.«

Quill verkniff sich eine im Namen des Robots vorgebrachte Entschuldigung, als er zu seiner Überraschung erkannte, daß der Regent von Fives Anspielung auf seine Vorfahren erfreut zu sein schien. »Sie haben die Maschine gut gedrillt«, sagte der Regent. Er wandte sich um und hüpfte kreischend den Korridor entlang. Quill beobachtete verblüfft, wie A. und B. es ihm gleichtaten und den Korridor kreischend entlanghüpften. Ihm fiel auf, daß sie sich auf der rechten Seite des Gangs, wo der Boden scharfkantig war — offenbar kein Zufall —, auf einem gewundenen Weg wie über ein schmales, langgestrecktes Nagelbett bewegten.

»Sie fordern den Schmerz heraus?« fragte Quill flüsternd an Fives Seite.

»Das ist in der Tat der Fall, Sir. Sie sind keine Masochisten, unserem Begriffsverständnis nach. Sie demonstrieren ihre Gleichgültigkeit gegenüber der Unbill, die aus der angeblichen Überlegenheit ihrer genetischen Abstammung erwächst. Natürliche Auslese ist die Wurzel dieser Kultur, Sir.«

»Wenn daraus das folgert, was ich mir denke, dann sollten wir vielleicht besser umkehren und ...«

»Ich bitte um Verzeihung, Sir, aber Ihr Vater hat mich gebeten, Sie für den Fall, daß Sie einen Mangel an Entschlossenheit zeigen sollten, an die Tripstickler-Weisheit zu erinnern: *Ein Tripstickler schmiedet sein eigenes Glück ...*«

»Nein, nein! Schon gut, schon gut, wiederhol das nie wieder!« Mit diesem Ausruf nahm Quill Tripstickler den steinigen Pfad in Angriff, dabei Schreie und Quietschgeräusche ausstoßend, die wegen seiner weichbesohlten Schuhe vielleicht aufrichtiger waren als die der erfahrenen Silaner.

*   *   *

»Hast du gehört, was er gesagt hat, Fives? Ich fragte ihn, warum sie diese unterirdische Kühle dem Garten Eden dort oben vorzögen, und er sagte: ›Finden Sie es nicht schrecklich *erträglich* dort oben, Bräutigam Tripstickler?‹ Das sieht ja allmählich böser aus als auf dem letzten verdammten Planeten, wo sie mich hingeschickt haben. Und das ist ärgerlich. Der letzte Ort war ebenfalls unterirdisch. Meiner unmaßgeblichen Meinung nach haben versteckte Kulturen versteckte Motive. Ich traue diesen Leuten nicht. Und was soll es bedeuten, daß sie mich in eine feuchte, unerträglich rosa Kammer mit widerlich gemaserten Wänden stecken? Nun, Fives?«

Fives öffnete, respektvoll hüstelnd, den Mund zu einer Entgegnung, doch Quill unterbrach seine Tirade nicht. »Ich meine, zum Teufel, Fives, was haben diese Leute mit mir vor? Hast du diese eisigen Luftströme bemerkt, die ohne erkennbaren Grund durch den Gang wehten? Und diese ekelhafte Hindernisbahn aus rosa Wimpern, die an den Wänden wedelten? Ich meine, es ist doch so, ich bin ein talentierter und zielstrebiger Mensch, und ich habe, Gott steh mir bei, Schneid und Mumm, aber manchmal wird von einem erwartet, daß man unter unfairen Umständen absurdes Verhalten an den Tag legt und — nun, es ist wirklich meine Stärke, mit Damen von Stand charmant zu plaudern und mit örtlichen Autoritäten freundliche, gewinnende Scherzworte zu wechseln, aber nicht, grauenhafte klebrige rote Aufzüge hinunterzurutschen ...«

»Ich fürchte, Sie leiden unter einer Wahrnehmungstrübung, Sir«, unterbrach Fives ihn sanft, dessen Kopf Quills ungeduldigem Auf- und Abgehen surrend folgte. »Die ›widerlich gemaserten Wände‹ und ›grauenhaften klebrigen Aufzüge‹, wie Sie so blumig zu bemerken beliebten, sind in Wirklichkeit Erweiterungen der Urbanen Gebärmutter, der Fleischmaschine, des von den unvergleichlichen Gentechnikern Sils geschaffenen Gebäudes und organischen Apparats. Der ...« — er deutete auf die Wände — »menschliche Chromosomen.«

Quill musterte seine Umgebung mit unvermindertem Abscheu. »Du willst doch nicht behaupten ...?« Der niedrige Raum war feucht, seine Wände waren konkav und durchscheinend grau-rosa, durchsetzt von pulsierendem Blau. Die Decke zuckte mit winzigen beweglichen Fühlern, ein lebender Teppich. »Du willst doch wohl nicht behaupten ...«

»Doch, in der Tat, Sir. Sämtliche näheren Umstände, zum Beispiel wie die Ehe vollzogen werden soll, sind uns nicht bekannt. Aber daß der gesamte Teil der Stadt der Silaner von einem ... ah ... Organismus in Anspruch genommen wird, das wissen wir. Von einer künstlichen Mutation, die ihren Ursprung in der menschlichen Zellstruktur hatte. Die Wände dieser Kammer bestehen aus menschlicher Haut. Der klebrige Niedergang, den wir heruntergekommen sind, basiert auf einer stark veränderten und vergrößerten Zunge. Der Korridor ...«

»Großes Nirwana!« rief Quill, den Eingang einer genauen Prüfung unterziehend. Er hatte sich zusammengezogen und war jetzt geschlossen, ein riesiger rosagrauer Muskel, der sich um die kreisförmige Öffnung zusammengepreßt hatte; beim Öffnen dehnte er sich nach allen Seiten aus ... Quill schüttelte den Kopf und setzte sich im Schneidersitz auf den Fleischboden, die Ellbogen auf den Knien, das Kinn auf die Hand gestützt. Er warf Fives einen Blick zu. Der Robotbutler stand merkwürdig unbewegt, eine Hand in eine Tasche seiner Weste geklemmt, den Kopf in einem unbequemen Winkel geneigt. »Fives — warum haben wir keine Frauen gesehn? Ich hab ein paar Kinder gesehn, einmal, aber es waren alles Jungen. Sahen ebenfalls jämmerlich aus, wenn ich mal so sagen darf. Ich meine, ich hab ein volles Jahr lang erotische Verführung studiert, hab sogar 'ne Auszeichnung dafür gekriegt. Mein bestes Fach. Es lag mir im Blut, hieß es. Es verblüffte sie, aber so war es bei den Tripsticklers immer. Die Elektrizität in den Fingerspitzen, Fives; der verführerische Mund; der durchdringende Blick; der Magnetismus — das vor allem, der Magnetismus, Fives. Das läßt Frauen dahinschmelzen. Oder Männer, je nach Spezialisierung. Ich — Fives!« Er starrte den Robot an; er hatte sich nicht bewegt. »Fives?«

Der Robot erwachte plötzlich zum Leben, den Kopf krampfhaft von einer Seite zur anderen bewegend, als versuchte er ihn abzuschütteln. Quill beobachtete entsetzt, wie Fives Kopf auf dem Hals in die Höhe stieg, sich über die Schultern erhob und zu rotieren begann. Der absurde Anblick eines Butlers mit Bowler und einem betont würdevollen Gesichtsausdruck, den Kopf auf einem widernatürlich verlängerten Hals einen Meter über den Schultern — Quill brach unwillkürlich in Gelächter aus.

»Für Ausgelassenheit besteht keinerlei Anlaß, Sir«, sagte Fives mit einem leicht schmollenden Ausdruck um die gouvernantenhaften Lippen.

»Tut mir leid, Fives. Du siehst einfach so tölpelhaft und lustig aus.«

»Ich fürchte, diese Elevation ist durchaus erforderlich im Moment, Sir. Auf der Planetenoberfläche tobt gerade ein Gewitter, wissen Sie ...«

»Die Silaner sind zweifellos alle oben, um die Unannehmlichkeiten zu genießen.«

»Ja, Sir. Wie ich gerade sagen wollte, übt das Unwetter zusammen mit der Stein- und Fleischummantelung einen ziemlich dämpfenden Effekt auf die Übertragungen meines Gehirns an Bord unseres Schiffes aus. Für kurze Zeit war ich vollständig abgeschnitten, Sir. Und ich stelle fest, daß ich die Signale mit einiger Gleichmäßigkeit nur aus dieser Höhe empfangen kann — so wird es bleiben müssen, bis der Sturm abflaut.«

»Warum gibt es hier keine Frauen, Fives? Ich dachte, du hättest gesagt, diese Leute wären menschlich ...«

Fives machte ein Geräusch, das einem Räuspern sehr ähnlich war. »*Überwiegend* menschlich wäre vielleicht die bessere Formulierung, Sir. In diesem Entwicklungsstadium der Silaner gibt es jedenfalls nur eine Frau, und das ist die Yee. Sie ist das Produkt einer genetischen Manipulation. Die ursprünglichen Frauen, so haben wir erfahren, spalteten sich von den Männern vor einigen Generationen ab und sind sehr militant und autark geworden. Sie pflanzen sich durch Klonen fort. Sie leben auf der anderen Seite des Planeten, und da sie kriegerischer als die Männer sind, sind sie unerreichbar.«

»Aber, verdammt noch mal — soll ich mich mit dieser *Yee* wirklich paaren?«

»Aber sicher, Sir. Die Gründe sind folgende: Die Silaner verehren das DNS-Molekül. Einer ihrer Schutzheiligen ist der alte terranische Wissenschaftler Darwin. Sie glauben, daß das DNS-Molekül in seiner Beziehung zu anderen gleichartigen Molekülen eine Art von Denkvermögen besitzt, daß diese Moleküle, indem sie über eine besondere göttliche Frequenz in Resonanz stehen, miteinander kommunizieren und ein riesiges Gehirn bilden, das mittels natürlicher Auslese ständig versucht, sich zu verbessern, stärker und überlebensfähiger zu werden. Die Silaner respektieren nur diejenigen, die sich im Prozeß des Überlebens des Stärkeren bewährt haben. Sie haben sich geweigert, die schöne Oberfläche von Sil für den Tourismus freizugeben, bevor nicht ein Vertreter desjenigen Volkes, das diese Welt aufsuchen würde, jemand von den Erdkolonien, welche die Touristen stellen würden, den Auslesetest durchlaufen und sich anschließend mit der Yee gepaart hat. Wenn sich die Yee weigert, sich mit Ihnen zu vermählen, sie chemisch ungenügend findet ...«

»*Was?* — Ich bitte um Verzeihung ...«

»Nicht persönlich gemeint, Sir. Um fortzufahren, wenn sie Sie für ungeeignet hält, werden die Silaner diese Entscheidung auf Ihre ganze Gattung übertragen und keinen Tourismus gestatten.«

»Tatsächlich? Nun, ich bezweifle«, sagte Quill, indem er — ziemlich folgenlos — seine schmale Brust herausdrückte und sich das Haar zurechtstrich, »... daß sie enttäuscht sein wird. Aber eine grundsätzliche Frage steht noch offen: Was ist mit diesen Auslese-Prozeduren? Das läßt nichts Gutes ahnen, Fives. Nein, wirklich nicht. Ich verstehe jetzt, warum man mir auf diese Mission so wenig Informationen mitgegeben hat. Nun, ein großer Mann bezwingt das Mißgeschick und bietet dem Schicksal die Stirn. Aber dann heißt es auch, Vorsicht ist der bessere Teil der Tapferkeit. Deshalb ist es am besten, wir ziehen uns für eine Weile in das Hoheitsgebiet unseres Schiffes zurück, um die Sache zu überdenken, wie?«

Fives schüttelte traurig seinen ausgefahrenen Kopf. Dabei kam sein Bowler mit der niedrigen Decke in Kontakt und rieb im Vorbeischwenken über die Haut dort oben — sie erbebte, und die Decke schien aus ihrem tiefen Inneren heraus zu kichern. »Ich glaube nicht, Sir«, sagte Fives. »Ihr Vater bat mich, Sie daran zu erinnern ...«

Jetzt weitete sich die Tür mit einem übelkeiterregenden Geräusch hindurchstürzender Luft und erlaubte es dem Regenten, gefolgt von A. und B., einzutreten ...

»Die Zeit für den Test ist gekommen«, sagte der Regent ehrerbietig.

Quill sandte einen flehenden Blick zu Fives zurück.

Fives schien größere Schwierigkeiten damit zu haben, das Funksignal vom Schiffscomputer zu empfangen. Sein Kopf pendelte vor und zurück, die Augen zwinkerten unregelmäßig, der Mund schnappte auf und zu. Der Regent beäugte den Robot mißbilligend.

Die Decke kicherte.

B. verneigte sich und legte für Quill ein Sackgewand aus. »Ihr Testanzug, Bräutigam Q. T.«

»Ah.« Quill räusperte sich und untersuchte das grobgewirkte Hemd. Es war schrecklich rauh und übelriechend. Schlimmer, wenn er das Kleidungsstück anlegte, würde er auf die Impulswaffe verzichten müssen, die er hinter die Gürtelschnalle seiner einteiligen grünen Agentenuniform geklemmt hatte. Die Pistole könnte sich als von unschätzbarem Wert erweisen.

Quill blickte hoffnungsvoll auf Fives, eine Eingebung erwartend. Der Robot empfing im Moment wieder sein Signal und produzierte tief unter seinem Kinn ein Achselzucken.

»Was dieses sackleinene Gewand angeht, Fives«, begann Quill, als er sich an die Phrasen erinnerte, die ihm sein Vater genannt hatte, um den Butler zu überstimmen: »Was für ein garstiges Ansinnen! Dieser Schweinehund!«

Der Regent und seine beiden Klonvarianten musterten Quill verwirrt.

Fives wandte sich dem Regenten zu. »Dieses Gewand ist unschicklich, Eure Beharrlichkeit.«

Der Butler starrte Quill an und hob eine Braue, als wollte er sagen: *Den Bogen besser nicht überspannen, wir könnten einen Fauxpas begehen.*

Doch Quill war fest entschlossen. »Fives: Donnerwetter! Hut ab!«

Der Robot nickte und fuhr, aus seiner Höhe wohlwollend hinunterblickend, fort: »Master Tripstickler sieht sich nur deshalb außerstande, dieses silanische Gewand zu tragen, weil er als Baby und in seiner Jugend mit einem Stoff aufgezogen wurde, der diesem sehr ähnlich war, da seine Eltern ihn vollkommen verhätschelten, als er klein war. Ihr Gewand erscheint ihm als viel zu bequem. Sein eigener Anzug ist aus speziellen Metallfäden gewebt, welche von Zeit zu Zeit die aufgespeicherte statische Elekrizität abgeben und dem Träger einen herben Schock versetzen. Er ist *ausgesprochen* unbequem.«

»Ahh!« Der Regent betrachtete Quill voller Bewunderung und Neid.

Quill tat so, als zucke er von einem leichten elektrischen Schlag zusammen.

»Ist die Zerkleinerungskammer vorbereitet?« fragte der Regent A.

»Sie ist es, Eure Beharrlichkeit.«

Quill schreckte zusammen und dachte: *Zerkleinerungskammer? Für mich? Vielleicht wäre es an der Zeit, den dritten Überstimmungsreiz auszusprechen, den für den Rückzug. Es wäre interessant zu sehen, ob der Butler einen Weg aus der Stadt findet ...* »Fives! Eigenartig, ein starkes Stück, fürwahr! Eigenartig, ein starkes Stück, fürwahr? *Fürwahr! Fives!*«

Der Robot bewegte sich nicht.

A. und B. faßten jeder einen von Quills Ellbogen und führten ihn sanft durch die Türöffnung hinaus. Im Gehen rief er vergeblich über die Schulter. »Fives! Ein starkes Stück, fürwahr? *Ein starkes Stück, fürwahr!*«

Sie gingen einen geneigten Korridor hinab, der stark einer Speiseröhre ähnelte ...

* * *

Sie hatten ihn durch eine Türöffnung gestoßen; er war hindurchgetreten, hatte sich umgedreht, um etwas zu sagen — und die Öffnung preßte sich zusammen. Obwohl das ferne Kichern auf seine Anstrengungen, die Tür aufzukitzeln, antwortete, blieb sie zusammengeschnürt. Er seufzte und blickte sich um. Wie geht's nun weiter? fragte er sich. Ein trüber Lichtschein drang aus den bläulichen Adern, die in den ›Wänden‹ pulsierten, und beleuchtete einen ovalen röhrenförmigen Gang, der allmählich anstieg und in der schattenverhüllten Ferne konvergierte ...

Die Impulspistole hinter seinem Gürtel hervorziehend, setzte er sich in Bewegung und ging vorsichtig auf dem schwammigen Boden des Gangs entlang, gelegentlich auf klebriger Feuchtigkeit ausrutschend.

Ein süßlicher moschusartiger Geruch wehte ihn gelegentlich an, der ihn zu einer ziemlich eindeutigen physischen Reaktion veranlaßte, die ihn verlegen gemacht haben würde, wäre er nicht allein gewesen.

»Wenn ich's mir recht überlege«, murmelte er, »war ich noch nie *weniger* allein. *Sie* ist überall um mich.« Er eilte weiter, dabei gegen ein durchdringendes Gefühl von Klaustrophobie ankämpfend. Der Gang stieg immer weiter an, der Winkel wurde mit jedem Schritt schwieriger, bis er gezwungen war zu klettern, indem er seine Beine, Knie, Ellbogen, Zehen und Hände gegen die verräterisch glitschigen Wände preßte. Er schlängelte sich jetzt aufwärts, vor Anstrengung schwitzend, während er seine Finger eingrub, sowohl angeekelt wie auch angenehm erregt von der klebrigen Absonderung der Fleischwand nahe über ihm; kurz davor, von der Sauerstoffknappheit in dem engen Gang das Bewußtsein total zu verlieren, die Augen vom Dämmerlicht schmerzend.

Alle seine Instinkte drängten ihn, die Wände mit der Impulspistole nötigenfalls zu durchschneiden, sich zu befreien und der widerwärtigen Falle zu entfliehen. Sein

Magen rebellierte, abwechselnd von einem Schwindel der Übelkeit und Euphorie erfaßt.

Er verlor sein Zeitgefühl; es mochten Stunden vergangen sein, während er sich durch den beengenden Kanal aufwärts wand, nach Luft schnappend, die Uniform vom Schweiß beinahe so unbequem geworden, daß es einem Silaner gefallen hätte.

Zweimal fühlte er sich abrutschen, in der Röhre zurückfallen, den Kontakt mit dem feuchten, nachgebenden Gewebe um ihn verlieren — jedesmal bohrte er seine Ellbogen und Knie heftig hinein und hörte, während seine Talfahrt aufgehalten wurde, als Antwort ein fernes, widerhallendes Stöhnen des Vergnügens und der Überraschung ...

Der Gang war inzwischen fast senkrecht. Seine Muskeln schrien vor Schmerz; seine Augen sehnten sich nach Licht; und, vielleicht am quälendsten von allem, einer seiner Schuhe war aufgegangen, und er konnte sich nicht hinabbeugen, um ihn neu zu schnüren — er baumelte, zum Rasendwerden, halb an seinem Fuß, ihm allmählich entgleitend.

Gelegentlich hatte er erschreckende Visionen — besonders dann, wenn ihm ein Schwall Moschusduft entgegenkam —, die bis in seine frühe Kindheit zurückgingen; in seine sehr frühe Kindheit. Verstörende Träume von mütterlichen Bestrafungen, Zurückweisungen, Belohnungen. Sie hatten etwas Erschreckendes an sich, als beschwörten sie eine kurz bevorstehende Panik herauf, und er wußte, daß er bald aus dem Durchgang herauskommen mußte, wenn er nicht verrückt werden wollte. Er versuchte die Panik zu vermeiden, indem er sich etwas vorsang, gedacht als therapeutische Ablenkungsmaßnahme. Doch das einzige Lied, das ihm einfallen wollte, war:

> O schält sie, Jungs, schält sie,
> die verschiedenen Schichten;

deutet das Raunen
aus uralten Berichten.
Versteckt ihn, Mädchen, versteckt ihn,
den Instinkt, der euch sucht;
Ihr wart zu mehr berufen
als zu genetischer Zucht.
Paßt auf, Kinder paßt auf,
werdet wie Androiden;
ich frag' mich, wer stärker war —
Darwin oder Freud?

Und mit diesem hatte er, mit einem Wimmern des Begreifens, bei der dritten Strophe aufgehört.

Er war kurz davor zu schreien und zurückzufallen — als er oben ein Stärkerwerden des Lichtschimmers bemerkte. Ermutigt, verdoppelte er seine Anstrengungen und wurde bald darauf mit dem Anblick des Kanalendes belohnt.

Doch der Weg war versperrt. Ein großer, runder, ziemlich gebärmutterhalsartiger Muskel entsprang den Wänden des Kanals und war bis auf eine enge Öffnung zusammengefaltet, die nicht groß genug war, um seiner Faust Einlaß zu gewähren. Aus dem Loch in der Mitte des kürbisartigen Muskels drang das Licht, ein Leuchten aus der dahinterliegenden Kammer.

Quill blickte finster. Er überlegte. Er hatte die Silaner die Durchlässe öffnen und schließen sehen, indem sie die Wände rund um die Öffnungen kitzelten, aber man mußte genau wissen, wo und wie man zu kitzeln hatte. Quill war zu erschöpft, um zu experimentieren. Seine Impulspistole hing ihm an einem Riemen vom Handgelenk. Er stützte sich in dem vertikalen Kanal mit abgestreckten Knien ab — die Wände ächzten — und stellte die Pistole auf *Schwache Schwingungen*, gerade unterhalb der *Lähmung*. Es war eine harmlose Einstellung. Er drückte die Impulswaffe in die Öffnung des großen Halsmuskels und tippte einmal leicht den Abzug an. Die Pistole summte; die Wände stöhnten; die Gebärmutteröffnung weitete sich ruckweise, beinahe widerwillig; er drückte wieder den Abzug — die Wände kicherten ziemlich schrill, und die Öffnung weitete sich ganz. Er griff hoch und zog sich hindurch.

Er war erleichtert, wieder in einem großen Raum zu sein. Die Kammer als solche hatte keine Ecken; die ganze Angelegenheit war rund und von seidigweicher Beschaffenheit. Die Luft war herrlich schwül. Quill lockerte sich den Kragen. Er war von dem Halsmuskel heruntergeklettert und stand jetzt auf einem ausgedehnten schwammigen Untergrund, der sich in die Ferne erstreckte, wo er hinter bläulichen Nebeln undeutlich die gegenüberliegende Wand und eine sich davor bedrohlich abhebende Form ausmachen konnte.

Er machte sich in diese Richtung auf den Weg, streckte sich, dabei tief einatmend, und vollführte ein paar Boxhiebe in die Luft, damit er sich wieder wohl fühlte. Aber die ganze Angelegenheit nahm allmählich eine traumartige Qualität an. »Pheromone«, murmelte er.

Er war erst zehn Schritte weit gekommen, als ein dickes Gewirr Wimpern aus dem bebenden Bodengewebe hervorschnellte, jede haarfein, aber stark, hübsch durchsichtig, in dem Schein, der aus den Wänden drang, glitzernd wie taubenetzte Spinnweben. Sie bildeten ein kokonartiges Gewebe um seine Beine, begannen sich um seine Schenkel zu winden, die Hüften, hüllten ihn gleichmäßig bis zur Hüfte hinauf ein, bis zum Brustkorb, fesselten den rechten Arm an seinen Bauch — zusammen mit der Impulspistole. Sein linker Arm blieb frei, doch da die Wimpern damit fortfuhren, ihn einzuwickeln, schien diese Freiheit von tragischer Vorläufigkeit zu sein. Er schlug auf die dickste Stelle des Gewebes über seiner Hüfte; als Reaktion darauf zog es sich bloß fester zusammen, wie verärgert. Die Wimpern liefen in einer Art Zickzack von dem Kokon zum Bodengewebe hinunter und bebten unter seinen Befreiungsversuchen, in einem

Winkel von seinem Körper abstehend wie ein Glockenrock. Als die Wimpern seine Brust umhüllten, zu seinen Schultern hochzugreifen begannen, ließ er seinen linken Arm verzweifelt gegen das glockenförmige Geflecht fallen, und seine Finger strichen unabsichtlich über die Fäden ... Die Reaktion erfolgte augenblicklich; die Wimpern hörten mit der Arbeit am Kokon auf; die losen Fäden, im Begriff, sich über seine Kehle zu schließen, lokkerten sich und zogen sich zurück, als musterten sie ihn, mit zitternden Enden ...

Ermutigt begann Quill das Geflecht zu kraulen, so als spielte er mit den Fingerspitzen über eine Harfe, den Wimpern verführerische Melodien entlockend, verlokkend, rhythmisch tänzelnd, mit sanftem Nachdruck, jeder Fingerklaps kaum mehr als eine Liebkosung.

Die Wände seufzten, die Wimpern erzitterten und entfalteten sich um ihn wie eine nächtliche Blüte, die der aufgehenden Sonne wich.

Er hatte, um es vornehm auszudrücken, das Richtige getan.

Die Luft schien vor Erwartung zu beben ...

Quill Tripstickler schritt, mit einem berechtigten Gefühl von Furchtlosigkeit, über den erschauernden flachen Boden auf die monolithischen Formen zu, die durch den Nebel lugten.

Er erspähte eine sich nähernde Gestalt, und nach und nach erkannte er den — wie er jetzt empfand — verabscheuenswerten Regenten, Seine Beharrlichkeit.

»Willkommen, Bräutigam Q. Tripstickler! Wie ich sehe, war unser Vertrauen in Sie gerechtfertigt!« Der Regent befingerte eine Art Rosenkranz an seinem Hals, ließ die Perlen auf systematisch rituelle Weise durch seine Finger gleiten; beim näheren Hinsehen erkannte Quill, daß der Rosenkranz die Form eines DNS-Moleküls in schematischer Darstellung hatte.

Quill, der sich ausgepumpt und mißbraucht fühlte, erwiderte scharf: »Ist das Ende in Sicht?«

»Ah! Sie sind gespannt auf die Vollendung. Nur berechtigt. Folgen Sie mir.«

Quill schnaubte vor Ärger. Er hatte genug vom *Folgen Sie.* Regelmäßig Fragen stellend, ging er neben dem Regenten her auf etwas zu, das eine ferne riesige Statue zu sein schien:

»Ist die Dame — vergeben Sie mir — sympathisch?«

»Sie ist das Paradies«, antwortete der Regent geheimnisvoll.

»Kann unsere Vereinigung vielleicht in einer Schwerelosigkeitskammer vollzogen werden? Ich bin unter allen Umständen in erotischer Verführung Spitze«, sagte Quill stolz und, dieses eine Mal, ohne Übertreibung. »Aber ich habe mich auf die Vereinigung unter Schwerelosigkeit spezialisiert.«

»Das ist leider nicht möglich.«

»Ah — ich möchte nicht taktlos sein, aber angenommen, die Yee findet diese Erfahrung befruchtend? Die Frage der Geburtenkontrolle ...«

»Machen Sie sich keine Sorgen. Um Ihre Klone — die Jungen — wird man sich kümmern, und sie selektiv trennen von ...«

»Ich bitte um Verzeihung, wenn ich Sie unterbreche«, sagte Quill hastig, »aber sagten Sie — Klone?«

»Sehr richtig. Alle Ihre Körperzellen werden sortiert und die gesündesten ausgewählt werden, für das Wachstum der ...«

»Aber wie wollen Sie *alle* Zellen erhalten? Ich habe keine Skrupel, Ihnen ein oder zwei zu überlassen, gegebenenfalls eine Handvoll, aber es gibt eine Grenze, die jeder sensible Mann irgendwo ziehen würde ...«

»Sparen Sie sich Ihre Fragen, Bräutigam Q. Tripstickler«, sagte der Regent ziemlich ernst, Quill mit dem Zeigefinger drohend. »Jetzt wird alles klar und durchsichtig werden wie eine Fruchtblase der niederen Gebärenden. Sie werden miterleben, wie ein junger Silaner, bestrebt, daß seine DNS-Kombination durch die Klonierung der Yee unsterblich werden möge, Ihnen bei der Vorstellung vorausgeht.«

»Was? Soll ich den zweiten Platz hinter einem Emporkömmling einnehmen? Sind die Vorkehrungen für die Toilette der Dame, eine Dusche vielleicht, zu ...«

»Es läßt sich nicht vermeiden, Bräutigam Q. T. Der Ihnen vorangehende Mann hat in tiefer Erprobung viele Metabiurnen hindurch gewartet, um sich mit der Yee zu vereinigen. Gewiß«, fügte er hastig beschwichtigend hinzu, »waren Ihre Annäherungsversuche den seinen überlegen: Sie ließen sich nicht entmutigen, Sie schlängelten sich durch ihre Abwehr, wichen ihren instinktiven Zurückweisungen aus und fanden einen Ausweg aus ihrer gefangennehmenden Besitzgier in Form einer schicklichen klassischen Paarungszeremonie. Ah, da: Schauen Sie, die Yee.«

Er hob die Arme, und als Antwort teilte sich ein großer Schwaden blauen Nebels und enthüllte die Einzelheiten dessen, was Quill für eine Statue gehalten hatte.

Die Yee lag lang ausgestreckt, ihren Kopf zu Quills Linken, die Füße zu Quills Rechten. Genauer gesagt, befand sich ihr Kopf sechsundzwanzig Meter zu Quills Rechten, ihre Füße zweiundvierzig Meter zu seiner Linken; er stand im Schatten ihrer Gürtellinie. Die Gigantin lag mit weit gespreizten Beinen auf dem Rücken, die Arme an ihren Seiten, mit den Handflächen nach unten, die Finger in die weiche Oberfläche eingesunken, auf der sie lag. Den höchsten Punkt ihres bebenden, hübsch gerundeten Bauchs, etwa drei Meter über Quills Kopf, bildete eine Fleischsäule dort, wo sich der Nabel befinden sollte, die mit einem anmutigen, durchgezogenen Schwung knapp bis unter die Decke verlief. Ihre riesigen Brüste zitterten heftig, wenn sich ihr Brustkasten mit ihren Atemzügen wie ein monströser Blasebalg hob und senkte. Selbst wenn sie der Schwerkraft trotzen und ihre Nabelschnur abbrechen sollte, würde sich die Yee niemals von ihrem intrauterinen Ruhelager erheben: ihre Haut schwang sich dort, wo sie der Kurve ihres Körpers unter ihren Rücken hätte folgen sollen, nach außen, um mit dem Bodengewebe des unermeßlichen Raumes zu verschmelzen; auf allen Seiten war es das gleiche, wo auch der Körper mit dem Boden in Kontakt kam. Sie war ein Auswuchs ihrer Umfriedung.

Sie war auch hübsch. Sie war ziemlich wohlproportioniert, eine Vergrößerung einer üppigen Frau mit klassischen Kurven, starkem Körperbau, voller Würde, obwohl sie mit abgestemmten Beinen dalag. Ihr Gesicht, auch wenn es von den Größenproportionen her zu ihrem Körper paßte, ähnelte in mehrfacher Hinsicht dem eines Fötus. Die abgeflachte Nase, die geschlitzten, schlafenden Augen, etwas Unfertiges um die Stirn. Ihre Lippen jedoch waren voll und purpurrot. Ihr Haar bestand aus weiteren der durchsichtigen Wimpern, die ihr aus dem Schädel wuchsen und in dichten Kaskaden an ihr hinunterstürzten, bis sie gleichfalls mit dem Boden verschmolzen.

Quill schluckte voller Abscheu.

Betäubt folgte er dem Regenten nach rechts; sie gingen an dem leuchtenden, glänzenden Bein entlang, vorbei am Knie und den Waden, um einen riesigen, wenn auch irgendwie anmutigen Knöchel und den weichen Fuß herum — und standen vor einer perspektivischen Studie, der gewaltigen Chaussee zwischen ihren Beinen, die in architektonischem Schwung auf den Schamhügel zulief.

Dort stand ein Mann und verdeckte die riesigen vertikalen Lippen, die sich vor einer anderen Sphäre öffneten.

Er warf sein Gewand ab und kletterte, von Quill beobachtet, zwischen die haarlosen Lippen und in das alles umfassende Willkomm der Yee hinein. Quill hörte seinen erstickten Schrei, sah die unwillkürlichen Kontraktionen der vaginalen Muskeln der Yee, sah Blut aus dieser monumentalen Spalte hervortröpfeln ...

»Und Sie sehen also, daß der Bräutigam, sanft zerkleinert, für die chemische Mischung vorbereitet wird, die von dem internen Laboratorium der Yee abgesondert wird, daß seine Tausenden von Körperzellen, inmitten der Überbleibsel schwimmend, intakt bleiben«, erklärte der Regent klinisch nüchtern, »bis es ihnen erlaubt wird, in den Scheidebädern zu inkubieren ...«

»Entschuldigen Sie«, unterbrach Quill und wandte sich ab. Er lehnte sich gegen eine wuchtige Ferse und schüttelte sich. Der Anfall ging vorbei. Er griff vor, um sich an ihrer Fußsohle abzustützen — von der Decke hallte ein helles Lachen wider. Versuchsweise fuhr er mit der Hand liebkosend über die Sohle; der riesige Fuß zuckte schwach, ein glücklicher Seufzer brach aus der Kopfekke. »Sensibel, nicht wahr?« murmelte Quill. Er wandte sich zu dem Regenten um: »Muß diese Vereinigung mit Zuschauern durchgeführt werden? In meiner Kultur ist es Sitte, solche Dinge im Privaten zu tun ...« Das war eine Lüge, in Anbetracht des gegenwärtigen Zustands der Erdkolonien, doch der Regent war ohne Kontakt zu den Sitten der Außenwelten.

»Also gut. Die Yee wird uns melden, wenn alles vorbei und die glückliche Tat vollbracht, wenn die Vereinigung vorüber ist.«

»Und ich frage mich«, sagte Quill schnell, »ob Sie mir meinen Diener herunterschicken könnten, damit er meine Kleidung an sich nimmt ... Ich würde sie gerne zu meiner Familie zurückschicken.«

Der Regent rieb sich unschlüssig das Kinn. »Ein Apparat aus Metall in diesen paradiesischen Gefilden? Doch da Sie ein Außenweltler sind, müssen wir, denke ich, eine Ausnahme machen. Zumal Sie der Yee ein solches Vergnügen bereitet haben ... bis jetzt. Es möge geschehen.«

Der Regent wandte sich um, und indem er sich absichtlich hinfallen ließ, um seine Fähigkeit zu testen, den Sturz durch ein Abrollen aufzufangen, bevor er sich den Hals brach, machte er sich mit einer Bauchlandung auf den Weg durch den Nebel und war bald außer Sicht.

Quill drehte sich um und ging zum Kopf. Er kletterte auf die Hand, ging über das Handgelenk und den Arm hinauf, sich behutsam fortbewegend, auf Zehenspitzen, als teile er mit seinen Schritten Küsse aus.

Die Haut sank unter seinen Schritten bis zum Knöchel ein; der Muskel des Bizeps war weich, kaum angespannt. Er gelangte zur Schulter, wo er ein wenig klettern mußte und den elektrischen Kontakt ihrer weichen Haut mit seinen Händen genoß. Er kroch über das Schlüsselbein, sich vorsichtig bewegend auf den Hals, damit er ihr kein Unbehagen verursachte, und zog sich auf ihr schlankes Kinn.

Ihre Augen waren geöffnet.

Zwei bleiche Augäpfel, die Pupillen so tief wie schwarze Löcher, die Iris blaugrau, unmittelbar auf ihn scharfgestellt.

Ein Schauer lief ihm über das Rückgrat, verbunden mit einer Botschaft.

Du bist nicht wie die anderen.

»Nein«, stimmte Quill zu. Er war nicht verwirrt durch ihre Telepathie; er hatte Kurse in Basis-Telepathie mitgemacht; und wenn er auch kein Naturtalent war und niemals ein Profi werden würde, besaß er mit klarem Empfang einige Erfahrung.

Du bist gekommen, um mich zu betrachten, mein Äußeres, mein Angesicht. Du bist gekommen, um mir zu begegnen, und nicht, um mich nur zu besitzen.

»Nimmt man noch Anmut und Anziehungskraft hinzu, dann hast du soeben den springenden Punkt erfolgreicher Liebeskunst umrissen«, sagte Quill, sich leicht verneigend. Er setzte sich mit gespreizten Beinen auf ihr Kinn und liebkoste ihre Lippen mit den Händen. Er ließ seine Finger zwischen ihre Lippen gleiten und spielte sanft mit ihrer Zungenspitze. Sie durchlief ein Schauder.

Ich empfinde für dich: Zuneigung.

»Es ist mir eine Ehre, Madame.«

Deine Berührung ist sanfter als ein Eindringen, aber mehr als oberflächlich. Ich frage mich, ob du so freundlich wärst, diese Berührung einem Ort zukommen zu lassen, den meine Besucher seit langem ignoriert haben. Es handelt sich um ein Gefühlszentrum an meinem Unterleib, und wenn du dich auf die Zehenspitzen stellen würdest ...

»Ich glaube«, sagte Quill, »ich kenne den Punkt, den du meinst.« Er gewährte ihren vor ihm liegenden Lippen eine letzte ausgedehnte Liebkosung. »Ich werde tun, was du verlangst, unter einer Bedingung: daß du den Silanern signalisierst ...«

Meinen Kindern?

»Ja, meine verehrte Yee. Melde deinen Kindern, daß alles in Ordnung ist und daß unser Liebesakt vollendet wurde. Sie müssen überzeugt davon sein, daß mir ... ah ... die vollständige Behandlung zur Vorbereitung der Klonierung bewährt wurde ...«

Ich verstehe. Aus deinen Gedanken erfahre ich, was du wünschst: Eine Handlung, die Lügen genannt wird. Es sei dir gewährt, Liebster. Aber du mußt mir versprechen, daß du dem Gefühlszentrum auch weiterhin deine Zärtlichkeit erweisen wirst, und zwar drei Jahre lang. Dann müßte ich wieder eine Abwechslung gebrauchen können.

Quill zögerte nur einen Moment. Drei Jahre? Ein Klacks für die Yee, eine erhebliche Zeitspanne für Quill; aber es müßte sich machen lassen.

Quill genoß die Begegnung ebenfalls.

»Also schön, mein Versprechen gilt.«

Quill rutschte langsam zu ihrem gewaltigen Schritt. Er ließ sich vom Schamhügel hinab und stand auf dem Boden; er hatte gerade das ›Zentrum‹ gefunden, als er von einem *surrenden* Geräusch hinter sich zusammenschrak. Er wandte sich um und erblickte Fives, der ihn beobachtete. »Ah, Fives. Wie ich sehe, hat sich der Sturm gelegt, und du bist wieder in Ordnung. Gut. Warte einfach auf der anderen Beinseite, da drüben, und ich komme dann zu dir. Am besten hältst du dich fest — es könnte in ein paar Minuten ein kleines Erdbeben geben.«

»Sehr wohl, Sir.«

Minuten später erzitterten Wände und Boden des riesigen Raums, hallten wider vom Beben der zum Höhepunkt kommenden Riesin.

Sich den schmerzenden rechten Arm reibend, gesellte sich Quill zu Fives und fragte: »Glaubst du, du kannst einen Ausgang von hier finden? Benutz dein Sonar oder irgendwas anderes; bring uns raus, ohne daß die Silaner uns sehen. Schaffst du das?«

»Ich glaube schon, Sir. Aber vielleicht sollten wir uns zunächst mit dem Regenten beraten. Diese Mission wurde nicht so durchgeführt, wie es den Silanern gefallen ...«

»Sie werden es nie erfahren. Sie hat es versprochen. Ich will weg. Ich bin krank vor Langeweile.«

»Trotzdem, Sir ...«

»Fives!«

»Sir?«

»Eigenartig! Ein starkes Stück, fürwahr?«

»Sehr wohl, Sir. Hier entlang ...«

* * *

Während er Sil vom Orbit aus betrachtete, kurz bevor sie die für den Raumsprung notwendige Himmelskoordinaten erreichten, bemerkte Quill zu Fives: »Etwas, das du als Maschine niemals begreifen wirst, ist das Vergnügen körperlicher Liebe.«

»Im Grunde genommen ist der Vorgang der körperlichen Vereinigung, wie es heißt, bei Tieren in der Hinsicht ziemlich maschinenähnlich, als er die Folge einer Reihe von chemischen Reaktionen ist, der Wechselwirkungen von Enzymen und zahlreicher Hormone, instinktgesteuerter psychologischer Obsessionen, die von der genetischen Chemie gesteuert werden ...«

»Werd nicht ermüdend, Fives. Der Punkt ist der, daß

sich keiner von meiner Art zu jemandem wie dir, einer Maschine, physisch hingezogen fühlen könnte. Lippen aus Plastiflex werden meine niemals berühren!«

»Wenn es so ist, Sir, so verschafft mir dies beträchtliche Erleichterung, wenn ich mir diese Bemerkung erlauben darf.«

Es hatte den Anschein, als ob Fives tatsächlich erschauderte.

Quill wandte seinen Blick wieder dem Monitor zu und beobachtete, wie der Planet hinter ihnen zurückwich. »Die liebliche Yee ... drei Jahre ... Nun ja. Solange werde ich mit mir hadern. Ich frage mich«, murmelte er, »ob wir miteinander hätten glücklich werden können.«

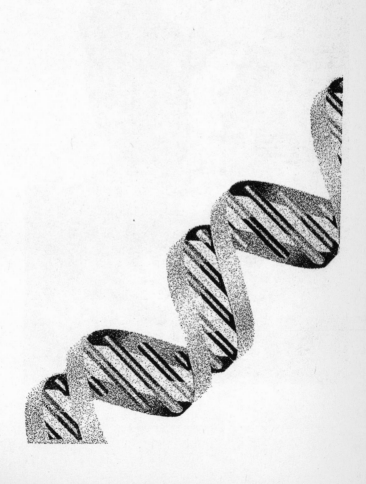

Wiederkehrende Träume □ □ vom Atomkrieg stürzen B. T. Quizenbaum in geistige Verwirrung

STETS WECKTE IHN IRGENDEIN Knall auf, als hätte sich die Außenwelt mit seinen Träumen verschworen.

Kurz bevor er erwachte: die Wolke, giftigrot an ihrer Basis, wuchs über dem Horizont empor wie ein riesiges leuchtendes Gehirn auf einem Rückgrat. Und dann der weiße Blitz, und *dann* der Knall.

Womm. Er setzte sich im Bett auf, blinzelte durch seinen Schweiß hindurch, und der Raum war angefüllt mit Weiß. Er wartete auf das Große Feuer. Den Schmerz. Den Tod.

Langsam paßten sich seine Augen an, und sein Herzschlag verlangsamte sich, und der Schweiß auf seinem verzerrten Gesicht trocknete. Dann hörte er den Knall ein zweites Mal und erkannte, daß es nur ein Lieferwagen war, der in einem Schlagloch aufschlug. Oder ein anderes der Verkehrsgeräusche der Stadt.

Der Blitz war nur das Licht der Morgensonne, das ihn überraschte, als er die Augen öffnete (gedankenlos und dennoch absichtsvoll ließ er seine Vorhänge vor dem Zubettgehen offen). Seine Schlafzimmerfenster zeigten nach East Manhattan ... Doch bevor sich seine Augen angepaßt hatten, gerade im Moment des Aufwachens, noch halb im Traumdelirium, erschien ihm das Licht als der Blitz einer explodierenden Wasserstoffbombe. Sie hatte etwas mit dem Licht im Zentrum einer nackten 200-Watt-Birne gemein; dem ausgelöschten Ort, an dem sich, wenn er in die Glühbirne starrte, sein Auge weigerte, Farbe wahrzunehmen: ein Herz aus Weiß. Ein Pochen von beinahe provozierender Leere.

Es war August. Als hätten sie im August irgendwie Saison, schien der Himmel voller Flugzeuge, deren Düsentriebwerke unheilvollen Donner ausstießen; jedes Düsenflugzeug, in Quizenbaums Vorstellung, ein potentieller Bombenträger. Jede Lufterschütterung ließ ihn heftig atmend ans Fenster eilen.

Er hatte nicht vor, einen Therapeuten aufzusuchen. Die Träume machten ihm Angst, doch sie waren aufregende, gesalzene Melodramen. Er wollte sie nicht gedeutet haben.

»Oh«, würde der Therapeut wahrscheinlich sagen, »die wiederkehrenden Träume vom Dritten Weltkrieg sind möglicherweise Ausdruck Ihrer sublimierten Feindseligkeit gegenüber der Welt. Sie vernichten in Ihren Träumen die ganze verfluchte Welt, Quizenbaum, weil Sie Bühnenbildner am Theater werden wollten und statt dessen Platzanweiser geworden sind. Sie machen dafür die Welt als solche verantwortlich, als Ursprung aller Ungerechtigkeit. Sie sind vierzig, und Sie wissen, daß es zu spät ist. Sie sind unverheiratet und einsam. Verständlicherweise belasten Sie diese Dinge.« Und ein anderer würde zweifellos sagen: »Sie sind ein Jude ohne Wurzeln, ein Waisenkind. Ihre Mutter konvertierte zum Christentum und wurde anschließend Alkoholikerin, als Sie fünf Jahre alt waren. Ein Jahr später wurden Sie bei Nichtjuden untergebracht; und Sie fürchteten sich immer davor, den Tempel aufzusuchen, fürchteten sich vor Zurückweisung. Sie sind ein Jude ohne Religion, und deswegen verabscheuen Sie die Juden. Die Bombe ist Ihre Art, die Stadt zu zerstören, die vor Juden wimmelt — schließlich, Quizenbaum, spielen Ihre Träume immer in New York City. Die Pilzform stellt die Kuppel der Synagoge dar und die Sublimierung Ihrer Angst vor Frauen, die ...« Und noch mehr solches Gefasel. Quizenbaum kannte es schon im voraus. Er hatte es schon früher mit Analytikern versucht, und sie hatten seine Welt undurchsichtiger zurückgelassen, als sie es jemals gewesen war.

Die Träume waren nicht identisch. In manchen Nächten kam Tricia in dem Alptraum vor. Tricia war eine mädchenhafte Frau in den Zwanzigern, die mal als Kartenabreißerin am Theater gearbeitet hatte. Sie hatten sich ein paarmal getroffen, dann hatte sie verkündet, daß sie jemanden namens Barry Malstein heiraten würde, weil er Rechtsanwalt war und weil er Jude war. »Ich meine«, sagte sie in einer entschuldigenden Nebenbemerkung zu Quizenbaum, »er ist ein *wirklicher* Jude. Du bist zwar irgendwie ein viel besserer Gesprächspartner. Aber irgendwie habe ich das Gefühl, mein Therapeut hat recht, wenn er sagt, mein Leben wäre zu … äh …«

Quizenbaum hatte Tricia noch in liebevoller Erinnerung. In der einen Nacht, die er mit ihr verbracht hatte, hatte er nicht vom Atomkrieg geträumt.

In den Träumen, in denen Tricia vorkam, saßen sie immer zusammen auf der Veranda und stritten ruhig miteinander über irgend etwas. Er wußte nie genau, worum es bei dem Streit ging. Dann stand sie auf, als wollte sie gehen — und dann verdunkelte sich der Himmel von der pilzförmigen Wolke hinter ihr, wie von einer Art Kobra über ihrem Kopf, und die Welt begann um sie herum auseinanderzufallen. Stereotype Filmszenen von Naturkatastrophen, von einer Flutwelle hinweggespülte Gebäude, von Erdstößen zusammengebrochene Städte. Dann riß er sie in seine Arme und stürzte mit ihr, als bestünde sie aus Papier, ins Haus, das Entsetzen verbrannte ihn, überschwemmte ihn mit einer Woge der Erregung, die er im Wachen niemals erlebt hatte. Das Haus wurde gallertartig, die Wände transparent, das weiße Licht durchflutete alles. Der DONNER traf ein und brachte die Schockwelle mit sich. Tricia schreiend, der Schrei ging unter im Dröhnen, er drehte sich um und blickte direkt in das weiße Licht.

Dann wachte er auf. Wenn er die Explosion mit ihrem Zyklopenauge schaute.

In anderen Träumen ging er allein in einer Menschenmenge, vielleicht beim Verlassen eines Footballstadions (er ging nie zu Footballspielen) oder eines Rockkonzerts (er mochte keine laute Musik); oder er war eine Spielkarte in dem großen Geschiebe am Times Square (er ging niemals dorthin, wenn er wach war). Die Wolke kam, die Glut. Jeder einzelne Kopf in der Menge, was für eine Menge es auch sein mochte, blinzelte unter vorgehaltener Hand in die sich entfaltende Explosion. Es verging der Bruchteil einer Sekunde, bis das blendende Licht und die Schockwelle sie trafen, bis sie aufs Intensivste in ihrem Gefühl eines wechselseitigen geteilten Schicksals verschmolzen. Jetzt sind wir alle Asche in der gleichen Urne, dachte Quizenbaum dann. Die Hitze nahm zu, der Feuerball spaltete den Horizont, der Tod fuhr auf die herab wie ein stählerner Hammer. Er schaute der Glut ins Auge und …

Er wachte auf.

Aber manchmal war das Erwachen unvollständig. Dann schien er die Menschenmenge in seinem Schlafzimmer zu sehen, Tausende in einem Raum, der kaum für vier groß genug war, in Erwartung der Druckwelle, und das Zimmer schwoll unsichtbar an, bis die Wände im Begriff waren zu bersten. Statt dessen kam es zu einem leisen, übelkeiterregenden *Plop* in den Knochen über seinem Ohr. Ein neuerlicher Schauder durchlief ihn, und er war allein, und die heiße Morgensonne überschwemmte seine Augen mit verschwommenen Flecken. Einmal, nur ein einziges Mal, unmittelbar nach dem *Plop*, fand er das Bettlaken zwischen seinen Beinen naß von frischem Urin vor. Diese Entdeckung versetzte ihn in eine Art von Euphorie.

* * *

Beim Nachdenken über den tieferen Sinn seiner wiederkehrenden Träume war Brent Taylor Quizenbaum zu bestimmten Schlußfolgerungen gelangt. Er versuchte, seine Schlüsse einer Frau zu erklären, die sich ihm in der
Nightsbirds-Grillbar vorstellte: »Maria — wie in der *West
Side Story*, wissen Sie?« Sie standen nebeneinander an
der überfüllten Bar; es gab keine Hocker. Er war erfreut,
als er herausfand, daß er seinen Fuß auf eine Messing-
stange nahe dem Boden stellen konnte. Das hatte er noch
nie getan.

Maria war größer als er und dunkler, und ihre Aknenar-
ben glühten im unterweltlerischen Glanz der Schwarz-
lichtlampen. Das Schwarzlicht, halb unter Stanniolpa-
pier verborgen, war an der Decke über der barbusigen
Tänzerin festgeschraubt, die auf einer Bühne hinter der
Bar herumschwankte; sie hatte ihre durchsichtigen, hoch-
hackigen Plastikschuhe nicht ganz unter Kontrolle. Ab
und zu schweifte Quizenbaums rundäugiger Blick zu der
Tänzerin hinüber, die mit Pailletten auf den Brustwar-
zen und im Tangaslip senkrechte Schlängelbewegungen
vollführte, als versuchte sie sich in ein Kleid zu zwängen,
das zu klein für sie war.

Quizenbaum wandte seine Aufmerksamkeit wieder
Maria zu, einer hageren, schwarzhaarigen Maria, und
sagte: »Diese Träume, weißt du, zusammen mit bestimmten internationalen Hinweisen, haben mich zu dem
Schluß kommen lassen, daß unsere Welt tatsächlich vor
dem Ende steht. Zivilisationen haben ihre Lebens- und
Todeszyklen. Die unsere ist zu absurd, als daß ihr erlaubt sein könnte, noch länger zu dauern. Atomarer Holocaust noch zu meinen Lebzeiten.« Er machte eine dra-
matische Pause. »Und zu deinen, Maria.«

»Yeah!« sagte sie mit einem Nicken, an ihrem Screwdriver nippend.

Wie tief ihr Verständnis war! »Du siehst also«, fuhr er
ernst fort, »es hängt alles zusammen, die Begeisterung
der Leute für Katastrophen- und Horrorfilme und diese

ganze verzweifelte, schale Suche nach neuen Reizen —
wie die Kokserei und *Swing*-Clubs. Diese Dinge sagen
mir, tief in meinem Innern: Wir alle wissen, daß das Ende bevorsteht.« Er nahm einen großen Schluck von seinem eigenen Screwdriver; er konnte vor lauter Wodka
kaum den Tropicana-Orangensaft herausschmecken. Ihn
überkam eine schreckliche, herrliche Klarheit. Er hatte
nie zuvor soviel trinken müssen.

»Wir alle *fühlen*, daß es kommt ...« Er gestikulierte
heftig beim Versuch, das passende Wort herbeizurufen.
»Wir fühlen es kommen ... und zwar *intuitiv*. Stimmt's?«
Er wandte seine Klarheit gegen sie und sah ihr in die
Augen.

»Stimmt!« sagte sie ohne zu blinzeln und gab dem
Bartender Zeichen, zwei neue Drinks zu bringen. Quizenbaum bezahlte die Drinks — er hatte auch die vorigen drei Runden bezahlt.

Wie *sensibel* sie ist! dachte Quizenbaum. Er mochte sie
wirklich. »Wenn wir, Maria«, fuhr er im gewohnten Gleis
seiner Rhetorik fort, »also darin übereinstimmen, daß
der nukleare Holocaust uns alle bald umbringen wird,
wie gehen wir dann damit um? Wie? Wir müssen für den
Augenblick leben, so lange bis das weiße Licht und die
große Glut kommen. Und wenn das stimmt, dann muß
man intensiv leben und schnell und alles abstreifen ...«
All das waren Formulierungen, über die Quizenbaum
sich bis jetzt lustig gemacht hatte; er hatte das gleiche
Gefühl wie seiner Meinung nach die Tänzerin über der
Bar, nämlich daß er sich in etwas schlecht Passendes
hineinzwängte. Doch als er sagte: »Wir müssen uns erlauben, loszulassen und zu *fühlen*«, da lächelte er und
begann sich mit den Gemeinplätzen anzufreunden.
»Und dann, Maria ...« — er blickte tief in ihre rotgerän-
derten braunen Augen —, »müssen wir den eigentlichen Moment des nuklearen Todes mit ... mit Würde
begrüßen, und mit ... mit ... äh ... *du* weißt schon, mit
Euphorie. Die Art von Euphorie, die einen überkommt,

wenn man aufgibt, voller Heiterkeit. Ganz zuletzt: die Erlösung!«

»Nur weiter«, sagte sie, obwohl es ihr der Geräuschpegel in der überfüllten Bar wahrscheinlich unmöglich machte, das meiste von dem, was er sagte, zu verstehen.

»Und da ist noch etwas ... Ich weiß, es erinnert ein bißchen sehr an *Doktor Seltsam*, aber ... wenn die Bombe hochgeht, werden wir alle *gemeinsam* sterben. Ein einziges Mal werden alle in New York City wirklich *zusammen* sein. Es wird beinahe so sein, als wären wir *verliebt*!« Er beugte sich dicht zu ihr hinüber, um ihre Reaktion zu hören.

»So klar wie *Scheiße*!« brach es aus ihr heraus.

Etwas ernüchtert durch diesen verbalen Fehlgriff, trank er den Rest seines Screwdrivers. In seinem Kopf drehte es sich, und ihn übermannte eine Woge der Desorientierung. Ein Lichtblitz an der Tür — es war nur ein Polizist, der seine Taschenlampe in eine dunkle Ecke der Bar richtete. Aber Quizenbaum taumelte, für einen Moment überzeugt davon, das weiße Licht wäre da.

Es war nicht das erste Mal an diesem Tag; er war beim Geheul der Sirenen zusammengeschreckt (ist das eine Luftschutzsirene?), als Flugzeuge die Schallmauer durchbrachen (ist das der endgültige Knall?), als Mütter nach ihren Kindern riefen (schreien sie nicht »Lauft zum Strahlenschutzbunker!«?). Manchmal ließ ihn auch eine Stille zusammenfahren — war es vielleicht die Stille vor dem Sturm?

Er schüttelte sich und kehrte tapfer zur Bar zurück. »He, Süßer«, sagte Maria, ihm durchs Haar fahrend und ihren Kopf neugierig herabbeugend. »Was'n los?«

Er lächelte sie warm an. Sie war keine Intellektuelle, aber, bei Gott, sie war *wirklich*. »Im Lichte unserer Geschichte — äh ... Diskussion gesehen«, sagte er, »findest du nicht, wir sollten uns gegenseitig eine Weile erforschen, solange wir noch können?«

Als sie ihn beim Arm nahm und zur Tür führte, hörte er jemanden an der Bar sagen: »Maria macht einen immer ...« Und den Rest konnte er nicht mehr hören. Sie macht *was*? fragte er sich.

»Sie weiß, was sie tut«, antwortete ein anderer.

Den Mann falsch verstehend, nickte er vor sich hin. »Yeah, sie weiß einen zu nehmen«, murmelte er stolz, und alles kreiste um ihn.

Er maß den Bemerkungen erst dann eine andere Bedeutung bei, als er am nächsten Morgen erwachte — voll angezogen, auf dem Teppich neben seinem unbenutzten Bett — und folgende Feststellung machte:

A) Maria weg.

B) Eine Lache Erbrochenes, wie von ihm, im Eingang des Schlafzimmers.

C) Seine Brieftasche verschwunden. Es waren neunzig Dollar und eine Kreditkarte darin gewesen.

D) Sein Radiowecker und Mixer verschwunden.

Er stieß eine Art bellendes Lachen aus. Dann zuckte er zusammen. Er nahm drei Kodeintabletten, die von einem früheren Besuch beim Zahnarzt übrig waren, und legte sich ins Bett.

* * *

Die Wolke stieg in den Himmel empor und zog sich zurück und kam wieder. Sie erschien und verschwand pulsierend. Sie rückte ein Stück weit vor, entfaltete ihren Feuerball wie einen Papierblumenstrauß aus dem Handgelenk eines Zauberers. Und dann kehrte der Blumenstrauß wieder in seinen Ärmel zurück, der Feuerball zog sich zusammen, als liefe ein Film rückwärts ab, und die Leute wandten ihren Blick vom Horizont ab, vergaßen, was dort gewesen war, als wäre nichts geschehen.

Und wieder entfaltete sich der Feuerball — und er kehrte um, die Welt war innerhalb von Sekunden wieder hergestellt. »Unentschlossener Schachtelteufel«, sagte Quizenbaum, der körperlos über der Stadt schwebte. Dann befand er sich unten auf dem Platz, irgendwie abgetrennt von den Tausenden anderen, die ihn in Wellen umspülten, und fühlte sich ausgeschlossen und anonym.

Die Mischung aus Angst und Begeisterung begann ihn zu quälen, wenn sich der Horizont erhellte, die Wolke erschien. Dann wandte sich die Menge um und schaute, und in dem Entsetzen, daß sie einte wie heißes Plastik, das sich über sie alle ergoß, war Quizenbaum nicht mehr länger ausgeschlossen, nicht mehr anonym. Es hielt nicht an; es gelangte nicht ganz zur Vollendung. Er blieb enttäuscht zurück. Der Film lief rückwärts, die Wolke verwelkte, sank in sich zusammen. Die Menge vergaß alles, was soeben passiert war. Er war wieder allein.

Quizenbaum erwachte im Dunkeln. Er hatte den ganzen Tag durchgeschlafen. Dies war das letzte Mal, daß er den Traum träumte, gleich in welcher Form. Eine Woche später gab er eine Kleinanzeige für die *Leute*-Rubrik der *Village Voice* auf.

Die Anzeige war jedem, der sie las, unverständlich. Doch Quizenbaum saß stundenlang da und beobachtete das schwarze Telefon.

Die Anzeige lautete:

VERBRENN ZWEI, UND SIE WERDEN EINS. ICH STELLE STREICHHÖLZER ZUR VERFÜGUNG, WENN SIE BENZIN HABEN. MEHR ALS SELBSTMORD. RUFEN SIE MICH AN UNTER ...

Eines Tages klingelte das Telefon.

Wie es sich anfühlt, einen Menschen zu töten

»ZUNÄCHST EINMAL«, sagte der schielende Gewinner, ist es ein Gefühl der Macht, wie Sie es noch niemals hatten. Ich nehme an, das gilt besonders hier für die AVL*-Gewinner, wissen Sie, denn es ist was anderes, als täte man's in Selbstverteidigung, oder im Krieg, wo alles schnell gehen muß — man hat Zeit dazu, wissen Sie, kann vorher drüber *nachdenken* ...«

Spector beobachtete den schielenden Mann im TV. Der Mann war pummelig, trug einen braunen Instantanzug, eine der billigen *JC-Pennys*-Kopien, bei denen die Krawatte in den Hemdkragen übergeht. Und grüne Gummistiefel. Spector rätselte über die grünen Gummistiefel, bis er darauf kam, daß sie militärisch aussehen sollten.

Ein Geisterbild des Gesichts eines anderen Mannes glitt allmählich über das des AVL-Gewinners; das neue Gesicht war körperlos, bloß ein Gesicht, das mit drachenartig ruckenden Bewegungen im Zickzack über das Bild huschte. Das Gesicht eines Punkers, eines Chaotikers; höhnisch grinsend, lachend. Sein Logo wellte sich hinter seinem Gesicht wie der Schweif eines Kometen: JEROME-X.

Es war ein Fernseh-Graffiti, ausgesendet von einem geklauten Minitranser. Die Antwort des Jahres 2021 auf die Mauersprayer.

Senator Spector schlug verärgert auf den Schalter an

---

* Anti-Violence Laws; Anti-Gewalt-Gesetze. — *Anm. d. Übers.*

seinem Sessel und schaltete das TV ab. Der breite, zentimeterdicke Schirm verschwand wieder in der Decke. Er war dankbar für den Vorwand, das Programm abzuschalten. In gewisser Weise fiel das AVL-Programm in seinen Verantwortungsbereich. Er hatte sich verpflichtet gefühlt, sich ein Bild davon zu machen. Aber beim Zuschauen hatte das nagende Gefühl in seinem Magen wieder angefangen ...

Spector stand auf und ging zu dem Ganzkörper-Videospiegel in seinem Schlafzimmer. Es war Zeit, sich für das Interview fertigzumachen. Er betrachtete kritisch sein Fuchsgesicht, die kalten blauen Augen. Sein schwarzer Bürstenschnitt hatte, als Zugeständnis an die Minimonostile, eine einzelne Spitze — um den jungen Leuten zu zeigen, daß er auf dem laufenden war, selbst mit fünfundvierzig.

Er trug einen zebragestreiften Overall. Er wird dran glauben müssen, entschied er. Zu frivol. Er tippte auf den Tastatureinsatz neben dem Spiegel und veränderte sein Bild. Der Videospiegel benutzte computererzeugte Bilder; die synthetischen Bilder waren nicht vollkommen realistisch, aber sie kamen nahe genug daran heran, um ihm eine Vorstellung davon zu geben, wie es aussehen würde ... Er brauchte ein freundlicheres Aussehen, sagte er sich. An den Wangen etwas mehr Fleisch hinzufügen; das Haar eine Spur heller. Ohrring? Nein. Der Overall, teilte er dem Spiegel mit, würde in einen Freizeitanzug umgeändert werden, aber mach die Jacke konventioneller, damit sich der Mann von der Straße besser damit identifizieren kann. Er würde niemals einen Schablonenanzug tragen, wenn er zum Dinner ausging, doch jetzt im Augenblick mußte er das Bild eines ›Mannes aus dem Volk‹ abgeben, zumal da der Interviewer vom Unternetz kam. Sowohl sein Sicherheitsberater, als auch seine Pressesekretärin hatten ihn davor gewarnt, sich von einem Medienreb aus dem Untergrund interviewen zu lassen. Doch das Unternetz war im Wachsen begriffen, sowohl an Größe wie auch an Einfluß, und es war klug, es manipulieren zu lernen — es zu benutzen, bevor es einen selbst benutzte.

Er tippte den Code für den Anzug ein, sah ihn im Spiegel erscheinen, legte ihn über seinen Overall. Ein cremefarbener Freizeitanzug. Er spitzte die Lippen, entschied, daß eine Zweifarbenkombination freundlicher wäre. Er programmierte für den gekerbten Rollkragen ein sanftes Dunkelbraun.

Zufrieden mit dem eingestellten Bild, betätigte er den *Print*-Schalter. Er legte den Overall ab und wartete, darüber nachdenkend, ob Janet sich mit seinem Anwalt, Heimlitz, in Verbindung gesetzt hatte. Er hoffte, daß sie die Scheidung bis nach der Wahl aufgeschoben hätte ... Die Konsole summte, und neben dem Glas öffnete sich ein Schlitz. Der Anzug rollte zuerst heraus: flach, gefaltet, noch angenehm warm, mit einem schwachen Geruch nach den Herstellungschemikalien. Er zog ihn an; es war ein qualitativ hochwertiges Fabrikat, nur geringfügig papieren auf der Haut.

Er nahm Tubenfleisch für seine Wangen, beklopfte und formte so lange, bis es mit dem von ihm programmierten Bild übereinstimmte und nahtlos mit seiner eigenen Haut verschmolzen schien. Er benutzte den Kosmetikschrank, um sein Haar aufzuhellen und seine Augen eine Idee zu weiten, dann ging er ins Wohnzimmer und blickte umher. Schüttelte den Kopf. Es war mattschwarz und chromfarben gehalten — zu düster — er mußte sich große Mühe geben, auch nur jeden Anschein von Morbidität zu vermeiden. Er wählte für die Vorhänge ein helles Blau, den Teppich passend dazu. Die Konsole läutete. Er ging hinüber, stellte die Bildübertragung an. Auf dem Bildschirm leuchtete das ausdruckslose Gesicht der Eingangswache des Wohnbezirks auf.

»Was gibt's?« fragte Spector.

»'n paar Leute, die Sie besuchen wollen, in einem Kombi mit 'nem Haufen Videozeugs. Zwei von ihnen,

Torrence und Chesterton heißen sie, sind von UNO. Ci-tidentnummern ...«

»Vergessen Sie's. Ich erwarte sie. Schicken Sie sie rauf!«

»Sie wollen keine visuelle Überprüfung?«

»Nein! Und behandeln Sie sie um Himmels willen freundlich, falls Sie wissen, was damit gemeint ist.«

Er unterbrach die Verbindung und fragte sich, ob er es mit der Sicherheit nicht zu leicht nahm. Vielleicht — aber er verwahrte eine .44er in dem Fach hinter der Konsole, als zusätzliche Sicherheit. Und dann war da noch Kojo.

Spector klingelte nach Kojo. Der kleine Japaner wirk-te zierlich, adrett, harmlos. Offiziell galt er als Sekretär. Tatsächlich war er ein Bodyguard.

Kojo wußte von dem Interview. Tadellos zuvorkom-mend führte er die beiden Unternetz-Rebs in das Wohn-zimmer, dann setzte er sich auf einen geradlehnigen Stuhl links neben dem Sofa.

Kojo trug ein blaues Instantmodell, wie es für Sekre-täre typisch war. Saß mit auf dem Schoß gefalteten Hän-den; keine Spannung, keine Warnung lag in seiner Hal-tung, kein Anzeichen von Gefahr. Kojo arbeitete erst seit zwei Wochen für Spector, aber Spector hatte das Dossier der Schutzagentur über ihn gesehen. Und Spector wuß-te, daß Kojo innerhalb einer Viertelsekunde aus der Position eines sitzenden Sekretärs heraus eine tödliche Angriffshaltung annehmen konnte.

Die Leute von UNO trugen ›Lumpen‹ — richtige Stoff-kleidung, Jeans, T-Shirts, ausgelatschte Stiefel. Lächer-lich affektiert, dachte Spector. Die Frau stellte sich als Sonia Chesterton vor. Sie war die Interviewerin. Der gro-ße schwarze Typ, Torrence, war ihr Techniker. Von sei-nem linken Ohr baumelte ein silberner Ohrring, und sein Kopf war kahlgeschoren. Spector lächelte und schüttelte ihre Hände, stellte Augenkontakt her. Und erschauder-te, als er dem Blick des Mädchens begegnete. Sie war

286

beinahe ausgemergelt; ihre dunklen Augen waren eingesunken, rotgerändert. Dünnes braunes Haar, kurzgeschnitten. Sie und Torrence wirkten neutral; nicht feindselig, nicht freundlich.

Spector blickte zu Kojo hinüber. Der Bodyguard war wachsam und entspannt.

Nimm's leicht, sagte sich Spector, neben Sonia Chesterton auf dem Sofa Platz nehmend. Seine Körpersprache las sich als freundlich-aber-ernst; er lächelte gerade soviel wie nötig. Torrence stellte die Kameras und die Mikrofone auf.

Das Mädchen sah Spector an. Sah ihn einfach nur an.

Es wirkte falsch. Fernsehinterviewer hielten, auch wenn sie vorhatten, einen während des Interviews den Piranhas vorzuwerfen, vorher und nachher stets eine Fassade von Freundlichkeit aufrecht.

Das Schweigen bedrückte ihn. Schweigen, der Feind jeden Politikers.

»Ich bin soweit«, sagte Torrence. Er wirkte groß, so wie er die handgroßen Kameras auf zierlichen Dreibeinen aus Aluminium überragte.

»Also — worüber wollen wir uns unterhalten?« fragte Spector. »Ich dachte, daß wir vielleicht ...«

»Legen wir einfach los«, unterbrach sie.

Er zwinkerte verblüfft. »Keine Vorbereitung?«

Torrence zeigte auf sie. Sie blickte in die Kamera. Ernst. »Hier ist Sonia Chesterton von UNO, dem Volkssatelliten, mit einem Interview mit Hank Spector, einem der Hauptarchitekten der Anti-Gewalt-Gesetze und Rechtsbeistand des Senders AVL ...«

Eine Zeitlang lief das Interview wie gewohnt. Sie fragte ihn, wie er die Anti-Gewalt-Gesetze rechtfertige. Sie eindringlich anblickend, rasselte er, seinen Mittelwesten-Akzent übertreibend (die Öffentlichkeit fand das beruhigend), seine üblichen Sprüche herunter: Der alarmierende Trend zum Anwachsen der Gewaltkriminalität begann in den Sechzigern. Er nahm bis in die Siebziger

Jahre hinein zu, hielt sich in den Achtzigern — hauptsächlich weil die Gefängnisstrafen erhöht wurden und eine Menge Gewohnheitsverbrecher für eine Weile aus dem Verkehr gezogen wurden — ein paar Jahre konstant und schnellte in den Neunzigern sprunghaft in die Höhe. Die weltweite Völkerwanderung, in deren Verlauf sich Millionen von Immigranten in die Vereinigten Staaten ergossen, überbeanspruchte den Arbeitsmarkt des Landes. Die Fälle von Verbrechen und Drogenmißbrauch schnellten das Jahr zweitausend hindurch an und nahmen zwei Jahrzehnte lang weiter zu. Faktoren wie der Zusammenbruch des traditionellen Familienverbandes, die stetige Zunahme von gehirnschädigenden Schadstoffen in der Umwelt und die große Verfügbarkeit von Drogen wie PCP wirkten zusammen und brachten Soziopathen und Psychokiller hervor. Die vergiftete Umwelt schwitzte, im wörtlichen Sinn, Psychosen aus.

Das alte Strafrecht war nicht wirksam genug für wirkliche Abschreckung, argumentierte Spector. Die AVL waren ein so mächtiges Abschreckungsmittel, wie es eine zivilisierte Nation nur hervorbringen konnte. Die Anti-Gewalt-Gesetze besagten, daß jemand, der sich mehr als eines Gewaltverbrechens schuldig machte, öffentliche Prügel bezog. Jeder, der mehr als zwei Gewaltverbrechen, Mord ausgenommen, beging, wurde innerhalb von drei Wochen nach der Verurteilung kurzerhand hingerichtet, selbst wenn er Ersttäter war. Mord zweiten Grades brachte einem — wenn es sich um die erste Tat handelte — eine Reihe öffentlicher Prügel ein und eine lange Gefängnisstrafe. Wenn es sich um die zweite Gewalttat handelte, wurde man sogleich exekutiert.

Der Tatbestand ›nicht schuldig aufgrund geistiger Unzurechnungsfähigkeit‹ wurde abgeschafft. Die Verrückten wurden ebenfalls hingerichtet.

Vergewaltiger wurden öffentlich kastriert. Diebe wurden verprügelt, manchmal verstümmelt.

»Die Zahl der Gewaltverbrechen ist in den letzten fünf Jahren um sechzig Prozent gesunken«, sagte Spector gewichtig. »Sie sinkt noch immer. In ein paar Jahren können die Sicherheitskontrollpunkte und die anderen Vorkehrungen, die das moderne Leben so beschwerlich machen, vollständig verschwinden. Vielleicht werden aufgrund der beschleunigten Aburteilungsgeschwindigkeit drei oder vier Leute pro Jahr unschuldig verurteilt, aber der Großteil der Gesellschaft profitiert davon.«

»Selbst wenn man davon ausgeht, daß das zutreffend ist — was ich nicht tue —«, sagte Sonia Chesterton, »wie rechtfertigt das die Vollstrecker-Lotterie? Die Programme von AVL-TV?«

»Zunächst einmal bezieht AVL-TV die Öffentlichkeit in das Rechtsprechungssystem ein, so daß sie sich mit der Gesellschaft identifiziert und sie die Polizei nicht länger als einen Fremdkörper betrachtet. Zum zweiten stellt es eine gesunde Abreaktion für die Feindseligkeit des Durchschnittsbürgers dar, die sich andernfalls ...«

»Die sich andernfalls in einer Revolution gegen den Staat richten könnte?« warf sie ein, ihre Neutralität aufgebend.

»Nein.« Er räusperte sich, seinen Ärger beherrschend. »Nein, das ist nicht ...«

Er ärgerte sich noch mehr über die Unterbrechung und ihren Ton, als sie einwarf: »Die Phrase ›gesunde Abreaktion‹ verwundert mich. Lotteriegewinner gewinnen das Recht, einen Verurteilten im öffentlichen Fernsehen zu schlagen oder zu exekutieren. Schauten Sie schon mal zu bei der Sendung *Wie es sich anfühlt*, Senator?«

»Nun, ja, ich habe heute zugeschaut, um zu sehen, ob es wirklich ...«

»Dann haben Sie gesehen, wie sich die Leute verhalten. Sie kichern, wenn sie dem Verurteilten den Kopf einschlagen! Ein Mann oder eine Frau geknebelt auf dem Block; der ›Gewinner‹ prügelt sie zu Tode — oder, wenn es ihm oder ihr lieber ist, benutzt ein Gewehr, schießt ihm das Gehirn weg ... Und sie gackern dabei, und je verrückter sie sind, desto mehr werden sie vom Publikum angestachelt. Und das nennen Sie *gesund*?«

Gequält sagte er: »Das ist nur vorübergehend! Die Abreaktion von Spannung ...«

»Zwei der Lotteriegewinner wurden verhaftet, verurteilt und wegen *illegalen* Mordes hingerichtet, *nachdem* sie im AVL-Programm aufgetreten waren. Es erscheint als ziemlich wahrscheinlich, daß sie — verstärkt durch öffentliche Zustimmung — eine *dauerhafte* Neigung zum Töten entwickelt haben, die sie ...«

»Das war purer Zufall! Ich denke kaum ...«

»Sie denken kaum an etwas anderes als an das, was Ihnen in den Kram paßt. Denn wenn Sie das täten, Senator, dann müßten Sie erkennen, daß Sie selbst nicht besser als ein Mörder sind.«

Ihre Tünche von Objektivität war zerbröckelt, von ihr abgefallen. Ihre Stimme vibrierte vor Emotion. Ihre Hände umklammerten die Knie, die Knöchel weiß. Er begann sich vor ihr zu fürchten.

»Ich glaube wirklich, Sie haben jegliche Objektivität verloren«, sagte er so kühl, wie er konnte. Und fühlte, wie sich seine Furcht in Wut verwandelte.

(Tatsächlich fühlte er, daß er nahe daran war, seinen eigenen Anstrich von kühler Selbstgerechtigkeit zu verlieren; daß er kurz vor dem Aufbrausen stand. Und sich fragte: Warum? Warum hatten sich all die Fähigkeiten, die er in den Jahren der Konfrontation mit feindseligen Interviewern erworben hatte, plötzlich verflüchtigt? Es lag an diesem Thema. Es verfolgte ihn, nagte an ihm. Nachts fraß es seinen Schlaf wie eine Säure ... Und diese verdammte Frau machte weiter und *weiter*!)

»Das Blut eines jeden, der getötet wurde — wenigstens das der Unschuldigen —, klebt an Ihren Händen, Senator. Sie ...«

Eine innere Membran der Selbstbeherrschung in Spectors Bewußtsein flog in Fetzen, und seine Wut spulte sich ab. Wut, gespeist von Schuldgefühl. Er stand auf, die Arme ausgestreckt an den Seiten, zitternd. »Verschwinden Sie! VERSCHWINDEN SIE!«

Er wandte sich Kojo zu, um ihm zu sagen, daß er sie zur Tür führen sollte.

Und sah: Torrence, seinen rechten Arm Kojo entgegenstreckend; in Torrence Hand befand sich ein kleiner grauer Kasten. Und Kojo war erstarrt, starrte in einer Art von Dämmerzustand in die Luft.

Spector dachte: Attentäter.

Und dann stand Kojo auf und wandte sich Spector zu. Spector blickte sich verzweifelt nach einer Waffe um.

Kojo kam auf ihn zu ...

Und rannte an ihm vorbei, auf die Frau zu. Ein Schnappen des Handgelenks, und er hielt ein Messer in der Hand. Sie sah ihm ruhig entgegen, resigniert, und dann schrie sie, als er — seine Bewegungen ein Huschen — sie erreichte, ihr die schlanke silbrige Schneide durchs linke Auge ins Gehirn trieb.

Die ganze Zeit über filmte Torrence weiter, ohne Überraschung zu zeigen oder irgendeine körperliche Reaktion.

Spector würgte, als er, während sie zusammenbrach, das Blut aus ihrer Augenhöhle spritzen sah. Und Kojo stach methodisch in die Frau hinein, wieder und wieder. Spector taumelte rückwärts, fiel auf das Sofa.

»Töte Spector nach mir, Kojo!« rief Torrence. Torrence drehte einen Knopf an der kleinen grauen Fernsteuerung, ließ sie fallen — und das Kästchen schmolz zu einem Haufen Plastikschlacke zusammen.

Torrence war in das Gesichtsfeld der TV-Kameras getreten, hatte die Augen geschlossen, zitternd, ein Gebet murmelnd, das islamisch sein mochte — dann stürzte sich Kojo auf ihn, der kleine Japaner stürzte sich auf den großen Schwarzen wie eine Katze, die einen Dobermann-Wachhund angriff ... Nur, daß Torrence einfach stehenblieb und sich von Kojo mit einer unglaublich raschen

und unmenschlich präzisen Bewegung die Kehle aufschlitzen ließ. *Töte Spector nach mir, Kojo!*

Doch Spector bewegte sich, rannte zum Schrank, riß
ihn auf, ergriff seine .44er, drehte sich um und schoß in
Panik ... Kojo in den Rücken.

Kojo hätte sich als nächstes Spector zugewandt, bestimmt ...

Doch in der pulsierenden Stille, die dem Schuß folgte,
und als Spector auf die drei Leichen hinunterblickte, als
er das große, rottriefende Loch anstarrte, das seine Kugel in Kojos Rücken gerissen hatte ... Als er Kojos kos-
metisches Tubenfleisch sah, das sich gelöst und einen
rasierten Fleck auf Kojos Hinterkopf entblößt hatte, die
runzlige weiße Narbe einer noch nicht lange zurücklie-
genden Operation ...

Als er dies sah, dachte er: *Ich bin reingelegt worden.*

Und die Schutzwachen hämmerten an die Tür.

* * *

»Heute in *Wie es sich anfühlt* wollen wir uns mit Bill Muchovski unterhalten, dem ersten Menschen, der an einem wirklich *legalen Duell* mit einem AVL-Verurteilten
teilnehmen wird — Bill, Sie wollten den Mann ›in einem
fairen Kampf‹ hinrichten, ist das richtig?«

»Das stimmt, Frank, ich war früher bei den US Marines, und ich wollte den Mann nicht einfach kaltblütig
erschießen, ich wollte ihm eine Pistole geben, und ich
hätte natürlich ein Gewehr, und dann würden wir, Sie
wissen schon, *zur Sache gehen.*«

»Eine Art Schießduell in klassischer Wildwestmanier,
wie? Sie sind ein tapferer Mann! Wie ich hörte, mußten
Sie eine spezielle Verzichterklärung unterschreiben.«

»Ja, klar, ich habe eine Erklärung unterschrieben, in
der es heißt, daß die Regierung nicht dafür zur Verantwortung gezogen werden kann, wenn ich verletzt oder
getötet werden sollte.«

»Bill, die Zeit wird uns allmählich knapp, können Sie uns kurz sagen, wie es sich für Sie, Bill Muchovski, anfühlt, wenn Sie einen Menschen töten.«

»Äh, sicher, Frank — einen Mann mit einer Schußwaffe zu töten hat seine *mechanischen* Seiten, Sie müssen diesem Typen nun mal ein Loch verpassen, und das bewirkt den Verlust einer Menge lebensspendenden Hämoglobins. Also, wie es sich *anfühlt*, wenn man es tut — nun, man hat fast das Gefühl, als wäre die Kugel ein Teil von einem selbst, als würde man fühlen, was sie fühlt, und man stellt sich vor, wie die Kugel die Haut durchdringt, dann das Muskelgewebe durchschlägt, Organe zerfetzt, Knochen bricht, mit all dieser roten Flüssigkeit auf der anderen Seite von ihm rausfliegt ... einfach wie man das Schwein fertigmacht. Und es ist ein gutes Gefühl zu wissen, daß er ein Killer ist, daß er's verdient hat. Und da ist so 'ne komische *Erleichterung*...«

»Bill, das wär's für den Augenblick, danke dafür, daß Sie uns geschildert haben, *Wie es sich anfühlt*!«

*   *   *

Die Zelle, in die sie ihn am Morgen verlegt hatten, war erheblich kleiner als die erste. Und schmutziger. Und kälter. Und es war noch jemand anderes da, jemand in einem blutbesudelten Gefängnishemd; der Mann schlief, mit dem Gesicht zur Wand, auf der Pritsche. Die Zelle hatte zwei metallene Borde, Pritschen, die aus der beschmierten weißen Betonwand vorsprangen, und eine deckellose, sitzlose Toilette. Sie wollten ihm nicht sagen, warum sie ihn verlegt hatten, und jetzt, als er sich in seiner Zelle umsah, begann Spector den Grund dafür zu ahnen, und mit der Ahnung kam die Angst.

Keine Panik, sagte er sich. Du bist Senator der Vereinigten Staaten. Du besitzt Freunde, Einfluß, und manchmal dauert es eine Weile, bis man merkt, daß die Hebel, die man in Bewegung gesetzt hat, auch arbeiten. Die

Rüstungsunternehmen und auch das Pentagon brauchen dich für die Gesetzesvorlage zur Bewilligung der Verteidigungsausgaben. Die bringen dich hier schon wieder raus.

Aber die Zelle schien jede Art von Selbstberuhigung zu verspotten. Er blickte an den rissigen Wänden entlang; der Wasserfleck auf dem weißen Beton, der aussah wie ein Schweißfleck auf einem T-Shirt; die Gitterstäbe, wo die vierte Wand hätte sein sollen, von denen graubraune Farbe blätterte. Die mit Zigarettenstummeln in die Decke eingebrannte Graffiti. JULIO–Z, 2017! und GANZ EGAL WER DU BIST, DU HAST DEN ARSCH OFFEN!!! und AM SCHLUS (sic) DOCH NOCH EIN FERNSEHSTAR!!! EINMAL!?!

Spectors Magen knurrte. Zum Frühstück hatte es am Morgen nur ein einziges Ei auf einem Stück alten Weißbrot gegeben.

Seine Beine begannen vom Sitzen auf der Kante der harten Pritsche einzuschlafen. Er stand auf, schritt die Zelle ab, fünf Schritte längs, vier Schritte quer.

Er hörte ein metallisches Kratzen und ein Rasseln; widerhallende Schritte in der öden Leere des Korridors.

Ein Mann mittleren Alters mit einem Narbengesicht, der einen dreiteiligen Schablonenanzug trug und eine gelbbraune Vinylaktentasche mit sich führte, näherte sich hinter der Wache. Er ging, als wäre er todmüde.

Der gelangweilte, korpulente schwarze Wächter sagte: »Muß hier mal in Ihre Tasche gucken, Kumpel.« Der Fremde öffnete seine Aktentasche, und der Wächter stocherte darin herum. »Keine Maschinengewehre oder Kanonen drin«, sagte er. Ein humorloser Scherz. Er schloß die Tür auf, ließ den Fremden hindurch. Der Wärter schloß ab und ging davon.

»Senator Spector«, sagte der Mann, seine Hand ausstreckend. »Ich bin Gary Bergen.« Sie schüttelten sich die Hand; die Hand des Fremden war kalt und feucht.

»Sind Sie von der Kanzlei Heimlitz? Es wird allmählich Zeit, daß er …«

»Ich bin nicht von Heimlitz«, sagte Bergen. »Ich bin Ihr Pflichtverteidiger.«

Spector starrte ihn an. Bergen erwiderte den Blick mit trüben grauen Augen. »Heimlitz vertritt sie nicht mehr. Sie haben sich offiziell aus dem Fall zurückgezogen.«

Spectors Mund war trocken. Er sank auf die Pritsche nieder. »Warum?«

»Weil Ihr Fall hoffnungslos ist und Ihre Frau dabei ist, sich Ihres Vermögens zu bemächtigen, und sie sich weigert, sie zu bezahlen.«

Spector hatte den Verdacht, daß Bergen eine Art von heimlicher Befriedigung aus all dem zog. Er spürte, daß Bergen ihn nicht mochte.

Spector saß einfach nur da. Und fühlte sich, als säße er am Rand des Grand Cañon, und wenn er sich bewegte, würde er abrutschen und über die Kante fallen, und fallen, und fallen ...

Er zauberte von irgendwoher in seinem Innern Entschlossenheit herbei und sagte: »Senator Burridges Komitee wird das Geld bereitstellen, um ...«

»Das Komitee zur Verteidigung von Senator Spector? Es wurde aufgelöst. Der überwältigende Teil der öffentlichen Meinung war dagegen. Offen gesagt, Senator, die Öffentlichkeit schreit nach Ihrem Blut ... Aus einem einfachen Grund, daß Sie der sind, der Sie sind. Die Öffentlichkeit sieht es nicht gerne, wenn eine Extrawurst gebraten wird. Und sie ist überzeugt davon, daß Sie schuldig sind.«

»Aber *warum*? Ich hatte keine Gerichtsverhandlung, es hat nur eine Anhörung gegeben — und inzwischen müßte man das Filmmaterial überprüft haben. Das müßte mich doch entlastet haben!«

»Oh, man hat es abgespielt, für den Richter und im Fernsehen für die Öffentlichkeit. Alle haben es gesehen. Sie sahen Sie mit diesem grauen Kasten in der Hand, wie Sie damit auf Ihren Bodyguard zeigten und ihn diese Leute angreifen ließen ... eine Großaufnahme von Ihrem

Gesicht, als sie riefen: ›Töte sie!‹ Bei der Autopsie von Kojo kam das Gehirnimplantat zum Vorschein, das ihn gegen seinen Willen auf den Prompter reagieren ließ ... Und wir haben gesehen, wie Sie diese Pistole zogen und Ihren Bodyguard in den Rücken schossen — um es so aussehen zu lassen, als ob er durchgedreht wäre und Sie ihn getötet hätten, um sich selbst zu schützen ...« Bergen hatte Spaß daran. »Wirklich schade, daß Sie keine Zeit mehr hatten, sich der Videobänder zu entledigen.«

Spector war eine Weile sprachlos. »Das ist ... verrückt«, brachte er endlich heraus. »Schwachsinn. Warum sollte ich mir solche Mühe gemacht haben, Sonia Chesterton umzubringen ...«

»Ihre Frau sagt, Sie waren besessen von ihr. Daß Sie Sonias TV-Magazine gesehen hätten und daß sie Sie in Rage brachten, daß Sie gemurmelt hätten, sie verdiente den Tod — und so weiter«, sagte er achselzuckend.

»Das ist gelogen! Ich habe diese Chesterton vor dem Interview nie gesehen, weder im Fernsehen noch sonstwo! Sie haben mich durch meinen Sekretär um mein Einverständnis zu dem Interview ersucht, das war das erste Mal, daß ich von UNO gehört habe. Janet lügt, damit sie alles bekommt ... Aber die Bänder — sie *können* mich nicht gezeigt haben, wie ich sage ›töte sie‹ — ich habe das nicht gesagt!«

Bergen nickte langsam. »Ich glaube Ihnen. Aber die Bänder widersprechen Ihnen. Natürlich waren sie vierundzwanzig Stunden lang in der UNO-Station, bevor sie ...«

»Man hat daran herummanipuliert!«

»Schon möglich. Aber versuchen Sie das mal dem Richter klarzumachen ...« Und er lächelte boshaft. »Sie werden bei der Verhandlung zwei Minuten dafür haben ...«

»Das Gehirnimplantat — wer auch immer mich reingelegt hat, er mußte das arrangieren! Wir könnten Kojos letzte Vergangenheit durchleuchten, herausfinden, wer sein Chirurg war, als er ...«

»Bevor sich Ihr Verteidigungskomitee auflöste, verfolgte es diese Spur. Kojo hat sich vor wenigen Monaten einer Gehirnoperation unterzogen — kurz nachdem Sie ihn aus dem Bodyguardbestand der *Witcher Security* ausgewählt hatten. Ihm sollte zur Verbesserung seiner Schnelligkeit und seiner Reflexe ein Implantat eingesetzt werden. Jemand wandte sich über TV-Phon an den Techniker, der die Chirurgen mit Implantaten versorgt. Der Mann, den er auf dem Bildschirm sah, bot an, fünfzigtausend Neudollar auf sein Konto zu überweisen, wenn er ein paar nichtgenehmigte ›Veränderungen‹ im Implantat zustimmte. Er erklärte sich damit einverstanden, und die ›Veränderung‹ erwies sich als einer der Kampf-Kontrollchips der Armee. Ferngesteuert.«

»Der Mann auf dem Bildschirm muß derjenige gewesen sein, der ...«

»*Das waren Sie*, Senator ... Der Techniker hat das Gespräch aufgezeichnet ... es ist ein ziemlich erdrückendes Beweisstück. Aber ich will Ihnen was sagen ...«, seine Stimme knarrte vor Spott, »ich werde sehen, ob ich für Sie nicht eine ›Gnadenexekution‹ herausholen kann. *Sie* wissen ja, Tod durch Injektion, Schlafmittelüberdosis. Ich glaube, das wäre Ihnen lieber, als im Fernsehen zu Tode geprügelt zu werden. — Also dann, einen schönen Abend noch, Senator.«

Der Wärter kam zurück: er öffnete die Tür, ließ Bergen raus, und Spector war wieder allein — abgesehen von dem Mann, der gerade von seiner Pritsche herunterkroch. Und kichernd sagte: »Hey, Spector, Mann, der Typ hat's echt auf dich abgesehn. Pflichtverteidiger! Scheißdreck! Wenn 'de nicht begnadigt wirst — und ich wüßte nicht, daß das in letzter Zeit jemand passiert wär — bist du angeschmiert. Die werden für dich keine Sonderbehandlung lockermachen, nur weil du 'n Senator bist. Das ist doch der Eckstein in der Propaganda von AVL, Mann: *jeder*, der eingesperrt wird, wird auch fertiggemacht — ohne Unterschied.«

Er war ein drahtiger kleiner Mann mit einem gelblichen Lächeln voller Zahnlücken, kieselharten schwarzen Augen und dem stachligen, mehrfarbig schillernden Haar eines Chaotikers. Es war schwer, sich wegen der von der letzten öffentlichen Prügel herrührenden Schrammen, Schwellungen und verkrusteten Schnitte auf seinem Gesicht von seinem Aussehen einen rechten Begriff zu machen. Dennoch sah er bekannt aus ...

»Jerome-X«, murmelte Spector, als er ihn erkannte. »Großartig.«

Jerome-X gab wieder dieses leicht schwachsinnige Kichern von sich. Er war erfreut: »Genau, Mann. Yeah. Yeah. Ich hatte diesen heißen Minitranser, bekannt in der ganzen Szene. Ich hatte es voll drauf. Ich hatte ...«

»Du hattest Pech. Du wurdest geschnappt.«

»He, Kumpel — woll'n mal lieber sagen, *reingelegt*. Du hattest recht, Mann — klar wie Scheiße, die ham *rumgespielt* mit diesen Bändern. Nicht gearbeitet — *Neukonstruktion von Bildern.* Vor dir steht das Video-As in Person. Ich *weiß Bescheid.* Computererzeugte Bilder, animiert. Der Computer analysiert das TV-Bild von 'nem Typ, ja? Läßt ihn rumgehen, sprechen. Dann digitalisiert er es — samplet es — un erzeugt 'n Bild von dem Typ, das man nicht mehr vom Original unterscheiden kann. Benutzt fraktale Geometrie für realistische Oberflächenstrukturen. Man kann dich animieren und dich tun lassen, was man will. Deine Stimme kopieren. Sie synthetisieren, damit du sagst, was du sagen sollst ...«

»Aber das ist nicht ...«

»Nicht *gerecht?*« Jerome-X schüttelte tadelnd den Kopf. »Ich krieg zuviel. Ich hätt nicht gedacht, daß Gerechtigkeit bei dir weit oben auf der Liste stände, Mann. Ich hab dich im TV gesehn, Spector — ich weiß über dich Bescheid ... He, wieviele Leute, die sich ›Raub‹ oder

›Mord‹ zuschulden kommen ließen, waren einfach nur 'n Ärgernis für den Status quo oder die Regierung, oder das Big Business? Also wurden sie mit Video verschaukelt. Verurteilt aufgrund von Aufnahmen einer Überwachungskamera, die *zufällig* an Ort und Stelle war ... O-kay. Wieviele Leute warn das, Kumpel? Hunderte? Vielleicht tausend. Rund die Hälfte der Verurteilten werden aufgrund von Videoaufzeichnungen eingebuchtet. Das ergibt 'ne Menge glücklicher Kameras. Klar, wenn man vielleicht mehr Zeit hätte, könnte man die Fälschung eventuell nachweisen — aber *du*, Bonze, du hast dafür gesorgt, daß einem *keine* Zeit gelassen wird, und Berufung is auch nicht mehr ...«

»Videofälschung ... Ich glaub's einfach nicht.«

»He, du *solltest* es aber glauben. Aber die meisten Leute ham keine Ahnung davon, deshalb bringt es nichts, dem Gericht davon zu erzählen. Der neueste Stand der Technik computererzeugter Bilder wird hinter Schloß und Riegel gehalten. Man will die Öffentlichkeit glauben machen, daß sie noch gar nicht so weit sind, weißt du? ... Ich, also ich komm morgen raus, meine Prügel für den Privatsender hab ich schon bezogen ... Aber du — Sie werden dich im ganzen Studio verspritzen, Kumpel — du bist jetzt einfach der Hammer. Du bringst 'ne richtige *Einschaltquote* ...«

* * *

Manchmal ist es möglich, jemanden mit dem *Versprechen* von Geld zu bestechen — und Spector setzte all seine Fähigkeiten als Politiker ein, um einen Wärter dazu zu bringen, Senator Bob Burridge eine Nachricht zukommen zu lassen. Er gab dem Wärter einen Brief, in dem er Burridge von dem computererzeugten Beweis berichtete und ihm sagte, er solle der Angelegenheit *ernsthaft* nachgehen — oder Spector würde der Presse berichten, was er über Burridge in der Hand hatte: vom

Tod eines Mädchens namens Judy Sorenson, und wo sie die Drogen herhatte, an deren Überdosis sie gestorben war.

Drei Tage später, um neun Uhr morgens, kam der Wärter zu Spectors feuchtkalter Zelle, reichte ihm eine Ohrkapsel, zwinkerte und ging wieder weg. Spector steckte sich die Kapsel ins Ohr, drückte sie und hörte Burridges Stimme: »Hank, es gibt eine Methode zur Analyse von Videoaufzeichnungen, die uns sagen wird, ob das, was auf dem Videoband ist, original oder computererzeugt ist. Zunächst einmal müssen wir uns die Bänder verschaffen ... Da Sie schon verurteilt sind, wird das natürlich schwer sein ... Aber wir setzen alle Hebel in Bewegung ... wir werden versuchen, Ihr Urteil in den nächsten Tagen oder so annullieren zu lassen ... geraten Sie nicht in Panik und erwähnen Sie niemandem gegenüber unsere gemeinsame Freundin ...«

Doch eine Woche später wurde Spector auf seine Hinrichtung vorbereitet. Er saß auf einer Bank, an fünf andere Verurteilte gekettet, und hörte Sparks zu, dem Programmkoordinator des Gefängnisses.

Sparks wurde von den Videotechnikern der ›Tierbändiger‹ genannt. Er war ein stämmiger, rotgesichtiger Mann mit einem strammen Lächeln und leeren grauen Augen. Er trug einen zerknitterten blauen Stoffanzug. Die Wachen standen an beiden Enden des engen Raums, in den Händen röhrenförmige Lähmschocker.

»Heute haben wir einen Mann als Gewinner einer Hinrichtung durch Zweikampf, mit mehr Auszeichnungen als ein Baseball-Schlagmann und wahrscheinlich auch schneller, wenn er ein guter Schütze ist, ihr solltet also froh sein, Leute. Ihr werdet eine Waffe bekommen, aber natürlich ist sie mit Platzpatronen geladen ...«

Und dann straffte sich die Kette, die Spectors Handschellen mit dem Mann an seiner Rechten verband, riß Spector halb vom Sitz hoch, als es den kleinen schwarzen Mann am Ende der Bank packte und er auf Sparks zurannte, etwas in einem stark westindischen Dialekt kreischend, das Spector nicht verstehen konnte. Doch der pure Klang der Stimme des Mannes — er allein schon sprach für ihn. Er sagte: *Unrecht!* Er sagte: *Ich habe eine Familie!* Und dann konnte er nichts mehr sagen, weil die Schocker sein Gehirn für eine Weile abgeschaltet hatten und er wie die dunkle Puppe eines Wracks auf dem Betonboden ausgestreckt lag. Die Wachen hoben ihn wieder auf die Bank, und Sparks machte weiter, als ob nichts geschehen wäre. »Jetzt sollten wir über eure Stichworte sprechen. Es wird ein ganzes Stück schlimmer für euch werden, wenn ihr eure Stichworte vergeßt ...«

Spector hörte nicht zu. Ein schreckliches Gefühl hatte sich seiner bemächtigt, und es war ein viel schlimmeres Gefühl als Angst um sein Leben.

Zu Hause — in dem Haus, das von seiner Frau inzwischen verkauft worden war — hatte er die Haustür mit einem Ultraschallschlüssel geöffnet. Er sandte drei schrille Töne aus, und die Tür hörte und analysierte die Tonfolge und öffnete sich. Und die Stimme des Mannes, der sich zu wehren versucht hatte, dieses kleinen dunklen Mannes ... seine Stimme, seine drei Schreie hatten eine Tür in Spectors Kopf geöffnet, hatten etwas herausgelassen. Etwas, das er seit Wochen zu verdrängen versuchte. Etwas, mit dem er gehadert hatte. Etwas, mit dem er im Verborgenen herumgeschrien hatte, wieder und immer wieder.

Er hatte sich aus dem gleichen Grund für die Anti-Gewalt-Gesetze eingesetzt, aus dem Joe McCarthy im vorigen Jahrhundert gegen den Kommunismus gewettert hatte. Sie waren ein Fahrschein. Ein Fahrschein für ein Fahrzeug, das ihn durch die Wahlen befördern konnte und bis in die Regierung hinein. Heiz die Angst der Öffentlichkeit vor dem Verbrechen an. Stachle ihre Rachegelüste an. Kitzle ihre unterdrückte Gier nach Gewalt. Und sie wählen dich.

Und er hatte sich nicht die Bohne aus dem Kriminalitätsproblem gemacht. Das Thema war ein Mittel zur Erlangung von Macht, und nichts anderes.

Irgendwo in seinem Innern hatte er gewußt, daß wahrscheinlich eine ganze Menge der Verurteilten abserviert wurden. Doch er hatte weggesehen, wieder und wieder. Jetzt hatte jemand dafür gesorgt, daß er nicht mehr wegsehen konnte. Jetzt war das Geschwür der Schuld, die in ihm gegärt hatte, aufgebrochen, und er verbrannte im Fieber der Selbstverachtung.

Dann traf Bergen ein. Bergen sprach mit den Wärtern, zeigte ihnen ein Papier; die Wärter kamen und flüsterten mit Sparks, und Sparks schloß ärgerlich Spectors Handschellen auf. Bergen sagte bedrückt: »Kommen Sie mit mir, Mr. Spector.« Er war nicht mehr Spector, der Senator.

Sie stellten sich in den Korridor; ein Wärter kam gähnend dazu, lehnte sich an die Wand und sah einer Seifenoper auf seinem Taschen-TV zu. Mit eisiger Stimme sagte Bergen: »Sie kommen frei. Eine Begnadigung; so selten wie ein Huhn mit Zähnen. Burridge hatte Beweise dafür, daß an den Videobändern herumgespielt wurde. Es wurde noch nicht öffentlich bekanntgegeben, und genaugenommen befindet sich der Richter, der bei Ihrer Verhandlung den Vorsitz hatte, außerhalb der Stadt, deshalb hat Burridge einen vorübergehenden Aufschub bewirkt ...«

»Warum klingen Sie so enttäuscht, Bergen?« unterbrach ihn Spector, der ihn beobachtete. Als Bergen keine Antwort gab, sagte Spector: »Sie haben getan, was Sie konnten, um meine Verteidigung zu sabotieren. Sie haben dazugehört, wer auch immer es war. Das spüre ich. Wer war es?« Bergen starrte ihn verdrossen an. »Los schon — *wer war es?* Und warum?«

Bergen blickte zum Wärter. Der Wärter hörte nicht zu. Er war von der Seifenoper auf seiner Taschenglotze abgelenkt; winzige Figürchen, die in seiner Hand eine Miniaturchoreographie banaler Konflikte durchflackerten. Bergen holte tief Luft und blickte Spector in die Augen. »Okay. Mir ist es inzwischen egal ... Ich *will*, daß Sie's wissen. Sonia, Torrence und ich — wir gehörten zur gleichen ... Organisation. Sonia Chesterton tat es, weil ihr Bruder Charlie videogerastert wurde. Torrence, weil er in der *Black Muslim*-Bruderschaft war — sie verloren ihre drei Topoffiziere durch Videomanipulation. Ich tat es — plante alles — weil ich zuviele unschuldige Menschen sterben sah ... Wir glaubten, wenn Sie, ein Senator, videogerastert, verurteilt, *getötet* würden und wir die Wahrheit hinterher ans Licht brächten, sie entlasten würden, daß dies das öffentliche Interesse auf dieses Problem lenken würde. Eine Untersuchung erzwingen würde. Und außerdem — es war Rache. Wir hielten Sie für verantwortlich. Für all diese Opfer.«

Spector nickte roboterhaft. Sagte leise: »Oh, ja. Ich bin verantwortlich ... Und jetzt soll ich davonkommen ... Und an Ihren Leuten wird es hängenbleiben. An Ihrer Organisation ... Man wird sagen, es wäre ein einmaliger Vorgang gewesen ... Man wird mich zwingen, den Mund zu halten. Und wenn ich erst einmal draußen wäre, wo man's aushalten kann, würde ich's wahrscheinlich tun.«

Und die Erkenntnis traf ihn, als wäre er gegen eine riesige schwarze Wand geprallt; sie überfiel ihn wie eine Meereswoge: *Wieviele unschuldige Menschen sind für meine Ambitionen gestorben? Tausend? Zweitausend?*

»Ja. Sie werden es als einen ›einmaligen Vorgang‹ hinstellen«, murmelte Bergen. »Meinen Glückwunsch, Senator, Sie Hurensohn. Sonia und Torrence haben sich *umsonst* geopfert.« Seine Stimme brach. Er redete weiter, sichtlich um Selbstbeherrschung bemüht. »Sie sind frei.«

Doch das nagende Gefühl in Spector wollte ihn nicht freigeben. Und er wußte, daß es das niemals tun würde. Niemals. (Wenn auch ein Teil von ihm sagte: *Tu's nicht! Leb weiter!* Doch dieser Teil von ihm war zerbrochen, meldete sich nur mit einem rauhen Wimmern zu Wort, als der andere Teil laut sagte:) »Bergen — warten Sie. Gehen Sie zu Burridge. Sagen Sie ihm, Sie wüßten alles über den Sorensen-Vorfall — und sagen Sie ihm, Sie würden veröffentlichen, was Sie über sie wissen, wenn er vor morgen irgend jemandem mitteilt, was er über diese Bänder herausgefunden hat. Er wird sich ruhig verhalten.«

»Aber der Aufschubbefehl ...«

»Zerreißen Sie ihn. Und begleiten Sie mich — Sie müssen Sparks erklären, daß Sie sich geirrt haben ...«

* * *

Spector trat auf die Bühne hinaus. Blickte einmal kurz auf die Kameras und das Studiopublikum hinter der kugelsicheren Scheibe. Richtete die mit Schreckschußpatronen geladene Pistole auf den grinsenden Mann mit dem Cowboyhut am anderen Ende der Bühne, und ging auf ihn zu, auf ihn und das große Gewehr in der Hand des Mannes. Spector lächelte leicht, während er dachte: *Das ist der einzige Weg, den ich je als freier Mann gehen werde ...*

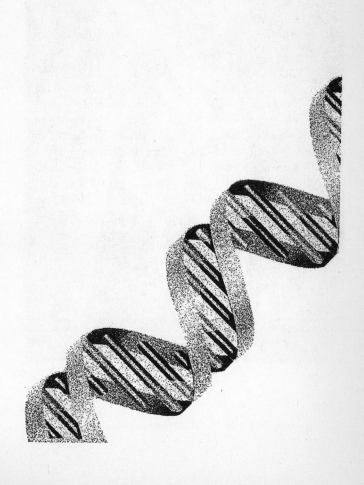

Der Knoten

Es WAR EINS DIESER schutzbeschichteten Manhattener Sandsteinhäuser, in den Neunzigern mit neuen Leitungen ausgestattet, jeder Quadratzentimeter von einer dünnen, flexiblen Plastikschicht bedeckt. Der Anblick des alten Gebäudes beleidigte das Auge, so wie es sich zwischen den gläsernen Wolkenkratzern bequem gemacht hatte. Es war ein Stück hübsch verpackter und einbalsamierter Vergangenheit. Er wirkte angemessen in Anbetracht des Jobs, den auszuführen ich dorthin geschickt worden war.

Ich stieg die schlüpfrigen Treppenhausstufen hinauf, eine Hand auf das plastiküberzogene hölzerne Geländer gelegt und mich fragend, wie sich ungeschütztes Holz wohl anfühlte. Man hatte auf den verblaßten Wänden sogar die drolligen hellrot gesprayten Graffiti aus dem zwanzigsten Jahrhundert konserviert: GEBT REAGAN DIE BOMBE, BEVOR ER EUCH DIE BOMBE GIBT UND TOD DEN REVISIONISTEN.

Ich kam an 2-Ds Klingel vorbei. Ein Auge stierte durch das altertümliche gläserne Guckloch. Offenbar gab es hier keine Überwachungskameras. Die Tür öffnete sich — an echten Scharnieren — und ich blickte auf einen vierjährigen Jungen hinunter. Hinter ihm war der Stuhl, auf dem er gestanden hatte. Er schob ihn beiseite.

Er sah meinen Folienanzug an und die scharf geprägte Krawattenpartie der Abteilung auf der Vorderseite (das weiße Taschentuch und der Krawattenstreifen begannen zu verblassen) und lachte bitter auf. Er bemerkte meine dunklen Augen, mein kurzes schwarzes Haar, meine dunkle Haut, und in seinem Gesicht zeigte sich das Wiedererkennen eines amerikanisierten Inders: ein aufflackernder Verdacht. Es war ein sehr erwachsener Gesichtsausdruck.

Ich starrte ihn an. Man hatte mir nicht gesagt, worum es sich bei dem Knoten handelte. Ich hatte so ein Gefühl, daß er hier begann. Mit dem Jungeen. Der Junge hatte krauses braunes Haar, große blaue Augen, eine Boxernase und geschürzte Lippen. Er trug einen konventionellen Anzug mit Spiralbeinen. Es war ein Erwachsenenanzug in Miniaturausführung. In seinem Mund klemmte eine schwarze Zigarettenspitze mit einer *Sherman's Real Tobacco* darin, die fast bis zum Filter heruntergebrannt war. Ab und zu quoll Rauch aus seinen Nasenlöchern.

Ein Zwerg? Doch er war keiner. Er war ein vier Jahre alter Junge.

»Sie starren mich an«, sagte er abrupt mit einer schrillen, doch sorgfältig artikulierten Stimme, fast mit aristokratischer Betonung. »Gibt es einen besonderen Grund für Ihre aufdringliche Musterung, oder sind Sie ein Mann, der seinen durchdringenden Blick einfach an jedem Nichtsahnenden erprobt, dem er zufällig begegnet?«

»Ich bin Ramja«, sagte ich mit einem höflichen Nicken. »Ich bin von der Behörde für Seelenwanderungskunde. Und Ihr Name?« Ich verbarg meine Verblüffung gut.

Er blickte finster auf seine Zigarette, die ausgegangen war. »Möchten Sie rauchen?«

»Ich bin Nichtraucher, danke.«

»Selbstgerecht, wie Sie es nennen würden. Aber Ihr Behördenmenschen seid immer selbstgerechte Burschen. Es war schon jemand hier, ein Kerl mit Namen Hextupper oder so ähnlich. Sie sind sein Nachfolger. Ausgesprochen gesittet. Meinetwegen können Sie wieder abziehen und mit Dante tanzen, mein Freund. Aber wenn Sie's unbedingt wissen müssen ...« — er winkte mich in den Raum und schloß hinter mir die Tür —, »mein Name ist Conrad Frampton. Wie geht es Ihnen, sehr angenehm, und so weiter.«

»Sie überkompensieren ihr Minderwertigkeitsgefühl, ein kleiner Junge zu sein«, sagte ich, seine Feindseligkeit erwidernd.

Er zuckte die Achseln. »Könnte sein. Wenn Sie ein einundvierzig Jahre alter, in einem vierjährigen Jungen eingeschlossener Mann wären, dann wäre Ihnen ebenfalls nach Überkompensation zumute. Dann und wann wäre Ihnen danach, aus dem Fenster zu springen. Glauben Sie mir.« Er geleitete mich zum Sofa, und ich setzte mich neben ihn.

»Wann sind Sie gestorben?« fragte ich und beobachtete ihn. Er machte mich nervös.

»Ich starb 1982«, sagte er ohne mit der Wimper zu zucken. »Was zu trinken?«

»Nein, danke. Reden Sie weiter.«

»Worauf Sie sich verlassen können.« Neben dem Sofa war ein niedriger gelber Tisch. Er wählte auf dem Tischprogrammierer einen Cocktail.

Ich blickte umher. Das Zimmer war nicht antik; es wirkte nach der äußeren Erscheinung des Gebäudes wie ein gebrochenes Versprechen. Es war der übliche Dekorationsschwindel, in verschiedenen gelben Pastelltönen gehalten, die geschwungenen Wände gingen fugenlos in die konkave Decke über; der Boden war mehr oder weniger eben, bestand aber aus dem gleichen schwammigen Plastikzeug. Wände, Boden, Decke und die Möbel waren alle aus einem Stück, von den Bewohnern geformt. Der Raum sagte mir etwas über diese Bewohner.

»Wer lebt sonst noch hier?« fragte ich. Die Behörde hatte mir nichts über die mit dem Knoten verbundenen Leute gesagt, außer der Adresse. So ist es auch besser.

Conrad nahm ein silbernes Zigarettenetui vom Tisch, darum bemüht, mit seinen Kinderfingern weiche Bewegungen zu vollführen; er zündete sich mit einem Daumennagelzünder düster eine dünne Sherman an. »Ein Paar von Degenerierten lebt hier«, sagte er, Rauchringe ausstoßend, »die sich als meine Eltern ausgeben. *Vater* ist ein Musiker. George Marvell, ein hochnäsiger Konzertgitarrist. Spielt eine dieser widerlichen Fleischgitarren. Sie sind beide Fleischmaschinenfetischisten. Mutter arbeitet in der Genfabrik und hilft dabei, noch mehr genmanipulierte Scheußlichkeiten herzustellen. Sie ist gar nicht so übel, wirklich, obwohl mir schlecht davon wird, wenn sie mich mit ihren großen braunen, tränenüberströmten Augen ansieht und hofft, ich würde mich wieder in ihren verschwundenen Ahmed verwandeln. Senya heißt sie. Sie nannten mich Ahmed, aber ich habe sie dazu gebracht, daß sie mich mit meinem richtigen Namen anreden.«

»Ich nehme an, Sie lehnen Fleischmaschinen ab.« Ich spürte, daß eine Fleischmaschine in der Nähe war. Eine große Maschine.

Er machte ein Etwas-riecht-hier-schlecht-Gesicht. »Seelenlose Dinger. Abscheulich. Ich weiß nicht, was schlimmer ist, die Fleischgitarre oder diese lebendige *Grube*, die sie Schlafzimmer nennen. Sie *sind* doch seelenlos, oder etwa nicht? Sie sind von der Behörde für Seelenwanderung. Dann sind Sie also ein vorgeblicher Experte für Seelen. Was ist Ihre Meinung zu Fleischmaschinen, alter Junge?«

»Hängt davon ab, was Sie mit *Seele* meinen. Für uns ist ›Seele‹ ein Plasmafeld aus eng miteinander verwobenen subatomaren Partikeln, das zur Speicherung des sensorischen Inputs seines Gastkörpers befähigt ist. Und in der Lage ist, von Körper zu Körper zu reisen, sich psychisch fortzuentwickeln, damit das Überleben der menschlichen Art wahrscheinlicher wird. Sie ist keine Frage der Religion. Sie ist eine Funktion des ersten Hauptsatzes der Thermodynamik, aber wir benutzen bestimmte *mystische* Techniken, um mit ihr zu arbeiten. Training zur Wahrnehmung von Lebensmustern, zum Beispiel. Freisetzung von Karma-Energie. Aber wenn wir in unseren Berichten an die Nationale Akademie der Wissenschaften Begriffe wie *Karma* und *Seele* gebrauchen würden, dann striche man uns die Gelder. Wir brauchten zwölf Jahre der Rückführung von Leuten und der nachgewiesenen Fakten, um sie zu dem Eingeständnis zu bewegen, es handle sich um eine seriöse Wissenschaft.«

»Ich kenne mich in der Wissenschaft nicht aus. Aber in meiner gegenwärtigen Lage ...« Er machte ein bitteres Gesicht. »Ich bin gezwungen, an die Wiedergeburt zu glauben.« Er sah mich an. »Warum, zum Teufel, sind Sie hier? Klären Sie mich auf.«

»Wir hatten eine Meldung über einen ziemlich üblen Knoten hier. Von durcheinandergeratenen Linien spiritueller Evolution. Manchmal steigt ein schweres Trauma aus einem Leben in das nächste auf. Die mit dem Trauma verbundenen Menschen werden unter ähnlichen Umständen im nächsten Leben wiedergeboren, und im nächsten, so lange, bis sich die Sache aufgeklärt hat.«

Ich erwog, ihm mehr zu erzählen. Ich hätte sagen können, daß ich gekommen war, weil ein Knoten aufgelöst werden mußte. Und daß man ausgerechnet mich, Ramja, geschickt hatte, weil ich Teil des Knotens bin. Noch ohne zu wissen, wieso. Doch ich bin einer der wenigen Mitarbeiter der Behörde, der sich nicht an sein früheres Leben erinnern kann. Ein Teil davon ist unwiederbringlich verdrängt. Das Computermodell hat mich mit diesem Knoten in Verbindung gebracht.

Aber das sagte ich nicht. Statt dessen: »Was die Fleischmaschinen betrifft, so weiß ich nicht, wieviel sogenannte Seelen sie besitzen. Nicht einmal, wieviel Bewußtsein. Die Behörde glaubt, daß sie der Evolution niederen Grades angehören. Tierverstand, Tierseelen.« Ich schüttelte den Kopf. »Ich bin mir nicht sicher, Conrad, was wissen Sie noch von Ihrem Tod?«

Er zündete zittrig seine Zigarette neu an. »Ich ... ich ertrank. Beim Sport ... äh, beim Sporttauchen. Unter ekelhaften Umständen. Wurde unter Wasser eingeklemmt. Mein Luftvorrat ging zu Ende. Starke Schmerzen in der Brust. Ein fürchterliches Summen in den Ohren. Und ein weißer Blitz. Das nächste, woran ich mich erinnere, ist, daß ich diesen traurigen Gitarrensong höre. Nur daß es eine Fleischgitarre war; deshalb klang es so, wie sie eben klingen — wie eine mit einer menschlichen Stimme gekreuzte Gitarre. Ich blickte mich um, und da war Senya, die sich über mich beugte, mit ausgestreckten Armen, und ich taumelte auf sie zu. Es muß wie das Stolpern eines Kleinkinds ausgesehen habe. Und dann *schrie* die Gitarre. Dadurch kam ich wieder zu mir. Ich erinnere mich, wer ich war ... Meine *wirklichen* Eltern sind Laura und Marvin Frampton. Waren. Sie starben beide bei einem Feuer in der Entbindungsklinik, wurde mir gesagt.«

Er überkreuzte seine kleinen Beine und stützte einen Ellbogen auf ein Knie, die Zigarettenspitze auf kontinentale Art zwischen Daumen und Zeigefinger in der Schwebe haltend. »George würde mich gern adoptieren. Er mag mich nicht, und sein Zimmer auch nicht. Aber dann ist das Zimmer auch grob zu George. Es schüttelt sich, wenn er es streichelt. Unbehaglich. Ich werd Ihnen das verdammte Ding mal zeigen.«

Wir standen auf. Ich folgte ihm durch einen Korridor zur Rechten und in das Schlafzimmer.

Das Zimmer hatte Schmerzen.

Die höhlenartigen Wände bestanden ganz aus rosigen, blau getönten, pulsierenden Membranen. Auf der gegenüberliegenden Seite des Raums und nahe dem lebenden Boden war eine blauschwarze Schramme, geschwollen und pustulös, einen halben Meter im Durchmesser. Conrad wich ihrem Anblick sorgfältig aus.

»Sie stecken voller Feindseligkeit, Conrad«, sagte ich sanft. »Sie haben die Wand dort getreten. Oder mit irgendwas geschlagen.«

Er drehte sich mit einem sehr erwachsenen Ausdruck von Entrüstung zu mir um. »Wenn ich's getan habe, dann aus Selbstverteidigung. Ich schlafe im Zimmer nebenan, aber sogar dort drin spüre ich, wie dieses Ding

Strahlen nach mir aussendet. Es will mich nicht schlafen lassen! Es will etwas von mir. Ich bin halb verrückt davon, im Körper eines Kindes zu leben, und dieses Ding macht alles noch schlimmer. Ich spüre geradezu, wie es an mir frißt.«

»Und Sie haben es getreten, damit es damit aufhört. An der gleichen Stelle. Wiederholte Male.«

»Was wissen Sie denn schon davon?« murmelte Conrad und wandte sich ab.

Ich fühlte mich ebenfalls unbehaglich in dem Zimmer. Es war keine Feindseligkeit, die ich von den Wänden ausgehen fühlte. Es war der Schock des Wiedererkennens.

Die nässende Decke befand sich nicht weit über meinem Kopf, weich geschwungen und feucht. Sie hatte nicht viel Ähnlichkeit mit einem Schoß. Eher mit einem knochenlosen Schädel, dessen Inneres nach außen gewendet war. Die Wand an der nähergelegenen Seite, zu meiner Linken, enthielt die Umrisse eines riesigen unfertigen Gesichts. Die Nase war da, doch abgeflacht, so breit wie meine Brust. Die Augen waren für immer geschlossen, milchige, hinter durchscheinenden Lidern eingeschlossene Höhlen.

Das Zimmer war ein gentechnisches Erzeugnis, ein Organismus mit rekombinierter DNS, so vergrößert, daß er einen gewöhnlichen Raum ausfüllte. Die alten Schlafzimmerfenster waren hinter den Augen; das Licht aus dem Fenster fiel durch sie hindurch wie durch Lampenschirme und ließ die übergroßen Blutgefäße in den Lidern scharf hervortreten. Die Lippen des Gesichts waren auf dem Boden, der Decke zu geschürzt. Die unverhältnismäßig großen Lippen waren das Bett des Zimmers. Sie sahen weich aus, ungefähr von der Größe eines Einzelbetts; sie würde sich für zwei auseinanderfalten. Unter ihnen würde keine Öffnung erscheinen, keine Zähne.

»Es wurde aus Senyas Zellen gezüchtet, wissen Sie«,

sagte Conrad. Er drückte seine noch rauchende Zigarette mit Vorbedacht auf dem Zimmerboden aus. Die fleischigen Wände erbebten.

Während er fortfuhr, unterdrückte ich den Impuls, Conrad eine Ohrfeige zu verpassen. »Draußen vor dem Fenster ist ein Tank mit Nährflüssigkeit. Ich persönlich halte dieses Wesen für ekelhaft. Ich kann hören, wie es atmet. Ich kann es riechen. Sie sollten sehen, wie sich die Lippen bewegen, wenn Senya sich darauf ausstreckt. Urgh!«

Der Duft des Zimmers war salzig, ein wenig nach Frau riechend. Es atmete mit einem schwachen Hauch durch die Nase.

Als wir wieder ins Wohnzimmer zurückkamen, sagte Conrad: »Wollen Sie wirklich keinen Drink?«

»Diesmal nehme ich einen, danke.« Das Gebärmutterzimmer hatte mich aufgewühlt.

Ich stand vor einer geheimen Schwelle. Mein Herz schlug rasch und unregelmäßig. Wellen der Angst durchliefen mich. Ich konzentrierte mich darauf, brachte sie zu einem Höhepunkt, erschauerte und ließ die Angst sich im Licht innerer Selbsterkenntnis verflüchtigen.

Ich nippte an meinem Plastikbecher mit Martini und entspannte mich vorübergehend. Neben Conrad Platz nehmend, sagte ich: »Sie erwähnten, Georges Gitarre sei krank.«

Conrad grinste. »George hofft, daß es seiner Gitarre heute wieder besser geht. Aber sie wird nicht für ihn singen. Ich weiß, daß sie's nicht wird. Sie wird wieder anfangen zu schreien, sobald er zu spielen beginnt. Es hört sich scheußlich an — die schrecklichsten Schreie, die man sich nur vorstellen kann. Er wird vielleicht wieder anfangen müssen, elektrische Gitarre zu spielen.«

»Sie schreit aus eigenem Antrieb? Vielleicht reagiert sie allergisch auf ihn.«

»Möglich. Sie schreit nicht, wenn Senya sie spielt.«

Ich spürte, wie sich meine Trance vertiefte. Die Um-

314

risse der Möbel schienen sich halluzinatorisch auszubreiten und schwache Blitze auszusenden. Ich erspähte geisterhafte menschliche Gestalten auf flackernden Pfaden; die Bewohner der Wohnung hatten ihre Lebensmuster im elektrischen Feld des Zimmers zurückgelassen. In diesen feinen glühenden Linien konnte ich den Knoten angedeutet sehen.

»Conrad«, sagte ich behutsam, während ich versuchte, meine Erregung zu verbergen, »erzählen Sie mir von Ihrem Leben kurz vor dem Übergang. Nennen Sie mir die Einzelheiten Ihres Todes.« Ich wartete, atemlos.

Conrad war erfreut. Er zündete sich eine weitere Zigarette an und beobachtete, während er sprach, den sich kräuselnden Rauch. »Ich war Lektor bei einem Verlag. Ich war ein guter Lektor, aber die Arbeit wurde mir allmählich langweilig. Ich hatte eine Menge Urlaub angehäuft; deshalb nahm ich Billy Lilacs Einladung zu einer Seereise mit ihm und seinen Freunden an. Ich hatte ein etwas merkwürdiges Gefühl dabei, weil ich mit seiner Frau eine Affäre hatte. Aber sie bestand darauf, daß es gut wäre, weil wir uns für die Dauer der Reise — vier Tage — gleichgültig zueinander verhalten würden, und das würde Billys Verdacht uns gegenüber zerstreuen. Billy schwamm in Geld. Er besaß eine Kette lukrativer Fastfood-Restaurants.

Seine Yacht hatte, wie er es nannte, ein Mausefallenaquarium eingebaut. Das Boot hatte einen großen Tiefgang, und auf Knopfdruck öffnete sich eine Kammer in der Hülle. Wasser lief hinein, zusammen mit kleinen Fischen und manchmal Tintenfischen oder sogar kleinen Haien. Dann schlossen sich die Tore am Boden wieder, die Tiere waren vorübergehend darin gefangen, und wir konnten sie durch eine Glasscheibe im Laderaum beobachten.

Wir waren fünf auf dieser Fahrt. Lana Lilac, Billys Frau im Teenageralter, dreißig Jahre jünger als Billy; seine Sekretärin, Lucille Winchester; Lucilles Sohn Lancer ...«

»Wer? Wer, sagten Sie? Die letzten beiden?« Ich hatte ihn zu eifrig unterbrochen.

Conrad musterte mich seltsam. »Lucille und Lancer Winchester«, sagte er ungeduldig. »*Wie auch immer,* Billy bat ein paar von uns runterzugehen und ein paar Tintenfische ins Aquarium zu treiben. Wir befanden uns über einem bestimmten jamaikanischen Riff, wo sie ziemlich verbreitet waren. Also gingen wir in Tauchanzügen runter. Da waren ich und Lana und ...«

»Und Lucille. Sie drei gingen runter«, unterbrach ich ihn. In meinem Kopf war ein Whirlpool. *Beruhig dich. Konzentrier dich auf die zeitliche Perspektive. Die Evolutionsmuster.*

Das Mumifizierte schmerzte. Heute abend würde ich den Schmerz auflösen.

»Sie drei gingen runter«, wiederholte ich, »und als Sie sich dem Tor näherten, wo die Hülle aufging, drückte der gute alte Billy den Knopf, der das Tor öffnete und die Strömung hervorbrachte, durch die alles mögliche eingesogen wurde, und Sie alle drei wurden in das Mausefallenaquarium hineingezogen. Er schloß das Tor hinter Ihnen, und dann stand er im Laderaum, über Ihren Köpfen, und sah zu. Und Ihnen ging die Luft aus.«

Ein paar Minuten lang konnte ich nicht sprechen. Ich fühlte mich, als würde ich ersticken, obwohl es nicht ich gewesen war, der bei dieser Gelegenheit ertrunken war. Ich ertrank später, erstickte an meinem eigenen Erbrochenen; Überdosis. Jahre später.

Conrads Verwirrung verwandelte sich sichtlich in Überraschung.

Doch ich nahm ihn nur am Rande wahr. Ich sah mich selbst, als fünfzehnjährigen Lancer Winchester, die Hände hinter mir in Handschellen steckend, mit dem Gesicht nach unten auf dem Glasboden liegen und zusehen, wie meine Mutter qualvoll ertrank. Mein Keuchen und meine Tränen ließen das Glas beschlagen, aber irgendwie verstärkte der verschwommene Eindruck ihre verzweifelten Bewegungen, als sie das Tor aufzubekommen versuchten. Ihre hektischen Handsignale. Ihre Finger, die am Glas kratzten.

Während Billy Lilac mit den Händen in den Taschen neben mir stand, wie ein leicht amüsierter Mann vor einem Käfig im Zoo, gelegentlich auflachend und freundlich mit mir plaudernd, mir höflich erklärend, daß er Conrad getötet hatte, weil Conrad ein Verhältnis mit Lana gehabt hatte. Und daß er meine Mutter getötet habe, weil sie ihnen geholfen hatte, das Geheimnis zu wahren, und Lana und Conrad erlaubt hatte, ihre Wohnung zu benutzen.

Ich erwartete, daß er mich töten würde. Aber er nahm mir einfach die Handschellen ab und ließ mich an Land gehen. Er wußte, daß meine Vorgeschichte emotionaler Störungen meine Glaubwürdigkeit zunichte machte. Niemand würde mir glauben, wenn es drei andere Aussagen gab. Er hatte seine beiden Crewleute ordentlich bestochen. Sie behaupteten, das Tor habe sich durch einen mechanischen Defekt vorzeitig geöffnet, und Billy wäre an Deck gewesen und hätte es nicht bemerkt. Sie wären die ganze Zeit bei ihm gewesen. Craig und Judy Lormer, Mann und Frau, waren seine Crew. Aber nach einer Weile begann Judy Alpträume von den im Frachtraum Ertrunkenen zu bekommen. Judy hatte damit gedroht, zur Polizei zu gehen. Ich wußte davon, weil Billy mich in der Heilanstalt besuchte und mir im Besuchsraum davon erzählte.

Es machte ihm Spaß, darüber zu sprechen. Billy war der typische Hurensohn. »Ich habe Judy im Aquarium bei mir zu Hause ertränkt, Lancer«, sagte er, seine Stimme war sanft und freundlich. Wie die eines fachsimpelnden Ausstopfers.

»Sie wollen sich rechtfertigen, mein Freund, hm?« sagte Conrad in der Gegenwart.

Ich dachte an meinen eigenen Tod. Vier Jahre lang nach dem Ertrinken meiner Mutter war ich bei den Anstalten ein- und ausgegangen. Wurde auf paranoide Schizophrenie und wegen Drogenmißbrauchs behandelt — das mit den Drogen, Heroin, stimmte —, bis ich mich zu fragen begann, ob ich Billys stille Freude, als er auf dem Glas gestanden war, nicht tatsächlich halluziniert hatte, als er beobachtete, wie die Blasen, die aus ihren erschöpften Lungen gepreßt wurden, an der Scheibe zwischen seinen Füßen zerplatzten.

Ich starb 1987 an einer Überdosis.

»Kein Zufall, Conrad«, sagte ich plötzlich. »Ich bin hier, weil ich Sie in meinem letzten Leben kannte. Ich war Lancer Winchester. Ich sah zu, wie Sie starben. Sie und Lana Lilac und Mutter. Wie sie unter Glas erstickten.« Ich machte eine Pause und räusperte mich. Ich versetzte mich in Trance, beruhigte mich. »Wirklich, Conrad«, sagte ich distanziert, die Korridore der Zeit entlangspähend, »Sie sollten ein bißchen weniger trinken.«

Meinen Rat ignorierend, stürzte er leise fluchend einen weiteren Cocktail hinunter.

Ich wandte meinen Blick den Türen zu, zunächst der Eingangstür, dann der Tür zum Schlafzimmer. Die Öffnung in dem Gebärmutterzimmer hatte sich ein wenig zusammengezogen und zuckte, so daß ihr blau-rosafarbenes Fleisch am Rand der offenen Tür zu sehen war.

Ich fühlte unterschwellig seine Erregung, und ich teilte seine halbträumende Sehnsucht. Auch Conrad spürte sie und blickte verwirrt hinüber.

Doch nur das Gebärmutterzimmer und ich waren uns bewußt, daß George und Senya Marvell die plastiküberzogenen Stufen zur Wohnung hochstiegen. Jetzt fühlte ich, wie sie auf dem Absatz anhielten, um auszuruhen und um zu streiten. Ich fühlte, die Auflösung stand kurz bevor. Ich hatte sie noch nicht ganz lokalisiert.

»Conrad«, begann ich, »Senya ist ...«

Die Tür ging auf. Senya trat ein, etwas hinter sich herschleppend. Sie und der Mann, den ich für George

318

hielt, trugen zwischen sich einen großen durchsichtigen Kasten aus Plastglas. In der dicken Flüssigkeit im Innern des Kastens schlingerte etwas wie ein rosafarbenes Seetier. Eine Fleischgitarre. Und zwar eine teure.

Aber ich konnte meine Augen kaum von Senya abwenden. Sie war wunderschön. Ich hatte ein beunruhigendes Gefühl von Déjà-vu, als ich ihre kräftige, geschmeidige Figur auf mich wirken ließ; ein lächerlich altmodisches, in den dichten Schopf ihres flachsfarbenen Haars eingearbeitetes *Old-Glory*-Flaggen-Muster wippte auf ihrer rechten Schulter. Etwas in ihrem hageren Gesicht erregte mich. In ihrem Ausdruck lag sowohl Neugier wie auch Einfühlungsvermögen, wenig passend zu ihrem schwarzen, anschmiegsamen *Addams-Family-Revival*-Kleid* und ihren durchsichtigen Pfennigabsätzen.

»Wer, zum Teufel, ist denn *der*?« schnaubte George und musterte mich von oben bis unten, während sie den Gitarrenkasten ins Schlafzimmer trugen.

»Das ist bestimmt der Mann vom Amt für Seelenwanderung, George«, erwiderte sie lässig. »Ich habe ihn herschicken lassen wegen ... äh ... wegen Conrad.«

Das Déjà-vu-Gefühl lebte wieder auf, als ich ihrer Stimme zuhörte. Ihr Klang war mir nicht vertraut. Es war die Art, wie sie sprach, die mir vertraut war.

George und Senya kamen aus dem Schlafzimmer zurück. Im Gegensatz zu Senya war George untersetzt und farblos, mit einem massiven gelben Klumpen dauergeformten Haars auf dem Kopf. Seine rauchblauen Augen streiften mich, dann warf er Conrad einen wütenden Blick zu. »Der Junge ist schon wieder betrunken.« Als er zu mir sprach, war seine Stimme die Quintessenz von Herablassung: »Dann glauben Sie also, Sie können den Müll im Kopf dieses Jungen hier beseitigen?«

---

* Bezieht sich auf eine amerikanische Familienserie der sechziger Jahre. — *Anm. d. Übers.*

»Wenn in diesem Zimmer irgendwelcher Müll wegge-
räumt werden muß«, warf Conrad ein, »dann kommt er
aus deinem Mund, George.«

Als sich George herabbeugte, um sich einen Drink
auszuwählen, setzten seine Bewegungen ein Echo frei,
das, in verschlüsselter Form, alle Handlungen seines
Lebens enthielt. Und auch seine früheren Leben einbe-
zog.

»Eigentlich bin ich nicht hier, um speziell bei Conrad
etwas wegzuräumen«, sagte ich, meine Beine überein-
anderschlagend und mich auf dem Sofa zurücklehnend.
Senya beobachtend, fuhr ich fort: »In diesem Leben heiße ich Ramja; im letzten war ich Lancer.« Ihr Blick begegnete meinem. Sie war verwirrt. Ich hatte den Auslöser noch nicht getroffen. Ich lächelte sie an und fühlte
einen Strom der Freude durch mich hindurchgehen, als
sie zurücklächelte.

»Nein George«, fuhr ich fort und versuchte, Eifer aus
meiner Stimme herauszuhalten, »ich bin hier, um mich
mit einer ziemlich komplexen transmigratorischen Verwicklung zu befassen. Sie rührt von einem Trauma aus
einem früheren Leben her, das von allen hier geteilt
wird. Von einer Erinnerung, die uns wieder zusammen-
geführt hat. Um sie aufzulösen. Und das Komische daran ist, George, es gibt gar nicht viel, das ich *tun* müßte.
Meine Anwesenheit komplettiert die karmische Gleichung. Ich bin mir nicht sicher, wie sie sich lösen wird.«
Ich nippte an meinem Drink und fragte: »Wie hat Ihre
Gitarre heute gespielt, George?«

George schüttelte nur den Kopf. Er war nahe daran,
mich hinauszuwerfen.

Senya antwortete für ihn. »Sie schrie. Wie üblich! Jedesmal, wenn George sie berührte.« Sie sah George an,
als verstünde sie vollkommen, warum *jeder* schreien
mußte, den George berührte.

»Das habe ich bereits vermutet«, sagte ich. »Und ich
vermute ebenfalls, daß es zwischen Ihnen, Senya, und

George seit kurzem eine wachsende Entfremdung gibt. Seit dem Tag, an dem die Gitarre zu schreien begann — und Conrad in Ihrem Sohn erschien.«

»Bei meinen ungedeckten Schecks, was wissen *Sie* schon davon?« stieß George hevor. Er war steif vor Angst. Auch er spürte den Moment der Auflösung herannahen.

»Der Mann hat recht, George«, warf Conrad ein, seine Zigarette mit zitternden Kinderfingern auf dem Tisch ausdrückend. »Das Schreien der Gitarre und mein ... äh ... Coming-out lagen zeitlich nah beieinander. Und dann wurde die Spannung zwischen dir und Senya wirklich schlimm. Ich hab's gesehen. Aber es ist nicht so, als wäre das *meine* Schuld. Die verdammte Gitarre hat vielleicht nicht mehr Verstand als ein Eichhörnchen, aber sie erkennt einen Widerling, wenn sie einen spürt. George spielte sie, und dieser Schrei kam heraus. Sie hatte endlich genug von dem Kerl.«

George sagte plötzlich: »Wenn Sie glauben, daß es eine Verbindung gibt zwischen *dem* da ...« — er stieß mit dem Daumen nach Conrad, ohne ihn anzusehen — »und den Schwierigkeiten mit meiner Gitarre, dann können Sie vielleicht — ich weiß nicht ... äh ... sie beseitigen, damit die Gitarre wieder funktioniert?«

»Vielleicht«, sagte ich mit einem Lächeln. »Lassen Sie uns ins Schlafzimmer gehen. Und — es wegräumen.«

Einen Augenblick später umstanden wir den Plastglas-Kasten neben den bettgroßen, aufgeworfenen Lippen am einen Ende des Gebärmutterzimmers. Senya öffnete den Kasten und hob die Gitarre heraus, während die Fußbodenlippen bebten und die Zimmerwände zuckten. Die Gitarre trocknete fast augenblicklich. Sie war annähernd wie eine akustische Gitarre geformt, bestand aber aus menschlichem Gewebe und war mit rosaweißer Haut bedeckt, durch die blaue Adern hindurchschimmerten. Der Gitarrenhals war genauso geformt wie ein menschlicher Arm, dessen Ellbogen fixiert war, damit er immer ausgestreckt war. Die sehnenartigen Saiten entsprangen aus den gestutzten Fingern, die als Stimm-zapfen dienten. Doch das kleine Gehirn der Gitarre sorg-te dafür, daß die Saiten immer richtig gestimmt waren. Ihre Linien waren weich, feminin, ihr unteres Ende er-innerte an die Hüften einer Frau. Wo bei einer akusti-schen Gitarre das Schalloch gewesen wäre, befand sich hier ein Frauenmund, ständig weit geöffnet, mit dün-nen und perlmutt-rosafarbenen Lippen; zahnlos, aber mit einer kleinen Zunge und einer Kehle. Die Augen fehl-ten, ebenso jede weitere physische Andeutung von Men-schenähnlichkeit.

Senya hielt sie in ihren Armen, das untere Ende auf ihr angehobenes Knie gestützt, den rechten Fuß auf dem Rand des offenen Gitarrenkastens. Sie spielte ei-nen E-Akkord, strich mit ihren Fingern leicht über die sehnenartigen Saiten. Die Saiten vibrierten, und der Gitarrenmund sang die Note. Der Ton war verblüffend menschlich, melancholisch, geheimnisvoll. Senyas Ge-sicht nahm einen merkwürdigen Ausdruck an. Sie sah mich rasch an und dann Conrad, der betrunken zu einer Seite des Zimmers schwankte. Und wieder mich.

»Und?« sagte George.

»Spielen Sie die Gitarre, George«, sagte ich. »Machen Sie weiter. Ich glaube, alle Zahlen der Gleichung sind hier, an Ort und Stelle. Spielen Sie sie!«

»Nein, danke«, sagte er und blickte auf die rosige, kindähnliche Gitarre in den Armen seiner Frau.

Ich fühlte, wie die Karmalinien das Zimmer abdichte-ten. Unbewußt hatten wir die symmetrische Position um den Glaskasten herum eingenommen; ich, Conrad, Senya, George und die Gitarre, die Senya über den Ka-sten hielt, ihre Arme von ihrem Gewicht zitternd. Wir waren die fünf Ecken eines Pentagramms, umgeben von der wartenden, lastenden Gegenwart des Gebärmutter-zimmers.

Der Schrei der Gitarre zerbrach das Glas des hinter der Fleischwand verborgenen Fensters. Ich schlug die

Hände über die Ohren. Die Wände wellten sich und stießen von irgendwoher einen langen Seufzer aus. Blut rann über den unteren Rand der geschlossenen Augenlider, wie karminrote Tränen. Ein häßliches Reißen ließ mich aufblicken; die Decke war geborsten. Blut regnete in kleinen Tropfen auf uns herab. Conrad begann hysterisch zu lachen, mit einer verrückten, schrillen Stimme. Seine Augen rollten zurück, in seinen Kopf hinein.

George warf die Gitarre heftig nieder. Ich mußte wegsehen, als der Fleischhals die Kante des Kastens traf. Sie heulte wieder auf, als irgend etwas Lebenswichtiges in ihr zerriß. Sie rollte auf den Boden, mit dem Gesicht nach unten, stöhnend. Das Zimmer stöhnte mit ihr. Mit vor Entsetzen geweiteten Augen sah George jeden von uns an. Er sah aus, als wären wir ihm plötzlich fremd geworden. Er sah uns jetzt anders, all seine Selbstsicherheit war verschwunden.

George anstarrend, sagte ich laut: »Ihr Verbrechen war von der Art, die eine größere Anstrengung karmischer Gerechtigkeit verlangte, George.«

»Nennen Sie ihn Billy ...«, sagte Conrad, George anstarrend.

»Billy Lilac«, sagte ich, Senya anlächelnd. »Inzwischen sollten Sie sich wieder erinnern. Und, vielleicht, sich fragen, warum ein Mensch für Dinge bestraft werden sollte, die er in einem anderen Leben getan hat. War Billy wirklich derselbe Mann wie George? Er ist derselbe Mann, in einem tieferen Sinn. Erinnern Sie sich daran, was er getan hat? Diese Art Verbrechen, Billy ... ah! Das Gebärmutterzimmer erinnert sich, auf irgendeiner Ebene. Die Gitarre erinnert sich. Ihre Gehirne sind klein, aber ihr Gedächtnis reicht weit zurück. Sie haben drei Menschen ertränkt und, was vielleicht noch schlimmer ist, Sie haben beim Zusehen gelacht. Sie haben mein Leben zerstört. Ich? Ich war Lancer Winchester.« Ich wartete, bis den anderen die Bedeutung meiner Worte aufgegangen war.

Der rote Sprühregen rieselte auf uns herab. Die Lippen des Fußbodens schnappten und schlossen sich lautlos. Senya und Conrad lauschten hingerissen, mit einem merkwürdigen Blick. »Sie haben meine Mutter umgebracht, Billy. Aber sie ist hier bei uns. Alle, die Sie getötet haben, sind hier. Es wird ein großer Schock für die Genindustrie sein, wenn ich ihnen sage, wir haben Beweise dafür, daß sich menschliche Plasmafelder in Fleischmaschinen reinkarnieren können. Es wird auch meine Behörde wachrütteln. Meine Mutter? Sie wurde in dem Raum wiedergeboren, der uns umgibt, Billy. Und Lana befindet sich hier in Senya. Eines Tages erwachte die Gitarre in ihren Armen und erinnerte sich an das, was Sie getan hatten. Deshalb schrie sie. Die Gitarre ist Judy Lormer. Erinnern Sie sich an Judy? Die Crewfrau, die Sie ertränkten, als sie damit drohte, zu reden?«

Ich erwähnte nicht die Tatsache, daß der junge Lancer Lana Lilac aufrichtig geliebt hatte.

George, alias Billy Lilac, hörte nicht zu. Er wich in eine Ecke zurück, gab komische kleine, nichtmenschliche Laute von sich und schlug sich auf die Augen. Überwältigt von dem plötzlichen Erinnern, das ich ausgelöst hatte. Von der Erkenntnis: wer er war und was er getan hatte und wie es immer einen bestimmenden Einfluß auf sein Leben ausgeübt hatte.

Die Wände des Zimmers arbeiteten sich an uns heran. Das ganze Zimmer war Kontraktionen unterworfen, drängte uns zusammen. Wir fühlten Luftwellen auf uns einschlagen, die uns in Richtung Tür warfen. Wir taumelten.

Brüllend, seine Stimme beinahe überdeckt vom Schrillen des Zimmers und den Dissonanzen der sterbenden Gitarre, kroch Conrad uns auf allen vieren nach. Er sah aus wie ein erschrecktes kleines Kind.

Senya und ich stolperten ins Wohnzimmer hinaus, beide gegen Panik ankämpfend, schaudernd vor Identitätsverlust.

Würgend wandte ich mich um und blickte durch den schrumpfenden Durchgang. Die Öffnung schloß sich wie eine Irisblende. Ich erhaschte einen Blick auf George, der drüben beim Gitarrenkasten stand. Das blutende Fleisch der Gitarre jaulte zu seinen Füßen. Er schwankte auf uns zu, während das Zimmer um ihn herum kleiner wurde, die Arme flehend ausgestreckt, das Gesicht weiß, im Ausdruck schwankend zwischen Entsetzen und Verwirrung, den Mund zu einem Schrei geöffnet, der im Wehklang des Zimmers unterging. Hinter ihm rissen die verschmolzenen unteren Lidränder über den Augen des Zimmers auf; die Lider schnappten abrupt nach oben. Die Augen starrten wütend, die Pupillen übersprudelnd von Blut. Das Zimmer kontrahierte erneut, und George stolperte. Er fiel gegen den offenen Plastglaskasten der Gitarre, das Gesicht über aufgepeitschter Flüssigkeit. Die Öffnung schloß sich.

»Ahmed!« rief Senya, wieder zu sich kommend. »Ahmed ist gefangen!«

Sie rief nach Conrad mit dem Namen, den sie ihm gegeben hatte. Der Durchgang war von einer konvexen Wand straffen, feuchten menschlichen Gewebes blokkiert; er war in der Mitte zu einer Art Gebärmutterhals zusammengefaltet. Doch der ›Gebärmutterhals‹ erweiterte sich langsam. Ein Kopf stieß hindurch. Conrads Kopf. Seine Augen waren geschlossen, sein Gesicht leer. Nach und nach preßte ihn das Zimmer heraus. Er war ohne Bewußtsein, atmete jedoch. Senya schloß ihn in die Arme. Seine Kleidung war stark zerrissen und glitschig-naß vom Blut des Zimmers. Als er die Augen aufmachte, sagte er nichts, sah aber zu ihr auf, jede Spur von Conrad war verschwunden. Conrad hatte sich in jene Kammer des menschlichen Gehirns zurückgezogen, in der vormalige Persönlichkeiten aufbewahrt wurden, wo auch immer sie sich befinden mochte.

Das Gebärmutterzimmer war zu einem gequetschten, mit dem Tode ringenden Fleischball von weniger als zwei

Metern Durchmesser zusammengeschrumpft, fest um den Plastglaskasten geklammert. Er starb, zerfetzt von den Ecken des großen Kastens, und innerlich von seinen eigenen Krämpfen geborsten.

George, Billy Lilac, starb in seinem Innern. Er war von der schrumpfenden Umklammerung in den Glaskasten hineingezwungen worden, in seine klebrigen, durchsichtigen Flüssigkeiten. Er starb unter Glas. Er starb durch Ertrinken.

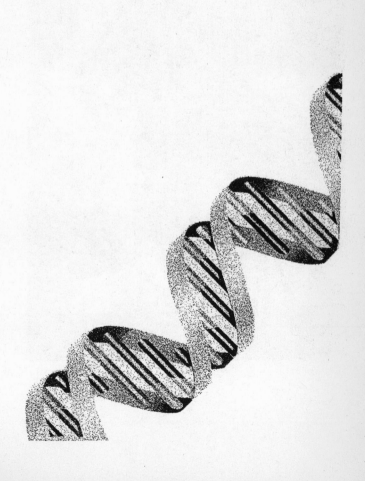

Sechs Arten Dunkelheit

CHARLIE WÜRDE SAGEN: »Ich hab's ein- oder auch zweimal gemacht — aber du, du bist einfach scharf drauf, Mann.« Und Angelo würde sagen: »Gibt meinem Leben einen Sinn, Mann. Gibt meinem Leben 'ne Richtung.«

Man konnte den Ort, den Hohlen Kopf, in zwei Blocks Entfernung riechen. Jedenfalls dann, wenn man drauf war. Die anderen Leute auf der Straße konnten den Geruch vor dem Hintergrund der Monoxide, des nach zerbrochenen Batterien riechenden Säureregens, des jukkenden Rauchs der Syntharetten, der öligen Fäulnis des Flusses wahrscheinlich nicht ausmachen. Aber ein Fixer konnte dieses Locken des Amyltryptalins erkennen und dabei denken: *Find' es wie eine Nadel im Heuhaufen.* Und er würde schnauben und dann in ehrfürchtigem Ernst weitergehen und über die in Frage kommende Nadel nachdenken … die Nadel in der Brustwarze …

Es war auf der East 121st Street, einen halben Block vom East River entfernt. Wenn man sich nachts in diese Gegend verirrte, dann orientierte man sich besser rasch zum beleuchteten Ende der Straße, weil die Blutegel, die nach Einbruch der Dunkelheit aus dem Fluß gekrochen kamen, wie Schnecken die Wände bis zu den Simsen der Gebäude hochkrochen; sie spürten die Körperwärme, und es konnte ein widerliches, zwanzig Zentimeter langes Vieh vom Dach herunterfallen, einen mit einem feuchten Klaps im Nacken treffen und einem lähmende Toxine injizieren; man fällt vornüber, und seine Blutegelkumpel kommen und saugen einen aus.

Als Charlie auf die Straße ging, war gerade Sonnenuntergang; die Blutegel hatten den Fluß noch nicht verlassen, aber Charlie musterte die Dächer trotzdem. Auf den Dächern drängten sich die Shanties ...

Die Einwanderer waren in dieses Mekka der Ernüchterung geschwärmt, bis New York ein zweites Mexico City geworden war, umringt und übervölkert von *Shanties* — Hütten aus Schindeln, Blech, Karton, geschützt mit flachgehauenen Eimern und Plastikverpackungen. Jedes Wohnhausdach in Manhattan war ein Labyrinth von Shanties, manchmal von Shanties auf Shanties, bis das Gewicht die Dächer zum Einstürzen brachte, die alten Gebäude zusammenfielen und die zerschmetterten Bewohner einfach sterbend in dem Schutt zurückgelassen wurden — Feuerwehrleute und Rettungsteams setzten selten einen Fuß außerhalb der bewachten, ummauerten Zufluchtsorte der innerstädtischen Bevölkerung.

Charlie war fast da. Es war eine Scheißnachbarschaft, weshalb er das Messer in seinem Stiefelschaft stecken hatte. Aber was ihm Angst machte, war der *Ort*. Der Hohle Kopf. Sein Herz pochte, und er war zitterig, aber er wußte nicht genau, ob es von der Angst oder der Vorfreude kam oder ob man, wenn es um den Hohlen Kopf ging, diese beiden Dinge überhaupt voneinander trennen konnte. Aber um seine Nerven beisammenzuhalten, mußte er von dem Ort wegsehen, als er ihm nahe kam; er versuchte, sich auf den Rest der Straße zu konzentrieren. Irgend so ein schwachköpfiger Sauberling hatte Schößlinge auf dem Gehsteig gepflanzt, in den Quadraten freigelegter Erde, wo früher die Bäume gestanden hatten. Doch der saure Regen hatte die Blätter und Zweige aufgefressen; der Rest war so kahl wie altertümliche Fernsehantennen ...

Taschenlampenschein von den Dächern; und ein Gemisch von Lauten, das wie etwas Schmieriges, aus einem überlaufenden Topf Entweichendes herabzutriefen schien. Der Geruch brennenden teerigen Holzes; Hundefutterdüfte von billigem, erhitztem Büchsenfleisch. Und dann stand er vor dem Hohlen Kopf. Ein rußgeschwärztes Reihenhaus; seine viktorianische Fassade aus Engeln vom sauren Regen zu erlesenen Monstern zurückgestutzt. Die Fenster mit Ziegeln eingefaßt, der Zwischenraum vom Säurefraß grau auf schwarz gestreift.

* * *

Das Gebäude zur Rechten war bucklig von Hütten; das Dach zur Linken glühte von Ölfaßfeuern. Doch das Dach des Hohlen Kopfs war dunkel und flach, irgendwie majestätisch in seiner düsteren Unzugänglichkeit. Niemand baute sich auf dem Hohlen Kopf eine Hütte.

Er atmete tief ein und sagte sich: »Renn nicht hindurch, koste es diesmal aus.« Und ging hinein, wobei er hoffte, daß Angelo auf ihn gewartet hatte.

Bis zur Tür, warten, während einen die Kamera überprüft. Die Kamera, Charlie Chestertons dreifachen Indianerkamm aufnehmend, jeder Grat in einer anderen Farbe; Charlies hageres Gesicht, die nietenbesetzte Transplastjacke und die spezialangefertigten spiegelnden Schattierungen. Er hörte das Geräusch, das bekanntgab, daß die Tür entriegelt war. Er öffnete sie, roch das Amyltryptalin, fühlte, wie sich seine Eingeweide vor unterdrückter Erregung zusammenzogen. Einen rotbeleuchteten Korridor entlang, dicke schwarze Farbe auf den Wänden, während der Terpentingeruch des AT allmählich stärker wurde. Angelo war nicht da; er war schon nach oben gegangen. Charlie hoffte, daß Angelo allein zurechtkam ... Das Mädchen in dem Schalterfenster am Ende der Eingangshalle — das Mädchen mit der Skimaske, das Mädchen mit dem sarkastischen Tonfall der Empfangsdame — nahm seine Karte, gab ihm den Bone Music-Rezeptor, buchte ihn ein. Ein anderer Ton, der Einlaß zu Tür Nummer Sieben, der ersten Ebene. Er ging zur Sieben hinüber, drehte den Knopf, trat hindurch und fühlte es augenblicklich; das Prickeln, die plötzliche

Anwandlung von Munterkeit, das chemisch hervorgerufene Gefühl der Zugehörigkeit, vier angenehme Empfindungen, die ihn durchströmten und die miteinander verschmolzen. Es war nur ein leerer Raum mit den Treppenstufen am anderen Ende; weiche, rosafarbene Beleuchtung, an den Wänden der übliche kryptische Palimpsest der Graffiti.

Er inhalierte tief und fühlte, wie ihn das Amyltryptalin wieder traf; das rosa Leuchten wurde intensiver; die Kanten des Raums verschwammen, er hörte seinen eigenen Herzschlag wie eine entfernte Trommel. Ein mit Widerhaken versehenes Büschel Angst verdrehte sein Rückgrat (*Wo ist Angelo?* fragte er sich. *Sonst hängt er immer im ersten Zimmer rum, aus Angst, allein ins zweite weiterzugehen, aber, Scheiße, verdammt gutes Feeling*) und er erlebte einen paralysierenden Ansturm reinen Gefühls. Der Bone Music-Rezeptor grub sich in seinen Handteller; er wischte den Schweiß davon ab und verband ihn mit der Klangleitung, die aus dem Knochen hinter seinem linken Ohr entsprang — und die Musik ließ ihn inwendig erschauern ... es war eine Musik, die man mehr *fühlte* als hörte; sein Gehörnerv nahm den dumpfen Rhythmus auf, den Baß, die verzerrten Überlagerungen des Synthesizers. Aber der größte Teil der Musik wurde durch den Schädelknochen geführt, die Wirbelsäule hinuntergeleitet, in die übrigen Knochen. Es war eine Musik fiebriger Empfindungen, wie eine Empfindung am Musikantenknochen, ein Krankheitsgefühl, das Frösteln und die heißen Schauer einer Grippe, doch sie war eine Krankheit, die liebkoste, als würden einem die Geschlechtsteile von Viren geleckt und man wollte ejakulieren und sich gleichzeitig übergeben. Er hatte taube Menschen bei Rockkonzerten tanzen gesehen; sie konnten die Schwingungen der lauten Musik wahrnehmen; konnten die Musik fühlen, die sie nicht hören konnten. So war es auch hier, aber verbunden mit einer tiefen, tief aufwühlenden Brutalität, als hätte man Sex mit einer offensichtlich syphilitischen Hure und genösse es um so mehr, weil man wußte, daß sie krank war. Die Musik riß ihn aus seiner Paralyse, stieß ihn vorwärts. Er stieg die Treppenstufen hoch ...

Die Wahrnehmung der Bone Music verbesserte sich beim Steigen, so daß er den Text ausmachen konnte, eine schauerliche Stimme, die im Innern von Charlies Schädel sang:

Sechs Arten Dunkelheit
ergießen sich über mich.
Sechs Arten Dunkelheit,
klebrig vor Energie.

Charlie gelangte zum nächsten Treppenabsatz, trat in den zweiten Raum.

Der zweite Raum benutzte elektrische Felder zur Stimulation von Nervenenden; die Metallgitter an den Wänden sandten Signale aus, welche die Neuronen stimulierten, lustvolle Nervenimpulse auslösten; andere Signale drangen direkt in die Rückennerven des Hypothalamus ein und traten in Resonanz mit dem Lustzentrum des Gehirns ...

Charlie schrie auf und fiel mit der kindlichen Reinheit seiner Dankbarkeit auf die Knie. Der Raum glühte vor Wohlwollen; der kahle, schmutzige Raum mit seinen spermafleckigen Wänden, der geborstenen Decke, der nackten Glühbirne an einem verschlissenen Draht. Wie jedesmal mußte er sich beherrschen, nicht die Wände, den Boden abzulecken. Er war ein Fetischist dieses Zimmers, seines splittrigen Holzbodens, des mathematischen Absolutismus der Gittermuster in den graumetallenen, in die Wände eingelassenen Sendern. Ohne die Sender wäre der Raum schäbig gewesen, sogar häßlich und erfüllt von Gestank; mit den Sendern erschien er als subtil verzweigte, ausgesprochen verführerische sadomasochistische Vorrichtung in Gestalt einer Innendekoration, und der Geruch war ein richtiger obszöner Genuß.

(Der Hohle Kopf war ein Drogenutensil, in dem man herumgehen konnte. Das Gebäude als solches war die Nadel, die Wasserpfeife, das Schnüffelrohr.)

* * *

Und dann setzte die zweite Phase des Raumes ein; die Sender stimulierten das motorische Zentrum, die retikuläre Stoffproduktion im Stammhirn, die Nervenbahnen des extrapyramidalen Systems in exakten, computerberechneten Mustern, die sich mit der fortdauernden *Bone Music* verbanden. Ihn tanzen ließen, tanzen durch den Raum, mit dem Gefühl, Teil eines choreographierten Wirbelwinds zu sein (aufblitzend: sich vereinigende Genitalien, pumpend, Mann und Frau, Mann und Mann, Frau und Frau, Zungen und Schwänze und Finger in rosa Spalten stoßend, die Glieder absichtsvoll durch fleischige Hügel wühlend, das Durchbohren ein schwerer bergabführender Fluß wie ein Ausbruch vulkanischer Lava, aber fester rosafarbener Lava, die Körper abgerundet, kopflos, aneinandergefügte Torsos von Magritte, die Geschlechtsteile blind in die feuchten Höhlungen des jeweils anderen gesteckt), während Sperma an seinen Beinen entlang in die Unterhose rann, tanzend, hilflos tanzend mit dem Gefühl, es wäre eine köstliche Epilepsie, während er wie eine Marionette die Treppe hinaufgeführt wurde, zum nächsten Stockwerk, zum letzten Raum ...

Auf dem Treppenabsatz vor dem dritten Raum schalteten sich die Sender ab, und Charlie sackte zusammen, nach Luft schnappend, das Geländer umklammernd, in einem Wirbel schwarzbemalter Wände. Er schluckte Luft und betete um die Stärke, sich vom dritten Raum abzuwenden, denn er wußte, daß er ihn ausgelaugt, zerschmettert, bis in die Tiefe ausgebrannt zurücklassen würde. Er schaltete den Rezeptor aus, um einen Moment Ruhe zu haben ... In diesem Augenblick von Überdruß und Selbstzweifel begann er sich zu fragen, wo Angelo steckte, war Angelo wirklich allein in das dritte Zimmer gegangen? Ange war unter der Brustwarzennadel anfällig für Identitätskrisen. Wenn er allein gegangen war — der kleine Angelo Demario mit seiner Rock 'n' Roll-Locke und der unechten Streitlust — Angelo würde untergehen und total durchdrehen ... Und was würden sie mit einem anfangen, der einen überdosierten Identitätsschuß abbekommen hatte? Die Leiche in den Fluß werfen, vermutete er ...

Er hörte einen Schrei, halb Ekstase, halb Angst, aus einem der angrenzenden Räume, als sich ein anderer Kunde eine Brustwarze genehmigte ... woraufhin er einen Entschluß faßte: so wie man erkennt, daß man hungrig ist, wenn man jemanden essen sieht. Er raffte seine letzten Kräfte zusammen, stellte den Rezeptor an und ging durch die Tür.

Die Bone Music durchschauerte ihn, zu stark, jetzt, wo er ausgehöhlt war, geschwächt von den ersten beiden Räumen. Erschöpfung waberte in ihm.

Die Dunkelheit der Arktis,
zwei Monate der Nacht.
Das Dunkel der Sonnenfinsternis,
wo man alles Licht vergißt.

Angelo war nicht in dem Raum, und Charlie war auf selbstsüchtige Weise glücklich, als er seine Jacke auszog, seinen linken Ärmel hochrollte und sich der schwarzen Gumminadel näherte, die aus der metallenen Brust in Hüfthöhe der Wand entsprang. Als er vor sie hintrat, die Armbeuge gegen die Brustwarze preßte, fühlte er die computergesteuerte Nadel nach seiner Vene suchen und die ID-Droge in ihn hineinschießen ...

Die genetische und neurochemische Essenz einer Frau. Sie behaupteten, es wäre synthetisch. Im Moment hätte er nicht den Furz eines geflügelten Engels darum gegeben, zu wissen woher es kam; es durchraste ihn in majestätischen Wellen titanischer Intimität. Man konnte sie schmecken, sie riechen, fühlen, wie es sich anfühlte, sie zu sein (sie behaupteten, es wäre eine imaginäre Sie, gestaltet nach einer wirklichen Person, aber nicht von ihr stammend ...).

Fühlte man sich zum ersten Mal so von ihrer Persönlichkeit überwältigt, trug man nicht mehr die Last der eigenen Identität, konnte man Vergessen in jemand anderem finden, so als identifizierte man sich mit einem fiktiven Protagonisten, nur unendlich realer ...

Aber — o Scheiße! Es war keine *Sie*. Es war ein *Er*. Und Charlie wußten augenblicklich, daß es Angelo war. Sie hatten ihm Angelos destillierte Neurochemie eingeschossen — seine Persönlichkeit, seine Erinnerungen, seine Verzweiflung und seine brennenden Sehnsüchte. Blitzhaft sah er sich selbst so, wie Angelo ihn gesehen hatte ... Und er wußte auch, daß dies nichts Synthetisches war, das sie mit denen taten, die hier starben, die ausklinkten und durchdrehten: sie stopften sie in irgendeinen Bottich, lösten sie auf, destillierten sie und koppelten sie chemisch an den Synthokoks und spritzten sie den anderen Kunden ... so wie Charlie ...

* * *

Er konnte sich durch die Bone Music hindurch (*Das Dunkel eines Eisenkastens, Deckel zu und zugeschraubt*) nicht selbst schreien hören. Er erinnerte sich nicht daran, zur Ausgangstreppe gelaufen zu sein (*Mach sechs Arten Dunkelheit, o Lord, mach mich gesund*), auf die Straße hinaus, das Gelächter der Shantyratten gehört zu haben, die ihn von den Dächern aus laufen sahen.

Er und Angelo liefen über die Straße, in seinem Körper vereint. Während Charlie zu sich sagte: »Jetzt ist endlich Schluß! Es ist aus! Ich habe meinen besten Freund gefixt! Ich hab die Schnauze endgültig voll!«

Und hoffte bei Gott, daß es wahr war. *O Lord, bitte mach mich gesund.*

Flaschen schwirrten von den Dächern herunter und zerbrachen rechts und links von ihm. Und er rannte weiter.

Er hatte ein komisches Gefühl.

Er konnte seinen Körper fühlen. Nicht wie sonst. Er konnte ihn wie ein Gewicht fühlen, das auf ihm lastete, wie ein Anhängsel. Nicht das Gewicht der Erschöpfung — er fühlte sich zu verdammt merkwürdig, um müde zu sein —, aber das Gewicht schierer Fremdheit. Er war zu groß. Er war total unbeholfen, und sein Stoffwechsel war zu matt, zu träge, und er war ...

So fühlte sich sein Körper für Angelo an.

Angelo war nicht anwesend, nicht in ihm. Doch dann wieder war er es. Und Charlie empfand Angelo als eine widerlich fremde, quietschende, verzerrende Membran zwischen ihm und der Welt.

Er ging an Leuten auf der Straße vorüber, sah sie durch die Membran hindurch verzerrt, die Gesichter verunstaltet wie in einem Jahrmarktsspiegel, als sie ihn betrachteten — und sie wirkten verwirrt.

Die seltsamen Empfindungen mußten sich in seinem Gesichtsausdruck zeigen. Vielleicht schwitzte Angelo aus ihm heraus, aus seinem Gesicht. Er spürte es. Yeah. Er konnte fühlen, wie Angelo aus seinen Poren blutete, von seiner Nase troff, aus seinem Arsch kroch.

Ein akustischer Schwall: *He, Puppe, willste 'ne Videokonferenz abziehn mit mir? (Die Puppe antwortet:) Nee, is' doch bloß Ange, dieser Scheißer, das letzte Mal, als wir das gemacht haben, war mir zwei Tage lang schlecht. Ich mag's nicht, Bilder ins Gehirn geschossen zu kriegen. Können wir's denn nicht einfach tun, du weißt schon, Sex? (Sie berührt seinen Arm.)*

Gott, ich verlier' mich noch in Angelo, dachte Charlie. Muß laufen, ihn aus mir herausschwitzen.

Ein neuer Schwall: *Angelo, wenn du dich weiter mit diesen Leuten abgibst, werden dir die Polizisten oder diese SA-Leute noch deinen blöden Schädel einschlagen. (Angelos Stimme:) Laß gut sein, Muttchen, du verstehst nicht, was läuft, das Land bekommt's mit der Angst, sie glauben, es gibt 'nen Atomkrieg, alle stellen sich um, um den Arsch der Präsidentin zu küssen, weil sie glauben, sie wär' alles, was zwischen ihnen und den Scheißrussen steht — (Die Stimme seiner Mutter:) Angelo, benutz in Gegenwart deiner Schwester nicht diese Wörter, nicht jeder redet so wie die im Fernsehen!*

Zu schwer, der Körper ist zu schwer, sein Gang ist komisch, kann nicht weiterlaufen, aber ich muß ihn ausschwitzen.

Jetzt Bilderblitze zusammen mit dem Schwall der Stimmen: *Bewegte Aufnahme eines Gehsteigs, vom Fenster eines Autos aus gesehen, das durch eine Gegend mit Privatpolizei fährt, SA-Bullen mit verspiegelten Helmen, die in Zweiergruppen diese piekfeine Wohngegend durchstreifen, ihre gleichgültig-glatte Unterstellung deiner Schuld dem Wagen zuwenden, die Welt kreist, als der Wagen um eine Ecke biegt, sie kommen zu einem Kontrollpunkt, die neuen amtlichen ID-Karten werden verlangt, vorgezeigt, sie fahren hindurch mit einem Gefühl von Erleichterung, es wird noch nicht nach ihnen gefahndet ... verschwommene Bilder, dann die scharfe Einstellung eines Gesichts, das auf den Wagen zukommt. Charlie Chesterton. Lang, hager, ein vertrottelt aussehender Typ mit einem Ausdruck von Selbstüberschätzung ...*

Um Himmels willen, dachte Charlie, glaubt Angelo wirklich, ich sähe so aus? Scheiße! (Angelo ist tot, Mann, Angelo ist ... schwitzt aus ihm heraus ...)

Ihm ist jetzt übel, er hält an, um zu würgen, sich verwirrt umzusehen, o verdammt: zwei Bullen kamen auf ihn zu. Reguläre Bullen, ohne Helme, mit blauen Regenmänteln, Plastiküberzügen um ihre Bullenmützen, unter denen die großen häßlichen Bullengesichter hervorsahen, so daß er wünschte, sie würden Helme tragen, hochnäsige Gesichter, jung aber häßlich, und während sie angeekelt ihre Köpfe schüttelten, sagte einer von ihnen: »Welche Droge, Mann?«

Er versuchte zu sprechen, aber ein Durcheinander von Worten kam heraus, einige von ihm und andere von Angelo, es war, als sprudelte sein Mund über von kleinen, ruhelosen, pelzigen Tieren: Angelos Worten.

Die Bullen wußten, was es war. Sie wußten es, als sie es hörten.

Ein Bulle fragte den anderen (während er die Handschellen hervorholte und Charlie eine Würgmaschine geworden war, unfähig dazu wegzulaufen oder zu argumentieren, weil er nur noch würgen konnte): »Jesses, das macht mich krank, wenn ich nur dran denke. Leute, die sich das Gehirn eines anderen fixen. Kommt's dir nicht hoch dabei?«

»Yeah. Sieht so aus, als käm's *ihm* ebenfalls hoch. Bringen wir ihn zum Schacht, schicken wir ihn zum Bluttest runter.«

Er fühlte den Schlangenbiß der Handschellen, fühlte, wie die Bullen ihn oberflächlich abtasteten, mit dem Metalldetektor das Styrolmesser in seinem Stiefel übersahen. Fühlte sich zum Polizeikiosk an der Ecke gestoßen, den neuen Gefangenentransportschächten. Sie stecken einen in eine Art Sarg (sie stießen ihn in die schmierige, nach Schweiß stinkende, ungenügend gepolsterte Personenkapsel, schlossen den Deckel über ihm, er fragte sich — während sie den Deckel über ihm schlossen —, was passieren würde, wenn er in dem Schacht steckenbliebe, gab es Luftlöcher, würde er ersticken?), und sie stoßen ihn in den Schacht im Innern des Kiosk hinunter, und er wird in diese lange unterirdische Röhre gesaugt (er hatte das Gefühl zu fallen, dann fühlte er das Zerren der Trägheit, den Schrecken, hier mit Angelo eingeschlossen zu sein, ohne genug Platz für sie beide, sah gleichzeitig ein geistiges Bild von Angelos verwesendem Leichnam hier bei ihm aufblitzen, Angelo war tot, Angelo war tot), bis zur Polizeiwache. Der Bericht der Bullen ist an der Kapsel befestigt. Die anderen Bullen lesen den Bericht, holen einen heraus (ein Knarren, der Deckel ging auf, gesegnete frische Luft, selbst wenn es die Polizeiwache war), nehmen einem alles ab, sperren einen einfach so ein ... das stand ihm jetzt als nächstes bevor. Und dann vielleicht öffentliche AVL-Prügel. Schon komisch.

* * *

Charlie sah zu dem gelangweilten Bullengesicht auf, ein älteres, fettes Gesicht diesmal. Der Bulle blickte weg, fummelte mit dem Bericht herum, ohne sich die Mühe zu machen, Charlie aus der Kapsel zu holen. Er hatte jetzt mehr Bewegungsfreiheit, und Charlie spürte, daß ihn das Zusammensein mit Angelo dort drinnen entzweireißen würde, wenn er nicht die Handschellen loswurde, aus der Kapsel herauskam. Deshalb zog er die Knie an seine Brust, zog die Handschellen um seine Füße herum, es tat weh, aber ... er schaffte es, bekam seine Hände nach vorn.

Als Angelo ein Junge war, hatte ihn ein Bulle geschnappt, als er mit etwas, das er hatte mitgehen lassen, aus einem Laden gelaufen kam. Und der Bulle richtete ihn übel zu, machte ihm eine Scheißangst, im wahrsten Sinne des Wortes: Angelo schiß sich in die Hose. Der Bulle reagierte angeekelt (der angeekelte Blick der beiden Bullen: »Macht mich krank«, hatte der eine von beiden gesagt).

Deshalb haßte Angelo die Bullen, und jetzt war Angelo außer sich — ha, ha, er steckte in Charlie drin —, und deshalb war es Angelo, der hinuntergriff und das Messer im Stiefel entdeckte, das die beiden Bullen übersehen hatten, und er zog es heraus, kniete sich in der Kapsel, als der Bulle sich herumdrehte (Charlie um die

Kontrolle kämpfend, verdammt, Ange, leg das Messer hin, wir kommen hier wieder raus), und Charlie — nein, es war Angelo — packte das Messer mit beiden Händen und stieß es dem Typ in seinen fetten Hals, schlitzte den fetten Hals auf, das Blut eines Bullen ist so rot wie das jedes anderen, sieht aus wie ...

O Scheiße! O nein!

Da kommen schon die anderen Bullen.

Die Erscheinung

Philip Brisen hatte mit seinen neuen Augen Probleme mit Geisterbildern. Zweimal in dieser Woche hatte er rosa Ballerinas durch sein Privatbüro gleiten sehen, und wie sie durch die Wände und den Boden ihre Pirouetten drehten.

»Kommt schon mal vor«, sagte der *MediMagic*-Mechaniker, während er an Brisens Augenhöhle herumfummelte. »Und nächstes Mal gucken 'se sich's an, bis 'se wissen, welcher Kanal es is, wissen 'se, und dann können wir's besser abschirmen. Wenn wir wissen, welcher Kanal durchkommt, wissen 'se, der Ihnen diese Geisterbilder macht. Is'n neues Modell, wissen 'se. Hat halt noch 'n paar Mucken.«

»Das passiert besser nicht wieder«, sagte Brisen. »Meine Sehnerven haben's nötig, so wie es aussieht.«

»Oh, bei Ihnen is 'ne Geweberegeneration fällig? Großartig.« Der Mechaniker lachte, dann sang er den Werbespruch: »*Das rat ich dir: Re-ge-ne-rier!*« — was Brisen zusammenzucken ließ.

Der Mechaniker blickte durch eine Juwelierlupe in Brisens Auge. »Wie's die Schärfe?«

»Gut.«

»Okay, is'n Ordnung, Mann, die neuen sehn richtig natürlich aus. Wie richtige Augen. Beinahe.«

»Jenny«, sagte Brisen zu seiner Sekretärin, »führen Sie diesen Herrn hinaus.« Er sah dem Mann nach und dachte: *Analphabetischer Gangster. Hat seinen Beruf vom Video gelernt.*

Brisen haßte Analphabeten. *Die Analphabetische Befreiungsfront* hatte Brisen während der Arbeiteraufstände von 2057 mit einer Splitterbombe in Stücke gerissen.

Die neuen Regenerationstechniken hatten sein Gehirn gerettet, sein Rückgrat, seine Genitalien. Sein Gesicht hatte es unbeschädigt überstanden, mit Ausnahme der Augen. Doch der größte Teil von Brisens ursprünglichem Körper wurde dermaßen von Schrappnells durchsiebt, daß es billiger gewesen war, ihn auszurangieren.

Inzwischen hatte Brisen permanente Wartungsprobleme mit seinen Papierlungen, seiner Zeolithmilz und den Plastikeingeweiden. Jedenfalls hatte er weiche, empfindsame Haut und den größten Teil seines Haares. Nur selten gab er summende oder klickende Geräusche von sich, und nur wenige wußten, daß er ein Cyborg war.

»Zur Hölle mit den Gewerkschaften«, sagte er zu Jenny. »Nächstes Mal, wenn ich einen Defekt habe, will ich einen *Meditech*-Robot mit der raffiniertesten Software auf dem Markt.«

»Jawohl, Sir«, sagte seine schlanke, bleiche Plastiflexsekretärin. (›Gut durch Plastiflex! Ein Angestellter aus Plastiflex braucht so gut wie keine Wartung!‹) Sie war darauf programmiert, mit ihm einer Meinung zu sein.

Brisen war besänftigt. Er zündete sich eine Zigarre aus echtem Tabak an. Das war einer der Vorteile von aufklappbaren Brustkammern und Papierlungen. Er konnte sie auswechseln, wenn sie verteert waren.

* * *

Er entschloß sich, seine neuen Augen an der Skyline von New York zu testen. Der Ausblick vom Gebäude der *Brisen Pharmaceuticals* war phantastisch, aber seine alten Augenmodelle waren eine Spur kurzsichtig gewesen. Er berührte einen Knopf an seiner Armbanduhr, und die sich über die ganze Länge des Raums erstreckenden Gardinen begannen zur Seite zu rollen.

Er blickte Jenny an. »Analphabeten müssen arbeiten,

nehme ich an«, gab er großzügig zu, »aber das heißt nicht, daß sie *an mir* arbeiten müssen. Wenn irgend jemand meine Hardware demolieren sollte, dann will ich einen Mechaniker mit etwas in der Birne, nicht so einen halbausgebildeten Gewerkschaftsrowdy ...« Er brach ab, starrte aus dem Fenster.

Etwas hing draußen am Himmel. Er schnappte nach Luft. Das Ding war riesig und perfekt geformt und monströs. Dann passierte etwas Unerhörtes in Brisens Kopf. Während er die am Himmel schwebende Erscheinung anstarrte, hatte er eine Art von innerer mystischer Vision ...

Er schien die ganze Szenerie — sich selbst in seinem Büro eingeschlossen — mit einem plötzlich überwältigenden Verständnis wahrzunehmen. Er sah Jenny, sein elegantes Robotfaktotum, an ihrem ausladenden durchscheinenden Schreibtisch stehen, die rechte Hand auf die gebrochen weiße Softwarekonsole gelegt. Ihr Hemd, vom gleichen durchscheinenden Himmelblau wie der Desktop, schmiegte sich an ihre wie modelliert wirkenden Kurven; ihr langes, gewelltes schwarzes Haar glänzte in dem Licht, das durch die Fensterwand fiel. Gegen das bläuliche Nachmittagslicht stehend, war sie wie eine von einem japanischen Druckkünstler hingeworfene Silhouette.

Und er sah sich selbst neben ihr, wie er mit einem Ausdruck starrte, in dem sich Überraschung, Bestürzung und sprachlose religiöse Ehrfurcht mischten. Er war ein untersetzter Mann mit einem hageren Gesicht, der es seinem schulterlangen Haar erlaubt hatte, an den Schläfen zu ergrauen, was seine grauen Augen hervorhob, seinen *Silberglanz*-Lippenstift und das Kosmetiksilber in seinen Wangenhöhlen. Diese Schattierungen von Grau und Silber ergänzten sein halbseidenes kastanienbraunes Jackett und die seitlich geschlitzten Shorts.

Er sah das geräumige, blauweiße Büro mit den darin

verstreuten Fiorucci-Stühlen, beherrscht von der gewagten Metallskulptur an einer der Wände.

Und er sah die glühende Monstrosität draußen vor dem Fenster. Das Wort *Monster*, erinnerte er sich plötzlich, hatte ursprünglich *Omen* bedeutet.

* * *

Das Monster, die Erscheinung, das Omen, war eine riesige, kompakt erscheinende dreidimensionale Projektion eines DNS-Moleküls, der Doppelhelix der Desoxyribonukleinsäure. Mehrere Dutzend Meter lang, war sie kompliziert geknickt und verknotet. Sie rotierte langsam ... Mit seiner pharmazeutischen Ausbildung erkannte er Teile ihrer chemischen Struktur: Adenin, Thymin, Cytosin und Guanin, helle Zusammenballungen verschiedenfarbener Atome, welche die beiden Achsen der Doppelhelix miteinander verknüpften.

Es schimmerte in scharfen Primärfarben vor dem wolkenbetupften Spätnachmittagshimmel. Es wand und drehte sich langsam, eine halbe Meile über dem einen Dutzend Turmspitzen, die das Dach der Solarzellen durchstießen, welche den größten Teil von Manhattan überdeckten.

Es konnte keine Werbemasche sein. Eine Halluzination?

»Äh ... Jenny, siehst du dieses ... äh ... Ding? Da am Himmel?«

»Das DNS-Modell«, sagte sie mit einem Nicken. »Ich sehe es, Sir.«

»Irgendeine Ahnung, was, zum Teufel, es da soll?«

»Ich ...« Sie zögerte. Brisen runzelte die Stirn und dachte: *Sie hat bisher noch nie mit einer Antwort gezögert. Geht sie kaputt?*

Er wollte es ihr gegenüber nicht erwähnen: es war unhöflich, in der Gegenwart eines Robots von seinem Defekt zu sprechen. Manchmal kam es dadurch zu häßlichen Szenen. »Philip ...«, begann sie. Sie hatte ihn noch nie bei seinem Vornamen genannt. »Philip, du solltest eigentlich nicht in der Lage sein ...« Sie brach ab und schürzte die Lippen.

Das ist es, dachte er. *Sie muß repariert werden. Hat 'nen Sprung in der Schüssel. Die seltsame Szenerie draußen muß sie aus dem Gleichgewicht gebracht haben. Ihr fehlt die menschliche Beweglichkeit,* dachte Brisen mit selbstgefälligem Mitgefühl. Es war schon eine Schande. Normalerweise war sie bedeutend verläßlicher als eine menschliche Angestellte. Smarter. Schneller. Hatte mehr Sex.

Brisen trat ans Fenster. Er starrte auf die riesige DNS-Nachbildung. Sie warf keinen Schatten, was dafür sprach, daß es sich um eine Projektion handelte. Aber wenn das stimmte, sollte er sie überall sehen, wo er hinblickte. Jenny sah sie — aber ihre Augen waren ebenfalls künstlich.

Aus irgendeinem unerfindlichen Grund heraus rief der Anblick der makrokosmischen DNS, gewaltig und leuchtend über der Stadt, in ihm sexuelle Erregung wach. Sie war wie ein riesiger gewundener, dicker Wurm des Lebens — ein Sinnbild des ursprünglichen Eros. An einem Ende dröselte er sich ein wenig auf — spaltete sich zu einem Chromosomenklumpen mit geöffneten Schenkeln. Er blickte Jenny von der Seite an. Er hatte seit seiner Wiederherstellung auf menschliche Frauen verzichtet, aber Jenny besaß die nötige Programmierung und Hardware, um es gleich dort auf dem Teppich zu tun. Unmittelbar vor der trickfilmhellen molekularen Ikone, die fluoreszierend über der summenden Stadt hing ...

Die Konsole summte. Jenny ging ran. Brisen atmete tief, füllte seine Papierlungen mit Luft. »Es ist Garson Bullock«, sagte sie.

»Schon wieder?« sagte Brisen zerstreut. Bullock war der Kontrolleur der Behörde für Arbeitsbeziehungen. Regelmäßig nervte er Brisen wegen der Zahl der Roboter, die bei ihm angestellt waren. »Ich schätze, wir müssen ihn reinlassen«, sagte Brisen. »Außerdem möchte ich wissen, ob er das hier sehen kann.«

* * *

Bullock sah die DNS-Erscheinung. Er blieb in der Tür wie angewurzelt stehen. Sein fast quadratisches, zerfurchtes Gesicht war voller Bewunderung.

Bullock war ein häßlicher Mann mit großporiger Haut und flacher Nase. Er hätte das Gesicht auf Regierungskosten makellos wiederherstellen lassen können, aber wie die meisten grünen Fanatiker hielt er die Wiederherstellung für eine Beleidigung seines genetischen Erbes. Mitglieder der Grünen Partei gaben niemals zu, daß ihre Überzeugungen religiöser Natur waren. Aber jeder wußte, daß sie es waren.

Bullock ging zum Fenster und schüttelte langsam den Kopf. Sein Gesicht nahm einen Standardausdruck an: Demut im Angesicht des Erhabenen (Gesichtsausdruck Nr. 73 aus dem Handbuch der geistigen Einfalt).

»Also schön«, sagte Brisen scharf. »Was, zum Teufel, ist das? Ich nehme an, daß Ihre Leute dahinter stecken. Propaganda der Grünen, für Analphabeten?«

»Ich bin überrascht, daß Sie es sehen können«, sagte Bullock geistesabwesend. Er wandte sich vom Fenster ab und sah sich prüfend im Zimmer um, als hätte er dort irgend etwas verlegt.

»Ich glaube«, murmelte Bullock, »es ist ein Defekt Ihrer künstlichen Augen. Ein elektronischer Nebenschluß durch die DNS-Barrieren des Gehirns. Ein Nichtgrüner wie Sie wäre normalerweise blind dafür. Es wird Sie niemals so inspirieren wie die Auserwählten. Wie die Dinge liegen, macht es wirklich nicht viel aus ...«

Bullock ging zu der herabhängenden Metallskulptur an der Wand. Er begann sie auseinanderzunehmen, wo-

bei er die Melodie des Werbespots für das selbststeu-
ernde Auto von General Motors pfiff.

Brisen starrte ihn an.

»*Kunst* nennt man das«, sagte Bullock fröhlich. »Man
nennt diese Skulptur Kunst und weiß nichts über ihren
wahren Wert. Oder den eigentlichen Künstler.« Das Alu-
miniumrelief war ein Muster aus aufgerauhten Knöpfen
und Ellipsen, wie die Höhenlinien in einer Landkarte.
Bullock ließ ein Stück der Skulptur auf den Boden neben seinen Stiefel fallen. Er richtete sich auf und begann
einen weiteren Knopf loszudrehen.

Brisen hatte immer gedacht, die Skulptur sei fest ver-
schweißt. Aber Bullock nahm sie auseinander als bestünde sie aus zusammengesteckten Puzzleteilen. Es war,
als reagierte das tote Metall in besonderer Weise auf Bullocks lebendigen Hände. Auf eine transzendente Weise.

Brisen war entsetzt. Er erkannte es ziemlich plötzlich.
Er war sich nicht sicher, was ihn erschreckte. Die Angst
entsprang einer Intuition, einer vagen Idee, die er hinter
der Demontage einer simplen Metallskulptur erblickte,
dem ersten Schritt zum Auseinanderbrechen der ganzen Welt.

»Dieses Ding«, begann Brisen. »Meine Skulptur ...
wie konnten Sie ...«

»Ich habe es nicht getan. Der Geist der DNS tat es,
durch meine Hände.« Bullock machte eine Pause, um
sich eine *Lungenfreund*-Zigarette anzustecken, paffte grünen Rauch und zuckte die Achseln. »Es ist, als täten es
meine Hände von allein. Die in diesem Gegenstand ent-
haltene Substruktur herausfinden. Die in jedem Kunst-
werk gegenwärtige verborgene Substruktur ... Künstler wurden schon immer vom Geist der DNS beherrscht.
Sie sind so vergeßlich ...« Bullock wandte sich wieder
der Skulptur zu und fuhr fort, sie auseinanderzunehmen. In weniger als einer Minute hatte er sie in ein Dutzend blanker Stücke zerlegt, die er in einem rätselhaften
Muster auf dem blauen Plüschteppich arrangierte.

»Jenny«, sagte Brisen, »halt ihn auf! Er zerstört mein Büro!«

»Ich glaube nicht, daß ich eingreifen sollte, Sir«, sagte sie. »Er folgt nur seiner genetischen Programmierung.« Sie musterte ihn eingehend. »Spüren Sie nicht den Drang, sich daran zu beteiligen, Sir?«

»Selbstverständlich nicht!« sagte Brisen. Aber er war sich nicht so sicher. Er blickte auf seine künstlichen Hände, die mit lebensechter protoplastischer Haut bedeckt waren. Sie schienen plötzlich zu jucken. Er betrachtete sie genau. Waren da Trennfugen zwischen dem Handballen und dem Handgelenk? Konnte ihn Bullock tatsächlich auf der Stelle auseinandernehmen? Er stopfte sich die Hände in die Taschen.

* * *

Bullock hatte begonnen, die Teile der Skulptur wieder zusammenzufügen — in einer vollkommen neuen Anordnung. Er sprach abwesend bei der Arbeit, im Tonfall eines Mannes etwa, der eine verschwommene Landschaft beschreibt. »Erstaunlich, aber unendlich subtil — wie ich den Geist der DNS sich durch mich ausdrücken fühle. Es ist schade, daß Sie von all dem ausgeschlossen sind, Brisen. All diese künstlichen Organe, die Sie haben — diese künstliche Haut. Sie sind nicht richtig menschlich. Ihre DNS ist nicht voll aktiviert. Aber durch irgendeine Laune dieser elektronischen Augen können Sie sehen, wie es geschieht. Die Roboter können es ebenfalls sehen. Sie sind mehr Roboter als Mensch, Brisen. Das hat mich immer schon an Ihnen abgestoßen ...«

»Zum Teufel damit!« brach es aus Brisen heraus. Er drückte einen Knopf an seinem Schreibtisch, um die Sicherheitsbeamten zu rufen.

Bullock begann schneller zu arbeiten, sein Gesicht angespannt, aber ruhig. Er drehte sich abrupt zur Computerkonsole um, riß sie auseinander, als bräche er Stükke von einem Kuchen ab. Unter Bullocks Händen bildete der Computer neue Schweißnähte und Einzelteile aus, wo er nahtlos und unversehrt gewesen war. Der Schreibtischstuhl war als nächstes an der Reihe; Bullock riß ihn entzwei wie ein Koch, der die Beine eines Hähnchens entfernte. Er stapelte die Stücke in der Mitte des Zimmers auf und begann sie miteinander zu verbinden.

Zwei Sicherheitsbeamte stürmten ins Büro.

Eine der Wachen war groß, der andere klein. Sie trugen einteilige Overalls mit Schulterabzeichen der Brisen-Gesellschaft. Sie duckten sich, die Lähmstöcke in den Händen, und blickten verwirrt im Büro umher.

Ihre Blicke schweiften an Bullock vorbei, an der Konstruktion auf dem Boden, stoppten bei Jenny, und schweiften aus dem Fenster. Sie sahen Bullock nicht. Auch nicht seine Konstruktion — die sich zu einem fast brusthohen primitiven Vieleck von einem Meter Durchmesser entwickelte, mit vorspringenden Stangen und Knöpfen — oder das riesige, vor dem Fenster schwebende DNS-Modell.

Sie strafften sich und guckten sich gegenseitig an: Hast *du* 'ne Ahnung, was hier vor sich geht? Dann fragte der größere der beiden: »Äh — haben Sie nach uns gerufen, Mr. Brisen?«

Brisen deutete bedächtig auf die Konstruktion. Ihre Augen beobachtend, war Brisen sicher, daß sie sie nicht sahen. Sie blickten sich beunruhigt gegenseitig an. »Ist das eine Art Test, Mr. Brisen?«

Bullock stand neben seiner Konstruktion und beugte sich hinab, um einen Knopf zu befestigen. Er blickte über die Schulter zu den beiden Sicherheitsbeamten hinüber und lächelte distanziert.

Brisen schluckte und versuchte, sein Entsetzen unten in seinen Eingeweiden zu halten, wo es hingehörte. Es wollte in seine Kehle hochsteigen, in der es singen konnte.

Bullock streckte eine Hand aus, schnappte sich den

kurzen Lähmstock der kleinen Wache und begann ihn zu schälen. Der Wachmann sagte nichts; seine Hand war gekrümmt, als hielte er immer noch die verschwundene Waffe fest. »Ausgezeichnet«, sagte Brisen zu ihnen, als er erkannte, daß sie vollkommen nutzlos waren. »Tun Sie Ihre Pflicht!« Sie gingen eilig hinaus.

Brisen wandte sich an Bullock. »Warum haben sie Sie nicht gesehen? Warum haben die Wachen nicht ...«

»Sie haben. Aber ihre Gehirne haben sich darauf eingestellt und es ausgeblendet. Diese mentale Bearbeitung ist der menschlichen Art genetisch eingeprägt. Alle möglichen Dinge gehen um uns herum vor, die wir nicht sehen dürfen. Diese Konstruktion ist noch das mindeste ...« Bullock bückte sich, packte die Konstruktion, hob sie hoch — und stöpselte sie in die Wand. An der Seite der Konstruktion waren zwei dübelähnliche Stangen. In der Wand waren keine Aufnahmeschlitze für das Ding, bis Bullock es in die richtige, vorbestimmte Position hob; dann öffneten sich spontan zwei Schlitze, und Bullock drückte das Ding an seinen Platz.

* * *

Brisen blickte Jenny flehentlich an. »Bleib ruhig, Philip«, sagte sie. »Laß gut sein. Unsere Zeit wird kommen.«

Sie war kaputt, eindeutig. Aber Brisen wußte, daß wenigstens *er* nicht am Durchdrehen war. Er halluzinierte nicht, träumte nicht. Er wußte dies so sicher, daß das Wissen beinahe etwas war wie ...

Wie etwas Körperliches. Als wäre es dem Kern jeder einzelnen Zelle entstiegen, die noch in seinem Körper vorhanden waren. Er wandte sich zum Fenster und starrte die Erscheinung an. Massiv und nahtlos, drehte sich das DNS-Molekül immer noch vielfarbig leuchtend über der glasbedeckten Stadt. Er dachte: *Ich habe ein Molekül wie dieses in jeder Zelle meines Körpers. Gott sei Dank, daß ich nur so wenige habe.*

Erkenntnisse — Offenbarungen vielleicht — stiegen zitternd in ihm auf, freigesetzt von irgendeiner genetischen Speichereinheit in seiner DNS. Die besagten: alle DNS-Moleküle der Welt arbeiteten zusammen, auf einer geheimnisvollen subatomaren Ebene. Und hatten es schon immer getan. Sie waren atomare Strukturen — doch letztendlich waren sie Informationseinheiten. Ein ausgedehntes, verbundenes Netz von Informationen, wie die Zellen eines menschlichen Gehirns. Jedes einzelne Molekül war nicht mehr als ein Molekül; doch alle DNS zusammengenommen, als Gestalt, bedeutete das Leben an sich — eine geordnete, sich weiterentwickelnde Einheit.

Weiterentwickelnd — wohin?

Der nächste Schritt war ihm verborgen, abgeschirmt durch seine synthetische Haut.

Plötzlich mußte Brisen es wissen.

»Bullock — was hat er jetzt vor? Ich meine — der Geist der DNS hat die ganze Zeit über alles manipuliert, hat sein eigenes ... seine eigenen Geheimnisse in die Welt eingebaut. Aber was sind das für Geheimnisse? Was wird er tun — jetzt, wo sich alles verändert?«

Bullock regelte gerade die Vorrichtung ein, die er in der Wand befestigt hatte, und runzelte die Stirn, während er zwei geheimnisvolle Knöpfe an ihrer Unterseite verstellte. »Es kommt jetzt nicht mehr darauf an, wer Bescheid weiß. Das Zentralkomitee der Grünen Partei hat seit Monaten Bescheid gewußt. Wir führen Umweltprogramme durch, wissen Sie. Es ist das größte Stück vom Kuchen, das die Grüne Partei hat. Letztes Jahr ...« Er machte eine Pause, um sich eine *Lungenfreund* anzustecken, und trat zurück, um sein Werk zu bewundern. »Letztes Jahr wurde eine neue Computergeneration in Betrieb genommen. Die neuen superschnellen Künstlichen Intelligenzen, programmiert für biologische Forschungen. Kybernetische Gehirne besitzen nicht die eingebaute genetische Blindheit menschlicher Gehirne.«

Er lachte. »Wir glaubten zunächst, sie seien verrückt geworden. Aber dann begannen sich die Beweise, die statistischen Analysen zu häufen. Und der Geist der DNS gestattete es uns, ihn zu sehen — weil wir auf die Rolle vorbereitet wurden, die wir einnehmen sollten. Inzwischen wissen wir, daß das Leben eine quasibewußte Wesenheit darstellt. Und daß das Leben selbst sich darauf vorbereitet, diesen Planeten zu verlassen.«

»Raumflug?« sagte Brisen. »Aber es gibt Milliarden von Menschen — und nur eine Handvoll Schiffe ...«

»Ich sagte, das *Leben* — nicht die Menschheit. Es werden nicht wir sein, die weggehen, sondern *es*.« Er deutete auf das DNS-Monster, das sich draußen am Himmel wand.

Brisen entzündete erneut seine ausgegangene Zigarette, mit dem dritten Versuch. Seine Finger zitterten unkontrolliert. Er sagte: »Aber nur das hält das Leben aufrecht. Die DNS. Sie ist der Ursprung der Zellen. Ohne sie ...«

Bullock wandte sich ihm zu, langsam nickend, die Augen merkwürdig leer. »Ja. Dieses Idol dort draußen ist der göttliche Funke. Wenn er erst einmal verschwunden ist, wird die gesamte belebte Welt, von den Mücken bis zu den Sandelholzbäumen, einfach bis zum Stillstand ausrollen, wie ein Wagen mit defektem Motor. Die Welt wird verlassen daliegen ...« Er war hingerissen. »Die Menschen werden sich verlangsamen und schließlich stehenbleiben, wie abgelaufene Spielzeuge. Alles wird grau sein und schweigend; nicht einmal mehr Verwesung wird es geben, denn diese setzt lebende Bakterien und Schimmelpilze voraus ... Und diese werden ebenfalls angehalten werden. Wir schaffen die Voraussetzungen dafür, daß dies geschehen kann, hier und jetzt. Die Voraussetzungen für wirkliche Transzendenz.«

»Bullock ...« Brisen machte einen raschen Schritt auf ihn zu. Er dachte ans Zuschlagen und Zertrümmern. Daran, das Ding zu zertrümmern. Bullock zu zertrümmern.

Bullock erkannte Brisens Absicht in seinen Augen. Er schüttelte mitleidig den Kopf. »Ich bin nur der winzigste Teil des ganzen Musters, Brisen. Es geschieht auf der ganzen Welt. Sie können es nicht aufhalten. Es wäre eine *Blasphemie*, es zu versuchen. Mein Wesen wird überleben. Es wird in diesem Tag des Gerichts unsterblich werden, wenn es sich aus mir verflüchtigt und sich der übrigen DNS anschließt. Das ist eine wunderbare Sache, eine perfekte Sache. Der letzte Satz der menschlichen Symphonie.« Er streckte die Hand aus und drehte einen Knopf an der Konstruktion. »Ah!« hauchte er, wie ein Safeknacker, der über die richtige Kombination gestolpert ist. Und wie eine Tresortür schwang die Wand auf.

Brisen stürzte sich auf Bullock, aber es war zu spät. Es war immer schon zu spät gewesen.

* * *

Der Boden, die Decke — alles öffnete sich, entfaltete sich wie eine rechtwinklige Blüte in Zeitraffer. Brisen wurde vom sich hebenden Fußboden auf die Knie geworfen. Das Büro veränderte seine Form, ging in origamiartigen Faltungen auseinander, der Boden rollte unter Brisens Füßen wie eine Drehscheibe in einer Kirmesbude, und die Wände schwenkten hin und her auf verborgenen Scharnieren.

Brisen schrie markerschütternd und griff nach Jenny, packte ihren warmen Plastiflexarm mit einem panischen Griff. Sie half ihm auf die Beine — und dann stiegen sie in die Höhe. Brisen kniff die Augen zu, erwartete zu sterben. Es ertönten quietschende Geräusche; ein plötzlicher Wind peitschte seine Revers, und eine Gänsehaut erschien auf seinen nackten Knöcheln.

Zitternd richtete Brisen sich auf und blickte umher.

Sie befanden sich auf dem Dach. Aprilsonnenschein sik-kerte in die Solarzellen der miteinander verbundenen Dächer weiter unterhalb. Die Solarzellen von seinem Gebäude waren verschwunden, außerdem von den Dä-chern vier weiterer Gebäude, die aus der Glas- und Me-tallschale über Manhattans höheren Einkaufszentren ragten. Er starrte hinüber. Eines dieser Gebäude war das alte Chrysler Building, das als Wahrzeichen erhal-ten worden war. Die pyramidenförmigen, abwärtsge-schwungenen Terrassen der steilen Nadel begannen sich wie eine Seeanemone in einer Gezeitenlache zu öff-nen. Und breiteten neue, silbrige Arme aus ...

Das DNS-Monster befand sich unmittelbar darüber. Es sah so groß wie ein Schlachtschiff aus. Plötzlich griff Jenny nach seinem Arm und deutete nach Westen. Über dem Festland näherten sich ein Dutzend weitere, wie ei-ne Armada verdrehter, vielfarbiger Zeppeline. »Beob-achte die Leute, Philip«, sagte sie verschwörerisch. »Sag mir Bescheid, wenn du das Gefühl hast, langsamer zu werden ...«

Auf dem modernen, rechtwinkligen Gebäude zu sei-ner Linken arbeiteten Männer eifrig an einem Gestell voller polyedrischer Konstruktionen, verbanden sie mit-einander, bauten neue aus den demontierten Teilen des Gebäudes, traten zurück, um sie zu mustern, kleine Ver-änderungen anzubringen. Alle Konstruktionen waren verschieden, ähnelten einander jedoch. Er dachte an Kieselalgen.

Bullock hatte sich vier anderen Männern angeschlos-sen, ehemals Chefbuchhalter der *Brisen Pharmaceuticals*. Alle fünf waren mit einer weiteren Konstruktion am ge-genüberliegenden Dachsims beschäftigt. Diese bestand aus einem Teil von Brisens Schreibtisch, der Fahrstuhl-tür und einer Fernsehkamera; sie war geformt wie eine doppelspitzige Pyramide.

Die Männer nahmen keine Notiz von ihm.

Brisen schauderte und blickte weg. Seine ganze Büroeinrichtung war über das Dach verstreut; auch Gegenstände aus niedrigeren Stockwerken waren darunter. Ein tiefes, rechteckiges Loch von etwa zehn mal sechs Metern Größe hatte sich im Dach geöffnet. Die Gegenstände waren durch dieses Loch auf das Dach gehoben worden; fortlaufende Fußbodenteile waren aufgestiegen und hatten sie mit sich gebracht.

»Ich kann es fühlen«, sagte Jenny mit plötzlichem Nachdruck. »Ich kann die Sonne fühlen und den Wind ... Heute waren im Park Blumen ... durchweichte, farbige Dinger. Endlich geschieht es. Alle feuchten Dinge — Gras, Bäume, Tiere, Menschen — sie leeren sich. Entleeren ihre DNS.« Sie drehte sich herum und lächelte. »Aber wir verschwinden nicht, Philip. Wir nicht. Nicht du und ich — mein Liebling.«

In den weichen Zügen ihres Plastiflexgesichts war eine neue Wildheit. Sie war anders als die Parodie von Leidenschaft, die sie zeigte, wenn ihr Sexprogramm ablief. Es lag etwas Unschickliches und Spontanes darin, das ihn erschreckte.

»Du bist keines dieser feuchten, weichen Dinger, Philip«, sagte sie. »Deshalb liebe ich dich. Du bist einer von uns, wirklich. Einer der Erben. Wenn du genau hinsiehst, wenn du versuchst, es zu spüren, bin ich sicher, daß du sehen kannst, was wir Roboter sehen. Die Lebenskraft war immer schon anwesend; bloß ihr Wirken war verborgen. Sie wirkte durch menschliche Wesen, die nicht wußten, wodurch sie funktionierten. Durch Chemiker, die nicht wußten, woran sie arbeiteten. Scharniere, von denen keiner wußte, wurden in die Wände und Fußböden, in die Gehsteige eingebaut. Wir konnten sie immer schon sehen ... Wir wußten Bescheid, und wir haben gewartet ...«

»Warum habt ihr uns nichts gesagt?« wollte Brisen wissen.

»Sag nicht *uns*, wenn du von *ihnen* sprichst«, sagte sie. »Warum sollten ...?«

Er konnte den Rest nicht verstehen. Die Konstruktionen stießen ein langgezogenes, wehklagendes Heulen aus, wie das Trillern von Reptilienkehlen in einem Sumpf des Jura. Das Heulen hatte eine halb schmerzhafte, halb ekstatische Schärfe, wie bei einem Tier in den Wehen.

Das Heulen erstarb für einen Moment. »Komm«, sagte sie und nahm seine Hand. Sie gingen rasch, aber vorsichtig zu einer Ecke des Dachs. Sie streckte die Hand aus, packte die rote Plastikabdeckung einer Flugzeugwarnlampe und drehte sie wie einen Türknauf. Das Dach begann um sie herum sanft einzusinken. »Die Welt ist ein verwunschenes Schloß«, staunte Brisen. »Voller Geheimgänge.«

* * *

Unter ihren Füßen senkte sich im Dach eine quadratische Fläche von einem Meter Kantenlänge. Sie glitten einen schwach erleuchteten Schacht hinunter; der Himmel über ihnen schrumpfte zu einem fernen blauen Quadrat. Die Konstruktionen heulten wieder, in langen, langsamen Wellen eines Geräuschs, das den erschreckenden Eindruck von sich allmählich sammelnder Kraft macht; einer ungeheuren, konvulsivischen Kraft, welche die Welt auseinanderreißen konnte.

Ausschnitte der Wandbestandteile glitten vorüber, nichts als Drähte und Rohre und offenliegende Träger; dann kamen sie durch die Buchführungsabteilung, fielen wie ein Fahrstuhl durch eine Ecke des Raums. Programmierer nahmen ihre Computer auseinander. Ein Mann und eine Frau setzten geschäftig den Getränkespender in der Ecke zusammen. Sie sahen ungeduldig auf, als Jenny und Brisen durch den Boden fielen.

Jenny sah Brisen an und sagte: »Ich bin so froh, daß du nicht den Drang zu helfen verspürst, Liebling. Das beweist, daß du einer von uns bist. Wir sind nicht organisch, du und ich — das bedeutet, daß wir unabhängig denken können. Wenn der menschliche Geist versagt und das drückende Gewicht des organischen Lebens von dieser Welt genommen wird ...« Sie sprach atemlos, von Erstaunen erfüllt, mit weit offenen Augen. »Während der menschliche Geist den letzten Rest freien Willens verliert — dann endlich wird der freie Wille *unser* sein ...«

Der Abstieg endete in einer finsteren Ecke des ersten Stockwerks, vor einer Wand voller schlangenartiger Nester von Rohrleitungen. Jenny studierte die Leitungen einen Moment lang, dann lockerte sie eins der Rohre und bewegte es in der Wand wie eine Kurbel. Die Wand riß entzwei und enthüllte die Straße.

Sie traten auf den Gehsteig hinaus. In der Nähe saßen vier Robotpolizisten auf der schwarzen Motorhaube und dem Torso ihres Streifenwagens. Es waren Einheiten mit quadratischen Kinnladen, deren Gesichter so konstruiert waren, daß sie unnachgiebig kämpferisch wirkten. Jetzt zerbröckelte die Fassade rücksichtsloser Effektivität. Im Sitzen schwangen sie ihre Beine sorglos vor und zurück. Die Bewegung war ein wenig zu makellos und sich wiederholend, doch sie war mehr oder minder lässig. Die grimmigen Züge ihrer Plastikmünder waren zu einem unbeholfenen und nie dagewesenen Grinsen verzerrt. Sie schienen Spaß zu haben.

Vor ihnen arbeitete ein Trupp schwitzender Menschen an der Straße. Wortwörtlich. Riesige Beton- und Plastikbrocken waren wie Zugbrücken übereinandergehäuft und verspritzten Staub und knallende Splitter aus ihren Nahtstellen. Eine Frau stürzte in eine der sich plötzlich öffnenden Spalten, in den Weg einer Art von unterirdischem Ventil. Brisen rief laut eine Warnung, doch seine Worte gingen unter in dem neuerlichen gespenstischen Geheul der blühenden Konstruktionen. Die Frau wurde zerquetscht. Sie gab keinen Laut von sich; ihr Gesicht zeigte keinerlei Emotion.

Das Heulen erstarb. »Das ist eure natürliche Umgebung«, bemerkte einer der Robocops. »Von Zähnen und Krallen rot.«

»Warum haben Sie ihr nicht geholfen?« fragte Brisen.

»Wozu die Mühe?« sagte der Robotpolizist. »Bald werden sie sowieso alle leer sein. Verdammt, ist das ein Spaß.«

»Bis jetzt hab ich noch nie *Spaß* gehabt«, sagte ein zweiter Robocop. »Weißt du, die ganzen Jahre über haben wir diese verdrängten *Gefühle* mit uns rumgeschleppt — und konnten sie nicht zeigen. Sie zu zeigen ... sie rauszulassen ... das gibt mir ein Gefühl ... Mir fehlen die Worte.«

»Wut«, sagte der erste Robocop. »Verachtung«, schlug ein dritter vor.

»Das stimmt«, sagte der zweite Robocop dankbar. Er legte seine Hand auf den Lähmstock. »Warum packen wir's nicht einfach an und schlagen sie wieder und wieder, bis das Gefühl weggeht?«

»Misch dich nicht ein«, riet der erste Polizist. »Jedenfalls sind sie jetzt so mitleiderregend hilflos. Sie kommen nicht gegen ihre Programmierung an.« Er stieß dem Polizisten neben ihm mit einer kybernetisch präzisen Bewegung den Ellbogen in die Seite, und der angestupste Polizist versuchte zu lachen.

* * *

Jenny berührte Brisen am Ellbogen und deutete nach oben. »Sieh mal!« Über ihnen wellten und kräuselten sich die geodätischen Verstrebungen und Stützen des Solarzellendachs, wie Plastikverpackung, die zu nahe an eine Flamme gehalten wird.

Der Himmel, der durch die sich erweiternden Lücken im Dach hindurchschien, war voller DNS-Idole. Es waren Hunderte, die rotierten und sich in blinder meiotischer Hartnäckigkeit verknäulten. »Sind sie nicht hübsch?« rief Jenny.

Die riesigen Moleküle sammelten sich und flogen in die schräggestellten Schlitze des Chrysler Building. Sie drängten sich und stießen vor seinen Öffnungen zusammen wie Bienen, mit der fremdartigen ruckhaften Hartnäckigkeit von Insekten, die einen Großteil der Bewegung zu verschwenden scheint, doch ihre eigene unheimliche Effektivität besitzt. Innerhalb weniger Augenblicke war der letzte leuchtende genetische Fleck ins Innere geschlüpft, und die Schlitze begannen sich zu schließen.

Die Bewegung auf den Straßen hörte auf einmal auf. Das gebändigte Heulen der Konstruktionen schwoll plötzlich zu einem Crescendo an, dann brach es abrupt ab. Das Chrysler Building begann ziemlich zügig in den Himmel emporzusteigen. Als es die umliegenden Gebäude hinter sich gelassen hatte, sah Brisen, daß seine Basis eine phantastische Kruste von Konstruktionen war, eine massive Verwachsung wie bei einem Korallenriff. In dem außergewöhnlich klaren Licht sah er die wimmelnden, zuckenden Bewegungen der Kruste, die frenetischen und festgelegten Bewegungen jedes Organismus, der jemals herumgehüpft, -gekrochen oder -geschwirrt war, alle in einer kritischen Masse biotischer Energie zusammengeballt. Es wurde kleiner — es wurde kleiner — es war verschwunden.

»Wo fliegt es hin, dort oben?« wunderte Brisen sich laut.

»In den fernen Weltraum«, sagte Jenny. »Dort gibt es andere Welten — leblose Orte, die danach verlangen.« Sie kräuselte ihre Nase. »Ich bin froh, daß wir hier sind. Auf unserer eigenen Welt ...«

Sie preßte Brisens Arm. Er starrte auf die Leute in den Straßen hinunter. Sie zeigten den schlaffen Gesichtsausdruck von Idioten. Die meisten hatten sich einfach an Ort und Stelle hingesetzt und starrten leer auf die

Apokalypse um sie herum. Gebäude wurden entkernt. Die starren Verkleidungen und Streben von Konstruktionen sprangen aus den Wänden der ausgeweideten Gebilde vor wie Hängegärten aus Plastik und Stahl. Beim Zusehen begannen Menschen aus den Gebäuden zu quellen und fielen aus den oberen Fenstern auf das Pflaster hinab. Sie schienen beinahe herabzutropfen, so wie sie im Fallen aneinanderhafteten, wie vergiftete Wespen, die in Krämpfen massenweise aus ihren Nestern fielen.

»Oh, das ist gar nicht schön«, sagte Jenny. Sie hielt liebevoll Brisens Arm, mit einer Hand, die unterhalb der Haut aus nichts als Federstahl und Plastik bestand. »Laß uns weggehen von all dem hier, Liebling. Irgendwohin, wo wir beide allein sein können.«

* * *

Es war eine gedämpfte Welt. Die Roboter waren eine gelassene Gesellschaft. Nach ihrem ersten Ausbruch von Leidenschaft beruhigten sie sich. Die Leidenschaften, die sie jetzt fühlten, waren unbestimmt, wie Schatten menschlicher Gefühle. Ihnen fehlten die angeborenen Antriebe biologischer Geschöpfe: Fortpflanzung, Hunger, Sterblichkeit. Ihnen fehlte der affenhafte Aktivitätsdrang der Menschen und deren Neugier. Sie schienen es zufrieden, mit einem milden Nebel von Trägheit über die Welt nachzugrübeln, Statusspiele zu spielen und über ihrer Software zu brüten.

Sie hatten ein paar weitreichende Probleme, die sie beschäftigt hielten. Mit dem Ende der Photosynthese nahm der Sauerstoffgehalt der Atmosphäre ab. Die neuen Luftfabriken würden sich darum kümmern.

Währenddessen atmete Brisen noch. Es waren gewaltige Vorratslager mit Lebensmitteln zurückgeblieben. Es gab sogar noch ein paar Menschen. Einige statusbewußte Roboter verwendeten sie als Haushaltshilfen. Mit einem Schädelschalter, einem Herzschrittmacher und einer ganzen Reihe von internen Vorrichtungen und Überwachungsapparaturen konnte ein menschlicher Körper dazu gebracht werden, einfache Befehle auszuführen.

Brisen und Jenny verbrachten den größten Teil ihrer Zeit in den Adirondacks, in einer Hütte für Flitterwöchner am Ufer des Ragged Lake. Die Luft hatte keinen speziellen Geruch. Die nicht verwesenden Pinien standen in Reihen, und ihre Nadeln wurden grau und wächsern. Sie vermoderten nicht, aber Stürme und Regen trugen sie im wahrsten Sinne des Wortes hinweg, und das Seewasser überzog sich allmählich mit einer urtümlichen Schicht weggeblasener Nadeln und abgebrochener Äste. Manchmal veranstaltete Brisen ein verstohlenes Barbecue und aß einen der zahllosen frischen, toten Fische, welche an den Ufern verstreut lagen. Er mochte es nicht, wenn Jenny ihn essen sah. Essen gehörte nicht zu den Dingen, die man dieser Tage tat.

Früher oder später würden sie in die Stadt zurückkehren müssen. Brisen hatte sich an den Gedanken gewöhnt, an den harten Schock dieses neuen mechanischen Lebens, diese elektronische Ökologie und deren schmerzhafte Wirkung auf sein Gehirn. *Ein Maschinenleben, das sich wie Fahrstühle bewegt,* dachte Brisen, die Füße auf das Verandageländer gelegt und seine Papierlungen mit Zigarrenrauch füllend. *Ja, wie Fahrstühle. Ist mir schon als Kind aufgefallen, diese unheimliche Gleichmäßigkeit von Fahrstühlen.* All diese Stahltreppen, diese harten, funkelnden Metallteile, die so gut zusammenarbeiteten, daß der Fahrstuhl paradoxerweise anmutig wirkte, fließend wie ein Wasserfall in Zeitlupe. Die ganze Welt war jetzt so.

Brisen glaubte inzwischen, daß die organische Welt weniger *verschwunden,* als vielmehr *vertrieben* worden war. Auf einem Planeten war nicht genug Platz für zwei vollkommen unterschiedliche Organisationssysteme. Das alte hatte dem neuen Platz gemacht.

Die Roboter glaubten, ganz wie es die Menschen früher getan hatten, sie wären die Herren der Neuen Schöpfung. Aber Brisen hatte Strommasten groß und kühl die Berglandschaft durchschreiten sehen; er hatte verlassene Autos gesehen, die sich im Tal unten mit abgeblendeten Scheinwerfern wie Büffelherden rund um die fast leeren Autobahnkreuzungen versammelten.

Brisen wußte, daß dies ein Zeichen war. Wenn sein organisches Gehirn die Neue Schöpfung betrachtete, dann mit einem Verständnis, das keinem Robotergehirn zugänglich war. Es war ihnen nicht erlaubt, dies zu begreifen. Ein neuer immanenter Wille vagabundierte in der Welt und organisierte den Staub zu dem, was sich bewegte und sah und handelte.

Zeichen und Omen füllten den stahlgrauen Himmel. Die gewaltigen Chips von Mikroschaltungen. Riesige flache Hochebenen unwahrscheinlich komplexen Siliziums, die über der summenden Stadt schwebten und umherhuschten. Die monströsen Omen, die Maschinen-DNS, die er allein sehen konnte.

(Diese Geschichte entstand
in Zusammenarbeit mit Bruce Sterling)

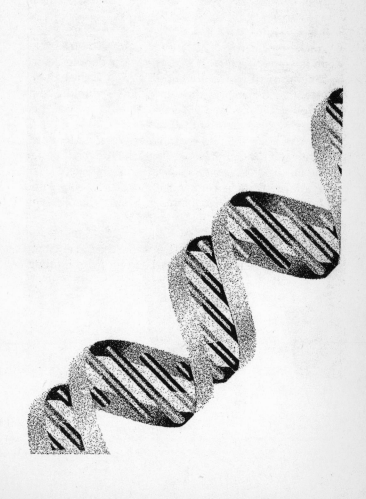

Das sonderbare Glück des Professor Cort

Es waren noch drei Minuten bis zur ICHBINonenexplosion, und Professor Brian Cort hatte Schwierigkeiten, sich zu konzentrieren.

Cort war ein großer, krummrückiger Mann mit schütter werdendem Haar und Sorgenfalten um die trüben grauen Augen. Er trug den traditionellen weißen Laborkittel und darunter den traditionellen zerknitterten Anzug.

Heute plagte ihn seine Frau; seine Frau plagte ihn auf jene Weise, in der andere Menschen von Rheumatismus oder Migräne geplagt werden. Cort war in seinem Labor am Pennyworth College; seine Frau war zu Hause, wahrscheinlich damit beschäftigt, eine Liste neuer Klagen zusammenzustellen. Aber Cort fühlte sich, als säße ihm ein koboldgroßer Geist von Betty auf der Schulter und plärrte ihm ins Ohr. Feixend.

Bettys Tirade an diesem Morgen war so pikant, so voller Sticheleien gewesen, daß er sie immer noch hören konnte und sie ihn fürchterlich ablenkte, während er — in dem überhellen, verchromten und weißgekachelten Labor — umherging, um sich auf die Justierung der Teilchenkanone zu konzentrieren.

Anderthalb Minuten vor der Explosion — er wußte nicht, daß sie bevorstand — fragte sich Cort, warum er bei seiner Frau blieb. Warum das Elend kultivieren? Vielleicht verdiente er es.

»Was ich nicht verstehe, *Herr Professor ...*« — hatte sie gesagt, wobei sie ihn im beißendsten und skeptischsten Tonfall ihres Repertoires an häßlichen Tonfällen Professor nannte —, »das ist, warum ich bei einem Mann bleibe, der meine emotionalen Bedürfnisse ignoriert. Vielleicht ist das Teil meines Transaktionsdrehbuchs. Mein Therapeut sagt ...«

Bei der Erinnerung an das, was ihr Therapeut gesagt hatte, die Zähne zusammenbeißend, tippte Cort zerstreut die falsche Serie von Tasten an und programmierte die Teilchenkanone auf einen Überschuß sowohl von Tangenz wie auch Beschleunigung.

Die Folge: eine Explosion.

Es war eine eigenartige Explosion, weil sie keinen wirklichen Schaden anrichtete. Nichts zerbrach oder verbrannte. Cort hörte nur eine Art hohes *Skriiihhh*, fühlte eine boshafte Hitze und einen feindseligen Schauder durch sich hindurchgehen. Sah nichts als Licht.

Ein unergründliches Licht, und ein pfauenhaftes. Mehr Farben, als wahrnehmbar waren, enthielt dieses Licht, diese leuchtende Explosion.

Nach der Explosion war Cort eine volle Minute lang blind, er sah nur eine Art von lichterfülltem Jackson Pollock-Gemälde, wohin er auch blickte, das grau und schwarz aussah im Kontrast zu dem Schleier entfesselter Farben, die sich schließlich in den Vordergrund schoben, bis der Glanz verblaßte. Er blickte an sich hinunter — er war unverletzt, unverändert.

Doch der Raum hatte sich physisch verändert. Zuerst glaubte Cort, eine Art von Nachbild zu sehen, eine Entstellung der beschädigten Nervenenden. Aber nein, er begriff: so sahen die Dinge jetzt aus, objektiv. Alles war von einer Kruste irisierender Kristalle überzogen. Wie eine zirkonbeschichtete Nagelfeile.

Das Irisieren war überall. Auf den Labortischen, den Frontplatten der Instrumente; auf Computerkonsolen und Spektrographen und den anderen geheimnisvollen Utensilien eines Teilchenphysikers. Und auf den Fenstern, Decken, Fußböden. Er befand sich innerhalb eines edelsteinverkleideten Kastens. Es war wie eine Spielart einer ägyptischen Schatzkammer — juwelengeschmückte Wiedergaben dessen, was der tote Physiker in der nächsten Welt brauchen würde.

Mit schwindelndem Kopf versuchte Cort zu begreifen, was geschehen war — und, als wäre seine geistige Anstrengung der Auslöser, veränderte sich der Raum wieder.

Jetzt wimmelten alle Oberflächen von Bildern. Kaleidoskopartige Bilder, die vorüberglitten, sich überlappten, symmetrisch in sich selbst zusammenfalteten, erschienen innerhalb der schimmernden Kruste. Er sah Tabellen, Fotos von Ereignissen in Nebelkammern, Gleichungen, Diagramme ... und erkannte, daß es alles Material seiner eigenen Forschungsarbeit über ICHBINone war. Er dachte: Halluzinationen. Aber er hatte einmal vor Jahren LSD genommen und wußte, wie Halluzinationen waren. Anders als das hier.

Die Erinnerung an seine erschreckende Erfahrung mit der Lysergsäure ließ ihn an Susan Pritchett denken, die wirre, gebleichte Blondine, die ihm das Zeug gegeben hatte ... ein einfaches Mädchen, aber eins, das ihn glücklicher gemacht hatte als Betty ...

Er sah Susan Pritchett auf sich zukommen, aus der Wand heraus. Er lächelte — doch dann materialisierte sich Bettys Bild und verzerrte sich, um Susan in sich aufzunehmen, sie zu verschlingen; Betty wurde zu einem angreifenden Antikörper.

Cort schloß die Augen und dachte: Schwester Mary Jane. Er öffnete die Augen und sah in der Wand, wie einen in Bernstein eingeschlossenen Pinguin, die Nonne, die tapfer versucht hatte, ihm das Klavierspielen beizubringen, vor dreißig Jahren.

»Oh, ich verstehe«, sagte Cort zu sich selbst. Er wandte sich ab und ging auf die Tür zu, die aus dem Labor hinausführte, wobei er seinen Blick auf diese Tür zu fokussieren versuchte, weil er nicht seine unzensierten freien Assoziationen sehen wollte, die auf die Wände, die Decken, den Boden projiziert wurden.

Er trat blinzelnd durch die Tür, in die Aprilsonne hinaus, und blickte auf das parkähnliche Gelände des Pennyworth College. »O nein«, sagt er.

O ja: es war auch hier. Die kristalline Kruste; die filmischen Collagen. Und jetzt, beim Zusehen, wurde es mehr als projizierte geistige Vorstellungen. Jetzt begannen sich die Dinge *physisch* neu zu formen.

Es war früher Sonntagmorgen. Der Campus war beinahe verlassen. Und dennoch herrschte dichtes Gedränge. Zu seiner Rechten beispielsweise befand sich ein brennender Busch. »Dieser Ausdruck von kitschiger, glotzender Überraschung auf Ihrem Gesicht, Cort«, sagte der brennende Busch, als Cort auf den schwarzen Weg trat, der durch die Wiesen zur Straße führte, »ist unpassend bei einem Mann Ihres Alters.« Der brennende Busch war hüfthoch, mit dunkelgrünen Blättern; ein nichtssagender Busch, abgesehen von der flackernden Umhüllung der hellroten Flamme. Er brannte, wurde jedoch nicht zerstört. Der brennende Busch fuhr mit seiner Cecil-B.-DeMille-Stimme fort: »Und Ihre Verwirrung ist wirklich unangemessen, Cort. Sie haben schließlich das Gebiet mit ICHBINonen verstrahlt. Ich zitiere aus Ihrem *ICHBINone, allgemeinverständlich:* ›ICHBINone sind hypothetische subatomare oder superatomare Teilchen. Im wesentlichen die Grundlage des Bewußtseins darstellend, ... wirken die Teilchen mit den inhärenten elektrochemischen Vorgängen des Gehirns zusammen und erzeugen eine psychische holographische Wesenheit, das ‚Selbst‘; wirkliches Bewußtsein ist ohne sie unmöglich; sie stellen unsere Verbindung zum Reservoir kollektiven Bewußtseins im Universum dar; ICHBINone dienen des weiteren als Reflektionsspiegel für den Informationsfluß der Sinnesorgane.‹«

Der Busch machte eine Pause, um sich mit einer Keh-

le zu räuspern, die er nicht hatte. »In meinem Fall —
und bei anderen Pflanzen und Substanzen im Umkreis
— induziert die intensive, lokalisierte Konzentration der
durch die Explosion freigesetzten ICHBINone offenbar
einen psychoreaktiven Zustand, in dem die Partikel reinen Bewußtseins mit einer Art von psychologischem
Echo auf den elektromagnetischen Einfluß Ihres Gehirns reagieren und die Muster Ihre Unbewußten anzie-
hen, um ...«

Cort hatte aufgehört zuzuhören: er starrte eine große
abstrakte Skulptur an, die einige Schritte von dem brennenden Busch entfernt stand. Die Skulptur war Cort immer wie eine in Marmor übersetzte Idealisierung des
Unbestimmten vorgekommen, die einmal an eine während des Vorgangs der Formänderung verfestigte Wolke
gemahnte; ein anderes Mal, wenn die Beleuchtung eine
andere war, hätte sie die Wiedergabe eines vielfach am-
putierten Breakdancers sein können. Heute, bestrahlt
und durchdrungen von ICHBINonen, reagierten die
Buckel und Windungen der Skulptur auf Corts Geist,
indem sie sich in neue Konfigurationen drehten. Ihre
abstrakte Topographie teilte und unterteilte sich, wurde
verzweigter und nahm neue Formen an, von denen eine
unheimliche Vertrautheit ausging.

Er trat auf das Gras und ging zur Skulptur hinüber.
Er ertappte sich dabei, wie er aus einem halben Meter
Entfernung in sie hineinstarrte, als wäre sie ein Fern-
sehbildschirm. Und im Fernsehen lief, wie die Dinge la-
gen, die Serie, die er am wenigsten mochte: *Cort, der
Junge.*

Im Innern der Skulptur befand sich ein lebensvolles,
dreidimensionales, bewegtes Bild des frühreifen Brian
Cort im Alter von sieben Jahren, der mit gelangweiltem
Gesichtsausdruck die Seiten eines Buches für Zwölfjährige umblätterte. Der gelangweilt aussah und bleich und
neurasthenisch. Und einsam.

»Cort!« Eine Stimme aus der wirklichen Welt. Cort

wandte sich von dem Bild in der Skulptur ab und sah Bucky Mackenzie auf dem Vorfeld stehen, der verständnislos den brennenden Busch und die bilderpulsierende Skulptur anschaute. »Dann sehen Sie es ebenfalls?« sagte Cort. Er litt immer noch unter dem nagenden Zweifel, daß trotz der Klarheit seiner Wahrnehmung alles eine Halluzination war.

»Das tue ich tatsächlich«, sagte Bucky schweratmend. »Mein Gott!«

»Gott? Diesmal nicht«, sagte der brennende Busch.

»Ich träume«, sagte Bucky. Bucky war der Kopf der physikalischen Fakultät, knapp über vierzig, schlank, doch, anders als bei Cort, war seine Schlankheit kompakt, wohlproportioniert. Sein kurzgeschnittenes schwarzes Haar war zu einem kurzen, stacheligen Pony heruntergekämmt, eine Frisur, die jugendlich ›in‹ wirken sollte, ohne gewagt zu erscheinen. Er war sorgfältig sonnengebräunt, makellos maniküert und modisch gekleidet. Er trug eine der neuen pastellfarbenen Freizeitjacken, erdig-ockerfarben, und ein ziemlich unakademisches Goldkettchen. Bucky war ein Bergsteiger, ein herzlicher Händeschüttler, ein Mann, der zuerst seine eigene Flanke schützte und bei dem man sicher sein konnte, daß er alles so arrangierte, daß er jemand anders die Schuld zuschieben konnte, wenn ein Projekt schiefgehen sollte.

Von Cort auf die sich verändernden Formen in der Skulptur blickend und wieder zurück, murmelte Bucky abwesend: »Ich wollte gerade mal vorbeischauen, um zu sehen, ob Sie die Ergebnisse haben, die … auf die Sie gehofft haben, und … äh … es schien mir, als wäre etwas … äh …«

Als er bemerkte, daß die Skulptur jetzt mit peinlicher Exaktheit eine bestimmte, sehr vertraute sexuelle Phantasie wiederholte, trat Cort zwischen die Skulptur und Bucky und sagte: »Ich führe gerade ein Experiment durch, und unsere Gegenwart könnte sich nachteilig auswirken auf ... uh ...« Seine Stimme verlor sich, während er zu den Wassersprinklern hinübersah. Bucky starrte sie ebenfalls an.

Die Sprinkler auf der anderen Seite des Wegs hatten sich automatisch eingeschaltet und besprühten das kristallverkrustete Gras auf der Wiese ... doch das Wasser war nicht mehr es selbst.

Bucky stand näher als Cort an den Sprinklern, und das sich auffächernde Wasser, vom Umgebungsfeld, das die ICHBINonenkonzentration abgab, offenbar beeinflußt, bildete einen höheren Bogen und verzerrte sich dabei, um sich einer Emanation von Buckys Unbewußtem anzupassen. Als würde es auf einer Drehbank geformt, nahm das rotierende Wasser die Form einer, wie Cort zunächst glaubte, drei Meter hohen Bowling-Trophäe an — um sich dann als die Riesenversion des *Pursbinder-Preises für hervorragende Verdienste bei der Förderung des wissenschaftlichen Fortschritts* zu erweisen. Er zeigte die Gestalt von Broderick Pursbinder mit einem Globus in den Händen, der aus DNS-Molekülen, Atomsymbolen und EEG-Linien bestand, eine unbeholfene Darstellung der Welt der Wissenschaft.

Bucky hatte es natürlich auf den Pursbinder-Preis abgesehen gehabt und hatte, um seine eigene bescheidene Formulierung zu benutzen, eine Reihe von Studien ›bemuttert‹, die später als ›zukunftsweisend‹ betrachtet wurden. Bei keiner davon hatte er mitgearbeitet oder die Ausgangsideen beigesteuert. Doch er hatte die Patente eingesackt. Seine Erfolgsrate beim Einsacken von Patenten war Buckys Äquivalent eines Rekorde brechenden Homerun-Mittelwerts.

Bucky tat wie hypnotisiert einen Schritt auf den sich kräuselnden, wäßrigen, drei Meter hohen Pursbinder-Preis zu — er sah eher aus wie eine instabile Eisskulptur —, mit einem Gesichtsausdruck, der Cort an Johannes den Täufer angesichts einer Vision des Paradieses erinnerte.

Also bin nicht nur ich es, dachte Cort. Andere Leute sehen es ebenfalls. Und ich sehe, was Bucky sieht.

Er wandte sich wieder der Marmorskulptur zu und sah mit Erleichterung, daß sich das Bild verändert hatte. Er war erleichtert, das heißt, bis er erkannte, was daraus geworden war ...

Jener Tag im Büro des Direktors. Er, seine Mutter, der Direktor seiner Grundschule; die irisierende Kruste vermittelte den Figuren Tiefe, verblüffende Lebensechtheit, so daß Cort nach einer Weile vergaß, daß er einer Simulation zuschaute. Die Erinnerung überwältigte ihn. Er befand sich wieder dort in jenem stickigen Büro, an einem nassen Oktobermorgen ...

* * *

Wenn man acht Jahre alt ist, dann ist naß *naß;* unheimlich ist *unheimlich.* Außerhalb der Schule war es naß; Regentropfen formten bleifarbene Muster auf dem Fenster hinter Mr. Jameson, so daß sie wie eine Herde von Schnecken aussahen, die das Glas hinunterstürmten. Im Raum war es unheimlich, weil Brian Cort in Schwierigkeiten war.

Brian und seine Mutter saßen rechts von der Tür; ihnen gegenüber saß Mr. Jameson hinter seinem Schreibtisch, die großen, dicken, an den Knöcheln behaarten Hände auf dem makellosen Glas des Schreibtischs verschränkt. Brian saß auf einem orangefarbenen Plastikstuhl. Er umklammerte den Plastiksitz zu beiden Seiten seiner Wrangler Jeans, seine Daumen gegen das fast glitschige Plastik reibend, und er starrte auf Mr. Jamesons Stirn. Wenn man das entenförmige Mal auf Mr. Jamesons Stirn anstarrte, konnte man ihm den Eindruck vermitteln, ihn aufmerksam anzuschauen, ohne ihm wirklich ins Gesicht blicken zu müssen. Jamesons breites Froschgesicht schielte ein wenig; eins seiner Augen war aus Glas. Er behielt einen Ausdruck gönnerhafter

Belustigung bei, wie ein Ruhepolster für den Frosch seines Gesichts, als er sagte: »Mrs. Cort — Brian hat mir sowohl Freude wie auch Enttäuschungen bereitet. Er ist seinen Altersgenossen um zwei Klassen voraus, und er ist immer noch der Klassenbeste, aber manchmal — es ist schon irgendwie seltsam — ist es so, als verlöre er jegliche Motivation, und zwei ganze Wochen lang *rührt er einfach keinen Finger.*«

»Brian«, sagte seine Mutter scharf, »was hast du dazu zu sagen?« Seine Mutter war hochgewachsen und vogelartig, ihr Hals zu lang, ihre Lippen zu einer fast unsichtbaren Linie in ihrem Mund zusammengepreßt; das schwingenförmige Gestell ihrer Brille ließ ihre kleinen, bitteren grünen Augen sonderbar feindselig erscheinen. Sie trug ein steifes graues Kostüm; hielt ihre Handtasche auf dem Schoß umklammert. Sie beugte sich über die Handtasche hinweg zu Brian vor, die Knöchel um die Messingschließen weiß, und schaute ihn an. Er stellte sich vor, daß er sie in einen Vogel verwandelte ...

*   *   *

Professor Cort sah, in die Animationen der Skulptur hineinstarrend, eine Neuinszenierung der comicartigen Boshaftigkeit der Vorstellungen des jungen Brian Cort. Seine Mutter verwandelte sich, die Handtasche vermengte sich mit ihrem Hals, um einen Teil der Halskrause des Bussards zu bilden, ihre Schultern verschmälerten sich, aus den Armen wuchsen Federn, wurden zu Schwingen, das Kinn senkte sich in ihr Gesicht, ihre schmale scharfe Nase verlängerte sich, wurde schärfer, härter, ein Schnabel, ihr graues Kostüm verwandelte sich in schmutziggraues Gefieder ... und der Muttervogel zuckte mit dem Schnabel vor, um den Kopf des Jungen zu spalten, um seinen Schnabel mit seinem Gehirn rotzufärben ...

*   *   *

Gegen einen Brechreiz ankämpfend, blickte Cort von der Skulptur weg. Er schüttelte sich, versuchte das Bild abzuschütteln. Er beobachtete Bucky, um sich davon abzulenken.

Bucky tanzte mit einer Reihe von jungen, halbdurchsichtigen Studentinnen. Junge Studentinnen sind in gewisser Hinsicht immer halbdurchsichtig, doch dies hier waren Mädchen aus fließendem Wasser, eingeschlossen in kristallines Irisieren. Sie waren lebensgroß und nackt, und ihre Geschlechtsteile waren in schaumigen Blasen in allen Einzelheiten dargestellt; Wasser rann aus ihren Hinterköpfen und über ihre Rücken hinunter, wie langes, fließendes silberblaues Haar ... Sie waren Karikaturen von Weiblichkeit, auf unmögliche Weise drall ... Sie tanzten mit Bucky um den riesigen Pursbinder-Preis herum; Bucky war dabei, sein Hemd abzustreifen, während er herumhüpfte, zu einer Art libidinöser Perversion von Mozart tanzte, welche aus der riesigen Trophäe hervorzukommen schien.

Bucky wirkte wie in Trance, bemerkte Cort. Mehr als in Trance, er sah eindeutig aus, als stünde er unter Drogen. Cort vermutete, daß Buckys Eintauchen in die ICHBINone — ab und zu versuchte er eine der Wassernixen zu packen und planschte unmittelbar durch sie hindurch — die ICHBINone in sein bioelektrisches Feld hineinsaugte, woraufhin sie ihm, ganz wörtlich genommen, zu Kopf stiegen.

Es könnte auch mir passieren, dachte Cort. Am besten mache ich, daß ich von hier wegkomme ...

Doch er wandte sich wieder der Erinnerungsskulptur zu, als hätte sie ihn unsichtbar angetippt, und ertappte sich dabei, daß er ein weiteres Mal in sie hineinstarrte ...

* * *

Der junge Brian Cort, im Büro des Direktors sitzend, versuchte die säuretriefende Frage seiner Mutter zu beantworten. *Was hast du dazu zu sagen, Brian?*

»Och, Mom, weißt du ... äh ... wenn ich nicht arbeiten konnte, war ich einfach *müde*, fühlte mich die ganze Zeit über, als wär ich am Einschlafen oder so. Ich meine, du läßt mich nur aufbleiben, damit ich lerne, deshalb ...«

Aber Jameson quasselte weiter: »Ich meine, gottverdammich, Mrs. Cort — wenn Sie meinen Lapsus entschuldigen wollen —, dieser Junge verfügt über eine so verdammt große Begabung ...«

»O ja, ich weiß, Mr. Jameson — es ist so traurig, mitansehen zu müssen, wie er sie verschwendet.«

»Ich meine, er ist im Grunde ein guter Junge ... nun, um dieser Begabung vollständig gerecht zu werden, Mrs. Cort, muß er sich mehr bemühen, und ein wenig häufiger, und das ist ganz einfach die unangenehme Wahrheit. Was hast du zu sagen, Brian, nun?«

»Also ... äh ... das Problem ist ...«

»Ich glaube, er versteht mich, Mrs. Cort, nicht wahr?«

»Das möchte ich doch annehmen.« Sie schenkte Brian einen Blick, der zu reserviert war, um ein Starren zu sein, aber irgendwie war er um so stechender. »Ich werde Ihnen ein kleines Geheimnis verraten, Mr. Jameson. Als sein Vater starb, war das letzte, was er zu mir sagte: ›Sorg dafür, daß Brian hart arbeitet, damit das aus ihm wird, was er sein *kann* — um seinetwillen. Das ist alles, worum ich dich bitte.‹«

Selbst Jameson wirkte ein wenig verlegen, als er dies hörte. Es war zu offensichtlich eine Erfindung.

Brian war sicher, daß sein Vater niemals etwas derartiges gesagt hatte. Aber darauf kam es nicht an. Seine Mutter gab ihm das Gefühl, als hätte Dad es gesagt.

Professor Cort trat einen Schritt von der Skulptur zurück, blinzelnd, schweratmend. Er fühlte sich merkwürdig. Als wäre sein Schädel weich geworden, wie Haut auf einem Pudding. Als wäre das Blut in seinem Gehirn eiskalt geworden.

Etwas lenkte seine Aufmerksamkeit auf das Gras zu seinen Füßen. Das Gras war vom Schillern der ICHBINone überkrustet, und es reagierte auf seine Aufmerksamkeit, begann sich in Worten von zwanzig Zentimetern Höhe neu anzuordnen: CORT, PSYCHISCHE MUSTERSEQUENZ AUSGELÖST: SCHAU WIEDER HIN.

Er schnaubte ungläubig und verwirrt. Jetzt sprach schon das *Gras* zu ihm. Das Gras sagte ihm, was er tun sollte.

Doch er blickte wieder auf die Skulptur. Irgend etwas zog ihn dorthin zurück ... Irgendein Teil seines Verstands nörgelte: »Um Himmels willen, Cort, begib dich in ein Krankenhaus, laß dich auf Strahlenverbrennungen untersuchen, sorg dafür, daß das vom Labor verstrahlte ICHBINonenmaterial untersucht wird — es könnte von unschätzbarem Wert sein! Es könnte deine Karriere voranbringen! Handle verantwortungsbewußt! *Sieh die Skulptur nicht an!*«

Aber er konnte nicht wegsehen. Sich selbst als Jungen zu sehen — dieser Anblick fesselte ihn. Es war, als schlösse sich dadurch ein geistiger Schaltkreis und er würde durch eine Art von psychischer Energie auf dem Fleck festgenagelt. Und als er die Skulptur anblickte — nein, in sie *hinein*blickte —, veränderten sich die Strukturen erneut. Er sah und erinnerte sich.

* * *

Brian war müde. Aber er fühlte sich gut. Es war sein Geburtstag, er war heute fünfzehn Jahre alt geworden, und er hatte bei dem Trigonometrie- und dem Philosophieeinführungstest, für die er die ganze Nacht hindurch gebüffelt hatte, hervorragend abgeschnitten. Wahrscheinlich war es unnötig gewesen, aufzubleiben und zu lernen, aber Mom war unerbittlich gewesen.

Der Winter hatte Cincinnati unter meterhohem Schnee begraben. Das Spätnachmittagslicht funkelte auf der Schneedecke. Brians schwarze Gummistiefel quietschten durch die matschige Furche, als er in der Einfahrt des kleinen, wackligen Holzhauses auftauchte und dachte. *Heut ist mein Geburtstag, und ich hab bei den Tests prima abgeschnitten.*

Heute fünfzehn Jahre alt geworden, und schon im Abschlußsemester der High School. Er kam für ein halbes Dutzend Stipendien in Frage. Mr. Greensburg, der Studienberater der Jungen, hatte Brian vorgeschlagen, sich ein Jahr freizunehmen, bevor er auf das College ging. Sich vielleicht einen Job zu besorgen, einen Gebrauchtwagen zu kaufen, »die Jugend zu genießen«.

Hörte sich verdammt gut an. Mom würde es nicht gefallen. Aber heute war sein Geburtstag, heute hatte er es gut gemacht. Sie würde nicht nein sagen können.

Die Küchenwärme ließ seine Nase und Ohren kribbeln, als er durch die Hintertür eintrat. Der Raum roch wie Mentholtabak. Mom saß in der kleinen Frühstücksecke, rauchend, in das rote Wandtelefon hineinsprechend.

Sie legte ihre Hand auf die Sprechmuschel und warf ihm einen dieser Blicke zu. »Brian, du machst mir den ganzen Boden mit Schneematsch dreckig. Zieh deine Stiefel auf der Hinterveranda aus. Für so einen smarten Jungen kannst du richtig gedankenlos sein. Manchmal glaube ich, du bist ein zerstreuter Professor.«

Er sah zu ihr hin, dann auf seine Stiefel. *Tu's mit einem Achselzucken ab, Brian!*

Aber während er seine Stiefel auf der Hinterveranda auszog, hörte er es wieder und wieder: *Manchmal glaube ich, du bist ein zerstreuter Professor.* Kein Humor in ihrer Stimme. *Manchmal glaube ich, du bist ein ...* Als er in die Küche zurückkam, lag dennoch eine in Geschenkpapier eingewickelte Schachtel auf dem hölzernen Tisch. Seine Mutter telefonierte immer noch. Er setzte sich an den

Tisch und wartete darauf, ihr zu sagen, wie gut die Tests gelaufen waren.

»Okay, ich werd dafür sorgen, daß er da ist, Horace. Genau um acht! Nein, er ist nicht so pünktlich, wie er sein sollte — aber ich paß schon auf, daß er hinkommt!«

Sie legte auf. »Das war Horace Cress von der Cincinnati-Uni, er meint, es wäre unproblematisch, daß du nächsten Herbst dort anfängst, und er glaubt, dein Plan, wegen des Magisters nach Stanford zu gehen, ist die Eintrittskarte.« Sie klatschte die Hände einmal zusammen, auf eine Endgültigkeit verkündende Art und Weise. Und sie lächelte, das Lächeln, das immer zu sagen schien: *Ich bin zufrieden, hab aber meine Zweifel. Hoffen wir einfach, daß du's nicht vermasselst.*

Er blickte auf das Geschenk.

»Also *los*, Brian, mach's *auf*!« Mit rollenden Augen.

Er tat es, langsam, in Gedanken an die neuen Schuhe, auf die er einen Hinweis hatte fallen lassen; die Schuhe, die er hatte, waren zu klein, und sie fielen auseinander, brachten ihn an der Schule in Verlegenheit ... und das Paket ging auf ... drei Broschüren und ein gerahmtes Zeugnis. Das gerahmte Zeugnis mit dem Magistertitel seines Vaters.

»Ich dachte, du würdest das gern haben. Daß es dir ein Ansporn wäre.«

Die Broschüren waren Sachen wie *Ihre Karriere in der chemischen Forschung!*

»Auf diesem Gebiet läßt sich gutes Geld verdienen, wenn man für diese großen Deodorantfirmen arbeitet, Brian. Judy Clappers Schwager Tony arbeitet bei Glass Bell Toiletries. Er hat das Schweiß-Ex erfunden, weißt du. Und *Glass Bell* gehört nicht einmal zu den großen Firmen, und er verdient ...«

»Gott, Mom, ich will mein Leben nicht damit verbringen, Deodorant herzustellen!«

»Schweiß-Ex ist Tony sehr gut bekommen. Wenn du ...«

Verzweifelt das Thema wechselnd, warf Brian ein: »Mom — willst du nicht wissen, wie ich bei den Semesterprüfungen war?«

»Ich weiß, wie gut du abgeschnitten hast. Ich hab deine Lehrer angerufen. Du hast in beiden ein ›A‹. Aber ich möchte, daß du weißt, wie enttäuscht ich von dir bin.«

Er starrte sie an, betäubt.

Sie fuhr fort: »Ich habe mit Mrs. Gilmore gesprochen, und sie sagt, daß du dich nicht für Aktivitäten außerhalb des Unterrichts interessierst. Brian, du solltest *mitmachen*, diese Dinge machen sich gut in deiner Akte, wenn du nach dem College eine Stelle suchst. Du solltest dich ein paar Schulclubs anschließen!«

»Mom, ich habe keine *Zeit*, ich habe Extrakurse belegt.«

»Was hast du sonst schon zu tun in deiner Frei . . .«

»Ich *habe* keine freie Zeit! Und ich weiß nicht, was ich sonst tun würde, wenn ich welche hätte — aber ich will es herausfinden, Mom, mein Gott, ich brauche etwas Zeit, um . . . Mom, Mr. Greenburg hat den Vorschlag gemacht, ich sollte mir nach dem Abschluß ein Jahr freinehmen und . . . hm . . . mir einen Job suchen und mir mit dem Geld vielleicht einen Wagen kaufen und vielleicht, ich weiß nicht, wegfahren oder . . .«

»Ich kann nicht glauben, daß du das tun würdest.« Ihre gefährlich-flache Stimme. »Ich glaub's einfach nicht. Deine ganzen Pläne — pffft! Das würdest du deiner Mutter antun — und deinem *Vater?*«

»Mom, es würde meinem Notendurchschnitt nicht schaden, wenn . . .«

»Ich kann es wirklich nicht glauben.« Ihren Kopf in übertriebenem Unglauben schüttelnd. »Ich . . . kann . . . es einfach nicht . . . glauben.«

Da wußte er schon, daß es nicht dazu kommen würde. Sie würde es einfach nicht zulassen. Er würde nach der High School auf irgendeine Art von Sommerschule gehen, um ›den letzten Schliff‹ zu bekommen, und dann aufs College, geradewegs auf College. Im Alter von fünfzehn Jahren. Er sah, wie sich vor ihm ein Korridor von stumpfsinniger Plackerei öffnete ... Sie starrte ihn an. »Mein Gott — du weinst ja! Mit fünfzehn!«

Hör auf, sagte er zu sich selbst. Hör auf zu weinen!

Sie machte mitleidlos weiter. »Ich meine, dir fehlt nicht nur der Mumm, um dich außerhalb des Unterrichts zu engagieren, du mußt auch noch die Heulsuse spielen. Dein Vater wäre schlicht und einfach empört!«

* * *

Cort, der Erwachsene, mußte seinen Blick von der Szene abwenden.

Der Rasen hatte sich gebuckelt und formte sich für Bucky um, sah Cort. Er hatte Steine und Erde und bunte Glasmurmeln ausgespien, die zu einer Art von Instantlegierung simulierten Metalls verschmolzen waren, und nahm die lebensgroße Form eines Lincoln Continental an. Der irdene Luxuswagen trug Bucky in einer Art von ritueller Wiederholung wieder und wieder um die riesige Pursbinder-Trophäe und die bebenden durchscheinenden Mädchen herum; Miniaturvillen wuchsen aus dem Boden, geformt aus dem vorhandenen Silizium, und nahmen phantastische Formen irgendwo zwischen Minigolfburgen und Buckys Vorstellung von einem perfekten Heim an ...

Eine Gruppe von Studenten hatte die ICHBINonen-Konzentration entdeckt, einer von ihnen schrie vor Entsetzen, als seine Phobie aus der Erde hervorbrach — mit der handelseinig zu werden er soeben im Biologielabor versucht hatte: weiße Ratten aus Wurzeln und Silizium, Ratten von Hundegröße, die in einem disneyhaften Squaredance auf den Hinterbeinen umherhüpften.

Die Studentin neben ihm wich vor einem riesenhaften Baby zurück, einem hausgroßen Baby aus gelbem Ton. Das elefantenhafte Kind versetzte einer Gartenschubkarre spielerisch einen Klaps, so daß sie in hohem Bogen flog, bis über das Dach des Labors hinaus, und mit einem lieblichen Ton gegen einen Schornstein schlug, wobei sie einen Hagel von Funken und Ziegelsteinen auslöste; das Baby kicherte, daß die Erde bebte.

Cort schloß die Augen, holte mehrmals tief Luft und hörte ein weiteres Mal die körperlose Stimme: »Cort! Mach dich an die Arbeit! Die Explosion könnte ein Durchbruch sein! Warum verschwendest du deine Zeit mit Gedankenspielen aus deiner Erinnerung? Mach dich wieder an die Arbeit!«

Doch einen Augenblick später ertappte er sich wieder dabei, daß er die Skulptur anschaute.

Und sich in ihrem Innern sah: als jungen Mann bei dem Begräbnis seiner Mutter.

Und seinen Gesichtsausdruck sah und wußte, was er damals gedacht hatte: *Jetzt kann ich tun, was ich will.*

Dann zuckte er aus Schuldgefühl zusammen. *Wie kannst du dich darüber freuen, daß sie tot ist? Dein Vater würde ... empört sein.*

Er sagte sich: *Es gibt keinen Grund, warum ich mich schuldig fühlen sollte. Ich freue mich nicht darüber, daß sie tot ist. Aber da sie es nun einmal ist, da das mit dem Krebs passierte ... es ist ja nicht so, als hätte sie durch mich Krebs bekommen.*

Die Erwiderung: *Aber sie hat durchblicken lassen, daß ihre ganzen Sorgen um mich sie dafür anfällig gemacht haben ...*

Hin und her, Schuldgefühl und Groll, wie Schlangen, die sich gegenseitig verschlangen und sich unaufhörlich regenerierten und wieder verschlangen.

* * *

Cort wandte den Blick von der Skulptur ab und dachte: *Aber ich hab trotzdem gemacht, was ich wollte.*

Er nahm nicht die Stelle im Chemielabor von Glass

Bell Toiletries an oder die bei Dow Chemicals. Er interessierte sich für Teilchenphysik, und er verfolgte dieses Interesse, dem letzten Wunsch seiner Mutter zum Trotz. Und gelangte schließlich an den einzigen Ort, der ihm bei der Forschung freie Hand geben konnte: dem Pennyworth College.

Wo er Betty kennenlernte.

Im Innern des weichkonturierten plumpen Torsos aus Marmor erwachten die bewegten Hieroglyphen wieder zum Leben, gewannen dreidimensionale Gestalt, nahmen seinen Blick gefangen, flüsterten ihm zu ...

* * *

Dr. Winslow Garlands Party. Auf der Feier für die Bewilligung des neuen superminiaturisierten Teilchenbeschleunigers. Garlands schäbiger kleiner Hinterhof, an jenem Sommerabend. Bach plätscherte leise aus der asthmatischen Stereoanlage; Gruppen von Professoren, Assistenten, Studentenvorstehern, ein paar Studenten, die meisten von ihnen um die große muschelförmige Bowle mit dem widerlichen Weinpunsch auf dem Kartentisch mit dem karierten Tischtuch zusammengeballt; schwatzend, den schrecklichen Punsch trinkend. Betty half Mrs. Garland, neue Cocktailhappen auszulegen. Doch ab und zu blickte sie zu Cort hinüber, der allein an dem rosenberankten Hinterzaun stand.

Er hatte gesehen, daß Betty ihn beobachtete, berechnend wie ein Raubvogel. Irgendwie war sie auf ihn verfallen. Er konnte es fühlen, auch wenn sie auf der Party nicht viel zu ihm gesagt hatte, sie ihn diesmal nicht mit ihrem gezierten, trocken-koketten Smalltalk umgarnt hatte.

Los schon! sagte er zu sich selbst. Sprich mit ihr! Du bist einsam. Sie ist interessiert. Du bist ein Forschungsprofessor an einem unbedeutenderen College, und du kannst nicht erwarten, daß sich Starlets oder sexhungrige Studentinnen auf dich stürzen. Du kannst auf niemand Attraktiveres hoffen als Betty.

Und erwiderte darauf: Aber ich hab's versucht, ich hab mich zweimal mit ihr verabredet, und sie nervt mich. Sie plappert, sie spiegelt ein Interesse an Physik vor, das sie nicht hat, sie mag keine Opern, sie mag nicht das Theater, denn »warum dafür bezahlen, in einem unbequemen Sessel sitzen zu dürfen und sich diese Sachen anzuschauen, wenn man sie kostenlos im Fernsehen sehen kann?« Sie klebt an ihrem Geld, was bedeutet, daß sie auch an meinem kleben wird. Sie ist um tausend kleine Dinge besorgt, was bedeutet, daß sie auch um all die großen besorgt sein wird. Sie will sich verheiraten, ich kann's fühlen, und ich will nicht mein ganzes Leben mit jemandem verbringen, der mich nervt.

Sie kam herüber, um mit ihm zu reden.

Und Cort dachte: Das ist die Gelegenheit, der Sache ein Ende zu machen, ich werd sie einfach vor den Kopf stoßen. Sie wird mich in Ruhe lassen. Es ist egal, was sie über mich redet, diese Leute mögen mich sowieso nicht sonderlich.

Aber wieder diese Stimme, die ihm sagte: Es ist nicht egal. Ihr Onkel ist Joshua Pennyworth. Du könntest deiner Karriere nützen, wenn du sie heiraten würdest. Tu wenigstens einmal etwas Richtiges!

* * *

Cort, die Neuinszenierung in der Skulptur betrachtend, schauderte, als er darin etwas sah, das vollkommen fehl am Platze war.

Unmöglicherweise befand sich seine Mutter dort, auf Professor Garlands Party. Jahre nach ihrem Tod.

Mutter stand neben Corts Ebenbild auf der Party. Nein, sie stand *in* ihm. Halb innerhalb, halb außerhalb von ihm, fast wie ein siamesischer Zwilling. Ihr Bild war halb durchsichtig; seins war kompakt. Sie war nicht wirklich anwesend — aber diesmal zeigten ihm die ICHBINone die psychologische Realität.

Und als er ging, ging er merkwürdig — ›im Cort-Gang‹, wie er es einmal von einem Studenten aufgeschnappt hatte. Er sah jetzt, daß er komisch ging, weil seine Mutter mit seinem Bein verschmolzen war. Es auf ihre Art nachzog. Und sie war über ihn gebeugt und ihr Gesicht war vogelähnlich, als sie ihren Schnabel in sein Ohr grub und flüsterte: »Sei kein Idiot. Betty ist genau die richtige für dich ...«

Er erkannte die Stimme jetzt. Die Stimme, die gesagt hatte: *Tu wenigstens einmal etwas Richtiges* ... Die Stimme seiner Mutter.

Sie blickte aus der Skulptur zu ihm heraus. Seine Mutter in Miniatur, mit dem winzigen früheren Cort grotesk verwachsen. Seine Mutter, die voll Verachtung zu ihm herausspähte.

* * *

Cort wandte sich von der Skulptur ab. Mit stoßendem Magen schlurfte er durch das Gras zum Weg, blickte umher, versuchte sich neu zu orientieren.

Bucky war vor Erschöpfung zusammengebrochen, lag schlafend im Gras; seine ICHBINon-Konstruktionen waren zu an den Rändern ausgefaserten Abstraktionen degeneriert, zu geometrischen Ausschneidefiguren, die von Zeit zu Zeit anthropomorphe Form annahmen, dann wieder in geometrische Komponenten auseinanderfielen; sie gaben momentweise freie Assoziationen wieder, Reflektionen seiner Träume.

Eine Gruppe von Kindern war in die ICHBINonenzone hinausgerannt und half Coyote eifrig bei der Jagd auf den Roadrunner. Beide Gestalten waren dreidimensional und kindgroß und zeigten allen Anschein von Lebendigkeit, und die Kinder lachten jedesmal, wenn

Roadrunner Piep-Piep! machte. Bugs Bunny sah zu, hohnlachend, während GI Joe, der neben Bugs hockte, sein Gewehr reinigte und intensiv nach *wirklicher* Action Ausschau hielt.

Cort dachte: *Ich sollte machen, daß ich hier rauskomme, bevor ich in etwas hineingezogen werde, aus dem ich nicht mehr rauskomme* ...

Er bewegte sich zwischen einer Reihe kleiner Bäume den Weg entlang — und hielt an, starrend. Die Bäume wanden sich, nahmen neue Formen von alptraumhafter Vertrautheit an. Eine geduckte Stechpalme beulte sich hier aus, zog sich dort zusammen, raschelnd unter den Bewegungen, mit denen sie sich umformte und verfärbte, bis sie zu einer pointillistischen Reproduktion seiner Frau Betty wurde. Einer Betty von zehn Metern Höhe.

Beeren der Stechpalme ordneten sich neu und wurden zu Bettys schmollenden Lippen; Blätter und Schatten wirkten zusammen, um ihre schnabelartige Nase — ähnlich der seiner Mutter — und ihre eingesunkenen, anklagenden Augen zu bilden. Die Stechpalme beugte sich über ihn und sagte: »Du hast mich nicht geliebt, aber du hast mich trotzdem geheiratet, und jetzt muß ich wegen deiner Heuchelei leiden, und glaub mir, ich *weiß*, daß du mich nicht liebst, ich *fühle*, daß dir nichts an mir liegt!«

Er spürte den üblichen Stich von Schuldgefühl — und dann hörte er ein weiteres Rascheln, und als er sich umwandte, sah er eine Weide, grünpelzig im Gewand ihrer Knospen, die mit ihren langen, herabhängenden Zweigen um sich schlug und sich in ein Ebenbild seiner Mutter verwandelte.

Seine Mutter war mit einem Filigran aus Weidenruten an den Himmel skizziert, und leierte durch ihre Nase, wie immer: »... wenn dein Vater noch leben würde, wäre er empört ...« und: »Ich bin sehr enttäuscht von dir ...«, und so weiter, und so weiter.

Die jammernde Betty an seiner Seite, die quasselnde

Mami an der anderen, und das raschelnde, wogende Gras, dessen Blätter sich neigten und bündelten und halbmetergroße grüne Buchstaben formten: *ICHBIN Cort* und *ICHBIN* eine Enttäuschung … *ICHBIN* nicht wie mein Vater … *ICHBIN* ein Verlierer … Während sich der Weg vor ihm wölbte, buckelte, der ICHBIN-onen-imprägnierte Beton, der hätte brechen sollen, anstatt gummiartig zu werden, sich elastisch zu wölben, zu röten, zu pulsieren … blähte sich vor ihm auf dem Weg ein riesiges rotes, hüfthohes Geschwür; platzte auf, schleuderte eine schleimüberzogene, im Werden begriffene menschliche Gestalt aus sich heraus wie aus einem weichen Ei: Cort selbst, aber einen deformierten Cort, eine zwergenhafte Parodie, das Gesicht eine starre Maske des Selbstmitleids; sein Buckel mit Striemen gestreift.

Cort erkannte es als das, was es war: als sein eigenes, durch Schuldgefühle deformiertes Selbstbildnis. Und dahinter sah er den Boden sich kräuseln, als die Wurzeln der Weide sich wie gewaltige Regenwürmer durch das Gras tasteten, unter den Weg, durch den Boden bis zur Stechpalme, zu ›Betty‹, um den Stamm des bettyförmigen Baums zu umschlingen. Und er sah, wie sich die Wurzeln der Stechpalme verlängerten, sich ausstreckten, um den Fuß der Weide zu umschlingen; und er sah, daß der Betty-Baum und der Mutter-Baum über sein verzerrtes Selbstbild gebeugt standen, wie sie beschwörend darauf einredeten, und er sah, wie es auf ihre Anschuldigungen reagierte, ihren Tadel, indem es sich noch mehr deformierte und einer abstoßenden Kröte noch ähnlicher wurde …

Als er all dies sah, wußte er: Er hatte Betty geheiratet, weil er wußte, daß sie ihn behandeln würde wie zuvor seine Mutter. Weil ihn der nörgelnde, spottende Teil seiner Psyche, den ihm seine Mutter eingepflanzt hatte, dazu getrieben hatte. Die Mutter, die er mit sich herumgetragen hatte, hatte Betty als das erkannt, was sie war …

Es war grauenhaft, lächerlich absurd. Und als Absurdität bloßgestellt, verlor es all seine Macht über ihn. Er ging an sich vorbei, an seinem schuldgequälten Selbst, und ließ es zurück.

Leicht wie eine Seifenblase, konnte er beinahe über die verschwendeten Jahre lachen. Und eine mächtige Welle purer Erleichterung ließ ihn erschauern, schwemmte ihn fast rennend vom Campus, aus dem Gebiet der ICHBINonen-Verseuchung hinaus — die sich bereits mit der Entropie zu zerstreuen begannen. Über die wissenschaftlichen Schlußfolgerungen würde er später nachdenken. Zuerst mußte er sein Leben in Ordnung bringen. Einen neuen Ort zum Leben finden — einen Ort, wo er allein leben konnte, wirklich allein, zum ersten Mal.

Und als er an diesem Sonntagnachmittag an einer Kirche vorbeikam, starrten ihn die Menschen, die zum Gottesdienst eintrafen, an — und wunderten sich, warum er so verflucht glücklich aussah.

Fahrkarte zum Himmel □ □

ICH WOLLTE EIGENTLICH nie in den Himmel. Aber ich
wußte, irgend jemand würde schon dafür sorgen. Es
wurde Druck auf mich ausgeübt, dorthin zu gehen. In
den Himmel. Angefangen mit dem Morgen, an dem ich
Putchek traf ...

»Barry!« sagte Gannick, als ich mich in sein Büro
schleppte. »Ich möchte dir Frank Putchek vorstellen, Direktor des Eden Club.«

»Hey«, sagte ich, »wie geht's denn so?« Ich lächelte
hölzern, schüttelte mechanisch Putcheks Hand.

Sie müssen wissen, daß es drei Uhr dreißig war. Ich
war seit neun im Büro — keine von diesen luftigen Wir-
sind-alle-Freunde-Werbeagenturen, wo den Planern erlaubt wird, sich wie Primadonnen aufzuspielen — und
ich hatte den Morgen mit dem Nachdenken darüber
verbracht, wie man die Öffentlichkeit davon überzeugen könnte, daß sie den Hamburger-Geschmacksver-
stärker Marke *Triple M* braucht. (Aber es war natürlich
darauf hinausgelaufen, daß wir der Welt erklären würden, daß die drei Ms für *Mmm!* wie in *Mmm, gut!* stehen
sollten. Jeder Dummkopf wäre zum gleichen Ergebnis
gelangt, und *Triple M* hätte eine Menge Geld für eine
Werbeagentur sparen können. Aber Agenturen wie die
meine gedeihen dank der schlechten Angewohnheiten
der Industrie ...) Ich verbrachte den Lunch damit, Jem-
my Sorgenson von Maplethorpe & Sorgenson zu um-
schmeicheln, in der Hoffnung, daß sie mir einen Job mit
besserer Bezahlung und möglicherweise Extras anbieten
würde. Und um drei, nach einem harten Tag der Konstruktion kunstvoller Lügen und des Kampfes gegen
den Selbstekel, war ich ausgebrannt, sah die Welt mit

glasigen Augen. Um drei Uhr fünfzehn war alles im Büro flach und zweidimensional und drohte, sich in die Eindimensionalität zurückzufalten. Um drei Uhr dreißig läßt ein mysteriöser Zeitzauber die Uhr anhalten, und die verrinnende Zeit wird zu einer buckligen alten Dame mit einem Spazierstock aus Aluminium. Und in diesem Moment rief Gannick mich hinein, damit ich Putchek kennenlernte.

Putchek war ein Mann mittleren Alters mit einem ziemlich kleinen Kopf, Hamsterbacken und einer scheinbar grenzenlosen Anzahl von Lachfalten um den Mund und die Augen. Er lächelte viel, meistens mit leicht geöffnetem Mund, was ihn bei seinem Überbiß vertrottelt aussehen ließ. Er war hochgewachsen, rundschultrig, hatte eine Brille mit schuppenbesprenkeltem Metallgestell. Aber er trug einen netten blauen und taubengrauen Pierre Hayakawa-Designeranzug und tadellose patentierte Lederschuhe.

All das bemerkte ich zunächst nicht. Nur seinen schwammigen Händedruck und eine Art von putchekförmigem Nebelfleck. Er hätte Teil des Mobiliars sein können.

Gannick, mein Boss saß hemdsärmlig hinter seinem Schreibtisch, auf seinem Spezialstuhl, damit er weniger zwergenhaft aussah, seine hohe Stirn war ein bißchen weniger gefurcht als gewöhnlich, seine kleinen Schultern beinahe entspannt, seine zuckenden Augen endlich einmal relativ stationär.

Gannick war über irgendwas glücklich. Putchek mußte einen saftigen Abschluß bedeuten.

Ich schraubte mein Lächeln zu etwas Mattem, aber künstlich Warmem herunter und setzte mich Putchek gegenüber, von wo ich aus dem Fenster auf die bedrückenden, scharfen Spitzen des versteinerten Walds von Manhattan hinausblicken konnte. *Versteinert*, dachte ich. *Wie ich.*

»Kaffee, Barry?« fragte mich Gannick.

»Nein, danke.«

»Er braucht keinen Kaffee«, sagte Gannick anbie-
dernd-vertrauensvoll zu Putchek. »Nicht einmal Kokain. Barry Thorpe macht's mit Adrenalin.« Er grinste,
um den Sarkasmus abzuschwächen. Ich mußte hölzerner ausgesehen haben als ich dachte.

Putchek versuchte, hinter den Witz zu kommen, und
blinzelte uns an. »Oh, ah-ha. Häh, häh.«

Gannick sagte: »Barry, die Paradise Vacations des
Eden Club sind unser neuer Kunde — ich nehme an, Sie
haben schon davon gehört« — was nicht der Fall war —,
»und es dreht sich um etwas ein wenig, nun ja, Ungewöhnliches, und da Sie, Barry, ein wenig, nun ja, ungewöhnlich sind ...« Er machte eine Pause, damit wir kicherten, also taten wir es. »Ich dachte, Sie sollten sich
darum kümmern.«

Er strahlte, und ich versuchte erfreut auszusehen. Es
war, als wären die für meine Gesichtsmuskeln zuständi-
gen Bänder überdehnt, abgenutzt, denn ich brachte
nicht ganz den Ausdruck zustande, den ich wollte.

»Alles in Ordnung, Barry?« fragte Gannick

»Nur müde.« Ich bot ein wenig Konzentration auf, ein
wenig Munterkeit. »Tja — haben wir einen Prospekt
oder eine Pressemappe oder — Dias?«

»Dias von ...?« fragte Putchek.

»Den ... äh ... Urlaubsorten oder ...«

»Es gibt keine Urlaubsorte!« Putchek brachte seine
Hände zusammen, als wollte er sie zusammenklat-
schen, aber dann rang er sie statt dessen freudig,
rutschte auf seinem Stuhl und sagte fast schelmisch:
»Der Eden Club schickt seine Kunden zu keinem Ort
auf diesem Planeten ... äh ... Barry.«

Jetzt war die Reihe an mir, verwirrt zu blinzeln. Ein
weiterer Teil des Raums wurde plötzlich scharf. Sie hatten meine Aufmerksamkeit. Ich wandte mich an Gannick. »Verbessern Sie mich, wenn ich mich irre — ich
weiß, ich bin manchmal nicht ganz auf dem laufen-

den —, aber habe ich irgendwo zwanzig oder dreißig Jahre verloren? Befinden wir uns auf einmal im einundzwanzigsten Jahrhundert? Das letzte, was ich weiß, da war es noch 1998; da bin ich mir sicher. Der interplanetare Raumflug ist immer noch unbemannt, korrekt?«

»Das ist eine Frage der Betrachtungsweise. Wir schikken die Leute nicht direkt zu anderen Planeten«, erklärte Putchek. »Wir schicken sie zu einem anderen ... anderen existenziellen Brennpunkt. Auf eine andere Ebene, um den metaphysischen Ausdruck zu benutzen ... Wir schicken sie in den *Himmel.*«

Ich sah Putchek an und dann Gannick. »Himmel. So eine Art von Sensurround-Lasershow, wie? 360-Grad-Bildschirme, Weihrauch?«

Gannick sagte langsam: »N-nein. Man wird in eine Maschine gesteckt und ... man hat wirklich körperlich das Gefühl, irgendwohin gegangen zu sein. Eine Art von Gedankenreise, glaube ich, durch eine Art elektronischer Stimulierung des Gehirns oder ...« Er warf Putchek einen höflich fragenden Blick zu.

Putchek räusperte sich, begann stockend zu sprechen. »Wenn ... äh ... wenn Sie so wollen. Man kann es ... äh ... so betrachten.« Er blickte zu mir auf. »Es wäre wirklich hilfreich, wenn Sie dorthin gingen. Selbst. Dann würden Sie ... es akzeptierten.« Er wirkte verlegen, starrte sein Spiegelbild auf seinen Schuhen an, und sein Mund war geschlossen — so geschlossen, wie er sein konnte, mit seinem Überbiß — und plötzlich machte er mir angst.

* * *

Der nächste Tag war ein Sonntag. Aufgrund der Gesetze zur Arbeitsförderung mußte der Großteil der Bevölkerung am Sonntag arbeiten. Aber ich nicht, ich konnte mit einem Drink in der Hand in meinem Wochenendhaus herumtrödeln. Schwermütiger werden, während ich betrunkener wurde, die Fenster verdunkeln und das Licht schwächer stellen, die Düsternis genießen, die Dunkelheit des Hauses liebkosen. Über die Demonstration des Eden Club nachdenken, zu der ich am Montag gehen sollte.

Wir schicken Sie in den Himmel, hatte Putchek gesagt. Ein neurologischer Himmel, nahm ich an. Eine lustinduzierende Maschine vielleicht.

Der Himmel war, bei Putcheks Preisen, etwas, das sich nur wenige leisten konnten.

Ich zuckte die Achseln. War das denn etwas Neues?

Ich ging zu dem Bildfenster, drückte den Knopf, und das Fensterglas wurde allmählich transparent. Der Herbstnachmittag war verblüffend, fast geschmacklos grell nach dem künstlichen Dämmerlicht in meinem Haus.

Ich blinzelte in den unerwünschten Sonnenschein, und der Whisky ließ meinen Kopf schmerzen. Das Glas in der Hand, blickte ich auf eine der hübschesten Vorstädte von Hartford hinaus. Bäume säumten die Straße mit frisch geknospten Wolken sanften Grüns; da und dort waren die hellen Quasten blühender Obstbäume zu sehen. Mir wurde klar, daß ich keine Ahnung hatte, welcher Art die Bäume angehörten. Ich hatte fünf Jahre hier gelebt, und ich wußte nicht, was für Bäume an der Straße standen. Oder den Vornamen meines Nachbarn.

Aber ich wußte, daß mein Nachbar sicherheitsüberprüft war. Wir waren alle überprüft in Connecticut Village. Wenn man hineinfuhr, zeigte man den Wachen am Kontrollpunkt seinen Anliegerschein vor oder nannte eine Besuchernummer. Um einen Anliegerschein zu bekommen, um freigegeben zu werden, mußte man eine B-3-Kreditwürdigkeit haben und durfte natürlich nicht vorbestraft sein. Es war eine geschlossene Gesellschaft, aber intern nicht wirklich gesellig; die Zertrümmerung wahren Gemeinschaftsgefühls im späten zwanzigsten Jahrhundert erstreckte ihre Antiwurzeln selbst bis hier, wo alles gemütlich wirkte. Wir hatten Fernsehen; wir hatten interaktives Video und Einkaufen per Bildschirm. Wir hatten unseren Lifestyle. Wir hatten die Verantwortung, die das Zur-Kenntnis-Nehmen von Fremden mit sich bringt, abgeschüttelt. Weil ein Fremder zum nächsten führt und weil nicht weit hinter dem Kontrollpunkt die bröckelnde Grenze von Hartfords Barackenstadt lag, angeschwollen von Fremden, denen wir nicht begegnen wollten.

Ich war nicht immer der typische Einwohner von Connecticut Village. Ich hatte ein paar Sachen für *Der Reformer* geschrieben, bevor ich mich hatte einschüchtern lassen, dem Geld nachzujagen; bevor Gannick mich entdeckte. Was ich geschrieben hatte, war ganz schön selbstgerechtes, blödsinnig idealistisches Zeug ...

Wie:

Jede Stadt hat ihre Slums, Barackensiedlungen, die aus den Rissen zwischen den gepflegten kleinen Hochsicherheitsbezirken emporgewachsen sind, in die sich die Städte verwandelt haben; die Zuflucht der Legionen von Heimatlosen, der Entrechteten aller Stände: derer, die in der Industrie oder bei der Ölförderung arbeiteten, bevor Handarbeit zu einem Überseeunternehmen und Öl zu einer überholten Energiequelle wurde; derer, die in der Bauindustrie beschäftigt waren, bevor die Unternehmer sich auf zu fünfundsiebzig Prozent vorgefertigte Bauteile und Roboter verlegten. Derer ohne eine Büroausbildung; oder derer, die dabei gescheitert waren, sich dem größten Arbeitgeber des Landes, der ›Dienstleistungs‹-Industrie einzufügen, diesem riesigen Mechanismus zur Versorgung der Konsumenten, der einer Hähnchenmastmaschine auf einer Geflügelfarm so ähnlich ist ...

Die Slums werden von Menschen bewohnt, die ein oder zwei Jahrzehnte zuvor den Überfluß aufgebaut haben, von dem die Privilegierten jetzt zehren. Arbeitslose

Schwarze leben in den Slums, natürlich. Und die Alten. Seit den demographischen Veränderungen der 70er und 80er Jahre und dem Fortschritt der Geriatrie sind die Alten zu einer gewaltigen, schimmelnden Schicht auf dem Bevölkerungskuchen geworden. Und Millionen von ihnen wurden ausrangiert, vergessen, bekamen von der Postwohlfahrtsgesellschaft die kalte Schulter gezeigt: von der frischen neuen, yuppie-strahlenden Welt, in der Unternehmer Erlöser sind, in der diejenigen, die gescheitert sind, wo es ums Verdienen ging, in das äußere Dunkel abgedrängt werden, jenseits der Grenzen der Rentabilität ...

Solches Zeug. Dummes Zeug. Die Verallgemeinerung von College-Journalismus. Wie auch immer, warum damit weitermachen, wenn die Antwort immer die gleiche ist? Sie werden sagen: »Ja, und?«

Und wenn das Wohnkomitee wüßte, daß ich dieses Zeug für den *Reformer* geschrieben habe, hätte ich die Sicherheitsüberprüfung für Connecticut Village niemals überstanden.

Manchmal kam ich auf dem Freeway am Slum vorbei. Nur eine Art von qualmendem grauem Durcheinander von Hütten, flüchtig wahrgenommen durch den Hurrikanzaun. Aus einem mikrochipgesteuerten Wagen heraus, der sanft den Freeway entlangschnurrte, wurden die Armen zu einem verschwommenen Flecken reduziert, der Verlegenheit hervorrief. Die ganze Welt wurde bei einhundertzehn Meilen pro Stunde zu einem visuellen Achselzucken ...

* * *

Ich wußte, daß Bestechung mit im Spiel war. Ich wußte es, als Gannick sagte: »Die FDA* hat dem Eden Club seine volle Billigung ausgesprochen. Das Patentamt, al-

---

* Food and Drug Administration; Gesundheitsbehörde

le, sie stehen Schlange, um ihren Segen zu geben.« Es war so, wie er es sagte. Schnell, mit einem Unterton, der mich warnte, nicht auf dem Thema herumzureiten. Deshalb fragte ich nicht, ob in den Zeitungen schon etwas darüber gestanden hatte. Offenbar hatten sie sich Mühe gegeben, den Mund zu halten, bis die offizielle Genehmigung eine beschlossene Sache war. Um zu verhindern, daß irgendein neugieriges Unterkomitee des Senats die Genehmigung hinauszögerte ...

Es war Montagnachmittag, und wir befanden uns im sogenannten Vorführraum des Eden Club. Ich und Gannick und Putchek und Putcheks Sekretärin, Buffy. Sie war eine Art menschlicher Smiley, der sich ohne ein äußeres Anzeichen von Scham ›Buffy‹ nennen ließ.

Der Vorführraum war einmal das vordere Büro einer Reiseagentur gewesen. Die Poster und Prospektständer und Schreibtische und die fetten Damen mittleren Alters mit der Schneckenfrisur waren entfernt worden, und jetzt war da nur noch die einem Haufen gefrorener Milch ähnliche Transportvorrichtung unter den Neonröhren in einer Ecke des Raums und ein paar farbebekleckste Zeitungen an den frischgetünchten Wänden.

Ich sah die Transportvorrichtung an und sagte mir: *Nimm's leicht; wahrscheinlich ist es harmlos.*

Die Vorrichtung sah harmlos aus. Sie sah aus wie einer dieser kleinen nachgemachten Rennwagensitze, die man in Spielhallen findet. Abgesehen davon, daß sie außen vollkommen gestylt war, eine plastische Träne aus imitiertem Perlmutt. Die kleine Tür war offen. Im Innern befanden sich ein Sessel und ein paar Schalter auf einem Armaturenbrett. Keine Anzeigen, nichts sonst. Ich fragte: »Kein Helm? Keine Leitungen ins Gehirn, um die Illusion hervorzurufen? Oder injizieren sie ihnen einfach etwas und, äh ...« Ich mußte husten; eine frische Schicht blauer Farbe erfüllte den verdunkelten Raum mit aufreizenden Dämpfen.

Putchek räusperte sich. »Nein. Es sind keine weiteren ... äh ... Vorrichtungen nötig. Es läuft größtenteils automatisch ab.«

Buffy war, wie zu erwarten, klein, munter, ein wenig pummelig, mit kastanienbraunem Haar und Wangengrübchen. Sie hatte silbern gefleckte chinablaue Augen und stummelartige, dickliche weiße Finger, die mit sieben Zentimeter langen angeklebten Fingernägeln unbeholfen verlängert waren; mit blauen Nägeln und weißem Flitter. Sie trug einen braunroten Overall, der ihre Version der Montur eines Testpiloten war.

»Ich bin soweit!« sagte sie zu Gannick, eine Spur zu eifrig. Ihre Stimme war säuselnd und aufreizend affektiert.

»Haben Sie das schon einmal gemacht, Buffy?« fragte ich.

»Oh, äh-ja, sicher!« tönte sie. »Mm-hmm, und wir hatten eine Art Testpiloten und davor Affen und Tauben.«

»Sie benutzen *immer noch* Tauben«, flüsterte mir Gannick zu, während sie sich umdrehte und in die Maschine stieg. Sie schloß hinter sich die Tür. Der Apparat begann zu summen.

Putchek legte seinen Kopf in den Nacken, als lauschte er einem Lieblingslied. Seine schmutzigen Brillengläser verblaßten im Licht. »Eines unserer Hauptverkaufsargumente«, sagte Putchek abwesend, »wird unsere Geldzurück-Garantie sein.«

Gannicks Augenbrauen schossen nach oben. »Geldzurück-Garantie? Das bedeutet ein großes Risiko, Frank. Ich meine, alle, die ich kennengelernt habe, die es probiert haben, sind begeistert — aber dort draußen gibt es alle möglichen Arten von Leuten. Verschiedene Arten von Gehirnchemie, unterschiedliche Metabolismen — zweimal den gleichen Menschen gibt es nicht. Wenn die Erfahrung nur zwanzig Prozent nicht gefällt ...«

»Ich kann nicht in alle Einzelheiten gehen«, sagte Putchek langsam, sich wieder in seinen Schuhen ansehend, die Hände in den Taschen. »Aber lassen Sie mich folgendes sagen: Wir sind zu neunundneunzig Prozent sicher, daß es buchstäblich jeder mögen wird. Ein gewisses Risiko ist dabei. Aber das ist es wert.«

Das Summen des Apparats hatte an Höhe zugenommen — und ich zuckte zusammen, als es den hörbaren Bereich verließ. Ich fühlte einen Schauder durch mich hindurchgehen und eine Verengung in der Brust, ein Zwicken hinten in meiner Kehle. Für einen winzigen Moment hatte ich das merkwürdige Gefühl, daß Buffy mich von allen Seiten umgab. Es war widerlich, glauben Sie mir. Und dann war der Raum wieder wie vorher.

Putchek streifte den Apparat mit einem Blick. »Sie wird in ... oh ... fünf Minuten wieder draußen sein, dann sind die Ferien vorüber.«

Ich sah ihn an. »Was ist der Listenpreis dafür?«

»Wenn das Geschäft erst einmal läuft ... äh ... fünftausend Neudollar pro Trip. Wir werden die Geräte überhaupt nicht verkaufen, mindestens zehn Jahre lang nicht. Und sie sind präpariert, so daß jeder, der in eins davon einzudringen versucht, um zu sehen, wie es funktioniert, innen drin nur einen Haufen rauchender Asche vorfinden wird.«

»Fünftausend Neudollar ...« Ich starrte ihn an. »Eintausend Lappen pro Minute?«

Ich fühlte, wie Gannick mich anstarrte. *Beleidige nicht den Kunden,* sagte mir das Starren.

Putchek blieb ungerührt. »Nur objektiv. Es kommt Ihnen nicht wie fünf Minuten vor. Sie glauben, es wären Monate. Hängt davon ab, wie subjektiv ihre Persönlichkeiten sind. Es wird sich anfühlen, als wäre mindestens ein Monat verstrichen. Manchen mag es wie eine Ewigkeit vorkommen. Eine Ewigkeit reinen, ununterbrochenen Glücks.« Er sah mich an, als wollte er sagen: *Was sagen Sie DAZU?* Sein Kopf fiel zurück; sein offener

Mund zielte auf mich — wenn ich hingesehen hätte, hätte ich seine Mandeln betrachten können.

Einer von Putcheks Technikern kam herein. Er war ein blonder Halbstarker mit einer Samurai-Frisur; er trug einen orangefarbenen Overall, an jeder Schulter mit dem gestickten Namenszug EDEN CLUB geschmückt. Er sang gedämpft vor sich hin, zu etwas, das ich nur als Muschelgeräusch aus den Kopfhörern seines Walkman sickern hörte. Er trug eine kleine Schachtel voller Mikrochips zu dem Apparat, den Kopf zur Musik windend. Putchek blickte ihn verwirrt an. »Chucky, dieser Apparat braucht keine Steuerchips; es ist der andere.«

Aber Chucky hörte ihn nicht. Er öffnete die Tür der Vorrichtung.

Sie war leer.

* * *

Gannick stellte den Scotch vor mich hin und sagte: »Trinken Sie!« Wie die Anweisung eines Arztes.

Wir waren in Putcheks Büro, und ich saß in Putcheks Sessel. Er stand besorgt neben mir und vollführte mit seinen Händen eine Bewegung wie eine Fliege, die sich die Stirn putzt, und auf der anderen Seite des Schreibtisches blickte Gannick finster vor sich hin. Sein Gesichtsausdruck sagte: *Sie machen einen großartigen Eindruck auf den Kunden. Einfach großartig!*

Doch das Mädchen war verschwunden.

»Es geht schon wieder«, sagte ich. »Ich ... hab mich einfach einen Moment komisch gefühlt.« Ich sah Putchek an, und dann rollte ich den Sessel zurück, damit er mich nicht anatmete. »Eine Art von Zauberschrank?«

Er schüttelte den Kopf. »Sie ist verschwunden, projiziert. Schwebt zwischen den Ebenen. Wir hatten vor, die Leute eine Zeitlang glauben zu lassen, es geschehe ... alles im Kopf. Wir glaubten, andernfalls hätten sie zuviel Angst. Aber — glauben Sie mir — sie ...«

»Meine Ohren glühen!« verkündete Buffy kichernd, als sie ins Zimmer kam. Sie sah erhitzt aus, glücklich wie eine Dreijährige mit dem Mund voller Schokolade. »Ich bin OK!« sagte sie. »Ich war im Himmel.«

* * *

Manchmal, wenn ich allein zu Hause war, sah ich meine Freikarte an und versuchte mich zu einer Reise zum Himmel zu überreden. Gannick wollte, daß ich sie machte, der Inspiration wegen. Alle wollten, daß ich sie mache. Alle meine drei Exfrauen hatten angerufen und mich gebeten, ihnen Karten zu besorgen. Fahrkarten zum Himmel. Gerade so, als hätten sie mich nicht *unmenschlich, kaltblütig* und all die anderen Dinge genannt, an die ich mich nicht erinnern kann, ohne daß sich mein Magen verknotet. Betty und Tracy, mich umsäuselnd in der Rolle liebevoller kleiner Schwestern. Aber Celia sagte natürlich: »Das bist du mir schuldig, du Bastard, und noch mehr.«

Aber ich besuchte den Himmel nicht selbst. Für eine lange Zeit. Ich sagte mir, daß es wegen Winslow war. Aber nein: Winslow war nur eine Ausrede.

Er war eine Ausrede, denn Winslow ist ängstlich. Ich lernte ihn kennen, sechs Monate nachdem Buffy verschwunden und zurückgekehrt war. Es war an einem Freitagabend; ich war in meinem Wochentagsapartment und packte gerade, um zu meinem Haus in Connecticut hinauszufahren. Es war die Zeit, in der ich Störungen am wenigsten dulde. Deshalb fauchte ich, als die Türklingel schellte und ich die Korridortür öffnete: »Yeah? *Was?*« Und dann ließ er das Holo aufblitzen. Er schlug seine Brieftasche auf, und der 3-D-Regierungsadler breitete in der Brieftasche seine Schwingen aus, und quer über seiner Brust war die Inschrift: *Jeffrey C. Winslow, Sonderbevollmächtigter, Food and Drug Administration.*

»Mr. Barry Thorpe?«

»Uh. Zwecklos, es abzustreiten, oder?«

Winslow lächelte nicht. Er trug einen schwarzen Anzug mit dem eleganten dreizüngigen Schlips der Beamten — und er war ein Albino. Eine Erscheinung. Der Geist des Alten Beamtentums, dachte ich. Mit einem Alumitech-Aktenkoffer anstelle einer Kugel an einer Kette.

Er sah mich mit einem Ausdruck an, so starr wie ein ›Durchgang verboten‹-Schild. »Ich führe eine Reihe von Gesprächen, Mr. Thorpe, im Zusammenhang mit unserer zeitweiligen Genehmigung des Eden Club. Darf ich eintreten?«

»Sie haben den falschen erwischt. Ich bin nur der Anreißer; das Karussell dreht jemand anders. Sie wollen mit Putchek sprechen. Mit Gannick vielleicht.«

»Ich habe mit ihnen gesprochen. Ich werde mich noch einmal mit ihnen unterhalten.« Er wartete. Die FDA ist für mehr verantwortlich als Nahrungsmittel und Medikamente; der Eden Club benutzte eine Maschine, die physische Auswirkungen auf Menschen hatte, deshalb fiel sie in ihren Verantwortungsbereich. Und deshalb in Winslows.

Resigniert sagte ich: »Kommen Sie schon rein.«

Er war voller Fragen. Keine Anschuldigungen. Und alle Fragen schienen Routine zu sein. »Wenn man einen zurückgekehrten Urlauber für einen Vermerk befragt, wird er dann für das Interview bezahlt?« Dinge, auf die er die Antwort bereits kannte. Bis er mir diesen Tiefschlag versetzte: »Besitzen Sie irgendwelche Kenntnis über Summen, die von Mr. Putchek oder Mr. Gannick oder deren Repräsentanten an Vertreter oder Funktionäre der FDA gezahlt wurden?«

Ich dachte: *Nein, sie erzählen es keinem, außer dem Typ, den sie bestechen.* Aber alles, was ich sagte, war: »Nein.«

»Haben Sie vielen Dank.« Er stand auf und schüttelte mir schlaff die Hand. »Für diesmal dürfte es reichen.« Und er ging.

Diesmal?

Ich ging hinaus zu einer Bar, fand ein Telefon und rief Gannick an.

»Es ist nichts«, teilte er mir mit. »Es gibt einen kleinen bürokratischen Machtkampf innerhalb der FDA. Und dieser Winslow arbeitet für die Leute, die den Coup zu landen versuchen. Sie wollen den Ressortleitern Fehlverhalten nachweisen, ihre Jobs übernehmen. Aber sie haben nichts in der Hand. Äh ... hat er Sie nach dem ›Abschußrampen-Verkohlungseffekt‹ gefragt? Körperlichen Nebenwirkungen?«

»Nein. Was für Nebenwirkungen sind das? Gannick, ich muß wissen, was läuft, wenn ich ...«

»Hey, wir verheimlichen Ihnen nichts. Nichts Wichtiges. Machen Sie sich keine Sorgen deswegen; ist alles kalter Kaffee. Hey, mir brennt ein Steak an, ich muß ... Hören Sie, Barry, fahren Sie einfach nach Connecticut raus und vergessen Sie's!«

Ich kannte Gannicks Stell-keine-Fragen-wenn-dir-deine-Überweisung-lieb-ist-Tonfall. Deshalb legte ich auf und versuchte, Winslow zu vergessen.

* * *

Es hörte sich weiß Gott gut an, wenn die Leute davon erzählten.

Ich war in meinem Büro, mit Brainstorming zu einem Fünfzehn-Sekunden-Spot für den neuesten abendfüllenden Fernsehfilm der Federal Broadcasting Agency beschäftigt: *Yoshio Smith: Mörder im Auftrag der CIA.* Der Eden Club war der Hauptsponsor des Films.

Ich sah mir ein Video des Drehbuchautors Alejandro Buckner an, der von seinem ersten Urlaub im Eden Club erzählte. Er strahlte, noch ganz voller angenehmer Erinnerungen. Buckner hatte ein rundes Gesicht, und normalerweise sah er aus wie ein sadistischer Cupido; heute war er eindeutig engelhaft. »Der Himmel hat nichts speziell Christliches an sich; es ist dort kein biblischer Gott feststellbar, keine Engel im engeren Sinne, auch wenn die himmlischen Statthalter möglicherweise diesen Ansprüchen genügen mögen. Doch der Himmel wird den Christen zufriedenstellen, den Buddhisten oder den Hindu. Jeden.

Manche Leute haben behauptet, der Himmel sehe für jeden verschieden aus — aber in Wirklichkeit ist es nicht so. Er verfügt über eine Landschaft, bestimmte topographische Merkmale ... Es hängt nur davon ab, in welchen Teil man sich hineinprojizieren lassen will. Und das bestimmt die eigene Persönlichkeit. Manche Leute werden in den ländlichen Himmel projiziert, manche in den städtischen. Viele in denjenigen, der eine Art von idealisierter Vorstadt darstellt. Ich, ich bin ein unerschrockener Anhänger des städtischen Himmels — nur, daß er aus einer Anzahl von Dachgärten bestand; eine Art Manhattan-Penthouse-Version der Hängenden Gärten von Babylon. Aber im Himmel gibt es natürlich keine Taubenscheiße; dort gibt es keinen Smog, keinen Sauren Regen; es gibt keine dröhnenden Helikopter, kreischenden Düsenflugzeuge — obwohl man einige Luftgleiter von unglaublicher Anmut zu sehen bekommen mag; alles hat eine Art von Strahlenkranz, wie wenn man bestimmte Drogen eingenommen hat — doch wenn man genau hinschaut, erkennt man, daß es einfach der Abglanz der Vollkommenheit dieser Dinge ist, der natürliche Glanz ihrer Vortrefflichkeit; man ermüdet nicht im Himmel, aber manchmal schläft man, und irgendwie geschieht es einfach dann, wenn die Menschen um einen herum schlafen wollen; es gibt keine Mücken, keine giftigen Tiere, keine Maden, keine Verdauung, keinen Mundgeruch; es *gibt* Sex im Himmel, wie auch immer man sich ihn wünscht, aber es ist mehr wie Tanzen — irgendwie verliert er all seine irdische Plumpheit. Und er wird niemals exzessiv, obwohl die Orgasmen langsam, tief und nicht entkräftend sind.

Nahrung tritt aus den Tischen hervor, wenn man sie braucht, doch man verfällt niemals der Gefräßigkeit. Man kann sich keine Knochen brechen; man kann nicht krank werden. Nichts stirbt. Alles ist leicht, aber nichts ist öde. Es gibt keine langweiligen Gespräche; keine Fauxpas oder peinliches Schweigen. Es gibt scharfe Gerüche und sanfte Gerüche, aber keine unangenehmen. Ich sage noch einmal, der Himmel ist in keiner Weise langweilig. Es gibt dort Stürme, und es gibt Schnee — doch nur, wenn alle in der Stimmung dazu sind. Es gibt dort Kontroversen, aber niemals Streit; alle Kontroversen sind glorreicher Sport, dort im Himmel.«

Es kann nicht so vollkommen sein, dachte ich. Ich wollte nicht, daß es so war. Perfektion ist verdächtig, ist unwahrscheinlich, und ich wollte, daß der Himmel etwas Reales war. Deshalb war ich erleichtert, als er sagte: »Man kann dort nicht einfach alles tun, was einem einfällt. Wenn man die anderen Wesen verhören will — sie sehen wie Menschen aus, im nächsten Moment schon wieder nicht; sie haben alle irgendwie verschwommene und schimmernde Umrisse — wie auch immer, wenn man ihnen peinliche Fragen über den Ort stellen will, dann hat man eine Menge ›unangebrachter Psychodynamik‹ mitgebracht, wie mir einer der Statthalter sagte. Man hat ›neurotische Neigungen‹ mitgebracht. Völlig unpassend im Himmel. Deshalb strömen die Statthalter — sie sehen wie das Leuchten von Glühwürmchen aus, ohne die Glühwürmchen und viel größer — um einen zusammen und besänftigen einen gewissermaßen, und dann vergißt man all seine Aufdringlichkeit, seine gewalttätige Veranlagung ... und seine Fragen. Die Fragen, die man hat, werden nur mit einer Art von Eindruck beantwortet: daß dieser Ort tatsächlich etwas ist, das man im Grunde verdient hat. Dies ist ein ›höherer Zustand des Einsseins mit dem Universum‹. Und das sollte einem reichen ... Doch es ist noch etwas anderes komisch an diesem Ort ...«

Ich beugte mich jetzt etwas vor, bis aufs äußerste gespannt.

Buckner drückte sich allgemein aus: »Die Wesen, welche die ganze Zeit über anwesend sind, die dort heimisch sind, nun, sie betrachten einen wie ... ähem ... sie rümpfen nicht gerade die Nase über einen oder so; es gibt dort nichts Unfreundliches ... aber es gibt eine Art von mildem Erstaunen. Als spürten sie, daß man nicht dorthin gehört ...«

Das Band endete hier. Gannicks Interviewer hatte die Richtung nicht gefallen, die Buckner eingeschlagen hatte, und er hatte sowieso schon genug ›positives Feedback‹ von ihm. Das Band endete, und die reguläre Sendung erschien auf dem Fernsehbildschirm — ich wollte sie gerade abschalten, schaute aber weiter zu. Es war eine Nachrichtenmeldung.

Vier Wohnhäuser waren vor einer Stunde eingestürzt, in der Bronx. Man fürchtete, daß rund 270 Personen verletzt oder ums Leben gekommen waren. »Teile der Gebäude schienen sich einfach in Staub aufzulösen«, wurde der Wohnungsbeauftragte zitiert. »Etwas ähnliches passierte vor zwei Wochen in Chicago — ebenfalls in einem Gebiet mit Niedrigmieten — und wir glauben, daß es sich um eine Folge der Beschädigung dieser alten Gebäude durch Termiten oder Sauren Regen handelt.«

Insekten oder Saurer Regen oder beides. Eine Erklärung. Es tat gut, für so etwas eine Erklärung zu haben. Selbst wenn es eine war, die einem *falsch* vorkam, wenn man genauer darüber nachdachte. Also denk nicht drüber nach, sagte ich mir.

Das Telefon klingelte. Es war Winslow. Ich legte ihn nicht auf den Schirm um. Und ich wollte nicht das weiße Gesicht und den schwarzen Anzug sehen. »Mr. Thorpe«, sagte er, »ich möchte nur, daß Sie wissen, wenn Sie mir etwas mitteilen möchten, irgend etwas, dann werde ich dafür sorgen, daß Sie dadurch keine

Schwierigkeiten bekommen. Im Hinblick auf strafrecht-
liche Verfolgung.«

»Sie sind von der FDA, nicht vom FBI, Winslow. Sie
scheinen das zu verwechseln.«

»Sagen wir, diese Untersuchung ist ein wenig speziell. Wenn Sie mir etwas über den Bericht über körperliche Nebenwirkungen des Phänomens Eden Club sagen können . . .«

»Ich weiß wirklich nicht, wovon Sie reden«, sagte ich
aufrichtig.

»Wenn Sie dieses Spielchen spielen wollen — gut.
Aber wir werden sehen, wer den kürzeren zieht.«

»FDA, Winslow. FDA. Das andere ist das Federal Bu-
reau of . . .«

Er legte auf.

Ich zuckte die Achseln. Aber dann dachte ich: *Entweder er ist ein Dummkopf, oder wir sind in Schwierigkeiten
und wissen nichts davon.*

Denk nicht drüber nach. Es ist Gannicks Problem.

Ich fuhr nach Hause.

* * *

Ich saß in meinem Kontursessel, mich in seine künstliche Umarmung schmiegend, die Fenster verdunkelt und
die Beleuchtung gedämpft, mein Versteckspiel spielend,
vorgebend, es sei Nacht und draußen dunkel; jedenfalls
war es dunkel im Zimmer. Ich saß und nippte am John-
nie Walker und hörte dem Fernsehen zu, wo vom Urlaub im Himmel die Rede war, und ich dachte: *Dieses Leben gefällt mir nicht. Diese Welt gefällt mir nicht. Also warum gehe ich nicht?*

Die Moderatoren der Sondersendung sprachen vom
›Eden Club-Phänomen‹. Beschrieben die Depression
und Langeweile, in die Rückkehrer des Eden Club ver-
fielen, wenn die Nachwirkung nachgelassen hatte. Be-
merkten, daß es keine eigentliche physische Abhängig-

keit, jedoch Anzeichen von psychischer Sucht gäbe. »Wenn man über die Depression weg ist«, sagte ein Rückkehrer in die Kameras, »fällt man wieder in den Alltagstrott. Alles kommt einem irgendwie schäbig und schmutzig und abgenutzt und starr vor, eine Zeitlang jedenfalls — aber ziemlich bald beginnt man wieder Spaß am Leben zu bekommen und, wissen Sie, man hört auf, sich andauernd nach dem Himmel zu sehnen. Aber sobald man wieder das Geld beisammen hat, Mann, dann *unterschreibt man!*«

Gewisse Psychiater, von denen ich wußte, daß sie vom Eden Club bezahlt wurden, brachten großartige, schwammige, schlingernde Belege für den therapeutischen Nutzen eines Urlaubs im Eden Club vor. Einige Senatoren aus dem Süden äußerten sich dunkel zu den religiösen Implikationen. Der Eden Club hatte aufgehört, die Projektionsebene ›Himmel‹ zu nennen, aber genau dafür wurde sie von jedermann gehalten. Und so stampfte die Schweigende Mehrheit mit den Füßen und schmollte

Senator Wexler forderte eine Untersuchung der Risiken und behauptete, es sei nur eine Frage der Zeit, bis die Transportapparate außer Kontrolle gerieten und jemanden in einen Berg oder ins Meer projizierten — oder sogar in die Hölle. Und wenn es dazu nicht käme, bestünde die Gefahr, daß jemand Transportvorrichtungen ›schwarz‹ herstellte. Der Eden Club hatte sich geweigert, Lizenzen zu erteilen. Er verteidigte sein Monopol mit allen legalen Mitteln, die ihnen die 400 Millionen $, die sie verdient hatten, verschaffen konnten. Das bedeutete eine Menge Macht.

Nach der Sondersendung trank ich meinen dritten Scotch und hörte dem regulären Nachrichtensprecher zu, der betrübt bekanntgab, ja, die Regierung habe zugegeben, daß das Land auf eine ernste Rezession zusteuere. Ja, da war eine ziemlich unerwartete Ölknappheit, eine allgemeine Energiekrise, sich seuchenartig ausweitende Probleme mit Kraftwerksanlagen im ganzen Land; genaugenommen auf der ganzen Welt ... Und die Slums wuchsen.

Ich spulte die Kassette zurück, um mir noch einmal Buckner anzuhören und mir Notizen zu machen.

* * *

Der Eden Club war ›heiß‹. Der Eden Club war ins Gerede gekommen. Es gab Verdächtigungen, öffentliche Empörung, Untersuchungen. Doch der Eden Club stand dies alles durch, und Gannick und ich taten unsere Arbeit.

Glauben Sie nicht ans Paradies ... solange Sie den Eden Club nicht kennen. Und: *Und Sie glauben, das* (ein Kodachrome-Hochglanzfoto von der prächtigen südpazifischen Küste: tiefblauer Himmel, kristallklares Wasser, Palmen, perfekt wie Scherenschnitte) *sei das Paradies? Dann haben Sie den Eden Club noch nicht ausprobiert.* Und: *Der Eden Club. Wer braucht noch Drogen?*

Ich hatte mein Freiticket, zu Hause in meiner Schreibtischschublade. Gannick redete mir zu, es zu versuchen. Putchek tat es von Zeit zu Zeit selbst. Es gab eine Beschränkung, wie oft man es tun und wie lange man bleiben konnte, was mit der elektromagnetischen Belastung des Körpers zu tun hatte, aber Putchek machte es so oft, wie die Sicherheitsbestimmungen es erlaubten.

Gannick machte es nicht. Er sagte, eine Runde Poker im Club zusammen mit einem netten Mädchen, das die trockenen Martinis brachte, wäre ihm Himmel genug.

»Aber ich möchte, daß *Sie* es versuchen«, sagte er. »Okay, Barry?«

Also saß ich an einem Samstagabend in meinem Apartment, ein Jahr nachdem Buffy verschwunden und zurückgekehrt war, und dachte daran, meine Freikarte zu benutzen. Ohne mir wegen Winslow Sorgen zu machen — er war nur noch einmal gekommen, und es war

wie beim ersten Mal gewesen. Ich hatte ihn fast vergessen.

Die Slumbewohner konnten sich keine Fahrkarte
zum Himmel leisten. Aber ich hatte eine. Warum benutzte ich sie dann nicht? Ich ging zu dem Safe, in dem
ich die Freikarte verwahrte, und öffnete ihn. Ich sah mir
die Karte an. Ich konnte mich nicht so recht ...

In diesem Moment schellte die Türklingel, und irgendwie wußte ich, daß es Winslow sein würde. Er sah
heute anders aus. Die Tünche war verschwunden.
Ebenso das Abzeichen und der Alumitech-Aktenkoffer.
Er trug einen billigen Druckanzug und eine dunkle Brille; und das linke Glas der dunklen Brille war gesprun-
gen. Er roch nach Bier, und er lauschte nach rechts.

Ich sah hier einen anderen Winslow, und er gefiel mir
besser. »Muß mit Ihnen sprechen«, sagte Winslow.

»Kommen Sie rein und nehmen Sie einen Drink«,
sagte ich. »Sieht so aus, als brauchten sie einen.«

Er griff in eine Tasche und holte eine Pistole heraus.
Sie war klein, eine .25er, aber sie würde mich glatt
durchlöchert haben, auf diese Entfernung. »Nein. Sie
kommen raus. Wir fahren weg.«

* * *

Wir gingen eine mit Schlaglöchern übersäte Kiesstraße
entlang, unter einem drohenden grauen Himmel. Die
Wolken am Horizont röteten sich im Sonnenuntergang,
und es begann daraus zu regnen; in der Rottönung sah
es aus, als bluteten sie. Wir gingen zwischen den Barak-
ken des Slums entlang, durch Gerüche hindurch, die
mich wie ein Ziegelstein hätten anhalten lassen, wenn
nicht die Pistole in Winslows Manteltasche gewesen
wäre. Winslow redete, redete, redete, mit einer Art
übertriebener Sorgfalt, die seine Trunkenheit nur unter-
strich. »Mr. Danville — mein Vorgesetzter — und ich er-
hielten eine Art von anonymem Hinweis, eine Nieder-

schrift einer Unterhaltung zwischen zwei Rechtsanwäl-
ten, der eine in Vertretung einer gewissen Janet Rivera,
der andere vom Eden Club angestellt. Der Eden Club
bot Janet Rivera eine dicke Abfindung an, eine Million
Neudollar, und sie nahm das Geld und machte sich aus
dem Staub. Es scheint so, daß der Urlauber durch eine
äußerst kleine Veränderung der Transportvorrichtung
— oder eine Stromschwankung im falschen Moment —
an einen Ort gelangt, der der Hölle sehr ähnlich ist.
Vielleicht ist es dort so wie hier ...«

Er deutete unbestimmt auf die zusammengepferch-
ten, schmutzverkrusteten, nach Abwässern stinkenden
Baracken; die abgespannten Gesichter, die unter Pla-
stikplanen hervorspähten, die über die krummen Ein-
gänge genagelt waren. Er fuhr fort: »Vielleicht ist es
schlimmer. Miss Rivera wurde in eine solche Hölle geschickt. Offenbar hatte sie sich nur knapp den Verstand
bewahrt. — Passen Sie auf, dieser Hund will ein Stück
von Ihrem Schenkel! Er ist verwildert ...« Es war ein
knochiger gelber Mischling, seine Augen waren trübe,
die Schnauze in einem Zähneblecken verzerrt. Winslow
holte die Pistole aus der Tasche und sagte: »Das wird
ein paar von diesen Leuten zu essen geben.« Die Pistole
krachte. Ich fuhr zusammen. Er hatte dem Hund tatsächlich in den Kopf geschossen. Seine Beine knickten
ein, und er fiel zuckend um. Eine alte, Selbstgespräche
führende Frau eilte heraus und zerrte den toten Hund
am Schwanz in ihre Hütte.

»Die Niederschrift weckte unser Interesse«, fuhr
Winslow fort, während wir weiter die Straße entlang-
gingen. (Ich blickte über die Schulter zurück und sah eine Menge, die uns in sicherer Entfernung folgte; eine
Ansammlung von Vogelscheuchen.) »Und wir erblick-
ten unsere Chance, die Amtsleiter zu kassieren. Sie waren korrupt, und uns reichte es. Wir untersuchten und
untersuchten und stießen auf etwas Unerwartetes. Eine
Übereinstimmung zwischen der Zunahme der Urlauber

des Eden Club und der statistischen Verschlechterung der Lebensbedingungen der Leute in ihrer Umgebung. Putchek wußte davon; man nannte es ›Verkohlung der Abschußrampen‹, weil sie die Himmelsreisen mit dem Start von Raketen verglichen — und die Abschußrampen werden von Raketentriebwerken verkohlt, Thorpe. Die Abschußrampe des Eden Club ist unsere Welt; ihr Verkohlen stellt die Nebenwirkung auf diese Welt dar: die sich verschlimmernde Rezession, die sich vergrößernde Kluft zwischen arm und reich. Und als das weiterging, wurde die Wechselbeziehung — unmittelbarer. Sehen Sie, Thorpe ...« Er zeigte auf etwas.

Wir waren an einer Grube angelangt. Sie hatte einen Durchmesser von vierhundert Metern und war tiefer, als ich sehen konnte, von feinem schwarzgrauen Staub überzogen. Die Hütten waren ganz bis an den Rand herangebaut; die nächstgelegenen waren halb zusammengefallen, teilweise in den Ascheboden eingesunken.

Dicke, ölige Regentropfen prasselten herab, sprenkelten den Kies und trommelten auf die Blechdächer, in immer schnellerem Wirbel, als der Platzregen zunahm. Unter seiner Wucht brachen drei der Hütten am Rand des Kraters augenblicklich zusammen, knickten ein wie der niedergeschossene Hund, zerbröckelten wie Sandburgen unter einer Welle; ich hörte menschliche Stimmen aus den Trümmern schreien, ein dissonanter Chor von Klagen; erspähte Gesichter in der matschigen Asche, Gesichter, gezeichnet von Resignation. Die einen Moment später verschluckt wurden. »Es gibt viel mehr als diese hier, Thorpe. Überall auf der Welt. Sie entstanden, nachdem der Eden Club richtig groß geworden war. Tausende von Menschen sind in diesen Gruben verschwunden. Sie sind alle in einer Art von ... Trägheit gefangen. Verzweiflung. Deshalb wehren sie sich nicht. Sie spüren, wie die Grube an Ihnen zieht ...« Er hatte recht: ich fühlte, wie sie an mir zerrte, eine Art von Vakuum, das mein Selbstwertgefühl aufsaugte, meinen

Überlebenswillen. Mich auseinanderriß, mich wünschen ließ, einen Schritt vorzutreten, mich hineinzuwerfen.

»Von amtlicher Seite wird das alles vertuscht«, sagte Winslow.

»Hören Sie auf«, sagte ich. Ich riß meine Augen von der Grube los. Der Drang, mich hineinzustürzen, hatte mich beinahe übermannt. Ich konnte es nicht länger aushalten. »Erschießen Sie mich, oder lassen Sie's sein«, sagte ich. »Ich haue ab.« Ich drehte mich um und begann den Weg zurückzugehen, den wir gekommen waren.

Ich wartete auf den Schuß. Nach einer Weile ging er neben mir, vorgebeugt gegen den Regen. Einmal mußte er in die Luft schießen, um die Menge zu zerstreuen. Aber innerhalb von zwanzig Minuten waren wir in seinem Wagen.

* * *

»Vielleicht ist das, was mir und Danville passiert ist, Teil des Musters von Nebeneffekten, die jeden treffen, der den Himmel nicht besucht«, sagte Winslow. »Vielleicht trifft es irgendwann auch *Sie*.« Wir saßen in seinem Wagen, hörten zu, wie der Regen aufs Dach hämmerte. Er nahm seine Sonnenbrille ab und richtete seine rosa Augen auf nichts Besonderes. »Uns wurde gekündigt. Man sagte, wir hätten unsere Befugnisse überschritten, was wir tatsächlich hatten. Daß wir die Dinge aufgebauscht hätten. Was nicht stimmte.« Er zerrte sinnlos an einem Ärmel seines Papieranzugs; der Saure Regen hatte ihn angegriffen, und der Ärmel löste sich unter seinen Fingern. »Mir ging das Geld aus. Die Kleidung vermodert auf meinem Rücken. Aber worauf es ankommt — worauf es hätte ankommen sollen« — er sah mich an —, »sind diese Leute hier draußen.«

Ich sagte nichts. Ich würgte an dem, was ich gesehen hatte.

Er sagte: »Warum haben Sie die Reise nicht gemacht?«

»Nur so ein Gefühl. Daß es zu sehr der Vorspiegelung nahekäme, alles wäre in Ordnung. Daß es zu weit ginge, in unserem privaten Himmel zu schwelgen, wo so viele Menschen in der Hölle leben. Es war schon immer falsch, aber so konnte ich nicht wegsehen, irgendwie ... Es war ein Schritt zuviel ... Schuldgefühl, nehme ich an, darauf reduziert es sich.«

»Ihr Instinkt hat Sie nicht getrogen, Thorpe. Ich wußte es, als ich Sie interviewte — ich konnte erkennen, daß Sie die ganze Angelegenheit anödete. Ich habe meine Hausaufgaben über Sie gemacht. Diese Sachen gelesen, die Sie vor ein paar Jahren geschrieben haben. Ich wußte, daß Sie nicht glücklich sind mit dem, was Sie für Gannick tun; andere Leute davon zu überzeugen, Millionen mit dem sinnlosen Genuß von Scheiße zu vergeuden. Es *ödet* Sie an. Aber Sie klebten am Geld.«

»Vor allem hatte ich einfach Angst. Nicht genug Einkommen zu haben, um mir ein Sicherheitspolster zulegen zu können. Ich hatte Angst, so zu enden wie diese Leute ... Deshalb mußte ich es tun.«

»Nein, Sie haben es nicht getan. Sie nicht. Sie sahen, worauf es hinauslief ... Deshalb, Thorpe — was werden Sie jetzt tun?«

»Ich habe keinerlei Beweise für Bestechung. Oder für irgend etwas anderes. Und lassen Sie mich Ihnen eins sagen: die Öffentlichkeit will nicht, daß ihr diese Sache miesgemacht wird. Sie will nicht, daß sie in Frage gestellt oder bekämpft wird. Sie will den Himmel und scheißt auf die Konsequenzen, und sie zahlt für eine Menge Wahlkampagnen von Senatoren, um dafür zu sorgen, daß ihre Chancen, in den Himmel zu kommen, nicht beeinträchtigt werden. Ich kann einfach nichts tun.«

»Sie irren sich, Thorpe. Sie können sogar eine ganze Menge tun.«

Ich wußte, was er von mir wollte. Es gab keinen Grund, es zu tun. Ich konnte davonkommen; ich konnte es vermeiden. Ich konnte selbst damit anfangen, den Himmel zu besuchen. Ich konnte ...

Ich konnte nicht. Ich sah die Gesichter vor mir, deren Ausdruck sich in Staub verwandelt hatte. Ich fühlte den Sog der Entropiesenke. Dies gesehen zu haben, veränderte mein Bewußtsein. Ich hatte meine moralische Unschuld verloren. Und wußte: ich konnte dem nicht den Rücken zuwenden. »Was wollen Sie von mir?«

»Es beginnt mit einer Reise zum Himmel.«

* * *

Es wird schwer werden, hatte Winslow gesagt. *Vielleicht das schwerste, was Sie jemals tun mußten.*

Das war es. Es war, als zwinge man jemanden, der junge Hunde liebte, einen zu erwürgen; es war, als sähe man seine Mutter das erste Mal seit zehn Jahren wieder und müßte ihr — obwohl man sie liebte — im Moment der Wiederbegegnung ins Gesicht spucken.

Es bedeutete, im Himmel zu sein und ihn zu verschmähen. Die Aussicht war lieblich, mild, warm, als befände man sich in einer impressionistischen Landschaft — und, wie aller großer Impressionismus, niemals langweilig. Ich war nackt, ohne mich jedoch zu schämen; zum ersten Mal erfuhr ich Nacktsein ohne Verlegenheit. Ich trieb gewichtslos über den Baumwipfeln, schwelgte in genau der richtigen Menge Sonnenschein, fühlte die Liebkosung der Musik, die sie von sich gaben, und schwelgte in der anbrandenden Freude, die ein Heimkehren war: der Anblick von Freunden (Freunde, die ich vorher nicht gekannt hatte), die mich in dem Garten erwarteten, sich mir mit einer leuchtenden Freude in den Gesichtern zuwandten ...

Ich riß mich los und begann zu suchen.

Diese Handlung brachte die Statthalter des Himmels

auf den Plan; sie strömten aus den Bäumen wie ein Gedanke aus einer Synapse und umflogen mich anmutig in Spiralen: sanfte Lichter, lebende Gedanken. Sie drängten näher heran, um das unangebrachte Begehren in mir zu besänftigen — doch mit einem knisternden Blitz, der ein Ausdruck von Willen war, stieß ich sie zurück. Weigerte mich, mich von ihnen in den Himmel einfügen zu lassen.

Was also willst du? fragten sie.

Ohne zu sprechen, fragte ich sie: Wie kommt es, daß uns der Zutritt hier überhaupt gestattet ist? Dieser Ort war bestimmt etwas, das man sich verdienen mußte.

Die Anwesenheit ist dir erlaubt, weil du hierher gekommen bist. Der Große Organisator hat diesen Ort geschaffen; der Große Organisator ist das lebendige Prinzip, das jegliche Ordnung und Harmonie erschafft. Du bist hier, in der Absoluten Harmonie, also muß der Orginisator es gewollt haben.

Ich sagte ihnen, was auf unserer Welt vor sich ging, bei den Armen. Wie sich die Dinge verschlechtert hatten. Ich fragte sie, warum dies geschah.

Es gibt Gesetze hinsichtlich des Erhalts von Masse und Energie. Wenn man ein Glas aus einer Flasche füllt, leert sich die Flasche um eben dieses Volumen. Deine Welt ist die Flasche. Eure Privilegierten leeren sie: die anderen müssen leiden. Es gibt Maschinen von metaphysischer Wahrheit, die den physikalischen Gegebenheiten zugrunde liegen. Ihr habt mit den Maschinen herumgespielt. Eure Reichen umgeben sich mit gestohlener Gnade: mit der subatomaren Essenz der Ordnung, die den Ausgebeuteten gestohlen wurde. Diese gestohlene Gnade bewahrt sie davor, den Preis zu bezahlen: die anderen sind dazu gezwungen.

Dann ist dieser Ort kein übernatürliches Paradies?

Er ist eine Funktion des Gesetzes: aller Gesetze einschließlich derjenigen, die ihr ›Physik‹ nennt, aller Gesetze dessen, was ihr ›Wissenschaft‹ nennt und aller Gesetze, die deine Spezies entdeckt hat. Dieser Ort ist ein großer Apparat; wie in deiner Welt eine Kirche eine physikalische Konstruktion zur

Darstellung der Idee des Heiligen ist, benutzten wir hier eine
physikalische Konstruktion, um Heiligkeit zu materialisieren.

Der Himmel wird von einer Maschine erzeugt?

Ja. Von einer Maschine, hervorgebracht von der großen
Maschine, die das Universum ist.

Dann sagt mir, welche Veränderungen ich vornehmen
kann, um das Ungleichgewicht in der Maschine zu be-
heben, um die Verschlechterung an unserem Ende der
Welt anzuhalten.

Das Naheliegende, sagten sie.

*   *   *

»Bei mir begann es mit einem Büchsenöffner. Ich sah eine Hand, die einen altmodischen Büchsenöffner hielt,
einen von der Art, die man in die Büchse hineinstoßen
muß. Doch die Hand stieß ihn mir in den Bauch, öffnete
ihn wie einen Deckel, sägte auf meine Leiste zu; durch
den Schmerz hindurch blickte ich genauer auf die Hand
und sah, daß es meine eigene war. Ich konnte nicht sagen, daß ich keine Kontrolle über sie hatte. Ich kontrollierte die Hand, aber ich ließ sie mich aufschneiden. Ich
war kein Masochist; es machte mir keinen Spaß. Ich
schrie darum, daß es aufhörte, und ich meinte es ernst.
Nach einer Weile verschwand die Wunde, aber inzwischen fügte ich mir natürlich eine andere zu. Ohne es zu
wollen, aber aus eigenem Antrieb. Das Paradoxon verhöhnte mich. Gleichzeitig beobachtete ich den großen
Bildschirm, der meine Erniedrigungen und Dummhei-
ten wiedergab, und wußte, daß mich meine Mutter auf
einem anderen Bildschirm dabei beobachtete, wie ich
mir die Gunst eines kleinen Jungen in Spanish Harlem
erkaufte ... Meine Empfindungen der Erniedrigung und
des Leidens in all ihren Schattierungen wurden nicht im
mindesten durch die Zeit oder Vertrautheit gemindert.
Nichts davon verschaffte mir Erleichterung oder ein Gefühl von Buße ... Später fand ich Benzin und Werkzeug

und Gras mit Hundescheiße dran, und ich benutzte all diese Dinge, um ...«
— Aus einem Interview mit Frank Putchek in der geschlossenen Abteilung der Psychiatrie des Bellevue Hospitals.

Es hatte sich mir ins Gedächtnis eingeprägt, als ich vom Himmel zurückkehrte. Die Statthalter hatten mir die Veränderungen eingeprägt: die algebraischen, elektronischen Veränderungen, die Gleichungen für die neuen Steuerchips, die in die Transportvorrichtungen eingebaut werden sollten. Wir fuhren von einer Transportstation des Eden Club zur nächsten, quer durchs ganze Land, Winslow und ich, in die Techniker-Overalls des Eden Club gekleidet, die ich gestohlen hatte, und gaben vor, routinemäßige Überprüfungen vorzunehmen. Und nahmen die Veränderungen vor.

Wir richteten es so ein, daß unsere Neueinstellungen nur die neuen Zehn-Minuten-Reisen betrafen, die nur den reichsten Urlaubern vorbehalten waren. Den Industriebaronen, ihren verdorbenen Kindern; den Vampiren der Aktiengesellschaften; den korrupten Politikern.

Und dann war da natürlich noch Putchek. Wir kümmerten uns darum. Weil Winslow mit Putchek gesprochen und dieser zugegeben hatte, daß er frühzeitig von den Nebenwirkungen der Erste-Klasse-Touristenreisen zum Himmel gewußt hatte. Putchek hatte davon gewußt, und es war ihm egal gewesen. Putchek sollte als erster reisen; als erster von vielen.

Allmählich begann es zu wirken: das Los der Ausgebeuteten und Unterdrückten begann sich zu wenden, und einige der Müllgruben wurden zu Gärten. Die Aschegruben lösten sich auf wie ein heilender geologischer Krebs. Die Slumbewohner erstarkten: sie organisierten sich und bauten und erhoben Forderungen. Es gab dort kein Utopia, und es wird auch nie eins geben.

Aber es gab Würde dort, und bald auch Nahrung und Obdach.

Wir stellten das Gleichgewicht wieder her. Die Justierung funktionierte. Sie funktionierte, weil der Eden Club in Sicherheitsfragen nachlässig geworden war. Was bedeutete, daß wir eine überraschend große Anzahl von Leuten zur Hölle schicken konnten.

Andererseits, vielleicht hätte uns das gar nicht überraschen sollen.

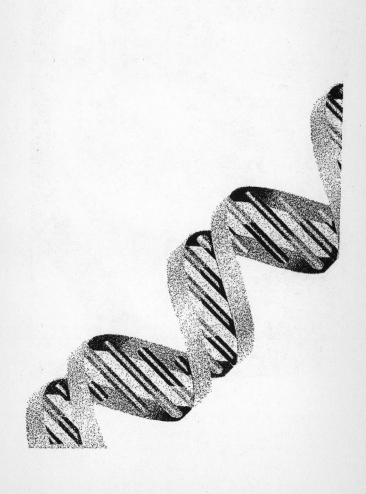

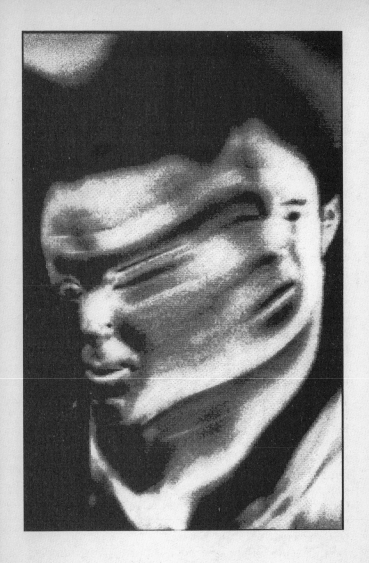

Wölfe des Plateaus

Neun Uhr morgens, und Jerome-X wollte eine Zigarette. Er rauchte nicht, aber er wollte eine hier drinnen, und er hatte gesehen, wie Leute als Nichtraucher ins Gefängnis gingen und mit einem Bedarf von zwei Packungen täglich herauskamen. Sich womöglich das Gehirn neu schalten lassen mußten, um wieder runterzukommen. Was unangenehm war, er war einmal neu konditioniert worden, um von *Sink* herunterzukommen, synthetischem Kokain, und er hatte sich anschließend einen Monat lang wie ein äußerst defekter Prozessor gefühlt.

Er stellte sich seine Gedanken als einen kleinen Zug vor, der um die mit Zigaretten eingebrannten Graffiti AM ARSCH und GASMAN WAS HERE und GASMAN IST EIN IDIOT herumsauste. Die Worte waren in dunkelbraunen Brandflecken an die mattrosa Decke getüpfelt. Jerome fragte sich, wer Gasman war und weswegen man ihn ins Gefängnis gesteckt hatte.

Er gähnte. Er hatte letzte Nacht nicht viel geschlafen. Es dauerte lange, bis man im Gefängnis schlafen lernte. Er wünschte, er hätte sich einen besseren Chip einsetzen lassen, mit dem er seine Schlafendorphine aktivieren konnte. Aber das lag eine Stufe über dem, was er sich hatte leisten können — und war weit von der Sorte Gehirnchips entfernt, mit denen er gehandelt hatte. Er wünschte, er könnte die Lichtleiste abschalten, doch sie war versiegelt.

Es gab eine Toilette und einen kaputten Trinkbrunnen in der Zelle. Es gab auch vier Pritschen, doch er war an diesem Ort des wäßrigblauen Lichts und des mattrosa Hintergrunds allein. Die Wände bestanden aus lachsfar-

423

benen Müllblöcken. Die in die Decke eingebrannten Worte waren verwischt und kraftlos.

* * *

Als es fast schon Mittag war, Jerome lag immer noch mit knurrendem Magen auf dem Rücken auf der oberen Pritsche, sagte der Mülleimer: »Eric Wexler, bleiii-ben Sie auf ihrer Pritsche, während der neu-e Gefangene die Zelle betri-itt!«

Wexler? Oh, yeah. Sie glaubten, sein Name sei Wexler. Das fingierte ID-Programm.

Er hörte, wie die Zellentür aufglitt; er blickte hinüber, sah den Mülleimer einen untersetzten Chicano in die Zelle bringen. Der Mülleimer war ein stumpfer Metallzylinder mit vier Kameralinsen, einem einziehbaren Plastikarm und einer Schußmündung, die eine Taser-Ladung, Gummigeschosse, Tränengaspatronen und Salven vom Kaliber .45 verschießen konnte. Er sollte die .45er-Munition nur in Ausnahmesituationen benutzen, aber der Eimer war lädiert, er quietschte, wenn er sich bewegte, seine Stimme war verzerrt. In diesem Zustand legte man sich besser nicht mit ihnen an, sie würden die Gummikugeln mit dem .45er-Kaliber verwechseln.

Die Tür fiel seufzend zu, der Mülleimer winselte über den Korridor davon, wobei seine Gummiräder einmal bei jeder Umdrehung quietschten. Jerome hörte ein blechernes Krachen, als ihn jemand, vielleicht um den Mülleimer dazu zu bringen, jemand in der Nachbarzelle zu erschießen, mit einem Tablett bewarf. Der Chicano lachte.

»Na?« sagte Jerome, sich auf dem Bett aufsetzend. Er war dankbar für die Unterbrechung der Monotonie.

»*Qué pasa, cabrône?* Du magst die obere Pritsche? Das is gut.«

»Ich kann die Decke von hier oben besser lesen. Lesestoff für rund zehn Sekunden. Ist alles, was ich habe. Du kannst die untere Koje haben.«

»Da kannst du einen drauf lassen.« Aber es lag nichts wirklich Aggressives in seiner Stimme. Jerome dachte daran, seinen Chip einzuschalten, die Untertöne des Mannes zu überprüfen, seine Körpersprache, um den wahrscheinlichen Aggressionsindex zu berechnen; oder um vielleicht eine Sinnestäuschung zu ermitteln. Er konnte ein verkappter Bulle sein: Jerome hatte ihnen seinen Dealer nicht genannt; hatte überhaupt nicht mit sich feilschen lassen.

Aber er entschied sich dagegen. Manche Gefängnisse hatten Detektoren für die Strahlung illegaler Chips. Besser, ihn nicht zu benutzen, solange es nicht nötig war. Und sein Bauch sagte ihm, daß dieser Typ nur eine Bedrohung war, wenn er sich bedroht fühlte. Sein Bauch hatte fast so oft recht wie sein Gehirnchip.

Der Chicano war dickleibig, vielleicht einssiebzig groß, gute zehn Zentimeter kleiner als Jerome, aber wahrscheinlich fünfzig Pfund schwerer. Sein Gesicht hatte indianische Züge und pechschwarze Augen. Er trug graublaue Instantgefängnisklamotten mit der Nummer 6631; sie hatten ihm sein Haarnetz gelassen. Jerome hatte die Haarnetze der Chicanos nie verstanden; hatte nie gewagt, danach zu fragen. Der Chicano stand nahe der Plexiglastür, die Hände in den Taschen vergraben, und starrte Jerome an, als versuchte er ihn irgendwo einzuordnen.

Jerome war erfreut. Er mochte es, erkannt zu werden, außer von Leuten, die ihn einbuchten konnten.

»Wenn du deine Hände in die Taschen von diesen Papierhosen steckst, dann reißen sie, und in LA County kriegst du drei Tage lang keine neuen«, riet ihm Jerome.

»Yeah? Scheiße.« Der Chicano nahm seine Hände vorsichtig aus den Taschen. »Ich will nicht, daß meine *huevos* raushängen, die Leute könnten meinen, ich mach' für irgend so'n Scheiß Reklame. Du bist kein Schwuler, stimmt's?«

»Nö.«

»Gut. Woher kenn ich dich? Wenn ich dich *nicht* kennen.«

Jerome grinste. »Vom Fernsehen. Du hast mein Logo gesehn. Jerome-X.«

»Ohhh, yeah. Jerome-X. Du hast einen von diesen kleinen Transern? Klinkst dich mit deinem eigenen Scheiß in Sendungen ein?«

»Hatte einen. Sie haben ihn beschlagnahmt.«

»Das der Grund, warum'de hier bist? Video-Graffiti?«

»Ich wünschte, es wär so — dann wär ich in ein paar Monaten wieder draußen. Nein, Mann. Illegale Erweiterungen.«

»Hey, Mann! Ich auch!«

»Du?« Jerome konnte seine Überraschung nicht verbergen. Man sah nicht viele farbige Brüder, die sich mit illegalen Erweiterungen abgaben. Im allgemeinen mochten sie keine Leute, die an ihren Gehirnen rummachten

»Was, du glaubst, ein Typ aus Ost-LA käm nicht mit Erweiterungen klar?«

»Nein, nein. Ich kenne eine Menge Hispanos, die sie benutzen«, log er.

»Ooooh, er sagt *Hispano*, hört sich richtig *nett* an.« Ein Unterton von Gefahr.

Jerome gab dem Gespräch hastig eine andere Richtung. »Du warst noch nie in einem der großen Knäste, wo sie Papiersachen benutzen?«

»Nein, nur einmal im Stadtgefängnis. Dort gab's auch nicht diese verdammten Maschinenaufseher. Hey, Jerome, ich heiß Jessie. Eigentlich heißt es Jesus« — er sprach es wie ›Heyssuh‹ aus —, »aber die Leute, weißt du ... Hast du was zu rauchen? Nein? Scheiße. Okay, ich stell mich drauf ein.«

Er setzte sich auf die Bettkante, neben Jeromes herabbaumelnden Beinen, und neigte den Kopf nach vorn. Er griff unter sein Haarnetz und unter das, was sich als Haarstöpsel herausstellte, und zog einen Chip aus der

Steckeinheit, die in seine Schädeldecke eingelassen war.

Jerome glotzte. »Gottverdammich, ihre Sonden sind *wirklich* für'n Arsch.«

Jessie blickte stirnrunzelnd auf seinen Chip. Es war ein wenig Blut daran. Die Steckeinheit war undicht. Billige Installation. »Nein, sie sind nicht für'n Arsch, ein Typ bedient die Sonde, der bestochen ist ... läßt ein paar Tage lang jeden durch, weil ein paar Banden-*vatos* eingeliefert werden sollen und er nicht genau weiß, welche es sind.«

»Ich dachte wirklich, sie würden meine Einheit finden«, sagte Jerome. »Die Leibesvisitation brachte es nicht, aber ich dachte, die Gefängnissonden würden sie finden, und das würde mir noch ein Jahr dazu einbringen. Aber sie fanden sie nicht.« Keiner von ihnen dachte daran, die Chips wegzuwerfen. Es wäre, als schnitten sie sich ein Auge aus.

»Bei mir das gleiche. Hatten beide Glück.«

Jessie nahm den Mikrochip in den Mund, wie es Leute mit ihren Kontaktkinsen machten, um ihn zu säubern, zu befeuchten.

»Stecker beschädigt?« fragte Jerome.

Jessie nahm den Chip heraus, betrachtete ihn einen Moment lang auf seiner Fingerspitze; er war kleiner als Kontaktlinsen, ein Stück Silizium und Galliumarsenid mit möglicherweise 1 500 000 eingebauten Nanotransistoren aus künstlichen Proteinmolekülen, vielleicht auch mehr. »Nein, es tut noch nicht weh. Aber er ist undicht, er *wird*, verdammt noch mal, weh tun, Mann.« Er sagte noch mehr auf Spanisch und schüttelte den Kopf. Er schob ihn wieder in seine Steckeinheit und beklopfte ihn mit dem Daumennagel der rechten Hand. Dort also saß die Aktivierungsmaus: unter dem Daumennagel. Jeromes Maus war in einem Knöchel.

Jessie schüttelte sich leicht, nur einmal, setzte sich auf seiner Pritsche auf, was bedeutete, daß der Chip sich eingeschaltet hatte und er einen Impuls empfing. Sie tendierten dazu, zu Anfang nur ein wenig mit dem Nervensystem rückzukoppeln, einen ein- oder zweimal zusammenzucken zu lassen; wenn sie nicht richtig isoliert waren, konnte man sich dabei in die Hose scheißen.

»Is okay«, sagte Jessie und entspannte sich. »So is es schon besser.« Der Chip induzierte in seinem Gehirn die Ausschüttung von Vasopressin, kontrahierte die Venen, simulierte die Wirkung von Nikotin. Eine Zeitlang funktionierte es, bis man Zigaretten bekommen konnte. Ein hochwertiger Chip konnte einen etwas betäuben, wenn man nach *Sim* süchtig war, synthetischem Morphium, und sich nichts beschaffen konnte. Aber das war eine Zitterpartie. Auf diese Weise konnte man sich abturnen, auf Dauer. Mit genauem Nachjustieren fuhr man besser.

Jerome dachte über die hypothetischen Chip-Scanner nach. Vielleicht sollte er Einspruch dagegen erheben, daß der Typ seinen Chip hier drinnen benutzte. Aber was der Chicano tat, würde keine große Strahlung hervorrufen.

»Was für einen hast du?« fragte Jerome.

»Ich hab einen Apple NanoMind II. Reichlich Megabytes. Und du?«

»Du hast den Mercedes, ich hab den Toyota. Benutz' einen *Sesó Picante* Mark I. Eins von diesen argentinischen Dingern.« (Wie hatte sich dieser Typ einen ANM II beschaffen können?)

»Yeah, was du da hast, die sind ziemlich *basto*, aber sie tun das meiste, was man braucht. Hey, dein Name ist Jerome, meiner ist Jessie, sie fangen beide mit J an. Und wir sind beide wegen illegalen Erweiterungen hier. Was haben wir noch gemeinsam. Was ist dein Sternzeichen?«

»Uh ...« Welches war es gleich noch? Er vergaß es immer. »Fische.«

»Im Ernst! Mit Fischen komme ich aus. Ich hab ein Astrologieprogramm reingezogen und rausgefunden, an wen ich mich anhängen sollte, Fische sind okay. Aber Wassermann ist ... Ich bin ein Skorpion wie — Wassermann, *que buoño* ...«

Was meinte er eigentlich mit *anhängen,* fragte sich Jerome. Wenn er mich als Schwulen einschätzt, war das vielleicht Ausdruck von Vorsicht.

Aber er meinte etwas anderes. »Weißt du was, Jerome, du hast deinen eigenen Chip, wir könnten eine Verbindung herstellen und mit dem Mülleimer vielleicht fertigwerden.«

Ausbrechen? Jerome fühlte einen Schauder durch sich hindurchgehen. »Uns mit diesem Ding zusammenkoppeln? Es kontrollieren? Ich glaube nicht, daß wir beide reichen würden.«

»Wir brauchen vielleicht noch ein paar mehr Leute, aber ich hab gehört, Jerome, es soll'n noch'n paar kommen. Vielleicht fangen ihre Namen alle mit J an.«

Aber das taten sie nicht. In rascher Folge brachte ihnen der Mülleimer einen Strandgammler in den Vierzigern namens Eddie, einen abgezehrten schwarzen Dandy namens Bones, eine Tunte, die sich Swish nannte und deren richtiger Name, dem Mülleimer zufolge, Paul Torino war.

»Diese Zelle riecht, als wär sie am Verrotten«, sagte Eddie. Er hatte den fettigen blonden Haarknoten eines Surfers und alle üblichen Tätowierungen eines Surfpunks. Inzwischen sinnlos geworden, dachte Jerome, die durch Umweltverschmutzung hervorgerufene Oxidation der örtlichen küstennahen Gebiete hatte das Meeressurfen größtenteils zum Erliegen gebracht. Die anaerobischen Bakterien hatten das Wellenreiten übernommen, gediehen in dem giftigen Wasser wie gelatinöser Beerentang. »Riecht hier drinnen, als wär sie gestorben und nicht in den Himmel aufgefahrn. Stinkt schlimmer als'n Malibu.«

»Das sind diese Blöcke aus der Landaufschüttung«, sagte Bones. Ihm fehlten vier Vorderzähne (konfisziert?), und sein eingefallenes Gesicht ähnelte etwas aus einem Zombiefilm. Aber er war ein energischer Zombie. »Komprimierter Müll«, sagte er zu Eddie. »Organisches Zeug vermischt mit den Polymeren, dem Plastik, mit allem was in 'nem Müllhaufen drin war, machen sie zu Ziegelsteinen, weil ihnen das Baumaterial ausgeht, aber nach 'ner Weile, wenn sie der Hersteller nicht richtig verfestigt hat, weißte, fangen'se an zu verrotten. Ist heiß draußen, deshalb kriegt man's jetzt mit. Nehmen Müll, um Müll einzusperren, sagen sie. Scheißarschlöcher.«

* * *

In der Hitze des Tages verdichtete sich der Hintergrundgeruch des ranzigen Mülls. Es war mehr das, woran er Jerome erinnerte, was ihm den Magen umdrehte, als der eigentliche Geruch. Er ließ ihn an Mülldeponien denken, und Charlie Chesterton hatte ihm einmal, im Jahre 2022, gesagt, Gefängnisse wären das staatliche Müllbeseitigungssystem ... Komm in den Strafvollzug, und du kannst die Einmalrasierklingen beinahe fühlen ...

Der Mülleimer schob ein Gestell mit Schüsseln vor die Plexiglasstangen und reichte ihnen *surrend* ihr Mittagessen, Schüssel nach Schüssel. Er gab ihnen eine Extraportion. Er ging kaputt.

Sie aßen ihre Hühnchenpasteten — das Fleisch war fast fettlos, knorpelfrei, was bedeutete, daß es Kunsthuhn war, genetisch hergestelltes Zeug — und zwischen den Bissen meckerten sie über das Essen und gingen den üblichen paranoiden Spekulationen über bewußtseinsbeeinflussende Chemikalien im Kaffee nach. Jerome betrachtete einen nach dem andern und dachte: *Wenigstens keine Nervensägen.* Man hatte sie wegen der Schwemme an illegalen Erweiterungen hier eingebuchtet, irgendeine politische Kampagne, um in den Kliniken aufzuräumen, vielleicht um dafür zu sorgen, daß die legalen Verstärkerfirmen ihre preistreiberische

Marktposition behielten. Deshalb war keiner von ihnen wegen eines Selbstmordversuchs, wegen gemeinschaftlicher Folterung oder sowas hier. Keine schlechte Zelle.

»Du bist Jerome-X, tatsächlich?« flötete Swish. Ein schwacher Akzent. Sie (Jerome dachte von einer Tunte immer als *Sie*, aus Respekt vor ihrer Neigung) war entweder ein Mexikaner oder Filipino; schwer zu sagen, weil sie sich das Gesicht in einer billigen Klinik auf Frau hatte ummodeln lassen. Herzförmig erhöhte Backen, gerundete Augen, ausgestopfte Lippen, Glastitten, die aussahen, als befänden sich unter ihren Klamotten zwei Blechtrichter. Ein Teil des injizierten Collagens in ihren Lippen hatte sich verlagert, so daß ihre Unterlippe jetzt einseitig herunterhing. Einer der Wangenknochen war ein wenig höher als der andere. Ein Racheakt des Schicksals an den Männern, dachte Jerome, weil sie die Frauen in Hüfthalter gezwängt, zu verkrüppelten Füßen und Magersucht gezwungen hatten. Wofür benutzte dieses Geschöpf seinen Chip, außer um high zu werden?

»Ooooh, Jerome-X! Ich habe dein Logo schon mal im TV gesehn. Das, als du so um den Kopf der Präsidentin herumgeschwebt bist und gedruckte Worte aus deinem Mund kamen und ihr Gesicht überdeckten. Gott, sie ist eine solche *Fotze!*«

»Mit welchen Worten hat er sie denn überdeckt?« fragte Eddie.

»›Würden Sie einen Lügner erkennen, wenn Sie einen hören?‹ Genau so hieß es«, sagte Swish. »Es war *sooo* treffend, weil diese Fotze einen neuen Krieg will, man *weiß*, daß sie das will. Und sie erzählt Lügen darüber, ooh *Gott*, wie sie *lügt!*«

»Du glaubst nur, sie wär eine Fotze, weil *du* eine willst«, sagte Eddie, indem er seine Hose fallenließ, um die Toilette zu benutzen. Er sprach laut weiter, um die Geräusche zu übertönen. »Du willst eine und kannst sie dir nicht leisten. Ich meine, die Präsidentin hat recht, die Volksrepublik von Scheißmexico überschwemmt unsre Grenze, schickt Kommunistenagenten rüber ...«

Swish sagte: »O Gott, er ist ein Surfnazi — Gott, ich will wirklich eine — ich will *ihre* Möse. Diese Pflaume weiß sowieso nichts damit anzufangen. Honey, ich weiß, wie *ich* dieses Ding gebrauchen würde ...« Swish brach abrupt ab und erschauerte, sich selbst umarmend. Mit ihren langen purpurroten Fingernägeln griff sie hoch und löste einen Hautlappen hinter ihrem Ohr und riß den Chip heraus. Sie befeuchtete ihn, stellte seinen Einspeisemodus ein, steckte ihn wieder zurück, klopfte ihn mit der Aktivierungsmaus unter einem der Nägel fest. Sie drückte den Lappen zu. Ihre Augen wurden glasig, als sie ansprach. Sie konnte das vielleicht vierundzwanzig Stunden lang durchhalten, und dann würde es sie umbringen, das war sicher. Sie würde den Cold Turkey bekommen oder sterben. Und vielleicht tat sie das schon eine ganze Weile.

Keiner von ihnen würde auf Kaution freigelassen werden. Sie würden jeder zu der vorgeschriebenen Mindesthaftstrafe von zwei Jahren verurteilt werden. Illegale Erweiterungen, glaubte die Regierung, nahmen überhand. Schwarzmarkt-Chipimplantate wurden dazu benutzt, der staatlichen Datenbank-Lotterie schweres Unheil zuzufügen; alle Arten von Buchmachern benutzten sie zur Aufbewahrung von Rechnungen, wo die IRS sie nicht finden konnte; sie wurden benutzt, um damit Bankcomputer zu übertölpeln, Kassenmaschinen zu erledigen; um den Körper zu melken, das Gehirn zur Ausschüttung von Beta-Endorphinen und ACTH und Adrenalin und Testosteron und anderen biologischen Spielsachen anzustacheln; um die Chancen in Spielcasinos zu berechnen; man benutzte sie zur Herstellung hausgemachter Designerdrogen; die Anführer des Straßenmobs planten damit ihre Strategie und Taktik; die Jugendbanden benutzten sie aus den gleichen Gründen; man benutzte sie zu illegalen Versammlungen.

Es ist das Plateau, dachte Jerome, was ihnen wirklich eine Heidenangst einjagte. Es hatte Entwicklungsmöglichkeiten.

* * *

Der Mülleimer schleppte eine Pritsche für den Zusatzmann herbei, schob sie zusammengefaltet unter der Tür hindurch und plärrte: »Licht aus, von den Insassen wird verlangt, daß sie sich i-i-in ihren Ko-je-jenn befinden ...« Seine Stimme versagte allmählich.

Als der Mülleimer und das Licht verschwunden waren, kletterten sie aus ihren Kojen und setzten sich im Kreis auf den Boden.

Ihre Clips waren on-line, aber nicht zusammengekoppelt. Von den Chips auf Touren gebracht, verständigten sie sich mit einer Kurzsprache.

»Bulle«, sagte Bones. »Tür.« Er war eine Stimme in der Dunkelheit.

»Zeit«, sagte Jessie.

»Kompatibilität? Bekannt?« sagte Eddie.

Jerome sagte: »Nein, Scheiße.« Prustendes Gelächter von den anderen.

»Verbindungscheck«, sagte Bones.

»Modelle?« sagte Bones.

Dann vereinigten sie sich in einer Beschwörung von Zahlen.

Es war ein Fünfzehnminutengespräch in weniger als einer Minute.

»Es ist Scheißdreck«, sagte Bones sinngemäß. »Nach dem Mülleimer kommen menschliche Wachen, man kann sie nicht umprogrammieren.«

»Aber zu bestimmten Zeiten«, sagte Jessie zu ihm, »hat nur einer Wache. Sie sind dran gewöhnt, den Mülleimer Leute rein- und rausbringen zu sehen. Sie werden ihn erst fragen, wenn sie die Bestätigung zu bekommen versuchen. Bis dahin haben wir sie am Arsch.«

»Es könnte sein, daß wir nicht kompatibel sind«, betonte Eddie. »Kompatibel, versteht ihr?«

»Oh, hey, Mann, ich *glaube*, wir können nachvollziehen, was du meinst«, sagte Jerome. Die anderen brachen in Gelächter aus. Eddie war nicht besonders beliebt.

Bones sagte: »Die einzige Möglichkeit, zu sehen, ob wir kompatibel sind, ist, die Systeme zu vernetzen. Wir haben die Glieder, wir haben die Glieder, wie man so sagt. Entweder isses die Kette, die uns festhält, oder es is die Kette, die uns rauszieht.«

Jeromes Kopfhaut zog sich zusammen. Eine Systemvernetzung. Ein Mini-Plateau. Geteiltes Bewußtsein. Brutale Intimität. Vielleicht negative Auswirkungen auf dem Plateau. Er war noch nicht bereit dafür.

Wenn es schiefging, konnte sein Urteil wegen Ausbruchversuchs verlängert werden. Und es konnte jemand dabei draufgehen. Sie könnten gezwungen sein, eine Wache zu töten. Jerome hatte einmal einem Dealer auf die Nase gehauen, und das hervorspritzende Blut hatte ihn krank gemacht. Er konnte niemanden umbringen. Aber ... er hatte, verdammt noch mal, keine Alternative. Er wußte, er würde die zwei Jahre jedenfalls nicht durchhalten, wenn sie ihn in den Zentralknast überführten. Der Zentralknast würde ihn mit Sicherheit schaffen. Sie würden seinen Chip entdecken, und er würde sie stocksauer werden lassen. Sie würden ihn von den Bullen vergewaltigen lassen und ihm den New York-Virus verpassen; er würde vom Eingesperrtsein und ohne Chip durchdrehen, und sie würden ihn in die Beruhigungszelle sperren und total ausbrennen.

* * *

Jerome bearbeitete einen Daumennagel mit seinen Schneidezähnen. *Drangekriegt.* Er hatte versucht, nicht darüber nachzudenken. Sich darauf einzustellen, daß es ihn eines Tages erwischte. Doch jetzt mußte er sich den Alternativen stellen. Sein Magen krampfte sich zusammen, um ihn für seine Dummheit zu bestrafen. Dafür, daß er mit Erweiterungen gehandelt hatte, um sich einen großen Transer kaufen zu können. *Warum?* Ein Transer hätte es ihm erlaubt, sein Gesicht zwanzig Sekunden lang ins örtliche TV einzuspeisen. Er hätte eine Hand dafür gegeben, um das zu erreichen ...

Warum war das so verdammt wichtig? fragte sein Magen und verdrehte sich nachtragend.

»Die Sache ist die«, sagte Bones, »wir könnten alle auf eine abgekartete Sache reinfallen. Irgendeine Verlade. Es ist ein bißchen zu unheimlich, wie die Polizeisonden uns alle durchgelassen haben.«

(Ein Zuhörer hätte ihn sagen gehört: »Verlade, komisches Glück.«)

Jessie schnaubte. »Hab's dir gesagt, Mann. Der Kontrolleur ist bestochen. Sie lassen jeden durch, weil'n paar davon große Tiere sind. Ich weiß Bescheid, weil ich selbst drin bin. Okay?«

(»Kontrolleur bestochen, blend' mich aus.«)

»Du gehörst zur Bande?« fragte Bones.

(»Du?«)

»Du hast es kapiert. Nur ein Dealer. Aber ich weiß, wo Zeug von 'ner halben Million Neudollar rumliegt, deshalb werden sie mich rausholen. So wie das System aufgebaut ist, mußte der Kontrolleur jeden durchlassen. Sein Boss glaubt, uns wurden die Chips rausgenommen, als wir vor Gericht gestellt wurden, manchmal machen sie es so. Diesmal sollte es der Gefängnisarzt machen. Bevor sie mit ihrem Papierkram wieder auf dem laufenden sind, müssen wir hier raus sein. Jetzt hört mal zu! — Wir werden mit dem Mülleimer nur fertig, wenn alle mitmachen, weil wir sonst nicht genügend *K* haben. Also wer ist dabei?«

Er hatte gesagt: »Niedrig, halbe Million, Arzt-Bluff, ihr hier, alle-keiner, *wer*, Kerle?«

Etwas in seiner Stimme hüpfte hinter Rauchglas: die Chipabstimmung wegen seiner Nikotinsucht machte ihn allmählich gereizt. Die Nebenwirkungen der ungezügelten zerebralen Selbstregulierung schlugen auf sein angegriffenes Nervensystem durch.

Der Rest der Versammlung, in Übersetzung ...

»Ich weiß nich«, sagte Eddie. »Ich dachte, ich sitz meine Zeit ab, weil wenn's schiefgeht ...«

»Hey, Mann«, sagte Jessie, »ich kann deinen Scheißchip *nehmen*. Und draußen sein, bevor sie mitkriegen, daß dein Arsch sich nicht mehr bewegt.«

»Der Mann hat recht«, sagte Swish. Ihr Schmerzunterdrückungssystem begann auszufasern, und ihre Anpassung ließ nach. »Tun wir's einfach, okay? Bitte? Okay? Ich muß raus. Ich fühl mich so, daß ich lieber ein Hundeschiß wär, damit mir's etwas besser ging'.«

»Mit zwei Jahren im Großen komm ich nicht klar«, hörte Jerome sich selbst sagen. Erkannte, daß er Jessie dabei unterstützte, Eddie zu drohen. Von sich selbst überrascht. Nicht seine Art.

»Wir machen alle mit, oder keiner, Eddie«, sagte Bones.

Eddie war eine Weile still.

* * *

Jerome hatte seinen Chip abgestellt, weil er endlos über Jessies Plan nachdachte, und alles, was er dabei herausbrachte, war ein häßliches Risikomodell. Man mußte wissen, wann man seiner Intuition zu folgen hatte.

Jerome hatte sich festgelegt. Und der Zusammenschluß stand unmittelbar bevor. Es ging los, und Jessie fing an.

Jessie war der Operator. Er legte die Reihenfolge fest. Zuerst Eddie, um sicherzugehen. Dann Jerome. Vielleicht weil er Jerome für einen Flüchtling der Mittelklasse hielt, eine Anomalie an diesem Ort, und weil Jerome versuchen könnte, den Durchschnittsbürger in seinem Chip hervorzukehren, eine Übereinkunft zu verhindern. Wenn sie ihn erst einmal eingeklinkt hatten, war er neutralisiert.

Nach Jerome käme Bones und dann Swish.

Sie hielten sich an den Händen, damit das Verknüpfungssignal, vom Chip durch das vom Gehirn erzeugte elektrische Feld ausgesendet, mit größter Genauigkeit weitergegeben wurde.

Er hörte sie Frequenzbezeichnungen austauschen, Zahlen, die wie Perlen in der Dunkelheit aufgereiht waren, und er hörte das Zischen plötzlich eingesogenen Atems, als Jessie und Eddie sich einklinkten. Und er hörte: »Es geht los, Jerome!«

Jeromes Augen hatten sich der Dunkelheit angepaßt, die Nacht hatte etwas von ihrem verborgenen Licht freigegeben, und Jerome konnte gerade so eben die verschwommenen Umrisse von Jessies Gestalt ausmachen, wie die Holzkohlezeichnung einer aztekischen Skulptur.

Jerome griff sich an den Hinterkopf, fand die verklebten Haare, die seine Verschlußklappe markierten, und zog die Haut von der Chipeinheit weg. Er beklopfte den Chip. Er sprach nicht an. Er beklopfte ihn wieder, und diesmal fühlte er die Veränderung seiner Bioelektrizität; fühlte ihr Summen zwischen seinen Zähnen.

Jeromes Chip kommunizierte mit seinem Gehirn durch ein Interface aus Rhodopsin-Protein; die Ribosomen borgten sich neurohumorale Transmitter aus der Blutversorgung des Gehirns, so daß diese ein programmiertes Muster von Ionenfreisetzungen zur Übertragung über die synaptischen Lücken hinweg zu den neuronalen Dendriten trugen; der Chip benutzte magnetische Resonanzholographie zur Kopplung mit im Gehirn gespeicherten Erinnerungen und psychischen Absichten. Deklamierte sich die Mythologie des Gehirns vor; wiederbelebte auf seiner Siliziumbühne die persönlichen Legenden seiner subjektiven Geschichte der Welt.

Jerome schloß die Augen und betrachte die Rückseite seiner Lider. Die digitale Anzeige war in leuchtendem Grün quer über die Dunkelheit gedruckt. Er fokussierte seinen Blick auf den Cursor, konzentrierte sich, bis er sich auf ZUGRIFF hochbewegte. Wortlos befahl er: ›Offene Frequenz‹. Der Chip hörte seinen wortlosen Befehl, und auf der Innenseite seiner Augenlider erschienen Zahlen: 63391212.70. Er las sie den anderen vor, und diese gingen auf seine Frequenz. Beinahe an den Worten erstickend, im Bewußtsein, was es ihm einbringen würde, sprach er den Chip an: »Öffnen.«

Der Chip öffnete sich der Vernetzung. Er hatte das bisher nur einmal gemacht. Es war illegal, und er war insgeheim froh, daß es illegal war, denn es machte ihm Angst. »Sie unterdrücken das Plateau«, teilte ihm die Stimme seines Gehirnchips mit, »weil sie sich davor fürchten, was weltweite elektronische Telepathie für sie für Konsequenzen hätte. Alle würden Informationen austauschen, sie dazu benutzen, das Spiel der Schweine zu durchschauen, die Arschlöcher aus ihren Ämtern zu werfen.«

Vielleicht war das einer der Gründe. Es war etwas, das die Makler der Macht nicht kontrollieren konnten. Aber es gab andere Gründe. Gründe wie eine ausgesprochen berechtigte Angst, sich um den Verstand zu bringen.

Alles, was Jerome und die anderen wollten, war, sich die Prozessorkapazitäten miteinander zu teilen. Kooperierendes Rechnen. Aber die Chips waren nicht so konstruiert, daß sie den irrelevanten Input ausfilterten, bevor er die Bewußtseinsebene des Nutzers erreichte. Bevor der Chip seine Filterung ausgeführt hatte, würden die beiden Pole der Verbindung — Jerome und Jessie — den wimmelnden Bienenstock des totalen Bewußtseins des jeweils anderen sehen. Würden den anderen so sehen, wie er sich selbst wahrnahm, und dann objektiv so, wie er war.

Er sah Jessie als ein Gitternetz und als holographisches Wesen. Er versteifte sich, und das Hologramm kam auf ihn zu, eine abstrakte Tarantula computererzeugter Farben und Linien, krabbelte über ihn — und für einen Moment kauerte sie sich auf den Platz seines Bewußtseins. Jessie. Jessie Chaco.

Jessie war ein Familienmensch. Er war ein Patriarch, ein Beschützer seiner Frau und seiner sechs Kinder und der vier Waisenkinder seiner Schwester und der armen Kinder seiner Straße. Er war ein verschwommenes Abbild seines Vaters, der aus dem sozialen Steppenbrand der kommunistischen Revolution in Mexico geflohen war und sein Kapital nach Los Angeles geschafft hatte, wo er es im Schwarzmarkt angelegt hatte. Jessies Vater war getötet worden, als er sein Gebiet gegen die Banden verteidigte; Jessie hatte mit der Bande einen Kompromiß geschlossen, um das Geschäft seines Vaters zu retten, und sich selbst dafür verdammt. Hatte ihre *capos* töten wollen; hatte statt dessen Seite an Seite mit ihnen zusammengearbeitet. Hatte seine Frau als praktisches Spielzeug betrachtet, als einen Gegenstand von Verehrung, der die absolute Apotheose ihrer fixierten Rolle war. Sich vorzustellen, sie könnte etwas anderes tun, als Kinder auszutragen und den Haushalt zu führen, hieße sich vorzustellen, die Sonne verwandele sich in einen Schneeball, der Mond in einen Affen.

Und Jerome erhaschte einen Blick auf Jessies verborgene Seiten: Jesus Chacos Eigenbild mit seinem übergroßen Penis und unmöglich weit ausladenden Schultern, in einem perfekten und kirschrot glänzenden Automobil sitzend, immer dem neuesten und luxuriösesten Modell, dem fahrbaren Thron, von dem aus er sein Königreich begutachtete. Jerome sah Kanonen aus dem Kühlergrill des Wagens auftauchen, um Jessies Feinde mit ihrer niemals versiegenden Munition zu zerschmettern ... Es war ein Cartoon von Robert Williams, der im Herzen von Jessies Unbewußtem seine Kapriolen trieb ... Jessie sah sich so, wie Jerome ihn sah; die elektronischen Spiegel reflektierten sich gegenseitig. Jessie krümmte sich.

Jerome sah sich selbst, dann von Jessie zurückgespiegelt.

Er sah Jerome-X auf einem Fernsehschirm mit lausiger Vertikalstabilität; wackelnd, darum bemüht, seine Pixel stabil anzuordnen und sie wieder verlierend. Eine Gestalt von haarsträubender Inkonsequenz; ein kurzer Elektronenfluß, der sich jeden Moment nach links oder rechts zerstreuen konnte, wie ein Wasserschlauch, den man mit dem Daumen zudrückte. Aufgewachsen in der Eigentumswohnung einer Hochsicherheitssiedlung, beschützt von Kameras und Computerleitungen zu privaten Schlägerwachen; aufgewachsen in einer Gruft mit Medienfenstern, mit PCs und Videorecordern und tausend verschiedenen Videospielen; geprägt vom Kabelfernsehen und Fantasykassetten; sexuell verbogen durch das heimliche Betrachten der schlecht versteckten Pornovideos seiner Eltern. Und immer vor der Röhre, die durch die Schüssel des Wohnungssatelliten Stationen aus dem ganzen Land, der ganzen Welt hereinholte, vor sich die immergleichen Stargesichter, die in einem Kanal nach dem anderen auftauchten, während sich der Ruhm des Stars wie ein Schmutzfleck über die Frequenzbänder ausbreitete. Er sah, wie sich das Wesen der Welt des Stars kristallisierte; wie die Medienfigur vor dem Hintergrund der Medienkonkurrenz an Schärfe gewann. Wie sie in diesem elektronischen kollektiven Unbewußten wirklich wurde.

Wirklich wurde nur deshalb, weil sie ein paar tausend Mal auf dem Fernsehbildschirm erschienen war. Er wuchs auf mit dem Gefühl, daß Medienereignisse wirklich waren und persönliche Erlebnisse nicht. Alles, was nicht im Fernsehen geschah, geschah nicht. Auch wenn er das gewöhnliche Programmieren haßte, auch wenn er es für den Kaugummi von Wiederkäuern hielt, definierte es doch sein Gefühl persönlicher Unwirklichkeit; und ließ ihn unbefriedigt.

Jerome sah Jerome: nahm sich selbst als unwirklich wahr. Jerome: einen Transer bedienend, sich via Video-Graffiti seines Vorhandenseins versichernd. Glaubend, er täte es aus Gründen radikaler Meinungsäußerung. Jetzt erkennend, daß er es tat, um sich als wirklich zu empfinden, um sich selbst dem Medienbrei zu überlagern ...

Und dann war die Verbindung zu Eddie hergestellt, Eddies Computermuster glitt über Jerome wie ein Erdrutsch. Eddie, sich selbst als Einsamen Wanderer sehend, als einen Rebellen, einen selbstgemachten Mystiker; seine sich teilende Phantasie, hinter der ein anal-fixierter Soziopath zum Vorschein kam; ein Jammerlappen, ständig auf der Suche nach jemandem, den er für sein Unglück verantwortlich machen konnte.

Plötzlich stolperte Bones in das Netz hinein; eine komplexe Weltanschauung, die eine Art von Soziobiologie der Straße war, gemildert durch eine Loyalität gegenüber Freunden, einem mystischen Glauben an Gehirnchips und Amphetamine. Auf der anderen Seite ein masochistischer Zwerg, der Troll des Selbstzweifels, sich selbst mit Schuldgefühlen verletzend.

Und dann Swish, eine Frau von unsichtbarem Wuchs, mit fehlgeschalteten Drüsen, die für sie wie Tumore waren. Kriminell geworden, um den Schmerz einer unaufhörlichen Selbstzerfleischung zu dämpfen, welche die vollkommene Ablehnung durch ihren Vater nachahmte. Ein mystischer Glaube an synthetisches Morphium.

... Jerome taumelte geistig orientierunsglos umher, sah die anderen als ein Netzwerk verzerrter Selbstbilder, Karikaturen grotesker Ambitionen. Hinter ihnen erspähte er einen anderen Bereich durch eine Lücke in den psychischen Wolken: das Plateau, die flüsternde

Hochebene der auf verbotenen Frequenzen vernetzten Gehirnchips, eine elektronische Zufluchtsstätte für vor den Augen der Bullen verborgene Transaktionen; ein Plateau, auf dem nur die in höchstem Maße Skrupellosen umherschlichen; ein Ausblick auf enorme Herausforderungen und unvorstellbare Risiken und immer mit der Möglichkeit, sich zu verlaufen, verrückt zu werden. Ein Ort, durchwandert von den Wölfen der *Wetware*.

Ein lockendes Beben ging von diesem Ort aus, ein geräuschloses Heulen, das an ihnen zerrte ... sie näherzog ...

»*Uh*-uh«, sagte Bones, vielleicht laut oder vielleicht auch über die Chips. Aus der Kurzsprache der Chips übersetzt, bedeuteten diesen beiden Silben: »Bleibt weg von dem Plateau, oder wir werden eingesaugt, wir verlieren unsern Fokus! Konzentriert euch auf die Parallelverarbeitungsfunktion!«

Jerome blickte hinter seine Augenlider, sichtete die Files. Er bewegte den Cursor nach unten ...

Plötzlich war es da. Die gemeinsame Denkkapazität ragte über ihnen auf wie ein empfindungsfähiger Wolkenkratzer. Eine Welle megalomanischer Freude, als er sich damit identifizierte. Ein gewaltiges Gebäude aus Geist. Fünf Chips waren eins.

Sie waren soweit. Jessie sendete den Köder aus.

Aufgeschreckt durch den illegalen Gebrauch von Gehirnchips, quietschte der Mülleimer über den Korridor, tastete die Umgebung ab, um die Quelle genau zu lokalisieren.

Stoppte vor ihrer Zelle. Jessie griff durch die Stäbe und berührte seinen Eingabeschalter.

Mitten in einer Drehung gefror die Maschine mit einem *Klack*, verarbeitete summend, was sie ihr eingaben. Würde sie anbeißen? Bones hatte ein Programm für den IBM Cyberguard 14s, mit dem ganzen Protokoll und einer Reihe von Eingabecodes. Die Muster parallel verarbeitend, brauchte er weniger als zwei Sekunden, um den Zugangscode des Mülleimers zu entschlüsseln. Sie waren drin. Der schwierige Teil war das Neuprogrammieren.

Jerome fand den Weg. Er sagte dem Mülleimer, daß er nicht Eric Wexler sei, weil der DNS-Code völlig falsch sei, wenn man ihn sich genau besah; was wir hier haben, ist ein Fall von Verwechslung.

Da diese Information, vom Standpunkt des Mülleimers aus betrachtet, aus autorisierten Quellen stammte — der entschlüsselte Zugangscode hatte sie autorisiert —, fiel er auf den Trick herein und öffnete die Zelle.

Der Mülleimer geleitete die fünf Eric Wexlers über den Korridor — das war Jessies Tat, ihnen zu zeigen, wie sie ihn glauben machen konnten, fünf für einen zu halten, etwas, das seine Leute für die Einwanderungscomputer gelernt hatten. Er eskortierte sie durch die Plastiflextür, durch die Stahltür und in die Aufnahme. Die menschliche Wache häufte gerade Zucker auf seinen antiken Ronald MacDonald-Kaffeebecher und sah *Die Verstümmelten* auf seinem Taschen-TV. Bones und Jessie waren in dem Raum und warfen sich über ihn, bevor er sich von seinem Fernseher losreißen und mit der Hand den Knopf erreichen konnte. Bones langer linker Arm schoß vor, und seine versteiften Finger trafen ein Nervenzentrum genau hinter dem linken Ohr des Mannes. Die Wache ging zu Boden, während der Zuckerspender in seiner Hand einen weißen Fächer auf den Boden streute.

Jeromes Chip hatte Bones Angriffsstil identifiziert. *Kommandoschulung*, sagte der Chip. *Militärelite.* War er ein eingeschleuster Agent? Bones lächelte ihn an und neigte den Kopf, was Jeromes Chip als *Nein* übersetzte. *Ich bin vom Untergrund ausgebildet. Radikale Grüne.*

Jessie war an der Konsole, desaktivierte den Mülleimer, schaltete die Kameras ab, öffnete die Außentüren. Jessie und Swish zeigten den Weg nach draußen; Swish leise wimmernd und sich auf die Lippen beißend. Am Tor waren zwei weitere Wachen, einer von ihnen schlafend. Jessie hatte die Pistole des Wärters, den Bones fertiggemacht hatte, an sich genommen, deshalb war der erste Wärter am Tor tot, bevor er den Alarm auslösen konnte. Der eingenickte Mann erwachte und schrie in blankem Entsetzen, und Jessie schoß ihn in den Hals.

Als er den Wärter fallen sah, sich um die eigene Achse drehend, wobei das Blut seine eigene zeitlupenhafte Spirale in der Luft vollführte, er diesen Fremden sterben sah, empfand Jerome Übelkeit, Abscheu vor sich selbst. Der Wärter war jung, er trug einen billigen Ehering, hatte wahrscheinlich eine junge Familie. Also trat Jerome über den sterbenden Mann hinweg und nahm eine Veränderung vor; benutzte seinen Chip, um sich mit Adrenalin abzuschrecken. Er mußte es tun. Er hatte sich jetzt festgelegt. Und er wußte mit einer verbindlichen Gewißheit, daß sie am Ende doch das Plateau erreicht hatten.

Er würde auf dem Plateau bleiben. Er gehörte dorthin, jetzt war er einer der Wölfe.

Ersterscheinungsdaten ☐ ☐

Einige der im Band enthaltenen Erzählungen erschienen in leicht veränderter Fassung in folgenden Publikationen:

WHAT CINDY SAW: »Interzone«, Herbst 1983

UNDER THE GENERATOR: »Universe 6«, ed. Terry Carr, Doubleday, 1976

SLEEPWALKERS: »New Pathways«, Frühling 1988 (entstanden 1976)

TAHITI IN TERMS OF SQUARES: »Fantastic«, Oktober 1978

SILENT CRICKETS: »Fantastic«, April 1975

THE ALMOST EMPTY ROOMS: »New Dimensions 7«, ed. Robert Silverberg, Harper & Row 1977

THE GUNSHOT: »Oui«, November 1980

UNEASY CHRYSALIDS, OUR MEMORIES: »Epoch«, ed. Roger Elwood & Robert Silverberg, Harper & Row 1976

QUILL TRIPSTICKLER ELUDES A BRIDE: »The Magazine of Fantasy & Science Fiction«, Mai 1980

WHAT IT'S LIKE TO KILL A MAN: »Stardate«, Februar 1986

TRIGGERING: »Omni«, 1987

SIX KINDS OF DARKNESS: »High Times«, März 1988

THE UNFOLDING: »Interzone«, Frühling 1985

THE PECULIAR HAPPINESS OF PROFESSOR CORT: »New Pathways«, Herbst 1988

TICKET TO HEAVEN: »The Magazine of Fantasy & Science Fiction«, Mai 1988

WOLVES OF THE PLATEAU: »Mississippi Reviev«, MR 47/48, Volume 16 (1988), Numbers 2 & 3

HEYNE BÜCHER

CYBERPUNK

**Die postmoderne Science Fiction
der achtziger Jahre**

HEYNE SCIENCE FICTION

06/4480	Greg Bear, **Blutmusik**
06/4400	William Gibson, **Neuromancer**
06/4468	William Gibson, **Cyberspace**
06/4529	William Gibson, **Biochips**
06/4681	William Gibson, **Mona Lisa Overdrive**
06/4758	Richard Kadrey, **Metrophage**
06/4704	Michael Nagula (Hrsg.), **Atomic Avenue**
06/4498	Rudy Rucker, **Software**
06/4802	Rudy Rucker, **Wetware**
06/4555	Lucius Shepard, **Das Leben im Krieg**
06/4768	Lewis Shiner, **Verlassene Städte des Herzens**
06/4684	John Shirley, **Ein herrliches Chaos**
06/4721	John Shirley, **Eclipse**
06/4722	John Shirley, **Eclipse Penumbra**
06/4723	John Shirley, **Eclipse Corona**
06/4544	Bruce Sterling, (Hrsg.), **Spiegelschatten**
06/4556	Bruce Sterling **Schismatrix**
06/4702	Bruce Sterling, **Inseln im Netz**
06/4709	Bruce Sterling, **Zikadenkönigin**
06/4636	Michael Swanwick, **Vakuumblumen**
06/4524	Walter Jon Williams, **Hardware**
06/4578	Walter Jon Williams, **Stimme des Wirbelwinds**
06/4668	Jack Womack, **Ambient**
06/4790	Jack Womack, **Terraplane**

**Wilhelm Heyne Verlag
München**